U0646309

新世纪高等学校教材

普通高等教育"十一五"国家级规划教

影视艺术学科基础教程系列

影视
剧本创作教程

第5版

桂青山 著

Screenwriting
Course Guide
(5th Edition)

北京师范大学出版集团
BEIJING NORMAL UNIVERSITY PUBLISHING GROUP
北京师范大学出版社

图书在版编目（CIP）数据

影视剧本创作教程/桂青山著. —5 版. —北京：北京师范大学出版社，2024.9（2025.7 重印）

（新世纪高等学校教材. 影视艺术学科基础教程系列）

ISBN 978-7-303-28460-3

Ⅰ.①影… Ⅱ.①桂… Ⅲ.①电影编剧－高等学校－教材 ②电视剧－编剧－高等学校－教材 Ⅳ.①I053.5

中国版本图书馆 CIP 数据核字（2022）第 243186 号

出版发行：北京师范大学出版社 https://www.bnupg.com
　　　　　北京市西城区新街口外大街 12-3 号
　　　　　邮政编码：100088

印　　刷：天津旭非印刷有限公司
经　　销：全国新华书店
开　　本：730 mm×980 mm　1/16
印　　张：33.25
字　　数：630 千字
版　　次：2024 年 9 月第 5 版
印　　次：2025 年 7 月第 2 次印刷
定　　价：69.80 元

策划编辑：周　粟　李　明　　　　责任编辑：吴纯燕
美术编辑：李向昕　　　　　　　　装帧设计：李向昕
责任校对：段立超　张亚丽　包冀萌　责任印制：马　洁

版权所有　侵权必究

读者服务电话：010-58806806
如发现印装质量问题，影响阅读，请联系印制管理部：010-58806364

作者简介

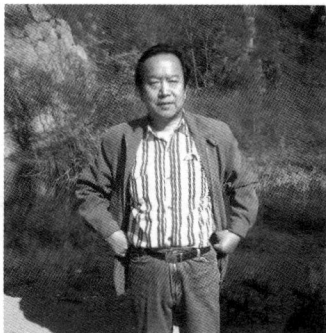

桂青山，男，1949 年生，满族，北京市人。北京师范大学艺术与传媒学院教授，博士生导师。

长年从事文艺学研究与文学创作实践。近二十年主要研究领域为影视编剧学、创作文化学、影视文化批评等。讲授影视编剧、中外电影专题研究、影视创作文化与批评、当代中国影视文化研究、影视创作学、当代中西文化比较研究等课程。

有学术著述十一部，专业学术论文二百余篇，小说集、散文集、随笔集各一部，影视剧本、电视专题片八十余部（集），发表中短篇小说八十余篇（部），诗歌、散文、文化批评与社会随笔等五百余篇。共计六百余万字。

前　言

习近平总书记在 2021 年 12 月 14 日召开的中国文联十一大、中国作协十大开幕式上的重要讲话指出："广大文艺工作者要紧跟时代步伐，从时代的脉搏中感悟艺术的脉动，把艺术创造向着亿万人民的伟大奋斗敞开，向着丰富多彩的社会生活敞开，从时代之变、中国之进、人民之呼中提炼主题、萃取题材，展现中华历史之美、山河之美、文化之美，抒写中国人民奋斗之志、创造之力、发展之果，全方位全景式展现新时代的精神气象。"他在提到希望广大文艺工作者坚守人民立场时说："广大文艺工作者要坚持以人民为中心的创作导向，把人民放在心中最高位置，把人民满意不满意作为检验艺术的最高标准，创作更多满足人民文化需求和增强人民精神力量的优秀作品，让文艺的百花园永远为人民绽放。"习近平总书记最后指出："文艺创作是艰辛的创造性工作。练就高超艺术水平非朝夕之功，需要专心致志、朝乾夕惕、久久为功。如果只想走捷径、求速成、逐虚名，幻想一夜成名，追逐一夜暴富，最终只能是过眼云烟。文艺要通俗，但决不能庸俗、低俗、媚俗。文艺要生活，但决不能成为不良风气的制造者、跟风者、鼓吹者。文艺要创新，但决不能搞光怪陆离、荒腔走板的东西。文艺要效益，但决不能沾染铜臭气、当市场的奴隶。创作要靠心血，表演要靠实力，形象要靠塑造，效益要靠品质，名声要靠德艺。低格调的搞笑，无底线的放纵，博眼球的娱乐，不知止的欲望，对文艺有百害而无一利！广大文艺工作者要心怀对艺术的敬畏之心和对专业的赤诚之心，下真功夫、练真本事、求真名声。"

党的二十大报告指出："坚持以人民为中心的创作导向，推出更多增强人民精神力量的优秀作品，培育造就大批德艺双馨的文学艺术家和规模宏大的文化文艺人才队伍。"

21世纪艺术样式中发展最快的，大约要数电影和电视，即人们通常所说的影视艺术。与影视艺术迅猛发展相适应，影视教育成为艺术教育的重要内容。本套"影视学基础课系列教材"正是北京师范大学为影视专业教学设计的一套系统教材。

艺术陪伴人类度过最初的荒蛮岁月，成为人类的精神家园和灵魂栖所。它是人们美的理想的凝聚与自由的象征。艺术属于大众，属于社会的每一个人。艺术来自民间，也生长在民间，它的最高使命在于为大众服务。

影视艺术是最年轻的艺术样式，它凭借现代科学技术成为传播最广泛的一种现代艺术媒介。没有电的发明，没有光波、声波技术的发展，影视艺术也就无从谈起。同时，影视艺术也是现代工业的产物，它的发展离不开工业体制的运转。因此，它是一种不同于任何古老艺术样式的新型艺术。学习影视艺术，必须从它的本性出发，了解其基本特征，掌握其基本规律，这样才可能真正认识影视艺术，从事影视艺术研究、教学和创作。

电影电视是科技和工业的产物；但是，影视艺术的生成过程却不仅仅是现代科技发展的历史，也是人类艺术发展积累的结晶。中国古代就有灯影、皮影、木偶戏等艺术样式，反映了人们对活动影像的追求愿望。中国古典戏剧、诗词、绘画等艺术作品也常常运用特写、远景、中景等画面和画面组接的技巧，这为影视艺术的诞生和发展提供了美学启示。当然，限于社会形态和科技水平，以农业文明为基础的封建社会不可能产生影视艺术。

电影诞生后，很快就传入了中国。1895年，卢米埃尔兄弟放映《火车进站》，十年后，中国就拍出了戏曲片《定军山》。20世纪三四十年代，中国电影迎来了第一个高潮，80年代以后，中国电影又焕发新的生机，赢得世界电影界的注目。从1905年诞生一直到今天，中国电影走过了一条艰难而又辉煌的世纪之路。

1958年，北京电视台（即现在的中央广播电视总台）成立，这标志着中国电视的创生。从那时起尤其自改革开放以来，中国电视逐渐步入辉煌。发展至今，中国电视台数量、电视机拥有量，特别是电视观众覆盖面等数据显示，中国确已成为名副其实的电视第一大国。中国生产的电视剧、专题片、纪录片、综艺节目与新闻节目取得了引人注目的成就，出现了大量脍炙人口的作品。现在，电视已经成为大众重要的信息传播和娱乐形式。

中国影视发展的历史表明：影视虽然属于典型的舶来品，但是，中国影视并不是欧美影视的翻译版，而是具有鲜明的中国文化特征。因为，影视不仅仅是科技工业，也是美学与艺术；科技手段固然没有民族和国家的界限，然而美学与艺术却有明确的民族性格。因此，影视艺术输入中国的历史，也是它逐步本土化的过程。中国影视能否在世界上拥有它应当具有的地位，关键在于中国影视是否生成了具有民族特征的艺术风格。

中华文化源远流长，博大精深，有着健壮的生命力与宽厚的包容性。中华文化的发展历程，就是一部不断吸收外来文化、不断创造新文化的历史。吸收是为了创造，而不是取代我们固有的文化，所以，如何吸收就成为一个原则性的问题。我们认为，吸收必须以本民族的审美心理为支点，寻求外来文化与本土文化的交融，通过外来文化激活本土文化，使其焕发更为灿烂的生机。

影视艺术是一种世界性艺术样式，同时又以美学特征和文化性格区分了不同民族与国家的艺术风格，如电影在发展中形成了苏联学派、法国学派、美国学派和日本学派等艺术流派。一个多世纪的历史发展中，中国影视艺术积累了不少成功的经验，也有不少失败的教训。而其中的核心问题正是中国影视艺术的民族特征。20世纪30—40年代、50—60年代、80—90年代，我们曾经出现了一大批具有中国民族风格的优秀作品，如《神女》《十字街头》《小城之春》《乌鸦与麻雀》《一江春水向东流》《祝福》《早春二月》《林家铺子》《林则徐》《聂耳》《甲午风云》《董存瑞》《平原游击队》《小兵张嘎》《天云山传奇》《巴山夜雨》《城南旧事》《骆驼祥子》《黑炮事件》《芙蓉镇》《黄土地》《红高粱》等，为世界电影中国学派的创立打下了基础。但是，也有不少作品对西方电影生搬硬套，缺乏民族特征。在影视理论界，这种狂热西化现象就更为突出。影视美学中国文化特征模糊的现状，导致了中国影视艺术理论的严重滞后，影视艺术理论的滞后，就必然会限制中国影视艺术实践的健康发展。无可否认，中国电影和中国电视积累了相当丰富的创作实践；但是，理论界对本土创作缺乏全面的、系统的、本质的、富有理论高度的研究和总结，更没有以中国影视实践为支点，提出具有中国文化特征的影视理论。虽然有志于此者不乏其人，但由于种种原因，这一梦想至今未能实现。一个不善于研究和总结本土艺术和文化的民族，不可能独立于世界之林，甚至不能很好地吸收其他民族的艺术和文化经验，因为它缺少立足的根基。面对争奇斗艳的西方影视理论，作为一个文化大国，我们总不免有些尴尬。有鉴于此，我们愿意同影视界的艺术家和理论家一道，在影视领域里摸索出一条具有民族文化特征的中国之路。影视艺术中国学派的诞生，需要影视艺术家的努力，也需要影视理论家和研究者的深入研究。只有影视艺术的创作实践和理论研究都达到相当的高度，才有可能创造出富有中国作风、中国气派的影视艺术作品。

艺术是一个民族的美学纪念碑。影视艺术也是如此，它是特定民族和时代的形象表达，既是个人的，又是民族的、时代的。正如法国艺术理论家丹纳所说："要了解一件艺术品，一个艺术家，一群艺术家，必须正确地设想他们所属的时代的精神和风俗概况。这是艺术品最后的解释，也是决定一切的基本原因。"① 深入时代、深入人民、深入民族，是一切伟大艺术的共同特征。

本套教材旨在以中国美学为支点，观照中国影视艺术的发展，总结其成功的经验和失败的教训，为建立中国影视美学体系做出努力。

影视艺术是最年轻，也是最有发展前途的艺术形式之一，希望同学们通过学习认识影视本质，掌握影视语言，了解影视发展历程，分析影视艺术作品，以中国美学的独特视点去研究影视艺术现象。既吸收世界影视艺术的精华，又坚持中国文化的民族特征，实现中国美学与西方美学在中国当代影视艺术实践中的汇融。只有这样，我们才能创造出具有现代意识与民族风格的影视作品，建立影视艺术的中国学派。

新的世纪已经到来，未来属于中国青年一代。

黄会林
北京师范大学资深教授、中国文化国际传播研究院院长

---

① ［法］丹纳：《艺术哲学》，傅雷译，7页，北京，人民文学出版社，1963。

作者自序

常有初学者恭敬而神秘地询问：编剧有什么诀窍、秘籍？

编"剧"，实质是编"生活"。没有对时代生活的体验、感受及悟觉，绝难编出好剧来。因之，一个好的编剧，最重要的不是学习编剧技巧，而是体味生活，认知时代，首先做一个生活中的"有心人""健康人"，而不是拒绝生活，凭空想象，自闭于"象牙塔"中，甘当"匠人"，或病态地自以为是。否则，本末倒置，是难有大作为的。

终极一句：要做个好编剧，先做个明白健康人。

编剧，确是个系统工程。

为什么写？写什么？怎么写？终极效果将怎样？将遇到怎样的制约与门槛？自己要有怎样的文化及艺术心态与对应策略？都要提笔前认真考量的。具体说，就是前期策划、题材选择、题旨设定、人物设置与剧情编织、艺术表达、社会机制允许度以及当前观众的反应预期，乃至从文化产业层面的相应考虑，都必须在提笔前运筹帷幄。否则，不啻盲人骑瞎马，夜半临深池。

一般作者都重视"编剧"本体，尤其在"剧本内"下功夫、展才华，却忽略了前人"功夫在诗外"的提示。

因此，有必要在此强调：若想成为一位成功的剧作者，必须先"跳出三界外，再入五行中"。

于是，本教程有意将宏观的人文追求、社会定位、文化策划与具体的编剧过程、美学提升及艺术表达，试融为一体，形成"剧本创作"的一个小小的"系统工程"，以避免单纯的技巧传达与方法介绍。

一般而言——

初学者，还是要锤炼"讲好故事"的基本功，因此，可先看第二编**"影视剧本创作过程论"**部分；

已经具备不错的编剧功底的作者，则可在影视创作文化方面上花些精力，以求得一定的社会综合价值与预期的时代文化意义。

若更进一步，从"匠人"升为"艺师"乃至"艺术家"：在戏剧本质与美学品格及类型方法层面，可以再上一层楼。（见第一编**"'戏'的本质与美学类型论"**）

当然，凡事过分"系统"，往往造作；指引过于理性，总觉刻板；阐述过于"规范"，难免中庸。对于剧本创作而言，一旦思维"程式化"、感觉"学理化"，怕也难有灵动的创作了。因之，读者翻览本书时，也不必拘泥：觉得哪部分有用，或对哪部分感兴趣并还能看得下去，可尽管颠倒错乱、不顾章节次序。

若一定要说本书有什么特色，以便"推销"的话，则内中多少涵融些笔者一己的实际创作体味，稍异于同类著述的"严正规范"或"精微细碎"，或可勉强称之。

本书自成书以来，用于高校以及社会各层面的剧作教学已近二十年，虽经前四版的补充调整与修改更新，但主体内容、基本观念与所举大多例证，没有过大的变动，可能会使读者有"陈旧"的感觉。本次再版，因时间与精力所限，也没有更多的基础性变化。在此，真诚致歉。

最后，特别要对当前一些"成熟"的职业与半职业编剧说：一味追风、猎奇或虚空演绎，可能博得个人一时的名利，但若无社会与时代的健康根基，最终废掉的，则是已经病弱在身的当代影视业整体。而最终，大家一起沦落、窒息于混沌之中！

桂青山
于北师大励耘楼

目　录

第一编　"戏"的本质与美学类型论

第二编　影视剧本创作过程论

第三编　影视剧本创作方法论

第一编

"戏"的本质与
美学类型论

第一章
"戏"的本质与体现

影视编剧，就是编"戏"。

那么，什么是"戏"？它的本质是什么？它又是怎样体现在林林总总的影视作品之中的？这对于每一个编剧来说，是含糊不得的。否则，"以其昏昏，使人昭昭"，只能贻笑大方。

第一节 "戏"的本质

对任何事物，只有在了解了它的本质之后，才能真正地认识它，才能自如地把握运用它。编剧的任务既然是编"戏"，那么，就一定要对"戏"有本质的了解。而到底什么是"戏"呢？

常见从电影院出来的观众大声议论、常听看完电视的人们大发感慨："还行，有戏看"或"没戏。一点都不好看！"以至在日常生活中，也常常听到人们对某件事的评价："有戏！"或"根本没戏！"可见，"戏"之有无，事关重大、决定成败乃至存亡了！

但是，"戏"之有无，只在于它好看不好看、有意思没意思、热闹不热闹、精彩不精彩或者激烈不激烈吗？

其实好看也好、有意思也罢，这毕竟只是观众的主体感受，至多可以说是"戏"的某一层面的表象而已，均没有论到"戏"的本质上去。

影视与戏剧理论家对"戏"的说法也不尽相同，有的说写戏就是写人物，有的说编戏就是编情节，有的认为影视剧就是要强调"运动"，有的阐述电影与电视最重要的是讲求蒙太奇艺术……

那么，"戏"的本质到底是什么？

中外戏剧、影视理论家们对这个问题，确有不同看法，有一个认识过程。我国近代的王国维道："戏曲者，谓以歌舞演故事也。古乐府中，如焦仲卿妻诗、《木兰辞》、《长恨歌》等，虽咏故事，而不被之歌舞，非戏曲也。《柘枝》《菩萨蛮》之队，虽合歌舞，而不演故事，亦非戏曲也。唯汉之角抵，于鱼龙百戏外，兼搬演古人物……所搬演之人物，且自歌舞。然所演者实仙怪之事，不得云故事也。演故事者，始于唐……"[①] 简言之，王国维认为，戏应是通过歌舞所搬演的现实生活里的故事。很明显，他在这里所说的，其实还只是戏剧的外形，还没有深入论述到"戏"的本质上去。

哈佛大学教授贝克在其《戏剧技巧》一书中则指出，戏剧的本质或曰基础是动作与感情。他引戏剧的历史来证明：戏剧从一开始就是以动作为主的。最原始的戏剧只有动作，没有语言与诗歌，如阿留申岛上的土著人演出打猎——一个人扮演猎人，一个人扮演鸟。猎人用手势表现他遇到这只漂亮的鸟很高兴，扮演鸟的人则表示害怕、设法躲避。猎人弯弓打鸟，鸟倒地而死。猎人大乐，跳起舞来。后来他感到不该打死这只美丽的鸟，

---

① （清）王国维：《王国维戏曲论文集》，201 页，北京，中国戏剧出版社，1957。

又悲哀起来。这时，鸟死而复生，变成一个美女，投入了猎人的怀抱。可见，动作应是戏剧的"中心"。而感情则是戏剧的"要素"，因为戏剧动作的最终目的是要在观众心中创造"情感反应"。因此，准确地传达感情，是一切好戏的最重要的基础。感情是通过动作、性格刻画和语言来传达的。[①] 贝克的论说进了一步，但仍只停止在戏剧的"表现"或"传达"层面，尚没能深入到本质上去。

法国著名戏剧理论批评家**布轮退尔**对戏剧本质的看法则如下述。他首先对当时戏剧理论家、批评家们喋喋不休的关于戏剧创作"法则"的讨论表示反感，认为他们所谓的"法则"都是些迂腐不堪、枝枝节节、可有可无的东西，例如他们讨论写剧本到底是应该先有人物呢？还是先有情节或戏剧情境呢？要不要遵守"三一律"呢？悲剧情节与喜剧情节可不可以同时出现在一个剧本里呢？……他认为，重要的是要寻找戏剧的"规律"或本质。他对戏剧本质的定义则是："戏剧是人的意志与限制和贬低我们的自然势力或神秘力量之间的对比的表现。"他强调"人的自觉意志"是戏剧的主要动力，因此剧本中的主人公必须是坚强的、刚毅不屈的。对一出戏剧价值的评价，他以主人公意志的强弱或高低为标准——这出戏比那出戏好，就是因为这出戏里的主人公的意志强于那出戏里的主人公。[②] 简言之，戏剧的本质就是要表现具有坚强性格的人。这观点确实不俗，已经论到戏剧之所以为戏剧的内在因素了。但只限于"主人公意志"这一点，并以其强弱为衡量戏剧价值高低的唯一尺度，仍嫌窄束，有碍戏剧创作多方面与多层面的展开。

英国的**威廉·阿契尔**则认为戏剧的本质或要素只能是"危机"。"一部戏是在命运或环境中或快或慢地发展着危机，而一场戏剧性的情境就是危机中的危机，清楚地把戏剧情节推向前进发展。""戏剧可以称之为危机的艺术，正如小说是逐渐发展的艺术。"[③] 此论接近深层本质了。但稍觉"耸人听闻"：一部戏内，总处在危机之中，怕也太紧张以至于劳累了吧？另外，若每部戏都必须如此，也会成为戏剧创作的一种"制约"了。

美国当代著名戏剧与电影理论家**约翰·霍华德·劳逊**对戏剧的认识是："戏剧的基本特征是社会性冲突——人与人之间、个人与集体之间、集体与

---

① 参见［美］乔治·贝克：《戏剧技巧》，第2章"戏剧的要素：动作与感情"，余上沅译，北京，中国戏剧出版社，2004。

② 参见顾仲彝：《编剧理论与技巧》，第3章，第1节，北京，中国戏剧出版社，1981。（该书译为"布轮退耳"。）

③ ［英］威廉·阿契尔：《剧作法》，转引自顾仲彝：《编剧理论与技巧》，71页，北京，中国戏剧出版社，1981。

集体之间、个人或集体与社会或自然力量之间的冲突；在冲突中自觉意志被运用来实现某些特定的、可以理解的目标，它所具有的强度应足以使冲突到达危机的顶点。"① 应该说，"冲突说"才是真正点到了戏剧创作的本质！

对戏剧创作深有体会的我国的**老舍**先生便与劳逊观点相同："写戏须先找矛盾与冲突，矛盾越尖锐，才会越有戏。戏剧不是平板地叙述，而是随时发生矛盾，碰出火花来，令人动心。"②

电影与戏剧理论家**陈荒煤**也说道："'戏'，对一个导演来说，最重要的，恐怕就是如何把戏剧的冲突更鲜明、更强烈、更真实地表现出来。"③

列夫·托尔斯泰则从反面谈出自己的看法："我很喜欢契诃夫，而且看重他的作品，可是他的剧本《三姊妹》，我却看不下去。那剧本是甚么意思？一般说来，近代作家失去了戏剧的观念。戏剧不是告诉我们一个人的一生的故事，它得把那人放在一个局面里，拴上一个扣子。"④ 什么是扣子？——就是指矛盾冲突。就是指要把人物置于某种冲突之中。

其实，就从中国汉字"戏剧"两字的来源，也可以体会到冲突在戏剧中的作用。汉字的"戏"，原写作"戲"，《说文》解释道："戏，三军之偏也，从戈，虍声。"而"偏"是指古代的战车，二十五乘谓之偏。而"戈"则是指武器。——可见，古人之"戏"，就是指激烈的战争之类的冲突。而"剧"，原写为"劇"，从"刀"，"豦"声，《说文》释曰："豦，从豕虎，豕虎之斗不舍也。"以刀与野猪、猛虎搏斗以求生存，这还不是强烈的冲突吗？

到了现当代，从戏剧理论上，可以说已经确立了"戏剧的本质是冲突"的观念。《简明不列颠百科全书》对"冲突"的解释为："决定一部文学作品的事件类型或情节的对立力量。冲突的最简单的形式，是主人公和另外的人的斗争。但冲突也可以是个人与自然界、社会命运或与其自身的矛盾势力的斗争。"作为文艺用语的"冲突"，指"现实生活中，人们由于立场、观点、思想情感、要求愿望等的不同而产生的矛盾冲突在文艺作品中的反映。在叙事性作品中，冲突是构成情节的基础，是展示人物性格的手段；

---

① ［美］约翰·霍华德·劳逊：《戏剧与电影的剧作理论与技巧》，邵牧君、齐宙译，213页，北京，中国电影出版社，1961。

② 胡洁青：《老舍论创作》，188页，上海，上海文艺出版社，1980。

③ 陈荒煤：《说"戏"》，载《文艺报》，1959（13）。

④ 北京师范大学中文系文艺理论教研室：《文学理论学习参考资料》（下），187页，沈阳，春风文艺出版社，1982。

戏剧作品特别注重冲突的展示，没有冲突就不能构成戏剧"①。

而从另一个方面，即从对中外古今所有获得成功的优秀剧作的实证分析中，也可以清楚地体会到"戏"的本质所在（因后面有分类剖析，此处不一一列举）。总之，无论从中外戏剧、影视的历史中，还是从上述所引的中外有关戏剧、影视创作的理论里，我们都应认识到：冲突，是任何"戏"的本质之所在、生命之所在。

第二节　"戏"的体现方式

之所以有一些理论家偏执地反对"冲突是戏剧的本质"这个观点，主要是由于他们对冲突在戏剧中的体现方式，有一种偏执、狭窄的理解。比如英国戏剧家琼斯道："一部戏从头到尾展览着一连串人们意志的冲突，用行动来表演，从开幕到闭幕，一点安静的场面也没有。这就成为粗糙猛烈的情节剧，结果牺牲了人物塑造。……行动进展得这样猛烈、迅速，显然在生活里是不可能有的。而这样的戏就失去了它的主要目的——给生活一个真实的反映。"② 可是，我们要问：冲突的体现，只是"猛烈、迅速"的一种方式或风格吗？而且，"猛烈"的情节剧就一定"粗糙"，"牺牲了人物塑造"，不能"给生活一个真实的反映"吗？！

历览中外影视创作，我们就可以发现：上述看法过于偏执，乃至大谬不然。实际上，对戏剧冲突，我们应该有多种品格的理解与认知：就其程度而言，有强化的冲突与淡化的冲突；就其层面而言，有外在冲突与内在冲突；而就其表现而言，又有显形冲突与潜形冲突；就其组合来说，则又有情节小冲突与剧情大冲突。只有这样，才能开阔视野与思路，进而创作出多品类、多风格的影视作品来。下面，我们一一加以介绍性论述——

一、情节小冲突与剧情大冲突

可以说，任何影视作品都是由情节小冲突与剧情大冲突组合而成的。只有前者，全剧势必肤浅；而只剩后者，剧情则难免干巴。这组冲突的设计是剧本之本，首先要考虑的！

所谓"情节小冲突"，是指在整体戏剧演进过程中，每一场面内、每段

---

① 《文艺评论丛刊》（第一辑），432 页，上海，上海人民出版社，1976。

② 转引自顾仲彝：《编剧理论与技巧》，第 3 章，第 1 节，北京，中国戏剧出版社，1981。

情节中所体现的具体的、直观的冲突，它们就像戏剧骨架上的血肉，使剧情丰满充实；所谓"剧情大冲突"，则指整部戏剧赖以奠基、所以形成的总体冲突或曰核心冲突，它是确立一部戏骨架结构的"戏魂"。

比如在美国著名影片《卡萨布兰卡》里，每一个场面内都有一系列情节型小冲突，即使在影片刚开始、只为完成背景介绍任务因而极平板的"叙述"中，也是如此：

（1）德国人占领法国人管理的城内，疾驶而来的警车冲破沉寂，人群躲避、逃散，警察冲入旅馆撞进各个房间时，出现一个吊死的人影！（2）街道一角，警察拦住一个路人在盘查……那人突然逃跑，警察开了枪……（3）一对被吓呆的匈牙利年轻夫妇到警察局想申请离境护照，却看到大批的难民绝望地被赶了出来。而又有大批难民涌向警察局……（4）一对英国夫妇向一个接近他们的欧洲人询问情况，明白要想离开此地，比登天还难。那人离去后，欧洲夫妇才发现被偷了钱包！（5）难民们怀着渴望、仰头看飞来的"能载他们脱离苦难的"飞机。而从飞机上下来的却是阻止任何人离去的德国法西斯少校！（6）德国少校与迎接他的法国上尉貌合神离、彼此暗斗的场面……（7）里克饭店中，美国老板里克既不爱女人，又不吝惜金钱的举止言行，令人疑惑不解……

上述每一种情境内，都包含着引人入胜的或强烈或含蓄的情节冲突，而在这一系列小的引人入胜的冲突演进过程中，在观众兴趣盎然的观赏同时，已经完成了片头背景的"叙述"。试想，若没有或缺乏这些情节小冲突的"血肉"，只干巴巴扫描一下形势，平淡地介绍许多方面的背景，影片一开始就会使人感到乏味了！而此剧的剧情大冲突是什么呢？——它就是法西斯势力与由各种、各阶层人物所组成的反法西斯阵营的殊死斗争！没有这个奠基的"戏魂"，则前面所有小冲突都只能支离破碎、无所依附了。

强烈型冲突的戏剧如此，淡泊型冲突的戏剧同样如此。

比如日本影片《远山的呼唤》："剧情大冲突"是冷酷无情的社会和自然环境与弱小孤单但刚强善良的普通平民的冲突，这个冲突潜于整个戏剧的演进过程中。在某种程度上，我们可以说——《远山的呼唤》之所以成功，在于它从始至终的"情节小冲突"的编剧设计与演员展示的出色。但不能忽略的是：如果没有上述"戏魂"笼罩、潜润、渗透在每一场面内的每一个情节小冲突之中，这部影片能有如此巨大的情感触动与人性感染吗?！

因此，对于一个好的编剧来说，两种冲突都要重视，不可厚此薄彼。

要善于将两种冲突艺术地融为一体。而有必要提出的则是，现在一些编剧对"情节小冲突"设计极好，却忽略了在确立"剧情大冲突"时，对"天时、地利、人和"三方面的深层文化探究，这种影视操作是绝对出不来文化与艺术双方面的精品的。我们对此应有所借鉴。

二、强化冲突与淡化冲突

所谓强化的戏剧冲突，是指浓缩、综合生活中的矛盾冲突，并强烈地加以表现的那种戏剧冲突。这种冲突型的戏剧，曾是中外影视剧作的主要类型，即使现在，仍是丰富多彩的影视剧作领域内一种重要类型。这种冲突的特点是：它不满足对题材所蕴含的生活矛盾作"一般性"体现，而是尽可能发掘、组织与这矛盾相关的多方面、多层次、多线索的人事纠纷，并使之更加集中、更加复杂，进而形成更为强烈、更为紧张的戏剧冲突。萧统《文选序》谓"踔其事而增华，变其本而加厉"，对其特质的概括，可谓言简意赅。

强化冲突的营构方法有三——

浓缩型：将散淡的人间冲突提纯、浓缩，以营构出引人入胜的强烈的戏剧冲突。比如苏联影片《第四十一》。

夸大型：将生活情景中的日常冲突特意夸大，以形成"踔其事而增华，变其本而加厉"的速滑效果。如我国影片《菊豆》。

组合型：将生活中不同的冲突组合在一起，以形成强烈的引力与震撼。比如日本影片《追捕》：主人公与黑社会的矛盾冲突，主人公与警方的冲突，两者组合在一起，就比单一的冲突展现更为引人。

上述三种强化冲突的营构，也往往同时体现在一部作品中。我们且以美国影片《卡萨布兰卡》为例说明之：

如果就这部影片所表述的题材而言，确实属司空见惯的那一类——一个反法西斯战士逃离德军占领区的故事。这里面自然有矛盾冲突，也能引人。但如果只简单地描写矛盾双方如何斗智斗勇，战士终于逃离，就只能拍个"一般"的影片了。而本剧的创作者却没有简单地处理这个题材，而是极力使之强烈化、复杂化——

首先，将矛盾的"双方"增加成矛盾的"五方"，即反法西斯战士捷克斯洛伐克人拉斯罗、德国占领军少校司特拉斯、旅店老板美国人里克、既是拉斯罗的妻子又是里克情人的依尔沙、德国人控制下的法国维希政府上尉雷诺。

然后，再使这五方相互之间构成错综复杂的矛盾冲突。

第一组矛盾：拉斯罗与司特拉斯之间，是盖世太保与反法西斯战士你死我活的冲突。拉斯罗急于逃离德国控制的卡萨布兰卡到美国去，以重新投身战斗，司特拉斯则要监视、逮捕他，使他重入监狱、挂上绞刑架。

第二组矛盾：里克与拉斯罗因为都爱依尔沙，并都与之有过真挚的爱情（乃至婚姻关系），而形成矛盾。尤其是——拉斯罗可获得的唯一的一张出境证，就在里克手中！

第三组矛盾：里克与依尔沙的情感冲突更微妙而深沉。当初，两人热烈相爱，誓同生死。可是，当里克与她约定一起离开即将被德国人占领的法国的时候，她却突然甩了他。而现在，她却又和另一个男人一同出现，并要求里克将唯一的那张出境证送给他的情敌！

第四组矛盾：雷诺与司特拉斯之间并不和谐。雷诺虽然是好色、受贿之徒，但仍有法国人的自尊心与爱国情，他并不甘愿做德国人的傀儡；而司特拉斯对雷诺的态度则是既要利用，又要监控。两者貌合神离。

第五组矛盾：司特拉斯对里克也存着戒心，因为几年前里克曾是积极的反法西斯主义者。

第六组矛盾：里克与雷诺之间，两人观念不同，并且明争暗斗，互相利用又彼此防范。

……

从以上内容中，可以清楚体会出这种戏剧类型的特色了。同时，我们也看到，强化的戏剧冲突不但不一定粗糙，而且对人物的塑造反而大有裨益！

这种剧作在中外影视创作中不胜枚举。而且冲突的具体表现也是多种多样的，除如《卡萨布兰卡》这样多重矛盾相互交叉、几条线索彼此纠缠的一类外，还有其他的冲突设计。像美国影片《亡命天涯》《魂断蓝桥》《末路狂花》，日本影片《追捕》《人证》，我国影片《菊豆》《春桃》，等等，均可作为例证。

所谓淡泊冲突，是指并没有激动、强烈的情节，也不倚重紧张、凶险的场面，而是在似乎自然的生活状态中所体现的那种矛盾冲突。这种冲突，表面看来似乎松散、平淡，不似强烈冲突那样具有刺激性，但真正优秀的淡泊冲突的剧作，却往往因其所具有的普遍性，更易获得观众的情感共鸣以及更深一层的理性感悟。所谓"无戏之戏"，其实更为上乘，也更难能可贵。

日本影片《远山的呼唤》就属这种类型。在这部作品中，并没有强烈的、扣人心弦的情节性矛盾冲突，基本是描述一对普通的平民男女在日常劳动生活中逐渐产生爱情的故事。民子是丈夫死去、与儿子相依为命、靠养牛为生的要强、自尊的中年女子，耕作是一个因某种原因而背井离乡的中年男人，耕作来到民子的农场打工。开始时，民子处处提防这个突然闯来的男人，后来经过观察和进一步的接触，逐渐对这个虽表情冷漠却本质善良、虽少言寡语却刚强正直的男子汉有了信任感。而耕作一方，也在一段事不关己、冷淡旁观的过程后，对民子产生了好感。后来，虽有些小小的生活性情节起伏、不时的人事间寻常的小冲突，但基本上是用"生活流"的"笔触"，来描述两人之间不断萌生的情感故事。直到影片即将结束时，才陡然一笔，使观众产生强烈的"情感冲动"。而就全篇来说，它的剧情基础不是紧张、强烈的矛盾冲突，而是自然而然的、逐渐发展的、几乎是淡淡的日常生活的描述。而高妙处也正在于此——在这淡淡的描述间，却能抓住观众，引其渐进佳境，进而使观众获得最终的强烈的艺术触动。

这类剧作也不乏见，像苏联影片《两个人的车站》《办公室的故事》、意大利影片《温别尔托·D》、美国影片《克莱默夫妇》、日本影片《啊，无声的朋友们》、我国影片《人到中年》《哦，香雪》等，都可称表现淡泊冲突的优秀剧作。

有一点要解释：所谓"淡泊冲突"只是指其外在的情节、情境的构成风格，而不是指其冲突的内在性质。因为任何冲突的产生，都是源于对立的不能调和的两种价值体系。抽象些说，任何的"善与恶""真与假""真理与谬误"都是势同水火的两方，是不共戴天的！但体现这种种冲突的具体构成，却可以有大有小，有强有弱。因此，以为淡泊的冲突只是反映无足轻重的小是非，乃至无是非，就大错特错了。

三、外在冲突与内在冲突

外在冲突，是以人事外部形态的冲突为主。而内在冲突，则是主要表现人物内心世界的矛盾冲突。两者虽不可能截然分开，但编剧在具体创作时，则应因既定把握而有所侧重。侧重点不同，则剧作的整体结构、情节设计与人物造型也必然不同。

以外在冲突为主的剧作，美国影片《生死时速》是比较典型的例证。影片表现警察与罪犯斗智斗勇，主要情节：罪犯在一辆公共汽车上安装了炸弹，并且言明汽车必须保持每小时 50 英里（约合 80 千米）以上的速度，否则，他将引爆炸弹。于是，一个英勇、机智的警察从自己的车上跃到公共汽车里，指挥一位并不熟悉驾驶技术的女子，解决各种危机，终于既保证了乘客的安全，又抓住了遥控引爆装置的罪犯。此片场面惊险、悬念强烈，双方进行生死角逐，冲突之猛烈，令人瞠目结舌。

所有以外在冲突为主的影片大都如此：一般不表现人物内心世界的复杂活动，而重情节的起伏跌宕、变化多端。像美国影片《关山飞渡》、《迷魂记》（又名《恐高症》），我国影片《地道战》《南征北战》以及《新龙门客栈》等武打片、动作片，均属此类。

而随着现代社会生活的深刻化、复杂化及平常化，那种与日常生活迥异的奇特、惊险、猛烈、夸张、以外部冲突为主的戏，难免给人某种"隔离感"，于是，以表现人物内心世界为主的影片受到现代观众越来越多的关注与喜爱。

内在冲突还可以分两种："场面内的潜在冲突"与"全剧后的潜在冲突"。

前者是指潜在于某一平静场面内的冲突，后者是指潜在于表面"没有冲突"的全剧之后的冲突。

在《克莱默夫妇》这部影片中，前者的体现十分突出、频繁。

比如，当妻子离家出走后，终于来了一封信的那场戏：克莱默高兴地打开信封，与儿子共读——表面看来，这场戏什么冲突也没有。父亲兴高采烈地给儿子读信，儿子手拿电视遥控器，认真仔细地倾听……

克莱默一字一句、很有兴味地念着："妈妈是爱你的，妈妈的出走与你无关，……妈妈爱你，我的儿子。我虽然不在你的身边，但我的心一直没离开你，一直在你的身边……"

比利听着听着，什么也没有表示，只突然用遥控器把电视的声音放得大大的，淹没了父亲读信的声音……

此时的父亲停止读信，看着自己的儿子，说："那，咱们明天再读吧。"说罢，弯下腰，低下头来，与儿子拥抱在一起，并马上关了照着自己脸的台灯……

表面看来，这场戏没什么冲突、毫无波澜。但是，编剧却在这表面平静的场面里，营构了无形然而却十分强烈的潜在冲突！

我们可以设想：本来，克莱默终于盼来妻子的来信，欣喜万分，以为信里面一定是回心转意、要重归于好的内容；儿子也非常高兴，以为妈妈就要回来啦！可两人都大失所望——妻子的信只是写给儿子的，而且没一句问候克莱默并表示要和好的语言；妈妈的语言虽然亲切，却只虚伪地表示"爱比利"，还是不要自己的儿子——此时，两人的心境会是如何！

所以，表面上克莱默依然微笑着为儿子读信，并为妈妈"如何如何爱比利"而为儿子高兴，试图使儿子不伤心，但是，他内心的失望所引发的痛苦该是多么强烈！他表面的笑容底下，又潜蕴着怎样的悲伤！他拥抱着儿子，马上闭了灯——他只是不希望儿子看到自己涌流的眼泪呵……

在比利一方，听着妈妈信中那些话，他失望至极，也愤怒至极！他不能理解妈妈为什么不爱自己、不要自己，因此信中的那些语言，只叫他感到虚伪、造作，他再也不想听下去了，所以用放大电视声音的方式来发泄自己的悲愤！

——看，在似乎平静的场面中，蕴含着怎样的冲突！而这种冲突，只从人事活动的表面，是根本看不出来的。这，是"场面内的潜在冲突"的典型体现。

用似乎静止的、平静的、正常的场面，蕴含激烈的人物或事件的潜在冲突，在影视作品中多有体现（如《大红灯笼高高挂》的许多镜头），在此不一一列举。总之，"无中生有""静中显动"，是值得我们仔细琢磨、认真体会的。

如果说"场面内的潜在冲突"在影视理论界尚有研究的话，对"全剧后的潜在冲突"就不大有人理会或认可了，也往往因认知的相左，而产生一些理论争端。某些表面上确实没有冲突的戏，可又偏偏获得观众的好感，甚至喜爱，其原因何在？它们是否可以证明：没有冲突，也能成为优秀的剧作？

比如，日本影片《伊豆的舞女》，情节淡泊，内容平浅，不过是描述了一个假期旅行的学生，在旅途中与流浪艺人邂逅，与其中一个年轻舞女互有好感，后因开学在即，不得不恋恋不舍地分手的故事。综观全片，几乎没有任何戏剧冲突，只向观众呈现出一幅清新纯净、优美动人而略带感伤的风俗画卷。其中，人们的质朴，风光的美丽，青春少女情窦初开的纯洁、欢乐，年轻学生对爱情的憧憬与执着的追求，流浪艺人漂泊不定的行踪，民俗风情水墨画般的展示……如一首抒情散文诗。既没有大起大落的情节，也没有紧张激烈的场面，在某种程度上可以说，这个影片是以意境取胜的。

可是，它真的没有冲突吗？广大观众之所以喜爱它，仅仅是由于要欣赏一幅水墨画吗？像这类影片，我们分析它的冲突体现，就不能"只在庐山之中"，而要跳出影片，站在它所处的社会大背景上，并从广大观众何以喜爱它的接受美学角度，再回头发掘它的戏剧冲突之所在。这时，我们就会发现——观众之所以喜爱它，就在于观众通过它，可以获得某种精神或情感的平衡，在现实生活中已经失去或不能得到的某种东西，因重新体味影片而片时获得了！

于是，我们才发现，这类影片的冲突，其实是影片所反映的生活（或情感、或观点）与观众置身其间的社会现实生活的强烈反差所形成的冲突。这种冲突，是也只能是通过观众的思想或感受，才得以形成、得以展现的。——这，就是全剧后的潜在冲突。

这类冲突的体现也不乏其例，像我国影片《城南旧事》，它体现的是现在的人们的心境、处境与当年旧北京生活的人事情景沧桑变化、隔膜遥远、互相迥异的冲突；像我国影片《周恩来》《那人·那山·那狗》等，则是由于剧中人物的高风亮节、无私奉献精神与现实社会生活中的相反现象强烈对比，所形成的观众内心世界的冲突。这是一种"无冲突之冲突"、一种潜在的通过观众情感或思想来体现的冲突。

有必要提醒：这里所说的"无冲突之冲突"，与只能一味唱赞歌、写光明面的种种论点，有着本质的区别。后者是掩饰现实冲突，是"反现实主义"的；前者则是特意利用影片内容与社会现实的反差，使观众产生艺术触动，进而使冲突得以实现。

上述对"戏"体现方式的分类介绍，只为了使读者开阔对"戏"的认知的视野，能从理性上多方面、多品格来理解、把握它。而在具体戏剧创作中，以上这些"戏"的风格，往往是相互交融、彼此组合，很少"独往独来"的。所以，在对"戏"的本质与体现方式有了理论上全面的认知后，希望我们的影视编剧们能够明白"用兵之妙，因权济变，全在乎一心"。这样，我们在编剧时，就不会脱离生活现实，一味拼凑离奇、荒诞、强烈、紧张的人为情节，使人不屑一顾；或者相反——完全忽略"冲突对剧情的不可或缺"，毫无匠心地涂抹些散淡人事，因其毫无艺术张力，使观众不堪终场了。

第三节　"戏"的美学类型

关于电影的类型，各有不同说法。有从地域上分类，于是便有都市片、农村片之说；有从题材上分类，于是便有爱情片、军旅片、警匪片、武侠片（打斗、动作片）、民俗片、历史片、灾难片……之说；有从手法上分类，于是便有"现实"片、"纪实"片、"荒诞"片、"象征"片……之说；有从风格上分类，于是便有诗电影、散文电影、戏剧电影之说；有从意识形态上分类，于是便有主旋律电影、大众电影（商品电影）、精英电影（文化电影）之说；还有其他的分类法，诸如东部片、西部片；美国式好莱坞影片、欧洲式艺术片……

所有上述分类，虽然没有错误，但委实杂乱了些。如果说理论家、评论者们出于评说的方便而特意如此，未尝不可。但作为编剧，则往往并没有预先的人为规范，并不是先定下某种类型，以之为桎梏，然后再进行创作的。

因此，若能以某种规则对所有的各类影片作出"大体的"分类，使编剧人员在具体创作中得到实际引领，使之既有"量体裁衣"的考虑，又避免"削足适履"的窘迫，才好。

于是本书力求摒除各类影片表象、形式上的区别，只从"戏"的内在实质——也就是"冲突"的审美层面，将电影剧作冲突的美学类型界定为：悲剧、喜剧、正剧与后现代戏剧。在理性论说的同时，各自配有相关影片的实证剖析，以求对电影创作者有些更实际的助益。

当然，对任何物种的分类，尤其是对人文科目的分类，都不可能绝对恰当。因此，若能相对某一领域，有大体的科学理论性及实际指导性，也便是了。

另外，电影的发展是建立在文学等艺术的基础上的，则孕育它的其他门类艺术的基本规律与法则，就不能不在研讨之内——否则，只就电影论电影，势必有坐井观天之虞，难成"大法眼""大手笔"，只会成为"小匠人"。故，本书特意介绍有关文学及其他艺术门类的理论与实践并对之加以评价，以期扩展视野、增加深度。

第二章
"戏"的审美类型(一)：
悲剧

第一节　什么是悲剧

关于悲剧，古往今来众多学者论述甚丰。

世界上最早提出悲剧定义的，公认为古希腊的**亚里士多德**。他论道：

> 悲剧是对于一个严肃、完整、有一定长度的行动的摹仿；它的媒介是语言，具有各种悦耳之音，分别在剧的各部分使用；摹仿方式是借人物的动作来表达，而不是采用叙述法；借引起怜悯与恐惧来使这种情感得到陶冶。

接着，他又展示了悲剧的六个组成部分：

> 整个悲剧艺术的成分必然是六个——因为悲剧艺术是一种特别艺术——（即情节、"性格"、言词、"思想"、"形象"与歌曲）……六个成分里，最重要的是情节，即事件的安排；因为悲剧所摹仿的不是人，而是人的行动、生活、幸福……悲剧中没有行动，则不成为悲剧，但没有"性格"，仍然不失为悲剧。……因此，情节乃悲剧的基础，有似悲剧的灵魂。①

学术界一些人对于权威论断，往往有自觉或不自觉的因循与遵从，纵使已经感到其间的某些不相伦类。如一位论者引述上面文字后写道："尽管亚里士多德的悲剧理论主要从悲剧人物特点和悲剧观众心理状态方面来进行论述的，但它仍然是反映社会、反映社会中人的情感的一门综合艺术。它奠定了西方美学史上悲剧性理论的基础。"② 这就多少有些误导了。因为亚里士多德的上述论说，实质上只是在论"戏之所以为戏"，简言之是只在论"戏"的定义及其要素，而不是特地来讲悲剧之"悲"的。在古希腊时代，被公认的、能登大雅之堂的戏剧品种，只是表现宫廷贵族、英雄烈士"崇高悲壮"内容的悲剧（而表现平民百姓日常生活的"喜剧"，则被视为低级庸俗的杂耍一类，根本不能跨入艺术殿堂），亚氏是以当时一枝独放的

---

① ［古希腊］亚里士多德、［古罗马］贺拉斯：《诗学·诗艺》，罗念生、杨周翰译，19～23 页，北京，人民文学出版社，1962。

② 牛国玲：《中外戏剧美学比较简论》，101～102 页，北京，中国戏剧出版社，1994。

悲剧为对象，来归纳"戏剧"定义及其要素的。这在当时，实属自然；而今天的我们若以之为"金科玉律"，认为这就是悲剧的最高定义，只是礼拜、不作辨析，就有泥古不化之累了。

马克思对悲剧的论断更具权威性：

> 当旧制度还是有史以来就存在的世界权力，自由反而是个人突然产生的想法的时候，简言之，当旧制度本身还相信而且也必定相信自己的合理性的时候，它的历史是悲剧性的。当旧制度作为现存的世界制度同新生的世界进行斗争的时候，旧制度犯的是世界历史性的错误，而不是个人的错误。因而旧制度的灭亡也是悲剧性的。[①]

恩格斯对悲剧的定义则是："历史的必然要求和这个要求实际上不可能实现之间的冲突。"我们不能轻易否定上述论断从历史角度高屋建瓴地对悲剧实质的把握与审视，但也应清醒意识到：革命导师毕竟"只是"从社会历史进程的宏观角度来谈悲剧与悲剧性，若将它们当作艺术上创作悲剧的不可逾越的法典，也会造成人为的艺术桎梏。

比如就上述两位导师的阐述本身，也含有彼此的制约：马克思讲，旧制度的灭亡也可以呈悲剧性体现；而恩格斯则认为历史的必然要求不能得到实现，才属悲剧。再如，能否表现与历史进程无关的纯个人性格的悲剧？能否表现一般状态下善与恶、正义与邪恶……相争斗所形成的悲剧？能否表现两种或两种以上势力（或人物）并无善恶之分而只因某种误会、某种不可把握的"机遇""命运"而出现的悲剧？……

再如**车尔尼雪夫斯基**对悲剧的论断："一切人类活动……在某种程度上和大自然斗争，破坏了大自然的自发的活动。然而大自然也不会放弃自己的规律，人的事业突然地或者逐渐地遭受看来是自然界的破坏，而人自己也受到自然界的破坏。……这一种人类跟主宰着自然界以及其他人们活动的外在的必然法则进行艰苦斗争的规律就是悲剧。"又下定义道："我们觉得，对悲剧，可以而且应当这样简单地下定义：'悲剧是人的伟大的痛苦，或者是伟大人物的灭亡。'"[②]

---

① 马克思：《〈黑格尔哲学批判〉导言》，见《马克思恩格斯选集》（第1卷），5页，北京，人民出版社，2012。

② ［俄］车尔尼雪夫斯基：《论崇高与滑稽》，见北京师范大学中文系文艺理论教研室：《文学理论学习参考资料》（下），181页、185页，沈阳，春风文艺出版社，1982。

这段话自然也有一定的概括性，但毋庸置疑也含有某种偏颇：只是强调人类与大自然的斗争（与只从历史进程层面强调悲剧性一样），势必影响悲剧创作题材的宽广性；另外，悲剧只能是"人的伟大的痛苦，或者是伟大人物的灭亡"吗？这无疑是受到早期古典悲剧理论的影响，过于在"伟大""崇高"层面上着眼了。而平居里巷，寻常人事，痛苦不一定"伟大""崇高"，却能令"引车卖浆者"流连及自身而感悟至深；"阿Q"糊里糊涂地因"革命"掉了脑袋，其人物又何"伟大"之有？而谁会否认其深沉的悲剧内涵？……

凡此种种，旨在说明作为创作者，固然不能不领略、参照权威、学者们从不同方面、层面的精彩的独到论说，却也不可因此掉进书袋，毫无一己的整体的洞识，而"足将进而趑趄，口将言而嗫嚅"，为其拘束了头脑与手笔。

目前一些论述中，对于悲剧更有许多启人智慧、发人深省的研究。但有些论者过于在名词"训诂"上做文章，在诸如"悲剧""悲剧性""悲剧精神""悲剧意识""悲剧品格""悲剧人格""悲剧心理""悲剧价值"等概念的阐述、界定上争论、演绎，纠缠不已，只为"研究"而研究，为"学问"而学问，其对于实际悲剧创作的评说与引导，又有多少作用？常有"你不说我还知道个大概，你一细说我反而更糊涂、不敢下笔了"的尴尬。

那么，从创作角度，简明地下个定义：悲剧，到底是什么？一句话，凡是能够使观众产生"悲"的审美感受的戏剧，就是悲剧。如果从创作角度再给作者加一句提示，则如鲁迅所说，"将人生的有价值的东西毁灭给人看"的就是悲剧。[①]

如此而已。

这个现在基本上已为众人所认可的悲剧定义，可谓来之不易、源远流长。在两千年来悲剧观念的发展过程中，从古希腊悲剧到莎士比亚和法国新古典主义悲剧的相当长的时间里，悲剧都专指那些以王公贵族、帝王将相或英雄伟人为主角，表现他们在奋斗的最后终于失败、牺牲或遭到"毁灭"，进而通过"引起恐惧与怜悯之情（这是这种摹仿的特殊功能）"[②]，唤起观众在悲伤之后的"崇高"感的戏剧。

---

① 鲁迅：《再论雷峰塔的倒掉》，见《鲁迅全集》（第1卷），203页，北京，人民文学出版社，2005。

② ［古希腊］亚里士多德、［古罗马］贺拉斯：《诗学·诗艺》，罗念生、杨周翰译，37页，北京，人民文学出版社，1962。

古希腊最有名的三大悲剧家的代表作品，都体现了上述宗旨。比如**埃斯库罗斯**（前 525—前 456）"普罗米修斯三部曲"中的第一部《被缚的普罗米修斯》（创作于公元前 479 年至公元前 478 年）：它取材于普罗米修斯盗取天火的神话故事。开场时，宙斯为了惩罚普罗米修斯，派威力神与暴力神用铁链把他钉在高加索山上。河神俄刻阿诺斯来劝他与宙斯和解，被他拒绝，他表示："宙斯的王权不打倒，我的苦难就没有止境。"他知道一个秘密：如果宙斯和某一位女神结婚，她将生一个比宙斯强大的儿子，把他推翻。赫尔墨斯奉宙斯之命逼迫普罗米修斯把这个秘密讲出来，他坚决不讲："我不肯拿我这不幸的遭遇来换取你奴才的命运！"随后，天塌地陷，普罗米修斯被打入深渊。

剧本用全宇宙来影射小小的雅典城邦，把民主派与寡头派表现为超人的神明，进而把民主斗争提升到关系人类命运的高度，表现了为正义事业而斗争的高尚精神和雄伟气魄：普罗米修斯在赫希俄德的《神谱》中本来只是一个小神，经过埃斯库罗斯的塑造，他成了一位不畏强暴、不怕牺牲、敢于斗争的伟大的神，成了民主的化身。他憎恨不正义的神，宁可承受亿万年的苦难也绝不向他们屈服，其不朽形象从古到今都受到人类的称赞，马克思称之为"哲学的日历中最高尚的圣者和殉道者"[1]。而宙斯在剧中是个新得势的神，他敌视人类，甚至企图毁灭人类，是人类的公敌。他在普罗米修斯的帮助下推翻了他父亲而获得王位，但却恩将仇报，对他的战友进行迫害。他不讲信义、残忍暴虐、专制蛮横、荒淫邪恶，在其身上反映出雅典当时统治者的形象。除了猛烈攻击宙斯外，剧作者还尖锐地讽刺了河神的怯懦，挖苦赫尔墨斯的奴才劣根性。所以马克思说，希腊众神在《被缚的普罗米修斯》中都"悲剧性地因伤致死"[2]。总之，全剧富于哲理与肃穆气氛，而又情感壮烈、汹涌澎湃，无论在剧情还是在艺术表现方面，确实都体现了当时的悲剧特性。

同一时期的**索福克勒斯**的《俄狄浦斯王》表现人类与既定命运的抗争，**欧里庇得斯**的《美狄亚》表现公主美狄亚对邪恶势力近于变态的报复……都是典范之作。

16 世纪英国**莎士比亚**众所周知的戏剧诸如《哈姆雷特》《罗密欧与朱丽叶》《奥赛罗》《李尔王》《麦克白》等，直至 17 世纪法国**高乃依**（1606—1684）的《熙德》《贺拉斯》《西拿》《波利厄克特》以及**拉辛**（1639—1699）的《安德洛玛

---

① 马克思：《博士论文》（序），3 页，北京，人民出版社，1961。

② 《马克思恩格斯选集》（第 1 卷），6 页，北京，人民出版社，2012。

刻《费得尔》等，都体现了古典悲剧的上述原则与特征。

到了18世纪德国戏剧家、戏剧理论家**莱辛**（1729—1781），才明确提出："王公和英雄人物的名字可以为戏剧带来华丽和威严，却不能令人感动。我们周围人的不幸自然会深深侵入我们的灵魂。"① 莱辛反对当时的德国作家对法国古典主义悲剧的一味模仿与过度崇拜，他要求戏剧反映18世纪德国的社会现实，提倡写市民悲剧，因为市民阶层的普通人也可以有不平凡的命运，而且更容易引起周围人的同情。同时，他也批判了那些从内容到形式都因模仿而极其混乱、造作的"历史大戏"。这样，莱辛就在理论上为普通角色进入悲剧打开了大门。

于是在19世纪之后，尤其是在现实主义和现代主义作品中，大多数悲剧的主人公都换成观众身边的社会生活中的普通人。像**席勒**的《阴谋与爱情》，以及以别种形式（小说）出现、后被搬上舞台的歌德的《少年维特之烦恼》，等等。应该说，这种角色的变换是悲剧创作的一大开拓性跃进。

但是在18世纪直至20世纪，在悲剧创作历史性转变的过程中，虽然角色领域得到了扩大，相当一部分理论工作者及一些剧作者却仍执一种观念，即悲剧的审美本质应体现为"崇高"。即是说，虽小人物或普通百姓可以进入悲剧殿堂，但他们的举止行为所体现的，只能是与帝王伟人内里一致的"英雄品格"或"英雄精神"，他们为了实现自己崇高的理想目标，为了体现自己圣洁的人生价值，"不成功，毋宁死"！剧作应以其壮烈的牺牲，唤起观众的"崇高"概念。这样一来，悲剧创作的进程就在某种程度上绕了一个圈儿，又回到原来的范畴内。不过是把主人公的外衣，由帝王伟人的玉带锦袍换成寻常百姓的皂衣小帽罢了。这种论点，势必对悲剧创作产生某些消极影响。

任何杰出的艺术创作，都应最终呼唤人文意义的"崇高"，这毋庸置疑。但这"崇高"的产生却可以，也应该是多渠道、多层面的：它可以直接用剧情"表现"崇高，也可以用卑劣反向地"激发"崇高，还可以因剧中人物的平庸麻木使观众"悟觉"出崇高……只有这样，我们在进行悲剧创作时，才可以放开手脚、开阔视野，"从心所欲，不逾矩"。

而这"矩"，就是悲剧的唯一原则：给观众以"悲"的审美感受，并通过具体形象的"有价值的东西被毁灭"来达到这个目的。

---

① ［德］莱辛：《汉堡剧评》，张黎译，74页，上海，上海译文出版社，1981。

第二节 悲剧品格

从审美层面划分，悲剧可有三种品格，即"悲壮""悲苦"与"悲哀"。下面，分别介绍之。

一、"悲壮"品格的悲剧

这类悲剧，也可以称之为"英雄悲剧"。其特质是代表正面价值或力量的性格坚强的主人公在与其对立面的斗争中，在"主动迎战、积极抗争"中遭到失败或毁灭，进而使观众从庄严、伟大的英雄悲剧中获得精神的振奋与人格的升华，获得一种"悲壮"的审美感受。

这类悲剧是西方古典悲剧的正宗，可谓源远流长、杰作繁多。像"普罗米修斯三部曲"、《美狄亚》等均是。

在现当代的其他文学作品中，英雄悲剧也比比皆是，像**海明威**的著名小说《老人与海》表现老渔夫桑地亚哥作为人的代表，与代表大自然力量的大海、鲨鱼等作顽强抗争，虽然最终失败但却饱含"英雄精神"；像**梅里美**的小说以及据此改编的同名歌剧《卡门》，表现女主人公蔑视"文明社会"的道德规范、戒律清规，为了保持天性坦荡、纯洁健康的自我，不惜以生命为代价！……

在影视作品中，此类悲剧也不胜枚举。如根据同名小说改编的美国影片《斯巴达克斯》便是典型一例：

> 两千年前的罗马，城市的繁荣建立在奴隶的累累白骨之上。奴隶的儿子斯巴达克斯自幼被卖到矿山做苦工，残酷的压榨、非人的待遇使这位年轻的奴隶心中一直燃烧着反抗的怒火。一天，为救助昏倒在山路上的老奴隶，竟招来矿山卫队士兵的毒打，年轻的斯巴达克斯奋起反抗，终因寡不敌众，被打得昏死过去，并被钉上镣铐，要被活活晒死在烈日下……
>
> 后来，他被送到角斗士学校，进行训练，以供贵族"欣赏"奴隶们动物般的互相残杀。在一次被迫与好友角斗、供贵夫人"观赏"时，他的好友愤怒地把长戟投向看台，结果遭到残害。斯巴达克斯所爱的女奴瓦丽尼娅也同时被奴隶头子克拉苏强行买走。斯巴达克斯内心的愤怒终于如火山般爆发，与角斗士们一起杀出角斗士学校，高举起自由的大旗。

起义军飞速壮大，震撼了整个罗马。斯巴达克斯在进军途中遇到自己的爱人瓦丽尼娅，两人发誓再不分离！

起义大军把罗马军队打得大败。但斯巴达克斯并没有杀死对方的统帅，只让他告诉元老院："我们奴隶只是要自由，要离开这个该死的国家！"斯巴达克斯没有乘胜进攻罗马，而是同海盗联系租船事宜，准备带着奴隶部队离开意大利，回到自己的故乡。

罗马元老院的统治阶级经过内部钩心斗角的势力角逐之后，组成强大军团向奴隶部队进攻，并买通了海盗，断绝了奴隶部队的后路。斯巴达克斯本可以带领少数将领及爱人偷偷离开意大利，但他决心与弟兄们共存亡，跟敌人决一死战。他激昂地面对战士们："我宁可作为一个自由人跟大家一起浴血奋战，也绝不做罗马最有钱的市民！"起义军在三面受敌的情况下奋勇作战，终因寡不敌众而失败。克拉苏下令：将六千名被俘的奴隶活活钉死在从战场到罗马沿途的十字架上，将受重伤的斯巴达克斯最后一个钉在罗马城的门口。

瓦丽尼娅怀抱两人的孩子，挥泪与斯巴达克斯告别："你儿子自由了。他会记住你的！我会告诉我们的儿子，他的父亲是谁，他的父亲的理想是什么……"被钉在十字架上的英雄，宽慰地目送爱人与儿子渐渐远去、走向自由……

多么震撼人心的悲剧！它带给观众的，是巨大的悲痛，但悲痛之后，却是更大的雄壮、慷慨！它催人泪下，但这泪，绝不是软弱的泪，而是英雄烈士拍案而起，要继续在人生路上前行、轰轰烈烈干一番大事业的泪！

这是表述小人物在难能改变的现状中，与强大的敌对势力作主动抗争、终于失败的悲剧。代表正面价值（势力）的人物被毁灭了，这诚然使人悲痛，但同时，他们那种坚决反抗、"不成功，宁可死"的精神，却能使影片升华，令人们振奋！

这类悲剧很多，如美国影片《末路狂花》、我国影片《甲午风云》等均是。

二、"悲苦"品格的悲剧

这类悲剧，也可以称作"好人悲剧"。

在这类悲剧中，代表正面价值或力量的人物面对反面价值或力量，不是主动迎击、作英雄主义的决斗，而往往是消极抵抗，甚至一味隐忍，乃至被迫屈从，最终在"隐忍中毁灭"。剧作的整体意义，不在于通过主人公的失败来反映其人格的伟大崇高，而是有意体现正面人物在对方强大势力压迫下，无能为力、无可奈何及勉强支撑后终于失败的悲苦，通过剧作氛围的压抑、愁苦与凄惨，使观众"入境""同情"后，产生悲愤与反思，进而萌发出对社会生活的批判性觉悟及产生要求改变现实人生的强烈冲动。

这类作品在悲剧创作中占有相当比例。

像著名的 20 世纪四五十年代的影片《一江春水向东流》《我这一辈子》《秦香莲》……乃至 20 世纪 90 年代的《周恩来》等，都具有这种强烈的悲剧色彩。

国外影片中也不乏其例，像日本影片《天国车站》、美国影片《魂断蓝桥》、德国影片《玛丽娅·布劳恩的婚姻》、法国影片《长别离》等，虽然艺术格调稍有不同，但基本上均属此类。

三、"悲哀"品格的悲剧

这类悲剧也可称为"病人悲剧"。

这类剧作中的主人公，往往处于一种麻木愚昧的、懵懂茫然的，或畸形变态的人生态势中，他们对压抑、凌辱、剥削、欺骗自己的黑暗社会、邪恶势力虽有着本能的反感、厌恶，也有着改变自身环境的朦胧愿望，但是他们或者缺乏明智的理性认知而误入歧途，或者以反常乃至乖戾的举止行动作病态的冲撞，当然，其结果一样都是失败与毁灭。这种毁灭，可称之为"懵懂中的毁灭"。这类悲剧整体的审美价值在于：观众虽不能完全认同、支持他们的具体行为，却能宽容、理解、同情他们的现实境遇，因而对他们的失败或毁灭能产生一种深沉的"悲哀"，进而获得某种人生觉悟与社会反思。

这类悲剧，在国外相当多的影片中，又以另一种风格非常引人注目地体现出来，这就是自 20 世纪 50 年代以来，反映所谓"迷惘的一代""垮掉的一代""苦闷的一代"以及"非常格"的乃至变态的极端行动或人生表现对束缚、压抑他们的社会作畸形、病态的冲击或抗争，而终于被无情毁灭的影片。如果说，阿Q们体现的是一种"非英雄"，那么这些影片中的主人公则大多属于一种"反英雄"。

第三节　悲剧的写作要领

悲剧的具体写作，除了要遵循一般影视剧作的规律及悲剧特定的审美要求外，还应注意以下写作要领——

一、冲突双方对立的强烈性

悲剧，既然是"将人生有价值的东西毁灭给人看"，只"毁灭"一词，就十分清楚地提示我们：冲突双方矛盾对立的性质绝不是朦胧的、含糊的、可以调和的，它们之间在"形而上"的层面中可以说是"你死我活、不共戴天"的。两者之间存在着鲜明的对立，并在相互争斗、抵御或绞杀中，决定着彼此的生死存亡。

这一点，与正剧或喜剧，都有着不同。

正剧，可以只单向表现某种势力或价值，纵然表现某层面上的矛盾或对立，矛盾或对立的双方也不是势同水火、决然不可调和的。比如苏联影片《真正的人》，表现一位飞行员在对敌空战中战功卓著，回来为救战友而落入德军占领区。他身负重伤，经过 18 天的艰难爬行，终于找到了游击队。回到莫斯科后，因伤腿受冻，只有锯断。但是这位英雄没有被困难吓倒，而是勇敢地迎接了人生的挑战，以超人的毅力，经过顽强的锻炼，又站立起来，并终于重新飞上了蓝天。在这样的影片中，诚然有着矛盾冲突，但矛盾双方的对立是可以调和、转换乃至消融的，它们并不一定存在"你死我活"的性质。

喜剧也如是：虽然任何戏剧都建构于冲突之上，但喜剧中冲突双方的最终态势一般都是"消解"，而不是悲剧的"毁灭"。像法国影片《英雄的狂欢节》，表现一个小城在西班牙的骑兵路过前后，其男性市长及其幕僚（肉店老板、鱼店老板、面包店老板等）从飞扬跋扈到惊慌失措、狼狈不堪；而其女性公民（以市长夫人为首的所有女人）则有智有谋、有礼有节地使小城避免了劫难。当众人庆幸欢呼的时候，市长们却又心安理得、洋洋自得地站到阳台上以功臣自居起来……影片中的冲突——男人与女人的冲突、西班牙骑兵与小城百姓的冲突，最后都得到了消解。留给观众的只是对那些无能而自负、缺乏自知之明的男人们的嘲笑。再如众所周知的果戈理的《钦差大臣》、莫里哀的《悭吝人》等著名篇章，也大体如此。

而悲剧就有异于上述两类了。

像上一节所列举的《斯巴达克斯》《一江春水向东流》等，其主人公或主人公所代表的人生观念、社会势力，最终都是在顽强挣扎或反抗后，因强大对方的摧残、迫害而失败、"毁灭"。因此，我们可以说：进行悲剧的具体营构，必须使冲突双方具有强烈的对立性与残酷的敌对性。只有对立而不强烈，或只含敌对而不残酷，悲剧的最终审美效果就会大受影响，甚或不成其为悲剧。

有人可能会质疑：凡悲剧的冲突一定强烈、残酷吗？鲁迅先生可是有过下面的论述——"极平常的，或者简直近于没有事情的悲剧，正如无声的言语一样，非由诗人画出它的形象来，是很不容易觉察的。然而人们灭亡于英雄的特别的悲剧者少，消磨于极平常的，或者简直近于没有事情的悲剧者却多。"① 这段论述确是容易产生误会的。但是我们一定要注意：鲁迅先生在这里说的主要侧重于悲剧的取材范围及悲剧的表现风格，而不是探讨悲剧冲突的内在营构与义理定位。

类似影片，还有如我国的《本命年》《阿Q正传》乃至《祝福》，国外作品如苏联的《湖畔》、美国的《老人与海》、意大利影片《偷自行车的人》……

总之，但凡悲剧，就一定要具有强烈对立两方的不可调和的"你死我活"的冲突。这种冲突，可以体现在人物与人物（或两种社会势力）之间，如古希腊悲剧《被缚的普罗米修斯》以及莎士比亚的《李尔王》、曹禺的《雷雨》等；可以体现在人物与环境之间，如影片《斯巴达克斯》，又如我国影片《大红灯笼高高挂》《本命年》等；也可以体现在人物内心世界的两种观念或性格的两个方面之间，如莎士比亚的《麦克白》、日本影片《人证》等。当然，更多的悲剧则往往将上述三种冲突的体现有机地融为一体，只不过各有侧重而已，作为编剧者，不可受其拘束乃至画地为牢。

还有一点要说明：在一般情况下，悲剧冲突的双方应处于，也往往都处于一种"公开亮相、明显对抗"的状态。但是，也有"非常格"的设置。

类似例证很多，其表面似乎没有冲突，而实际上潜在的价值观或势力的冲突更为深沉剧烈，这是营构悲剧的一种类型，是不宜否定的。

二、必须让观众站在悲剧主人公一边

悲剧既然是表现社会生活中的光明与黑暗、美丽与丑陋、正义与邪恶、善良与凶残……的强烈冲突，并以前者的失败唤起观众特定审美情感（"悲"）的艺术，因此，在具体的剧情编织中，一定要通过各种艺术表现手段，使观众坚定不移地站在作为正面形象的悲剧主人公一边，使观众通过剧情的发展，渐渐接受、同情、爱戴他（或他们），甚至完全进入剧情，与主人公"感同身受"乃至"融合为一"。也只有这样，当主人公最终遭到不应有的毁灭时，观众才能产生强烈的"悲"（悲苦、悲伤、悲愤、悲恨等）

---

① 鲁迅：《几乎无事的悲剧》，见《鲁迅全集》（第6卷），383页，北京，人民文学出版社，2005。

的审美感受。

当悲剧主人公是纯然理想化的正面形象，而对方是绝对的反面形象时，上述效果很容易达到。比如在影片《林则徐》中，主人公被塑造成十全十美的正面人物形象：他一心为公，毫无杂念；他抗敌禁烟坚决果断，而对黎民百姓则关心备至、视若亲人；他机智干练、明察秋毫，又大智若愚、忍辱负重……总之，确是一个完全令观众敬仰、爱戴的英雄人物。而与之相对的一方，无论英国商人的气焰嚣张、狡猾残暴，我国大臣的利欲熏心、尔虞我诈，还是朝廷的昏庸黑暗、猜忌防范……都是十足的反面形象，无不令人愤恨、唾弃。于是，当林则徐最终被"毁灭"时，整部影片的悲剧品质就营构成功了。

而在对方并非十足恶棍、凶魔的剧情中，就要注意了。

如曹禺先生在《雷雨》中塑造封建专制的代表、一家之长的周朴园这个人物形象时，就很精确地注意了正面人物与反面人物在观众心目中的既定位置，尽管周朴园并非那种让人一见就愤恨、反感的形象，但观众对悲剧中正面形象的同情与支持却大大超过对周朴园的理解乃至体谅。在剧中，周朴园虽然是反面形象的总代表，但作为具体的人物形象，他也不时愧疚地怀念被自己伤害过的侍萍；他虽然是压抑繁漪的刽子手，但作为丈夫，也并不是一味地专横残暴，而往往以关心、劝慰的口吻讲话，尤其是当观众已经知道繁漪与周萍有私情之后。但毕竟，他的虚伪造作、他的残忍暴虐、他作为封建专制统治者代表的总体本质，以及他对出现这场家庭（实际上是社会的缩影）悲剧不可推卸的终极责任，使观众对他的理解、体谅（如果有的话）绝不可能超过对他的愤恨与仇视。相反，侍萍、繁漪、周萍等正面人物，虽然均有着各自这种那种的弱点、病态乃至弊端，但观众在总体上对他们的肯定，却是不容置疑的。也只有这样，当正面形象群体都因周朴园的存在而最终"毁灭"时，观众的"悲"就自然而然地产生了。

而当悲剧主人公本身并不是理想的真善美的化身，而是现实生活中的普通人，难免有着各种毛病、缺点甚至弊端时，就更要特别注意了！因为稍有疏忽，就极容易使悲剧主人公失去观众的同情、支持，而使整部作品遭到失败。

因此，一定要注意：这些正面人物尽管可以甚至应该有着自身的缺点、毛病，犯过或犯着这种那种的过失，但他们作为艺术形象的本质（底色、基调、基础），在剧情的设计中却不能有丝毫含糊——一定要获得观众总体的正面确认，并确定无疑地站在他们一边，而不是相反。当然，使观众在正反价值或势力之间模棱两可、此一是非彼一是非，也不行。

成功的剧作总是很好地顾及两个方面：既要表现现实中具有常人难免的些许缺憾的普通人物，以获得更广泛观众的认同，又十分确切地使悲剧主人公始终处于正面位置上。

比如我国影片《我这一辈子》的主人公，其自身弱点十分明显：愚昧软弱、缺乏被欺辱时的反抗精神，在黑暗的社会生活中随遇而安，甚至有时竟"助纣为虐"——当日本人在汉奸的引领下抢走他未来的儿媳妇时，他不但不敢反抗，反而仍机械地（尽管无可奈何）作为巡警，尾随他们而去……

但是，无论原著小说还是改编后的电影，这个经历了三个时代的老实巴交的生活在社会最底层的普通小人物，其作为艺术形象的底色却是正派、善良、质朴、真诚的，尽管历经磨难、饱受屈辱，为了生存不得不忍气吞声、甘作"奴才"。从始至终，他都是一个为观众所接受的"好人"、一个在相当程度上作为社会底层芸芸众生的观众的"自己"。于是，观众就能始终站在他的一方，感同身受，进而对摧残他的黑暗社会势力产生强烈的愤恨，因主人公最后老死街头的结局而不无悲伤、悲愤！

类似的，像《奥赛罗》中的主人公虽然具有嫉妒多疑的病症，像《李尔王》中的李尔王虽然有偏见轻信的弊端，像《末路狂花》中的两个女主人公虽然不无草率乃至轻狂的缺点，像《西楚霸王》中的项羽虽然杀戮战俘、焚烧阿房宫……但他们作为悲剧的正面形象，却都不容置疑，因而也便获得了艺术上的成功，成为公认的悲剧经典。

上面，简要地讲述了营构敌对双方的艺术比重，以使观众的认同倾向不要发生不应有的逆向转移。

在悲剧营构中，要避免下面的弊端——

正面形象的"毁灭"（实际上属于"牺牲"的范畴）所换来的现实价值或利益（而非潜在的人文价值），大于被毁灭的正面形象本身（俗话即是"死得值"或"死得其所"），而且因正面形象的牺牲使剧本赖以奠基的不可调和的矛盾冲突得到了最终"消解"。这种剧作虽然将主人公最后作毁灭（牺牲）的处理，而且也似乎毁灭在与反面势力的不共戴天的斗争中，但却不可以视为悲剧品格。

三、悲剧主人公的内心世界应充分展示

任何剧作中的人物，尤其是主人公形象，都应该得到充分的立体的展现。但相对而言，在影视剧的创作中，正剧中的人物即使是以平面的表象呈现，也能为观众所接受，甚至获得艺术创作的成功。比如那些以动作为

主的惊险片、功夫片、警匪片，如美国影片《生死时速》，如希区柯克的某些情节片如《三十九级台阶》之类，如我国以打斗为主的影片《少林寺》《少林小子》等，虽然人物难免有模式化、类型化乃至表象化之嫌，但由于情节的紧张精彩、画面的生动引人，仍不失为一类成功的剧作。喜剧也可以如此：它的主人公只要通过外部动作的离奇古怪、迥异常人，而不必向观众袒露内心世界，就能够产生令人发笑的戏剧效果，乃至颇为深刻的社会与人文内涵。卓别林的《摩登时代》，尽管是默片，主人公连话也不说，却一样能成为出色的经典之作，便是有力的证据。

但是，悲剧主人公的内心世界如果展示不足或根本没有，使人物形象缺乏立体感，观众便不能与之"同呼吸、共命运"，对这个主人公的死亡或毁灭，就很难产生"悲"的审美感受，而悲剧也就不能称为悲剧了。因此，悲剧创作中，应该特别注意对主人公内心世界的展示。

比如著名影片《玛丽娅·布劳恩的婚姻》，若从表象的故事情节看，根本算不上什么悲剧：

纳粹的"第三帝国"灭亡前夜，新娘玛丽娅与新郎赫尔曼在炮火中仓促结婚，一夜之后，赫尔曼应召上了战场。纳粹战败，玛丽娅获知丈夫死亡。为了谋生，她竟然到与丈夫打仗的美国兵营做舞女，并与美国军官相识、相恋而同居。正当玛丽娅与美国军官沉醉于即将有孩子的幸福时，赫尔曼突然归来，扑向玛丽娅床上的美国军官。这时，玛丽娅却用酒瓶砸死美国军官。在这部分戏中，如果我们不了解女主人公的内心世界，自然就会觉得她的行为几乎不可理解。而下面的情节就更难理解：丈夫把杀人的罪过揽到自己身上而被关进监狱后，玛丽娅马上与一个富有的企业家同居，并做他的秘书，因此得到了她希望的首饰、小轿车、洋房和可观的"私房钱"。同时，玛丽娅却又不时到监狱看望丈夫。赫尔曼因企业家的"帮助"提前出狱后，远走他乡。玛丽娅却又十分珍视丈夫每月从外地寄来的玫瑰花束。不久，企业家病死，而恰在此时，玛丽娅一直盼望的赫尔曼回来了，两人住进豪华住所。本该幸福地生活了吧？却出人意料——在玛丽娅没关煤气而点火吸烟（有意还是疏忽，剧情故意模棱两可）所引起的大爆炸中，夫妻同归于尽！

由于影片对主人公复杂的内心世界作了充分的艺术展示，观众完全理解并同情玛丽娅，并与之感同身受：她是一个十分忠诚于婚姻的德国女子，无论在行动上迫于生活困境与生存必需，她怎样的"随波逐流""随遇而安"，但对自己的合法婚姻，在其内心深处却一直怀着神圣的虔诚，并视为自己人生的支柱。基于此，她可以将自己与企业家的同居之事对狱中的丈夫坦言相告："……他不会伤害我。你知道，是我愿意和他睡觉，没有人强迫我。因为他给了我工作，我必须依赖他。"当丈夫大惑不解："现在外面的情况是这样吗？人与人之间，是这样冷酷吗？"玛丽娅："我不知道别人怎样，我想如今是冷酷无比的时代。"而当企业家真诚地向她求婚时，她回答："你是认真的，我也不想轻率。我要对你直说，我不能和你结婚。如果你愿意，我可以做你的情人。"影片就是通过玛丽娅的这些对话、内心语言以及内心世界的银幕化镜头展示，使观众进入主人公内心深处：她把灵与肉分割开来，而始终不渝地忠诚于她与赫尔曼的合法、神圣的婚姻关系。进而，她为社会所迫、为生存必需所做的一切，就具有强烈的社会批判内涵，其内心复杂的矛盾与痛苦，也就能获得观众的同情了。也正因如此，到影片最后，当她历尽苦难、饱受折磨，终于盼到合法的丈夫归来，新生活即将开始，却得知自己视为神圣不可侵犯的婚姻已经被丈夫卑鄙地出卖（赫尔曼为早日出狱，与企业家私订协议：后者出力使其出狱，他则同意将妻子转让给后者）时，其痛苦、绝望就可想而知，那最后的大爆炸，也自然就是无可选择的最后归宿了。

类似的悲剧主人公很多，像古希腊著名悲剧《美狄亚》中的女主人公为报复丈夫对爱情的背叛，竟然亲手杀死自己与丈夫所生的两个儿子、杀死了丈夫及其新娶的公主。而尽管美狄亚的残忍令人发指，但由于观众已经了解到她所受伤害的强烈程度，更由于剧作者将其内心世界淋漓尽致地展示出来——美狄亚曾不顾一切地爱上了前来索取金羊毛的伊阿宋，为此，她背叛了自己的父亲，并杀死了自己的兄弟，帮助他窃走了父亲的金羊毛，然后与他结婚。后来，伊阿宋为了争夺王位，又利用美狄亚谋杀了她的叔父……美狄亚为了爱人，舍弃了一切，毅然跟着伊阿宋，背井离乡。她为他生儿育女，她希望与他永远幸福地生活下去。不料，伊阿宋为了个人的富贵荣华，在争取王位继承权时，却无情地抛弃了美狄亚，另娶公主格劳克为妻，并要把美狄亚驱逐出境！在这种情况下，愤怒得几乎发狂的美狄亚的行为，就可以让观众理解了。而母亲杀死亲生儿子，虽能"理解"，但要观众毫无保留地站在美狄亚一边，没有充分的主人公内心世界的展示，还是不行的。所以，剧作在"杀子"这场戏中，极力表现、渲染主人公的复杂心态：为报复伊阿宋，她要灭绝他的家门后代，以此刺痛其心；但要杀的毕竟是自己的骨肉，实在无法下手。于是，弃妇的恨与慈母的爱在她心中展开了激烈的交锋——"我的孩子，你们为什么拿这样（可爱）的眼睛来望着我？为什么向着我最后一笑？哎呀！我怎样办呢？朋友们，我如今看见他们这明亮的眼睛，我的心就软了！"但她随即就想道："难道我想饶了我的仇人，反遭受他们的嘲笑吗？"于是，她终于下定决心："啊，我这不幸的手呀，快拿起，拿起宝剑，到你的生涯的最痛苦的起点上去，不要畏缩，不要想念你的孩子多么可爱！不要想念你怎样生了他们，在这短促的一日之间暂且把他们忘掉，到后来再哀悼他们吧。他们虽是你杀的，你到底也心疼他们！……我真是个苦命的女人！……"

看，就在这样翻江倒海的内心冲突中，主人公举起了复仇的手。于是，谁还会一味指责她？谁还会不因这样变态的复仇举止，更体会到主人公世间罕见的悲剧命运呢?!

对主人公内心世界进行充分展示，从而使影片获得成功的作品比比皆是，如我国的著名悲剧影片《一江春水向东流》对女主人公素芬的内心展示，如《我这一辈子》对男主人公"我"的复杂内心运用各种手段所进行的展示。

对悲剧主人公内心世界展示的重要，还有更具说服力的例证，就是莎士比亚的著名悲剧《麦克白》——

在这部悲剧中，主人公若单从"道德、良知"层面上评判，决然是一个恶棍、凶手，一个利欲熏心的暴君。但由于作者有意避开这个层面，而从"复杂人性"这一层面来表述故事，并极力向观众正面展示他复杂、矛盾的内心世界，于是便产生了极有"学术价值"的艺术效果：当他罪有应得的毁灭结局最终展现在观众面前时，虽然人们知道必然如此，却还是对他不无同情，并为他的"自取灭亡"感到某种莫名的悲凉。

正如**别林斯基**所说："莎士比亚的麦克佩斯是一个坏蛋，但却是一个拥有强大而深刻灵魂的坏蛋，因此，他不使人憎恶，却使人同情。"① **朱光潜**先生也如是言："一个穷凶极恶的人如果在他的邪恶当中表现出超乎常人的坚毅和巨人般的力量，也可以成为悲剧人物。"②

确实如此。尽管在实际生活中，像麦克白这样的野心家、阴谋家绝不会引起我们的同情，但由于剧作者在相对封闭的艺术时空之内，强烈而细

---

① ［俄］别林斯基：《智慧的痛苦》，见《别林斯基选集》（第2卷），满涛译，117页，上海，上海译文出版社，1979。（该书译为"麦克佩斯"。）

② 朱光潜：《悲剧心理学——各种悲剧快感理论的批判研究》，张隆溪译，96页，北京，人民文学出版社，1983。

微地向观众充分展示了他的内心世界，对其渐次丧失理性与良知的心理过程作了出色的描述，于是便成功地用麦克白所体现的那种人性的深度、力量和智慧压倒、掩盖了观众的憎恶、反感。因他作为一个"人"所体现的宏伟气魄与强大灵魂，因在这个艺术形象身上所体现的不断沦落又不断反思、既痛苦又无可救药的真实心理过程，使这个"道德"上的恶棍便自然而然、不知不觉地转化成"情感"上的好人了！

总之，对悲剧人物，尤其是悲剧主人公内心世界的艺术刻画，是决定作品感染力强弱，乃至关乎整部作品成败的重要工作。

四、悲剧编创中的技术性提示

1. 关于悲剧的结局

悲剧既然是表现"人生有价值东西的被毁灭"，则一般而言，其结局以正面人物或势力的不应有的失败、毁灭而告终，也因此而引起观众心情的"悲感"，进而达到悲剧的审美要求。但是，是否凡悲剧的结局一定要令正面价值或势力被彻底毁灭，是否一定要以正面主人公无可逃脱的"死"来验证？

有相当的人士认为必须如此。乃至因此而断言：由于我国的古典题材的戏曲剧目，都以"大团圆"结局，所以中国根本没有古典悲剧。这种看法，若因"审时度势、文化反思"的特定基点出发而论，固然不无某层面的价值，但若概而论之——凡悲剧绝不能以"大团圆"收场，则无论从创作实践还是理性裁判上，都失之偏颇、自我窘束了。

把握一部作品是否为悲剧，不能只看结局，而应深入体味其整体基调、情境与氛围。比如我国古典名剧《窦娥冤》，其整体基调与情境是表现窦娥在黑暗、残酷、颠倒是非的社会环境中忍受侵害与侮辱的悲苦、悲愤，观众无不为之感叹唏嘘。因此，当主人公血溅白练、六月飞雪、天地为之动容、满场观众恨泪交加之后，尽管安排了其父窦天章出场，为女儿平反昭雪、报仇雪恨的结局，也没能改变整部作品的悲剧氛围与基调。类似的古典剧作，像《赵氏孤儿》《清忠谱》《雷峰塔》等，尽管都以"正义获得伸张，邪恶终遭报应"为结局，但其总体的悲剧氛围、基调，则是不容置疑的。

其实，在公认的西方古典悲剧经典中，也并非都排除"大团圆"结局。比如法国著名作家**皮埃尔·高乃依**所创作的被称为法国第一部古典主义悲剧的《熙德》：男女主人公正狂热相爱之际，都是王朝重臣的两个人的父亲却发生了强烈对立，而且男主人公的父亲受到女主人公父亲的人格侮辱。男主人公立即陷入是要家族荣誉还是要爱情的两难之中。后来，在那特定的社会背景下，他仗剑杀死了爱人的父亲，不但痛苦地失去了爱人，还换来爱人对自己的不共戴天之恨。而在另一方，女主人公也处于为父报仇的强烈要求与对男主人公的真挚情爱的两难之间。因此，她一方面想尽各种办法要置爱人于死地，而同时又痛苦万分、备受煎熬。戏剧的总体氛围是表现两个主人公在封建道德与真正爱情强烈矛盾中的"人性的苦难"，令人感慨万端、心境沉重。于是，尽管在最后，作者设计了大团圆的结局——因国王的调解，两人终于言归于好——但作为经典的悲剧作品，却没有被否定。

在影视作品中，也如是。像悲剧品格的美国影片《出租车司机》，尽管在影片结尾处，向病态社会作病态拼杀的主人公不但没有死于非命，反而阴错阳差地成了新闻传媒的英雄人物，但其真正的艺术效果却是——在啼笑皆非中，更使人感受到一种无可奈何的悲哀、一种虽生犹死的绝望。

当然，悲剧结局的"大团圆"处理，一定要十分小心谨慎，把握好艺术上的"度"。如果结局的美满、喜庆过分地冲淡了剧情整体的悲调氛围，乃至使观众心中审美情感的天平杠杆发生了逆向倾斜，就在悲剧创作中犯了"悲剧性"的错误了！

2. 关于"悲"与"喜"的艺术组合

在悲剧创作中，可不可以有喜剧因素的掺入？

这在理论界是有过争论的。

自从亚里士多德给悲剧下了"经典"的定义，后世的一些作家与批评家就严格遵循着悲剧必须体现"崇高、庄严、神圣、伟大"等审美品格，也便只能模仿严正伟大的完整行动，表现高贵显赫的英雄，而把"世俗"（或曰"庸俗"）人物的滑稽可笑的行动举止与心理状态绝对排除在外。对任何把喜剧因素带进悲剧的行为，都坚决反对。如罗马作家**西赛罗**就强烈抨击道："悲剧中的任何喜剧因素都是缺陷，喜剧中的任何悲剧因素都不合理。"① 莎士比亚的研究者**德莱顿**也写道："两个不同的独立的行为会分散观众的注意力和关怀，因而破坏诗人的本意。如果诗人意在引起恐怖和怜悯，而他描写的一个行为是喜剧的，另一个是悲剧的，那么前者就会取悦观众，完全使他的主要意图落空。"②

对此，有实践创作经验与清醒艺术头脑的作家、理论家则持相反意见。

---

① 转引自赵康太：《悲喜剧引论》，96 页，北京，中国戏剧出版社，1996。

② 杨周翰：《莎士比亚评论汇编》（上册），16 页，北京，中国社会科学出版社，1979。

席勒谈自己的创作体会时说："如果要使心灵持续缚在痛苦的感受上面，就必须把这种感受非常聪明地隔一时就打断一下，甚至于用截然相反的感受来代替，使这种感受再回来的时候威力更大。"[①] 我国的**李渔**在其《闲情偶寄》中则更细致地讲述了"科诨"（实际上就是角色带有喜剧因素的举止言谈）在戏剧中的不可或缺，甚至认为："科诨二字，不止为花面而设，通场脚色皆不可少。"

纵观悲剧的发展史应该得出结论——后一种认识是深得"个中三昧"之谈。因为无论悲剧作品的实证，还是千百年来广大观众的评价，都说明了这一点。因此，除了少数因循守旧者外，大多数剧作者都不再将悲剧因素与喜剧因素视同水火，而是有意识地将其组合起来——如古希腊时期，将两者自由地交叉、混合在一起，并产生意想不到的艺术效果的悲剧作品，也不在少数——使悲剧艺术得到进一步的发展。

当然，在悲剧中加入喜剧因素，绝不能随心所欲，而必须遵守一定的原则。西方理论家**尼柯尔**对这一原则清楚而简洁地阐述道："首先，同它交混的任何喜剧成分必须在精神上符合悲剧的情调；其次，这样的喜剧成分必须严格地从属于悲剧成分。"[②] 即是说，喜剧因素的掺入，绝不能与悲剧基调分庭抗礼；而是要作悲剧整体的附庸，绝不可喧宾夺主。

在具体的悲剧创作中，掺入的喜剧因素将起到怎样的作用呢？可有下面三种情况。

其一，喜剧因素可使悲剧气氛得到适当调剂。悲剧中的喜剧性调剂，是指在悲剧剧情发展到一定程度（一般多在较紧张时），有意推出喜剧性情景或人物举动，引起人们轻松的笑声，以缓解严肃紧张的悲剧氛围造成的观众心理上的压力，使其情绪获得适当放松、片刻喘息，并为下一步的悲剧性发展作某种艺术铺垫，所谓"文武之道，一张一弛"也。

像古典悲剧《窦娥冤》中，第二折窦娥蒙冤、即将受刑，此时观众心境悲苦压抑之极。作者则在这里，特意安插了一个喜剧性场面：窦娥被拖上公堂，太守桃杌本该板起脸、摆出一副官府尊严来，却大出观众意料，竟向着窦娥跪倒便拜，口称："但来告状的，就是我的衣食父母。"这种小丑般的行径，可笑之极。而人们笑后，又更能感到窦娥悲剧命运的不可改变。

---

① 古典文艺理论译丛编辑委员会：《古典文艺理论译丛》（第6册），97页，北京，人民文学出版社，1963。

② ［英］阿·尼柯尔：《西欧戏剧理论》，徐士瑚译，305页，北京，中国戏剧出版社，1985。

再如影片《祝福》，本是表现祥林嫂悲剧命运的，却并非使主人公时时刻刻处于苦难绝望之中。当祥林嫂被卖到山里贺老六家时，她那种拼死反抗的表现，让每个观众都为之落泪；而后来，影片并没有"雪上加霜"地把她的苦难再作直线性强化，而是插进一段欢乐安和的小家庭生活场景。这样，看似冲淡了悲剧浓度，而实际上却是极具艺术匠心的处理：第一，它更具真实性——因为生活中，悲喜往往交替、交融，若过分浓缩，难免显出人为痕迹；第二，这是作为艺术的有意铺垫——人们心情有所舒缓、刚刚轻松些时，猛地便有主人公更强烈的悲惨境遇扑面而来，则此时的情感触动自然就"更上一层楼"了。

其二，通过悲喜因素的艺术对比，使整体的悲剧氛围更为浓重。像在莎士比亚的《罗密欧与朱丽叶》中，被请来参加朱丽叶婚礼的乐师们碰上的却是她的丧礼。因他们对主人公的生死毫不关心，反而大开特开一些不得体的玩笑，这就使全场的悲剧氛围更加强烈了。再如我国影片（包括电视连续剧）《红楼梦》，将表现宝钗结婚的喜庆场面有意安排在黛玉病逝场景之前，两相对比，悲喜相衬，则黛玉之死的悲凉凄惨，就更能打动人心了。

其三，将喜剧因素作为悲剧主体的外包装。即是说，明明是社会或人生的浓烈悲剧，但在具体艺术营构时，却有意用一些喜剧性场面或人物举动来串联之。比如在古典悲剧《俄狄浦斯王》中，悲剧主人公俄狄浦斯自己就是杀父娶母的"罪人"，却发誓要找到杀害老国王的凶手，并要查清自己的身世。于是，主人公虽然深深陷入了一种难以自拔的窘境，自己毫无所知，而观众却早已一目了然。这样，在清醒的观众的睽睽众目之下，悲剧主人公就像一个勇敢的猎手，大义凛然、顽强不屈地追捕起猎物来……及至终于追捕到，却发现这猎物（杀父娶母的罪人）竟是自己！观众在观看过程中，虽不时因主人公的"愚蠢的认真"与"南辕北辙式行径"而发笑，却也在由衷地对主人公产生同情的过程间，感受着一种难可言说的悲哀。再如我国影片《阿Q正传》，整部作品是要表现以阿Q为典型代表的病态的人生悲剧，以"哀其不幸，怒其不争"。但贯穿剧情的，却是主人公阿Q的一系列令人发笑，或啼笑皆非的行为举动。而也正因为这些行为举动，使观众在笑声中更深切地感受到主人公（及主人公身上自己的影子）的人生悲剧。

3. 关于悲剧的分类

关于悲剧的分类，不同学者或戏剧理论家各有不同，所分出的类别也很多，诸如英雄悲剧、平民悲剧、社会悲剧、命运悲剧、性格悲剧、历史悲剧、生活悲剧、人物悲剧、爱情悲剧、家庭悲剧、城市悲剧、农村悲剧、道德悲剧、伦理悲剧、人性悲剧、悲壮悲剧、乐观悲剧、战争悲剧、自然悲剧……甚为纷繁杂错。

怎样分类，学者或理论家各有各的自由，不妨听之任之。但需注意一点：作为创作者的影视编剧人员，切不必陷入其间——那是一滩永远也搅不清且陷进去就挣不出来的学问泥泞——只管依据生活，艺术地创作你的剧本就是。

若一定要分类，也只笼统些以"社会悲剧"与"人性悲剧"两大类为是（尽管这也并不准确，更谈不上科学）。之所以如此分，不过稍稍强调一下在实际创编时，题材的不同侧重而已。社会悲剧，较侧重于悲剧产生的社会原因，这类悲剧可以使观众对人生的"背景环境"有所认知；人性悲剧，则侧重悲剧形成的个人因素，通过这类悲剧，观众会对人之为人的"生命本体"进行某层面的审视与反思。

至于具体创作，则无论哪一种类型的悲剧，必然都要依循悲剧创作的基本要领；而任何悲剧创作，又都无一可免地必须遵守"戏剧"创作的一般规律。因此，分门别类地大讲特讲每一类悲剧的创作，实属不必。

第四节　中西悲剧传统比较

研究悲剧创作，有必要对源远流长的中西悲剧传统进行一番审视，在此基础上审时度势，才有可能创作出既有深刻人文内涵又有强烈艺术感染力、既有鲜明时代性，又有深沉历史感的作品来。否则，持一隅之见、坐井观天，是难成大气候的。

众所周知，西方悲剧的传统源远流长，从古希腊时期至今，两千多年绵延不断，那些著名的经典之作可以说家喻户晓。

而中国悲剧的传统如何呢？便看法不一了。

一般都认为，我国悲剧源头始于元代杂剧，如著名的《窦娥冤》之类；其后则是明清的戏剧及其他文学作品，如**孔尚任**的《桃花扇》、**曹雪芹**的《红楼梦》等继之；再后，则"五四"以来的文艺作品发扬之……这种说法，不算全错。但本书以为：这种对悲剧的认识，多少有些拘泥了——其实，在文化内涵、人文哲学层面上讨论中国的"悲剧传统"时，不必一定只着眼在悲剧之"剧"上。凡作为文艺篇章、艺术作品，又体现了悲剧品格的，则即便不是"剧"，也可以作为"悲剧对象"加以研究。

于是，在此要说：我国悲剧传统的源头，应该追溯到更远。战国时《山海经》中"精卫填海""夸父逐日"等故事，虽然简略，我们却能从中体味到强烈的悲剧精神。《诗经》中描述民生悲苦、社会动荡之作，含不含悲剧品格？一曲《离骚》，那撕心裂魄、溶血溶魂、汪洋恣肆的悲痛内心世界的艺术展示，可不可称为经典篇章？……之后，两汉的乐府，像《玉台新咏》中收录的令人回肠荡气的《古诗为焦仲卿妻作》，谁能说那不是典型的悲剧精品？而**司马迁**《史记》的《李将军列传》讲述李广的一生遭遇及最终的自刎身亡，能说它不具备悲剧意蕴？至于再后，像晋代《搜神记》中"韩凭夫妇"：恩爱夫妻被强权分离，男人自杀以抗议，女人坠楼以自贞，虽死后仍被分开，但是"宿昔之间，便有大梓木生于二冢之端，旬日而大盈抱，屈体相就，根交于下，枝错于上。又有鸳鸯，雌雄各一，恒栖树上，晨夕不去，交颈悲鸣，音声感人……"，以此列入悲剧经典，毫无逊色！至于唐代传奇，如《长恨歌传》《李娃传》《霍小玉传》……哪一个不使人感叹唏嘘、哀惋不已？

因此，从理论上讲，要认真研究中西悲剧传统的异同，不宜只截取中国悲剧传统的一部分，而应把握其全貌才是。

社会与历史都是动态的、不断发展的。无论中国或西方，其悲剧品格都不可能一成不变、恒定僵死。传统，传承统摄也，其本义便非僵化的定式。西方的悲剧，从亚里士多德的维护"崇高"、莱辛的走向"世俗"到20世纪以来剧作的注重"精神"……其传统犹如一条流动的河；我国的悲剧品格，从先秦的昂扬壮烈、两汉的悲凉沉雄、魏晋的感慨凄酸……元明的悲恨哀怨，直到"五四"以来的悲苦无奈之底色，其传统亦如一条流动的河。于是，我们现在讨论中西悲剧传统，便不能陷入各自的某一局部，而应"大而化之、笼而统之"地审视中西悲剧传统的主脉。

在上述共识的基础上，下面我们对中西悲剧传统从三个层面进行比较。

一、中西悲剧传统的文化内涵

纵观西方悲剧传统，尽管在不同时期其剧作的题旨有着这样那样的不同，但就其主脉而言，它们大都着眼于（奠基于）"生命本体""自我实现""性格与命运""价值与意义""宇宙与真理"，以及人性的"善与恶"之类具有形而上意味的问题。它们在表现与反映现实社会生活的时候，更主要的是传达对上述问题的本体反思、哲学觉悟。它们的基本主题，不只是一般的社会问题，而常常还是一种哲学主题，它们通过对人生边缘状态的展示，通过对生生死死的沉思，通过对命运的透视，探询着人在世界上所处的地位，提出和思索生命中的价值问题，追问存在的根据与意义，寻求对现实处境的超越，表达对未来终极理想的无限关怀和热烈渴求，这正构成了西方悲剧的传统。

的确，无论西方古典悲剧还是以影视形式表现的当代悲剧，大部分作品都体现了这种文化内蕴。例如古典悲剧中的经典《哈姆雷特》《李尔王》《麦克白》《俄狄浦斯王》等，已经毋庸置言了。当代西方影视作品中的悲剧，像德国影片《玛丽娅·布劳恩的婚姻》以及日本（将日本视为西方，在此不是从地理范畴而是从当代文化范畴）影片《人证》等，尽管它们之中，相当多的作品不可避免地也以社会现实生活、普通平民百姓为故事载体，但其演绎出来的主题却总有形而上的哲学内涵，能启发人们在对日常悲剧事件的审视中，生出某种"超越"性思考与觉悟。

相对来说，我国的悲剧传统则大有异于西方。当然，我国的悲剧作品中，也确有在大写的"人"层面做文章、下功夫的篇章，像早期的诸如"精卫填海""夸父逐日"之类神话，直到当代的影视作品诸如《本命年》《香魂女》《湘女萧萧》《雷雨》之类。但就整体悲剧传统的主脉而论，则毋庸置疑，与西方的悲剧传统是有鲜明区别的。

我国的悲剧传统主脉与西方悲剧传统主脉在文化内蕴方面相比较，似可作如下区别——

如果说西方的悲剧重在对人的生命本体的探讨，我国悲剧则重视人的社会命运的呈示；如果说西方悲剧的建构基础是哲学思考，我国悲剧的创作意图则是现实裁判；如果说西方悲剧是一种"诗"文化，我国悲剧则是一种"史"文化；如果说西方悲剧偏重于性命层面的人文反思，我国悲剧则偏重于生存层面的道德评价。

像为大多数学者认定的（因为认为我国除《红楼梦》《桃花扇》之外，绝无悲剧者，不乏其人）我国著名悲剧《窦娥冤》《赵氏孤儿》等古典悲剧，尽管其中写尽人间悲苦、世上善恶，但仍基于社会现实内的好人与坏人、伦理道德上的良善与邪恶层面的展示、评价，仍是在传统文化范畴内，作某种社会学意义上的现实的形象演绎。

当然，上述之言，并非指责或贬低我国悲剧，裁判其不如西方，而只是指出它的特点。中西悲剧传统的不同，是有其各自的历史文化与现实环境的诸多背景原因的——

从历史文化角度看，西方有源远流长的宗教传统，故多沉思：人是什么？人为什么要活着？怎样的生命才有价值？人与世界是什么关系？崇高与卑微、圣洁与污秽、善与恶、罪与罚在人生中该怎样认知与体现……而从严格意义上说，我国没有主宰国民灵魂的真正的宗教。"子不语怪力乱神""未知生，焉知死"之类，已表露了儒学重视现实，尤其是重视具体个人的现实处境与生存发展，而排斥"不着边际"的"抽象的人"的谶语玄思。可知主导我国数千年文化的儒家思想，一直强调"入世"，而无意"超脱"。中西历史文化传承的差异，自然导致中西悲剧文化意蕴的区别，是显而易见的。

社会环境背景的不同，也是形成中西悲剧文化区别的原因之一。应该说，中西悲剧在早期，还是有相当多的类似之处的：像在屈原《离骚》中体现的高洁优美人格终惨遭厄运的悲剧，我们在莎士比亚的作品中完全可以找到类同；像《史记》所载"荆轲刺秦王"故事中，那种"风萧萧兮易水寒，壮士一去兮不复还"的英雄气概，那种为了正义视死如归的凛然精神，那种死得其所、笑对敌仇的悲壮，我们不是也可以从古罗马的经典中听出共鸣?!……

但是，当社会历史在中西演进的方式开始不同，并终于形成较大差异的时候，中西的悲剧创作也当然受到社会背景的制约，而有了各自的意蕴趋向——中国到了封建社会后期，每况愈下，面临的主要问题是"生存"，即在社会生活中作为整体民众（及具体个人）的生存、温饱与起码的社会权利问题，是"怎么才能活"的迫切的现实问题；西方则不然，资本主义萌芽在封建机体内渐渐长成，及至社会发展到了资本主义时期，尽管仍有各种生存窘境的困扰，但人们的关注要点已经渐渐转移到"什么才是人，以及人为什么活"的精神层面上来。

王国维曾说："吾国人之精神，世间的也。"虽道出表象，但毕竟没能深究内里：如果认为国人之精神与生俱来就是"世间的"，并以此为据，认为中国的悲剧创作无论何时，都应该是"世间的"，就出现偏颇乃至谬误了。

二、中西悲剧传统的美学基调

一言以蔽之，西方悲剧多表现"悲壮"，中国悲剧常表述"悲苦"。

西方悲剧中的主人公处于逆境或困苦时，多主动出击、迎战，并作拼死的战斗。在种种充满英雄主义的抗争中，他们体现出超人的毅力、非凡的智慧与无所顾忌的勇敢，他们敢于向压抑、欺辱自己的敌对价值或势力公开宣战，绝不回避厄运、苟且偷安，而是与厄运展开顽强斗争。他们可能不断犯错误，也可能时时暴露出自己身上的种种缺点、病端，并因此而遭到失败或者毁灭。但悲剧的整体却在于强调抗争，强调奋斗，强调那种宁折不弯、宁死不屈的英雄主义精神，进而使观众在英雄的主人公最后失败时，被唤起激越、亢奋、壮烈或沉雄的审美情感，进入一种"崇高"的境界。

这种美学基调，在早期的古典主义悲剧中，表现得淋漓尽致：其主人公绝非凡夫俗子，基本上都是王公贵族、英雄伟人，一个个地位显赫、气度非凡，他们身上总体现着某种超于凡人的东西。悲剧内容也不是寻常事件、日常情景，而总呈现壮烈、重大、奇特的光环。像我们熟知的古希腊悲剧以及莎士比亚的悲剧，大多如此。即使是后来的平民悲剧，主人公虽为普通百姓，但其身上也总体现出一种英雄气概，或一种勇于牺牲、几如飞蛾扑火般的悲剧性豪迈。

在文学作品中，如海明威的名篇《老人与海》表现捕鱼老人桑地亚哥在大海上与一条大鱼及一群群鲨鱼作顽强的拼死的搏斗，七天七夜之后，终于将大鱼拖回，却已经只剩白惨惨的一副鱼骨——就捕鱼的现实收获来说，老人失败了；但老人身上所体现的那种与大自然斗争的雄伟气概与不屈精神，却虽败犹荣、令人震撼！像梅里美的名篇《马铁奥·法尔哥尼》讲述一个父亲亲自枪杀自己丧失信义的儿子的故事，像更著名的《卡门》讲述吉卜赛女郎为自由的爱情与健全的自我宁可死的故事……均体现了西方悲剧的精髓。

而中国悲剧的传统主脉则有异于此。

中国悲剧中的主人公，在敌对势力或人生逆境中，大都表现出一种被动隐忍、逆来顺受、消极保守，乃至苟且偷安的态势。作品总是力图通过他们，使观众充分感受到"真善美"被压抑、被欺凌时的那份沉重与凄惨，进而从内心深处生出一种哀苦悲酸来。其"戏眼"是放在极力表现主人公的善良、隐忍、大公无私等的"自身完美"上，而不是放在主人公如何积极拼争、顽强反抗的"对敌战斗"上。其意图在于使观众面对"美的死亡"而难过，而不是令人们感受"战斗失败"的悲哀。于是，其审美效果往往不是"哀兵必胜"的沉雄，而是"哀莫大于心死"的苦涩。古典悲剧中，像《杜十娘怒沉百宝箱》《李娃传》《窦娥冤》；古典文学中，像《史记·李将军列传》《古诗为焦仲卿妻作》等，都属于这一类品格。在现当代的文艺作品中，纵如鲁迅《祝福》的表现祥林嫂、老舍《我这一辈子》的描述历经三个时代的警察、茅盾《林家铺子》的刻画林老板，也基本以表现好人、良民、本分人的"受迫害"为主，即使是郭沫若的《屈原》，也仍以"洁身自好"的主人公被奸佞小人迫害为主……

在影视作品中，也是如此。如可称为我国悲剧经典之作的《一江春水向东流》，能令通场观众涕泪交流、伤感难过不已，但仔细体会，则只是出于对女主人公悲苦命运的同情。像电视连续剧《渴望》之所以为国人欢迎，也主要由于浸润在女主人公刘慧芳身上的那种悲剧因素——而这种因素，则产生于对刘慧芳的同情与感慨上。

总之，西方悲剧重在以"悲壮"激发观众，我国悲剧则多以"悲苦"感染人群。

三、中西悲剧传统的艺术处理

"五四"以来，对中国是否有悲剧，文艺界多有争论。相当一段时期，一些名家多持否定态度。如冰心便认为中国根本没有悲剧；王国维则认为除了《红楼梦》《桃花扇》之外，其他剧作都不具备悲剧品格……其主要一条凭据就是——中国式悲剧总有一个"大团圆"的结局，常附有一个"光明的尾巴"。

因前面已经讨论过纵有"大团圆"结局也可以属悲剧范畴，于是，是否有结尾处的"大团圆"，便可以说是中西悲剧传统在艺术处理方面的不同。就此而论，则西方悲剧大都以正面形象的死亡、毁灭等惨烈情景作为结局，而中国悲剧却不少在"大团圆"后落下帷幕。因此，其审美效果也便有所不同：西方悲剧通过正面主人公的死亡或毁灭这样极端化的人事渲染，给观众以强烈的"震动"和"刺激"；而中国悲剧则通过最后的"大团圆"处理，给众人一种终于"恶有恶报，善有善报"的伤感之后的"抚慰"与"宽解"。

比如我国著名的古典悲剧《赵氏孤儿》，就其结尾之前的情节、情境而言，那为正义而前仆后继的悲壮，那藐视邪恶的气贯长虹的凛然，那将牺牲亲子而同仇敌忾的惨烈，那忍恨蒙辱十数年如一日的沉雄……谁能不为之变色动容、拍案而起?! ——但就是这部被西方称赞钦佩的古典名剧，其结尾也仍要挂上一条光明的尾巴：沉冤得雪，凶顽被除，皆大欢喜了。类似剧作，像《窦娥冤》《雷峰塔》《清忠谱》等，均是如此。

对此，**胡适**曾批评道，除了曹雪芹、孔尚任等一两个例外，中国文人由于思想薄弱，"闭着眼睛不肯看天下的悲剧惨剧"，"只图说一个纸上的大快人心"，于是盛行着团圆快乐的文字，"读完了，至多不过能使人觉得一种满意的观念，决不能叫人有深沉的感动，决不能引人到澈底的觉悟，决不能使人起根本上的思量反省"。① 鲁迅则更激烈地指出："万事闭眼睛，聊以自欺，而且欺人，那方法是：瞒和骗。""中国的文人，对于人生，——至少是对于社会现象，向来就多没有正视的勇气。……从他们的作品上看来，有些人确也早已感到不满，可是一到快要显露缺陷的危机一发之际，他们总要即刻连说'并无其事'，同时便闭上了眼睛。……于是无问题，无缺陷，无不平。也就无解决，无改革，无反抗。因为凡事总要'团圆'，正

---

① 胡适：《文学进化观念与戏剧改良》，载《新青年》（第五卷），第 4 号。

无须我们焦躁。"① 王国维不像上面两位激烈，其评论较平和、冷静："吾国人之精神，世间的也，乐天的也，故代表其精神之戏曲小说，无往而不着此乐天之色彩，始于悲者终于欢，始于离者终于合，始于困者终于亨。"

上述，各有所指。王国维是据我国戏曲小说的总体面貌，探讨国人之精神；胡、鲁两位则痛感中国悲剧的不尽如人意。应该说，都是有一定道理的，尤其是后者指出了我国悲剧传统极易使观众受到某种精神上的麻痹，乃至助长其苟且偷生、听任命运安排的消极心理（好人总会有好报的嘛！），也便更使人"哀其不幸，怒其不争"；另外，光明结局一旦被过分渲染，也极易产生本末倒置的艺术病变——就是悲剧将不再是悲剧，而成为正剧——这就不是悲剧创作在艺术处理上的一种方式，而成弊端了。

当然，国情不同，文化历史之积淀有异，各种审美心理也存在着较大差别，而要使剧作为本国观众所喜闻乐见，获得大的文化与艺术效果，中西悲剧传统在艺术处理上不同，也是自然而然的。

上面，我们简略地比较了中西悲剧传统在三个方面的不同。

不同，不等于优劣。

但我们也不能不客观地看到：社会历史发展到今天，我国的国情及国人的生态、心态已大异从前，如果我们的影视编剧们仍然恪守"传统"，不作"审时度势"的思考，不顾及"时运交移，质文代变"的文艺创作规律，势必会影响我国悲剧创作向更高层面的发展。

还从上述三方面来说——

首先，当代社会生活的复杂化必然造成国人内心的复杂化。在脱离了"生存"的困扰之后，人们已经开始考虑"人之为人"的诸多问题，在急剧变幻的人生旅途中开始渴望寻找到自己的"精神家园"。于是，我们的悲剧创作就不能只在社会层面上做文章，只表现些"眼眉前儿"的现实问题，而应注意对人生、对生命作必要的形而上的思索，进而引导观众。在当今时代，如果不能、不想或不敢有形而上的某种源于现实又高于现实的生命觉悟与人文反思，而只沉陷在日常的、时令性的乃至媚俗的市景描画、趋势引导，则势必会使我国的悲剧创作困窘尴尬、自觉难堪。

其次，无论何时，作为一种民族集合、一个国家实体，要想生存、发展，要想雄踞世界民族之林，就不能没有一种凝聚的、强大的民魂与国魂，不能没有一种敢于追求、积极进取、大义凛然的英雄主义精神。遍观世界

① 鲁迅：《论睁了眼看》，见《鲁迅全集》（第1卷），251~252页，北京，人民文学出版社，2005。

历史，凡有所作为的时代、凡有所成就的民族或国家，没有一个不充满、洋溢着英雄主义精神，我们的文艺创作（悲剧创作）就更应该振奋民魂，激励我们的人民勇往直前，以英雄主义的生态与心态，去开创新的历史纪元。因此，如果我们的悲剧一味沉溺于"悲苦"层面，只是让观众感叹、感伤而已，是有负时代重托的。

　　最后，关于结局的团圆问题：尽管我们说有"大团圆"的光明结局的剧作并不能完全否认其悲剧品格，但毋庸置疑——这种结局对整体悲剧氛围势必有所影响，一般而言，它总会减轻、削弱悲剧的审美效果（如果不是彻底改变了悲剧性质的话）。因此，作为编剧者，对团圆结局的使用，要慎之再慎。如果不是出于某方面"必须如此"的原因，则应尽量避免。

第三章
"戏"的审美类型(二)：
喜剧

第一节　喜剧的理性界定

一、使人笑的戏剧，就是喜剧吗

什么是喜剧？这似乎已不成问题——一般认为：凡是使人发笑的戏剧自然便是喜剧。喜剧的唯一的要素、特征，就是笑，"喜剧是使人发笑的艺术。'笑'是喜剧的最基本也是最普遍的特征，'笑'构成了喜剧的基础，没有笑就没有了喜剧"①。不少人更熟知**果戈理**的名言："剧中一个正直高尚的人物，它无往而不在。这个正直的高尚的人物就是笑。"② 上述所言，并不错。但作为编剧者，若以为自己的剧本只要能引人发笑，就是成功的喜剧，就未免浅薄，乃至错误了。

引人发笑的表演形式有很多。像一些很受街头巷尾观众欢迎的滑稽表演，像舞台与电视上的某些小品相声，像曾风行于 15 世纪的欧洲，尤其是法国的闹剧……在这些表演中，一般不对人物的性格作深入的心理剖析，甚至连人物背景、故事情节也不具备，只通过对人物表情与行动的极度夸张式表现，如暴饮暴食、酩酊大醉、笨头笨脑、愚蠢者的狡猾、卑微者的高傲……或相互的挖苦、彼此的嘲弄、意外的巧合、不必要的惊恐等，以戏谑、造作以及荒诞、扭曲、变形的方式使人发笑。而这些表演形式，与美学意义上的"喜剧"，尤其是作为戏剧品种之一的具有特定审美属性的"喜剧"，是不能相提并论的。

相当多的学术著作都将西方喜剧的源头追溯到古希腊时期，认为喜剧起源于古希腊祭祀酒神时的狂欢歌舞和民间滑稽戏。这种滑稽戏产生于墨伽拉城邦民主制建立时代，后来流传到阿提刻，具有了诗的形式，成为喜剧。③ 对于我国喜剧的源头，则认为"中国喜剧和西欧喜剧一样，都是本民族戏剧的始祖。中国是一个有着深厚喜剧传统的国家。戏曲主要就是从喜剧发展而来的。在中国戏曲中'丑'角的地位是很重要的，'无丑不成戏''插科使砌'的特点是十分突出的。丑，正式作为戏曲中的一个行当，始于宋元南戏，是由宋杂剧的副净演变而来的：秦（侏儒）→汉（俳优）→宋（副净）→南戏（丑，始于《张协状元》）……可以看出来，'丑'是

---

① 牛国玲：《中外戏剧美学比较简论》，139 页，北京，中国戏剧出版社，1994。
② ［俄］尼·果戈理：《剧场门口》，郭家申译，载《春风文艺丛刊》，1979（3）。
③ 参见杨周翰等：《欧洲文学史》，北京，人民文学出版社，1964。

戏曲演员的'老祖宗'，而'丑'的前身则是司马迁《滑稽列传》中赞扬的那些古优们"①。

若将"喜剧源头"上溯到古希腊的狂欢歌舞（西方）与中国先秦那些古优的行止言谈，倒也未尝不可。但要说"喜剧本身"便产生在那个时候，就容易混淆视听了——

在现代艺术中所特指的喜剧，起码应具有两个要素：其一，它必须具有真正的成熟的"剧"的艺术形式，而不是剧的雏形，更不是胚胎；其二，作为现代美学意义上的"喜剧"，它不能只具有使人发笑的"生理功能"，还必须具有使人心灵净化、觉悟升华的"心理功能（社会功能）"。在这个意义上判定，则古希腊的那些狂欢歌舞与民间滑稽戏，虽然可以使人发笑，但止于发笑层面而不能使人在情感、精神方面有所觉悟与升华，再加之尚不具备现代喜剧成熟的艺术形式，所以还不能视为当然的喜剧经典；而中国先秦的那些俳优行止，虽然在笑谑之间，甚至使君主帝王也警觉顿悟，像齐国的淳于髡以"饮一斗亦醉，一石亦醉"中诙谐的隐语，使齐威王罢了长夜之饮；像楚国的优孟，以反讽的方式使楚庄王不再重马而贱人；像"优旃者，秦倡侏儒也，善为笑言，然合于大道"；等等。但毕竟是以传说、史料的方式流传、记载下来，并没有丝毫的"戏剧"外形，因此也同样不能视为中国喜剧的先河。无论古希腊的狂欢歌舞还是中国先秦倡优的"巧言令色"（在此取其本义），充其量只是具有某一方面或层面的"喜剧因素"而已。

真正较成熟的喜剧的出现，在西方应在公元前 5 世纪末期至前 4 世纪，其标志为被恩格斯称为"喜剧之父"和"有强烈倾向的诗人"② 的**阿里斯托芬**所创作的喜剧作品。阿里斯托芬共创作了 44 部喜剧（其中 11 部流传下来），他的作品，无论在艺术形式上还是人文内涵上，都较成熟地体现了喜剧的特色。他最早认识到喜剧的美学价值和社会作用，并在两方面都力求完美、深刻，他运用喜剧形式和尖锐的讽刺笔锋，触及了当时现实生活中的一些重大政治问题、社会问题，针对性与批判性都十分强烈。他的作品在严肃的态度中伴随着无穷戏谑，滑稽美中融合着讽刺的笑，而作品的整体讽刺力量又显示了喜剧崇高美的威力。他的想象力十分丰富，其戏剧情节是虚构的，并往往流于荒诞，但其主题却极现实、极严肃。他是用夸张的手法，仿佛是用一面凹凸不平的镜子来映照生活的，镜中形象虽然是漫画式的，却深刻反映了社会生活的本质。他的作品中，有讽刺当时雅典

① 牛国玲：《中外戏剧美学比较简论》，142～143 页，北京，中国戏剧出版社，1994。

② 《马克思恩格斯选集》（第 4 卷），579 页，北京，人民出版社，2012。

民主制日益腐化的，如《巴比伦人》《骑士》《大马蜂》；有反对内战、呼吁和平的，如《阿卡奈人》《和平》；有批判诡辩派教育的，如《宴会者》《云》；有探索社会理想的，如《鸟》等。在谈到喜剧作者的职责时，他说："他会不断在喜剧里发现真理，支持正义。他说他要给你们许多教训，把你们引上幸福之路。他并不拍马屁、献贿赂、行诈骗、耍无赖，他并不天花乱坠害你们眼花缭乱，他是用最好的教训来教育你们。"[①]

成熟喜剧在中国的出现，应以元代杂剧的形成为标志。此前，先秦祭祀时的歌舞、宫廷的俳优、两汉的角抵、唐代的参军、宋时的杂剧与金代的院本等，均有喜剧的因素，乃至已经具备了喜剧的雏形，但终不完整、成熟。到了元代，杂剧在金院本和诸宫调的直接影响下，融合了各种表演艺术形式，终于使戏剧（喜剧）臻于成熟。其中喜剧的代表作品很多，像关汉卿的《赵盼儿风月救风尘》《诈妮子调风月》，康进之的《李逵负荆》，王实甫《西厢记》中有关红娘的折子戏等，都可称为典范的作品。

总之，真正美学意义上的喜剧，应是"笑"的完美形式与深沉严肃内涵的艺术结合。或曰：以笑为媒介，借符合戏剧规范的表现形式上的轻松，达到内涵体现上的庄重与崇高。因此，对那些只重发笑而忽视内容的艺术表演形式——纵如闹剧（许多论著均将其归入喜剧的一种）——我们不应以喜剧视之，更不宜以喜剧创作之。

德国电影美学家**恩·伊洛斯**在其论著《电影的本质与创作技巧》中一语中的："以扮鬼脸或笨拙的动作来自我炫耀的人物是没有喜剧性的，只是无聊而已。"**果戈理**在谈到喜剧之"笑"时说："这个笑，不是那种出于一时的冲动和喜怒无常的性格的笑，同样也不是那种专门供人消遣的轻松的笑；这是另一种笑，它完全出于人的明朗的本性，之所以如此，是因为在人的本性的最深处蕴藏着一个永远活跃的笑的源泉，它能够使事物深化，使可能被人疏忽的东西鲜明地表现出来，没有笑的源泉的渗透力，生活的无聊和空虚便不能发聋振聩。"[②]

二、喜剧的内涵指向

喜剧的内涵指向应如何？或者说：喜剧应该对生活采取什么态度？对

---

① ［古希腊］阿里斯托芬：《阿卡奈人》，见《阿里斯托芬喜剧集》，罗念生、周启明译，38页，北京，人民文学出版社，1954。

② ［俄］尼·果戈里：《剧场门口》，郭家申译，载《春风文艺丛刊》，1979（3）。

此，亚里士多德说："喜剧是对于比较坏的人的摹仿。"① 亚里士多德学派佚名的《喜剧论纲》中写道："喜剧是对于一个可笑的、有缺点的、有相当长度的行动的摹仿。"别林斯基也如是理解："喜剧描绘生活的否定方面。"鲁迅的名言更为众人所知："悲剧将人生的有价值的东西毁灭给人看，喜剧将那无价值的撕破给人看。"② 马克思则从社会历史层面理解喜剧的内涵："现代的旧制度不过是真正主角已经死去的那种世界制度的丑角。历史是认真的，经过许多阶段才把陈旧的形态送进坟墓。世界历史形态的最后一个阶段是它的喜剧。……为什么会出现这样的历史进程呢？这是为了人类能够愉快地同自己的过去诀别……"③

上述种种，基本说的是同一内涵：喜剧表现的应是生活中被否定的、已经没有价值的、即将死亡（或将被淘汰）的人物与社会现象。就是说，喜剧只应建立在表现社会生活中丑恶的、反动的、病态的、有缺点的人事情景的基础之上，其主要的武器自然也就只能是讽刺。

我们不能完全否定上面的各种说法，它们或许都有着各自立足的生活基础与时代背景，或者有着自己特定的艺术针对性所指。但是，若作为对喜剧创作实践的科学总结与理论阐述，便不能因为"权威所在"，就诚惶诚恐地认为其"放之四海而皆准"了。因为喜剧创作的实际成果明显地摆在我们面前：既有对无价值的生活人事进行否定的讽刺、嘲弄式作品，像莫里哀的《悭吝人》、卓别林的《大独裁者》之类；也有着大量的对生活中正面人事进行肯定性赞美、颂扬的杰作，像古希腊阿里斯托芬的《鸟》、日本关于寅次郎故事的系列影片、我国影片《五朵金花》之类；还有对社会生活中具有双面性质、复杂内涵人事既含否定性剖析、又含肯定性赞扬的篇章，像著名的《唐·吉诃德》、美国影片《一夜风流》、苏联影片《办公室的故事》、我国的《乔太守乱点鸳鸯谱》《三毛从军记》……因此，对于喜剧所表现的生活人事，尽管每人有各自的选择自由，但作为理论界定，就不可偏执一端了。我们不仅要有"开怀一笑，笑天下可笑之人"的追求，还应有"大肚能容，容世上难容之事"的胸襟。只有这样，喜剧创作才能在更广阔的领域中获得健康的发展。

---

① ［古希腊］亚里士多德、［古罗马］贺拉斯：《诗学·诗艺》，罗念生、杨周翰译，16页，北京，人民文学出版社，1962。

② 鲁迅：《再论雷峰塔的倒掉》，见《鲁迅全集》（第1卷），203页，北京，人民文学出版社，2005。

③ 《马克思恩格斯选集》（第1卷），6页，北京，人民出版社，2012。

三、喜剧的艺术档次

之所以要专门论述这个问题，是因为至今为止，对喜剧的"艺术档次"，仍有不少人（包括一些剧作者与评论者）不能有正确的认知。尽管喜剧的起源，无论在西方还是在中国，都早于悲剧，但从它们两者都正式展现在艺术舞台上的那天起，就有权威的理论家认定：喜剧在艺术门类中，是远远不能与悲剧相平列的一种，只是下里巴人的庸俗、浅薄、难登大雅之堂的"玩意儿"，至多算是供市井平民消遣、娱乐的"准艺术"。比如亚里士多德就曾规定喜剧只能表现低下的普通平民，只能模仿小人物的浅薄、丑陋的举止，这种观点影响之大、波及之远，不可小视。而在整个戏剧史的实际体现过程与价值评判中，喜剧的社会地位与创作影响也确实没有悲剧高、大。总之，在相当长的时期内，因理论的误导与杰出喜剧作品的相对贫乏，相当多的人们似已形成这样的看法：悲剧是表现"人的伟大的痛苦，或者是伟大人物的灭亡"，具有庄严崇高的人文精神与品格，是最高档次的艺术；而喜剧则反映平俗百姓日常生活中的可笑情节举止，其品格凡俗甚至庸俗，只是消闲解闷、游戏把玩之类低档次艺术形式，甚至大多难以进入真正的艺术殿堂。

下面，就两方面问题进行讨论——

其一，喜剧只应表现或反映小人物的生活吗？

对此，法国古典主义的重要作家皮埃尔·高乃依坦荡直言："亚里斯多德规定喜剧只是摹拟低下而狡猾的人物。我不能不说，这个定义并不令我满意。……不论如何，他的定义是与他所处的那个时代的风习有关的，因为当时的喜剧是描写身分极为低下的人物。但对我们的时代来说，这个定义便不完全正确了。如今在喜剧里甚至可以描写国王，如果他们的行为并不高出于喜剧的境界。"[①] 莫里哀也有针对性地指出："如果喜剧的使用是纠正人的恶习，我看不出有什么理由，有人就有特权成为例外，这种人比起任何人来，影响都分外危险。"[②]

每个人都在社会中生活，自然都不可脱离现实生活的影响。小人物会有令人发笑的行为，大人物也绝不可能没有使人喷饭的丑态。"金无足赤，人无完人。"身份的高低、"角色"的大小，怎能从本质上影响"人之为人"的普遍共通?! 诚然，喜剧表现日常生活中小人物，可以使观众感到"亲切"；但喜剧若嘲弄高居庙堂之上的大人物，不可以使观众更觉"痛快"?!

---

① ［法］高乃依：《论戏剧的功用及其组成部分》，孙伟译，见伍蠡甫：《西方文论选》（上卷），254 页，上海，上海译文出版社，1979。（该篇译为"亚里斯多德"。）

② ［法］莫里哀：《"达尔杜弗"的序言》，李健吾译，载《文艺理论译丛》，1958（4）。

在喜剧创作的实践中，像莫里哀的《伪君子》（又译为《达尔杜弗》）揭露教会人物的丑恶肮脏、《唐·璜》讥刺封建贵族的伪善与腐败、果戈理的《钦差大臣》把矛头直指沙俄的所有执政官员，不正因为其讽刺的对象是大人物，才更有影响？在影视作品中，卓别林的《大独裁者》直接鞭笞、揭露希特勒，不也正因此而获得巨大成功?!……所以，喜剧所能表现的主人公是无所不在的。哪里有社会生活中的人群，哪里就有可供喜剧表现的对象，绝不应人为地画地为牢。在这方面，我国当代的喜剧创作尤其需要改观：因为迄今为止，我们喜剧中的主人公（作为讽刺对象的尤其如此）几乎没有大人物或权威者。这，既不符合社会生活的真实，也使喜剧的社会功能与美学功能受到极大制约。甚至在某种程度上可以说：我国当代喜剧之所以疲软轻浅、未能获得广大观众的重视，其人物的"卑微"与其内容的"平俗"是重要的原因。

其二，与悲剧的"庄严崇高"相比，喜剧只是"低俗浅薄"地引人发笑吗？

持此论者，看似深沉睿智，其实恰恰表现出自身的低俗浅薄来。从审美角度审视，庄严崇高可以直接地正面地展示，也可以从侧面乃至反面来引发、生成。在相当多的时候，后者需要作者具有更大、更高的创作才思与艺术功力。悲剧是通过"真善美"的失败或毁灭直接传达给观众某种庄严崇高，喜剧则不然：它通过观众对"假恶丑"的嘲笑与否定，间接地引发、生成某种美学意义上的庄严与崇高。

莱辛讲到喜剧之笑的终极价值："喜剧是要用笑而恰恰不是嘲笑来改善一切……喜剧的真正的普遍功用就是在于笑的本身，在于训练我们的才能去发现滑稽可笑的事物……即使我们承认，莫里哀的'吝啬者'连一个吝啬的人也没有改造过来……'吝啬者'对于慷慨的人也是富有教育意义的……必须和有这种愚蠢的人生活在同一个社会里；因此，认清可能和自己发生冲突的人是有好处的；警惕坏事物对自己的一切影响也是有好处的。预防剂也是一种珍贵的药品；在整个道德中再也没有比滑稽可笑的事物更强有力、更有效果的了。"①

卓别林是公认的喜剧大师，然而深入研究一下他本人生活与其艺术创作的关系，却能发现十分奇特的东西，就是卓别林的喜剧创作竟是建立在对人生痛苦体验的基础上！专门研究早期喜剧影片的美国学者康·布·栗山在其发表在美国《电影周刊》1992 年春季号的论文《卓别林的不纯正的

---

① ［德］莱辛：《汉堡剧评》（第 29 篇），关惠文译，载《文艺理论译丛》，1958（4）。（文中"吝啬者"即《悭吝人》。）

喜剧——生存的艺术》中介绍了卓别林充满苦痛的人生，尤其是他的童年、少年生活后，写道："艺术给了卓别林控制力，不仅控制别人的感情，同时控制自己的感情。他可以通过有目的地表达自己的感情来控制住这种感情而不被感情所控制。艺术，尤其是喜剧，可以成为既是一种谋生手段也是一种有意对抗疯狂的方式，它可以兼容或抗击来自外部或内部的威胁。"卓别林自己在1922年则说过："幽默是一名对思想进行监护的温顺和善良的保护人，它可以防止人们被生活中明显出现的严肃性所压倒和被驱赶到发狂的地步。"直到40多年后，他仍认为："幽默……提高了我们求生存的意识并使我们保持理智。由于幽默，我们才不会被生活中的变故所压垮。"卓别林语出惊人，他认为喜剧的基础是冲突和痛苦，因此它将痛苦转化为欢笑。他认为喜剧（幽默）"是从戏谑性的痛苦中产生的"。上述对卓别林喜剧背景（渊源）的探讨，可使我们进一步认识喜剧的深层本质：它绝不是为笑而笑，而是以轻松的笑的外壳，包容着沉重的对社会邪恶与黑暗的负载，隐含着对人世间一切荒谬丑陋事物的愤慨与抗议。它以对庸俗、浅薄、畸形病态的生活现象的否定，来激起人文精神的升华、来歌赞潜润其中的"伟大与崇高"！

另外，因为喜剧是通过观众对剧中人物举止的"笑"来达到审美效果的，这在实际创作中，就需要作者具有更高的艺术功力：它既要使观众进入剧情，又不能令观众完全沉陷其中；它要观众确切体验剧中人物的内心，又必须不时使观众跳出来，站在旁观者的位置对人物进行局外的审视与评判；它要观众对人物的举止言行进行否定（讽刺式喜剧），但又要把握严格的分寸尺度，避免"过犹不及"、损害特定的喜剧氛围与艺术基调……因此，我们完全可以说：喜剧创作在整个戏剧创作艺术之中，绝不比悲剧或正剧档次低（甚至更高）。

第二节　喜剧的品格与类型

对喜剧品类，诸多著述、文章各有不同或类同的相当繁杂的理性划分，并为彼此的不同而洋洋洒洒、义正词严地争执不休。其实，对将灵动的社会生活作更为灵动的艺术反映的喜剧的品类作任何过细、过死的理论界定与区分，都总有不能自圆其说的缺憾、漏洞，都难免费力而不讨好。不如大而化之，只作一种模糊性的指示、作一种笼统些的说明，以对实际创作有所帮助就是。

一、喜剧品格

喜剧的品格大体可以分为两种——

讽刺式品格与笑谑式品格。此种分法，主要着眼于剧作的审美性质，而不一定特指某一部剧作的具体构成（因为有些剧作是同时具备两种喜剧品格，甚至难能分出主次的）。

（一）讽刺品格

指以讽刺为主要手段，对社会生活中的人事景象作否定性表现的喜剧品格。其中又可细分成两类：无情批判式的讥刺与善意点拨式的嘲弄，简言之则是"冷讽"与"热讽"。

1. "冷讽"

指对社会生活中邪恶、丑陋、黑暗、虚伪的种种人事景象，进行喜剧性揭露、解剖，充分暴露其本质，并作无情地批判。

根据果戈理的同名小说改编的影片《钦差大臣》，可以说通篇建立在对沙皇专制政体与官僚制度的讽刺之上：

> 故事发生在俄国一个偏僻的小城里，官僚们得悉钦差大臣要来私访的消息后，一个个惊慌失措，把一个偶然路过此地的小官员误认为沙皇派来的人，于是争先恐后地巴结他、向他行贿，市长甚至要把女儿许配给他。此人开始莫名其妙，后来就乐得以假作真，捞了一大笔钱后，扬长而去。官吏们知道真相后，懊悔不及、哭笑不得。接着，传来真钦差到达的消息，全片以哑场告终。

剧情看似偶然，而实际上却反映了当时俄国官场的典型现象：市长老奸巨猾，自夸骗过三个省长；他贪污成性，从不放过所能捞到的一切；他认为官吏贪污是理所当然，但贪污的多少一定要以官阶的高低为标准；他对上阿谀奉承，一心想向上爬；对治下市民则横加污辱，并巧立名目、勒索钱财。此外，影片还表现了一系列小城官场的丑类：阴险残忍的慈善医院院长、受贿的法官、胆小的督学、偷看别人信件的邮政局长等。而被误认为钦差的赫列斯达可夫更是作者着重刻画的形象：他本是彼得堡的一个花花公子，轻浮浅薄、喜欢自吹自擂、随意撒谎。他被当作钦差，一方面是由于小城官吏的惊慌失措，另一方面也是因为他的气质、表现极具彼得堡整个官僚群体的特征，因而影片便不只是讽刺某个人物，而是把矛头指向了沙皇政体与社会整体。

再如根据莫里哀的剧作改编的影片《伪君子》：它的矛头直接指向君主

专制政体的主要支柱——教会。

> 主人公答丢夫①是个手段灵活的宗教骗子，披着虔诚的天主教徒的外衣，进入了奥尔恭的家。奥尔恭和他的母亲受了他的蛊惑，把他当作圣人，颂扬他、供奉他。答丢夫则尽其所能，在一些琐屑事情上表现他"崇高"的宗教德行，例如有一天他在祷告时捉到一个跳蚤，事后则一直埋怨自己不该生那么大的气、竟把它捏死。奥尔恭及家人对他五体投地，以致打算把女儿嫁给他，并把财产托付给他，把不可告人的政治机密告诉他。由于答丢夫的"教导"，奥尔恭表示，为了天主，他可以看自己的兄弟、子女、母亲以至妻子一个个死去而无动于衷。答丢夫果然挑拨奥尔恭狠心地驱逐了自己的儿子、剥夺其财产继承权。答丢夫又开始勾引奥尔恭的妻子，他对她说："如果上帝是我情欲的障碍，拔去这个障碍对我算不了什么事！"他的原形被揭露出来后，他不但企图霸占奥尔恭的全部家产，还打算利用奥尔恭出于信任而交给他的政治机密文件来陷害奥尔恭，直到这个时候，他仍厚颜无耻地说：之所以这样做，完全是为了上帝，为了国王！

其他影片，像卓别林的《大独裁者》中对那个有特定所指的"大独裁者"的无情揭露与辛辣讽刺、《城市之光》中对那个富翁的鞭笞与嘲弄等，都是"冷讽"的体现。

2. "热讽"

特指那些对社会生活中有着某些缺点、误区的"好人"的善意嘲笑与讥刺，是出于"点拨提示、治病救人"的动机。

体现"热讽"品格的影视作品，像苏联影片《办公室的故事》，像著名的经典之作《唐·吉诃德》，像日本系列影片《寅次郎的故事》中"男人的烦恼"等篇章，像我国影片《模特儿的风波》《二子开店》等，都可参看。

（二）笑谑品格

笑谑品格，指以幽默、夸张、误会、对比、反差、错位、怪诞等为主要艺术手段所形成的"噱头"，对社会生活中的人事景象作肯定式喜剧表现的品格。其中，也可细分为"橘红色幽默"与"黑灰色幽默"两种。

1. "橘红色幽默"

指通过可笑人物的举止或可笑事件的进程，使观众在开心的笑声中获

---

① 又译"达尔杜弗。"

得对人物或事件的某种赞同与认定。

比如著名的美国影片《一夜风流》：富家女埃伦为抗拒父亲对自己自择婚姻的专制性反对，经过一系列令人发笑不已的极具喜剧性的场面展现后，终于逃离被监禁的豪华游艇，准备去找那个"一见钟情"而实际上并不真正了解的轻浮势利的飞行员。在路上的公共汽车中，与被报社炒了鱿鱼的记者彼得邂逅。一个出身富豪之家，根本不谙世事而负气任性；一个历经生活坎坷艰难，但天性诙谐、本质善良。于是在两人之间，就不可避免地不时发生着喜剧噱头了。尤其是两人偶然又必然地住进同一间旅馆房间，又面临埃伦父亲所派侦探的追踪盘查的那场戏，尤其令人拍案叫绝！试想：陌路相逢的男女，住进同一旅馆房间，能平安无事吗？埃伦能不胆战心惊——在彼得那不时的不明不白的调侃、暗示与不无"轻浮"、满不在乎的举止中？！于是，埃伦对彼得的一举一动，都充满了"怀疑、恐惧、期待、臆想又防范"的可笑内容。而当侦探进房查问两人关系时，埃伦与彼得又出于不同目的，把"一对闹别扭的恩爱夫妻"表演得天衣无缝！同时，两人也都产生了彼此真正了解之后的爱情。下面情节的发展，也极具喜剧性：彼得为了要面子（求婚不能两手空空），趁埃伦睡熟后，驾车赶去报社要稿酬。而埃伦醒来时，由于身无分文被旅店老板赶出来，以为彼得看不起自己而独自离去，这位娇小姐只好向现实妥协，给父亲打电话求助，并勉强地同意父亲为她与那位飞行员举行婚礼（而父亲此举，也是出于爱女儿的一种无奈、一种向女儿的妥协）。彼得一方则误会了埃伦，便闯到埃伦家，向她父亲要钱。父亲同意履行当初登报的悬赏，准备给彼得一万元。而出乎意外：彼得厌恶富人重钱轻情的行径，只要求还他在路上为埃伦所花费的39元6角——因为那是他当时的全部家当。因双方的误会而使人发笑的这场戏后，影片结尾更充满了出人意料的喜剧色彩：当埃伦与飞行员在牧师的主持下就要成为夫妻之际，在父亲的暗中支持下，埃伦猛地跑离婚礼现场，充满激情地扑到了真正喜欢的彼得的怀抱！

像美国的《错婚记》、法国的《三个男人一个摇篮》、我国的《五朵金花》《今天我休息》《临时爸爸》等，均属于这类影片。

2."黑灰色幽默"

这种幽默也是通过可笑人物、可笑事件的举止或表现，使人对表层人事产生赞许、同情的笑声。但与嬉笑幽默不同的是：其表层幽默的背后，却潜藏着强烈的残酷与深重的苦涩，令观众不能不产生笑后的严肃反思乃至觉悟中的悲酸苦恨。具有代表性的有美国影片《陆军野战医院》，这是一部典型的黑色喜剧，以20世纪50年代朝鲜战争为题材，影射20世纪60年代的越南战争，讽刺失去控制的军事机器及支持它的价值观念。该片对现行制度的嬉笑怒骂和辛辣挖苦引起了反叛的青年一代的共鸣，成为 20 世纪 70 年代最受欢迎的影片之一。在影片中，其黑色幽默随处可见——

影片打出字幕时，背景是野战医院的直升机正运送气息奄奄、惨不忍睹的重伤员，而配乐却是一首歌词滑稽的小合唱："……一个伟人要求我，作出表态莫犹豫……如果我是自由人，我就选择不去死；如果你们都同意，你们也可照着办……"在这里，画面、歌词、音乐极不调和。接着打出"伟人们"鼓吹战争的必要和要青年们去送死的"慷慨激昂"的演说场景，其意义是不言自明的。接下来，影片似乎处处都在挖苦麦克阿瑟所说的"他们在一切方面都很出色"这句话，全片所有人物都是"非英雄"化形象，以"鹰眼"几人为代表的青年人，都玩世不恭，对受传统尊重的价值观一概采取大不敬的态度。而刻意制造不和谐，也是本片的特点：像军医们在血淋淋的伤员面前、在吱吱嘎嘎的锯骨声中打趣说笑；像在"组织、纪律、团结"的口号下，球员们的肆意作弊；像双方球员从打球变成打架时，音乐突然变成雄壮的进行曲……这样，影片就使观众在笑声里又不觉间潜生一种酸涩与悲凉，进而进行更为深刻的沉思，其独特的艺术魅力，确实是值得我们借鉴的。

类似作品，像美国影片《第二十二条军规》《摩登时代》，意大利影片《警察与小偷》以及西方现代派戏剧《秃头歌女》等，均可参看。需要注意的是：以上，是分别介绍两种喜剧品格，而不是列论两种喜剧类型。因为往往有这种情况——在一部喜剧作品中，两种喜剧品格是交织在一起的，尽管可能有所侧重。

二、喜剧类型

任何"类型"的人为的严格划分，对艺术作品来说，都难免牵强。如目前的一些著述将喜剧分为人物喜剧、生活喜剧、情节喜剧、社会喜剧、性格喜剧，乃至爱情喜剧、风俗喜剧、历史喜剧，以及讽刺喜剧、幽默喜剧、抒情喜剧、怪诞喜剧、写实喜剧、黑色喜剧，甚至将充其量只是喜剧源头、雏形的闹剧也列为一种……这种细碎繁杂的分类，本身既缺乏科学（也确难完全"科学"）性，又无助乃至有害于实际的喜剧创作与欣赏，实在不必在这种"学问泥沼"里陷得太深。

对编剧而言，在头脑间本没有必要预设樊篱、画牢自限。只要在总体上明确一下：我将要创作的剧本的喜剧性生发，是主要源于人物自身的可笑，还是基于故事情景的可笑。因此，喜剧类型可大致地分为"性格喜剧"与"故事（或曰情景）喜剧"两种（尽管这也绝说不上"科学"）。

（一）性格喜剧

毋庸多言，性格喜剧是指主要以人物自身性格的可笑因素而建构的戏剧类型。当然，性格喜剧也绝不能没有情景、毫无故事——因为任何人物性格的表现都只能在某种具体的情节发展、相关的戏剧情景中展示——但其喜剧性基础则应奠定在人物性格上。再浅显些说则是：性格喜剧主要表现的是人物自身的可笑。

此类作品很多。

像根据西班牙作家塞万提斯的代表作《唐·吉诃德》拍摄的同名影片，作品故意模拟骑士传奇的写法，描述唐·吉诃德不谙世故，却真诚执着的可笑的"游侠史"：

> 唐·吉诃德是一个穷乡绅，本姓基哈达，他读骑士传奇入了迷，想当游侠骑士。于是拼凑了一副破烂不堪的盔甲，自名为唐·吉诃德，骑上一匹瘦马，并仿照古代骑士的惯例，物色了一个养猪女郎为自己的意中人，给她取了一个贵族名字叫杜尔西内娅·台尔·托波索，决心终身为她效劳。又找了邻居桑丘·潘沙做侍从。一切齐备后，他开始骑马出游。他满脑子都是骑士传奇中的古怪念头，以为世上处处是妖魔鬼怪，都是他建立功业、匡救世人的攻击对象。他把风车当巨人，把旅店当城堡，把理发师的铜盆当作魔法师的头盔，把羊群当成敌人的军队，把苦役犯当作受迫害的骑士，把皮制酒囊当作巨人的头颅，不顾一切地提起长矛，作拼死冲杀，结果闹出无数荒唐可笑的事情。他的这些行动不但害了别人，自己也挨打受苦、被弄得头破血流。但他仍执迷不悟，直到几乎丧命时，才被人抬回家来……

这是一个充满矛盾的性格。他按骑士传奇行事，疯疯癫癫、滑稽可笑，但他的荒唐却来自他的善良与真诚。他攻打风车，是自以为在清除万恶的巨魔；他释放苦役犯，是以为被奴役的是高尚的骑士。他痛恨专制残暴，反对压迫，同情被压迫者，维护正义、向往自由，他以诚挚的爱心，见义勇为，从不怯懦，将个人生死置之度外……但同时，他又严重脱离实际，完全生活在幻觉中，因而他对着臆想中的敌人不顾一切地横冲直撞，只能闯祸坏事。尤其可笑（也可敬）的是：他想恢复已经过时的骑士制度，并把古代游侠骑士单枪匹马打抱不平的方式当作改造社会、主持正义的途径。其结果自然是被碰得头破血流，使善良的动机总是得到相反的结果，令人哭笑不得。

他的"侍从"桑丘·潘沙与唐·吉诃德的关系，是既对立又相辅相成的，两人的性格与外形都形成强烈的对比。桑丘具有典型西班牙农民的特点。他本是一个帮工，家里穷得没有办法，才听信了唐·吉诃德的劝诱，出来当游侠。他希望得到一次意外的成功，做个海岛总督，以改变家中窘境。他的性格与主人正相反：贪图小利，胆小怕事，时时为自己打算，充分反映了狭隘自私、目光短浅的一面。但与主人相比，他又头脑清醒，随时提醒唐·吉诃德回到现实中来……于是，整部影片就围绕着这两个充满喜剧色彩的人物性格进行演绎，并获得了成功。

同类影片，如法国的《悭吝人》、日本的《寅次郎的故事》系列、苏联的《秋天的马拉松》、我国的《临时爸爸》等，都是以人物性格为主要喜剧源头的成功之作。

（二）故事（情景）喜剧

这类剧作，其喜剧因素主要源于事件的意外、反常、奇特、极大反差或强烈对比等情节过程。

有人将这类喜剧称作"情节喜剧"，也未尝不可。但是，难道性格喜剧就没有情节了吗？既然无论哪种喜剧（或扩大到所有戏剧）都不可能没有情节，为避免含糊，还是将此类剧作称作"故事喜剧"好些。

另外，之所以不直称为"情景喜剧"，则是为了避免混淆。因为在相当多的论述中，"情景喜剧"已有特指，即那些在固定、单一的场面内，通过人物可笑的举止言行所演绎的某种类似"折子戏"式或系列"单元"式的轻松短剧。

故事（情景）喜剧自然也要有人物，但引出笑声的根源主要是"故事""情景"，主要是因为人物所演绎的"故事"可笑，而非人物本身的"性格"可笑。在此类喜剧中，某种程度上，人物只是"角色"而已。甚至有些作品，其人物充其量只是串联故事、表演情景、展示场面的"道具"，也能成为不容置疑的喜剧影片，并受到观众欢迎。

不过，在创编此类剧作时，一定要把握好分寸，要有艺术匠心地展现确有真正喜剧内涵的"故事"或"情景"。否则，极易将此类喜剧写得浅薄、粗俗，只有噱头、毫无意蕴，便会走回头路，将成熟的艺术喜剧又沦为初期的街头闹剧了。

受观众欢迎，并具有较高艺术水准的故事（情景）喜剧也很多。像我国1992年拍摄的影片《三毛从军记》：

> 影片一开始，其背景是日本飞机大肆轰炸中国大地。上海滩处处在燃烧，人群陷于水深火热之中。接着便是委员长在发表讲演："我们要以无数无名的华盛顿来造就一个有名的华盛顿，要以无数无名的岳武穆造就一个中华民族的岳武穆！……"

上海街头，三毛挤在人群中，他调笑趾高气扬的日本浪人，而扔浪人的木拖板时，却又无意中砸到了中国的胖警察。胖警察追三毛。三毛逃跑，撞翻了水果摊，跳上了脚手架，登上了屋顶，又从屋顶掉了下来，被罩在了一张大蓬布里。……最后被警察抓住，和一个叫老鬼的人一起，当了兵。

瘦骨嶙峋的三毛在进行军事训练。他爬过山梯，却吊在半空中，上不上、下不下，狼狈不堪。他练打枪，枪的后坐力把他震倒，使枪弹射向空中，不料一只野鸭子却意外地掉了下来，他喜出望外……他练拼刺刀，向稻草人狠命刺去，却因用力过猛，连枪带人穿进了稻草人里……他练习扔手榴弹，手榴弹直接扔向了教官……他跟士兵们抢饭吃，结果却因人小身轻，最后掉进空空的大饭桶……

在真正的战场上，敌人的子弹把三毛的钢盔打成了"筛子"，三毛就把它当"莲蓬头"用河水洗澡。敌人的炮弹打来，把河里的鱼轰到了岸上，三毛一看，却已经都烧焦了……三毛参加了敢死队，他想出了一个好主意：将炸药捆在两条水牛身上，放它们向敌军冲去。一团爆炸的浓烟过后，三毛却看到日本兵正兴高采烈地用刺刀割下牛肉，在火堆上烤来吃。敌人吃饱了牛肉，横七竖八地躺在地上鼾睡，于是我军获得袭击的大胜利，押着敌人凯旋。

群众夹道欢迎国军战士。委员长来视察，他慷慨陈词，并摸了摸三毛的三根头发。少女给三毛送上"智勇双全"的锦旗。委员长提出跟三毛在锦旗下合影，但三毛个子太矮，结果照片上只见委员长与锦旗，而不见三毛……

来了一份调令，要三毛即日到师部报到。老鬼向三毛祝贺："你现在是如日中天，前途无量，大富大贵……"到了师部，三毛却趴在地上为师长擦皮鞋。市长太太大呼"三毛"，三毛赶紧跑过去接过她扔来的脏衣服和丝袜；小少爷坐在痰盂上拉屎，他一喊"三毛"，三毛又蹿过去给他擦屁股……

三毛又回到战场上。与一少女一起智斗鬼子：用石头弹弓，用跷跷板，用安有机关的像百叶窗般的楼梯……直打得鬼子丑态百出、狼狈不堪。打胜了鬼子，三毛产生了幻觉：自己在耕地，少女则一副农妇打扮，坐在织布机前织布，并朝三毛莞尔一笑。晚上，少女点上油灯，三毛则老太爷似的坐在桌子边，吸着长长的旱烟袋。少女怀里，则抱着两个小三毛……

三毛被编入突击队，三毛与老鬼登上飞机，飞机突然遭到敌机截击，三毛的飞机被打得摇摇晃晃。驾驶员喊："快跳伞，逃命去吧！"

可三毛从来没跳过伞，非常害怕。结果飞机一斜，把他从舱门"倒"了出去！三毛在空中绝望地乱抓乱舞，莫名其妙地却打开了降落伞。三毛觉得有些悠闲了，飘飘然间，正好有几只小鸟从面前飞过，他一伸手，就抓住了一只小鸟，得意至极。却不料掉到树林里，被挂在大树上，而树下正有两只狼在饥饿地等着飞来的美食。三毛大喊："不要、不要！中国狼不咬中国人，有种去咬日本兵！"此时，一声枪响，一只狼倒地。却走出来一个日本鬼子。鬼子向三毛射击。却碰巧打断了挂着三毛的伞绳，三毛重重掉下来，砸倒了鬼子……

三毛和老鬼互相用"咕咕"的暗号联系。却引来了一队鬼子兵！三毛和老鬼就学公鸡叫、学鹅叫、学狗叫、学马叫、学驴叫……弄得鬼子莫名其妙，糊涂起来，也不甘示弱地学起公鸡叫来！叫了一阵，三毛和鬼子兵们排起长队，玩起老鹰捉小鸡的游戏来……玩累后，趁鬼子兵放松警惕，三毛从他们身上取过两颗手榴弹，夹在屁股下面学"母鸡下蛋"，逗引鬼子。此时，三毛拉响了手榴弹，鬼子兵被炸得飞上了天……

三毛仍和老鬼在树林里等待总也不来的后援部队，他们已是破衣烂衫，老鬼已变成了类似电影《白毛女》中喜儿那样的"白毛男"了……

满天礼花，灯泡组成了巨大的"V"字，委员长发表讲话，神采飞扬。已经"复员"，又成了街头流浪儿的三毛，茫然地不知该到哪里去……

这部影片可以称得上典型的故事（情景）喜剧之作：其中当然有特定人物形象所产生的喜剧效果，但毫无疑问：其喜剧性主流则源于以各种喜剧性"情景"所串联起来的"喜剧故事"。主要是以"事"生笑，而非以"人"逗笑。

早期美国喜剧影片《摩登时代》《城市之光》，1985年拍摄的法国影片《三个男人一个摇篮》，我国影片《五朵金花》《今天我休息》等，基本上都属于此类。

上述分类，主要是基于对编剧者基础性的创作指导。读者切不可拘泥。在了解与掌握了上述两类喜剧的营构之后，完全可以，也应该不拘一格地进行"各种各样"的或"无种无样"的喜剧创作。因为在实际的喜剧体现中，没有绝对的"纯种"类型，而往往是相互融合、互有彼此，至多是各有侧重而已。

第三节　喜剧创作

一、喜剧创作的基础与总体设计

既然喜剧是使人发笑的艺术，那么是否可以说，只要时时处处能让观众发出笑声——或者换一种说法：整个剧本只要塞满了引人发笑的噱头——就是成功的、出色的喜剧作品了？

不少人确是如此认为的。于是便用尽心思、绞尽脑汁，堆积众多的可笑场面、编排大量的滑稽表演，力求逗出观众接连不断的笑声。但结果却往往出乎意外：观众并不买账，尽管他们确实不时发出笑声，但对整体剧作不敢恭维，乃至摇头、撇嘴，一副不屑状。

原因何在？

就在于编剧只在小处下功夫，而忽略或根本没有想到在大处做文章，没有切实而深刻地奠定喜剧的基础，没有对既定的喜剧作总体性设计。其作品必然止于轻浅平俗的"闹剧""滑稽戏"层面，而难能进入真正的艺术喜剧领域。

因此，要想创作出具有艺术档次的喜剧，作为编剧者，必须要严肃认真地对所要表现的某一方面的社会生活作一番"喜剧基础"的研究，进而在此基础上，对既定生活现象作出整体的喜剧性设计。

生活或人生，在某种意义上，其本身就是一部永远演不完的天然喜剧。尤其有趣又可悲的一种现象是：处于其中的大多数角色自己，都缺乏必要的自知之明。于是，在他们自以为清醒明智的人生追求间，便时时处处显出混沌颠顸又盲目偏执的举止言行。而凡越颠顸、越偏执者，其表现也往往更自以为是、更作茧自缠，越缠越紧也就越加严肃认真，于是，也便使旁观者更觉其可笑……自然，这只是喜剧性的一种。但从中我们却应该体味到：真正的喜剧应该是对社会生活深层洞识之中的某种理性解剖、某种极具人文思维的哲学阐释，而绝不是庸俗卑贱的搔痒逗乐、耍贫嘴或装丑自嘲。

著名喜剧大师卓别林谈道：

我到处碰到一些人要我给他们说明"使观众发笑的秘诀"。我总感到为难，常常想溜走。……并没有什么使观众发笑的秘诀，我们两人只是了解到人情的某些简单真理，并把这些真理应用到我们的职业上来。我们的一切成功归根结底都不过是一种对人的认识，不论这个人是商人、店主、编辑或是演员。……我研究人，因为假如我不了解他们，我就在我这一行里什么也做不出来。正如我在本文开始时所说的那样，对人的认识就是一切成功的基本因素。①

上述简单之极的论述，却是艺术大师的甘苦之言。

在另一个场合，卓别林甚至说出使一般人意外的话，他对喜剧本质与作用的认识与别人大相迥异，竟说喜剧的基础其实只来源于痛苦的冲突：喜剧"是从戏谑性的痛苦中产生的"。而喜剧的真正作用则是："提高了我们求生存的意识并使我们保持理智。由于幽默，我们才不会被生活中的变故所压垮。"看似荒诞不经，而恰恰是深得喜剧三昧之论！

总之，进行喜剧创作，一定要深入社会生活，洞识人间物象，以健康的人文感悟，去把握历史与时代的脉搏，进而从本质上、总体上发现"人"的喜剧性。也只有这样，才能以"轻微地违背了严肃准则"② 的艺术方式，创作出真正的喜剧，而避免庸俗的"杂耍"。

上述强调喜剧的总体设计，并不是说"只要"具备总体框架的设计便一定能创作出优秀的喜剧作品来，而是有意针对当前一些所谓"轻喜剧"缺乏深度的弱症而已。**实际上，一部成熟的喜剧作品，总体的喜剧框架设计与具体的喜剧情节和场面的填充，是缺一不可的。**两者是相辅相成的关系。但毋庸多言，总体框架的设计及包孕其中的对社会人生的喜剧性透视，是一部喜剧成功的前提、基础。

优秀的影视喜剧，都深深奠基在对社会人生喜剧性的透视与挖掘之上——而这，也正是它们获得长久的艺术生命力的主要原因。

像喜剧经典、卓别林的《摩登时代》，其中的喜剧镜头一个接一个，令人不能不捧腹大笑：资本家为了增加工人的劳动强度，使用可以不停止工作的喂饭机。吃饭的时间到了，主人公查理被机械动作折磨得双手已经失去了控制，竟去"加固"女秘书裙子上的扣子；查理被挑去试用喂饭机，刚开始时还顺利，送到嘴边的汤自动倒进他的嘴里，美味的肉饼由机械手一块块地送进嘴里，每吃完一道菜，海绵块自动地为他擦嘴。可突然，机械发生了故障，一盘汤全泼到他的头上！机械手又把一颗螺母喂进了他的嘴里！海绵块更猛烈地横扫而来！……查理在高速运转的传送带旁突然神经失去控制，立时被卷进了机器，然后从另一端"传"了出来……他疯了，

---

① [英]查·卓别林：《我的秘诀》，崇业译，载《世界电影》，1994（1）。

② [美]布·汉德森：《今天的爱情喜剧·半顽强或不可能的》，载美国《电影季刊》，1978 年夏季号。

开始在车间里用扳手下意识地加固女人的扣子、别人的鼻子，乃至街上行人的乳头！……查理从疯人院出来，失了业，只好在街上闲逛。偶然在地上拾起一块红布，他摇晃着红布无目的地走，没料到后面却紧紧跟上来一大群失业的工人——他们误以为他是在号召游行！……

上面每一个场面，甚至镜头，都使人发笑，但是，它们绝不是偶然拼凑的可笑的"噱头"（尽管都出于卓别林精心、苦心的营造），而是均受着预先设计好的总体框架的控制，都是为整体喜剧的人文内涵服务的！这整体的内涵就是——在资本家的压榨、奴役下，工人们已经"人而非人"的苦笑。也正因此，这部影片才能受到观众的欢迎并具有不衰的艺术生命力。

像著名影片《百万英镑》，其喜剧基础奠基于"资本主义社会生活中金钱万能、人而不人"的畸形现实，进而其具体的场景情节才处处使人笑后沉思感慨；像《一夜风流》中，将富豪家小姐的毫无生活经验又傲慢天真与出身平民的失业记者的"老于世故"又正直高尚相比衬，以产生总体的喜剧色彩；像《悭吝人》中，特意表现一个守财奴极端的乃至变态的举止言行，再以一个只看重精神、全身心追求爱情的纯正青年的表现来对比；像《一主二仆》中，男主人公被生活所迫，一人同时做两个主人的仆人，而这两个主人偏偏是正日夜相互寻找的一对情侣。为了挣两份钱，绝不能泄露一仆二主的秘密，于是这个仆人只能想尽一切办法不让两个情人见面。当两个主人几次几乎就要碰面时，他都巧妙地渡过了难关——这样的营构，则很明显地奠基在生活中常有的"尴尬处境中的尴尬人"上面；再如《唐·吉诃德》《秋天的马拉松》以及《三毛从军记》，或将总体喜剧营构建立在人物与环境的可笑冲突上，或人物自身的矛盾性格上……而所有这些，都不是表层的为笑而笑，而是有着深深地对社会与人生某种弱态、病态或非正常态，乃至变态的洞识与挖掘，因此，才能获得广大观众的情感共鸣，才能引出人们并非浅薄的笑声，进而保有长久的社会价值与艺术价值。

二、喜剧创作技法

影视喜剧的创作，除了必然与其他品格的影视作品所用技法相同之外，还有专为营造喜剧情境的特有的常用技法。大体上可分两个方面，即物象设置方面与人事机遇方面。这两方面的手段、技法，既可运用于喜剧的整体设计上，也可以（或更多地）运用于具体场面、情节乃至镜头的设置、安排上。

1. 物象设置方面

物象设置方面的常用技法，有夸张、反差、错位、歪曲、变形、失衡、对比及怪诞等。这些技法，主要用于对剧中物象的相互位置与彼此关系的设计，以产生可笑的艺术效果。由于夸张可以说是所有喜剧技法的基础，我们就不专门介绍，而将其融入其他技法之中。下面，我们就对除夸张外的其他技法，择要介绍——

其一，**反差**。

指格调、性质或内涵大相迥异或干脆截然相反的影视物象被设置在某种环境中，以其强烈不协调的相互映衬，产生喜剧性效果。

体现在大的方面，如美国影片《陆军野战医院》：在主流意识方面，本是极严肃的战争场景，却与极不严肃、极不认真，乃至玩世不恭、胡闹捣蛋的一群参战人员拼凑成一体，在极大的反差中，整体基调的调侃性讽刺也便确定了下来。再如我国影片《三毛从军记》的反差：一方面是残酷无情的战争，另一方面则是稚弱天真的孩子，这种极难调和的物象偏偏融为一体，则必然会生出带有苦涩味的"可笑"意境。

其体现在小的场面、镜头处，如表现一个从语言到步态上都可以明白看出是酩酊大醉的人，却特别庄重地想使你相信他一点酒也没有喝过。而他越是认真、庄严地表白，其可笑程度也越强烈——这也是一种反差：这个被嘲笑的人尽管已经处于可笑的状态中，可是自己却极力否认，并极力想维持住他的体面，则"实在"与"意向"的反差，便不容人不产生笑意了。卓别林举过这样的例子：帽子从头上飞掉，这并不可笑，可笑的是戴帽子的人为了体面，在大风中头发披散、衣襟飘扬地去追这顶帽子，于是，其爱面子与恰恰因此而更失面子的反差，就使人发笑了。他说："这就是为什么我在所有的影片中总是要利用我所处的窘境来拼命装出一副很庄重的神气，使我像一个小绅士那样。这就是为什么我在窘态中，最关心的还是要不断地拾起手杖，把圆顶帽戴正和整理我的领带，即使我刚刚头朝下摔了一个跟头。"[1] 他还举例：比如平日里作威作福、趾高气扬的警探，却让他掉进下水道的洞口里，或跌进泥水匠的水桶里，或是从正要从严盘查的货车上跌到路边的水沟内……总之，满身泥污，造成狼狈不堪的模样，观众一定要开心地讥笑——因为这代表着平日里欺压人们的拥有权威势力的警探，本身就不被观众同情，于是当这些极看重自身尊严的"权威"处于狼狈尴尬的局面中，进而产生强烈反差时，其喜剧效果就不言而喻了。在影片《城市之光》里，卓别林一开始就利用了反差：在城市中心广场上鼓乐齐鸣，各种社会上的体面人物正在为一座名为"和平与昌盛"的塑像揭幕。讲演后盖布落下，人们刚要喝彩欢呼，却发现在塑像的怀里，睡着一个衣衫褴褛、瘦小枯干的流浪汉：查理！看到这种极不协调的物象拼凑，观众能不发出讽刺的笑声?!

---

① ［英］查·卓别林：《我的秘诀》，崇业译，载《世界电影》，1994 (1)。

反差的利用，还可以在具有影视特色的其他方面——

比如画面与声音的反差：像《生活之歌》中，"情深意浓""哀惋悱恻"的某人物葬礼上的演说声与饭厅内众人一张张无动于衷、大咀狂嚼着东西的脸形成强烈反差，便对那种虚伪又冷酷的人情进行了无情的嘲弄；像在滑稽大师**沃尔特·迪士尼**的作品中，一只小松鼠的咀嚼声竟响得如同一头老牛巨大、沉重的反刍！一只鸭子蹒跚而行的声音竟响得如有人用大木板狠命拍打着一块湿手巾……这些均能使观众爆发出愉快的大笑。

比如画面与解说词（或字幕）的反差：像在《向山西巴尔之路》中，两个文明的白人落到了野蛮人手中。画面上是未开化的酋长与其部族人用文明人听不懂但肯定含有凶残杀机（起码在文明人感觉中）的大嗓门嚷着什么，但下面的字幕打出的译文却偏偏是一种优雅礼貌的、装腔作势的充满了外交辞令的字句。于是，强烈反差中，就不能不使人发笑了——当然是对两个文明的白人的嘲笑（或表现两个白人的自嘲）。

比如歌词与音乐曲调的反差：在特定情境中，将所配歌曲的词与曲之间造成反差，也会产生喜剧效果。像影片《柏林的颂歌》中，就有这样一首歌曲。歌词极其热情奔放——"欢呼！友谊！快乐！我永远难忘的这样一个夜晚！……"可曲调却偏偏反其道而行之——异常沉闷、压抑、滞缓、低重，简直就是哀乐！于是，人们能不感到可笑?!

影视反差的手段，还有很多，虽然它们主要将体现在导演的设计运作中，但作为编剧，在剧作中加以必要的适当的提示，还是应该的。

其二，**错位**。

指特意打乱人们习以为常的某种"物理秩序"或"心理秩序"，使表现对象在别开之生面中，将其在正常情况下难能出现的某种性格、特点或缺点、病态暴露出来，进而引起笑声。

人事错位与时空错位在喜剧营构中，运用得很普遍。

人事错位的例子，如法国影片《三个男人一个摇篮》，将三个男子汉因某种阴错阳差，"变"为女人——让他们成为一个婴儿的"母亲"，他们在一段时间的焦头烂额中，渐渐地自觉自愿地要当好这个"母亲"，并产生了真诚的难以割舍的"母爱"。在整个过程中，便闹出了一个又一个令人喷饭的笑料。再如苏联影片《办公室的故事》，则与之相反：将女人变成"男人"——具有强悍男子风格的办公室主任；而将男人变成女人——一个暗中爱恋自己的上司，又懦弱自卑的办公室小职员。于是，在两人的爱情过程中，便自然充满了轻松愉快的喜剧氛围。《百万英镑》中，让一个穷光蛋处于众人趋奉的百万富翁的位置而笑料迭起；《错婚记》将主仆故意错位，一起去相亲，以观察年轻姑娘的结婚动机，在整个过程中，仆人花主人的钱毫不心疼，在对方家中大摆阔气，而平日极吝啬的主人因处于仆人角色，只有痛心疾首而无可奈何；《钦差大臣》中使一个骗子以令人敬畏的沙皇的钦命大臣身份，出现在一群百般讨好、极力巴结他的某城官员面前；我国影片《阿满的喜剧·女人万岁》中，由于重男轻女的思想，造成 20 年后社会生活中的男女失衡——极度地缺少女子，于是出现了为能找到工作，主人公男扮女装去当幼儿园阿姨，并因此引出一系列令人啼笑皆非的喜剧情节……

时空错位的例子，像美国作家**欧文**的《瑞普·凡·温克尔》中，农民温克尔在山中遇到仙人、睡了一觉后，人间世上竟已过了几十年。于是，入睡前的英王臣民，一下子变成了美利坚合众国的公民。接着，便让几十年前的脑袋与几十年后的社会现实发生了一系列富于喜剧性的冲突。影片《唐·吉诃德》也是走这个路径的：古代骑士的思维、行止与现代社会生活的极不协调，也是作者既定的时空错位所致……

其三，**对比**。

任何叙事性文艺作品，都常常采用对比的手法，而在喜剧中，则运用得更加普遍、更为强化——因为它能产生简洁而强烈的喜剧性效果。卓别林在《我的秘诀》中曾说：

> 我常常利用另外一种人情，就是观众喜欢看对比的戏和出乎意料的戏……对观众来说，对比产生了趣味。这就是我总是不断地使用这些东西的原因。假使我被一个警探追逐，我总是使警探显得笨拙而愚蠢，而我则在他的两条腿之间钻来钻去，显得轻快而灵活。如果我受人欺侮，那总是受一个彪形大汉的欺侮，为的是由于他与瘦小的我相比之下，能够得到观众对我的同情……①

喜剧性的对比往往更具夸张的特点，也正由于此，其对比所产生的笑声也就更为强烈。

在大的方面，作为整体喜剧框架中的对比，如法国影片《英雄的狂欢节》中，将平日里体面自尊、极具男子汉气概的某城市的市政要员与一直被他们看不起的妇女们在"敌人即将入侵"的事态前的表现，构成强烈的对比；将市长大人平时的极具威严与敌人即将来到时的狼狈恐惧，以至闭门装死来作鲜明的对比；将妇女们平日的温顺纤弱与敌人到来时的激奋勇敢又从容机智相对比；将市长大人在敌人入侵时的胆怯畏缩与敌人被妇女支应走后的居功自傲、恬不知耻相对比……整部作品，就这样通过一系列

---

① ［英］查·卓别林：《我的秘诀》，崇业译，载《世界电影》，1994（1）。

的强烈对比，完成了出色的喜剧性营构。

在小的方面，利用一个镜头内部对比性蒙太奇，也可以使人发笑。卓别林在《我的秘诀》中就有过自己的经验之谈：

> 应该使对比安排得恰当。譬如在影片《狗的生涯》里，我演一个农民。我认为我站在田地里，从衣袋中拿出一粒种子，用手指在地上戳个窟窿把种子种在里面，就能惹人发笑。

但结果失败了。什么原因？

> 理由很简单：所选的这块地太小，使我一次只种一粒种子的怪方法不能产生对比的效果。这场戏在这小块地上展示出来也许足够惹人发笑，但如果在一块面积有二十五公顷这样大的田地上，它就会由于我的种植方法和田地的广阔的对比而惹起一场大笑。①

在一个场面中运用喜剧性对比，以产生强烈艺术效果的例子，如《一夜风流》中富家小姐埃伦与穷记者彼得在躲过了侦探的追寻，又在野地上熬了一宿之后，清晨时分，两人站在路边，想拦一辆车去纽约。作者先让彼得在埃伦面前大肆炫耀自己如何富有拦车的经验，教学徒般地向埃伦表演各种拦车的手势，而让埃伦十分崇拜地洗耳恭听、视彼得为无所不能的男子汉；接下来的情节则与上述来个强烈的对比——车子一辆接一辆地从两人面前疾驶而过，自诩为拦车专家的彼得用尽各种手段、出尽各种洋相，却一辆车子也没能拦下来。埃伦看着狼狈尴尬的彼得微微一笑，然后走到路边。当一辆汽车高速驶来之际，埃伦只稍稍弯下腰，用手撩起裙子、露出自己的大腿，汽车便"吱"地停在了面前！看到这里，观众莫不开怀大笑起来。这种不无恶意的揶揄之笑所形成的喜剧效果，没有上述的对比手法，是难能如此简洁又绝妙地出现的。

其四，**怪诞（变形）**。

怪诞与变形往往联系在一起体现。其特点是：寓真实于怪诞之中，以某种极度夸张甚至扭曲的形态，对生活物象的本质进行喜剧性透视。

怪诞有时体现在整体的喜剧性营构方面，像美国影片《第二十二条军规》，它以**约瑟夫·海勒**的同名小说改编而成，以主人公友索林要求复员回国为中心线索，一步步地展现了第二次世界大战中美军内部离奇荒诞的

---

① ［英］查·卓别林：《我的秘诀》，崇业译，载《世界电影》，1994（1）。

"真实"。首先，那条军规就不无怪诞：只有疯子才可以复员，必须自己而非别人代为提出；而凡本人提出自己不能继续飞行作战，就证明他不是疯子，因此就必须执行任务！这就不能不使人感到可笑了！而由各色人物与人物古怪乖戾的性格表现所形成的总体画面，就更加怪诞：疯狂变态的训练狂赶着自己的妻子满屋兜圈子演练阅兵步伐的场景；伙食管理员竟可以任意调动敌我双方，使"神圣"的战争乱打成"一锅粥"，而本人却成了国际社会上王储、哈里发、教长、酋长集于一身的头面人物！如此等等，使人对这场荒诞不经的战争，尤其是对操纵战争的人与被当作炮灰的普通士兵各自的本质，不由得在阵阵笑声中获得深层的认识。

在具体场景或镜头的设计方面，怪诞也因其对社会人生异乎常规的体现，而能产生喜剧效果。比如众所周知的《摩登时代》中，查理由于长时间的机械劳动已形成下意识动作，竟在大街上，用手中扳手向迎面而来的妇女的乳头拧去的镜头；比如在《陆军野战医院》中，一个军医要自杀，别人不但不去劝阻，反而让他躺在棺材里，为其举行"庄重认真"的告别仪式——这种令人啼笑皆非的怪诞场面，其喜剧色彩是不言而喻的。在我国影片《三毛从军记》里，这种场面与镜头更多，像三毛将捆着炸药包的两头水牛驱向敌军，以图作为"新式武器"获得成功——却不料一团爆炸的浓烟消散后，观众所看到的镜头画面却是：日本鬼子正兴高采烈地大吃烤牛肉！……这种笑谑，则非用怪诞手段，是难能产生的。

还有一类怪诞的体现就是：将社会生活中的人事通过变形，非常规地"表现"出来，进而产生"非写实"却又极具写实意义的喜剧意蕴。这方面的著名影片如美国卡通风格的《谁陷害了兔子罗杰》。人们知道，在美国好莱坞电影的历史长河里，20世纪40年代，是卡通片的辉煌时期，著名的卡通艺术大师迪士尼以他那充满童话情趣的奇思妙想，在银幕上创造了米老鼠、唐老鸭、白雪公主与七个小矮人、小鹿斑比以及木偶匹诺曹等脍炙人口的童话艺术形象。这些形象突出的特征就是滑稽逗乐、使人开心，它们充满喜剧幽默，并通过卡通所演绎的寓言，给观众以人生启迪。而1988年的《谁陷害了兔子罗杰》，正是对迪士尼卡通艺术的重构与复兴。它采用卡通角色与真人合演的方式，既自然又极荒诞地完成了剧情的喜剧性表述；而又因卡通的特色，使影片更易发挥高科技制作的特长，使具体的场面与镜头，都奇异引人，虽怪诞之极却能为观众所接受并因此开怀大笑。比如当兔子罗杰被法官搜出来，正要绳之以法时，私人侦探埃迪巧生一计，请求法官赐罗杰一杯酒。当观众正为罗杰将被处死而担心时，罗杰却因酒醉而身体像陀螺一样飞速旋转起来，并飞碟似的逃出魔掌！再如当埃迪驾驶压路机将披着法官外衣的恶棍杜姆轧过去后，杜姆立即被轧成薄薄的像卡通似的人干儿。观众正在欢笑，杜姆却又自行充气，重新鼓了起来，得意扬扬……直到最后，终于被埃迪战败，置于死地。其场面与镜头，都充满了令人惊异，又使人兴奋的喜剧色彩。这种怪诞，别具风格。我们可以更加发扬光大之。

物象方面的喜剧营构手段，当然不止上述几种；而上述几种，也不一定，或很少独立作战、单手支撑起整部喜剧。我们可根据剧情，灵活掌握，随意组合。

2. 人事机遇方面

人事机遇方面的技法，主要运用于人事发展中，使剧情的"过程"产生喜剧性。常用的手段有误会、巧合、偶然、意外（惊异）、悖谬（反常）、尴尬、矛盾、顾此失彼、悬念等。下面就主要部分加以简介——

其一，**误会**。

生活中，人事间的误会是很常见的。但不等于说任何误会都能产生喜剧效果。这里，一般而言，应有一个前提：就是产生误会的一方或双方已经具备了某种喜剧性基因。即是说，当表现对象本身已经含有某种可笑的弱点、病灶、非常态心境等前提时，"误会"才能生成强烈的喜剧性。

比如在日常生活中，一个人以为对面的人在冲自己点头，出于礼貌便也点头示意，之后才发现：原来对方是冲自己身后的另一个人打招呼。这，明显是个误会了，但不具有喜剧色彩。如果我们将这个人设计成自我感觉良好，且自视为"多情种子"，却偏偏其貌不扬的人物，当对面一位妙龄女郎冲他满面春风、热情扑拥过来，他喜不自胜地正要上前时，女郎却越过他，与其身后的另一男子紧紧地抱在了一起！——这情景，就不能不使观众对他有所嘲笑了。卓别林就是在日常生活基础上，将类似的误会场面进行了艺术加工，在其影片《神父》中体现出来，产生了很好的喜剧效果。

误会，可以是一方误会另一方，也可以是双方相互误会。后者尤其能增加喜剧色彩。比如以莫里哀同名喜剧改编的影片《悭吝人》中，吝啬鬼阿巴贡与其青年管家瓦赖尔的双向误会：视钱如命的阿巴贡怀疑瓦赖尔偷了自己的命根子——钱箱；而瓦赖尔则误以为阿巴贡发现了自己与其女儿的私下恋爱，于是双方便产生了越陷越深的误会，近而产生了极强烈的喜剧色彩。请看下面的一场戏中两人的对话：

阿巴贡：你这不要脸的东西，还问我什么罪？……你想隐瞒也没有用了！事情已经揭发出来，刚才有人把一切都告诉我啦！

瓦赖尔：先生，既然已经有人把一切情形都告诉了您，我也无须再躲赖、否认这件事。只是，请您能够原谅。我想，这实在是一件可以，也应该获得您原谅的事……

阿巴贡：怎么？可以原谅的？! 对这样的一种阴谋！这样的一种谋杀案？!

瓦赖尔：慈悲慈悲吧，您千万别生气。等听完了我讲的话，您就会看出我的过错并没有像您想象得那么严重。

阿巴贡：并没有我想象得那么严重？你竟敢说出这种话！——那是我的血，我的心肝儿！你这个该死的坏蛋!!

瓦赖尔：您的血并没有落到坏人手里。我的身份一点也不辱没她……

阿巴贡：要了我的命我也不那么办！我绝不能给你留下！（面对镜头）你们看看，他多么蛮不讲理啊！偷了我的东西，还想扣住不还！

瓦赖尔：您管这个叫作偷窃吗？

阿巴贡：是的，我管它叫偷窃！像那样的一个宝贝儿!!

瓦赖尔：不错，她真是个宝贝儿！毫无疑问，并且还是您所有的最贵重的宝贝儿！不过，您把她留下给我，并不能算作丢失……

……

阿巴贡：喂！那么，你赶快告诉我，你没有动过它吗？

瓦赖尔：我，动过她？哎哟，您这简直是太瞧不起她了！同时也是瞧不起我。——我对她的爱，是一种十分纯洁并且恭恭敬敬的爱！

阿巴贡作怪相儿：对，爱我的箱子！

……①

看，因双方对自己各自所钟情的"财宝"都有一种近乎疯狂的热爱，自然都以自己的理解来推测对方，于是便形成了强烈的误会。而这误会的出现，既突出了两个人各自的性格，又把剧情迅速地推向了高潮，其艺术作用，可谓大焉。

其二，**巧合**。

巧合，大都属于生活中的偶然现象，所以巧合往往与偶然联系在一起。但具体设计这种偶然性巧合时，一定要注意：这种偶然绝非纯粹的"偶然"，且不能缺乏潜在其中的"必然"。否则，就极易失去真实感而难以被观众接受。对此，德国电影美学家恩·伊洛斯说过：

---

① 本书所引影视剧本选入时有改动。

偶然事件永远应该只是决定性因素之一，它绝不能成为唯一的决定因素，绝不能成为解开最后僵局的手段。……造成或促发偶然事件本身应有一个自然的原因。如果偶然事件对于剧中人来说是偶然的，但对观众来说却是一个事先已察觉到的、引起了某种愉快的紧张感的事件的话，它的吸引力就会更大些。在任何情况下，都不应该把偶然事件当作"解围的神力"来加以利用。①

这段话中，对偶然性在喜剧里的运用及必须注意的问题，说得较为清楚。

喜剧中，利用偶然事件以产生特定色彩的例子很多。

以偶然事件造成整体喜剧性冲突的影片，像《三个男人一个摇篮》：

皮埃尔、米歇尔和雅克三个单身汉是休戚与共的好朋友，共住一个房间。一天，雅克要去日本执行三周勤务（他是飞机乘务员），临行才想起其同事之托：一个叫保罗的同事请他代管一个贵重的小包。匆忙中，他赶紧告诉在家的皮埃尔与米歇尔。在家的两人责无旁贷地要替雅克保管到星期四，即取包人到来之时。雅克走后的次日清晨，皮埃尔与米歇尔打开门时，都愣了——这是怎样的小包啊！分明在小条上写着让雅克保管的这个"小包"，却是一个摇篮，而摇篮里面躺着的小宝宝竟是雅克的私生子！两人又惊又气，却也无可奈何，只好承担起照料婴儿的责任。于是，两个没结婚的男人，为照顾好这个婴儿，便演出了一系列令人捧腹的喜剧情节，焦头烂额之中，以至米歇尔将看门人送来的另一个小包（那个名副其实的，也是雅克那同事托他们代管的藏有毒品的小包）随手丢到了一边……

整部戏，就以此为契机，充满喜剧色彩地演绎开来：

取包人来了，却不要婴儿。皮埃尔想尽办法令其终于接收。而待发现屋内那个藏有毒品的小包时，才发现给错了，急忙追了出去……在街头，正要用那包毒品换回婴儿，警察赶到，毒品贩子慌忙中将毒品塞到婴儿身上，而婴儿却被皮埃尔两人拼死抢了回来！警察怀疑两人做什么非法勾当，便将二人带进警察局审查。而直到进了警察局，两人才发现孩子身下藏着毒品——而一旦被查出来，两人势必要被关进监牢！

---

① ［德］恩·伊洛思：《简论喜剧》，楚人译，载《世界电影》，1994（1）。（该篇译为"伊洛思"。）

剧情，就这样充满笑料地一层层展开了……

此类例子，还有我国影片《乔老爷上轿》中的阴错阳差之巧合，《今天我休息》中总是偶然的巧合等。

在细节上利用巧合以造成喜剧效果的，更为多见。像我国影片《三毛从军记》中，三毛刚刚从飞机上被"倒"下来，却绝处逢生之后，紧接着又被高高吊挂在树枝上，上下不得，而下面则是翘首以待的几只饿狼！此时，险情又出现了——两个全副武装的鬼子兵向三毛这边走来！日本兵发现了狼。将狼打死、打跑，无意间替三毛解了围；可三毛却同时被敌人发现！当敌人举枪向自己瞄准时，三毛紧张得闭上了眼睛。不料，鬼子的枪弹正好射断了三毛身上的降落伞绳，使三毛从树上掉了下来，却又刚好把鬼子砸倒！……这些细节上的巧合，便使人不时发出笑声。

在这里，再重复一遍：巧合的运用，一定要有所节制，不可过滥。尤其要注意的是：巧合要真实自然，合乎生活逻辑。过分的巧合，致使之成为喜剧建构的基石，就会显出造作编排痕迹，便弄巧成拙了。

其三，**意外（惊异）**。

设计一些出人意料的情节，使剧情与观众通过前面剧情所产生的某种"预料"出现偏差，乃至相反，且所表现的情境并非紧张、凶险，而只是寻常生活中轻松的情节，便能够造成某种喜剧性。

卓别林曾讲道：

> 我总是试图以新的方式来创造出人意外的情节……先按照观众所意料的那样来演，后来却又演得出乎观众的意料以外，这对我来说是一种很大的乐趣。在我的一部影片《移民》中，开始时，我的大半个身子俯在船外面；观众只能看到我的背部，从我痉挛的肩膀看去我很像是在晕船。假如我果真是晕船，并在影片中表演出来，那就是一个严重的错误。实际上，我是故意想欺骗观众，因为当我直起腰来的时候，在我的钓竿的末端钓起了一条鱼，观众于是就知道我并不是晕船而是以钓鱼消遣呢。这是惹起一场大笑的完全出乎意料之外的情节。①

卓别林的作品中，类似的情节设计很多，像在《城市之光》中，查理被邀请到富翁家的一系列镜头：请其饮酒，却将酒大部分倒进查理的裤裆里；查理点烟屡屡点错地方，最后竟导致一位贵妇人臀部起火；吃面条时吞进了彩条；跳舞时又搂错了对象……查理为生存，无奈去当拳击手，可

---

① ［英］查·卓别林：《我的秘诀》，崇业译，载《世界电影》，1994（1）。

原来与他约好"互不伤人、奖金平分"的对手临场缺席，换上来一个高大凶蛮的拳手，吓得查理浑身发抖……再如查理背对观众、站在前妻面前的那场戏：观众只看到他的双肩在不断地抽搐，以为他是极度伤心。而当他转过身来时，人们却发现原来他刚才只是在调制鸡尾酒！

其他影片中，利用意外产生笑声的地方也很多。像《一夜风流》中，埃伦的父亲在报上登出女儿照片，并悬赏一万元于知情报告者。于是，当埃伦与彼得欲乘公共汽车赶往纽约时，却意外地被一个推销员认了出来。推销员走到彼得面前，要求与彼得平分奖金。观众正为之担心，不料彼得竟装出一副黑社会老大的口吻，暗示推销员埃伦是被绑架的，如果他希望自己的家庭和孩子幸福，最好装作什么也不知道。这一来，吓得推销员屁滚尿流，仓皇而逃！这一场面中的两处"意外"之笔，可谓绝妙之极。在我国影片《五朵金花》中，令男主人公阿鹏在寻找爱人金花的过程里，一而再地出现观众始料不及的意外：每次以为终于找到了金花，却又都找错了对象！

运用"意外"，与运用"巧合"一样的道理：这种"意外"，应是虽出乎观众的意料之外，却又在社会生活的事理之中。否则，便有胡编乱造之嫌了。

其四，**悖反（反常）**。

也可称之为"南辕北辙"。指剧中人物为实现主观愿望或目的，却恰恰采用了与合适方式相反的方式或途径，结果，越是认真努力、真诚执着，其在旁观者的观众眼中也便越可笑。德国电影美学家恩·伊洛斯论此道：

> 当一个人的要求和为满足这种要求而必需的条件之间发生了尖锐的、但并不会导致任何危险的矛盾时，喜剧性就更为强烈。他愈是天真地提高自己的要求，对自己的错误愈显得自信，喜剧性效果就愈有把握和愈强烈。这里存在着这样一个对比：剧中人自以为有价值，而我们则明知其没有价值。……我们的超然态度也会使我们以一种兴高采烈的心情来等待终将出现的下场。[1]

伊洛斯这段话，有两点需要我们特别注意——

第一，在使用悖反手法时，主人公的要求与必需条件之间的矛盾，虽然要尖锐（不尖锐不足以引起观众的兴趣），但其性质必须是喜剧性的：就是说，这个矛盾并不会产生令人紧张，尤其是恐惧的危险后果。否则，就将使剧作的性质发生变化。

第二，主人公的这种悖反情境，应该是观众虽含善意，乃至同情，但

---

[1] ［德］恩·伊洛思：《简论喜剧》，楚人译，载《世界电影》，1994（1）。

毕竟怀着"壁上观"的超然态度时所看到的。也就是说，观众在很大程度上应是旁观者，而不应与主人公"感同身受""同呼吸、共命运"。否则，观众便难以产生喜剧性观感，剧作风格也将发生质变了。

悖反手法的具体体现，如某些剧中人出于某种目的，极力颂扬，乃至崇拜一位主人公，而这个人其实并不值得赞扬或崇拜；或者这个人自己也明知别人的赞扬、崇拜是一种绝大的错误，但又出于某种原因，不得不让别人继续赞扬、崇拜下去，而他越是勉强维持，就越陷越深；众人一方，则即使已经察觉到了这种错误，却也因某种特定原因，不得不继续地更加热烈地赞扬、崇拜下去；于是双方就倍加痛苦，进而恶性循环……再如有些影片，特意描述一个十分狡猾的人，偏偏由于他的过分狡猾而干了件极大的傻事，又有苦难言，还要打肿脸充胖子；或表现一个自以为是、所向披靡的傲慢家伙，正因其处处表现其自以为是、所向披靡，结果却处处碰壁、狼狈不堪，类似影片如《唐·吉诃德》。

具体的技法还有很多，像运用尴尬、失衡、顾此失彼、因小失大……以及特殊的情节悬念、有意为之的错乱、反常的场面调度等，在此不一一介绍，读者可举一反三、融会贯通地加以运用。

三、喜剧创作的注意点

除与一般影视剧作相通之处外，喜剧创作还有其自身的一些特点，或者也可以说是原则。下面作简要点示——

1. 要有普遍性生活涵盖，进而引发观众的情感共鸣

喜剧创作，是建立在对社会生活"有意夸张"基础上的。说它属"有意夸张"，是因为观众在整个看戏过程中，都从理智上清楚知道其中的夸张性质。

但需要注意的是，不要以为既然属"有意夸张"，作者就可以随心所欲、任意编排。如果你所编排的故事情节缺乏观众日常生活的基础，只是一己的"发明"——那么，无论你的设计如何精巧、情景如何绝妙、举止如何滑稽，也难以达到既定的喜剧效果，只会因观众的陌生或隔阂而遭到失败。

喜剧，较之其他品格的剧作，更要求通俗性与广泛性，更需要观众的认可——因为它必须使观众在看戏的同时就发出阵阵笑声，而没有让观众"回味反思"的现场机会。而若观众只能在回家后、细细体会才能产生笑意，就不是喜剧了。对此，卓别林深有体会：

> 在戏剧中最容易为大家所领会的东西就是一般人都愿意看到富人吃亏。这就证明十人之中有九人是穷人。他们心中不满十人之中的那一个富人。假使我反过来把冰淇凌落到一个操劳家务的穷女人的脖子

上，那就不但不能引人发笑，反而会引起人们对这个女人的同情。同时，一个操劳家务的女人丢不了什么面子，所以这件事就不可笑了。把冰淇凌落在一位阔太太的脖子上，在观众眼中看来，这是完全恰当的，完全应该的……使一个演员（**其实是指角色、剧中人物——笔者加注**）尴尬的那种局面，应该是观众所十分熟悉的，不然就不能立见功效。……有许多人问，我是从哪里设计出我的典型角色的。我只能说它是在我住在伦敦的时候，从我所看到的很多英国人中综合出来的……我想起我看到的英国小市民来，他们留着小黑胡子，穿着浆过的衬衫，拿着竹手杖，于是我就决定把他们当作典型了。

　　……

　　我总是用一只眼睛看着我的影片，另一只眼睛和两只耳朵却注意着观众。我注意哪些地方使观众发笑，哪些地方不能使观众发笑。譬如，假使我自认为可笑的一场戏放映了几次观众也不笑，那我就立即设法来找出这场戏的主题方面或摄影方面的错误。我时常发觉观众对我没有下过工夫的一个动作发出了一阵轻轻的笑声；那时我便赶紧张开耳朵来探索这个特殊的动作之所以能够惹人发笑的原因。①

于是，真实自然与普遍通俗，应成为喜剧创作时首先要注意的原则。

2. 喜剧剧情与结构要明快、简洁，要避免过于含蓄、复杂

　　喜剧的审美效果，一般而言，是通过观众的"感性笑谑"产生的。在看戏的过程中，观众无暇作静心地"理性思考"，这种思考往往是留到观剧之后的回味之时。因此，在创作喜剧剧情时，就不宜太含蓄、沉冗——应让观众一目了然；在编织结构时，就不宜太繁复、芜杂——以免使观众耽于琢磨、徒耗神思。如果剧中的人事过程必须让观众仔细琢磨、反复思索后，才能理解，必定造成喜剧创作的失败。

　　在这方面，美国人**哈·劳埃德**有过教训：

　　我们有着这样一个野心，想拍一部比以前长一半的影片。我们拍了一部名叫《是我》的影片，我的全体同事都一致认为这是一部非常成功的影片。某一天晚上这部影片……试映时，我们每个人都是信心百倍的。这种自信在这部影片放映过几分钟之后就消失了。……我们没有听到我们所预期的持久不断的哄堂大笑，甚至很难听到稀少而短暂的笑声……当时我们一直没有弄清楚这是什么原因，因为我们觉得

---

① ［英］查·卓别林：《我的秘诀》，崇业译，载《世界电影》，1994（1）。

在第一本影片中有真正可笑的"噱头"……最后，我们发现了这部影片的缺点……于是我们就决定把第一本大加删剪，只留下了一百米。我们又重新给观众试映了一次。效果是很惊人的，甚至像我们这样的内行看了都不断地感到愉快。我们解决了这个问题，那就是影片的长度比例问题。……这些"试映"不止一次地说明一点，那就是：如果我们要使一部影片获得成功，就不能吝惜剪刀。影片的长度没有什么作用，除非其内容能使人满意。……假如考察一下任何一本喜剧片的目录，你一定会发现那些最成功的影片就是里面没有留下任何无用东西的影片。那些比较平淡的时刻只是为了给观众提供"笑料"做准备的，或者是为一种紧接着就要发生的情景做准备的。①

卓别林谈到自己的创作时说：

为了取得观众看到的二千英尺的影片，我需要拍摄六万英尺的胶片。这些胶片如果在银幕上放映，那就差不多要 20 小时才能放完。而我却必须把这些胶片压缩在 20 分钟内。

在这里要提及一点，喜剧剧作要简洁、明快，不等于平淡、浅薄，而是强调喜剧创作时要顾及其审美特色：它应以"感性"入手，以轻松晓畅的艺术氛围感染观众，进而使观众获得感悟、启示。

就喜剧内部不同风格的作品论之，则"优雅的喜剧"往往比"大笑的喜剧"更具艺术魅力。恩·伊洛斯在《电影的本质与创作技巧》中谈到，优雅喜剧"也是揭穿表面的价值和无价值现象，但它仅止于无伤大雅的暗示、发人深思的对照或逗人喜爱的妙计。它做得很有分寸……如果认为观众并不理解优雅、亲切的东西，宁爱大笑而不爱微笑的话，那是错误的。'最诙谐的作家所引起的是几乎难以觉察的微笑'（**尼采**）"。但是，"如果优雅的喜剧性内容过于飘忽，也会丧失效果的"。

3. 喜剧的节奏把握

喜剧，自然以是否能获得观众的笑声，作为是否成功的主要的衡量标准之一。但在此一定要注意对喜剧性进程的节奏把握。"文武之道，一张一弛也"，笑声固然不可缺，但要过分地想使人发笑，也是一种危险，"过犹不及"。

卓别林谈到自己的经验时说：

---

① ［美］哈·劳埃德：《我的喜剧方法》，崇业译，载《世界电影》，1994（1）。

常常有一些戏剧和电影，使观众看了笑得精疲力尽。使全场哄堂大笑是许多演员的理想，但是我宁愿把一场大笑分成几次。在一次连续的滑稽表演中，两三次简短的笑要比连续几分钟的哄堂大笑好得多。①

这确是经验之谈。

另外一位美国喜剧大师**巴·基顿**与卓别林有略同的"英雄之见"：

必须在恰当的时候造成第一次的喜剧效果，接着就应当给观众平静下来的时间，然后按照不同的情况，或是将这个效果进行到底或是继续加以发展。在这种动作的节奏中，有一种像数学那样的准确的东西，因为最重要的是要观众感觉出喜剧事件的全部力量，并且能毫不感到厌烦地等待着即将到来的一场大笑。这种节奏是一门学问，它对导演来说是非常重要的（对编剧，何尝不是如此？——笔者加）。

一部喜剧片的情节可以说就像钟表的齿轮那样精确地互相衔接着。最简单的东西，演得过快或过慢都可能得到不良的效果。有许多很滑稽的戏由于演得太快，结果在观众中完全失败了。

所以凡是可笑的喜剧演出都应有一种敏锐的心理感觉和一种不能过份加快的节奏。②

为使观众不长时间地保持同一性质的紧张（笑，也是种精神的紧张），除了控制剧情过程的张弛、疏密，笑料的轻重、间歇之外，还可以在喜剧氛围间，有意识地穿插一些感伤的、严肃的、庄重神圣的，甚至"悲剧性"的片段、场面或镜头。这种手法，不仅可以适当调整节奏，还往往能生出更进一步的艺术效果——就是因强烈的反差或对照，可使观众爆发更大更长、更有意味的笑声。

第四节　我国当代喜剧创作的历史性反思

喜剧当然是要引人发笑的。我国当代的影视喜剧也不能说很少，观众在观片时也能不断发出笑声。但若认真询问，却发现几乎所有喜剧艺术的

---

① ［英］查·卓别林：《我的秘诀》，崇业译，载《世界电影》，1994（1）。

② ［美］巴·基顿：《使人发笑的技巧》，崇业译，载《世界电影》，1994（1）。

观赏者（只看热闹者除外）都对我国当代的喜剧创作大不满意，乃至不屑一顾，进而渐渐产生对"喜剧品类"的误解、贬低：认为作为一个剧种，喜剧本身似乎就只是轻浅逗笑之作，与悲剧或正剧难能并驾齐驱。而不争的事实也似乎证明着这一点：当代中国的喜剧创作确实不尽如人意，多轻浅游戏之作，少启人悟世之章。

这当然令喜剧作者难堪，更难以接受——难道喜剧作为一个戏剧品类，肯定低于悲剧与正剧？！喜剧创作者充其量只能归入"二流作家"之列？！

自然不是。这从中外喜剧创作的历史回顾中，便可见得：在中外戏剧史上，喜剧的地位并不比悲剧或正剧低，喜剧对社会生活的影响并不比悲剧或正剧小，喜剧的艺术成就不比悲剧或正剧差，而观众对喜剧的欢迎、喜爱，在某些时候甚至比悲剧或正剧更热烈、更浓厚！

那么，到底是什么原因，使我国当代的喜剧创作处于低谷，甚至有自轻自贱的难堪与尴尬？我们姑且不作结论性判断，先对中外戏剧创作的历史流脉作一番回顾与审视——

一、西方喜剧的历史表现

西方喜剧，起源于古希腊祭祀酒神的狂欢歌舞和民间滑稽戏，而正式作为一种艺术形式被人们承认，且自身也较为成熟，则是在公元前 470 年左右，当时属于言论比较自由的民主政治繁荣时代。此时，社会间贫富对立已经加剧，人民的民主权利虽然受到限制，但多少仍有一些言论自由。于是，喜剧由于改变了以前止于庸俗滑稽的浅薄逗笑，而加强了对社会现实的批判性，便得到了观众的认可，也巩固了自身在艺术领域中的地位，并出现了一大批喜剧作家。其中著名的三位是：克刺提诺斯、欧波利斯与阿里斯托芬。这里就有一个很值得我们思索的问题——尽管三人在当时都有很大的声名，但至今天，却只有第三位作家阿里斯托芬传下来一些完整的作品，而前两位对于我们，只"徒有其名"了。

什么原因？大概就在于阿里斯托芬的喜剧内容真实地反映了时代生活的本质，表现了那个时代人民大众的呼声，具有真正的历史价值。比如他的第一部喜剧《阿卡奈人》，在表面滑稽丑陋的事件中，却寄寓着非常严肃的思想，它针砭时弊，针对当时统治者的主战心理，号召订立合约。作者在剧中指出：战争对政治家与军官有利，而对人民有害，进而主张各个城邦团结友好……再如他的另一部喜剧《鸟》，讽刺当时雅典城市中那些寄生虫的生活，而以神化幻想方式提出建立一个没有贫富之分、没有剥削、只有劳动才是生存唯一手段的理想社会；在《骑士》中，更大胆地把气焰嚣张的政治煽动家克勒翁描述成愚弄人民的骗子，并在剧中使象征人民的德漠斯返老还童、恢复马拉松时代的精神，以直接讽刺、揭露越来越衰落的雅典民主与越来越腐败的政治现实……从上述剧作，我们不是已经能够体会出阿氏喜剧的价值及其之所以受到观众欢迎，从而长期流传下来的原因了吗？

到了文艺复兴时期，莎士比亚使喜剧创作又出现一个高峰。之所以如此，则在于莎氏喜剧亦紧紧把握住时代脉搏、扣动民众心弦——他歌颂爱情与友谊、宣扬个性解放、婚姻自由和个人争取自身幸福等每个人的天生权利，同时批判封建的门阀观念以及封建道德对健康人性的压抑与迫害……而这些，均站在历史潮头，又鲜明针对时弊，使其喜剧内涵与时代的人文主义理想获得高度统一。而与之基本同时的那些"大学才子"派作家们，尽管不无艺术上的某些钻研，也含某种新进的人文思想，但终因其气度不逮、气力不及，其创作成就便远远不能与莎翁相提并论了。

17世纪欧洲最杰出的喜剧家之一的莫里哀，之所以取得极具社会与艺术生命力的喜剧创作成果，我们从其最成功的喜剧《伪君子》一例，便可见本源：17世纪60年代，法国专制政体越来越反动，宗教伪善几乎遍及整个上层社会，其中包括天主教会的大主教和其他高级僧侣以及以皇太后为首的皇亲国戚、达官大臣，加上当时"圣体会"的那伙人极端仇视他们心中的异教徒、无神论者、自由思想者以及一切反对教会和君主政体的人们，他们披着慈善事业的外衣，专干警察特务勾当，暗中监视居民，陷害倾向自由的人士……而《伪君子》中的答丢夫，正是这些伪善者的典型代表，因而使剧作产生了极强的现实主义效果，其概括力之广，致使在今天的西方，"答丢夫"这个名字不但在法国，而且在全欧洲许多国家的语言中，已成为"伪善"的同义语。莫里哀的另一部著名喜剧《唐·璜》，更直接地表现了当时法国封建贵族在生活与道德上的表里不一、腐败堕落，以致演到第十五场便被官方禁止（却因此而更获得历史的殊荣）。在批判封建专制的同时，莫里哀又将笔锋直指新生的资产阶级：在《悭吝人》中，深刻反映、嘲弄了资产阶级人与人之间在金钱面前赤裸裸的利害关系——而这，也因紧紧地抓住了时代性弊端，而引起了观众强烈的反响。

到了18世纪"启蒙运动"时期，法国作家、社会活动家**博马舍**的喜剧杰作《费加罗的婚礼》依然因遵循了西方喜剧紧扣社会生活现实、站在人文历史潮头的传统，获得了经久不衰的成功。本剧主人公费加罗在伯爵府邸当仆人，他准备与伯爵夫人的使女苏珊娜结婚。伯爵企图诱奸苏珊娜，但有一个障碍：因为当初他与夫人结婚时，曾宣布放弃贵族在农奴结婚时对新娘的初夜权。现在，他又想在苏珊娜身上"赎回"这个可耻的权利。

于是便掀起了一场激烈的斗争。在当时的第三等级的观众看来，斗争不仅关系到苏姗娜的清白与费加罗的尊严，更重要的是——让农奴制度复辟呢（法国在18世纪后半期已经取消了这个制度），还是彻底消灭农奴制度？初夜权实际上是作者用来象征贵族地主对农奴的封建特权的。因而这部戏体现了当时社会非常尖锐的阶级斗争，也自然获得观众的热烈拥戴。在这部强烈的讽刺喜剧中，作者借费加罗的口，淋漓尽致地揭露了封建政治的本质，对封建官僚机构，特别是司法机关，加以无情的鞭笞。在第五幕中，借费加罗那段著名的独白，作者指出：贵族之所以骑在人民头上，只是因为他们出生在贵族家庭，至于像费加罗这样的老百姓，尽管有很大的才能，却连生活也不易维持，并随时会被捕入狱、丧失自由。他嘲笑封建专制国家的"出版自由"，抨击封建专制政府用以镇压人民的统治机器，特别是囚禁政治犯的巴士底监狱……总之，《费加罗的婚礼》的政治倾向十分鲜明，因而受到广大观众的热烈欢迎。却也因此使最高统治者非常仇视，一再下令禁演。博马舍进行了整整六年的斗争，最后靠巴黎人民的舆论力量，才冲破了路易十六的禁令，达到演出的目的。

历史进入19世纪后，俄国的果戈理以其《钦差大臣》，再次将喜剧创作推向又一波峰，其人文内涵与艺术特色，是众所周知的了。再其后，**易卜生、萧伯纳**的喜剧创作，也都是根源于所处时代的人文前沿，才获得巨大的成就与深远的影响。

至于当代西方在影视方面的成功喜剧作品，我们前面已有介绍，在此不再赘述。总览全部西方喜剧创作的发展史，再细细审视各个时期成功剧作的本源所在，是否可以使我们有些启示呢？

二、中国喜剧的历史表现

我国的真正意义上的喜剧，起步较晚。究其原因，既有社会文化大背景的种种制约、扼制，也有戏剧自身发展规律的限定。总体来说，中国喜剧的成果与影响力，就其在整个戏剧艺术史中的位置、比重及其高峰时段，均远逊于西方。

而无论如何，我国喜剧在元代大戏剧家**关汉卿**手下，曾出现了一次"辉煌"，当是不争的事实。那么，关氏喜剧的成功原因，就应为我们所重视了。

关氏喜剧既属元杂剧范畴，则杂剧兴盛的原因也便是元喜剧繁荣的背景：金灭北宋、元灭金的社会动荡过程，同时也是北方人民反抗女真贵族、蒙古贵族的过程。于是，人民反抗民族压迫和阶级压迫的艰苦斗争，必然要求有战斗性和群众性较强的文艺形式加以表现；而构成戏剧艺术的各种因素到这时已经经过长期的酝酿而融为一体，这样，元杂剧（喜剧）就在金院本和说唱诸宫调的基础上，因现实的要求、群众的爱好，大大扩充了题材与内容，展开了我国戏剧史上辉煌的一页。

喜剧，总以讽刺为主要表现手段。而在中国封建社会，什么人才会真正代表人民大众，对不合理的现实社会诸方面进行"嬉笑怒骂"的讥嘲作弄呢？无疑，只能是那些在封建社会体制中不得志、不得意、被压抑、被损害乃至穷愁潦倒的文人——知识分子。而元代初期，由于民族矛盾和阶级矛盾十分尖锐，又没有恢复文人赖以生存的封建科举制度，中下层文人仕进无望、生活寒苦，又同广大人民一样受到统治阶级的迫害、欺凌，自然与人民的关系较为密切，进而将自己的文艺才能，尤其是讽刺才能融进广大民众喜闻乐见的杂剧创作中。这就是元杂剧，尤其是讽刺性喜剧兴盛的原因了。

关汉卿杰出的喜剧作品，正是体现了时代的风貌、人民的呼声，表现了以别的形式难能表达的大众的情感，才获得长久不衰的艺术生命力。比如其喜剧代表作之一的《赵盼儿风月救风尘》，以一个妓女巧妙智斗豪门恶少，并终于取胜的故事，痛快淋漓地宣泄了当时的人民大众对统治者难能直斥的积愤，同时在为剧中主人公终于胜利而欢笑时，获得一种现实生活中难能的心理平衡。因而在某种程度上，关氏喜剧可以说成为当时民众对统治阶级斗争的一面镜子，作者通过它，表述对被压迫者的同情与支持；利用它，来鞭笞封建统治者的凶残与伪善；因为它，赞扬、歌颂了人民大众的坚强性格与战斗精神……这就是关汉卿喜剧创作成功的根本原因。

与关汉卿同时的**康进之、高文秀**等人，也为元代的喜剧繁荣作出了贡献。像康进之的《李逵负荆》，讲述李逵闻听强权人物（自己的顶头上司宋江）强夺民女的恶迹后，怒火冲天、大闹忠义堂，而知误会后，又负荆请罪并下山擒拿真正恶人的故事；如高文秀的《双献功》中，权豪势要的白衙内竟能随意"借"个大衙门坐堂，等被他拐了妻子的孙孔目"自投罗网"来告状时，轻易地把他打入死囚牢——极写社会的黑暗与残酷；接着表现李逵化装成庄稼汉去探监、如何救出孙孔目……

有趣的一个现象是：元代杂剧，尤其是喜剧中，李逵的戏非常之多。李逵已经成了强烈表现民众反抗精神的"水浒戏"中出场最多，也最重要的角色，几乎半数以上的水浒戏，李逵都是主角。很多戏也正是由于李逵为主角，更受广大观众欢迎并流传最广、最久。其原因不言自明：就是因为以李逵为主角的喜剧，既公开表现了民众对强权统治不共戴天且不遮不掩的愤恨，又因其喜剧风格的调侃戏谑，而不易冒现实社会中的风险，同时还能获得精神上的某种愉悦。

到了明代，一切封建体制又重新"完善、充实"之后，以讥讽时事，尤其是时政的喜剧，就很少有了，可谓时代使然吧。极少数、极个别的文人笔下，喜剧也属凤毛麟角了。可以提及的明代喜剧作家，就是被统治者看作不可理解、不必认真正视的"狂狷不羁"的**徐渭**了。徐渭，自号青藤道人，他与李贽都是晚明时期进步思想的前驱，其性格狂放不羁，痛恨达官贵人及世俗之士，具有多方面的艺术才能。晚年靠卖画为生，但当道官僚求他一字也不可得。其杂剧流传有《四声猿》《歌代啸》等。在《四声猿·狂鼓吏渔阳三弄》中，他通过祢衡在阎罗殿上对着曹操的鬼魂再一次击鼓痛骂，以极具喜剧色彩的方式，揭露当时那些权臣的狠毒虚伪、借刀杀人、沉迷酒色、至死不悟等丑恶行径，同时抒发了作者烈火一样的激情。比如当剧中曹操声辩自己也曾下令求贤、让还三州时，祢衡骂道——

> 你狠求贤为自家，让三州直甚么！大缸中去几粒芝麻罢，馋猫哭一会慈悲诈，饥鹰饶半截肝肠挂，凶屠放片刻猪羊假。你如今还要哄谁人？就还魂改不过精油滑！

这类曲子，真如前人所说，如"怒龙挟雨，腾跃霄汉间"！至此，观众无不拊掌称快、浮一大白！

在《歌代啸》中，徐渭则大写李和尚偷了张和尚的帽子，却让张和尚去顶奸情之罪；州官的奶奶因"吃醋"在后堂放火，老百姓点灯来救，反被处罚……更是一个具有严肃内容的喜剧了。它通过荒诞不经的情节、漫画化的人物群像和饶有风趣的语言，突现出社会上种种的是非颠倒、黑白不分，特别是毫无情面地揭露了佛门掩盖下的某种愚弄人民的伪宗教学说的腐败与官场的黑暗。总之，徐渭的杂剧和他的书画一样，充分表现了他的狂放不羁和愤世嫉俗的叛逆精神。透过喜剧氛围，表现悲愤的内容，达到"嘻笑之骂怒于裂眦，长歌之哀甚于痛哭"的境界，其作品的浪漫主义风格及大胆泼辣的讥嘲和作弄的锋芒，实在难能可贵。而这，也正是其喜剧作品具有长久艺术生命的根本原因。

至于有清一朝，因更为严酷的政治统治，公开搬演的敢于针砭时政、讥刺当朝的喜剧，便基本上销声匿迹了。能上演的，也只能是为统治阶级所欣赏的，并为其愚弄民众服务的赞颂喜剧，或编排小百姓丑态来供皇太后等笑谑的"开心果"之类喜剧罢了。

倒是在别的领域，如在小说创作中，还有些含喜剧因素的讥讽篇章，像《儒林外史》中的一些章节，《聊斋志异》里的某些段落，以及《官场现形记》与《二十年目睹之怪现状》等作品间的局部场面……所以如此，大概是因为文字的作品不如戏剧那般显眼、惹事的缘故吧。

回顾上述我国喜剧史，其发展过程中的风起潮落、成败得失，不也能使我们有所领悟吗？

三、对我国当前喜剧创作的审视

从中外喜剧的历史进展中，我们不难看出：只有那些紧扣时代脉搏、站在历史的高度，以健康先进的人文意识，反映与人民大众的生存状态最为密切的社会生活景观的喜剧，才会获得大众的认可及长久的艺术生命。又由于至今为止的社会生活中，总有着各种各样、各个方面与层面的丑陋、邪恶、黑暗、伪善、畸形或病态的现象，而所有这些现象组成的总的"社会势力"，无时无刻不在影响、压抑、扼制、损伤乃至迫害着人们的身心，普通民众虽对此深恶痛绝又往往无能为力（包括对自身病态、弊端、误区的无能为力），于是，尽管"歌赞式喜剧"也能受到观众的欢迎，但真正具有深度与力度的"讽刺式喜剧"就更为社会所需要了。也正是在这个意义上，鲁迅等先人强调"喜剧是将无价值的、丑陋的、虽垂死却还在强撑的东西撕破给人看"的论断，对我们的喜剧创作，确实不无重要意义。

那么，再静心审视一下我国当前的影视喜剧创作，就不能不有所感叹了——.

如果将那些正面赞颂式喜剧与那些不涉时事、只以古往今来普遍存在的常人缺点作为笑谑对象的喜剧称为"轻型喜剧"，而将中外喜剧史上那些以笑声为武器、对各种邪恶势力（包括人们自身的"邪恶"）进行极具时代感与历史性斗争的喜剧称为"重型喜剧"的话，则我国当前的影视喜剧，便前者太多、后者过少或几无了！

这种态势，与我们所处的历史时代背景，大不相称。当前，我国正处于一个世纪性跨越的历史时期，无论是人们所生活其间的社会，还是人们的内心，都经历着一个"史无前例"的人文挑战。大河奔流、泥沙俱下，客观世界与主观世界之中，都有着不容否认并难能克服的众多病灶或疑症重疾，正是要我们的喜剧创作发挥刺激、针砭、讥嘲、讽示作用的时代。而我们的影视喜剧现状呢，却仍停留在"作弄愚人、嘲笑傻瓜"的插诨作科或"巧合意外、戏谑把玩"的平俗编织层面。轻巧有余而厚重不足，在当前需要"黄钟大吕"以振聋发聩的时代氛围中，我们却只是"纤丝细竹"地给观众搔痒痒，则喜剧创作本身，就已经具有使人啼笑皆非的"喜剧色彩"了！

也不是全部否定当前的影视喜剧创作，有时也能看到稍有内涵、尚不太轻俗的作品，像《顽主》《我是你爸爸》等，但终因主观与客观的原因，即使是这些作品，也仍免不了小家子气与"小玩闹儿"品格，与中外戏剧史上的那些具长久社会生命与艺术生命的喜剧杰作、精品相比，还不可同日而语。

　　对于影视编剧而言，我们必须承认上述事实。然后，则应尽我们的所能，使当代中国的喜剧创作面貌，有所改观。

第四章
"戏"的审美类型(三):
正剧

第一节 "正剧"的产生与理论定名

要阐述"正剧"的产生与理论定名过程，势必从"悲喜剧"的产生与理论定名开始。

如今有不少学术著作专论"悲喜剧"，并将它与"正剧"视为不同内涵或不同阶段的两个概念，其实，从编剧创作角度而言，大可不必弄此玄虚——因为两者在实质上并无区别，不过是在戏剧理论发展不同时期的"提法"有异罢了。自从亚里士多德为悲剧与喜剧限定了不同的审美对象与审美快感，在相当长的时期内，悲剧与喜剧就在人们眼中成为泾渭分明的戏剧样式，任何将两者掺和的企图都遭到亚里士多德的崇拜者的猛烈攻击。

文艺复兴点燃了利用古罗马文化来发展新文化的再生之火，目的是恢复被中世纪神学所淹没的以人为中心的古典文化的世俗性和科学性。"文艺复兴"这一术语本身就意味着对古典文化的继承与批判。当文艺复兴在意大利兴起时，人文主义者内部在对待古典文化的态度上，形成了保守与改革两个对立的派别。关于悲喜两种因素可否混合，保守派奉亚里士多德的理论为不可逾越的经典，固守悲剧与喜剧的疆界，强调"悲剧中的一切喜剧因素都是缺点，喜剧中的一切悲剧因素都不合时宜"。而改革派则主张根据时代、风俗和民族的不同需要对古典理论加以发展。

改革派的代表可推**巴蒂萨·瓜里尼**（1538—1612），他所创作的《忠实的牧羊人》一剧，首先从实践上打破了"悲剧与喜剧绝对不可融合"的经典约束，这部戏写于 1581 年前后，1585 年开始以手抄本形式流传，1589年在威尼斯正式出版。它表现的是一个年轻的牧羊人以忠诚的爱情终于打动一个出身高贵，但并不很忠诚的美丽少女心灵的爱情故事。剧作以巧妙的爱情结构、众多的单纯性格和大起大落的故事情节，给观众不时带来忧伤与欢乐的情绪变换，使习惯了传统的悲剧和喜剧的观众或耳目一新、或无法忍受。于是，在它还以手抄本形式流传于朋友中时，就形成了两种尖锐对立的意见。而等它正式出版后，便成为当时最受注目的作品，很快风靡欧洲，在英国、法国、德国、波兰和瑞典等国广泛流传开来。

严格来说，《忠实的牧羊人》并非一部名垂青史的艺术杰作，它的意义主要在于引发了一场具有历史意义的关于悲喜剧合法性问题的生气勃勃的论战。当这个剧本尚以手抄本形式流传时，一位伦理学教授贾索内·德·诺雷斯写了一本名为《神经错乱》的小册子，直接否认瓜里尼的这个"田园悲喜剧"，认为这是一种"可怕的、不相干的混杂"——因为亚里士多德和古代圣贤从来没有提到过这种形式，因而它至多"不过是拉丁语的产物"。他认为悲喜剧根本不是艺术，因为它"与道德、心理和共和政体相反"。针对诺雷斯的攻击，瓜里尼很快写出《论真实性》一书，为悲喜剧作了公开的有力的辩护。但是，诺雷斯于 1590 年又写出《一辩》的小册子，再次从古希腊罗马没有悲喜剧的立场重申了反对悲喜剧的理由，他说："我们可以欣赏新的悲剧和新的喜剧，但却无法立即在太阳的一周中看到这两者的并存。"瓜里尼毫不退缩，于 1593 年又写出《再论真实》一书，并于 1602 年将自己的两本书集为《悲喜剧诗体论纲》，至此，他便以悲喜剧理论的拓荒者和奠基人的身份走进了戏剧美学的殿堂。

文艺复兴是一场伟大的文化变革运动，但特定的时代背景和历史条件使这场文化变革不能不在"恢复古希腊罗马文化"的标志下进行。因此，瓜里尼宣扬悲喜剧理论，也只能在"经典理论""先哲认可"的范畴内寻找根据。针对保守派认为悲剧与喜剧绝对不能相融的观点，瓜里尼指出：在亚里士多德推崇悲剧的同时，也曾隐隐地承认过悲剧与喜剧交融的可能性，比如在其经典著作《诗学》中，就曾把悲剧分为"单一的"和"双重的"两种，认为"双重的"就是"较好的人和较坏的人得到相反的结局"。尽管亚里士多德认为这种"双重的"悲剧不能列为"第一等"、不能与"单一的"悲剧并列，但并没有否认它的存在——而他所说的"双重的"悲剧本身，就已经含有了悲剧性与喜剧性两种因素！而在反驳诺雷斯对悲喜剧的攻击时，瓜里尼则更为鲜明地指出：亚里士多德的确没有提到过"悲喜剧"，但他老人家读过但丁和阿里奥斯托的诗吗？仅仅因为古人没有谈到过这种形式，就该谴责它吗？！瓜里尼又以古代已有过的剧作为例，反守为攻，他指出：结局愉快的悲剧早就为**索福克勒斯和欧里庇得斯**所采用，而且也得到了亚里士多德的首肯。既然已有剧作的前例，又有大师的认可，怎么能说悲喜剧的混合不协调、无艺术呢？只要你愿意，可以称它为愉快悲剧或严肃喜剧。……就这样，瓜里尼推悲喜剧的开创者为古典大师，并将其艺术理论奠基在亚里士多德的《诗学》之上，便获得了坚强的后盾，进而发扬了自己的观点：既然悲喜剧不是简单的悲剧情节与喜剧情节的混杂，而是两种戏剧方式的"和谐"，它的存在当然就具有充分的明显的理由，作为"第三种"相对独立的戏剧诗体，也就当然地与悲剧、喜剧具有并驾齐驱的艺术位置！

《悲喜剧诗体论纲》是戏剧美学史上第一部全面而系统地论述悲喜剧美学特征的理论专著。它的出现，奠定了悲喜剧的理论基础，为悲喜剧在艺术领域内争取到了合法的地位，并由此引导了一大批悲喜剧作品的出现。

　　"正剧"之名的出现，是在18世纪初的法国，后来传到欧洲各国。在法国最初被称为流泪喜剧或严肃戏剧，传到英国称为感伤喜剧，在德国则称为市民剧。在18世纪启蒙运动中，"正剧"得到空前的发展，作为一种美学体现、一种戏剧品格，"正剧"渐渐成为戏剧，乃至所有叙事性文艺作品的主流。之所以能如此，正像法国的**狄德罗**所说，因为它"处在其他两个剧种（悲剧与喜剧）之间，左右逢源，可上可下，这就是它优越的地方"。他还为这种介于悲剧与喜剧间的中间型戏剧找到了哲学依据："一切精神事物都有中间和两极之分。一切戏剧活动都是精神事物，因此似乎也应该有个中间类型和两个极端类型。"他认为，"人不至于永远不是痛苦便是快活"。① 狄德罗对正剧哲学基础和美学特征的论述，与瓜里尼的悲喜剧理论殊途同归，可使我们清楚地了解到："悲喜剧"与"正剧"的本质同一，它们不过是戏剧发展史的不同阶段中，对同一戏剧类型的不同提法而已。相对西方早期对悲剧的推崇及对悲剧与喜剧的严格规定，中国同期的审美思想以及后来叙事性文艺作品的实际体现，就不特意受严格的悲剧、喜剧理论的限定，而似乎更倾向于"正剧"的品格。比如中国早期的神话，如果说"夸父逐日"虽有相当"崇高""悲壮"的悲剧品格，但也可以纳入属于正面描述英雄人物的正剧范畴的话，那么像"大禹治水""炎黄大战""女娲补天""后羿射日"等，则可称为完全的"正剧"了。至于再后，历代史书中的文艺性叙事、唐代传奇中的瑰丽故事以及宋元间正式的戏剧体现，其大体、主流就均应归入"正剧"之属。实事求是地讲，中国传统叙事中，尽管不乏悲剧与喜剧品格的作品，但判定其基调，则毋庸置疑，还是以"中庸之道"为其哲学渊源，以正面"宣教"来传达人事情理。换句话说，中国的"正剧"在其诞生与发展过程中，没有经历西方"正剧"那么多的坎坷、曲折，也自然更为源远流长（其间的优劣得失，则可另作他论）。

　　作为美学范畴的"正剧"，其定义不妨简言如下：直接传达作者意向、以艺术形象正面感悟接受者的艺术叙事，便可归正剧之属。

第二节　正剧的美学把握

　　这一问题可以从两方面理解——

　　第一，从接受美学角度。

　　正剧之"正"，就在于它通过"正面""直接"的艺术传达，使观众（读

---

　　① 《狄德罗美学论文选》，90～91页，北京，人民文学出版社，1984。

者）获得既定的内蕴感染。

这就与悲剧不同了。悲剧，是通过美好的或有价值事物的死亡、毁灭，令观众（读者）先产生一种强烈的悲痛震撼，进而再感悟或激发出作者既定的人文内蕴。它是以一种"间接"的方式，向观众（读者）作传达。比如我国影片《祝福》，以主人公祥林嫂之死，使观众先感受到"悲"，然后才冷静下来，"悟"出旧中国的政权、神权及夫权是杀害她的凶手；美国影片《末路狂花》，则通过两个极具生命活力的姑娘只因为要求正常、健康的人生体验而被社会毁灭的故事，让人在感叹之余，"悟"出作者的本来意旨。

喜剧的审美传达也如此：它特意使观众在观赏过程中，不断发出笑声。让其在笑声之中（或之后），渐渐悟得作品的内蕴。比如果戈理的著名喜剧作品《钦差大臣》，从始至终使观众开怀大笑，剧中也没有一个"正面人物"，但是，观众却能通过这种笑，感悟到作者的真正目的。

如果说，悲剧是以特意营构的"悲"、喜剧是以特意营构的"笑"来曲折地传达剧作内蕴，正剧便不作这种"迂回"了。生活中往往悲喜交融，于是，正剧便只将生活的"原状"艺术地展示出来，使观众直观地、直接地体会剧中的人事情景。

某种意义上，我们可以这样说：西方"古典悲剧"是令观众"仰视"——对其中英雄人物的英雄行为以及他们的悲壮牺牲，产生"恐惧"及对某种"崇高"的敬仰；喜剧则要观众"俯视"——对剧中人事采取一种居高临下的旁观者态度，因而得到一种与己隔离的对"他者"的笑嘲。而正剧引导观众（读者）的便属一种"平视"了——对于观众而言，他们所看到的只是"人类应该是什么样子"[1] 的样子，一个比悲剧"更加直接、更能引起共鸣的兴趣，以及更为适用的教训"，一个比喜剧"更加深刻的印象"[2]。

第二，从文体角度。

正剧，之所以被相当多的人定名为"悲喜剧"，就在于它在具体的文体体现中，确有悲剧与喜剧的双重因素。既然生活本身不可避免地总是悲喜相融、顺逆相继，以反映"本来生活状态"的正剧文体，当然就不能缺少悲剧因素与喜剧因素中的任何一种。但是以"悲喜剧"定其名，极易产生

---

① 伍蠡甫：《西方文论选》（上卷），348 页，上海，上海译文出版社，1979。

② 博马舍语，见伍蠡甫：《西方文论选》（上卷），399 页，上海，上海译文出版社，1979。

某种误导：似乎正剧的文体就是由悲剧因素与喜剧因素机械地相加相拼而成的。

对这一点，在"悲喜剧"（其实就是后来所说的正剧）刚刚诞生之日，就引出了麻烦，诸如"不伦不类""非驴非马""恶俗失协"之类攻讦，甚器尘上。于是，悲喜剧的首创者瓜里尼不得不进行辩解："悲喜剧并不是由两种完整的情节——完整的悲剧加上完整的喜剧——凑合而成，却是互相混合。"① 而"混合"之说，也令人仍觉含糊、仍有机械拼加的意味——尽管它强调不是完整情节的拼加。

相比之下，**黑格尔**在《美学》中对悲喜剧的一段论述，则较为精辟了。黑格尔认为悲喜剧不是悲剧与喜剧的简单拼加："把悲剧的掌握方式和喜剧的掌握方式调解成为一个新的整体的较深刻的方式并不是使这两对立面并列地或轮流地出现，而是使它们互相冲淡而平衡起来。"②

一句"互相冲淡而平衡起来"，可谓说到内里实处了——因为这便深入到剧作的有机构成、戏剧整体内蕴的艺术协调与把握，而非只在外部形式上作辩解了。瓜里尼论及悲喜剧内部构成的一些话，倒可参看。比如他把悲喜剧与古典悲剧、喜剧相比较时讲道："从悲剧中，悲喜剧汲取的是高贵的人物，而不是其行动；是貌似真实的情节，而不是历史的真实；是感人的激情，但得到了缓和；是愉悦，而不是悲伤；是危机，而不是死亡。从喜剧中，悲喜剧汲取的则是有节制的笑，适度的戏谑，巧妙的纠结，出人意料的愉快结局……"这段论述，尽管对悲剧与喜剧多少还拘泥于古典概念，但其中所提到的，诸如悲喜剧中的人物可以高贵，但不一定被毁灭，情感可以激昂而不必绝对，尤其对悲喜剧内在冲突要有"危机"而不要"死亡（人文意义上的死亡，而非生物意义上的死亡）"的论说，以及从喜剧中汲取"有节制的笑、愉快的结局"等，确是涉及了悲喜剧（正剧）的文体本质。

正剧在影视创作中相当多见（尽管绝对的"正"当然不可能），我们不妨举一个较规范较传统的例证，来感受它——

朝鲜影片《春香传》描述了 19 世纪一个充满悲欢离合的爱情故事：

> 全罗道南原府使李翰林之子李梦龙，年轻俊美并有才华。他不堪

---

① 转引自陈瘦竹：《戏剧理论文集》，11 页，北京，中国戏剧出版社，1988。

② ［德］黑格尔：《美学》（第 3 卷下册），朱光潜译，295 页，北京，商务印书馆，1981。

旧礼教家庭的束缚，在春暖花开之际，与仆人房子出游。二人兴致勃勃游赏时，偶遇美丽少女春香及其侍女香丹。梦龙一见钟情。但房子告诉他，这是从良艺妓月梅的独生女儿春香，虽是艺妓出身，却与众不同，品格高洁，多才多艺。当地公子哥儿们无不对之垂涎三尺，但谁也碰她不得。房子劝他不要自讨没趣。梦龙执意要将春香唤来。房子只好从命。然而当房子将梦龙的情意告诉春香后，暗自爱上梦龙的春香却毫不轻浮，答道："蝴蝶可以飞上花朵，花朵怎能追逐蝴蝶。"说罢，悄然离去。梦龙会意……

是夜，房子带着梦龙悄悄来到春香宅院，却被春香母亲月梅发现，追问来意。得知梦龙是来求婚的，虽然高兴，但虑及门第悬殊、婉言相拒，经梦龙真情表露，月梅终于应允。此后，一对恋人互诉衷情、难分难舍。不久，梦龙背着父母与春香私订了终身，在月梅主持下，有情人终成眷属。

正当两人沉浸在爱河中时，梦龙之父奉旨迁官京都，命梦龙立即伴母亲登程来京。梦龙不忍离开春香，只好将与春香已结百年之好的事禀告母亲。母亲认为此举大逆不道、有辱门庭，且一旦此事被其父知道，母子两人的前途将不堪设想，于是拒绝答应儿子与春香的婚事。

惜别之日，春香为梦龙饯行，流泪眼对流泪眼，无语凝咽。春香叮嘱梦龙不要蹉跎岁月，要苦心读书，并不忘旧情。临分手之际，春香赠玉戒作为日后见面的信物。

秋去冬来，梦龙杳无音信。春香饱尝思念之苦，一心盼望爱人归来。但等来的却是一个个媒婆上门求亲。春香一一回绝，更念心上人。

转眼三年过去了，新任府使卞学道来南原上任。此人荒淫无耻、专横残暴，一上任就点春香献艺，紧接着就逼她做妾。春香宁死不从。卞学道恼羞成怒，毒打春香，并将她关到死囚牢，扬言在他寿宴之日处死春香。

刑期将至，月梅在香丹与房子的陪伴下来狱中看望女儿。春香此时已经奄奄一息，只想再见梦龙一面。房子自告奋勇，去千里外的京城为春香送信。

房子跋山涉水，急奔京城。路上遇一个衣衫褴褛的人。此人正是梦龙。他进京三年，终于考中状元，被钦点为御史，现在正微服回南原府暗察政事。房子不知真情，以为他穷困潦倒，营救春香难以指望，不仅为春香的命运暗自悲伤，但还是将信交给了梦龙……

梦龙微服来到南原府，当夜来狱中看望春香。春香见梦龙身着破衣、寒酸落魄的样子，并未怨天尤人，而是叮嘱母亲不要怠慢梦龙，还嘱香丹把自己的衣裳拿出去变卖，给梦龙添置新衣。梦龙深为感动，但因种种原因，没有马上露出真实身份。

次日，卞学道做寿。梦龙装作乞丐闯入寿堂，丢下"金樽美酒千人血，玉盘佳肴万民膏。烛泪落时民泪落，歌声高处怨声高！"的诗句后，愤然而去。席上各邑守令传看此诗后，猜测此人必是传闻前来暗察政事的御史，纷纷夺门而出。卞学道仍在酗酒狂语，并命人带上春香。

这时，梦龙亮出真实身份，将卞学道拿下，春香冤案终得昭雪。梦龙将玉戒示与春香，春香见物思人，有情人终成眷属。

这个影片所叙述的故事，从艺术审美角度来看，就是很规范的"正剧"模式了。从文体方面看，它其中有悲剧因素——两个年轻恋人在封建道统压抑下，为爱情饱受折磨；尤其作为出身卑贱一方的春香，为忠贞的爱情更是饱经磨难、几乎生死均不得！它其中又有喜剧因素——比如房子、香丹等人物形象及其在剧中的作用，极其像我国古典名剧《西厢记》中的红娘，幽默、风趣，不时为剧情添加些欢娱戏谑氛围。而这两种戏剧因素，又是自然而然地出现在整体戏剧故事中，水乳交融，毫无机械拼加之嫌，并且绝无喧"悲剧或喜剧审美特性"之宾而夺"正剧美学氛围"之主的弊端——它展示了人生的痛苦，但没有使之呈压倒一切的态势；它内中不无危机、引发悬念，但并不使之极端激化、非死亡不可；它不时以喜剧因素掺入人事进程，却又只起些平衡、协调、缓冲的节奏作用，绝不淡化故事的总体基调与氛围……进而使整部戏剧呈示出一种"正面人生、直示题旨"的特定审美效果。

类似作品很多，像我国影片《董存瑞》《小兵张嘎》，美国影片《关山飞渡》、《秋日传奇》（又译《燃情岁月》）、《巴顿将军》，苏联影片《夏伯阳》《忘记过去，就意味着背叛》等，我们可触类旁通。

文艺复兴时期的剧作家**约翰·柯克**总括正剧文体的美学特征："悲剧或许过于阴郁和沉闷，喜剧或许过于辛辣和尖刻。如果能很好地把悲剧与喜剧的一部分融合，无疑将产生出最温柔的和谐。""和谐"一语，作为美学概念应用于此，恰当之极。正剧之"正"在《辞海》中的解释为"矜庄""方直不曲""正中""纯一不杂"……总之，就是恰当适中、不偏不倚的意思。这，对于"正剧"概念的理解，是有帮助的。

总之，正剧的审美特点是——既非悲剧的"因悲而生感悟"，也非喜剧的"因笑而获升华"，而是通过对"正常"生活氛围中、"和谐"美学基调下的戏剧情节的营构，"直接"地传达剧作的既定内涵。

第三节　正剧的社会学定性

正剧的社会学性质，可以简括为一句话——体现历史进步或代表真善美的人物（势力）在与代表邪恶、反动、假恶丑的人物（势力）的冲突或斗争中，最终占据主导位置或取得胜利。

如果说，悲剧的实质是历史的必然要求与这个要求实际上不可能实现之间的冲突，那么，正剧的实质则是历史的必然要求在经过有效的斗争后终于得到实现的冲突。

正剧的冲突与悲剧一样严肃、紧张、激烈，但正剧一般表现的是代表社会发展趋势的正义力量已经出现、势必压倒或正在压倒反动没落势力的历史条件下的冲突。

意志坚强的性格和尖锐的冲突使正剧与悲剧有相似处，但代表正义和真理的社会力量在正剧中往往体现在智慧、勇敢、坚强、充满必胜信念或英雄气概的主人公身上。由于这类主人公反映着某一特定历史时期的进步势力或人民大众的某种合理要求与愿望，因而它使广大观众或读者自然站到自己一边。

正剧冲突的双方可能势均力敌，甚至是反动、落后的势力还可以处于片时的优势，但正剧的主人公由于有进步阶层和人民大众为后盾，因此即使在落后势力暂时得逞的时候，也仍然能够控制和掌握剧情的发展方向，进而使观众产生某种鼓舞、振奋、激昂的社会情绪与审美感染。

且举苏联影片《列宁在十月》来看——

1917年"二月革命"推翻了沙皇统治，成立了"临时政府"。形形色色的政党都在觊觎着政权。于是在彼得堡街头，到处燃起篝火，经常出现种种"闹剧"。影片一开始，便是一个社会革命党人在民众面前发表演说，鼓动人们要把战争（第一次世界大战）进行到底。这时，一位士兵和一位水手喊道："要打，你自己去打吧！"把他轰走后，众人高呼："打倒战争！"

列宁在这个关键时刻秘密地来到彼得堡。敌人的骑兵队到处搜捕这位"德国间谍"，险象环生。

在瓦西里的保护下，列宁立即开展了紧张的工作。他在党的会议上，提出立即举行武装起义的方针，同反对派进行激烈的争论。

此时，临时政府派代表到某协约国大使馆求援，为了镇压革命势力、取得国外的贷款与武器，竟然同意割让领土、暗杀列宁、解除工人武装及继续同协约国并肩作战。

布尔什维克党终于组成领导起义的革命军事委员会。

会后，瓦西里与列宁来到瓦西里家临时过夜。列宁看到瓦西里妻子正给未来的孩子做小衣服，向他俩祝贺。瓦西里夫妇坐在列宁身边，充满崇敬地望着这位无产阶级领袖……

临时政府派士官生来收缴工人的枪，被从四面八方赶来的武装工人吓得狼狈逃窜。列宁听瓦西里汇报后，朗声大笑，接着说："只是有一件事我不明白，你究竟什么时候睡觉呢？"他要求瓦西里睡两个半小时。但为了执行任务，瓦西里乘其不备溜走了。

反对武装起义的党内的加米涅夫和季诺维也夫在《新生活》上发表声明，向敌人透露了起义日期。列宁愤怒地斥之为"政治娼妓"！

临时政府召集紧急会议，决定从前线调回哥萨克师团来镇压工人起义。

临时政府在向银行职员和中学生发枪。

马特维也夫接到革命军事委员会的命令，组织武装工人，列队出发。

列宁听到瓦西里的汇报，决定亲自到斯摩尔尼宫与大家一起举事。

临时政府的密探发现列宁的秘密住处，带军队来逮捕他。装甲车司机得知去抓列宁，故意把军车开往郊外，为了救列宁而英勇牺牲。

入夜，瓦西里保护化了装的列宁，冒险前往斯摩尔尼宫。路上，列宁与女售票员的对话，令人忍俊不禁。

革命大本营斯摩尔尼宫，群情激奋，斗志昂扬。列宁回答没认出自己的群众提出的"关于列宁是什么样子"的问题，妙趣横生。

起义部队攻占了电话局。女接线员在枪林弹雨中，吓昏了过去。马特维也夫偶然听到瓦西里要求接通波罗的海舰队的声音，但他不会接线，好不容易唤醒了一位小姐，刚要接线，一阵枪响后，小姐又昏了过去……

起义战士们前仆后继，终于攻进反动派的最后堡垒冬宫。

列宁出现在革命群众面前。欢呼声、口号声响彻大厅。

列宁庄严宣布："同志们，布尔什维克一直主张必须进行的这场工农革命，实现啦！"

会场上响起震天动地的《国际歌》。

……

在这个影片中，对正剧的社会学定性，可谓作了最规范、最"直义"

的形象说明。

为了使读者鲜明地体会正剧的社会学定性，特举《列宁在十月》为例。但也正因其过于"鲜明"与"直义"，可能会产生误导，所以有必要再作以下两方面的补充说明——

第一，正剧社会学意义上的定性，绝不等于正剧题材的社会学选择。

这个问题，从18世纪法国启蒙运动中"正剧"一名出现之日起，就已经潜伏着，后来在不同国家、正剧创作的不同历史时期，更不时暴露出来。

在18世纪启蒙运动中正式定名的"正剧"，由于其特定的背景原因以及以狄德罗为代表的倡导者的特意提示，确有专注于社会问题、强调政治斗争、要为新生的资产阶级摇旗呐喊的意向。当时，资产阶级的经济实力日渐增强，向封建贵族夺取政权的时机已经成熟，为适应时代的要求，在意识形态领域内发生了声势浩大的资产阶级思想启蒙运动。狄德罗等大力提倡为资产阶级服务的严肃戏剧（正剧），其目的就在于引起人们对封建专制制度的永恒性与合法性的怀疑，为资产阶级新的人生观念的发扬光大服务，进而为资产阶级的革命鸣锣开道。

时势使然，本无可非议。但是，若以为凡正剧，必须以当年法国的严肃剧为摹本，一定得反映重大的社会问题乃至必须直接地表现政治斗争、阶级冲突，而且必须是"严肃"的、"郑重"的反映，就未免过于拘泥窘束了。

我们现在所说正剧的社会学定性，是一种宽泛意义上的社会学定性。就是说，只要属于社会生活中的人们的思想、情感、意念乃至意识，只要与这些有关的社会生活方面，比如人们的日常生活、个人私事、历史故事、现代传奇、社会大题材、民间小写真……都可进入正剧的表现范围。只要这些题材所表现或反映的是正义美好价值的"直接"展示及最终的"正面"肯定，则尽管不涉及社会的重大问题、阶级的直接冲突，也能出现伟大、杰出的正剧作品。

另外，由于正剧之名源于狄德罗的"严肃戏剧"，在此我们还须注意一点：当正剧的内在性质确定后，其表现风格完全可以多样，它可以是"严肃"的，也可以是"温柔"的，像同样反映抗联英雄的《白山黑水》与《归心似箭》；它可以是"热烈"的，也可以是"淡泊"的，像同样表现故事情怀的《红高粱》与《城南旧事》；它可以"直接宣泄"，也可以"委婉含蓄"，像同样表现情感波澜的《克莱默夫妇》与《远山的呼唤》；它可以是"古典主义"的，也可以是"现代主义"的，像同样展现历史大题材的《战争与和平》与《现代启示录》；它可以是"现实主义"的，也可以是

"荒诞变态""反现实主义"的，像同样表现人生状态的《人到中年》与《巴黎的最后探戈》……

总之，"正剧"的内涵不能限于"社会剧"，尤其是"政治剧"，其风格也不能等同于"严肃剧"。在上述两方面，我们在相当一段时期内，有过误区和不少教训，当引以为鉴。

第二，关于正剧的结尾。

由于狄德罗曾强调，正剧要表现代表社会进步与正义的力量，在与相对势力的斗争中，一定要占据主导地位并最终胜利，又由于后来的"社会主义现实主义"理论强调一定要以无产阶级或进步力量的最后胜利作为正剧的结局，以鼓舞斗志，加之种种的相关理论与创作实证，使得人们曾一时陷入机械理解的误区：似乎正剧的结尾只能是"大胜利""大团圆"或"大欢喜"之类。

这，未免有些拘泥于表象了。

我们说，只要观众（读者）看过全剧以后，能在总体情感氛围中"直接"生出某种昂扬（或振奋、积极、愉悦、优美、温暖、幸福……）的人文觉悟与审美感受，即可判断此剧为正剧，而不一定只看它具体情节的结尾如何。

比如苏联影片《这里的黎明静悄悄》，全剧总体展示的是红军战士，尤其是女战士们英勇顽强的战斗精神、真诚善良的人生态度……尽管在最后，这些可爱、可敬的女战士们都牺牲了，但是影片给观众的审美感受绝不是悲哀，而是一种扑面而来的壮烈激情与静后沉思的感慨。

这类影片，像我国的《烈火中永生》等，亦可作为例证。

总之，判断作品是否为正剧，不能只以结尾如何为据，而应体会其整体意向。有些作品，结尾并没有变化，却因人事内涵稍作改动，便可从悲剧转为正剧（或者相反）。

比如我国影片《早春二月》改编自20世纪30年代柔石的小说《二月》。

　　故事大框架是描述一个知识分子来到偏僻的芙蓉镇，经历了些社会人事与个人情感的纠纷后终于又离去的过程。原作小说将这个故事处理成悲剧：主人公萧涧秋孤高自傲、愤世嫉俗，出于对城市的厌倦，来到乡间寻求宁静，并想在这远离尘埃的"桃花源"中做些对社会、对别人有益的事。但现实的冷酷、复杂，粉碎了他的梦境，他终于痛苦、失败地离去。漂泊寻求—抗争苦斗—失败离去，这就是这个悲剧的三段式。而改编成电影，故事框架并没有变，人事纠纷也大体一样，却只在人物内心处理上做了改动，便使原来的悲剧变成正剧了：萧涧秋在五四运动落潮之后，虽然不无消沉，但不甘沦落，于是来到芙蓉镇，想换个方式与旧世界继续抗争。但在具体的个人式抗争过程中，他终于感到一己力量的微小，要彻底改变不合理的世界，必须投身到波澜壮阔的社会洪流中。于是，他确定了新的方向，毅然离去。徘徊寻求—个人抗争—毅然离去，这样一来，就完全变作正剧了。

这类例子，对于我们体会与把握"正剧"，是有借鉴作用的。

第四节　正剧的创作技巧

正剧的具体创作技巧，此处不再赘述，可参见本书的相关章节（悲剧、喜剧的创作技法以及后面各种艺术流派作品的具体介绍，这些创作技巧均可用于正剧创作之中）。

第五章
"戏"的审美类型(四)：
"后现代"剧作

如果说，悲剧让人在"悲感"间觉悟、喜剧让人在"笑声"中反思、正剧令人在"宣教"后认知，都有着确定的基调、清明的导向的话，则"后现代"剧作的人文意蕴与美学品格，就与悲剧、喜剧、正剧截然不同了。因此，可以视为与前三者同列，在当代需要正视的美学品格的另一类。

第一节 "后现代"思潮与当代电影

关于"后现代"的论述已经很多，诸如对"后现代""后现代性""后现代思潮""后现代主义""后现代社会"与相关的"大众文化"等各个概念的定义，以及"后现代性"与"后现代思潮"是否属于一个范畴；"后现代主义"到底是艺术领域的一个流派，还是一种哲学思想；"后现代"与"后现代社会"在社会学中是否等同为一个概念；"后现代主义"与"大众文化"之间的必然关联与内涵的差异……均有相当深入、细致、极具学理性的各家论说与辨析。

尽管各家之说不无差异，但对"后现代"人文内涵的总体认知却是相同的。这就是——反对总体，消解深度，抵制解释，拒绝意义，否定价值，打倒权威，摆脱理念，强调感性，重视形象，无视本质……的融会与综合。在这基础上所体现的现实态度，自然就是不要逻辑、反对秩序，强调即时享受、不问终极归宿，我行我素而又无是无非、无可无不可，不要思想、只要游戏，满足平面、平浅、平庸与复制，及时行乐而又乐不起来……

在艺术展示方面，如果说现实主义是以典型概括作集体性现实层面的扫描，现代主义是以极端方式作个体生命哲学层面的拷问，而后现代主义则是对前两者的全方位颠覆——不要问我从哪里来，不要问我到哪里去，也不要问我"现在"是什么、为什么与怎么样：一切均不必说，也说不清楚，只自然而然地"活着"就是。

美国学者**杰姆逊**说："就情绪而言，现代与后现代的区别是：焦虑与耗尽。"这，亦为确切而简洁的一种概括。

20世纪以来，世界影坛上具有后现代品格的电影，可大体分为两类。

第一种：以现代甚或传统的形式（叙事方式与镜像语言），传达某种后现代性人文意蕴。

这类影片不特意在表现形式上下大功夫，主要通过"故事"本身传达既定的后现代意识。比如法国影片《筋疲力尽》（1960年）：基本上是以传统的线性叙事，按时间顺序，向观众讲述青年米歇尔怎样偷车、怎样打死追来的警察，然后在巴黎向人借钱、取钱、偷钱，与偶遇的美国姑娘帕特丽夏调情、厮混，为送帕特丽夏一再偷车，然后两人一起逃避警察，一起漫不经心地看电影，最后因帕特丽夏向警方告发，米歇尔身中数枪，死在帕特丽夏怀中，死前还作了几个怪相……这样一个完整的过程。

本片导演**戈达尔**在这部处女作中，一改以往侦破片、犯罪片以及美国传统西部片的内涵，事件没有是非之判，人物也没有正反之别，只是以一种"无所谓"的态度展示法国社会中一类"无所谓"青年的"无所谓"的生活状态或曰"存在状态"。在片中，米歇尔我行我素，随心所欲地偷车、无所谓地偷钱、打昏人抢钱、满不在乎地开枪打死警察、漫不经心地与女人厮混、毫无危难感地（看电影）及时享受、游戏式地与警察周旋，临死时还连连作出怪相……帕特丽夏也属于同样的人物：她随随便便地与素不相识的米歇尔相处，随心所欲地一会儿说爱他，一会儿又说不爱他；她顺其自然地帮助米歇尔偷车，高高兴兴地与他跟警察捉迷藏，挺认真地在警察面前遮掩被通缉的米歇尔，可又莫名其妙地向警方告发已使她怀孕的男友；当米歇尔死在警察枪下时，她又令人不解地跑过来，面对他的怪相自言自语。——很明显，如果说类似情节的传统影片是按照本质先于存在来表现人物与事件，本片则相反：是按照存在先于本质，甚至不问本质而只看存在地展示"某种状态"。

在这部影片中，导演虽然也有着明显的有异于前人的电影手法，表现方式上的翻新、创造，大胆地破坏传统电影的规范，采用了灵活的叙事方法、画面格式以及跳接等剪辑技巧，但相对后来在《中国姑娘》《真理》等片中所出现的大量的独白、旁白、标语、口号、引文、照片，加上拍摄现场、电视采访乃至导演也不时出现在画面之中，甚至亲自发问……令人瞠目结舌（或曰耳目一新）的举措，该片还应视为以人事本身体现后现代人文内涵为主的代表作。

第二种，后现代内涵与后现代形式相与为一，后现代内涵潜藏在强烈、奇异乃至极端的影片表现形式中。

这种表现形式具体体现为——

其一，叙事方面的后现代性。

传统叙事理论同现代叙事理论的重大差异之一就在于后者提供了关于故事与叙述的区分。"故事"一般被认为是一系列按时间顺序排列的事件，"叙述"则是对故事的讲述，或称表述、话语、叙事等。而后现代品格的叙述则是对"故事"原来秩序的重新建构与特殊展示，往往通过无序的拼贴、无逻辑的并置与无法构成意义的"后蒙太奇"……表述某种极度混沌、纷繁复杂、莫衷一是、不可捉摸、难以确定的人文意蕴。

如英国、法国、马其顿在1994年合拍、由**曼彻夫斯基**执导的《暴雨将至》——作者将三个故事拼贴在一起。观众可以从任何一个开始，但是却无法让三个故事形成必然的联系和得到一致的结果：收音机里播放的同样的摇滚乐将伦敦和马其顿维系；一个是闯进修道院的无知暴徒，一个是穿过墓地的时髦女孩，看似不相关的生命是否真的没有细如发丝的联系？科瑞神父、安妮和摄影师亚历山大·柯克因为不同的缘由在三个故事段落里呕吐；惊人相似的突然降临给主人公的死亡……最让人费解的是：返乡的车上摄影师拿出情人安妮的照片给维和部队的军官看，并说她已经死了——其后，影片中却出现安妮目睹摄影师的葬礼的场面与镜头，这又从何说起？……总之，导演放弃了自圆其说，而有意建构一种不求圆满的后现代性叙述，以"反叙事"的极端方式，对传统秩序化的叙事进行了有意为之的颠覆。

德国影片《罗拉快跑》更为大家熟知——

柏林。今日。主人公罗拉，20岁；曼尼，也是20岁。他们是一对恋人。曼尼替一名黑社会大佬收债，收了10万马克，钱却鬼使神差地被一个流浪汉拾去。20分钟后，大佬便会来跟曼尼要钱，没钱曼尼便会没命。他打电话向罗拉求救！于是，罗拉只有20分钟的行动时间，她想也来不及想，只有拔腿狂奔……

影片就在罗拉扔了电话、狂奔之后展开，开放式地展开了三个结局、三种可能性：

一是罗拉疾奔至父亲当老板的银行要钱，被父亲轰出来，待罗拉赶到曼尼等候的电话亭时，时间已到，眼睁睁目睹曼尼拔出枪来冲进对面的超市抢劫。罗拉只有当了曼尼的帮凶。两人抢得钱出来正面对黑压压一片警察的枪口。由于一个意外，罗拉中弹……

二是罗拉跑至父亲的银行，被父亲拒绝后，抢了保安的枪胁迫父亲给了她10万马克；她赶到曼尼处时间刚好，曼尼看到罗拉手里拎着袋子，面带微笑向她走过去，突然，一辆红色的救护车冲过来，撞到了曼尼，从他身上碾了过去……

三是罗拉没有找到父亲，冲到银行对面的赌场，用身上的零钱连赌几把，赢得让全赌场的人目瞪口呆；然后，兑换筹码拎着10万马克的现金，又拔足狂奔；曼尼那边则是——他在等待罗拉的时候，突然发现捡钱的流浪汉正骑在自行车上，他也拔腿狂奔，终于追上流浪汉拿回钱来。时间到了，拎着装钱的塑料袋上气不接下气的罗拉看着曼尼笑眯眯地从大佬的车上下来，大佬笑眯眯地拍着他的肩膀。曼尼走过来，搂住罗拉，告诉她没事了。惊魂未定的罗拉愣了半会儿，回过神，望了一眼曼尼，再望了一眼手中的袋子，开怀地笑了……

三个20分钟。电影的实际时间和故事所讲述的时间吻合在一起，我们如同观看现场直播一样经历了罗拉的三个20分钟。开放式的三种结局，象征着世事纷繁、机缘巧合、命运交错、难能把握，无数种可能在有限的时间和空间里相互碰撞、彼此映现、迷离恍惚、真假莫辨——典型的后现代人文意识的体现。

此类影片，如更著名的**昆汀·塔伦蒂诺**的《低俗小说》。

其二，视听语言方面的后现代性。

后现代的文艺对原创力、完整性和深度等传统嗤之以鼻，喜欢把不同的形式、风格和层次割裂、混淆和并置——

"后蒙太奇"：如果说，传统的蒙太奇是通过特意的剪接形成"意义"，则"后蒙太奇"则是对一切意义的有意瓦解。

后现代社会中，生活节奏如同广告片的快速切换。凭借遥控器快速转台，随意挑选及转换电视媒体的叙事方式，令后现代环境中的人们能在瞬时间接收到大堆资讯，而资讯之间却又难能存在任何关系，只是随意浮现的"后现代碎片"。体现在后现代电影中，便是无法构成既定意义的"后蒙太奇"了——极度的混杂，闪电般的切换，莫名其妙的转接，毫无逻辑的替代。这种影视剪接切换技术使观众没有了时空障碍，舍去了日常的烦琐与平淡无奇，最大限度地满足了观众平浅的视觉消费需求。同时，也使得人们心中的时空尺度发生了变化，对琐碎缓慢的现实越来越没有耐心，而对快速疾变的生活又懒得思考——在满足片时的感官消费中，无所用心，"顺其自然"。

如**王家卫**便大玩"杂耍蒙太奇"：诡异前卫的影像、毫无规范的跳接、随心所欲地罗列……他甚至开玩笑说：他的电影是"超市"上摆放的货物，你想取什么就是什么。

后现代的镜像语言包括：现实与梦境混淆；自语与叙说杂乱；色彩无常变幻；艺术镜头与历史记录含混惚恍；广告、MTV、新闻播报、摇滚乐、色情画插图等最流行媚俗的媒体文化五花八门、缤纷离奇的拼凑、汇集；并非推动剧情的喋喋不休的大量画外音与自言自语；对经典影片相关或无关的著名片段、镜头或表述手段的游戏性模仿；对各种旧有电影类型毫无章法乃至南辕北辙的混杂；以杂凑的多重口味或无口味代替以往的某种纯粹的口味……总之，以极端的形式主义的实验或曰"反实验"，来造成一种无可言说的"后现代影像世界"，进而反映后现代都市人的生存领域和精神状态。

在后现代电影人眼中，电影根本就不是一个目的，而只是一种有趣的影像游戏。被公认为后现代电影代表人物的昆汀·塔伦蒂诺，把自己的影片定名为"低俗小说"，绝非偶然奇想：低俗小说指的是那种内容、装帧通俗的小说，它们是 1935 年英国的阿兰·莱恩创办"企鹅"版通俗文学读物时诞生的，这种书往往用再生纸制作，是各种废弃报纸、书籍被搅和成纸浆后产生的。昆汀暗示自己的电影就是由许多其他影片和文学作品的碎片搅和而成的：他把所有硬的东西，暴力、性、政治、国家的战争都视为果肉甚至番茄酱，然后把它们搅和在一起。整部《低俗小说》，犹如一部被人不小心撕掉开头、结尾或者中间的某些部分的"地摊文学"。它化暴力为玩笑，化性为玩笑，化历史为玩笑，加上黑色电影和硬汉小说中对待暴力和恶的冷漠态度、强盗片的人物设计和格局、中国香港电影的激烈动作，魔幻现实主义的奇迹与现实的混淆，使得《低俗小说》的后现代大拼接达到了狂欢的程度。塔伦蒂诺自己也毫不讳言："我每部戏都是东抄西抄，抄来抄去然后把它们混在一起……"

在这方面，西班牙的**阿尔莫多瓦**在其《欲望的法则》（1987 年）、《神经近于崩溃的女人》（1988 年）等影片中，亦有充分体现——除了和塔伦蒂诺一样，对电影史上相关经典片段、镜头与手段的游戏性模仿外，阿尔莫多瓦的影片更是当代风尚的汇集：广告、MTV、新闻播报、摇滚乐、色情画插图等最流行媚俗的媒体文化都收揽无遗，形成一个五花八门、缤纷离奇的后现代影像世界。

还有一种不像后现代的后现代风格，它犹如刚刚从电影学院毕业的学生习作：使用最简单的工具，找最自然的实景，以最自然的灯光及近乎纪录片的手法，拍摄出一种客观得使人无言、冷静得令人心死的镜像世界。大智若愚、大巧若拙式地潜藏着凝固般的后现代人文意味与美学品格。这类影片不多，但应引起重视。像法国新浪潮中的一些"习作"，伊朗阿巴斯手下的某些篇章，日本、韩国的某些新近之作，我国 20 世纪 90 年代以来新生代导演的一些非正式作品……均应成为我们研究的对象。

总之，后现代电影尽管各有不同，但其人文内涵与艺术表现总在某一方面或层面上有上述的印记或表征。

第二节　后现代电影的文化认知与美学把握

作为一种文化意识，"后现代"并不一定出现在"现代后"。

就具有后现代印痕的世界电影而言，从 20 世纪 50 年代甚至更早，便已现端倪，如 1950 年的《罗生门》，就其人文内涵与极具后现代品格的叙述及镜像语言，已开后现代电影之先河。其后，如 1961 年法国**阿仑·雷乃**的《去年在马里昂巴德》、1959 年法日合拍的《广岛之恋》；法国新浪潮电影中的《筋疲力尽》（1960 年），1967 年美国的《邦妮和克莱德》、20 世纪 70 年代的《陆军野战医院》……到 20 世纪 80 年代，尤其是 20 世纪 90 年代以来，全球后现代电影更是层出不穷，南北美洲、欧洲、亚洲，均有各自体现。

1994 年度则应视为后现代电影发展的重要里程碑。在威尼斯国际电影节上，获得金狮大奖的英国、法国、马其顿合拍影片《暴雨将至》的首映，更是震动了世界。在同年的戛纳电影节上，尽管有人说是"在争吵和嘘声中落幕的"，是"痞子战胜了大师"，但事实无情：原本呼声最高的**基耶斯**

洛夫斯基的人道主义杰作《红色》名落孙山，本来就是去玩的"电影小子"昆汀·塔伦蒂诺的后现代影片《低俗小说》却获得金棕榈大奖（连昆汀本人也觉意外），再联想到戛纳已经在连续五年的时间里，将金棕榈大奖颁给三部美国的后现代电影《性·谎言·录像带》《心中狂野》《巴顿·芬克》，这一切，能不使人深思、正视吗？

其后，如美国影片《百老汇上空的子弹》《楚门的世界》《黑客帝国》，德国影片《罗拉快跑》，以及日本电影《鳗鱼》《花火》，伊朗电影《樱桃的滋味》，越南电影《三轮车夫》先后在戛纳、威尼斯等电影节上获得大奖。韩国电影则大有后来居上的势头，一部《八月照相馆》令韩国新浪潮导演**许秦豪**备受瞩目……后现代电影已经成为世界电影不可小视的一道景观。

20世纪90年代以来，后现代电影在全世界范围内的涌现与高潮迭起，绝不是偶然的文化怪胎或恶性癌变。我们对世界电影史及当代社会进程与文化演变稍加了解，便能体会到：法国20世纪50年代新浪潮的出现，美国20世纪60年代以来信念的混乱与迷失，尤其是进入20世纪90年代以来，当代世界整体性社会进程与文化态势的演变，及其在各国电影中的反映……这方面，已有诸多学者论及，此处不再赘述。

从上述几种电影中，我们可以发现"后现代"一个共同的基调——

既然世界的意义本无所谓有也无所谓无，只有"存在"而无关"本质"，因而上述影片都大不同于前面的正剧、悲剧与喜剧的美学品格与人文意向，而基本远离对信念的表达、对某种永恒正义的执着。虽然世界荒谬、规范虚伪、意义不存，它们却绝不将这种矛盾演化为一种悲剧性的对立——因为它们也不相信这种对立的意义。于是，平静地、轻松地、近乎无所用心地嘲笑、戏谑、反讽、调侃着这个世界，但并不试图去改变这个世界。即使是悲剧题材，也采取喜剧风格的叙述；虽为喜剧风格的叙述，但并无规范喜剧的特定指向，进而使大众在嬉笑的快感中，在感官的愉悦里，在"无所用心"之间，在集体的无意识内，颠覆、瓦解那些既定的价值、意义与规范。

无所谓的"中性拼凑"，无指向的"客观把玩"，抛弃理性的"感性泛滥"，存在拒绝本质的"真实扫描"……与前述之悲剧、喜剧、正剧有明显区别的审美品格——这，就是"应运而生"的当代后现代剧作了。

……

第二编

影视剧本创作过程论

创作过程论引言

本编分为"发现"与"表现"两大部分。

在影视剧的实际创作中，"发现"与"表现"并不能截然分开，往往有互相穿插、渗透，彼此影响、交融的现象：比如在"发现"时已含"表现"的因素，比如在"表现"中又生出新的"发现"，等等——所以，人为地划分开来，似有勉强之处。在此，只为论述集中、剖析完整些而特意为之（当然，在具体章节中，也会对上述现象有所阐释），希望读者不要作过于机械的理解。

什么叫影视剧的"发现"？说白了——就是"写什么"的问题。

影视剧本创作首先遇到的，也是最难的大问题，就是"写什么"：怎样才能发现自己能写并爱写的有价值（历史价值与美学价值）的"事儿"、怎样才能发现让观众感到是既好看又有味儿的"事儿"。

当然，有些作者从不在这个问题上费脑子，管它什么"事儿"，拿来编就是——也果然就编出来能拍，甚至票房价值还不坏的影视剧来！

所谓"萝卜青菜，各有所爱"，只愿用自己还灵的脑瓜儿，编些纯商业性的肤浅娱乐片，以求一己的"生存"，也无可指摘；只是，若想在影视艺术上有所建树，真正创作出有品位的影视艺术精品，那么对"写什么"，就不能掉以轻心、"扒拉脑袋算一个"了。

任何艺术品的创作都有以下三个步骤：客观世界—主观世界—艺术世界，或曰：生活物象—主体心像—艺术形象。而在这三级跳跃过程中，最重要的、决定艺术品生命的关键，毋庸置疑是第二步跳跃，也就是如何通过作者的主体努力完成从客观世界到艺术世界转化的过程。这个过程非常复杂、微妙以至于近乎难以言说。而在这个创作过程中，如何从生活中"发现"艺术又比在想象构思之后的"表现"艺术更为重要、更为艰辛、更需功力。因此，无论是电影创作还是电视创作，无论是鸿篇巨制还是单集短剧，"发现"比"表现"都更应为我们所重视与潜心研究。

比如面对同样的生活素材，不同的作者因发现的不同，往往会创作出迥然不同乃至截然相反的成品。我们且例证一番：

《战国策》里有一则故事："人有卖骏马者，比三旦立市，人莫之知。往见伯乐曰：臣有骏马，欲卖之，比三旦立于市，人莫与言。愿子还而视之、去而顾之，臣请献一朝之贾。伯乐乃还而视之、去而顾之。一旦而马价十倍。"

以此为题，编一影视片，则会有以下（抑或更多）不同内蕴（且不提艺术形式）的作品：

其一，以突出伯乐的作用表现题旨，强调宣传、广告的威力；

其二，以卖马者重金贿赂伯乐、以伯乐代做广告而欺骗众人为揭露目标，批评商界的不正之风，鞭笞"走后门、托关系"的错误行径；

其三，嘲讽卖马者只怨天尤人、一味埋怨众人"不识骏马"，却不懂"是骡子是马拉出来遛遛"、主动展示马的价值；

其四，以"众人"缺乏自己独立判断、只以权威（名人、长官）之见为是、强不知以为知的现象为重心，剖析这种源远流长的病态；

……

内蕴指向不同，艺术表现也随之有异，成品的优劣高下自然有明显区别。由此可见：艺术的"发现"是多么重要。完全可以这么说：没有好的"发现"，就不可能有成功的创作——好的"发现"，是成功的一大半儿！

相当多的影视作品是从小说改编的，而影视精品的改编率更是高得惊人。如果我们不因情感用事而闭目塞听的话，那么，从事影视编剧的人剖析一下小说作者成功的创作经验，对认识"发现"的重要性，是大有好处的。

一部长篇小说，可能用一年、两年乃至数十年才能写出来。曹雪芹"披阅十载，增删五次"诚然辛苦，但他"发现"《红楼梦》这部小说，却是用了数十年的生活体验与感情积累，用了几乎一生的血泪与"痴心"！他是用他的整个生命，经历漫长的人世沧桑、风云变幻，才"发现"这部文学精品的！其他世界名著，诸如《复活》《约翰·克利斯朵夫》《红与黑》《喧哗与骚动》之类，其创作过程均可证明——"发现"比"表现"艰难而重要得多。就中国作家而论，杨沫的《青春之歌》、梁斌的《红旗谱》、柳青的《创业史》、张炜的《古船》，以及王蒙的《活动变人形》……其艺术高下，自可不一，但哪一部作品不是作者长期潜心地艰苦备尝才得以"发现"的。至于中短篇作品的"发现"与"表现"之间的悬殊，更往往令人惊骇了——鲁迅的《狂人日记》，虽篇幅不长，竟是在几十年人生基础上对数千年中国历史的沉思；《阿Q正传》不过是一个中篇，却浸润着作者对中国旧社会病态与弊端的一生的思考与觉悟！

就影视界而言，亦如此。

历数中外优秀影视创作，我们完全可以说，没有真正的"发现"，就不可能产生杰出的艺术影片（那些纯商业的，只为观众消遣解闷的娱乐片自然不在此列——那确是随便什么人、随便编排调侃一番就能卖座的）。

因此，对影视创作的"发现"这一关键环节，大有认真作一番理性探讨与经验评价的必要。

当然，正如许多作者所说——电影（或电视）的"发现"是一个奇妙的难以言喻的过程，于是，这过程在人们眼中自然就蒙上了一层离奇神秘的光晕。尤其是不同作者对自己的创作发现又有各不相同的描绘，比如，"我的电影就像草那样，该长时自己就长出来了"，"没什么经验，就像女人生孩子，不知怎的就生下来了——生孩子要什么经验"，还有的人更高深莫测，问他剧本怎么写出来的，答曰："难，就像要说明一棵树是怎么开出花来一样……"凡此种种，使后学者无法问津、难能理喻，便只好敬而远之，对那些"老僧入定""天机神授""鬼神附体"等，唯有"高山仰止、景行行止"了。

然而，电影（电视）的创作与发现，真是纯个人天才的显现、纯一己的偶然触发，而根本不能把握、难以理喻吗？不尽然。瑞士心理学家**荣格**论道：

> 渗入艺术作品的个人特征还不是主要的；实际上，纠缠于这些怪癖特征越多，艺术问题就研究得越少。一件艺术作品中基本的东西，应该是远远超出个人的生活范围……如果一种"艺术"形式主要是个人的，那么它只配当作精神病来对待。
>
> 每一个创作家都具有两重性……一方面，他是有私生活的个人，另一方面，他又是一个非个人化的创作过程。……艺术是一种天赋的力量，这种力量能够抓住人，使之成为艺术的工具。艺术家不是一个赋有力求达到其目的的自由意志的个人，而是容许艺术通过自己以实现它的目的的这样一个人。作为一个人，他可以有一定的心情、意志和个人目的，可是作为一个艺术家，他是一个更高意义上的人——他是一个"集体的人"，一个具有人类无意识心理生活并使之具体化的人。①

---

① ［瑞士］卡尔·古斯塔夫·荣格：《心理学与文学》，顾良译，载《文艺理论研究》，1982（1）。

　　荣格承认每个艺术家进行创作时，可能有各自独特的、不相伦类的表现以至某种怪癖，也有可能连自己也不清楚艺术品发现、产生的确切过程，但他一针见血地指出：没有"绝对自我"的艺术创作，没有纯粹的"艺术家个人"。每个艺术家在创作过程中，都受着明显的或潜在的艺术规律与心理原则的控制与引导。因此，在同一篇论文中，他明确指出：完全可能用现代心理学去解释、剖析艺术创作，尤其是艺术"发现"的过程。

第一章
"发现"(一)：
生活基础与认知

影视剧是反映生活的。因此，"发现"它，其根本意义就是"发现生活"。一部影视作品之所以能成功，首先就在于它对生活有了一种新的发现。任何一种新的义理、新的观念、新的现象、新的情感、新的感觉……总要有属于自己的新的内容。有人讲，有的影视作品似乎并没有什么新的内容，不过形式翻新而已。这种说法未免拘泥旧论而显得浅薄了——难道竟有与内容无关的纯形式？同一个故事，用不同的结构展示，便有不同以至截然相反的视听效果；同一个结构形式，若采用不同的表述手段、镜头语言，其内蕴与意境也会迥然不同。在现代影视创作中，影视"表述形式"已绝不是"故事情节"的附庸、单纯的外部包装，而是影视艺术整体不可缺少的有机成分、重要因素。因此，那些只因手法新颖、形式别致而引人瞩目的作品，也正因其能用新奇巧妙的观察角度与表现格调，使观众对习以为常的生活情景有"顿时"的新鲜感受与别种理解，则自身也就是对生活的一种"发现"了。

于是，"发现"的范畴是相当广泛的：

你所写的题材是别人没有写过的——这是题材的"发现"；

你在别人写过的旧题材中挖掘出了新的内容——这是题旨的"发现"；

你用新的切入角度，使人们对习以为常的生活顿生另一种观照——这是展示视角的"发现"；

在艺术方面，运用新的结构方式、编织迥异于他人的戏剧冲突、采取新的表述风格……甚至创造新的视觉形象等，都是对客观生活的艺术"发现"。

而要对生活有所"发现"，作为编剧，自身就必须有深厚、清明的生活积累。具言之，就是要力求深厚广博的"生活见闻"与清明精邃的"生活见识"。

第一节 "发现"的基础——生活

一、生活积累的必要性

有的影视剧作者被问及创作经验时，往往摆出一副高深莫测的态度："凭直觉而已。"或淡淡一笑："我不知道怎么创作——反正，我能。"却人于千里之外，洋洋然一副名士风度。似乎影视艺术只能是"文化贵族"靠天才、凭灵性为之，凡人不可问津。

这其实是一种"高雅"的庸俗、"深沉"的浅薄。影视编剧的途径万千：有人"千锤万击出深山"，有人信手拈之于都市，有人十年磨一剑、辛苦备尝，有人偶尔试涂之、一篇打响，……凡此种种，确有个人先天与后天的不同处。但是，无论什么人创作出成功的作品，除个人因素外，都不可能没有生活积累。云山雾罩地唬人是一回事，创作的实际过程则是另一回事，含糊不过去的。

例如美国的**威廉·福克纳**，可谓天才作家，他确曾讲过"天资神助、神品妙构"之类的话，在讲到自己是怎样成为一个作家时，更是极为轻松：

> 我认识了舍伍德·安德森。下午我们常常一起在城里兜兜，找人聊天。到黄昏时再碰头，一起喝上几杯，他谈我听。……我们每天这样，乐此不疲。我心想，假如作家的生活就是如此，当个作家倒也配我的口味，于是我就动手写我的第一本书。我立刻感到写作确是个乐趣。我跟安德森先生一连三个星期没有见面，自己居然会浑然不觉。……后来我的书写完了——那就是《士兵的报酬》——一天走到街上，我遇见了安德森太太。她问我书写得如何，我说已经完稿。她说："舍伍德说，他愿意同你做个交易。假如你不把稿子塞给他看，那他就叫给他出书的出版社接受你的稿子。"我说："一言为定。"就这样，我成了一个作家。

如此轻而易举、手到擒来！可是，全部创作过程仅仅如此吗？

首先，福克纳绝非闭守书斋不涉世事的人物，广泛深厚的生活基础已为他的"轻松创作"提供了可能。他出身美国南方一个庄园主家庭，第一次世界大战期间，他在加拿大皇家空军学校接受训练，战后又上了一年大学。之后，二十几岁的他"住在新奥尔良，常常为了要挣点儿钱，什么活儿都得干。……有什么活儿干什么活儿。我什么活儿都能干一点——当船老大，粉刷房子，驾驶飞机，什么都行"①。正是这丰富多彩又生动跌宕的生活，为他即将开始的创作生涯提供了坚实基础。

其次，上面所引的一段话，也从另一方面让我们了解了福克纳的写作准备与生活积累：与当时的大作家**舍伍德·安德森**的交往，"他谈我听"对福克纳的见识增加、体会加深必然有毋庸置疑的裨益；而"一起在城里兜兜，找人聊天"，不就是一种调查与积累嘛！

我国当代的**王朔**也是自视甚高的一位作家，其创作成果也很是令人瞩目。然而他的创作也绝不是无源之水、无本之木，更绝非如他自己所说

---

① 崔道怡等：《"冰山理论"：对话与潜对话——外国名作家论现代小说艺术》（上册），101 页，北京，工人出版社，1987。

"是随便侃出来的",是"一不小心,自己冒出来的",是"随便码字儿码出来的"……这可从他的小说取材及表现内容上看出来——王朔的小说诚然自具一格、独创一域,无论从认识角度还是从美学角度,都含有一定的不应否认的价值,但是,纵览其几乎全部篇章,基本上是都市中"当代嬉皮士"题材,带着冷调调侃与黑色幽默的风格。而所有这些,则恰恰是"王朔们"自身及其特定时代的特定经历所决定的。假如我们强令他改写当代农村生活或城市内另一种人的生活,他的"字儿"还能随便"码出来"?还能"一不小心就自己冒出来"?! 怕不会那么轻松了吧。

二、每个人都有自己的生活

有人会发愁:"我明白搞创作不能没有生活,可我自己经历简单、阅历狭窄、没有生活啊!"诚然,巧妇难为无米之炊,若根本没有丝毫生活积累,确是难能创作。只奇怪的是——你既然是个活生生的人,怎么可能会"没有生活"呢?每个人既然都在一定的社会环境中存在,其生活内容也必定有一定的过程与幅度,因此,也就不能说"没有生活"了。关键是你能不能用清醒深刻的眼光,去挖掘、去发现你自己那块生活中独特新鲜又含普遍性的深层内涵。而每个人既然是一个相对独立的"生活个体",也就必然有着强烈"一己"印记的"大众"内涵。当代作家**刘心武**有句名言:"每个人身边都有一口生活的深井。"只要用心体味,总是可以发现些东西的。

普通中学生的日子应该说是再狭窄不过的,可是十五岁的韩晓征却从同学们一起复习功课的小事中,"发现"了涵盖整个当前社会的,在被逼迫的生存竞争中,人性的异化、童心的扭曲现象,读罢令人吃惊;一个普通知识分子爱下棋而闹出笑话,本属茶余饭后、鸡毛蒜皮的逸事闲闻,但是以之为生活原型编创出来的《黑炮事件》,哪个观众不觉得它内蕴深刻、涵盖博大,有令人沉思的历史的文化的"话语"、有独具特色的艺术品位与风格?!

此类例证,不胜枚举。如当代小说创作中,王蒙的《活动变人形》《杂色》《蝴蝶》,刘索拉的《无主题变奏》,残雪的《苍老的浮云》《阿梅在一个太阳天里的愁思》,以及王朔的一些篇章……

佛家语:"任它弱水三千,我只作一瓢饮。"文学语言也有类似表述,诸如"一滴水能反映太阳的七彩",等等。因此,只要"写好"自己的那份生活,也就必然写出了大千世界、七彩阳光。

强调每个人都有自己可写、能写的生活,是为了"破除迷信、解放思想",使从事影视创作的人有自信。这里,有必要附带说明一句:凡事不可走极端——若一味钻进纯"一己"的牛角尖，只在过分个人化的领域或层面作"浪漫无羁"的遨游，也会走向反面。你的"一瓢"如果与"弱水三千"毫无联系（哪怕只是潜在的联系），你的一滴水根本没有阳光之彩（哪怕只有一彩），就只能藏于深山、备受冷落或伴尔孤墓、独享凄凉了。

当前一些"新进"作者、"当时"编剧已有此倾向，应适可而止才是。

三、尽可能开阔视野、增加生活积累

天下事相辅相成。搞创作，没有自己独特的生活体验不行，而要想使自己的体验深刻、清明，则还要尽可能地开阔视野、增加各方面的生活积累。

要想真正深入、明智地理解"自己的这一份生活"，就必须感受、认识更多的生活方面与层面。有比较才有鉴别。另外，还往往有这种情况："不识庐山真面目，只缘身在此山中。"为什么有人在当时的编创中，自觉是真实地反映了生活，而时过境迁后，却往往汗颜不已，羞于再读？就是因为写作的当时，只囿于时势、惑于潮流，而从根本上违背了社会生活的本质，把生活编歪了，或写浅了，甚至写反了。

一个真正的艺术工作者、一个好的编剧往往是在广泛接触、体验了他处生活、多种世界之后，才更透彻地觉悟出他处身其间的那部分社会生活、那一段人生际遇的本质，也才能创作出具有长久艺术生命的作品来。五四以来的一些作家、诗人、电影人之所以创作出一大批艺术精品，很大原因即在于此：鲁迅的《阿Q正传》绝不是一个只生活在闭塞、偏僻中国农村的小文人可能创作出来的——尽管它就取材于闭塞、偏僻的旧中国农村中的人事；曹禺的《雷雨》尽管反映的是我国20世纪二三十年代工商业者的家庭生活，但这部戏的内涵，根本不了解近代资产阶级野蛮"文明"与千百年来封建传统"文明"的残酷本质的人把握得了吗?! 其他，诸如巴金、老舍、沈从文、郭沫若、郁达夫等，哪个不是学贯中西、阅历宽广？

当代一些电影作品之所以有长久的历史的美学的价值，也无不浸透着创作人员"高瞻远瞩"的功力。比如《甲午风云》，就不单单表现战场的烽烟，也没有将主旨肤浅地落在"爱国恨敌、雪耻洗辱"上，而是着重剖析"中国何以战败"的内部原因（尽管囿于时事，仍只是局部原因）。这就体现了"大手笔"的不同凡响了。

国外影片的成功创作也无不如是。例如美国的《阿甘正传》，它题材涉及面相当广泛：越南战争、总统选举、人生病困、社会心态、种族纠纷、人际关系、青春爱情、生存竞争、现代心理等，它之所以在美国以至在全世界取得不同程度的"轰动"效应，不正在于编创者不局限于"具象"的描述，而能够从宏大高超的视点表现，进而形成一幅形而上的"意象集合"吗?! ——而能达到这种创作境界，生活面狭窄、生活体会浅薄的作者，是绝难胜任的。

总之，对于生活基础的全面理解应是"深度"（自身生活的深刻感悟）与"广度"（尽可能多的生活阅历、社会见闻）的有机融合。只有前者，难免狭窄而偏颇；只有后者，一定浮夸浅薄。

另外，对于一个致力于影视创作的人来说，他的生活积累还应包括艺术实践——阅读、写作，并不断总结、体会、感悟，这是必不可缺的。"读书破万卷，下笔如有神。"要想成为一个好的编剧，不看大量中外优秀影片（包括剧本），不涉猎必要的影视创作理论、美学理论，对中外电影（电视）的纵向流脉（史）与横向现状（时）缺乏认知，就不可能具备起码的艺术觉悟；没有持之以恒的艺术追求、百折不挠的创作韧劲，也就不能具备不可或缺的创作感知。因此，可以说，艺术实践是每个影视编剧在经过长途生活跋涉后，来到艺术大门外必须蹬踏的台阶，想越过此台阶，一下子从平地飞进门内，只能是不敢吃苦的幻想。

第二节　"发现"的导向——见识

一、见识是更高一层的积累

生活的云涛浩瀚无垠、瞬息万变，人处其中，常有沧海一粟之感。以有限的生命很难阅尽全部人间、无穷宇宙。因此，对一个艺术创作者来说，对生活内容的"见识"往往比对生活表象的"了解"更为重要。

有的人，生活经历不可谓不广泛，耳闻目睹之人事不可谓不庞杂，而若请其道其中之精彩、叙内里之深沉，却只是含糊一声："没什么可说的，就那么个样儿。"此种人，懵懵懂懂处世、混混沌沌为人，与世浮沉而不加思考、随波逐流而缺乏审视——根本就不能算"生活过"，纵然经历不少，也无济于事。

有的人，确实勤恳认真，手里拿着本子，随时随地记下生活素材，"积累"着实不少；行万里路、读万卷书，也备尝辛苦。可是，尽管积存了几大本甚至几十大本的东西，但仍然创作不出好的作品，苦不堪言。

所有这些，都印证了一个道理：在生活表象积累的基础上，还必须有对生活的"见识"。所谓"见识"，就是对生活物象有本质的理解、把握——在哲学与历史层面上有真正清醒、深刻的观照与透视。

要想对生活有所见识，混混沌沌不成，死板记录也不成。必须要以全部身心积极地投入生活之中，而不作客观冷静、事不关己的观潮者。钱塘江潮自古以来有多少文人墨客描摹刻画，说晴雪者有之，喻白马者有之，拟玉龙者有之；或者描述那潮头气势，白云扑地也好，雪浪接天也罢，辞藻不可谓不壮阔雄大、精巧新奇，却总使人有一种旁观的感觉，对于这江潮的力量、质感、动态、神韵、内涵，哪怕就是外貌形状，都不能有切实的表达。试想，若真如弄潮儿那样，腾踏于波涛之间，劈斩于升降之际，拼身躯而共处、投性命以相接，其感受又当如何？！

比如对 20 世纪六七十年代知识青年的"上山下乡"，若只作客观的理性裁判，不少论者均一味厌弃，视为社会与人生的悲剧。可是**梁晓声**由于将几乎全部青春都付于其中，对那段生活有着溶血溶魂的"性命体验"，因此便创作出了令人心激动、使社会肃然、赞生命昂扬的《今夜有暴风雪》等一系列文学、影视作品，开创了"知青文学（影视）"创作的先河。

再比如苏联反映战争与人生的影视或文学作品中，也存在大量只有对生活要义、对战争本质有真正"认识"的作家或观众（读者）才能感受与理解的优秀篇章，像**瓦西里耶夫**的《这里的黎明静悄悄》、**肖洛霍夫**的《一个人的遭遇》、**艾特玛托夫**的《查密莉雅》以及《活着，并且要记住》，等等，一开始都受到批判（国内及国外），认为它们宣扬了战争的残酷、同情集中营里的叛徒、歌颂逃避战争的爱情、怜悯红军的逃兵……一大堆足以致作者于死地的判决！然而这些作品最终却为各国人民所接受、所喜爱，什么原因？就在于它们是对人生与战争的"性命体验"，是用鲜血和泪水浇灌的艺术之花！

以上所有这些，是仅仅凭表象地记录生活可能创作出来的吗？只有伟大的心灵，才有伟大的作品。没有真正"生活"过的人，其笔下必定写不出有深厚生活根基与长久艺术价值的篇章。

二、"见识"是对生活的本质把握与历史观照

第一，真正地深入生活，应该对生活有确切的理性把握，洞悉生活的深层本质。只有这样，才能使自己不致曲解现实，并能对其有超乎常人的进一步见识。

一方面，影视作品应该是对生活的一种发现。

"发现"者，即指能发掘出别人尚未感受、意识到的新的内涵。这是一种"创造"、一种"寻找"、一种"追求"。能不能从平凡芜杂甚至是单调沉

闷的日常生活中，"发现迷人的、有趣的、有诗意的、美的、发人深省的和富有教育意义"的内容，是一个检验作者是否真正深入生活的标准。而要获得某种"发现"，光凭细致观察与热心领会还是不行的，必须对生活表象作理性剖析，以作更进一步的提炼。

张艺谋执导的《菊豆》，改编自刘恒的小说《伏羲伏羲》，讲述的是常挂于地头打歇儿村民嘴边的那种寻奇、闲逸的传闻性故事。若仅是浅浅听过，谁会认真对待这个故事？谁又会将它作为创作素材并从中发掘出严肃的主题来?！而刘恒则不然："《伏羲伏羲》的声音来自一位伤感的同时又自以为是的书生，这角色很像那种乡村常见的土秀才。他在村口的青石壁上铭文，记录自以为值得记的乡野事。……他故意写得幽深而华美。他按照自己的意志犹犹豫豫地编造了史实和结论。那史实便见超常的伟阔，而那结论也就似是而非地永远沉思不清了……因为他奢望以土秀才之土来展示一种先进的文化水准……渴望它传世。《伏羲伏羲》是吃力的钻牛角尖的声音，它骨子里渗透了对人世的哀伤。"在这里，刘恒委婉地道出了创作题旨：他是以深沉的透视历史的眼光来剖析这"粗俗逸事"的，他从中"发现"了人们"读不进也不屑于读"的超常伟阔而又令人沉思的东西——这就是深沉厚重的封建文化对健康人性的压抑与摧残，就是被窒息的个体生命在绝望中的挣扎与哭喊！而由此改编的电影更在这个层面作了浓墨重彩的渲染、展示。……于是，这个几乎被轻易扔开的传闻就成就了一部享誉中外的优秀影片。其成功之基，就在于创作者（包括原小说作者和电影编创者）通过对普通的生活事件进行深入的理性剖析，有所"发现"。

此类例证不胜枚举。像法国作家梅里美的创作《马铁奥·法尔哥尼》、中国记者穆青指导青年记者"发现"焦裕禄的事迹并写出著名通讯《县委书记的榜样——焦裕禄》、刘心武的《班主任》等，均是"发现生活"的范例。

另一方面，影视作品还应尽可能是对生活的一种"发展"。

就是说，除了对客观生活的内蕴有确切的理性剖析、本质把握外，对某些生活题材还应通过发掘、提炼，使之升华，进而表现一种相对的"超前意识"或"进一步指向"。因为有些时候，对某些题材，若只能与生活"平行、并列"，尽管做到了对它确切的理性的把握，也会造成作品的平庸、创作的寡淡。例如鲁迅先生的小说《伤逝》，其题材本是一个司空见惯的反封建意识、求婚姻自由的老套子，若只能在一般意义上把握其含义，写出的东西也难有新意与深意。鲁迅先生则在深入剖析这个题材之后，对它的内涵有了进一步的"发展"：自由的婚姻、自主的爱情还必须以坚实的经济基础、可靠的生存环境为基石、作动力。否则，将最终失败——这就比一般宣扬爱情至上的同时期其他文艺作品深了一层，也因此成为现代文学史上的著名篇章。

当前反映社会改革的影视作品不少，也能动人情愫并揭示一定的生活本质与社会问题，但基本上属于"同步、平行"的范畴，因而只能"配合时世"，起些说明、点染、宣传、教育作用，总缺乏令人反省深思或觉悟升华的进一步内涵。"主流""主旋律"的有，"启人悟世"则不足。而一些非重大题材的影视作品中，倒偶有可玩味的闪光、虹影。比如 1995 年以来，一些反映女性生活，尤其是"白领阶层"妇女生活的题材里，已经不动声色地颠覆了自《渴望》以来由刘慧芳所确立的温柔贤惠、无私善良的东方女性形象。其女性角色已经被一种新的形象取而代之，而这些新形象与刘慧芳所代表的传统典范毫无共同之处。在《武则天》中，封建伦理纲常中的妇德，被主人公弃如敝屣，出现在荧屏上的这个女人让许多男人目瞪口呆！

如果说《武则天》所表达的还仅仅是"新女性"的过去时态，那么《东边日出西边雨》《换个活法儿》《白领丽人》《洋行里的中国小姐》等，则集中展现了当代新女性的特征与风采。这些生机勃勃、积极进取的女人们，不仅与封建传统认可的女性相去甚远，而且不同于"男女都一样"时代的女性形象，甚至也不同于那些风靡于 20 世纪 80 年代的"女强人"。她们的特色是：其一，从事的几乎都是当前社会上令人羡慕的地位较高的某种职业；其二，都有固定并较丰厚的经济收入或固定资产，不必在经济上依附男人；其三，已经脱离了古老的"嫁鸡随鸡、嫁狗随狗"教义，甚至超越了一般女人对离婚的忧虑与恐惧，而完全能够自由、自主地支配自己的情感与婚姻，根本不再有什么心理负担；其四，都把追求女性美，尤其是女性身体美，作为女性重新拥有自我的尺度。她们已不再属于任何一个男人，而只属于自己。她们不再"为悦己者容"，而是"为自己而美"！

在一定程度上，这些新女性形象反映了中国妇女在新形势下对自身权利与价值的认识和要求。以往许多电视剧中的女性形象，大都是旧的"传统美德"与新的"社会角色"合二为一的杂糅物，我们看到过太多的女性在事业上取得成功时，所付出的家庭亲情、天伦之乐、夫妻恩爱以及自身健康等代价，其结果总是被罩上一种"不无悲剧色彩的英雄"的光环，而编剧与导演也习惯于让她们内心充满难以克服的矛盾或痛苦，好像不如此就不能完成她们的伟大形象、高尚情操。1995 年以来影视作品中新的女性形象则大谬不然——她们不仅要求通过事业的成功来肯定自己的价值，而且，她们绝不肯放弃与生俱来的享受生活的机会和权利！

这些新女性形象的出现，说明了什么呢？

很明显，她们与当前社会生活中的一般女性有距离。从宏观意义上，可说有某种"超前性"（甚至有被一些观众讥为"异想天开、胡编乱造"的危险）。但无论如何，这些女性形象的出现，反映了进入 20 世纪 90 年代以来中国妇女对于自身命运的"前进型"思考，体现了当前女性要求"发现自我"、寻找"自身价值"、重新确立"新女性社会本质"的时代呼声。这应当是值得庆贺的意识形态层面上的进步！以上的影视作品，尽管尚有许多缺憾，甚至伪劣处，但只从编导们能对现实生活有所"发展"这一点，也是该鼓励的。

第二，"见识"生活，还必须能够对现实生活有准确的历史洞识与时代观照。不能用科学的历史眼光对现实生活进行时代审视，就不能说已经对生活有所"见识"。

不少人虽可以说做到了"深入生活"，但只能"遵循时势"而不能"洞晓风云"，因而对他所接触、观察、体验的生活内容，只能作就事论事、依时论时的理解，有时就难免局限、窄束，而缺乏高瞻远瞩的眼光，对生活的认识也就必然或平浅或谬误了。不能总体把握社会进程、历史流脉、时代本质，又怎能自称"深入生活之中"？

时代风云，瞬息万变，而历史洪流，总奔涌向前。正如黄河九曲十八弯，整个流程中尽管有片时的偏移、偶尔的逆转甚至是短暂的反复，但其总体方向、最终目标是既定的——奔流到海不复回！因此，就社会生活而言，时代潮流不一定就是历史潮流，一时的表层风气也不一定代表根基的品格。于是，我们对时代生活，一定要有总体的历史把握。这样，才能于平浅平常的生活现象中，掘出生活的深层本质，进而使自己的创作具有深沉雄厚的内涵，而不为一时的时尚风潮所浸染。

真正的作家必定追求自己作品的时代性，没有时代特性的作品也必然没有长久的历史价值。而这"时代性"的产生，只能源于作者对现实生活的不流俗且有主见的历史观照，来源于对现实生活强烈的具有时代色彩的历史反思。若做到这一点，则无论偏居一隅、只在深山老林，还是高踞京师、遍观全国形势，均可以说确实深入生活之中了。

三、如何增加"见识"

"世事洞明皆学问，人情练达即文章"，这句老话已经讲得很明白了——见识的增长，无非是多经世事、多悟人情（当然，其中也包含了

"知书达理"这层内容）。可见，见识的增长没有捷径，想在"山中一日"，就体悟"世上千年"，只是天方夜谭罢了。

不过，在这里我们倒不妨只从方法论角度，研讨一下"见识"具体生活人事或物象时的思路或途径。

近来，电视纪录片以其贴近生活的"真实性"大受观众青睐。在一定意义上，应该说是社会大众文化的一种进步——人们已经不再满足在那类"寓言"中获得虚幻的慰藉与寄托，而开始正面人生、直视生活、省识"自我"。因此，电视纪录片贴近生活的"真实性"属性，可谓功莫大焉。

然而，怎样理解"真实性"？什么是表层真实？什么是深层（或曰本质）真实？这些就离不开创作者对生活的"见识"了。

任何历史都只能是当代人眼中的历史。电视纪录片的真实，也不可能具有绝对客观的真实，而必然浸润着电视制作者有意、无意的主观意识。于是，我们在强调电视纪录片必须要真实时，在理论上就应先予以界定：电视纪录片中的真实，实际上是（也只能是）一种基于客观基础上的"主观真实"。而既然是一种"主观真实"，它就不能只要"如实记录"下来"原生态"的事件、人物、场所、风光，就可以坦然以示天下了。

已有论者对某些纪录片一味搜幽摄怪，以猎奇为旨或者"如实扫描"、纯自然主义的两类制作，提出了批评。前者有"真"而无"实"：虽然物象确在，却无关涉历史与现实的社会文化内涵；后者则有"实"而无"真"：虽然再现了某方面的社会生活现象，但毫无既定主旨与规范，纯然"泻水置平地，各自东西南北流"，也就很难有确切的"真"价值了。因此，上述两类制作，尽管打着真实的旗号，却恰恰是"伪真实"，甚至是"反真实"的！

那么，怎样才能运用自己的"见识"，较好地做到既有一己的"发现"或"发展"，又具备生活深层次的本质的真实呢？

我们且以电视纪录片的制作为例，从"方法论"角度说明——

第一，以自己的"见识"，选择好的切入角度。

"横看成岭侧成峰"，同一素材，切入角度不同，作品内涵就有差异，甚至截然相反。例如歹徒行凶、勇士制暴的社会事件，纪录片是可以反映的：突出歹徒的残忍行凶是一种切入角度，它可以激发人们对罪恶的仇视；侧重见义勇为者的高尚无私、凛然无畏，又是一种切入角度，它能够唤起观众心中的良知和正义感；而若探寻犯罪者之所以堕落的背景原因，则主旨的相异便显而易见了；还可以再换个角度，专门采访、表现当时在犯罪现场的各种旁观者的心态与说辞，从另一方面获取社会情境。

第二,"见识"不同,展示层面也会不同。

任何事物都具有多种层面的内涵。作为影视编创者,能够截取最佳层面来反映更为深沉阔大的社会生活画面,是难能可贵的。

而我们许多记者、编导则不然,既不考虑历史的潮流,又不顾及时代的需要,对生活事物,往往只满足于表象的描摹,连稍深一些的层面也"见识"不到,既做不到引领风云的"铁肩担道义",那么"著文章"的"妙手"自然也就无从说起了。如中央电视台某编导展示因缉私盐而牺牲的英雄人物梁兴国一例,便有此病:在当前时势下,表现其如何公而忘私、为国殉职的事迹,应该把重点放在何处?是陈旧地表现主人公工作之余对父母的孝心?是一般地叙述一下他如何认真负责、兢兢业业?还是从当代社会的大背景与历史大趋向出发,着重表现主人公那种"小百姓、大国民"的品格和精神?!

第三,"见识"的体现——对时空背景的审视。

任何生活中的人事均有背景——大背景或小背景。每一个题材,只有置于最能表现其内在品格的适当背景中,才能最好地展示其价值。比如一个劳动模范,工作勤勤恳恳、任劳任怨,事迹十分感人。是否可以不考虑背景而如实记录下来?——许多人就在此暴露了自身见识的不足与浅薄。试问:如果这位劳模所在企业,管理一团糟,领导者独断专行,广大员工迫切要求改革、进行民主管理,上下之间的关系十分紧张……在这样的背景下,若只记录劳模的"雷锋精神",不恰恰是对历史的反动?!所以,不考虑背景的适当与否,纵然确实"真实"地再现生活"原型",也会产生"反现实"的错误。

总之,一个称职的影视编剧,应该具备全方位的文化素质,应该在理性把握历史流脉、时代风云的基础上,以自己人文学科与自然学科的全部"见识"为镜头,再感性并艺术地"发现""发展"社会现实生活的各个方面与层面的本质,才有可能创作出真正的艺术篇章。

第二章
"发现"(二):
艺术感觉

　　有了深厚、广泛的生活基础与积累，还不一定能"发现"艺术，因为这只是具备了一个方面的条件。而要在普通、平凡的生活中，异于常人地"发现"艺术，还必须具备艺术创作者的一种自身素质——艺术感觉。否则，你可以是一个很好的社会工作者（政治家、评论家、活动家等）或很有造诣的学者（如哲学家、某方面的理论家等），但很难成为一个真正的艺术创作者。

　　下面，我们具体讨论艺术感觉的作用及内涵——

第一节 艺术感觉及其作用

一、艺术感觉及其作用简述

艺术感觉又称艺术感知、艺术感受。这是一种以感受和体验为基础、以情感为动力、以联想与想象为体现方式的认识活动与审美能力。

在某种程度上可以说，任何人都具备艺术感觉，只不过相较悬殊而已。而要进行艺术创作，则必须要大大优于常人那种平实、粗浅、狭窄的感觉才行。常常有这种现象：面对同样一个事实、经历了同样一种过程，不同的人则有不同乃至截然相反的主观感受。比如几个人共同面对一座高山，地质学家看到的是地理构造与矿脉潜显；铁路工程师看到的是一道障碍；长途跋涉、疲惫已极的旅行者必定望山哀叹；而诗人（或小说家、画家、剧作家……）则会对山的雄奇气势、非凡神韵以及与这山有关的古往今来、方方面面的历史沧桑、人间烟火，产生无边联想与神奇想象，以至于因此大笑、大哭、手舞足蹈或黯然神伤……人各有志、业有专攻，自然不能抑扬彼此。但从艺术创作角度而言，前三者无疑是难以成功的——无他，只在于（起码在各自特定前提下）缺乏艺术感觉。

另外，艺术感觉又是极具"个性"的：即使都是艺术工作者，每个人艺术感觉的根基、习性、风格与深浅也大不相同，因而面对同一对象也会有不同的主体感受。常常有这种情况：一个人神采飞扬、灵气大发，一股抑制不住的创作冲动勃然而起；而另一位却漠然处之、无动于衷。这就从另一方面提示我们：在某一个题材面前没有艺术感觉、艺术冲动的人，不一定就是根本缺乏"天分"、"不堪造就"的，若是换一境地、改一题材——或者就会"三年不鸣，一鸣惊人；三年不飞，一飞冲天"！

对于艺术感觉的重要性，**杜勃罗留波夫**说过一段对我们有启发的话：

> 一个感受力比较敏锐的人，一个有"艺术家气质"的人，当他在周围的现实世界中，看到了某一（新、异——笔者注）事物的最初事实时，他就会发生强烈的感动。他虽然还没有能够在理论上解释这种事实的思考能力；可是他却看见了，这里有一种值得注意的特别的东西，他就热心而好奇地注视着这个事实，把它摄取到自己心灵中来，开头把它作为一个单独的形象，加以孕育，后来就使它和其他同类的

事实与现象结合起来，而最后，终于创造了典型……①

这段话简明地讲出了艺术感觉对艺术创作的作用。

二、"艺术感觉"不同于哲学或心理学概念中的"感觉"

哲学（心理学）上通称的感觉，是指人脑对客观事物个别属性的反映，诸如视觉、听觉、嗅觉、味觉、肤觉……之类，这是与生俱来、人所共有的"天然属性"，这种感觉具有直接性品格，是人对世界认识的开端，属于认识的感性阶段，它是一切知识的来源，也是各种复杂心理活动的基础。

而艺术感觉不同于这种"天然感觉"，它是一种审美化的"想象感觉"。艺术家的艺术感觉，总是从某种实际感受出发，在脑海里引起大量的情感记忆、物象涌动，并在"无意识"间作某个范畴内的趋向性演绎……因此，这种感觉总是跟体验、情感、想象、联想、认识、意念、理智、意志、潜意识甚至"无意识"等精神活动糅合、融化在一起，形成一种"知、情、理、意"有机融合的"心理场""情感流"。艺术感觉渗透着创作者主体的审美体验、审美情感和审美个性，它主要是"后天的"有意识地逐步培养出来的。

皮亚杰的发生认识论原理对我们理解作家、艺术家的感受形式有很大帮助。从发生认识论的观点看：每个作家都有自己独特的心理结构，这种心理结构是生活、思想、学识、文化艺术修养、创作才智长期积淀的结果。这种心理结构同外来的信号，常常产生同化或顺应的建构关系，在接受某种感觉印象的时候，储存在记忆仓库中大量旧的印象，有时会突然被"激发"起来——异质感觉的引进、新信息的介入，促使原有的意象集群活跃起来。新的信息通过主体感觉的不断介入，与原有的印象集群不断化合，使主体的原有"形象集群模型"获得拓展与更新——这就是主体的"心理印象"与客体的"涌入信息"双向交流、反复回旋、不断融合的过程，这就是艺术感觉的发生与实现的过程。在这基础上，才能出现艺术创作的契机。

总之，没有丰厚、深层的生活积累，艺术创作无从谈起；只有一定生活积累、没有或缺乏艺术感觉，同样难有艺术创作上的成功。而后一种情况，在相当多的艺术殿堂的朝拜者、艺术圈内讨生活者的身上不同程度地

---

① ［俄］杜勃罗留波夫：《杜勃罗留波夫选集》（第 1 卷），272 页，辛未艾译，上海，新文艺出版社，1954。

存在。因此，对艺术感觉重要性的强调与对从业人员艺术感觉的培养，就十分必要了。

三、艺术感觉的基因

艺术感觉的基因，或曰生发基础，无外乎两方面：情感与敏感。

（一）情感

任何人的艺术感觉都离不开主观情感的作用。一段时期内，人们解释艺术创作时往往会用这样一句名言："任何文学艺术都是社会生活的反映。"这话对，但不全面，或容易被人曲解——因为它没有表达出艺术创作是社会生活经创作者主观情感这层中介才得以发生这个重要方面，犯了机械唯物论的毛病。这就极易走向偏颇——使创作者沦为反映社会生活的工具乃至奴仆，使艺术创作成为没有任何个性的社会生活的机械照相或某种理念的图解演绎。马克思十分强调艺术创作中主观情感的作用，他说：

> 从前的一切唯物主义——包括费尔巴哈的唯物主义——的主要缺点是：对事物、现实、感性，只是从客观的或者直观的形式去理解，而不是把它们当作人的感性活动，当作实践去理解，不是从主观方面去理解。[①]

应该看到，在艺术创作中，艺术家不但对客观事物进行了反映，同时也对客观事物进行了"人化"，进行了人的审美意识化。艺术作品中所反映的社会生活已经融进了艺术家自己的心血、意志与感情。只有这样，艺术成品才具有真正的艺术生命。因此，艺术作品赖以产生的艺术感觉，就绝不可能没有情感的参与。对此，艺术大师**罗丹**甚至强调道："艺术就是感情！"**列夫·托尔斯泰**则具体地说：

> 在自己心里唤起曾经一度体验过的感情。在唤起这种感情之后，用动作、线条、色彩、声音，以及言词所表达的形象来传达出这种感情，使别人也能体验到同样的感情，——这就是艺术活动。[②]

---

① 《马克思恩格斯全集》（第 3 卷），3 页，北京，人民出版社，1960。
② ［俄］列夫·托尔斯泰：《艺术论》，丰陈宝译，47 页，北京，人民文学出版社，1958。

以上，都从理论上说明着艺术感觉中情感的不可或缺。

此方面的实际创作例证不胜枚举。我们都很熟悉宋代**叶绍翁**的一首小诗《游园不值》：

> 应怜屐齿印苍苔，
> 小扣柴扉久不开。
> 春色满园关不住，
> 一枝红杏出墙来。

这首诗脍炙人口，确实属艺术精品。可是我们若考察一下作者创作此诗时的情景，就会发现：他恰恰是在令常人扫兴、觉得无趣的情境中，"发现"了独特、优美的诗意的！作者心中有着迥异常人的强烈的主观情感、有物我相融的生命的激情——否则，沮丧地掉头而去，如何能够感受到那枝探头墙外的红杏所体现的春天的神韵与生命的激情?！

再比如：宋代大诗人**陆游**一生创作了九千余首诗歌，一直为人们所敬佩。可如果他没有强烈人生情感，能有贯穿其毕生的丰厚创作成果吗？陆游的名作《钗头凤》也演绎成了电视剧，这阕词作家喻户晓：

> 红酥手，黄縢酒，满城春色宫墙柳。东风恶，欢情薄，一怀愁绪，几年离索。错、错、错！
> 春如旧，人空瘦，泪痕红浥鲛绡透。桃花落，闲池阁，山盟虽在，锦书难托。莫、莫、莫！

试想，如果作者没有真挚而强烈的情感，能写下这催人泪下的艺术篇章吗?！尤其感人的是——在写下此篇的 40 年之后，当陆游已经是 78 岁高龄的老翁，重游故地（与前妻唐婉别后相逢、写下上述篇章的沈园）的时候，仍怀着深深的恋情与无尽的感伤，又写出下面的诗句：

> 城上斜阳画角哀，
> 沈园非复旧池台。
> 伤心桥下春波绿，
> 曾是惊鸿照影来。
>
> 梦断香销四十年，

沈园柳老不吹绵。

此身行作稽山土，

犹吊遗踪一泫然！

情感对于艺术感觉、对于艺术创作的作用，还用赘言吗?!

自然，情感的品格是多种多样的。强烈也好、淡薄也罢，都可以是艺术感觉的基因。**李商隐**的爱情诗歌，无疑是激情的喷发；当其晚年，类似"夕阳无限好，只是近黄昏"的诗句，则是苍凉心境的展示——而无论彼此，同样是情感的体现。

总之，要想获得艺术感觉，创作者必须具备丰富、活跃、强烈的情感。现实生活中为什么总有"江郎才尽"之叹？古人有诗自解："近日诗思清于水，老去风情薄似云。"其实，真正原因恰恰相反："老去风情薄似云"，失去了生命情感，才落得"近日诗思清于水"，再也创作不出艺术篇章来了！

因此，时时保持生命的激情、不断培养积极的情感，是使艺术感觉长盛不衰的重要一环。

不过，在此有必要指出：艺术创作者的情感，绝不是"风流"、放荡、轻薄、浮夸的那一类，也不是孤芳自赏、病态畸形的那一种。否则，艺术家作不成，反误入歧途、沦落人品，这倒是某些演艺圈中人应当警戒的。

（二）敏感

所谓敏感，就是指及时、迅捷地捕捉、感受可供艺术创作的生活素材的感觉（或曰能力）；或者说，敏感就是强化体现于片时之间的艺术感觉。

任何人都在一定程度上，具有自己特定方向、特定范畴的敏感。只不过有所发现、有所创造的人，更加敏感而已。在这方面，无论艺术创作者，还是科学发明、发现者，都是一样的。众所周知，牛顿因敏感于一个苹果的落地，发现了万有引力定律；瓦特看到沸腾的水汽冲起壶盖，启发了关于蒸汽机的构想……在文学创作方面，鲁迅因一个总怀疑自己"被迫害"的精神病患者，敏感地想象开去，创作了经典篇章《狂人日记》；列夫·托尔斯泰偶然看到没有一根绿草的荒漠黑灰的田野间，一丛虽然折断损伤，但仍然顽强生长着、"枝芽里泛溢着红光"的鞑靼木（牛蒡）时，立即敏锐地感觉到它所体现的精神，进而创作出哈吉穆拉特这个不屈不挠、有着顽强生命力的英雄形象……

不过，敏感不像手中的镰刀、斧头，可随时使用；也不如身高体重，能随时保持。即使是一个极具艺术敏感性的创作者，他也不可能时时处于高度敏感的状态之中——那样，人非疯了不可！因此，如何在艺术创作过程中，及时调动、激发自己的艺术敏感，才是值得探讨的。

从本质上分析，艺术敏感并非凭空而降、绝对突如其来或天马行空、了无羁系的，它总是凭借着某方面预先的潜在的因素。

一般而言，具有以下三个方面准备后，它就会随时地不期而至，为我们所用：

第一，经验基础是艺术敏感的温床。

任何人的艺术敏感都不可能脱离他的自身生活，否则便成了无源之水、无本之木。而生活积累是多方面的，包括对客观事物的观察体验，艺术素养的培养锻炼，思想观念的总结确立，以及主体情感的积蓄、酝酿等。这里不再赘述。

第二，心理定式是艺术敏感的突破口。

这里，主要是指主体需要与压迫、艺术意图与欲望对艺术敏感的引导。作为一个艺术家，其既定的主体体验与思想观念是相同的，但为什么有时神思飞扬、感觉灵敏、想象丰富，而有时就思想僵滞、感知迟钝、想象狭窄呢？为什么这时候的敏感就没有了呢？

这就说明：光有"死积累"，而缺少"活积机"，艺术敏感还是不能油然而生——这就必须重视"需要"与"动机"对它的作用了。心理学家曾经测试过：饥饿中的人对于"食物"一词所产生的心理反应比吃饱肚子的人要大得多，因为一股强烈的内驱力在驱策着他们的内心知觉。可见：需求产生兴趣，兴趣调动注意，注意的光束投射在事物的某一部位，这一部位就会显著地凸显，被优先地、充分地知觉与感受。于是，创作者要想获得艺术敏感，在自己内心必须保持执着的艺术追求与强烈的创作欲望。这样，才能使艺术敏感在相应时候，"碰"到突破口，使"必然"通过"偶然"喷发出来。

这就告诉我们，在进行艺术创作时，应该有一种苦思冥想，以至废寝忘食、神魂不宁地"投入"，在这期间，往往痛苦、烦躁、焦虑乃至悲哀、绝望……但千万要咬牙坚持，要有"虽九死其犹未悔"的艺术寻求精神！因为当你最痛苦的时候，当你感到"深沉长夜漫无尽头"的时候（实际上此时心理态势最紧张厚重、最饱满充分），恰恰就是曙光将现、灵感即来的时候！

心理定式对艺术敏感的出现有不容置疑的影响，而这种影响却又有两种向性——一是积极影响、正作用；一是消极影响、副作用。

在大多数情况下，心理定式对艺术敏感的影响是积极的：创作者的体验基础与强烈的创作欲望会调动一切心理因素，使创作心境海阔天空、自由舒展——这是人们所追求的理想的艺术感觉态势。但也有下面的情况：由于创作者囿于自己既定的经验、体验、观念与思想，反局限了艺术感觉的自由驰骋，心理定式不能成为激发创作的动力，反成了摆脱不掉的桎梏与负担。在这种情况下，如何调整心态、改变思路、冲破既定的心理定式，或者相反：重新思考创作目的与需求、创作模式设计与艺术品格预想得是否恰当，就是必须的了——"众里寻他千百度"，若苦苦搜寻不到，便可以考虑"蓦然回首"了。一味钻牛角，是不行的。

第三，外在触动是引爆点。

艺术敏感在具备了经验基础的温床、心理定式的突破口之后，只要一经过外在某种因素的"偶然"触动，便能立即引爆开来，形成所谓"创作灵感"。所谓"灵感"，即指艺术感受最集中、最强烈爆发的一瞬间的心理体验，它是艺术感受的一种特殊体现。艺术感受中常有这种现象：作者突然间情感充沛，激情亢奋，感受灵敏而且富于捕捉力，思路敏捷而且四通八达，左右逢源宛如神助，此时的想象异常活跃、丰富，各种记忆也被迅速唤起，心念、表象纷至沓来，佳句纵横、构思神妙，同时，意志、欲望也被激活，强烈的意志冲动力与创造冲击力急不可耐、喷薄而出。在这种状态下，作者完全沉浸在创造境界中而忘乎所以，人的精神力量得到极有效的发挥，进而产生事半功倍的创作效果。俄国作家果戈理曾这样描绘他灵感出现时的情景：

> 我感到……我脑子里的思想象一窝受惊的蜜蜂似的蠕动起来；我的想象力越来越敏锐。噢，这是多么快乐呀，要是你能知道就好了！最近一个时期我懒洋洋地保存在脑子里的，连想都不敢想写的题材，忽然如此宏伟地展现在我的眼前！……①

对这种现象，过去有人不理解（现在则又有人故意夸大其词，以炫耀"天分"）。如我国晋代的**陆机**论此道：

> 虽兹物之在我，非余力之所勠。故时抚空怀而自惋，吾未识夫开塞之所由。

---

① ［苏］魏列萨耶夫：《果戈理是怎样写作的》，蓝英年译，11页，天津，天津人民出版社，1980。

141

苏格拉底则如是说：

> 诗人写诗并不是凭智慧，而是凭一种天才和灵感；他们就象那种占卦或卜课的人似的，说了许多很好的东西，但并不懂得究竟是什么意思。①

柏拉图更将灵感归于神灵，认为诗人的灵感是由神灵赐予的；而**弗洛伊德**则把灵感归于人本能的潜意识活动……总之，均认为灵感是一种不可理喻的唯有天才艺术家才可能偶然受其瞬时青睐的神秘现象。

其实，灵感不过是一种心理现象，是人的意识活动的一种特殊状态。艺术感受中的灵感闪现是艺术家整个心理处于最佳状态下的高效意识活动，是思想电路在短时间内的迅速接通。从生理机制上看，作为创造性思维的艺术构思，实际上是艺术家大脑皮层上建立崭新神经联系的过程。它不同于一般思维活动中神经联系的建立，后者都是在那些最容易、最经常活动的神经细胞群之间进行，其构成大都是旧有神经模式的延伸、改造或变通。创造性思维则不同，它要建立起一套全新的神经联系系统。因此，它必须唤醒那些处于潜沉状态的神经细胞群，并通过不断进行的神经兴奋的扩散与集中，尝试着在有关的神经细胞群中建立一种新的关系，形成一种新的模式。而只有当创作者的各种心理因素（感觉、知觉、思维、想象、情感、意志等）的作用都得到恰当的发挥，并且相互之间形成一种最适合当前构思需要的和谐关系时，只有在大脑各中枢的兴奋处于一种十分微妙的状态时，那些构思所迫切需要的潜沉的神经细胞群才可能突然被激活，那些关键环节的神经联系才能立时建立，那些极难接通的思想电路才能迅速接通。这一切，就是灵感的生理、心理基础。因此，它本身并非神秘莫测、完全不可把握。灵感的出现虽然具有某种偶然性，但世界上任何"偶然"的背后，总潜藏着"必然"。灵感也是如此，我们若能循着一定的规律，还是可以促成它的出现，甚至可以经常与之邂逅的。

促成灵感出现的主观努力是——

第一，进行长期的经验准备、情感准备。有了这些充分的准备，才能触类旁通、临竭逢源。

第二，使自己的创作心理处于高度灵敏的"受激"状态，进入"衣带

---

① 北京师范大学中文系文艺理论教研室：《文学理论学习参考资料》（上），274页，沈阳，春风文艺出版社，1981。

渐宽终不悔，为伊消得人憔悴"的境界。

第三，及时调整心理定式。一旦陷入僵局、牛角尖时，要放松精神，将有意识的心理活动暂时停止，进而在自由、自在的心境中使创作思维在无意识或潜意识中继续进行。

有人考察过科学家有所"发现"过程中的四种现象，即灵感出现的外在条件或曰客观触媒（机遇）：

第一，同向机遇。这种机遇与既定的探索方向一致。如达尔文在创立进化论过程中，受马尔萨斯人口论的启示而作出重大发现。

第二，类向机遇。这种机遇与探索方向相偏离。如一近视男孩摔倒，眼睛被镜片刺破，而手术后近视却意外地消失了——莫斯科外科医生奥多洛夫便因此发明了通过改变角膜弯曲而治愈近视的方法。

第三，异向机遇。这种机遇与探索方向和进程无关。如伦琴用克鲁克斯管进行放电实验，却发现了光。

第四，背向机遇。这种机遇奇怪得很——它竟能出现在与探索方向完全相反的某种情境中！[①]

上述在科学创造发明中灵感的产生机遇，在文学艺术创作中同样会出现。也就是说，无论与创作动机有直接关系、间接关系、抵对关系，以至"几乎没有关系"的生活现象、人事活动，都能勾引出艺术的灵感来。因此，作为编剧，对生活中的各种现象、信息（不管是平常的还是异常的）都要认真对待，不要让机遇在眼前轻易滑过。既要善于抓住外界信息加以深化，也要善于抓住自己内心偶然的片断感受加以培植。所以音乐大师**柴科夫斯基**说："灵感是这样一个客人，他不爱拜访懒惰者。"[②]

了解了灵感的本质，就应该尽可能地激发它的出现，使自己的创作才思"如万斛源泉，不择地而出……常行于所当行，而止于不可不止"，最终进入创作，并感到创作的意趣与欢乐。

能激发灵感出现的触媒，是随处可见、可感的，"它可能只是一个人物的独一无二的性格，它可能只是一个故事的梗概，它可能只是一个画面，它可能只是一个开头或者一个结尾，它可能只是一段抒情独白或是一句警语，它甚至只是一段风景描写或一个人物的肖像……"[③] 确实，一个闪念、一段梦境、一种情绪、一种感觉，乃至一缕凉风、几丝细雨、一棵老树、

---

① 参见杨敏才、李光：《论科学发现的机遇》，载《哲学研究》，1983（9）。

② 周昌忠：《创造心理学》，205页，北京，中国青年出版社，1983。

③ 王蒙：《当你拿起笔……》，13页，北京，北京出版社，1981。

几片落花、刹那的幻觉、偶见的物象……都可能成为触媒，引爆你积蓄已久、埋藏很深的艺术矿藏。

因此，作为创作者，尽管有了一定的经验基础与心理定式，仍不可只静卧床头或僵直面壁，还要尽可能地接触外界，以求在不期中遇到某种刺激，进而将内心深处的积存引爆出来。

确实，外在的触发往往是可遇不可求的。但是，"有意栽花花不发，无心插柳柳成荫"之说，毕竟是在"栽"与"插"的动态间实现的——你若不栽、不插，就根本不可能有任何机遇，那么，外在的触发又从何而来？

第二节　艺术感觉的体现——联想

一、联想的概念及作用

在艺术思维中，联想占有重要位置。人们常将联想与想象同论，认为它们是艺术创作不可缺少的心理活动。

但是，也正因为如此，就往往混淆了联想与想象的区别：想象，是人脑在原有表象基础上加工改造产生新形象的心理过程；而联想则不然，它只是在原有表象的范围内，由此及彼或由彼及此的表象重现，它可以浮想联翩，但却不能脱离于联想者原有的表象积存，它不负责创造新形象的任务。想象与联想作为密切相关的两种思维活动，在它们具体的实现过程中，有很多时候确是交叉进行或融会贯通的，但作为对概念的理解，我们不能因此而含糊。

联想在影视编剧创作中具有重要作用。创作者的创作冲动，往往是因生活中某一特定的人、事、景、物、情的引发。而引发者多是现实生活、大千世界中的局部、片断甚至点滴现象。创作者要以它为引导，去表现意蕴中的艺术画图、去描述一定范围的生活故事，就必须从这一局部、这一片断或这一点滴生发开去，所谓"身在魏阙，心浮江海"，那么，首要的思维活动就是要展开丰富、灵动的联想，再由联想进入更高一层的艺术创作思维：想象。之后，则始终与想象以及其他思维方式交合在一起，共同完成艺术构思。

比如鲁迅先生写《狂人日记》的最初触动——一个表弟来京看病，此人有迫害型精神分裂症，时刻怀疑有外人要迫害他，最后，病没有治好就惶惶逃回去了。这个人物引起了鲁迅先生的创作冲动，他因此而生的创作思维首先是联想：由这个病人自以为的受迫害想到中国民众实际存在的受迫害，由民众的受迫害联想到中国历史上人民大众的受迫害，由中国历史又想到整个封建历史的深层本质就是三个字——人吃人！……通过这一系列的联想后，才进一步进行想象，并终于创造出"狂人"（"我"）的艺术形象。可见，没有联想，就难有进一步的艺术想象，而艺术创作也就难于进行了。

二、联想的方式

对联想的方式，不同的著述者有不尽相同的划分，而且名目繁多，却也难免杂乱。在此，我们不妨大而化之，将联想分为三种方式——

（一）近似联想

近似联想是指因事物之间的或时间、空间的接近，或性质、形态上的相似所引发的由此及彼的联想。

近似联想是联想中运用最多的一种联想方式，它一般可从以下几大范围内展开：外部形态、位置上的联想生发；内部品性上的联想引申；情感反映上的联想串通。

其一，外部形态、位置上的联想生发。比如看到眼前的绿树，联想到树林，由树林联想到森林，由森林联想到高山，由高山联想到山顶上的白云，由白云联想到棉花，由棉花联想到鲜花，由鲜花联想到如鲜花般的少女，由少女联想到老人，由老人联想到旧衣服，由衣服联想到时装模特儿，由模特儿联想到模型，由模型联想到历史博物馆内张衡的浑天仪、地动仪，由仪器联想到机器人……尽可以无穷地联想开去。

其二，内部品性上的联想引申。这种联想之物不一定具有表象的相似，却有品质的相通。且看曹操著名的《短歌行》中的联想："对酒当歌，人生几何？譬如朝露，去日苦多。……明明如月，何时可掇。忧从中来，不可断绝……月明星稀，乌鹊南飞。绕树三匝，何枝可依？山不厌高，水不厌深。周公吐哺，天下归心。"在这首诗中，作者就充分地展开了艺术联想：由人生的短暂，联想到露珠的易消；由月光的不可断绝，联想到忧思的绵绵不尽；由乌鸦的栖惶，联想到人民大众的流离失所；由山高水深之不惧，联想到历史上周公从政的艰苦用心……物象虽无形态上的相似，却因品质的相通而串联起来，进而呈现一种慷慨的意境。

其三，情感反映上的联想串通。有些事物虽然在形态与品质上不相伦类，但它们却往往能够因创作者的主观情感而彼此联系起来。比如与爱恋之人幽会必然在心理上产生激动、幸福感；而当自己的作品获得某个奖项、获得众人称赞时，也必然产生某种激动与幸福感。上述两件事本身并无联系，但却可因联想者主体感受的相近、相似，而将它们串联起来。正因此，才有李商隐的"身无彩凤双飞翼，心有灵犀一点通""春蚕到死丝方尽，蜡炬成灰泪始干"之类诗句的出现。

（二）对比联想

对比联想是在两种或两种以上截然相反的事物表象之间产生的联想。这种联想方式在艺术创作思维中也是常用的。比如由黑想到白，由生想到死，由喜悦想到悲哀，由顺利想到失败，由大事想到小节，由光明想到黑暗，由善想到恶，由真想到假……这种联想，可以扩大思路，冲脱习惯模式，往往能产生别具特色、新颖奇妙的艺术篇章来。

（三）因果联想

因果联想是依据事物间的因果关系而产生的表象之间的联想。比如看到一个在结婚喜庆日子里愁眉不展或强作欢颜的新郎，就不由人不产生联想：他为什么会这样？可能是因为借钱办喜事、精神负担太大吧！可能……一般人这样想想，也许就罢了，而艺术创作者（影视编剧）就应从不同的角度、不同的方面，进行一系列的因果关系的推测了——

比如第一种角度与方向上的因果联想：因借钱，负担太大。那为什么非要借钱、讲排场不可呢？我们就会联想到自己的见闻、记忆中的事，于是忆出一件因新娘如何受母亲之命、没有大排场的婚礼安排就绝不结婚所酿成的悲剧。而那位母亲又为什么非要大排场不可呢？于是又联想到一个老太太当年因贫穷而草率结婚，以致让邻里亲戚看不起，导致一辈子抬不起头的窝心日子……

比如第二种角度与方向上的因果联想：因不喜欢新娘而被迫结婚。为什么？于是我们脑海中就可能浮现出与之类似的表象情景：曾有一个健康、英俊的小伙子娶了一个丑陋而有残疾的姑娘。原因呢？只是因为报答救过自己性命的老人，尽管自己并不喜欢老人的独生女儿，但迫于某种"道德压力"，也只能如此。为什么会有这种道德压力呢？我们可能会联想到另一件事：一个美丽的姑娘为救助别人而毁了自己的面容，被以前的男友抛弃了。全村人都愤怒地谴责那个男人而同情她，决心要为她找一个好丈夫……

联想的上述方式，在实际联想进行中往往是交叉、互容的。比如鲁迅创作《狂人日记》的例子，就不是某一种方式可能独立完成的。我们应融会贯通，加以理解与灵活自然地运用。

三、联想的利用

联想与想象虽同为思维活动，但在主观把握与控制上却有区别。一般而言，想象是一种自觉的（起码是半自觉的）创作思维，在它的实现过程中，总有或明晰或模糊的想象趋向。而联想则不然，在多数情况下，联想是一种非自觉的心理活动，它并没有预先的目标或大体趋向。因此，联想在其实现过程中，确实是"浮想联翩"的。比如前面在近似联想中所举的例子，就基本上没有联想者的既定导向，而呈任意西东、无所羁系的状态，联想出的物象相当繁多，乃至杂乱，没有主体重心或既定意旨。

于是，在利用联想进行艺术思维时，就要分两步走：

第一步，要发挥联想的优势，尽可能地展开广阔、丰富的联想，使头脑中出现与创作题旨有不同关联的尽可能多的表象群体，纵然芜杂也不怕。这样，就可以为下一步的艺术构思提供充实的"原材料"。

第二步，对联想中出现的各种物象与情境，要能够有艺术构思时的清醒把握，而避免让丰富的联想搅乱了神思以致无所适从。

第三节　艺术感觉的体现——想象

一、想象及其作用

艺术感受、艺术思维都脱离不了想象。没有想象，就没有艺术的产生。对此，黑格尔论道："最杰出的艺术本领就是想象。""真正的创造就是艺术想象活动。"[①]

想象是人脑在原有表象基础上加工改造，形成新形象的心理过程。

对想象，我们可以从两方面加以理解：

第一，想象不是我们头脑中记忆表象的简单重现过程，而是我们在头脑中构思新形象的过程。例如，当与友人谈及到过的名胜或读过的文章、作品时，头脑中必然会浮现出故地形貌或篇章内容。但这不是想象而只是回忆。因为此时头脑中的表象只是我们感知过的事物形象的再现。相反，当我们阅读一篇作品或构思一个剧本时，会因作品的文字表述、构思意向而在头脑中产生各种栩栩如生却并没有亲眼看到过的形象，这种心理过程，就是想象了。想象不是对旧印象的回忆，也不是对现实事物的机械模仿，它包含着想象者的主观能动性。

第二，想象所产生的新表象并不是从天上掉下来的，而是人的大脑通过对原有旧表象的加工改造生产出来的。艺术家想象出来的形象无论多么

---

① ［德］黑格尔：《美学》（第 1 卷），朱光潜译，北京，商务印书馆，1979。

离奇古怪，都能在现实生活中找到其构成的因素。例如，《西游记》中孙悟空这个形象谁也没有感知过，但它却非作者的凭空捏造，而是对头脑中已有的人与猴的旧表象进行加工组合而创造出来的。因此我们说，想象是对旧表象改造创新的心理过程。

古希腊批评家**斐罗斯屈拉特**论述道："想象比起摹仿是一位更灵巧的艺术家，造成这些形象的正是想象。摹仿只能造出他已经见过的东西，想象却能造出他所没见过的东西。用现实作为标准来假设。……它会泰然升到自己理想的高度。"[①]

我国南北朝时期文学理论家**刘勰**在《文心雕龙·神思》中更集中地记述了想象问题，提出了"神与物游"的主张和"神思"这个概念："形在江海之上，心存魏阙之下，神思之谓也。"身在天涯，心存朝廷，即是神思。这种神思可以使作家在创作中浮想联翩，达到神与物游的最高境界："文之思也，其神远矣。故寂然凝虑，思接千载，悄焉动容，视通万里。吟咏之间，吐纳珠玉之声；眉睫之前，卷舒风云之色；其思理之致乎。故思理为妙，神与物游。神居胸臆，而志气统其关键；物沿耳目，而辞令管其枢机。枢机方通，则物无隐貌；关键将塞，则神有遁心。"刘勰认为杰出的作家贵在根据意象运笔如神，把这一点看作"驭文之首术，谋篇之大端"。他还指出：当作家运思之时，通过想象，则"登山则情满于山，观海则意溢于海，我才之多少，将与风云而并驱矣"。上述刘勰对想象的状态、作用与过程的论述，对我们理解"想象"是大有裨益的。

文学创作，离不开想象。**高尔基**说："想象是创造形象的文学技巧的最重要手法之一。"

为什么说想象具有如此重要的意义？

因为想象就是创造新形象的过程，而文艺创作本身的意义就在于创造新的艺术形象，所以两者必定要有不可分割的关系。于是，要想获得文艺创作方面的成绩，创作者就必须具备积极而丰富的艺术想象力。

鲁迅在谈到他的创作经验时说："所写的事迹，大抵有一点见过或听到过的缘由，但决不全用这事实。只是采取一端，加以改造，或生发开去，到足以几乎完全发表我的意思为止。人物的模特儿也一样，没有专用过一

---

① 北京大学哲学系美学教研室：《西方美学家论美和美感》，52页，北京，商务印书馆，1980。

个人，往往嘴在浙江，脸在北京，衣服在山西，是一个拼凑起来的脚色。"[1]

这里所说的"改造""生发"和"拼凑"，就是在感知的基础上构成艺术意象的想象过程。作家的感知越丰富，感受越深刻，其想象力就越有坚实的基础。想象力的有无、大小，往往决定着作者艺术创作才能的有无与高低。因此，一些杰出的作家总使自己的想象力处于兴奋、紧张的状态，使想象成为一种职业习惯。这种习惯一旦养成，必然对创作者的艺术创作产生深远影响并为其带来极大的帮助。俄国作家**陀思妥耶夫斯基**在其日记中，曾记载了一次他因现实生活中的片段而引起艺术想象的经过：

> 我在人群中发现一个孤独的工人，而且带着一个小孩，一个小男孩，孤零零的两个人，两人的样子也一样孤独。工人三十岁左右，有一张枯黄而病态的脸。他是节日打扮：穿着德国式的常礼服，衣服开了绽，纽扣磨损了，领子满是油垢；裤子是从旧货市场"偶然"倒手买来的，但一切都尽可能收拾得干净些。细棉布的胸衣和领带，大衣帽，都是皱巴巴的。刮了胡子。他应当是在某个钳工作坊或是印刷厂工作。面部表情晦暗、忧郁、沉思、生硬，几乎是凶狠的。他拉着小男孩的手。小男孩有点摇摇晃晃地跟着他慢慢走，这是个两岁多的小男孩，非常孱弱，非常苍白，但是穿着一件长衫，一双带红色贴边的靴子，戴着一顶带小孔雀毛的帽子。他累了，父亲对他说了句什么，或许就是说说而已，而结果像是呵斥。小男孩不吭声了。但又走了五步，父亲弯下腰，小心地把小男孩抱在手里，带走了。小男孩习惯而信赖地紧贴着他，用右手搂住他的脖子……
>
> 我喜欢一边在街上漫步，一边端详完全陌生的行人，研究他们的面孔，揣测他们是什么人，日子过得怎么样，干什么工作，特别是此刻什么东西使他们感兴趣。关于带小男孩的工人当时我起了这样一些念头：就在一个月前，他的妻子死了，而且不知为什么，一定是因为得肺结核死的。暂时由住在地下层的、随便哪个小老太婆照看小孤儿（父亲整周在作坊干活），他们在地下层租了间小屋，也可能只是一个小角落。现在是星期天，鳏夫带着儿子到远在维堡区的一个唯一剩下的亲戚那里去，更准确点说就是去死者的姐妹那里，先前他们不常到

---

① 鲁迅：《我怎么做起小说来》，见《鲁迅全集》（第4卷），527页，北京，人民文学出版社，2005。

那儿去，这个亲戚嫁给一个带镶条的军士，一定住在一个最大的公馆里，也是住在地下层，可是那是特殊的地下层。她可能为死者伤心过，但不十分伤心，鳏夫在做客的时候大概也不十分伤心，但是整个时间都是忧郁的，很少谈话，谈起话来也不多，一定把话题转到某个实际的、专门的问题上，可是这个话题很快就中断了。应当是他们摆上茶炊，就着糖块喝茶。小男孩整个时间都坐在角落里的条凳上，皱着眉头，很怯生，最后打起盹来。姨妈和姨夫很少注意他，但是最后毕竟送来了牛奶面包，所以直到现在一点也没有注意他的主人——军士以爱抚的样子向小男孩说起了俏皮话，可是说得很不得体，很不合适，说得自己（其实就是一个人）也大笑起来，而鳏夫则相反，就在这时严厉地，也不知为什么，冲小孩嚷起来。随后小孩一定想要大便，于是父亲立刻不喊了，严肃地把小孩从房间里带出去几分钟……告别也像谈话一样，也是沉闷而刻板，遵循着一切礼节。父亲笨手笨脚地拽着小孩的手，把他领回家去，从维堡区到铸造区。明天又得到作坊去，而小孩又得到老太婆那里去。你就这样走啊走啊，为了给自己解闷想出这样一些无根据的小场面。①

看，这就是著名作家在平日生活中时刻进行艺术想象的例子。也许，作家在想象进行中，尚没有既定的创作意图，完全是漫不经心地任凭想象的翅膀在生活现实基础的上空自由地飞翔。但是，谁又能说，不少举世瞩目的杰作最早的胚胎不是在这种想象中诞生的呢？

陀氏这段想象的例子，不仅表明了想象对文学创作的重要作用，也清楚、完整地反映了"想象"这一心理过程的产生基础与自身特性，是很值得我们体味的。

二、想象类型

（一）再造想象与创造想象

根据想象的独立性、新颖性和创造性的不同，可以把想象分为再造想象与创造想象。

1. 再造想象

再造想象是指根据既定条件与指向在头脑中所进行的想象。

---

① 转引自［苏］科瓦廖夫：《文学创作心理学》，程正民译，84～85 页，福州，福建人民出版社，1983。

　　根据语言文字的描述或图样的示意，在头脑中形成相应的新表象的过程，就是再造想象。例如我们看了古华的《爬满青藤的木屋》这篇小说，因着其中的文字描述，在头脑中便自然出现与其描述相应却又是我们自己心目中的王木通、盘青青、一把手等人的形象。这些人物形象我们从未感知过，他们不是靠回忆产生出来的，又不是完全凭独立想象创造出来的——这便是再造想象的体现了。再造想象在文学欣赏中起着不可或缺的作用，同样，它在文学艺术的创作过程中也作用很大：比如根据各种历史题材与其他文学门类的小说、戏剧、散文等所创作的电影、电视剧等均属于以再造想象为主的艺术创作。

　　既然再造想象是根据一定的再造条件而在头脑中所展开的想象，那么要想获得良好效果，想象者就必须注意对再造条件的把握。

　　无论是欣赏文学作品，还是对文学作品进行品类的改造，首先要明确了解、确切把握艺术作品既定的语言含义。例如京剧表演艺术家**梅兰芳**在《谈杜丽娘》一文中提到：他开始学演《牡丹亭》时，只是觉得戏里的曲子好听、身段好看，而对汤显祖所写的那些唱词与宾白，则限于文化水平，尚不能全部理解。于是他请人逐字逐句为自己讲解，自己也反复玩味，才渐渐能够领会。这时再上场演出，就大不一样了！这个例子说明：你要再造形象，就必须对既定条件有准确的把握，否则难免要走形、变态，甚至"画虎不成反类犬"，为人所笑。

　　在影视剧的创编过程中经常要用到再造想象——因为影视剧要反映的生活是多方面的，而编剧不可能对所要反映的生活事事处处都有所经历。因此，对某些场面的形象体现、某类人物的举止特征、某个情节的具体过程，必须利用自己已有的经验、既定的积累以及有关的他人介绍、说明，来作一番再造想象的工作，才能使具体物象活跃出来。例如听到一个人在桥上投水自杀的传闻，作家心目中自然就会呈现出一幅画面：自杀前那人如何痛苦、徘徊，跳入水中那一刹那的神色姿态、入水后的挣扎、水面的波澜起伏，以及后来人们的围观、评论、感叹、猜疑等等。这种在既定情况介绍后对现场情景的想象，便属于再造想象。而且这一系列想象既符合此次事件的大体过程，又明显体现出想象者过去见到过的生活景象的自然移接。编剧人员的这种再造想象对影视剧的发现有非常重要的意义——因为它是发现生活的一条重要渠道。缺乏这种能力，只在道听途说中粗略听到一些生活中有趣味或有特殊意义的事件、人物、情景，却不善于在头脑中展开丰富、深入的再造想象，使它们"活化"出来，只用抽象的概念在笔记本上记住"发生了一件悲惨的不该发生的自杀事件"或"这是一个性格古怪的农民"之类，是无济于事的。

再造想象需要作者的主观能动性，这是毋庸置疑的。但与此同时又要避免另一方面的弊端，即忽视既定条件、要求，而完全凭任一己的生活经历。例如创作过程中需要描述大兴安岭火灾场面，这就需要作者在已有的报道或文学作品所提供的大体情景基础上，进行再造想象，因而就必须符合当时当地的现场情景。如果根本不考虑这些限定，只将自己过去所见过的油田之火、街道之火乃至山林篝火的形象场面移接到大兴安岭来，无疑会失真，作品也必然失去生活与艺术的真实了。

鉴于影视作品大量出于对其他文学门类尤其是对小说的改编一途，因此，我们对再造想象，一定要确切理解并充分运用。

2. 创造想象

创造想象是不依据既定条件和指向，相对独立地创造新形象的心理过程。

比起再造想象，创造想象最大的特点就是它的独立性与新颖性。它不依据既定的条件，也不模拟他人的模式，而是一种自我随意性很大的"创造性"心理活动。影视剧的创作既是一种形象创造的艺术工作，作者应把创造出独具特色的艺术形象作为追求的目标、艺术的极致。因此，作者就不能只满足对已有事件、既定人物、确存场景做"依样画葫芦"式的再造想象，而应该充分调动自己一切艺术才能并利用一切艺术手段，真正"创造"出一种新的源于生活又高于生活的形象或形象群。

当然，再造想象与创造想象既有区别，又有联系。一般而言，再造想象中总是不同程度地含有创造想象成分。比如阅读文学作品时的再造想象：虽是同一篇作品，不同读者读后，尽管在大体内容与人物形象的理解上是相同的，但具体形象体现却不可能完全相同。"有一千个读者，就有一千个哈姆雷特。"确实如此——每个想象者的个人经验、态度、情感、趣味、艺术修养、人性品格等因素，必然会对再造想象产生影响。同样，创造想象又怎能完全脱离再造想象而独存？例如就《西游记》的整体而言，它是创造想象的精品，但它的情节设计、人物心态、场景描画，哪一种没有渗透着现实物象的因素？在整个结构上它是创造性的，但组成各个情节链的具体情景，哪一个不是再造现实形象的移接？孙悟空、猪八戒是创造出来的杰出艺术形象，但就其表现细节而论，无论是孙悟空的聪灵顽皮，还是猪八戒的愚钝质朴，哪一点不是现实人物的"再造"？……就作品的局部、枝节而论，鲁迅的人物"嘴在浙江，脸在北京，衣服在山西"，是拼凑而成的，确是创造想象的产物。然而那浙江的嘴、北京的脸、山西的衣服，不又含再造的因素吗？于是，我们是否可以这样说——文学艺术创作中的想象，就其总体过程而言，就是一个在再造想象基础上的创造想象活动呢？我认为这种说法是恰当的、科学的。

总之，再造想象与创造想象是你中有我、我中有你，在实际创作过程中，它们既相互区别又相互联系，共同发挥着积极的作用。

再造想象与创造想象关系既然如此，我们在具体运用时就要注意两方面问题了——

第一，只会"再造"而缺乏"创造"，这是影视剧创作中的常见病。表现有：或只沉陷于实有形象、形象群中，不能跳将出来作总体的历史观照与美学把握，作品写得确实、具体，但毫无深度、毫无光彩，有如现实记录、照相式复映。或者随波逐流，唯"样板"是瞻，文坛流行阶级斗争模式的作品，于是众人立即追随、模仿，凡情节、人物、场面均大同小异，以至只是换个人名、地名而已。今天哪个影片获了奖或得到评论界一致的喝彩，于是大家就立即仿其格式、摹其笔法、循其内容，"制造"出大批的赝品：都是改革者与保守者之间加个坏人、添个女人之类。眼下，忽然"街上流行红裙子"，于是，就立刻绿裙子、蓝裙子、白裙子、花裙子、脏裙子、破裙子一股脑地抛了出来，如此等等。不能说这些作者都缺乏才气，但他们的想象力大都只停留在再造想象（如果不过于直率地指为"抄袭、模仿、滥竽充数"的话）的范畴内，而丝毫没有自我的创造想象蕴于其中。

第二，一味"创造"而排斥"再造"。这也是影视创作中曾经出现（并尚未绝迹）的一种弊端。有些作者，根本不考虑创造想象所必须依据的生活基础与底蕴，一味凭主观臆想驰骋开来，奇则奇矣，怪亦怪哉，然而奇怪之后，却只剩下读者的茫然，甚至连作者在"充分想象"之后，也只剩下"不知其所以然，也不耐烦知其所以然"的混沌。作品成了无人知晓的天书，也失去了它所以生存的价值了。

创造想象在实际进行之中，确实会出现连想象者也不能完全理解与把握的想象内容，这种情况，在潜意识想象与变态心理作用下的想象中，尤其多见。但必须明确两点：

其一，在整个作品的构思完成之后，创作者应该对自己所想象的内容有总体的把握与艺术节制。若此时还迷茫懵懂，只凭漫无羁系的想象进行某种纯粹"超现实主义"的创作，是绝对要失败的。

其二，潜意识与变态心理虽然可以出现在实际的创作思维中，但它们毕竟还不能直接归入艺术创作手段与技巧的范畴。它们是人的一种特定的心理状态。进行艺术想象，有时可以利用它们达到某种艺术目的，甚至往往能因此产生在正常情况下难能出现的奇巧绝妙，但是，却无论如何不能完全依赖以至屈从它们去直接地、无控制地实现作品的全部内容。瑞典影片《野草莓》中，多处体现人物的潜意识乃至变态心理，用以表现主人公特定的心理状态，虽然具有某种程度的"朦胧、恍惚"的氛围，但这种"艺术氛围"恰恰是作者有意追求并完美表现出来的——也就是说，它不是作者"无能为力"的失控，而是艺术家"有意为之"的创造。而与之相似的法国新浪潮派的一些作品，却特意"放纵"潜意识与变态心理，其效果就不尽如人意了，尽管它们可以"风光一时"。

（二）理智想象与情绪想象

"想象"，顾名思义，就是"想"与"象"的结合，是"思想"与"形象"的结合。因此，对想象这种心理活动而言，就不可能有绝对单纯的形象，也不可能有纯粹、直接的思想，而应是在自觉意识基础上的"思想"与"形象"的有机结合。形象为枝干，思想为根基，两者相与为一。

鉴于想象在实际体现过程中，上述两者的不同侧重，我们可以把想象再细分为"理智想象"与"情绪想象"。

1. 理智想象

就其基本特征而言，理智想象就是"在一种能使趋向某一目标的冲动得到满足的方式中进行观察和思考的思维"，是"直接由愿望引导的思维"[1]。即是说，创作者在进行艺术想象时，心中有着一个既定的目标或愿望，并以这目标或愿望规范着、引导着整个想象过程。

相当多的作者在艺术思维中运用理智想象为主要的思维方式，他们往往因某种契机，触发了积蕴心中的艺术感受，自然而然产生了欲望与意图，而这欲望与意图便成为进一步想象的引导。

且看当代作家**高晓声**谈《陈奂生上城》创作过程中的想象：

> 我常常出差，住旅馆，房间价格很高。……去年我去一个地方，住招待所，一住就住到了××宾馆……我看见一张价目表，一夜二十四元钱，我心里着急了，那个晚上我们都没睡好。一块钱的骨头困在十二块钱的床上（大笑）。这个事使我想到农村里面，群众做"油绳"去卖，这是很不容易的事，大家都去卖，一天要跑很多地方，农民能赚到三块到四块钱……他们非常高兴，因为在家里劳动一天，只能拿

---

① ［美］加德纳·墨菲、约瑟夫·柯瓦奇：《近代心理学历史导引》，林方、王景和译，467 页，北京，商务印书馆，1980。

到几毛钱啦。那么，我就想到了，哎，你那个三、四块钱，让你住个招待所试试。当时，这个想法就是这样引起的。从这个大框框出发，再来考虑整个布局的合理性……

至此，作者着重思考和解决两个难题：一是老农民要住进高级的县城旅馆，"一定要一个很有力的介绍人"。于是作者根据这种需要，想象出县委书记出场；二是要有恰当的理由：平白无故，县委书记为什么要请老农民住高级旅馆呢？"一定是出了什么不寻常的事情。"于是，作者根据这种创作冲动，又接下去想象开来——

为什么不能回去了呢？那一定是生病了。生的是什么病？生大病那要送到医院，不能生大病。那就生小病，生感冒。……但陈奂生怎么感冒的呢？啊，受了凉，为什么受了凉的？没戴帽子……①

就这样，作者决定让小说主人公陈奂生进城住一次高级旅馆，而且凭种种需要，想象出他患了重感冒而又在车站巧遇县委书记，然后由书记吩咐小车司机开书记的车子送陈奂生先看病，再住进县委招待所……由于有了这一系列的想象，作品的大体格局才定下来，使预定的内容得以合理自然地向前发展。

这是理智想象的典型例子：作者预先有一个创作冲动（其中也就包含着自觉、不自觉的理性思考）、一个既定的创作意图，然后再在现实生活基础上展开充分的艺术想象，并使想象的内容朝着完满实现创作意图的目标前进。

2. 情绪想象

情绪想象不同于理智想象之处是：它的实现过程并没有预定的创作意图，而只是一种特定的情感基调，在这情感基调、心绪氛围的左右下，它无既定路线但却沿着一个模糊性的方向自然展开，以渐次形成特定的形象群体。而在这形象群体的展现、扩充、选择与确定的过程中，甚至这个过程结束之后，才最终形成明确的艺术目的、构思框架。

我们且借用一个诗歌创作的例子来论证一下：

毛泽东的《七律二首·送瘟神》曾传遍人间——

---

① 以上两段引文见高晓声：《创作谈》，66～67 页，广州，花城出版社，1980。

绿水青山枉自多，
华佗无奈小虫何！
千村薜荔人遗矢，
万户萧疏鬼唱歌。
坐地日行八万里，
巡天遥看一千河。
牛郎欲问瘟神事，
一样悲欢逐逝波。

春风杨柳万千条，
六亿神州尽舜尧。
红雨随心翻作浪，
青山着意化为桥。
天连五岭银锄落，
地动三河铁臂摇。
借问瘟君欲何往，
纸船明烛照天烧。

在这两首诗的前面，作者有如下题记："读六月三十日《人民日报》，余江县消灭了血吸虫。浮想联翩，夜不能寐。微风拂煦，旭日临窗。遥望南天，欣然命笔。"好个"浮想联翩"！一句道出此诗创作思维的过程——

听到血吸虫被消灭之事，作者心情激动。在这激动心情的影响下，江南的青山绿水、灾区的薜荔荒村、古时的名医华佗、现在夭亡的民众、大千世界、天上人间、春风杨柳、细雨银锄、新中国亿万人民的形象、祖国江山的无限风姿、牛郎无奈的苍凉、瘟神已去的欣慰……纷至沓来，以至"夜不能寐"，而所有这些内容绝不是按什么逻辑、循什么目标想象出来的，均只是在特定情感下、不由自主的"寂然凝虑，思接千载，悄焉动容，视通万里"，是在欣喜冲动的情绪基调上的自然展现。自然，实际想象的内容当远远不止诗中这些，一定会庞杂、阔大得多。但在这充分想象（通宵达旦）之后，欣然命笔之时，其创作意图才终于明确下来，这是毋庸置疑的：前一首以感叹为主线，后一首以欣喜为基调。可以说，这两首诗的创作，主要源于情绪想象，我们可触类旁通，进行影视剧的创作。

要注意的是：情绪想象不等于胡思乱想。一个作者，扩而大之，任何一个人的情绪想象，总还是有着一种基础氛围、大体范畴。因此，它尽管无既定的明确目标，却不能脱离特定的想象趋向——毛泽东虽"浮想联翩"，总还是围绕着血吸虫被消灭一事的情境，并没有"离谱儿"地想象出第三次世界大战来。

理智想象与情绪想象虽各有侧重，但也不是截然分开的。理智想象中不可能没有丝毫的情绪想象成分，反之亦然。这一点，在理论上有了清楚的理解之后，在实际创作过程中，则不宜过于拘泥。否则，理论的探讨不但不能有益于创作，反成为累赘，就"南辕北辙"了。

三、想象手段

想象作为心理活动，它是自然而然实现的，犹如人之会走会跑，并不是自觉的理性规则指导的成果。但是，为了使人的走或跑更有效率，也确有科研人员在致力于走与跑的研究。比如体育工作者对运动生理、运动力学、运动员运动技巧的研究等，就往往大大提高了运动成绩。同理，对想象的技术手段作一番探讨、整理，自然也该有益于人们想象能力与效果的增强、加大。

想象作为在原有生活基础上产生新的形象的心理过程，其手段大体可以分为几种，即组接、化合、反对、夸张与变形等。

（一）组接

所谓组接，就是指想象者将头脑中出现的不同表象组合连接成新表象的手段。这在想象活动中相当常见。

比如通过组接产生新的人物——

甲表象：局长将亲自写好的一份报告递给工作人员张某看。张某极认真捧阅后，抬起头，满脸崇敬："太好了！真是大手笔！一般人绝写不出来的！！"

乙表象：办公室秘书看过局长的报告后，摇头撇嘴："这也是人写出的东西?! 只该扔进字纸篓!"

单独存在的上述两个人物，若把他们的举止组接到一起，其效果如何？——我们就立刻会发现：一个新的人物出现了！当局长让秘书李某看那报告时，李某五体投地、赞不绝口；而当局长刚刚走出办公室，李某独自一人时，立刻朝那报告啐了一口唾沫："呸！什么玩意儿！只该扔垃圾堆!"而当有工作人员要此报告稿去复印时，李某又强调一句道："这可是咱局长亲自写的！我是一个字也没有改。"——看，如此一组接，李某这个人物形象，不就充分表现出来了吗?!

这种组接还可以运用于两件或两件以上事情的不同情节的组接。比如影片《卡萨布兰卡》的故事便是如此产生的：一件事是表现民主战士如何逃脱德国法西斯的魔爪，一件事是叙述两个男人爱同一个女人的故事，再一件事是表述德国法西斯势力与被它控制的傀儡政权的矛盾冲突。单独叙述每一个故事，虽也可以，但就绝对没有三者组合后所形成的我们所看到的目前剧作的曲折惊险、紧凑感人了。

组接还可以用于人与事、人与境、境与事等方面，均能产生大于、深于原来单独形象的新形象。

（二）化合

化合是指将几个不同形象融合成一新的形象的想象手段。化合已不是机械地拼加，而是以作者的情感、思想、艺术情趣为催化剂，使零散的或各具意义的印象中、幻象中的人、事、景、物，合成一个新的有机整体。

且看**周克芹**谈《许茂和他的女儿们》的创作时的一段话：

> 几乎没有提纲。只写了一些人物传记。这些"人物传记"已完全不是生活中的某某人的了，有真的，也有想象的，真真假假，组成一个家庭、一个社会。我是完完全全地参与了进去，我的感受在这些人们身上找到了寄托和归宿。我把自己多年来对农业问题、农民问题的思考，比较集中地写在许茂老汉身上。我把长期农村生活积累起来的感情倾注在四姑娘和别的人物的命运中……后来，拍电视、拍电影的同志来了，演员们需我给介绍小说人物的原型是谁，以便他们去采访。我却无论如何也指不出这些人物的原型来。许茂是谁？四姑娘是生活中的哪一个妇女？我说不出具体的生活中的人名来。[①]

周克芹笔下的人物就是经过化合而成的新的形象了。

除人物形象往往化合而生外，在影视剧的其他要素之间，也经常需要化合：事与事的化合成就了列夫·托尔斯泰的《复活》，境与境的化合创造了吴承恩的《西游记》，人与事的化合产生了张艺谋执导的《红高粱》等，在此不一一列举。

（三）反对

所谓反对，就是指故意打乱、违背惯常的生活逻辑、思维逻辑，从特殊的以至相反的方向、角度进行想象，以产生新形象的手段。利用这种想象手段，往往可以造就出出人意料的独特新颖的艺术形象或形象群。

---

① 周克芹：《许茂和他的女儿们》，338～339 页，成都，四川文艺出版社，1994。

比如**欧·亨利**的《警察与赞美诗》便是反对想象的产物：按正常生活习惯，人们都希望过自由的家居日子。而作品中的主人公苏比却偏偏强烈要求被关进监狱！按正常社会规则，偷东西、扰乱治安、吃饭不给钱、调戏妇女等，一定会被警察制止、处罚或拘押，而苏比虽一次次有意犯法，警察却视而不见、始终不加干涉！按正常的道德意识，一个正在忏悔的人马上要走向健康积极的新生活时，应受到社会的一致支持、赞许，而苏比却因此被警察宣布违法、遭到拘捕、关进了监狱！……总之，一系列情景，均是反常特立的。但也正因此，使作品成为在艺术上独树一帜的世界名篇。这应当归功于作者反对想象的出色运用了。

反对想象的利用率在艺术创作中相当高。如想象"好人干坏事"，像日本影片《人证》的构思；如想象"坏人干好事"，像美国影片《加里森敢死队》的人物与情节的精妙设计；如想象"大人物的小举动"，像美国影片《白宫轶事》；如想象"小人物的大行为"，像我国影片《阿 Q 正传》。还有想象清醒时的昏庸、梦境中的清醒、漂亮人士的丑恶、丑陋人物的漂亮、反逻辑的成功、合规则的失败等，这些反对想象手法的运用均促使影视界产生了不少优秀的作品。

（四）夸张

将客观生活原型或头脑中固有表象的本质与特点加以夸大、强调，进而产生新的艺术形象整体，即为夸张想象。

影视剧，即虚构的故事，必然离不开人物形象的塑造。而任何人物典型更少不了不同程度的艺术夸张：关羽是"忠义仁勇"性格的夸张体现；李逵是"粗蛮质朴"人物性格的强调与集合；阿巴贡（莫里哀的《悭吝人》的人物）则是吝啬性格极端夸张的产物……上述这些人物性格，都是单一性格的夸张想象，而莎士比亚笔下的哈姆雷特、奥赛罗，鲁迅作品中的高老夫子、涓生、阿 Q，司汤达塑造出来的于连，曹禺剧作《北京人》中的文清，巴金《家》里的觉新……这众多人物，则是多重性格、矛盾心理人物的夸张性体现了。凡此种种，说明现实生活中的人、事、情、物，虽均有特点，但若如实描摹，总觉浅薄软弱，只有将他们的特点或某种本质夸大、强调，才会为观众所喜闻乐见。

运用夸张想象，可从两个方向演进：

将单薄的事物复杂化、深刻化，将人物性格的特点强烈化、集中化，这是一个方向，上述例子均属此类。但夸张不等于只能"夸大"、不能"缩小"：对人、事、情、物的有意地超出常态的缩小或简单化，也是一种维度上的"夸张"。比如将纷繁复杂的社会想象成为一个棋局，将漫长的颠沛流离、坎坷曲折的人生想象为一场梦境，将庄严隆重的战争想象成儿童的游戏……也能产生别致的形象、获得杰出的艺术效果。西方现代派作品中多有此种想象的体现，比如**贝克特**的《等待戈多》，比如**卡夫卡**的《梦》等。

（五）变形

变形也是夸张，却是更极端的夸张。特指在艺术想象中，有意识地改变客观生活中物象的性质、形式、色彩等，以使它们更具表现力的一种手段。严格说，一切艺术都是变形体现，不过在这里，我们是特指故意以异乎寻常的艺术想象对客观生活中物象的形体、本质进行夸张变形的想象手段。

变形想象与夸张想象的不同之处在于：后者毕竟尚有客观世界的"面目"，而前者则连"面目"也丢弃，直接呈示给观众一个"编造实体"。

利用变形想象产生新异艺术形象的作品亦多见，如我国古典小说《封神演义》中的人物变形为动物的形体，《聊斋》中以鬼怪仙狐体现"异体"的社会人事，西方作品中，卡夫卡、马尔克斯笔下的篇章亦多有此类。

……

上述，我们把想象手段人为地分为五种。其实，想象正是一种自然灵动的心理活动，人为地将其实现过程分为几种形式、受控于某种手段，是多少有些牵强造作的。实际想象绝非严格按照什么形式、哪种手段来机械地演绎。因此，上述所说，只为扩展我们想象时的心态与智能，读者当然不会，也不可能分条按目地去进行艺术想象的。

四、想象的利用

（一）想象规范

"从心所欲，不逾矩"，矩，就是规范。艺术想象对表象的分解与组合也是如此：一方面，想象不屑拘泥表象（素材）原型，素材碎片越丰富，可供想象并进行艺术排列组合的自由天地就越广阔，可以说多多益善而随心所欲；另一方面，作者在创作中的想象又绝非大杂烩，而大多顽强甚至偏执地追随、听命于自己所醉心的审美情趣与美学原则，极力排除杂物干扰以保持想象的既定氛围与总体基调。这就是说，艺术想象虽自由，却不是没有规范。

以上是从作者角度讲，下面再从读者（观众）角度谈：作品总是要让观众看的，读者目击描述文字后所激发的再造想象能否获得他们内心标准的认可与审美情感的共鸣，则是对作者艺术想象是否规范的一种检验。

有些作者耽于一己奇特的想象，在作品中任意"制造"出生花妙笔，而根本不考虑是否符合生活真实、事物逻辑及读者（观众）能否接受，便只有"孤芳自赏"了。所以列夫·托尔斯泰曾告诫道："想象是一种那么灵活、轻巧的能力，以致运用它时要十分谨慎小心。一个不恰当的暗示，一个莫名其妙的形象，会破坏一切由无数美妙而可靠的描写所产生的魅力。作者与其在自己作品中留下一处这样的暗示，不如漏掉十处美妙的描写来得更好。"①

总之，为了提取真金，必须滤去沙土。这就是想象的规范。

（二）想象定向

想象定向（趋向）是想象规范的核心。所谓定向，一是指作家大多将自己的想象限制在特定区域中运行，而不轻易超越雷池一步，这是想象素材的定向；二是指凡具体的艺术想象，总有一个如何组合素材的造型法则或曰想象意识，这是想象组构的定向。简言之，想象包括两方面内容：用什么来想象和怎样想象。

成熟的艺术家，在其进行具体的艺术想象时，总有只属于自己的独特的想象方式与内容。比如**莫泊桑**主张现实主义小说应避免铺展人物的心理动机，而只要写出暗示这种心理状态的行为就够了，因此，他的艺术想象偏重于行为的现实主义的表象素材，这些素材的组合转换也按照客观现实的逻辑来演绎、延伸。而作为艺术上持"心理现实主义"观点的**司汤达**、列夫·托尔斯泰和**茨威格**等作家，以及电影史上法国新浪潮派的一些作家，由于他们重视人物内心的欲望、动机、情感、意识乃至潜意识对人物的重要意义，重视探索人物内心的精神世界，因此，他们的艺术想象便自然偏重于心理现实主义的体验型素材。

鉴于上述论证，我们在进行艺术想象时，就应该顺乎自己、合乎自然，去实现属于自己的艺术想象过程，而不宜勉强自己进入本不属于自己的或自己尚不熟悉的艺术想象领域。否则，勉强造作的生挤硬塞，便不是艺术想象，而是费力不讨好的编造了。

总之，艺术想象应该是一种由"潜在自我"控制、引导中的心理活动，而不应是纯自然的心理学意义的心理活动。

（三）想象必须真实

现代主义作家与现实主义作家在其艺术想象的规范方面虽然差异悬殊，但无不强调自己是在追求"真实"，可见，想象的真实性原则，无论哪一种

---

① 转引自［苏］尼季伏洛娃：《文艺创作心理学》，魏庆安译，127页，兰州，甘肃人民出版社，1984。

风格的想象都是要遵循的。

当然，这种"真实"不是指事实本身，而是指艺术的真实感。就是说，想象出的形象与形象组合的方式应经得起作者与读者（观众）双方面的生活真实感与艺术真实感的检验。

有些作品的形象，明显是作者经过对现实生活的净化、提炼、改造、加工后的产物，但由于具备真实感，便能成为艺术品，为人们广泛接受。比如日本作家**石坂洋次郎**的《割草姑娘》将农村田野上的劳动场面与在大自然怀抱中生活的年轻、健康的男女们的青春生活描述得十分纯净、优美、天然、快乐，犹如一幅田园风光油画，或者说简直就是远离社会灰尘的人间的伊甸园！这明显看出作者对现实生活的有意改造与特意憧憬。但是，它虽然是对生活的人为的"提纯"，却又不是全然的编造，它体现了人们希冀的那种天真纯净的理想画面，也就能给予观众一种超现实的"真实感受"了。

当然，凡事不可过，过犹不及。净化生活的艺术想象可以，但违背现实的编造便不可取了。比如曾风行一时的西方古典主义悲剧，贵族气息浓重，极度夸饰帝王将相的恢宏气度与豪华的宫廷排场，有意展示清一色的庄严神圣，举止言行大都假正经，满舞台充斥着装腔作势，而且愈演愈烈，最终走向艺术的衰微。

上述艺术想象的一成功、一失败，当为我们进行艺术想象时的借鉴。

（四）积极想象与消极想象

所谓消极想象，是指作者将想象只限于固有的生活圈子之内，并只会因循事物的某种固有顺序、程序去想象；而积极想象则是作者在固有生活基础上，尽量开拓思路、扩展视野，并能艺术地打破事物间固有的时间关系、空间关系、因果关系、条件关系……将心理表象进行开创性重新组合，真正"创造"出艺术形象或形象群体。

英国文学批评家**赫兹利特**说："想象是这样一种机能，它不按事物的本相表现事物，而是按照其他的思想情绪把事物揉成无穷的不同形态和力量的综合来表现它们。这种语言并不因为与事实有出入，而不忠实于自然；如果它能传达出事物在激情的影响下在心灵中产生的印象，它就是更为忠实和自然的语言了。"[1]

这段话很有道理。我们在进行艺术想象时，应进行积极的想象，而避

---

[1] 中国社会科学院外国文学研究资料丛刊编辑委员会：《欧美古典作家论现实主义和浪漫主义》，303 页，北京，中国社会科学出版社，1980。

免或减少消极想象。否则，很难产生艺术精品。

例如《红楼梦》中描述的香菱作诗：

香菱以咏月为题初学作诗，第一首写得不好，第二首还是不能令人满意。她不肯罢休，日夜苦吟，连在梦里也在作诗。第三首终于得到了众人的好评。其原因何在呢？

且看她的第一首：

> 月桂中天夜色寒，清光皎皎影团团。诗人助兴常思玩，野客添愁不忍观。翡翠楼边悬玉镜，珍珠帘外挂冰盘。良宵何用烧银烛，晴彩辉煌映画栏。

这首诗写得很幼稚，用语毫不含蓄，又打不开思路，只好堆砌辞藻，勉强成句。头尾两联二十八个字，其实只说了个"月亮很亮"而已，内容空洞。因此黛玉指点道，"皆因你看的诗少，被他缚住了"，要她"只管放开胆子去作"。这里，其实是作者借黛玉之口指出：要想写出好诗，一定要善于想象，多看别人诗作以打开思路。"放开胆子"，一语中的。

于是香菱第二首诗便出来了：

> 非银非水映窗寒，试看晴空护玉盘。淡淡梅花香欲染，丝丝柳带露初干。只疑残粉涂金砌，恍若轻霜抹玉栏。梦醒西楼人迹绝，余容犹可隔帘看。

这首诗便写得不很笨拙了：能以花香、夜露来烘托，胆子也放开了。但又"过于穿凿"，过多地拉别的东西来机械比附，还不能跳出别人诗意，这仍不是积极的想象。对于"放开胆子"四字，理解尚属表面。

第三首诗便大不一样了：

> 精华欲掩料应难，影自娟娟魄自寒。一片砧敲千里白，半轮鸡唱五更残。绿蓑江上秋闻笛，红袖楼头夜倚栏。博得嫦娥应借问：缘何不使永团圆？

这首诗，首句起得就很有气势，恰似一轮皓月，破云而出，精华难掩，将自己才华终难埋没、学诗必成的自信心含蓄传出来。因知道寄情于景，第二句便是自我身世的写照了：顾影自怜，吐露了自己精神上的孤寂。颔

163

联用修辞上的特殊句式抒发内心的幽怨，颈联拓展境界，情景并出。至此，已为末联做好了层层铺垫。结句的感叹本来是香菱自己的，偏推给处境同样寂寞的嫦娥，诗意曲折，又紧扣咏月的题目。"团圆"二字，将月与人共咏，自然双关、余韵悠长。所以众人看了都称赞："这首不但好，而且新巧有意趣。""新巧、意趣"是什么？就是有了积极的开创性、突破性的想象——将天上月与地上人，将客观景色与主观心境、自我身世融为有机的一体，使自己的创作有了迥异旁人别作的独自内涵！

曹雪芹仿效初学者的笔调、思路，揣摩他们习作中易犯的通病及在艺术实践中摸索提高的过程，生动地讲明了消极想象与积极想象的不同。此例虽讲的是写诗，但对所有艺术创作（自然包括影视剧的创作）都有借鉴作用。

总之，想象是艺术思维最重要的、不可缺少的组成要素。我们在影视剧创作的构思意向的实现过程中，必须充分而有效地运用想象手段。

第三章
"发现"（三）：
构思意向与戏剧核

　　构思意向指创作者因某种"触发"对未来的影视内容所作的自觉或不自觉的趋向性艺术思维；戏剧核则是影视内容全部内涵的生发点、核心，是思想（情感）与形象初步艺术结合的意象实体。

　　有了生活基础，有了艺术感受能力，而且对"戏"的本质与类型也能有所把握——至此，对创作者来说，虽然已经具备了"发现"的可能或曰基础，但是，还不能说已经完成"发现"的过程，还需要经某种"触发"（或曰"灵感"）的冲动，紧接着进入下一步：对未来的创作内容进行趋向性艺术思维，并在此基础上，最终确定"戏剧核"——至此，才能说完成了"发现"阶段的工作。也就是说，才终于确定了"写（值得写的）什么"。

第一节 构思意向及其实现类型

一、构思意向的双向要求

作者因某种触发产生了创作冲动（灵感），调动了自己的生活积累与艺术感觉，往往心潮翻涌、意象纷呈……但这种基于特定触发而产生的艺术思维，从广义上说，它又不可能是散漫无羁、毫无控制的。相反，总要受到一种既定心向、既定情感或既定理念的制约与拘束。

比如**陈建功**写《丹凤眼》，最初是遇到老同学的母亲责骂女儿不该找工人当男朋友而引起的"触动"，进而开始构思小说内容。在构思中，自然联想、想象了许多生活内容、许多人物形象，调动了自己记忆仓库中的许多积存。但毋庸置疑，充塞在作者头脑里的众多东西均与这最初的触动有关：工人的正直、坦诚、辛苦；工人人格力量的伟岸、雄浑；矿井生产情景的紧张、热烈；社会上某些人对煤矿工人的偏见与歧视；某些轻薄姑娘对工人的傲慢与耍弄……而作者在进行这篇作品的艺术思维时，不可能沉湎于与初始创作冲动毫不相干的其他内容：如美国的自由女神、两伊战争、股票行情……

也就是说，构思意向虽然是对作品未来内容的一种自由的广泛的预测与探寻，却还是有大体的范围与基本的趋向的。否则，就不是艺术发现过程中的构思意象，不是一种艺术思维，而成为纯生理、心理意义上的意识流动了。

因此，对于影视剧本的艺术创作而言，构思意向必须具备似乎彼此对立的两方面素质：一方面，它要极力拓展思路、广泛联想与想象，以至调动潜意识甚至变态心理来冲破惯常思维、习惯模式，进行平时难于达到的艺术思维境界；另一方面，对这种思维又必须有基本的把握、大致方向上的控制，而不至于使构思因失去"意向"而庞杂、混乱，最终无可抉择、无所适从。

二、构思意向的实现类型

构思意向大体可分为三种实现类型。

（一）艺术感知型

1. 联觉式

作者通过外界或内心某一现象的触动，引出与之有关联的另一现象或事物，再由此作第二重、第三重乃至第四、第五重的联觉、想象，进而形成一定范围的想象图景或意象群体。在这种方式中，作者并无事先有意识的材料准备，而完全凭着当时的想象思维。比如因环境的某种特殊性使作者想到某种熟悉的气氛，又因这种气氛联及某些人、事，又因这些人、事，想到与之有关的人生片段……

笔者在创作电视连续剧《老年大学的学生们》的第二、第三部时，便是如此：第二部的预定题目是《唐·吉诃德们》。这个题目是想表现当代老年人因其固有的道德观念、行为规范与当前发展变化的社会生活产生的种种冲撞，以喜剧与悲剧杂糅的艺术手段，既善意指出老年人在某些方面的时代性落伍，又辛辣针砭当前的某些社会弊端、时代病症。于是，在创作思维过程中，很自然地就是以"联觉"的方式为主了：老人们以 20 世纪 60 年代的"雷锋精神"来纠正 90 年代的某种时代病症，结果却……老人们以大公无私的品格，一心为当年的革命老区人民着想，愤怒于某些当权者的以权谋私，坚决与之斗争，而积极努力地为老区群众奔走，结果自己却陷入人家的圈套、成了受贿徇私的人；老人们看不惯当前年轻人的举止言行，为维护"精神文明"而庄严督察、严肃管理，于是发生了一连串啼笑皆非的故事……老人们也适应时代潮流，"下了海"，在自以为是的光明磊落的商场交际中，被别人利用，干下了使自己"无颜见人的勾当"，如此等等，所有每一集故事情节，就是这样一重联一重、一环套一环地生发、演绎出来。

联觉式构思意向的特点：作者因某一触发，不断联想开去，范围广泛、几乎毫无羁系。然后，再从所有"联觉"出来的片段里，根据创作意图，选择其中的部分人事情景，以组成题材的大致内容。

2. 生发式

作者因某种客观场景、人事，感受到其中深刻或奇特独到的内涵，为确切探求，进一步挖掘，于是，以这场景、人事为中心，生发开去，将与之有关的各方面内容，纵横交错地调动、挖掘、想象出来，进而形成某种写作意图指引下的丰富的意象群体。简言之：如果联觉式是从一点出发、作连环式形象思维的话，那么，生发式则是围绕一点，深挖下去，力求对"这一点"的方方面面、里里外外作全方位的认知。

比如电影《白毛女》的创作过程即如此：创作人员最初只是听到一个奇特的故事，一个被村民供奉多年的仙姑，原来只是一个住在深山里、满头白发的农妇而已。他们围绕这个"传奇"开始构思——先进一步了解到这个农妇是附近村中的凡人，被逼无奈躲进深山。由于长期不吃盐，浑身长出白毛，根本不是什么神仙妖怪之类。而村民乃至村干部们却都迷信、愚昧，这便十分可笑了。据此，他们编创了一出破除迷信的"戏"来。但此戏演出后，反响并不很大。创作人员又深入挖掘原故事的内涵，从这女子为什么避到深山、不能过正常人生活这个方向，继续探寻进去，于是，才又发现了这个故事方方面面、里里外外的许多内容：地主的逼债；老父亲的被迫卖女；喜儿的被地主少爷奸污；少爷玩弄喜儿后，又与另一个富家女结婚；喜儿在地主家处境险恶，要遭危害；老父亲的自杀身亡；喜儿村中的青年们对恶霸地主的仇恨；敌伪势力的猖狂；老百姓拥护八路军、共产党的种种事迹……于是，对以反迷信为主题的剧作，进行了重新改写，将戏剧的核心定为：地主恶霸、旧社会逼穷人成"鬼"，共产党、新社会把"鬼"变成人！这样，影片才获得巨大的成功，产生了极大的社会反响。

在笔者对小说《审判》进行构思时，也是采用生发式：一个家境很好的女学生在作文中流露出悲观厌世乃至想自杀的情绪。到底什么原因？我对围绕这个学生的方方面面的生活环境、人事场面、社会氛围、人生态势等因素进行了解、分析、研究、探索，终于得出一个结论：造成她如此心境的原因，竟是各方面"好心人"对她无微不至（实际上是违背健康人生、戕害青少年心理）的关心、教导、告诫、爱护！果然是不挖不知道，一挖吓一跳呢！

剧本的创作如此，用某些其他文学作品改编电影或电视剧本，也是如此。不能真正理解原作便草率编纂的影片，常使原作者啼笑皆非。例如以**阿城**的小说《棋王》改编的电影《棋王》：原作是通过主人公以棋为生、为魂、为人生精神的故事，表现古往今来，尤其是在那个动乱岁月之中，"平头百姓"们身处困境、险境乃至绝境时，那种沉雄的生命体现与悲壮的生存拼搏。而改编者并没有从原作里悟出这层内蕴，没有从"棋呆子"下棋的前因后果，他及他们（知青们）的总体生活背景、生存状态，他们之所以把棋视为"命"的方方面面的历史的、时代的、物质的、精神的全方位、深层次范畴生发进去。于是，只平浅地表述了一个棋迷下棋、大获全胜、众人欢呼的故事。虽然有些拼贴画式的镜头，想要把原作的叙述文字塞给观众，但毕竟因总体剧作在构思阶段就"照虎画了猫"，纵然用些影视手段来涂抹、装潢，也无济于事，反露出编剧与导演的幼稚与窘迫来。

3. 引爆式

作者心中隐含着某种情感或意象，因外界的某种触动突然发现了适当的凭借物或发泄口，进而含情乘势地设想出生动多彩的人事情景来。这外界触发物，可来源于人，可来源于事，可来源于某个场景、某种情境……将这外在触发物因内心情感的渗透、充实或引导，升华为艺术之璞，以供更进一步创作的基础。这种构思方式如水库长时间蓄水后的一旦开闸，往往有"茅塞顿开""恍然大悟"的激动与欣喜。

比如笔者自己在《形象问题》的创作过程中，便有这种体会：在生活中，常常感到自己在别人面前的不自在与别人在自己面前的不自在……究其原因，往往是由于总想在外人面前留下个好的印象、而造成自身的造作、窘束、尴尬或僵滞。又由这种现象联及其他类似的生活情景、世间人情，再因此生出许多人生哲学、生命体现等等的感触，深觉这种"累"实在是一种人生病态。但是，怎样用小说或别的艺术形式将其表现出来，却长时束手无策。过于实写，人与事庞杂零碎不说，必然平浅、令读者难能终篇；用荒诞的抽象的纯现代派手段，又恐因与普通人的日常生活大相迥异，而影响多数读者的阅读兴趣……着实费了一番脑筋。总之，无论题材的截取、角度的选择、手法的使用及艺术风格的确定，都长时困扰着自己……问题的解决，却十分偶然、突然，全不费什么工夫！那天我偶然拿个小镜子，再面对洗脸间的大镜子，来照看脖子后面的红肿处：没什么大事，不过长了一个小包儿而已。但从来没有如女人那样、对自己脑袋的前前后后作过深入蹲点、仔细调查的我，却头一次看到了自己的侧面模样：与平日只注意的正面形象竟不大像同一个人呢！而且，也不如正面模样那样"勉强令人满意"，几乎有些"自惭形秽"了！正要放下镜子的那一刹那间，我猛地鼓掌大笑起来——这不是很好的题材与风格吗！于是，镜子虽然无辜地"惨遭噩运"，小说却应运而生了……

（二）观念演绎型

作为一种构思类型，它本身并非一无是处，恰恰相反，它是相当普遍地被艺术创作者运用并因此产生过优秀作品的。

所谓观念演绎型构思意向，是指作者头脑中预先有了某种观念、某种理性思维，当找到适当契机，再按照生活的真实内容，将这观念逐步通过形象体现或曰演绎出来。只要不违背生活的真实，并在形象思维的参与下，自然、真实、艺术地展现，则观念演绎型构思意向无论如何是不该也不能否认的。

比如鲁迅创作小说《阿Q正传》，便是在心中早就积蕴着一种对当时国民性的批判性观念。他"哀其不幸，怒其不争"的观点，一直想通过小说反映出来，用他自己的话说："阿Q的影像，在我心目中似乎确已有了好几年，但我一向毫无写他出来的意思。"[1] 因为"要画出这样沉默的国民的魂

① 鲁迅：《〈阿Q正传〉的成因》，见《鲁迅全集》（第3卷），396页，北京，人民文学出版社，2005。

灵来……实在算一件难事"。直到后来，因着一个偶然的"机遇"，作者才将这既定的观念通过"阿Q"这形象体现出来。即使小说发表之后，鲁迅还没有把握自己是否已把既定观念充分地表达出来："我虽然已经试做，但终于自己还不能很有把握，我是否真能够写出一个现代的我们国人的魂灵来。"① 很明显，这篇小说就是以观念演绎型构思方式创作出来的，可是，我们能说它不是优秀的艺术篇章吗？

观念演绎型构思意向的实现过程：先是在长期生活体验中获得一种确切的观念，然后再将这观念与现实生活中真实的有关人事景象（许多学生浮现在眼前）融合起来，形成一幅有既定趋向与品格的生活群像图。这群像图，就为进一步构思提供了基础与素材。尽管刘心武的早期小说确实存在着意念性过于明显的不足（如某些当时的评论者所批评的那样），但《班主任》毕竟获得了某一层次、特定范畴与一定时期内的成功，并不容置疑地在我国"新时期小说创作"的初始阶段占有自己的一席"历史"位置。因此，可以表明：作为一种构思意向的实现，观念演绎型构思意向本身，是不能轻易否定的。

至于西方及步其后尘的东方的"现代派""后现代派"的文学艺术创作，则无论小说、戏剧、电影电视，更明显也更多的是通过抽象的艺术品格对观念进行演绎了。同样，我们也不能否认它们的艺术价值。

作为构思意向，类型、方式本无高下优劣之分，只一点要注意：对于缺乏艺术修养的作者来说，使用观念演绎型的构思方式，的确容易产生图解概念式作品。而且，受所谓"传统现实主义"原则的僵死框框束缚的中国现当代一些作者，确也走过或仍在走着这种歧途。

（三）潜意识型

凡利用诸如直觉、幻觉、梦乃至错觉进行大体规范内的半自觉或不自觉的艺术思维，均可归入这一构思意向类型之中。②

这种思维也是常见的。作者经触发，在强烈的冲动心绪中，或在不甚用心的意识里，已经形成了某种创作心向。而使这"心向"（或曰"动机"）获得实现、展开的实际思维过程，往往并没有人为地刻意追求、有意识地苦思冥想，而却能借助于潜意识的流动、梦境的映现、幻觉与错觉的发生

---

① 鲁迅：《俄文译本〈阿Q正传〉序及著者自叙传略》，见《鲁迅全集》（第7卷），83～84页，北京，人民文学出版社，2005。

② 关于"潜意识"，请参看桂青山：《现代小说创作学》，第2编，第4章，238～245页，香港，新世纪出版社，1992。

等非正常思维方式，获得某个意象群、某种生活境遇、某类范畴内的素材集结。而且这种构思意向的实现，往往产生作者意料不到或平时根本不能想象出来的新颖、独特、深奥的构思效果。

常有这种现象：作者为构思一部作品（小说、戏剧或电影、电视剧）虽处心积虑，却总无成效，但在某个梦中，突然间神思大开，各种意象如情景、情节、人物、氛围以至篇章结构、语言词句、表述方式、风格类型等均清清楚楚地展现出来——虽庞杂却并非毫无边际；虽当清醒时可能会觉得某些内容荒诞不经而无法使用，却又能欣喜地发现另一些内容却是奇妙精彩、宛如神助！

这种现象，无论在小说创作还是在影视创作中，都有所见：

如笔者的《蚂蚁》这篇小说，完全是源于一个离奇古怪的噩梦——梦见自己在一个窄小的屋子内，特别疲劳、四肢沉重如铅。有人冲我奇怪地嘻嘻地笑，分不清男女，又似乎是一种异于人的什么东西……我想跑，却反而一动也不能动。那东西终于清楚地出现了：竟然是一条蓝幽幽的大蛇！……后来如何，就记不清了……醒来后，只觉得十分累，还有些烦闷。楼外，天色已明。不远处，建筑工地上千瓦的水银灯还在蓝幽幽亮着，推土机的轰鸣声震动天地……猛然间，我早在心中蕴存着却一直没能下笔的一种情感或曰一个想写又总不知怎么写的东西，一下子找到了"载体"！紧接着，就以这种近乎荒诞的梦般的情节故事，宣泄出并完成了既存的内心情结。

许多小说作者的作品，都显出潜意识型构思意向的痕迹。如**宗璞**的《泥沼中的头颅》，将人与世界幻化为另一景象；鲁迅的《过客》则分明是作者梦境或潜意识心境的再加工；至于卡夫卡的《梦》《判决》《变形记》等篇章更突出地呈现了潜意识、幻化等艺术品格。这类作品，绝不是正常的理性思维或在清醒意识状态中所创作出来的。

在电影、电视剧的创作中，潜意识型构思也多有所见。像伯格曼的《野草莓》，全剧就是以一个老人的半意识、潜意识乃至无意识的内心活动为基础来展开的……

在这里，有必要说明两点：

第一，潜意识构思出来的作品，并不一定是"荒诞派""魔幻主义""现代派"乃至"后现代派"的篇章。利用这种构思方式，作者也完全可以创作出"现实主义""写实主义"的杰作。也就是说：潜意识构思，只是一种艺术思维的类型，而绝不等于以这种方式构思出来的作品中人事、情景，一定是"潜意识"的、"非现实"的抑或"反现实"的！

　　第二，使用这种方式构思出来的作品，一定要注意避免过于离奇古怪、迥异人间，以至令人无法理解、难能领悟。这方面的失误不少，就是在有一定艺术成就的作者的作品中，也不无体现。

　　比如法国"新小说"派的代表人物，也是"新浪潮"电影的积极推动者**罗布-格里耶**所编创的代表作品《去年在马里昂巴德》：影片表现一个国际疗养院性质的大旅馆，建筑豪华、庭院广阔，许多有教养的男女来往其间，人物无姓名，均以符号代替，他们到处游逛、充满着神秘色彩。A女士与另一个"也许是"丈夫的男人住在这里。忽然来了一个X先生，对A女士说去年他们曾在这里相识、相爱，而且约定今年在此处重逢。女士起先不信，以为是开玩笑或是欺骗。后来X先生老缠住她，一再肯定确有其事，使她逐渐怀疑自己的记忆力。他所虚构的"去年会见"的情景与她的回忆混杂在一起，难分真假……无疑，影片作者企图从潜意识境界去分析人的行为，那些来去晃动的男女只是意识的影子，在"梦境的或记忆的时间中"闪现。一切都抽象化。与此相适应，影片反复运用倒叙、闪回以及种种主观镜头，以非理性的潜意识流动完全代替了叙事所不可少的（起码使观众或读者可以感悟出来的）逻辑性、有序性。这部影片，虽然有它独特的创新，因而在某一方面值得肯定，但就整部影片而言，其偏执一端的弊病，也是十分明显、不容否认的。

　　安东尼奥尼的《放大》，也有此病。连西方的电影评论者也对其不无微词。克里斯·沃基斯坦弗说："人们更多地倾向于认为《放大》是一部华而不实的作品。之所以这样认为，是因为影片的叙事方法把观众搞得晕头转向，不知所措。安东尼奥尼的叙事是含糊的，表意是多侧面的，而且，具有不确定性。在这种情况下，我们无法从影象视觉上断言我们能否真正理解他在试图说明什么。或者，我们在理论上、现实中可能无法清楚他在影片中试图表现什么。也可能，影片的全部含义并不十分重要，安东尼奥尼本意所想呈现给观众的就是他的那些怪异的影片形式。"

　　以上分别介绍了几种构思意向的实现类型。但在实际创作过程中，这几种类型并不是截然分开、彼此独立的，而往往是以某一类型为主，以其他类型为辅；或者构思意向形成初期，以一种类型为主（比如艺术感知型中的引爆式），而待神思继续展开过程中，则在不同时间、不同片段里，又要掺进其他种类的实现。因此，我们既要在理性上能区分这几种类型，又要在实际创作中，灵活运用、不拘泥死板。

第二节　戏剧核

一、戏剧核及其作用

戏剧核是影视作品全部内涵的生发点、核心，是思想、情感与素材形象初步艺术结合的意象实体。创作者在构思意向阶段，最初的创作冲动已与具体、丰富的生活内容结合起来，朝着电影或电视创作的具体实现又迈进了一步。在其头脑中，已经积蕴着与创作意图有关的广阔的生活画面、人间景象或心理意象。它表明作者关于生活与人生的某种思索与探求，得到了初步的定向、定位，并同时寄寓到一个虽宽泛而有某种界定的形象群体之中。

但是到此，尚不可急于下笔、仓促成篇。因为此时作者心境中的一切（包括思想意念、艺术觉悟与形象群体）虽有模糊的初步囊括与大致感觉，却还很不清晰、很不完整，尚缺乏有机的把握，有时还处于一种飘忽不定、稍纵即逝的状态，仍有很大的可变性、可塑性，甚至还可能存在着根本性的欠缺与失误。

有些作者在强烈的创作冲动所引发的联翩浮想的瞬间内，便无暇他顾，立刻伏案挥毫、纵情纸笔，似乎不由自主，一篇乃至一部"影视大作"便"神奇"地产生了。有时确也能出现连作者自己也吃惊不止的杰作，然而大多数情况则是：乘兴涂出之后，静心重读之时，往往大失所望。正如南北朝时期文学理论家刘勰所说："方其搦翰，气倍辞前；暨乎篇成，半折心始。何则？意翻空而易奇，言征实而难巧也。"完全凭一时的冲动、不假缜密地艺术构思的创作，往往造成遗憾。而当所创作的是内容庞大、费力经年的鸿篇巨制时，就不仅是遗憾，而常常是"遗泪、遗恨"了！

因此，下一步的工作就是在构思意向的基础上，对产生、想象出来的意念思想、意象群体作进一步的辨析、选择、定型、设色，也就是说，对作品的艺术内涵作确切的集中概括：对其中的人物、事件，对作品的意旨、氛围，对影片的艺术格调，都要有大体确定与基本设想。

二、戏剧核的构成

戏剧核，更确切地为其下定义，可称为"戏剧胚胎"或"剧作雏形"。其正如人之生命的形成初期，虽几乎看不出"人之全形"，但人之为人的基本元素已经具备。在构思意向基础上凝聚而成的戏剧核，也具备了戏剧之所以为戏剧的基本元素，即戏剧的题材、戏剧的题旨、戏剧的艺术基调（或曰艺术品格）。

下面，我们分别加以论述。

（一）戏剧核元素之一：题材

要想从构思意向阶段的思维活动中虽然大体定向但却广泛庞杂的意念、物象、感觉……间确定剧作的核心，首先就要通过对上述内容的选择、辨析、稳定，以确定戏剧的题材。因为它是"戏"所要表现的内容借以生发、存在的基础。

这里所说的题材，固然不排除广义的题材概念，即所表现的社会生活的范畴、方面，诸如工业题材、农业题材、战争题材、都市生活题材、爱情题材等等，但主要的则是指狭义的题材，即戏之所以为"戏"所具体表现的那部分特定的人事景象。

戏剧题材的选择与确定十分重要。因为在构思意向阶段，虽然想象、联想、潜意识等思维活动有大体的趋向性，然而，它们所产生、所提供的感情意念、生活物象往往是朦胧、庞杂、纷乱的。其中，重复的意象、矛盾的时间、无意义的景观、无价值的人物……难免丛生一处，让人如入荒园、野林，有无所适从、难以判断之感。如果作者不能从中以清醒的艺术感知提取所需、扬弃芜杂，便难以进一步前进，或者为这庞杂的内容所累、茫茫然沉迷其间、误入歧途，也未可知。

那么，提取、确定哪种题材为好呢？一般而言，可从以下几个方面考虑：

第一，选择人们感兴趣的和人们感到重要的题材。

影视作品最终是要给观众观看并因此产生影响的，因此，影视题材的选择，首要的就是考虑观众的观看需求与接受程度。于是，任何影视作品所要使用的题材，必须具备使人们有"兴趣"与感到"重要"两个条件——只有"兴趣"而缺乏"重要"，影片难免流于庸俗、平浅；而若只要"重要"，忽视"兴趣"，作品必然因没有审美引力而遭到冷落。

人们的兴趣自然因人、因时、因地而异，但有一点是共通的：新的生活画面、新的人物形象、新的（陌生的）人与人的关系、新奇的情节乃至细节……倘若它们同时又具有客观真实与艺术真实，必然会引起人们的兴趣。

影视作品中，观众的"兴趣"成为其成功的重要因素的影片，不胜枚举。诸如我国大陆的《喜盈门》《人到中年》《刘三姐》《五朵金花》《冰山上的来客》《甲午风云》《渴望》《篱笆·女人和狗》……港台影视中，如成龙的动作片、琼瑶的某些言情片等概莫能外。至于国外的成功影片，更难一一列举。在某种意义上，完全可以说：凡取得成功的影片，首先都是为观众所认可、让观众感兴趣的影片。

而所谓"重要"，也包含多方面的内容。大体可从社会生活方面的重要（牵涉到社会发展的本质问题或关系到社会大多数成员的命运与利益）与人的精神方面的"重要"（有关人的品格的评判、人的本性的探讨、人的情感的解剖、人的观念的研讨等）来确定。影视创作不仅应为观众提供"娱乐型"的欣赏，更应同时具备"启人悟世、震动心灵"的文化思想内涵。若只撷撷些浮光掠影式的东西，或只哗众取宠、一味追求庸俗的"纯商业价值"（正常的本义的商业价值，又何尝没有思想与艺术的内涵潜蕴其间），就从根本上降低了影视作品的生命力。

题材是戏剧核的基础。在一定意义上，可以说：题材的好坏，从一开始就决定了作品的成败。

有一点要讲明：这里所说的"重要"，是就其"内质"而言，而不是只凭"外象"而论、只看题材的"大小"。因为在艺术创作中，题材的大小与内涵的深浅不是同一范畴内的概念——艺术上的"巨作"，很可能是生活中的小事件，而生活中的大现象，可能只是艺术上的小题材。

国内外这类影片相当多，如《本命年》《菊豆》《雷雨》《林家铺子》《人到中年》，以及《巴黎圣母院》《叶塞尼娅》《莫斯科不相信眼泪》《克莱默夫妇》《末路狂花》《人证》等。

总之，题材的"兴趣"与"重要"，不是由某个领导或某种与广大观众相悖的作者纯个人的意向决定的，而必须接受"影视受众"理解与认同的考察。

第二，要选择自己所熟悉并有独特"发现"的题材。

在冲动后的构思意向实现中，众多生活景象纷纭而至，在确定题材时，作者除要注意题材的生动引人与内涵深刻外，还要注意尽量选择自己所熟悉的形象群体。若一味追新奇、求深刻，但自己没有切身感受、缺乏现实凭借，全凭间接、朦胧的印象，也难以创作出好的作品。应该看到，每个作家都有自己最熟悉、最敏感的生活区域，也往往在这个区域内，他的想象力最活跃、创作力最旺盛。这方面成功的创作例证是不胜枚举的。而相反，有些作者为求新奇引人，常常轻率地以自己根本没有体验过甚至根本不可能存在的生活场景、人事纠纷为题材，或者看到别人的影片获得了成功，而赶潮流、追时髦……其结果往往是漏洞百出、不伦不类、荒诞不经，毫无真实感可言，又何谈艺术之有！

自然，只是"熟悉"还不行，还要有自己对这个题材独特的"发现"。你熟悉的题材，也很可能是别人熟悉的题材。如果没有一己的独特发现，就难免发生题材"撞车"现象（这种现象在影视圈内外屡见不鲜）。美国影片《我的生命》的作者在这方面就做得不错：一个很寻常的题材——因车祸而成了除大脑外全身麻木瘫痪的半植物人的故事。一般人处理这样的题材，大都要表现或病人自己顽强的生存意志、积极的生命态度，或他人的关心、帮助、爱护与奉献等。但本片作者却从一个别人难能开掘的角度表现之——病人自己要求安乐、从容地离开这个世界，而医生出于职业道德，坚持要他活下来，并用一切办法、以最好的服务延长病人的生命。结果，病人以"自己有权决定自己生命存在方式"为由，状告医生侵犯其天赋的"人权"。法院受理此案，郑重进行审理。最后，病人胜诉——"人权"战胜了"道德"！这部影片，别的方面并无出色处，而它在题材上的这种独特的"发现"，使其获得了成功。

古今中外的艺术杰作之所以传世，无不是因为它们具有某一方面对人生的一己发现，小到一首五言绝句、一帧写意鱼虫，大到百万言的长篇巨作、千万资金的电影大片，都不能缺少这个要素。否则，在某种程度上，它们便都是艺术上的"赝品"了。在小说创作方面，曾有过这样的例证：

1985年，中国当代比较有名的十位作家相约，都以《临街的窗》为题目，创作小说。于是，李国文、陆文夫、冯骥才……纷纷动笔，各有作品发表出来。其中，为大家一致认为可称"卷首"者，则是**冯骥才**的作品："文化大革命"期间，一个穷愁潦倒、身处逆境的画家，在自己阴暗潮冷、一年四季见不到阳光的斗室的墙上，经常画出足以乱真的窗户，以不时变换的明丽的春光、活泼的小鸟、热闹的街景、优美的晚霞等生动的自然物象来扩充自己的现实世界，慰藉自己苦困凄凉的人生。但后来，却在别人称赞、羡慕、惊叹，以及要模仿之际，"不可理喻"地把那扇根本不存在的窗户，用厚厚的灰色永远地盖上了——因为，它只能给人一种虚妄的自我麻醉、自我欺骗！相比较而言，其他作家的作品就显得平庸、逊色得多了。究其原因，并不是笔力的不逮，而在于冯骥才所写的是自己既熟悉又有一己独特"发现"的题材！

第三，选择具有影视形象特色的题材。

影视作品是以视觉形象直接诉诸观众感官的，因此，形象性是确定题材时不可忽略的因素。当然，现代影视手段已经能够较充分地表现社会人生的方方面面，以至连人物内心世界思想情感乃至意识流动，都可以通过屏幕艺术地展示，但不容否认，不同题材形象性体现的强弱、优劣、鲜明或晦涩，还是有所区别的。作为编剧，在这方面，不能不有所考虑。

题材属于同一类，所表现的题旨也大体相同，则选择易于通过形象表现的题材，自然容易获得艺术表现与成功。人生故事中，因追求浮华、名利而扭曲自己、自我失落，终于觉醒的题材比比皆是。但人有千种、事呈百态，有些人、事很具有形象引力，有些则寡淡疏松或过于内向、虚暗，绝非任何故事都可以拍出好的影片来的。

有时，某个题材具有很好的内涵，但本身偏偏缺乏形象性，常常使作者有"鸡肋"之憾。这时，为了使影片具有"好看、引人"的形象性，不妨来个"移花接木"：把原题材中的人物换一种身份或面目，将原题材的环境换一个场景，使原题材中某一关键情节（或物件）换成另一个类型……

在美国影片《美国小姐》中，上述两方面形象性"改造"都有充分体现：把一般人追求浮华、名利的人生故事变为年轻漂亮的姑娘在竞选美国小姐过程中的悲欢离合，于是，无论形象的美丽引人、场面的豪华绚丽、情节的生动曲折都得以充分体现，影片也就因此成为无论艺术价值还是票房价值均可称道的出色之作。

有一点要指出：尽管现代影视手段已经可以用形象较好地表现人物的内心世界，但毕竟有所局限。所以，作为编剧者，还是要尽量避免"纯内向""纯心理"的题材。因为这类题材，往往费力劳神而不易"讨（观众）好"——因为电影、电视毕竟不是哲学论文，不是小说诗歌，甚至也不是绘画雕塑，它不能提供观众静止审阅、反复研究、再三揣摩的时机，只能在"一闪而过""稍纵即逝"间迅速体会、领略出全部（起码是大部分）内涵。在一定意义上说，电影也好、电视也罢，都属于"大众的、通俗的"文化载体，它是需要观众较广泛认同的。在这方面，即使是电影史上有一定位置的安东尼奥尼等人所创作的影片，也不宜盲目崇拜、一味模仿。因为尽管它们有某一方面的艺术开拓性，并在世界电影的发展史上有其一席之地，但就影片的全部审美效果而言，仍有不容置疑的弊端：就是过于晦涩、含混，"不大好看"，如《放大》《广岛之恋》以至《野草莓》等。

总之，作者在确定题材时，一定要有清醒的现实生活把握与明智的艺术观点洞察。如果说在构思意向阶段作者要尽可能地激动起来、打开思路的话，那么在确定戏剧核的题材时，则正好相反：尤须冷静、必要理智了。

（二）戏剧核元素之二：题旨

作为戏剧核的元素，题旨是未来戏剧内容的精神主导，是创作过程中的灵魂与统帅。清朝王夫之论此道："意，犹帅也。无帅之兵，谓之乌合。"这里所说的"意"就是题旨或曰主题。有了好的题材，而缺乏恰当的题旨，戏剧核就很难健康成长起来。因此，题旨的确定，是十分重要的。

那么，题旨具体是指什么？我国在相当一段时间内，曾有过狭窄或偏颇的认识，对文艺创作产生过不良影响。现在，我们可以从以下三个方面来理解题旨的内涵。

第一，还是某种思想或观念。

在绝大多数影视作品中，确是如此。或歌颂某种精神，或鞭笞某种现象，或分析人生，或批判社会……大到表述对千年历史、世纪风云进程的看法，小到传达小孩捡到一分钱应该怎么处理，笼统到对诸如勇敢、真诚、善良、纯洁的礼赞，细微到城市内该不该养狗、一个男青年该"感动"姑娘还是该"追求"姑娘……总之，艺术是"美"的产物，但它绝非为美而美，而是借助于"美"，来感染人们，进而产生某种"作用"，而这"作用"的首要一点，就是启发人们的思想觉悟，传达给人们新的观念认识。简言之，是指题旨的"教育作用"。

第二，呈示某种情境、意境或某种特定的情感。

作者在构思时，并没有明确的思想观念，既不想通过戏剧创作对社会生活发表哪种观点，也不想用写作来阐述某个哲理，而只是想创造出一种意境，表达一种特定的情感或情绪。像我国影片《城南旧事》《红高粱》，像瑞典影片《野草莓》，像苏联影片《怀恋冬夜》《岸》，像美国影片《乞力马扎罗的雪》，像意大利影片《温别尔托·D》，像英国影片《相见恨晚》等，均大体属于这一类。题旨的这一方面，主要起"感染作用"或曰"审美作用"。

第三，传达给观众某种新的、美的、陌生的"形象信息"。

具体而言，诸如一般观众所不熟悉的人生经历，没有见过的社会生活，因"陌生化"而感兴趣的某种场面、场景、事件等，都可以成为创作的出发点、题旨的基因。像某些以描述异域风情、新异图景、"陌生"人事为主的影视片，如我国的《刘三姐》《五朵金花》，美国的《关山飞渡》一类西部片以及《星球大战》《未来水世界》《侏罗纪公园》，包括 1996 年获奥斯卡大奖的以中古时代英格兰与苏格兰大战为题材的《勇敢的心》等影片，均是这一类。在这里，题旨的意义主要在于其中的"认识"或曰"信息传达"。

自然，上述题旨的三个方面，在一部具体的影片中，并非全然独立、不相融合，而是有主有次而已。

题旨既然对戏剧核以及未来的影片有重要作用，它就应力求达到以下几方面要求——

第一，真诚、美好。

观众总是想从影视编剧的作品中获得心灵的启迪、情感的安慰。完全为自己创作的艺术家是不存在的。因此，戏剧的题旨一定要真诚、美好，起码作者自己要认为是真诚与美好的。否则，以虚伪的态度、把玩的心理，涂抹些丑恶肮脏、病态下流的内涵，是绝难进入艺术殿堂并真正为广大观众所接受的。

不过，对题旨的"美好"一词，在此有必要仔细辨析一下。

什么样的题旨，才是美的？

人们惯常总以为：美好当然等于美丽、光明、纯洁、积极、善良、友爱……因此对戏剧的题旨及其表现内容也往往如是要求与衡量。于是，在理论上，对"歌颂"与"暴露"、"光明"与"黑暗"、"积极欢乐"与"厌倦凄苦"等不同基调的抑扬褒贬，常常争论得面红耳赤；在实践中，对不同基调的影视作品，更是争吵得剑拔弩张甚至势不两立。

其实，这只表明争论双方艺术觉悟的平浅、美学理论的懵懂。因为我们在此讨论题旨的"美""美好"，是属于美学范畴里的概念，它与日常生活中所说的美丽、漂亮，含义不同。生活中漂亮的事物不一定是艺术中的美好形象，相反，艺术上美的形象，也不一定是生活里好看的事物与人物。在《巴黎圣母院》中，撞钟人形象丑陋，却是个"美"的艺术形象；卫队长相貌堂堂，人格上则是一个险恶、奸诈的恶棍。但是，这也不妨碍他们是艺术上"美好"的人物形象。以此类推，以积极态度歌颂光明美好的生活或人物，其题旨是美好的；以厌恶、愤恨乃至悲凉的笔调展示消极、丑恶、黑暗的生活内容，其题旨也是"美"的，因为它使观众在否定丑恶、黑暗的同时，激发了对美好、光明追求的精神！

第二，深刻、独到。

影片既然是对生活的一种发现，它当然不该只泛泛地叙述某个众所周知的故事，而一定要对生活表达出一种深刻、独到、给观众以启发的观念、情感或感触。这个道理，在"生活积累"一章中已有论说。

好的影片在创作时一般都先有一个深刻、独到的题旨在作者心中，并在整个创作过程中，发生着或直接或潜在的影响与作用。也只有这样，完成的影片才能具有真正的价值，并可长久留存。纵览百年电影史上的经典作品，因其题旨在各自特定时期所具有的深刻与独到而获得成功者，占绝大多数，而只因其艺术表现、影视手段的成熟、丰富得以成名者，则寥寥然近于无有——某些影片即使因艺术上的创新给人以鲜明的印象，但若无深刻的题旨为基石，则所有艺术技巧的创造必然成为无本之木，再花哨也不能存活长久的。

第三，要具有时代感。

任何艺术作品，无不在某种程度上含有时代的印痕，完全超时代的影片题旨,也必然决定这影片的空洞、虚浮,难能具有长久的生命力。所有"历史巨片",一定是某个时代最准确、生动的艺术表现。只有最具"时代感",才能具有"历史性",就如"只有最具中国特色,也才具有世界意义"一样,只有真正反映了你所处的时代生活,才能获得不褪色的历史价值。比如我国影片《焦裕禄》,之所以成为20世纪90年代难得地创造了高票房价值影片之一的"巨片",更与其本身所具有的时代性有直接关系——人民群众对社会上的腐败现象深恶痛绝,对相当一批不关心民众疾苦、以权谋私或养尊处优的干部心怀不满,这是当代普遍的民众心态。而《焦裕禄》则塑造了一位克己奉公、任劳任怨、全心全意为人民服务乃至"鞠躬尽瘁、死而后已"的干部形象,通过影片主人公的行为举止,以及对这种"典型""偶像"的赞扬,传达出民众的心声,表述了百姓的希冀,体现了当前的时代性症结。题旨的时代感对影片价值的作用,可见一斑。

还有一种现象,值得创作者警诫:似乎是有意追求某种时代性,但由于没有真正把握时代的本质、历史的趋势与世界的潮流,只以某种"时令性""季节性"的社会生活表象为依据,编排出一些浮光掠影、貌合神离,甚至似是而非的"反时代"的"时髦"作品。此类影视剧作,在国内并不乏见。而因其对国情、世态、民心的不良影响更甚于那些并不一味追求"时代感"的平浅之作,我们就更应避免它们的出现。

第四,题旨要与题材相符。

这一点似乎不成问题,但在不少影视作者的创作中,却常出毛病。题材与题旨在戏剧核的形成过程中,无一定先后次序——可能是先有了题材,再产生题旨;也可能先确定题旨,再选择、确定题材。但无论如何,两者是有密不可分的关系的。两者相符,影片内容自然、真实;两者不适,则影片内容必然造作或割裂。

两者不适的情况,常见有三种。

其一,题旨超脱题材之上。作者一味地要表现深刻、独到的题旨,而没有考虑到题材的承载与包蕴能力,于是作品的题旨便有牵强、拔高之嫌,影片就显得造作、虚假。

其二,题旨没有充分、全面地挖掘出题材所具有的本质内涵,因而有浅薄、疲软感。这种题旨,往往浪费、耽误了题材。

其三,题旨偏离以至于脱离了题材,完全凭作者的一己冲动,不考虑与题材的关系,乃至风马牛不相及。这种作品,必然不伦不类,成为畸形之物。这种现象,在某些"现代派""随心所欲"的影片中,不乏所见。

除上述内容外,在设定戏剧核的题旨时,对题旨的体现,作者也应有所考虑。具体而言：未来影片的题旨是单一的还是多义、多层的？如果是多义、多层的题旨，那么它们之间的关系如何处理？

过去，我们的文艺理论在论述作品主题（或题旨）时，总强调应该单一、集中、明确。而现代影视创作的实践表明，题旨的具体展示可以也应该多类型与多风格。它既可以是单一、集中、明确的，也可以是多意向、多层面的——因为有一些影片，很难只从一个方向或方面理解它的全部内涵，比如美国影片《克莱默夫妇》，它既有对女性独立自强人生观念的赞同，又含对男人社会工作与家庭负担双重压力的剖示；既有父子之间由隔阂到亲密过程的表现以歌颂人间真情，又有两性之间微妙的现实关系的表述，给观众以深思、反省。再比如意大利影片《警察与小偷》中，既有对社会生活的批判性揭露，又包含对普通百姓质朴、善良本性的赞赏……因此，如果说电视小品或短剧在一般情况下，其题旨以单一为宜的话，那么创作大篇幅的电影或电视连续剧时，则不必受此限制。

多义、多层的题旨在具体体现中，则应注意相互的关系：若是主副构成，则哪个为主、哪个为次？若是平行并列，则又要在怎样的题材内才能安排？这是忽略不得的。不然，将使作品内涵模糊混乱而造成失败。

中外文学史、电影史上及当前某些创作者观念中，对作品的题旨有这样一种主张：不必由作者硬塞给读者或观众什么题旨，只要将"原生态"的生活本身真实地表述出来，即不要充当观众或读者的"上帝"或"牧师"，生活本身自然会使观众得到他们想得到的内容。这种观点，看似严肃又洒脱，其实是混沌懵懂、属艺术创作的"门外文谈"——任何真正的艺术创作，都不可能是"原生态"生活的"原型再现"，而都是对生活不同程度的"艺术表现"。否则，又何必艺术创作？就一部电影而言，它所表现的人物或事件，可能具有某种程度的"写实"品格，但在实际生活中，这人物的活动是方方面面的，这事件的过程与关涉也必然是复杂、广泛的。而在两个小时内的电影叙述中，根本不可能完全原生态地将它们照搬进来，总要有创作者既定的截取、选择，进而表述作者认为该表述的内容、删除作者认为该删除的部分。这不已经分明有创作者的主观因素浸入其间了吗？又何谈"原生态"之有！所以，在创作中的"原生态"只不过是指一种"艺术品格"，绝不要懵懵懂懂地接受些似是而非的看法，茫茫然步某些前人及今人后尘，重走艺术创作的歧路。

确定多义题旨时，还有一个非常重要的问题必须考虑：在同一题材内的几个并存的题旨，它们之间"意指"或"内涵"自然会有区别，但一定要注意，它们应该是相辅相成的关系，而绝不能相互对立、彼此抗衡！否则就会出现"自我拆台"的窘境而贻笑大方。

在这方面有失误的影片，例如我国影片《棋王》：本片根据钟阿城的同名小说改编，但由于改编者没有很好地挖掘与体味原作的全部内涵，只表象地敷衍了原作的表层故事——一个棋迷下棋并取得一次辉煌战绩的故事之余，又"不无创意"地加了文教书记因输与当地象棋权威"钉子李"而决意找人为之平恨的情节。结果，从影片内容中，观众可以感到作者有意为之的三种题旨——

其一，以王一生对棋道顽强的追求与拼搏精神为意象，表达了古往今来人民大众之所以存活的生命本质及以巨大牺牲而推动千年历史的雄浑悲壮；

其二，通过王一生"以棋为命"与倪斌"以棋为具"的两种"棋道"，赞颂了前者的真纯高洁、不以现实逼迫而扭曲自我性命的人生体现，含蓄地否定了后者"为五斗米而折腰"的世俗的处世态度；

其三，通过影片开头与结尾的照应与意象传达，暗示出某种"形而上"的"后现代"的氛围与哲理：世事如棋局。"个人"（尤其是小人物）如棋子，往往身不由己或不知所以地被利用、被牺牲，而毫无自身意义与价值可言。

以上三种题旨，且不作时代与历史的评判，单从创作角度而言，若分别、各自成篇，未尝不可。但是，在《棋王》这部影片中，三者相与为一，并列合成，就产生了大问题：因为其一与其三本是截然相反的对立的题旨，甚至可以说是"水火不相容"——有它无我、有我无它的关系！杂糅一处，两方面都因对方的存在而"尴尬""难堪"之极。于是，纵观整部影片，也就有些不伦不类，使其艺术价值大受损伤了。

（三）戏剧核元素之三：艺术基调

许多论及影视构思初始阶段的文章，都认为影视剧的"发现"只包括题材与题旨（或曰某种人事和某种意义）。这是不全面的。任何一部影视作品的生发核心，纵然不可缺少上述两方面因素，但戏剧之所以是戏剧、是艺术创作的一种，对它的发现就不可能与社科论文混为一谈，它必须有其作为戏剧核心的第三个元素：艺术基调或曰艺术品格。

有人认为艺术品格只是戏剧的形式，发现戏剧主要指发现戏剧内容。这种看法，起码在两个方面上犯了错误。

其一，作为有机的艺术整体构成，无论题材、题旨，还是艺术品格，都是艺术整体的实际构成部分。没有没"形式"的"内容"，也没有无"内容"的"形式"。

其二，纵使将生活内容（注意，我这里没有用"艺术内容"，因为艺术内容已经包括了艺术表现品格等艺术因素）与艺术形式分开谈，戏剧的发现也不能不涉及后者。因为在很多情况下，尤其是在中、短篇幅作品的创作实践中，往往是先发现了某种独特的艺术展现形式（独特的视角、别致的感觉、新颖的结构、与众不同的艺术手法……）之后，才进一步考虑戏剧核的另外两个元素……

常常有这种情况：作者已经确定了题材、题旨，就是不能下笔，或者仍然无所适从，整体艺术意象就是在头脑间出不来。这时的苦恼、困惑乃至绝望，非有体验者难以知晓。用创作者们常说的话就是："苦于找不到那种感觉！"只有当这种感觉终于找到之后，整个艺术构思才能活跃起来，戏剧才有了基本雏形，才使作者摆脱困境、进入下一步构思……这种"感觉"，就是与既定的题材、题旨相契合的艺术品格或艺术基调。犹如拉二胡、弹琵琶，只有调好弦、定准调，才能得心应手地演奏乐曲。否则，晦涩佶屈，演奏者既艰苦、听赏者更难受，艺术美感又从何而来？

因此，在戏剧核的确定过程中，必须认真考虑艺术因素，对未来影片的艺术基调、表现风格有大体的设计与把握。

当然，作为戏剧核的元素，此时对艺术方面的思考只是基调型、梗概式的，比如：其基调是现实主义的，还是浪漫主义的，抑或是"现代主义"的？在艺术表现上，是写实手法，还是荒诞、象征手法？在笔触上，是严肃而抒情？还是幽默而调侃？如此等等，不能也不宜过于细碎、僵板。

这里要注意：不可为别出心裁而单纯在艺术品格上追求时髦，而必须参照戏剧所反映的社会生活内容与既定题旨；必须考虑创作者自身的艺术禀赋与一贯的创作风格。否则，一味地为艺术品格的"推陈出新""震世惊俗"而强迫、扭曲自己，非但无助于戏剧题材、题旨的艺术展示，反为艺术创作的病灶与赘疣了。这方面的教训，在中外电影电视创作里是很多的，我们应引以为戒。

第四章
"表现"（一）：
剧本文体

　　影视编剧的主要工作就是写剧本，而写剧本的基本功便是熟练地掌握影视剧本的文体。否则，写出的剧本与小说（或散文、话剧、通讯）文体相同，却无法为导演所用，岂不无法拍摄而贻笑大方？

　　因此，在正式进入影视"表现"的研讨之前，本章先介绍一下影视剧本的文体。

第一节 影视剧本的作用与文体定位

一、影视剧本的地位、作用

现在人们（包括演艺圈内的从业人员，乃至一些学术界的专家学者）谈及某个电影或电视剧时，往往如是说："谁谁的片子如何如何……"而这"谁谁"者，又都不言而明——导演也。

此论，如果是针对我国某一时期，导演只能按照"领导意图"或"政治需要"在影视创作中"作牛马走"，而毫无艺术自我体现的病态而发——那应视为一种文化的进步、艺术的觉醒。但是，就影视剧创作的全过程而言，把某个片子只视为导演的艺术成果，则无疑又有一种导向错误了。其结果是：一些导演自视甚高、自负忒大，自封为影视界的"天之骄子""无冕之王"，颐指气使、好自威风，而导出的片子却品格不高、庸俗肤浅，这委实让人遗憾。应清醒地认识到任何一部优秀影视片的完成，不可或缺地要包含三方面工作：杰出的剧本创作、高明的导演艺术、精巧的后期制作。用美国影人温斯顿的说法："创造性的电影制作……所包括的不是一个而是几个过程或阶段。这些阶段，通常叫作写作、导演和剪辑。（让-吕克·戈达尔所用术语稍有不同，他说'制作一部影片包括三个工序：思考、拍摄、剪辑'。）"[①] 轻视"一剧之本"的剧本创作，认为只要有高明导演的闪转腾挪，就可以独创天下、引领风骚，在某种程度上已经成了当前我国影视创作不尽如人意的病源之一。

在早期（默片）电影制作中，剧本确实处于无足轻重的地位。电影诞生于 1895 年，是一门年轻的艺术。而电影剧作的出现比电影还要晚 25 年。电影在其早期，只是对生活的简单模仿、机械拍摄，如卢米埃尔兄弟拍摄的《火车进站》之类，因此还不需要什么剧本，摄影师一人就是全方位的电影制作者，他身兼构想、导演、摄制、剪辑数职，简言之，他就是电影。稍晚些时候，电影银幕上开始出现稍加编排的片断生活镜头，以表现一些有趣情景。这时，就已经有了些拍摄前的创意构思，如还是卢米埃尔兄弟的《水浇园丁》之类。然而，就是到了默片的高峰，已经出现了像**大卫·格里菲斯**的《一个国家的诞生》与查理·卓别林的《摩登时代》的时

---

① 参见［美］D. G. 温斯顿：《作为文学的电影剧本》，周传基、梅文译，5 页，北京，中国电影出版社，1983。

候，剧本也只是提供一个较为详细的情节构思或故事梗概，虽然功不可没，但影片的完成，主要还当归功于导演与摄影师的创造性劳作。20 世纪 20 年代后期有声片的出现，顿时使剧本创作在电影制作全过程中占据了不可替代的位置。匈牙利的电影理论家巴拉兹道："有声电影诞生后，电影剧本就自动跃居首要的地位。"① 其"自动"两字用得非常精妙——充分体现了一种自然而然、不容置疑的气势。而电影到了其成熟期即真正的现代"艺术电影"出现后，剧本创作——这电影制作全过程第一环节的艺术奠基作用，就更不容忽视了。

历数一下中外电影史上有定评的经典艺术影片，我们就会发现：导演与摄影的功绩当然不能忽视，但是，剧本中的那些"故事""戏"，以及它们所蕴含的深厚文化内涵和浓烈的艺术魅力，才是其生命之源。甚至有这种情况：导演并不刻意求新，摄影也不时髦花哨，影片仍甚具艺术价值且备受欢迎。

我们可以试想一下：如果没有**罗伯特·里斯金**《一夜风流》剧本中所展现的极具个性的人物与起伏跌宕、趣味盎然的情节故事，纵然再有才能的导演，能只根据"一个富家女离家出走后，爱上贫穷但正直的好青年"这种老得不能再老的套子，创作出世界经典名片吗?!

如果没有**罗勃特·舍伍德**的剧作，**默文·勒鲁瓦**只根据一则"因阴错阳差导致有情人难成眷属"的常见爱情故事，能拍出《魂断蓝桥》这部既缠绵悱恻、催人泪下又内涵深刻、使人沉思的艺术绝唱吗?!

同样，《偷自行车的人》（编剧**柴伐梯尼**等）、《人证》（原作**森村诚一**，改编**松山善三**）、《克莱默夫妇》（原作**艾·柯尔曼**，改编**罗伯特·本顿**）等影片的成功，均可证明剧本在整个影片创作过程中的艺术奠基作用。

相反的例证也不乏见：导演煞费苦心、摄影百般操练才制作出来的一些大片、巨片，虽然动作剧烈、画面精彩、镜像奇特，但是，除获得一时的纯商业收入外，又有多少艺术价值，又能保持多久的票房生命力?

目前国内电影经营人士热衷引进国外的所谓"大片"，也确实为电影界带来一阵热闹。而这些大片，除个别作品外，大多是以制作方面的优势震慑观众——眼花缭乱、触目惊"身"之后，人们到底能获得什么艺术感染、文化感悟？尽管连影评界也不乏故作高深、巧言令色的吹捧、礼拜，其实静心细审，在其华丽外包装内，其实不过一个简单平浅的故事或生编硬造的杂耍而已，像当年引进的美国大制作片《生死时速》《真实的谎言》《未

---

① ［匈］巴拉兹：《电影美学》，何力译，264 页，北京，中国电影出版社，1978。

来水世界》等（《阿甘正传》内容尚有一定深度，但从编剧角度看，仍不能说很尽如人意，其在我国造成的反应，主要还在于它的"大制作"）。在我国电影界本来就文化底蕴不足、缺少艺术魅力的现实背景下，偏又引进这类注重"险动作"、依靠"大制作"、极费资金的通俗商业片，不是为我们已举步维艰的电影、电视创作界大吹迷雾，导其滑向制作的歧路，更加速其艺术的衰亡吗？！

而下面的资料倒可从另一个角度证明：好剧本对影视制作最终成功的奠基作用——

获得奥斯卡奖和艾美奖的影视作品绝大多数是根据获得成功，已有定评的小说或舞台剧改编的。请看这些令人吃惊的统计数字吧！

其一，获奥斯卡最佳影片奖的影片有85％是改编的。

其二，电视台每天播放的电视影片，45％是改编的，而获得艾美奖的电视影片有70％选自这些影片。

其三，83％的电视系列片是改编的，而获得艾美奖的电视系列片有95％选自这些作品。

其四，在任何一年里，最受关注的电影都是改编的。在1989年，便有《爱之海》《玫瑰战争》《复仇女魔》《小美人鱼》《亨利五世》《我的左脚》《钢木兰花》《黑雨》等；1990年的改编影片则有《唤醒》《来自边缘的明信片》《与狼共舞》《命运的逆转》《好家伙》《哈姆雷特》《西哈诺·德·贝热拉克》等。

显而易见，在好的小说或舞台剧基础上改编的剧本，一般而言具备好的文化内涵与艺术魅力，因此，以这些好的剧本为基础拍片，自然具备了成功的基础。

我国的影视创作亦如此。像《子夜》《林家铺子》《雷雨》《我这一辈子》《骆驼祥子》《大红灯笼高高挂》《湘女萧萧》《香魂女》《黑骏马》及《围城》《四世同堂》……不胜枚举。

当然，这里不是持门户之见，一味站在编剧立场上，贬低以导演为首的人员在剧本基础上的艺术再创造。只是由于至今影视创作界的不少人士，仍然对编剧的作用认识不足，甚或极度忽视——而这，恰恰是造成当前影视创作不尽如人意的重要病因，故不得不在此特意强调。

这也是有针对性而发的。因为即使现在，也仍然有异于上述的观点，作为一种艺术的"新潮追求"而存在着——

其一，认为影视剧本只是"未完成的草图、尚待执行的计划书或一部艺术品的提纲"。如果只从表面的影视制作的"工序"过程来看，这倒不无道理：因为剧本确实需要拍摄出来才能在银幕上与观众见面。但是，这只能称之为"工程师"的观点，而绝不是"艺术家"的观点。艺术生命的产生阶段，是不能以其表面流程划分的——就如一个孩子的诞生，其生命的形成，你能说只在其探头于生命之门的那一刻吗?! 如果说这种观点只是针对以往"导演缺乏自主性，只能按照编排出来的、只为体现某个文件精神的剧本作被动演绎"的弊端而发，或者是单纯在理论上的偏执一端之辞，倒也可以理解，但是，如果从艺术生成的本质上，误认为剧本创作无足轻重，就不可容忍了。因为它只会使影视创作退回到电影早期的"杂耍"或流于低俗粗浅的程式化娱乐片中去。

其二，认为电影最初的萌生，只是编导脑中的一些影像画面，是一些与色彩、构图及情绪联系在一起的东西，因此，用文字来表现它们不适当，也无必要。这种看法因为代表人物是"大名鼎鼎"的现代派电影艺术家瑞典的英格玛·伯格曼、意大利的安东尼奥尼等，所以影响甚大。伯格曼等之所以强调文字难于表现影片内容，是和他们要在影片中"摆脱意志和理智"，追求"某种艺术幻觉"有关。伯格曼曾明确说过："文字是通过有意识的意志活动并结合智力来阅读和吸收的；并且是逐渐影响想象和感情的。电影的过程却不同。我们看一部影片，就是有意识地寻求幻觉。我们尽量摆脱意志和理智，并在幻想中为幻觉开路。只见一系列画面直接作用于我们的感情。"①

这不禁使我们想起了19世纪20年代法国"超现实主义小说"的鼓吹者罗布-格里耶等人的观点（格里耶后来从小说创作转向电影创作，其观点亦体现其中）。他们以柏格森的直觉主义与弗洛伊德的下意识为基础，否认理性的作用，追求"超现实"，认为理性、道德、宗教、社会以及很简单的日常生活经验，都是对于人的精神、人的本质需要的强制，都是一种桎梏，只有抛弃、打碎它们，才能获得人的自由。他们认为无意识、梦幻才是精神的真正活动，因为在这种状态下意识已经不再具有任何控制作用，因此，也才能向我们展示出一个全新的最真实的世界。在此基础上，他们的创作方法有两大特征：其一，主张"无意识书写"；其二，强调对幻觉与梦境的记录。针对当时文学创作方面的理性压抑及"伪真实"现象而发的这种观点，从理论上说，可以说有某种反驳意义。但也因其过于偏激，产生了"过犹不及"的病变。"超现实主义"小说在文坛上很快销声匿迹、几无影

---

① 转引自［美］D.G. 温斯顿：《作为文学的电影剧本》，周传基、梅文译，31页，北京，中国电影出版社，1983。

响，已经证明了这一点。

影视与小说既同为艺术创作，那么，也就必然遵循一样的规则：艺术创作绝不能进行纯自然主义的描摹，它可以表现幻觉、梦境，但这种反映，应在作者理性的艺术思维的过滤后，经过相应情绪的体验与美学思想的渗透，有意识地为表现人物复杂的内心世界服务。而若把梦境、幻觉的表现完全同人物内心世界的整体理性把握对立起来，为写梦而写梦、为表现幻觉而表现幻觉，艺术创作必然失败。

另外，伯格曼所谓电影是通过影像表现、用文字写出的剧本毫无必要的看法，也是错误的。我们可以引音乐和乐谱的关系为证说明之：既然最早出现在音乐家头脑中的不是音乐符号，而是旋律、音色、情绪、节奏等，那么是不是可以说——音乐创作根本不需要乐谱呢？可是，如果没有创作者用乐谱把旋律等"物象化"，再高明的乐队，哪个能演奏贝多芬的奏鸣曲？! 同理，如果没有出色的剧本创作，再高明的导演又如何能创作出真正的艺术影片来？!

其实，伯格曼等人不过是特意表达一种艺术风格罢了——因为就是他们自己在实际拍片时，也不可能忽视剧本的作用。比如伯格曼本人就自相矛盾地认为，写电影剧本尽管困难，但却是非常有意义的，因为这可以迫使他首先通过纸上的文字，从逻辑上来证明他的影片构思是否确实行之有效。①

总之，无论在理论上，还是实践中，百年来的电影史实都告诉我们：一部真正具有艺术性的电影（包括电视剧）作品的最后成功，必须以杰出的剧本奠基。对此，希德·菲尔德认为，导演可能用一部很好的剧本拍出一部很糟糕的影片，但他绝对不可能用一部很糟糕的剧本拍出一部很好的影片。

二、影视剧本的文体定位

剧本的地位与作用确立后，下面就要面对影视剧本的文体定位问题——影视剧本与文学的关系是什么？它只是供导演使用的一种文字资料，还是本身也可以是具有相对独立艺术价值的文学体裁之一？对此，理论界各有所说。

美国的 L. 赫尔曼在其《电影电视编剧知识和技巧》中写道："电影剧

---

① ［美］D. G. 温斯顿：《作为文学的电影剧本》，周传基、梅文译，84 页，北京，中国电影出版社，1983。

本是供电影导演作为工作蓝图使用的一种文字材料……电影剧本又称电影脚本或者电影台本，它同舞台剧、小说不同，是很少成为文学作品的。就象建筑中的蓝图一样，电影剧本仅仅是作为完成一部结构完整的影片前，必须根据它处理的一种中间性剧作。"①

与之相对，**约翰·加斯纳**在美国有史以来出版的第一批电影剧本集之一的前言中，第一次提出了一个相当大胆的论点，认为"'电影剧本'不仅可以看作是一种新的文学形式，而且可以看作是一个独立的极其重要的形式"②。

我国影视理论界亦莫衷一是。

在讨论这个问题前，首先需要一个共识——作为讨论对象的"电影剧本"的具体所指，究竟是什么？

在影视制作全过程中，"剧本"一词其实有三种内涵。

其一，指供制片人审阅的"故事梗概"。

其二，指已经完成（定稿）的文学剧本。

其三，指导演拍摄时使用的工作台本（亦称工作脚本）。

那么，我们论说纷纭的"剧本"，到底应是哪一种呢？第一种只是粗略的梗概，尚未成型。第三种则由于导演的工作需要，被肢解成镜号、镜别、内容、音响、音乐、米数等，再极专业地组合起来，成为一般人很难看进去，也没有必要阅读的纯"工作计划书"。因此，赫尔曼一派的看法显然是把只是早期电影摄制时依据的"故事梗概"和导演的"工作台本"与电影编剧的创作完成本混为一谈了。自然，由于赫尔曼是以美国好莱坞的制作方式为理论参照系，也自有其一隅的确切性。但是，若以这一隅之见概括当代电影创作的全局规则，便不大适当了。

下面，我们就可以单论第二种的"剧本"，看其是否可归入"文学文体"，并且能否是"一个独立的"，而且是"极其重要的形式"了。评判其是否属于文学文体，首先就要确切把握文学文体的特质。公认的文学定义是：以文字为媒介，通过艺术形象，真实地反映生活。而小说、散文、诗歌、戏剧（主要指话剧剧本）等均以不同特色遵循了这个原则，故大家公认它们都属于文学文体之列，并均为重要形式。那么，作为电影（电视）

---

① ［美］L. 赫尔曼：《电影电视编剧知识和技巧》，朱角译，1 页，北京，文化艺术出版社，1982。

② 转引自［美］D. G. 温斯顿：《作为文学的电影剧本》，序言，周传基、梅文译，北京，中国电影出版社，1983。

剧本，是否也符合上述定义？

试分析《一夜风流》开场部分文字，看其是否具有文学性：

……渐显，迈阿密海滩的港口，镜头迅速摇过停泊在炎热的佛罗里达州风平浪静的水面上的一艘艘游艇、滑板和豪华船只。然后停在一艘游艇名称的牌子——"艾尔斯比思号"上，接着转换到游艇上的走廊。一个管事站在一间舱房门前，旁边有一张折叠式的桌子，桌上一个托盘里的食物还冒着热气。管事揭开盖子，看看是什么东西。一个矮胖的水手站在靠近舱门的地方守卫着。

管事：好啊！好啊！她总该喜欢这个了吧。（对守卫）开开门。

守卫：（一动不动）谁端进去给她？你吗？

管事：噢，不。（转身）马里逊！你过来！

镜头向后拉，马里逊进入画面，他是一个侍者，一只眼睛上有一大块发青的地方。

马里逊：我可不干，先生。她今天早上朝我刚扔过来一瓶番茄酱！

管事：好吧，命令就是命令！总得有人端进去啊。（他转向另一个人）弗雷德里克斯！

镜头移向另一个侍者，他脸上缠着绷带。

弗雷德里克斯：我宁可被赶下船，也不愿再给她送一次饭！

管事的声音：亨利！

镜头移到一个法国人身上。

亨利：（激动地）不，先生。我离开里兹饭店的时候，你并没有讲清我是要来伺候那些疯女人的！

镜头移回来，可以看见管事和其他聚集在他周围的侍者。

另一个侍者（一个伦敦佬）：跟这一位比起来，我妻子简直是一个天使，但是我还是把她甩了。

守卫：（急不可耐地）来吧，你快决定吧！

一个低级船员走过来。他显得咋咋呼呼，爱管闲事，实际上却窝窝囊囊、软弱无能，他的名字叫莱西。

莱西：（说话很快，又断断续续）出什么事啦？出什么事啦？

这一群人的近景，占主要位置的是莱西和管事。

管事：这些猪猡！他们不敢进去给她送饭。

莱西：真是笑话！居然怕一个女孩子！（他转向管事）你为什么不自己去？

管事：（比别人更怕，嘟嚷着）为什么——我——好吧，我从来没有想到……

莱西：（把他推到一边）我从来没听说过这种事！居然怕一个女孩子。（走到托盘前）我来给她送进去！

大家都松了一口气，围上来，注视着他。莱西端起托盘，朝舱门走去。

莱西：（边走边喃喃自语）不亲自动手，什么事也办不成。（他走到门前）开门。

他走近舱门。守卫迅速地、小心翼翼地打开门锁。

莱西：居然怕一个女孩！真是笑话！

莱西一本正经地端着托盘，雄赳赳地大步走进去。

管事和侍者们在门口围成一个半圆，等待结果。

瞬间的静默。

突然，莱西连跌带滚从里面飞了出来，躺在地上。一托盘食物全撒在身上。

管事赶紧砰地把门关上，锁好。侍者们默默地注视着……

　　在这极具悬念、意趣横生的第一场戏之后，再表现一个富翁与船长的急躁与困惑：对被绑架的女孩的绝食行为，无可奈何。接着，写富翁亲自去见女孩，极力突出两人的性格特色与矛盾所在——原来是因为父亲不同意女儿的婚姻，进而采取了极端行动。父亲劝女儿吃饭，女儿把食物掀到父亲身上后，跳下大海！……

　　看，通过这段文字，我们不是已经可以清楚地看到鲜明的艺术形象？不是已经被其激烈的冲突、跌宕的情节所吸引了吗?!既然电影（电视）剧本已不容置疑地具备了文学的特性，我们为什么执意要将其拒于文学大门之外？有人会讲：虽然它有些文学因素，但毕竟过于简略、缺少文采与情感，尚不能昂昂然进入纯文学的殿堂。这种观点有些幼稚了：文采可以是多风格的——华丽是一种，简朴也是一种；感情充溢是文学的一类，而"春秋笔法"也是一类呢！

　　不妨将**海明威**的小说篇章（《弗朗西斯·麦康伯短促的幸福生活》片段）拿来对照一下看——

　　"为打到狮子干杯。"他（指小说主人公麦康伯）说，（他看着威尔逊，陪麦康伯夫妇打猎的职业猎人）"我得永远感谢你刚才干的那件事才对。"（指在狮子面前，麦康伯逃跑、威尔逊救了他一事。）

玛格丽特，他的妻子把眼光从他身上移开，回到威尔逊身上。

"咱们别谈那头狮子。"她说。

威尔逊打量着她，没有流露出一丝笑意，现在她倒向他微笑了……

"你知道，你有一张很红的脸，威尔逊先生。"她告诉他，又微笑起来。

"喝酒的缘故。"威尔逊说。

"我看不见得，"她说，"弗朗西斯喝得挺厉害，可是他的脸从来不红。"

"今天红啦。"麦康伯试着说笑话。

"没有，"玛格丽特说，"今天是我的脸红啦。可是威尔逊先生的脸一直是红的。"

"准是血统关系。"威尔逊说，"嗨，你不见得喜欢拿我的美貌做话题吧?"

"我只不过刚提了一下。"

"咱们不谈这个。"威尔逊说。

"谈话也变得这么困难了。"玛格丽特说。

"别傻头傻脑，玛戈（玛格丽特的爱称）。"她的丈夫说。

"没什么困难，"威尔逊说，"打到了一头呱呱叫的狮子。"

玛戈望着他们两人；他们两个看到她快要哭了。……

这是海明威一篇举世公认的优秀小说（后来被拍成同名电影），其独特的文学魅力一直为人们称道，模仿者大有人在。我们把它与前面的电影剧本比一下，两者在文体风格上，又有什么区别? ——而既然海明威的小说已公认为文学的一种典范，那么，《一夜风流》以及同样的电影剧本，为什么就不能登堂入室?! 所以，我们完全可以判定：影视剧本就是具有独立艺术价值的重要的文学体裁之一。

至此，影视剧本的全方位定义已经明确——

电影（电视）剧本是可供导演作为拍摄蓝图使用的一种独具特色的，与小说、诗歌、散文、戏剧（舞台本）等并列的重要文学体裁。

第二节 影视剧本的文体特征

影视剧本的文体特征包括两方面，即笔法与章法。本节介绍影视剧本文体的笔法。所谓笔法，即指影视剧本艺术地描述内容时，在文字表现上不可背离的特征与规则。这个特征与规则，简言之，以文字为媒介，艺术地展现运动中的综合性造型；细言之，即是形象性、运动性、综合性、艺术性。

一、视觉的形象性

苏联的**普多夫金**论此道："小说家用文字描写来表述他的作品的基点，戏剧家所用的则是一些尚未加工的对话，而电影编剧在进行这一工作时，则要运用造型的（能从外形来表现的）形象思维。……编剧必须经常记住这一事实，即他所写的每一句话将来都要以某种视觉的、造型的形式出现在银幕上。因此，他所写的字句并不重要，重要的是他的这些描写必须能在外形上表现出来，成为造型的形象。"[①]

确实如此。小说家用文字传达作品内容，比如："他是个安分守己的农民，但一生坎坷，现在又处于焦头烂额的困境之中。"作为小说文字，可以说一目了然、无懈可击。但是在影视剧本中，这就绝对要不得了：如何安分？怎样守己？经过什么坎坷？现在又有什么难处？——全都抽象之极，银幕上根本无法表现！

在影视剧本中，要尽可能地避免说明性、陈述性的文字，无论是对剧情的交代，还是对人物的描写，以至对人物的心理介绍，都应使之形象化。

我们试比较一下小说《祝福》与电影剧本《祝福》的不同，便可了然——

小说在述及祥林嫂改嫁贺老六经过时，这样描述：

"（卫老婆子说）这有什么依不依。——闹是谁也总要闹一闹的，只要用绳子一捆，塞在花轿里，抬到男家，捺上花冠，拜堂，关上房门，就完事了。可是祥林嫂真出格，听说那时实在闹得利害，大家还都说大约因为在念书人家里做过事，所以与众不同呢。太太，我们见

---

① ［苏］普多夫金：《论电影的编剧、导演和演员》，何力译，22 页、32 页，北京，中国电影出版社，1980。

得多了：回头人出嫁，哭喊的也有，说要寻死觅活的也有……祥林嫂可是异乎寻常，他们说她一路只是嚎，骂，抬到贺家墺，喉咙已经全哑。拉出轿来，两个男人和她的小叔子使劲的擒住她也还拜不成天地。他们一不小心，一松手，阿呀，阿弥陀佛，她就一头撞在香案角上，头上碰了一个大窟窿，鲜血直流，用了两把香灰，包上两块红布还止不住血呢。直到七手八脚的将她和男人反关在新房里，还是骂，阿呀呀，这真是……。"她摇一摇头，顺下眼睛，不说了。

"后来怎么样呢？"四婶还问。

"听说第二天也没有起来。"她抬起眼来说。

"后来呢？"

"后来？——起来了。她到年底就生了一个孩子，男的，新年就两岁了。我在娘家这几天，就有人到贺家墺去，回来说看见她们娘儿俩，母亲也胖，儿子也胖；上头又没有婆婆；男人所有的是力气，会做活；房子是自家的。——唉唉，她真是交了好运了。"①

祥林嫂再婚过程，完全由卫婆子讲述出来，本身已与我们隔了一层，内中一些紧要处，又只草草带过。对祥林嫂的具体行止、心态，对贺老六的家境、为人，以及两人从对立、隔膜到相知、相依的重要转变过程，我们都缺少形象的直观认知。小说因其既定的布局安排如此描述，固然可以；但是，在电影剧本中，直接移用这样文字，就绝对是败笔了。

夏衍据小说改编的电影剧本对上面一节则如是写：

十九（场）

（淡入）山坳里，贺老六的木屋前面的"稻场"（浙东土语，即屋前空地）。摆着三张板桌、条凳，桌上已放碗筷……

尽管是穷人家，贺老六家里也点缀了一下，板门上贴上一个大红喜字。贺客近十人，在稻场上嗑瓜子。一个女客带了小孩上。

女："老六，恭喜恭喜！"

贺老六是一个瘦长的猎户，善良而老实的面貌，欢喜地："多谢多谢，请这边坐吧。"

一个乡下老头子向贺老六的哥哥唱喏："老大，恭喜恭喜，老六成

① 鲁迅：《祝福》，见《鲁迅全集》（第2卷），13～14页，北京，人民文学出版社，2005。

家了。"

老大回礼："多谢多谢。"

小孩子们起哄："新娘子来了，来了。"

女："快来了吧，新娘子。"

老大："快了，快了。"——去招呼别人。

另一男客和女的低语，女的笑着："那还不是老一套，二婚头出嫁，总得哭呀闹呀……吵一阵的。"

一个小姑娘凑上来："新娘子是'二婚头'？"

女的怕贺老六听见，一把将小姑娘推开。

远远的人声。

一个小伙子，抓住贺老六："六哥，抢亲抢亲，得新郎亲自去背啊……"

贺老六有点害臊。

一顶小轿，卫老二和三四个壮汉押着，来了。大家拥上去。

卫老二几乎是用对付猛兽的姿态，一上去就抓住祥林嫂的两只手，连拖带推，往屋子里送。

祥林嫂挣扎着，很明显，她已经抗拒挣扎了好久，嗓子哭哑了，乱头发披在额上，双脚顿地。

看热闹的小孩起哄，拥到门口。

祥林嫂用破嗓子挣扎出一句话来：

"强盗，强盗……青天白日，你们……"

卫老二："不用闹了，今天大吉大利，……贺老六人好，有本事，嫁了他，总比做老妈子好。"使劲一推。

卫老二："你看看，不错吧，嘿，为了你，贺老六特意买了新棉被，新衣服……"

祥林嫂："放我回去，放我回去，我不……"又哭了。

卫老二："回去？回哪儿？婆家不要你了，得了钱了，……"

有一个上了年纪的乡下人——贺老六的大哥喊："吉时到了，拜天地……"

一个小伙子拉贺老六和祥林嫂并站，卫老二扶着祥林嫂站在香案前面。有人喊："掌礼——"

一个老年人："新郎、新娘拜天地……"

祥林嫂挣扎得厉害，卫老二满头大汗，抓住她，她猛不防一头撞在桌角上。

人们惊呼。贺老六也大出意外。贺老大拦开看热闹的人。

祥林嫂满面流血，昏厥过去了。一个老太婆毫不迟疑地抓一把香灰合在伤口上。

卫老二狠狠地把坐在地上的祥林嫂一把抓起，对贺老六："别怕，拜天地！"

年轻人又把贺老六拉回来，祥林嫂被人扶着，傀儡般作拜天地之状。

老太婆低声絮絮地说："到底是在读书人家帮过工，有见识……（想了想）一女不嫁二夫嘛……"

祥林嫂人事不知地被送入阴暗的"新房"。

贺老六又急又窘，一切只凭卫老二摆布了，自己插不上手，只能对客人们说："各位到稻场上吃酒吧，让她息息！"

人们一哄而出。一个小姑娘还想进去张望，老太婆一把抓住往外拖："坐席了！"

（淡出）

二〇（场）

贺老六家的"新房"。晚上，两支"四两头"红蜡烛已经点了一半。祥林嫂人事不省地躺在床上。贺老六凝视着她。

忽然，祥林嫂抽搐了一下，惊醒了，又啜泣。贺老六走近一点，低声地："好一点了么？"

祥林嫂看见他，拼命挣起来，惊叫："走开，走开。让我回去。"又力竭倒下了。贺老六扶住她，她挣扎避开，又哭。贺老六无法可想，自己搔搔头。看她不动了，把一条被子盖在她身上。

（摇到）一对蜡烛。（溶入）蜡烛已经点完了。（摇到窗外）

天亮了。鸡啼。祥林嫂躺着。

贺老六显然一夜没有睡，提了一壶热水，手里拿了两个烤熟的山芋进来。

祥林嫂听见门响，惊醒，茫然地看了一眼贺老六，反射地坐起来，想避开他。

贺老六轻声地："别怕。（停一下）饿了，喝点热水，这是……"

祥林嫂用一种哀求的声音："求求你，让我回去，让我……"

贺老六似乎已经想了好久了。说："你一定要回去，也好。（停了一下）吃了东西，洗洗脸……我送你回去。"

出乎祥林嫂意料，将信将疑："真的，让我回去？"

贺老六点头，显然，他是失望而苦痛的。"你，先喝点水……"（给她倒了一碗热开水）

祥林嫂呆住了，半晌，忽然哭起来。

贺老六走近她，站在她身边，几秒钟，才说："头上还痛吗？喝点水吧！"

祥林嫂抬起头来望他。

（特写）贺老六的老实而又有点惶惑的表情。

贺老六把一碗开水递过去，祥林嫂迟疑了一下，伸手去接。

（淡出，很远很远的音乐）①

很明显，在电影剧本中，避免了抽象的交代、说明性文字，尽可能地把一切用视觉形象，让人"一目了然"——

它不是简单地"介绍"贺老六家境贫苦，而是通过屋前的"稻场"、板桌、条凳、贺客不到十人、嗑瓜子、阴暗的"新房"、烤熟的山芋……使之形象化；它也不是笼统地告诉我们社会背景的粗野、蛮横又愚昧、虚伪，而是通过来客的起哄或讥讽的闲话、押解者的"对付猛兽的姿态"、不管祥林嫂死活拉扯她拜天地的暴行、迫不及待"入席"时的丑陋……令人触目惊心。尤其出色的，是剧本对小说中一笔带过的祥林嫂与贺老六"同是天涯沦落人，相逢何必曾相识"的关键处，做了极具体形象、细致传神的造型表现：在第二十场中，从开始的对立、防范，经过循序渐进的多层面的镜头语言描述，尤其是一些出色细节的运用，使我们不由自主地"进入"了剧情之中，耳闻目睹，感同身受。这场戏，不仅使人物性格充实饱满，也使剧情真实可信，进而加深了作品的文化基础与艺术魅力。

对事件、环境及人物外在的形象，应有视觉体现，那么，对人物的内心世界，如何表现呢？在影视剧本中，经常通过内心独白（画外音）、人物形态动作的特写镜头或者某种特定意义的空镜头形式来解决。比如用突然大睁的双眼表示惊讶；用紧攥的拳头表示愤怒；用所穿服装样式或色彩的不同表示人物心境的区别（如《简·爱》中女主人公）；用青松挺立表示英雄不死；用大海波涛表示心情激动……都不失为一种方法。当然，这种方法一定要使用适当，要新颖不群又贴切自然，避免沿袭老套或生搬硬套。否则，会弄巧成拙、反为所累。内心独白虽可以将人物心理世界直接诉诸

---

① 程秀华：《夏衍电影文集》（第 4 卷），87～90 页，北京，中国电影出版社，2000。

观众面前，但是，除非特定题材或万不得已，也应尽量避免，起码要精简，否则极易给人以"电影小说"的味道。

随着电影手段与电影观念的不断丰富与发展，除了用上述"直述""暗示""借代""象征"等手法外，不少剧作者吸收现代心理学的因素，已经可以用"直接的视像"来展现人物的心灵，形成特征独具的一种电影艺术手段，使人们可以直视人物的"思想意识"了。

例如在影片《天云山传奇》中，罗群被划为右派，特区党委运动办公室主任吴遥要宋薇和罗群划清界限，他向宋薇做工作，讲述罗群如何"反党"。这时，影片切入一个个过去宋薇与罗群相处时美好的、朝气蓬勃的镜头——

　　吴遥：罗群是有组织有计划地向党进攻……
　　宋薇的听觉模糊起来，她不知吴遥说些什么，脑海里出现了——
　　森林。罗群靠着大树，爽朗地大笑。他又抬头看笔直参天的大树，笑声在森林回荡。
　　罗群牵着马（马上坐着老工程师）向欢呼的同志们笑着招手。
　　宋薇回忆中木然的脸。画外音：罗群的笑声。
　　走上古堡的罗群，背一个皮包。笑声。
　　罗群在古碑前，大笑着说：我是学者。
　　宋薇陷入回忆的脸。画外音：罗群笑声。
　　吴遥还在严肃地说着什么。
　　宋薇陷入回忆的脸。
　　罗群与宋薇在河边相见时的笑脸。笑声。
　　吴遥说得起劲的嘴。
　　宋薇陷入回忆的脸。
　　罗群和大家握手。
　　宋薇陷入回忆的脸。
　　宋薇与罗群甜蜜地依偎在一起。
　　罗群画外音：让我们永远在一起！
　　宋薇的回忆被吴遥的说话声打断，又回到现实中来了。

剧本就是以这种"直接视像"揭示了宋薇此时此刻复杂的心灵世界：罗群能是反党分子吗？这里，用吴遥的说话与罗群的生活画面与笑声相组合，以吴遥对宋薇进行"教育"的现实与宋薇走神的回忆相穿插，形象地展示了宋薇的心理活动。类似的剧作并不乏见，而像伯格曼的《野草莓》、阿仑·雷乃的《广岛之恋》《去年在马里昂巴德》等现代主义影片，在表现人物内心世界方面，则有更具实验性的运用，尽管不无弊端，但其对电影表现手段的某些创建性贡献，还是值得我们借鉴的。

在视觉形象性基础上，还必须注意以下特性：

二、影像的运动性

所有上述视觉造型，均应保持在动态的过程中，尽量避免静止。

造型是重要的，但它必须体现在动态的过程中，并时刻记住：这种运动造型的最终目标是为表现人物及其关系、背景环境及其意义、情节进程及其内涵，而不可只为造型而造型。

影视的动态造型可以从两个方面考虑。

其一，表象方面，有画面内部的动态造型与画面外的动态造型；

其二，内涵方面，有影视形象的内在动态与外在动态。

先看其一——

电影是以不停运动的画面来展示内容、吸引观众的。在画面内，过多的静止场面或人物的冗长对话（诸如会议、对白乃至争辩），都会影响影片的观赏效果。而这，恰恰是国内影片逊于国外影片，令观众不耐烦之处。

在这方面，日本电影剧本《人证》对原作小说的改编，值得我们借鉴。且举其中一个小例子看：原作中，女主人公八杉恭子是个有地位的社会问题评论家。但是，作为电影中的主人公，若总表现其伏案写作或在电视台面对观众长篇大论地演说，总是这种静止的画面造型，势必造成沉闷、枯燥感。于是，编剧将她的身份改成了享有巨大社会声望和良好公众形象的服装设计师。于是，她的言行举止便可以在充满动态过程，又极具观赏性的模特演出的一系列画面中进行了。

另外，滥用空镜头（自然景色、社会场面、背景环境等）也会造成不必要的时空停顿，使影片有滞涩感，这同样是要避免的。优秀的剧作，总是将人事与环境（社会环境或自然环境）有机地融为一体，比如在美国电影《末路狂花》的开头，将对人物的身世、处境、性格，以及影片开始时不可避免的事件背景介绍等最易滞涩枯燥的"开场白"部分，全部处于不断转换的动态画面中，甚至每一个画面都没有丝毫无意义的空白处、停顿时。这是值得我们学习的。

剧作者还要注意一种"过犹不及"的审美倾向。在早期电影理论中，曾出现过一种唯美主义、"纯电影"的倾向，比如美国的佛里伯格在其《银幕上的绘画美》一书中认为：电影除了作为绘画以外，不可能作为任何其他东西来欣赏。这等于把电影看作运动的纯视觉的绘画了。而法国 20 世纪 20 年代的"先锋派"电影家更以一批作品张扬、发挥了这一观点，他们反对电影的情节化、故事化，主张用抽象的画面、线条及光影拍摄"纯电影"，后期则转向表现超现实的梦幻与潜意识以及无逻辑、非理性的意识流动，如**莱谢尔**的《机械舞蹈》、**布努艾尔**的《一条安达鲁狗》等。作为一种电影美学的有意识的探索，我们不应全部抹杀其积极的一面，但是其"过犹不及"的弊端也是不能忽视的。对此，日本电影理论家**岩崎昶**论道："佛里伯格的《银幕上的绘画美》，正象书名本身已经说明了的那样，是围绕着画面美来论述电影的，然而从他认为电影'除了作为绘画以外，不可能作为任何其他东西来欣赏'这点来说，这种理论是落后于现实的。无论是塞纳特、卓别林，或者是克鲁兹，这些电影创作的实践者都认为剧情是电影的骨架，而且早就懂得如果只注意画面'美'，往往就会妨碍剧情的发展。"① 岩崎昶与佛里伯格等人的争论及电影发展的兴衰实际，对今天的我们是有借鉴意义的：电影（电视）的剧作者一定要把画面的造型功能和画面的叙事功能很好地结合起来。剧作者不能脱离剧本内容而单纯追求画面美，如果只强调画面的造型功能，而忽略它与内容的配合、融会，再好的造型也会失去意义。

20 世纪 80 年代，我国电影理论界引进了西方的"影像美学"，对构图、光影、声画等电影性元素进行了认真的探索，研究其独特的"电影表现力"。这种探讨，对我国电影艺术表现的发展来说，无疑是有益的，因为长期以来，中国电影多重叙事而忽视画面的造型，使我国电影艺术停滞不前。因此，就这点来说，"第五代"导演们功不可没。但是，过于执着，过分强调，也就难免走向另一极端了（艺术的发展史基本如此）。在一些有意为之（用劲过头）的作品中，过分讲求画面美，无论是人物的外形，还是自然、社会环境，都拍得宛若油画一般，却忽略了这一幅幅画面与电影中的性格塑造，以及表现人与人之间的关系、场面环境与剧情内涵契合的关联——这样的画面再美，光影、构图再讲究，其意义也只能局限于画面本身，不可能产生更多的内容与更丰富的意蕴来。对此，不无成功之作的张艺谋在 1992 年反省道：

过去我们拍电影，总喜欢讲究点别的东西，画面、色影什么的，

① ［日］岩崎昶：《电影的理论》，陈笃忱译，63 页，北京，中国电影出版社，1982。

人在里面其实仅仅是个符号。拍《菊豆》时，我试图去关注点儿人的事，但做得还不够。我们"第五代"都有这个特点，奔着一个哲学、理念去了……我当然也是其中一个。但别人看了觉得我们太使劲，绷得太紧，不够松弛，结果人物相对弱了。人们不满，甚至说了些不好听的话，也是有一定道理的。我看过一篇文章，认为我们"第五代"不太注意"叙事"，这是我们的一个问题。首先要有故事，要有人。我现在才明白，拍电影最主要的是说点儿人的事儿，应当把人物推到前景，着重表现他们。我并不排除还会拍我以前那种类型的电影，但我会设法做得更好些。

这确是"过来人"的悟觉之言。

除了镜头内部以外，镜头与镜头之间的组合，也要体现动态原则。电影毕竟是叙事性和造型性相结合的一门艺术，是用镜头（造型画面）来讲故事的艺术，而任何故事都是动态的——因此，作为艺术奠基的电影剧本的文字表现，也必须遵循这个原则。

在我们有些影视剧本中，镜头内部虽然不无动感，但全部故事情节只在有限的几个场景内演绎，镜头与镜头之间的转换滞缓，也会造成动感的欠缺，使影片缺乏吸引力……

其二，我们还要注意内涵方面的动态性质。外在过程充满动感固然好，但若只是追求表象运动性，像某些一味打斗的动作片、肤浅的情节片等，也往往缺少深层引力。所以，好的编剧还要懂得"文武之道，一张一弛"的道理，能在表面平缓的镜头内，营构出内在的动态魅力——即在表面似乎停顿的场面中，使之产生内在的情境冲突，造成潜孕其中的艺术张力，进而增加戏剧效果。

如在《简·爱》中，简历尽人间坎坷与内心波澜之后，终于又回到身世凄凉、双目失明的罗切斯特身边时的那场戏——虽画面几乎是凝滞的，人物语言也近乎沉寂，但在那特定情境中，却自有一种扣人心弦的强烈冲突与艺术张力。

再如，写一个人长久坐在房间内沉思默想，即使只有十秒钟，观众也不堪忍受。但是若事先设计了一个即将爆炸全楼的阴谋，则画面就是静止长达一分钟，也会产生强烈的紧张与内在动感。

三、造型的综合性

上述种种"动态造型"，还必须具有综合性的"艺术张力"。这里所谓艺术张力，是指有机融入综合性表现手段，以营构充满艺术魅力的戏剧内蕴。综合性表现手段是指在视像营构中，所使用的除文学（文字）外，诸如雕塑、绘画、声音（音乐）、戏剧、建筑、灯光等造型方法，以通过"表象"或"意象"，来展现、强调或象征要传达给观众的电影内容。其中，当首推声音。

电影及电视，属于视听艺术，声音不可或缺。匈牙利电影理论家贝拉·巴拉兹说：

> 一个完全无声的空间……在我们的感觉上永远不会是很具体、很真实的；我们觉得它是没有重量的、非物质的，因为我们看到的仅仅是一个视像。只有当声音存在时，我们才能把这种看得见的空间作为一个真实的空间。因为声音给它以深度范围。[1]

确实，视觉空间在实际生活中总是与声音联系在一起的，也只有当两者结合起来时，才能给人以完整的真实感。所以，影视编剧在重视视觉造型的同时，还要重视对声音的描写。

影视中的声音包括三个方面：人声、音响和音乐。

人物声音（语言及其他声息）的作用毋庸置疑，我们专章另述。

对于音响，人们往往不大重视。其实它在一部影视作品声音中所占比重一般有三分之二之多，而且具有多方面的艺术表现功能。除了有助于真实性外，还经常具备强调、夸张、渲染以及"意象"功能：比如为表现场面的寂静，特意突出落叶坠地声、钟表嘀嗒声、床铺吱呀声等；比如为了表现人物的特定心境，可以让喧嚣的街市声销声逝、可以让轻微的呼吸声充盈于空间等；比如为了造成一种象征效果，使某种非现实的音响出现在画面中（如《野草莓》中，在主人公面对街头无指针的挂钟时，画面所出现的巨大的心跳声），以产生一种象征意味……

在所有艺术中，音乐是最能表现人的内心世界和表现节奏的，因此，影视音乐自然成为电影电视中叙述故事、表现情绪、安排节奏等的有力手段。影视音乐可分为两大类，即画面内音乐（写实性音乐）与画面外音乐（表现性音乐）。前者指影片中人物所演唱、演奏或播放的音乐，它可以烘托情境、渲染气氛或带动情节，如《魂断蓝桥》中的著名乐曲《一路平安》、《人证》中的主题音乐《草帽歌》、《两个人的车站》中普拉东所拉的

---

① 转引自汪流：《为银幕写作》，32 页，北京，中国电影出版社，1994。

手风琴曲等；后者指与画面中人事、场景无关，而是作者有意添加进去，以影响观众感官进而产生特定效果的音乐，如为增加惊险气氛的紧张音乐、为抒发亲切温情的舒缓音乐、为表现怪异的荒诞音乐等。

作为编剧，除了明白声音作用外，还要善于运用"声画对位"这种艺术表现手段。除声音之外，绘画、雕塑、建筑、灯光、戏剧舞台调度等，也是不可忽略的表现手段。像《大红灯笼高高挂》便较为出色地运用了以上这些手段：封闭的院落、阴冷的环境、各种不无意指的建筑造型、体现威严统治的浓重色调与象征人们欲望的红色灯笼以及充满中国传统文化内蕴的京剧唱腔和民间锣鼓声……这些，对渲染气氛、加强意指、深化主题都颇有助益，都较好地强化了电影的显示手段，增加了影片的艺术魅力。

四、展现的艺术性

所谓艺术性，在这里，主要是指剧本语言在通过综合的、运动的形象表述每一部分、每一场面乃至每一个镜头时，既要丰富，又要简洁（即"藏"与"露"、"虚"与"实"）；既要起伏变幻，又要自然流畅。

前者，是要求编剧在行文中，不宜写得很满、过实，应该给导演及演员留下再创作的余地，应该给读者留下必要的想象空间。我们有些作者，唯恐叙说不清、表达不力，结果文字冗长拖沓、视像臃肿堆积，如果实拍出来，只能造成观众的疲累或厌烦。有些剧本，对演员或握拳、或扬眉、或脸部颤动等表演的细微处，都一一描述确切，对导演的场面调度、画面构图、镜头使用，以至灯光色调等，也都过分规定，这都是费力不讨好的事。一切要适可而止、点到为止，用尽量简洁而确切的文字将影视内容表达出来，余者，应放手、放心地让导演、演员及观众去发挥、充实才是。

后者，则要求在充分利用蒙太奇手段，追求画面的简洁明快又跌宕变幻的同时，一定要注意避免造作牵强、人为痕迹过浓的弊端，不使之有失真处或生硬感。

我们可以《魂断蓝桥》的最后一段剧本文字为范例：

五十八（场）

滑铁卢桥上。

夜雾浓重。

玛拉独自倚着桥栏杆，似乎向桥下望着什么……

一阵皮鞋声。一个打扮妖艳但面孔浮肿的中年女人走来，她看见玛拉。

女人：（很熟识地）是你啊，玛拉。你好。……你不是嫁人了吗？

玛拉：（嗫嚅地）没有。

女人：那个凯蒂跟我说的，说你跟了个体面的人。我说：哪有这好事？

玛拉：是啊——

女人：别泄气，反正就是这么回事。到火车站去吗？唉，我现在是到哪儿都没法儿啦……（她耸耸肩叹息着走开）

玛拉两眼滞呆呆地望着她的背影，望啊望着……对她来说一切都绝望了，她脸上有一种从来没有过的镇静神情。

桥上，一长队军用汽车亮着车灯，轰轰隆隆地向桥头驶来。

玛拉转过头去，望着驶来的军用卡车。

车队从远处驶近。

玛拉迎着车队走去。

车队在行驶，黄色车灯在浓雾中闪烁。

玛拉继续迎着车队走。

车队飞速行进。

玛拉迎面走去。

车队轰鸣，越来越近。

玛拉迎着车队走，越来越近。

玛拉宁静地向前移动，汽车灯光在她脸上照耀。

玛拉的脸，平静无表情的眼神。

巨大的刹车闸轮声，金属相磨的尖厉声。

车戛然停止。人们惊呼。

人们从四面八方向有着红十字标记的卡车拥去，顿时围成一个几层人重叠的圈子。（镜头推进）人群纷乱的脚。

地上，散乱的小手提包。一只象牙雕刻的"吉祥符"。

一只手拿着"吉祥符"。（《一路平安》音乐声起）

20年后的罗依，头发已斑白，面容衰老，穿着上校军服，凄切地站在滑铁卢桥心栏杆旁。他望着手里拿着的"吉祥符"，苍老的两眼闪现出哀怨、悲切和无限眷恋的神情。

（画外玛拉的声音）：我爱过你，别人我谁也没有爱过，以后也不会。这是真话，罗依！我永远也不……

（强烈的苏格兰民歌《一路平安》将玛拉最后的声音淹没）

歌声在夜雾弥漫的滑铁卢桥上空回荡……桥上，孤独地走着苍老的罗依。

　　罗依坐上汽车。

　　汽车驶去……

　　我们先看看这场戏中，是怎样处理"藏"与"露"（"虚"与"实"）的：这是玛拉从罗依处出走后第一次露面，并走向死亡的重场戏。它要表述的内容很多——玛拉所处的社会环境对她的逼迫；她的孤独无依；她如果苟且求生，未来的结局将会怎样；弱小的玛拉与冷酷的社会势力的强烈对比；她对罗依坚贞不渝又无法实现的爱；她自杀的全过程；她死时人们的反应；罗依的痛苦，以及这种悲剧在人世间的普遍性……如果"如实"写来，势必冗长而直露，缺少艺术张力。剧作者却用极简洁的笔触，通过几个形象镜头，虚实结合，极有韵致、极富内涵地表现了出来——

　　"夜雾浓重"四个字，使导演有充分展示才思的用武之地，以此来渲染孤独的玛拉被阴沉黑暗的社会氛围包裹、压抑的情景；

　　那个中年妓女与玛拉的简短对话，既表达出妓女与"体面的人"不可能有"这好事"，又通过那个妓女老境凄凉、穷途末路的"现在"，明示出玛拉如果苟且偷生的悲惨"将来"；

　　而一个"玛拉两眼滞呆呆地望着她的背影，望啊望着……"的镜头，就已经十分鲜明地预示了她的决心；

　　至于玛拉死前凄冷清寂的场面与被轧后立刻涌出来、围成几层的人们的纷乱场面的对比，"孤独的玛拉"与"人群纷乱的脚"的对比，无不暗喻着沉重的内涵；

　　就是最后一个镜头——夜雾弥漫的滑铁卢桥上，罗依的出现与离去——不也象征着这种悲剧在凄凉人世间来来去去的普遍、久长吗?!

　　另外，这场戏中，镜头的转换、情节的跌宕、节奏的变化虽然十分突出，但是其衔接却相当流畅自然——

　　表面看来，那个妓女的突然而来、倏忽而去及其与玛拉的散漫谈话，似乎无甚意义，而且跟接下来玛拉自杀的激烈场面，反差忒大。但只要细心体味，就会感到这是极老练的行文：既有内在的因果联络，更具影像动感，大开大合的节奏、大起大落的情节、意境迥然的镜头，会造成很强的视听引力，进而增强独具电影特色的观赏效果。

　　再如，对玛拉自杀的描述，再三使用快速切换的正反打镜头，似乎显得细碎而夸张，与其他部分的平缓大不相同。但从剧情内涵的传达与感官冲击的效果出发，这种处理无懈可击：有意渲染大队军车轰鸣疾驶的气势，并使之与孤独弱小的玛拉反复再三地对比，则军车便不只是军车，而是某种社会势力的象征；玛拉也不只是具体的个人，而有了某种抽象的意义——这是从内容方面看；从影视观赏上看，则这种处理，势必给人以强烈的感官刺激，有益于发挥电影特性，以增加观看引力与艺术魅力。

剧本最后几个镜头的剪接与声画处理也是很老练高明的：以玛拉掉在地上的吉祥符特写，一下化为罗依手中吉祥符的特写，使时空快捷又自然地转到20年后的"现在"；罗依的眼睛特写与玛拉的画外音相融，声画对位使用也十分贴切，而《一路平安》的乐曲渐渐淹没玛拉的画外音，逐渐成为银幕间的唯一声响，变换之间，更是韵味无穷……

总之，这段剧作的艺术品格是相当高超的，可作为我们学习、借鉴的经典范例。

第三节　影视剧本的文体构造

这一节中，我们讨论影视剧本文体在结构形式上的特点，即章法特征。具体说，就是镜头（场面、段落）与蒙太奇的体现和设计。

较规范的影视剧本，其结构形式大都以场面为叙述单元，通过蒙太奇方式联结成篇；每一个场面，又由一个或数个镜头组成，而镜头与镜头之间，也是通过蒙太奇联络。我们看日本影片《啊，无声的朋友们》剧本中一段行文：

1　黑暗的旷野（昭和十九年）
货物列车在远方行驶。
火车头的前灯和最后的乘务员室的尾灯像幻影般移动着。

2　黑暗的旷野中的其他地点
货物列车在黑暗中继续奔驰。

3　火车头
火车头在尖锐的汽笛声中转向这边。
前灯的刺目的光芒。
火车在轰隆轰隆的车轮声中掠过画面。
绵延不绝的黑色货物列车的车皮。

4　货物列车中的一辆

黑色油漆已经剥蚀的车身。

满洲铁路的标志和车号的数目字在星光下隐约泛出白色。

车厢内更加黑暗。

为了调换空气，车门微开着。

单调的车轮声。

尖锐短促的汽笛声。

（画外音）：对在苏联国境线上担任警备的第四军所属的第一师团的各部队下动员令是在昭和十九年八月二十日……这是战败前一年的事……限定九月底在上海集中……拥塞在货车里的士兵们不用说是不知道开往哪里去的。

又是短促尖锐的汽笛声。

融化在黑暗中的黑色的车皮。

单调的车轮声。

仿佛象征着那些拥塞在货车里的、不知道开往哪里去的士兵们的不安心情一样，车轮声不停地响着。

5　货物列车内

松本军曹在黑暗中点名的声音。

重复着其他分队长点名的声音。

……

　　在这段剧本文字里，每一数字标号下，是一个场面单元。而每一个场面单元内，又分别由一个或数个镜头组成；同时可以看出：无论作为叙述单元的场面还是构成场面的镜头，又都通过蒙太奇的方式，联结成既定结构或曰形成既定"话语"。所以，掌握影视剧本的结构体式，必须从镜头（场面）与蒙太奇入手。

　　有人认为，镜头与蒙太奇之类是导演掌握的事，编剧可以不管。这种看法是完全错误的。影视创作是一个完整的不可分割的系统工程，根本不存在完全独立的创作阶段。镜头、蒙太奇是影视创作的不可或缺的特定表现手段，无论编剧、导演、剪辑师，他们虽分头工作（很多时候，也有其中两者，甚至三者集于一身的），但其创作却是相辅相成，可谓"和则俱荣，分则两伤"。故，苏联的普多夫金道："蒙太奇是电影艺术家所掌握的最重要的造成效果的方法之一，因而也是编剧所掌握的最重要的造成效果的方法之一。"① 他只讲了蒙太奇，其实对于镜头特点、功能及表现类型的把握，对编剧同样如此。

下面，我们分别介绍与镜头和蒙太奇有关的一些技术、手法方面的基本知识（因场面与场面之间的转换，也是通过镜头的衔接来实现，所以此处不单论场面与蒙太奇的关系。场面内部的艺术处理，另有专章论述）。

一、镜头

镜头是影视创作最基本的表现单位，一般由一个画面组成，而且是由摄影机一次拍摄而成。镜头的操作与处理，表面上虽然属于技术范畴，但与影视内容的艺术展现有不可脱离的关系，因此，作为编剧，就必须了解并能熟练地掌握。镜头的操作与处理大体可分为景别、焦距、运动、角度、视点与长度几方面。

下面，我们择要介绍。

1. 景别

景别是指对镜头内景象的空间处理。景别不同，画面效果及诉诸观众感官的作用也不同，编剧在叙述影视内容时，应有意识运用不同景别，以使之具有既定的艺术效果。景别一般有以下几种：

远景——主要通过对大的背景环境的展现，来表达某种情境，进而产生某种"半抽象"的叙述效果。有的远景画面中没有人物，称为"空镜头"，常在表现情境、渲染氛围时使用，如《远山的呼唤》中，开头与结尾处，都用远景表现日本北海道近原始的旷阔雪原，开头部分加入大群乌鸦遮天蔽日、哀哀噪啼，突出那种特定的荒凉、冷酷；结尾时则在同样背景上渲染洁白雪原间通红的壮丽的晚霞，以歌颂纯洁善良、与命运作不屈抗争的民子与耕作之间的爱情。有的远景画面中有人物出现，通过人物与背景的悬殊比例，特意表现人与环境的某种关联，进而产生某种意蕴。例如在美国影片《末路狂花》中，菲玛和露易驾车行驶在大自然美丽风光内的镜头，就充分传达她们终于从令人窒息压抑的环境中脱离出来后的愉悦与自由。中国影片《黄土地》中，通过远景镜头来表现人在厚重无垠的黄土地之间的生存状态及传达某种哲理意蕴。使用远景镜头时要注意：由于它毕竟"远离"观众与剧情，所以不可多用，一定要适可而止，否则将令剧情滞缓、观众厌烦。

---

① ［苏］普多夫金：《论电影的编剧、导演和演员》，何力译，41 页，北京，中国电影出版社，1980。

全景——指能够摄入人像全身的场景镜头。全景镜头的视野相对远景要小，观众既可以看清人物全身，又可以看到他所处的环境。

中景——指人物超过半身（膝盖以上）的近距离镜头。人物在画面中所占比例比全景大，而人物所处的环境往往只占很少部分。全景与中景镜头，在影视"叙述"中，一般起着主要的作用。

近景——指人物的半身镜头（胸部以上）。在这种镜头中，随着人物占据了大部分画面，环境必然变得零碎、模糊，但同时，观众由于能够看清人物的面部表情，又脱离了大部分环境，便可更接近人物，更容易介入剧情中人物的世界。因此，在表现人物对话时，大都采用近景。

特写——指在画面中只摄入人物的脸部，或人物、物体的某个含特定意义的局部的镜头。它迫使观众去注意某些关键性的人物或物体的细节，对其状态或变化产生与剧情相关的某种联想，或强化某种意象。特写镜头只注意细节而忽视总体，虽可有特殊的"表现"效果，但不宜多用，否则会有生硬感、逼迫感，令观众产生逆反心理，而且也会使影视的总体"叙述"零散杂乱。

另外，由于电影与电视的屏幕面积及观赏环境不同，两者之间景别的运用也要有适当的区别。一般而言，电视叙述以中、近景居多。

2. 角度

指摄影机与被拍人、物的水平夹角。拍摄角度不同，所得影像给观众的感观或意会是有区别的，因此，编剧在影视叙述时，若能考虑到视角的作用，将会给导演某种艺术提示，进而体现自己的艺术构思。

有以下三种镜头角度供选择。

平视镜头——指摄影（摄像）机与被摄对象处于同一水平线上。这种角度接近常人视线的感受，故在影视影像的展现中最为常见。它的特点是给人以真实感。

俯视镜头——指低于水平角度，从上向下拍的镜头。这种角度拍摄出来的影像，能有一种俯瞰效果、间离效果或某种意义的变形效果。比如俯拍出来的战场镜头，能给人一种恢宏阔大的印象，进而增加某种必要的气势；比如俯拍群山万壑间的一个小山村或拥挤都市中来来往往的芸芸众生，就可以产生荒冷孤独或昏沉渺小的感官印象；比如摄影机垂直向下俯拍特定情境中的人或物，则这种迥异正常的变形视像，就可生成某种"意象"，发挥既定的艺术效果。

仰视镜头——指从下望上拍出的镜头。这种镜头可以夸大物象的体积，以产生高大、威严等效果；可以使对象产生变形，造成一种幽默或讽刺效果；也可以表现小孩子眼光中的成人世界，使之具有独特的"审视"内涵……

上述三种视角的有机配合，会充分发挥影视的艺术特色，增加表现力。不过要注意，俯视与仰视不可滥用，否则将弄巧成拙、反为所累。

3. 视点

镜头的视点指镜头所模拟的影视画面观察者的视野观察点。有两类：

客观镜头——它模拟摄影师或观众的眼睛来观察画面，给人以局外审视者的"客观"感觉。这是最常见的镜头视点。

主观镜头——模拟影片中某个人物的眼睛来看影视画面，有明显的主观色彩。这种视点可使观众在无形中处于剧中人物的位置上，能带来更逼真的介入感，与剧中人物感同身受。这种镜头，常见于表现影片主人公内心世界时。另外，在人物对话场面中，也往往通过"正、反打"的运作，来显示镜头的主观性。

其他，关于镜头的焦距（标准、短焦距、长焦距、变焦），镜头的运动（推、拉、摇、移、跟）及镜头的长短等，虽然主要由导演具体把握，作为编剧，也应该了解——因为他们对影视内容的"叙述"与"表现"，也有着不可忽视的作用。

二、蒙太奇

蒙太奇既是影视剧本结构的构成元素，又是影视艺术思维的不可或缺的"逻辑"方式。在这里，我们作较细致的介绍。

1. 蒙太奇及其原理

蒙太奇原本是建筑学名词，意为装配、安装。影视理论家将其引入影视艺术中来，则是指影视作品创作过程中的剪辑组合。

狭义的蒙太奇专指对镜头画面、声音、色彩诸元素编排组合的手段。影视艺术家按照事先构想的一定顺序，把许多镜头联结起来，使这些画面通过既定顺序而产生某种预期的效果。就如装配工人将零件组装成机器，使之发挥作用一样，蒙太奇是一种将影视元素进行组装的"规则"，是一种影视语言符号系统中的"修辞方法"。

广义的蒙太奇则不仅指镜头画面的联结，还指影视工作者的一种独特的艺术思维方式。运用这种方式，将使影视作品产生各种各样的艺术效果，增加影片的艺术表现力。

蒙太奇并不是某个天才的即兴发明，它实际上是对客观事物在人们头脑中产生印象过程的一种理性确定与艺术梳理。在现实生活中，人们对客观事物的了解与认识，总是通过一系列并不很连贯的画面的不断积累过程来实现的：比如对一件事的了解，一般情况下，绝不可能对这件事的方方面面及全部过程有一处不落的把握，而总是通过某些"片段"的汇集，才得到对那件事情的总体认知；比如我们对一个人的认识，也只能从我们所能了解到的某些"局部"来对整个人进行评判。另外还有一个很值得注意的现象：这些"片段""局部"若在我们头脑中出现的"时序"不同，则往往会使我们得出十分不同，甚至截然相反的印象或结论！

上述两方面，可有大量的实际生活与艺术成品为证——

一方面，巴拉兹曾举例：单单看到一个人走出屋子，这说明不了什么；若接着出现屋内狼藉不堪、椅碎桌歪，还不能确切表达什么；而马上再出现一缕鲜血从椅背上缓缓滴下来，再加上椅背后的呻吟声——则事情就毋庸赘言了。于是巴拉兹归纳道，镜头的组接"能够使我们感受到在镜头里所看不到的东西"[①]。而这种认识过程，恰恰是人们正常地了解、认识事物的实际过程，它是符合人们的认知规律的。

另一方面，镜头组接顺序的变化，还能影响我们对事物意义的把握。用蒙太奇理论的奠基人**爱森斯坦**的话说："两个蒙太奇镜头的对列不是二数之和，而更像二数之积……"[②] 他还通过对日本文字（其实是中国的文字）举例论证："哭"是"眼"与"水"结合而成的；"忍"是"刀"与"心"结合而成的；"鸣"是"口"与"鸟"结合而成的……他认为这不仅是两个不同概念的简单组合，而是通过它们的结合又形成了一个全新的意义。

与爱氏同国同期的库里肖夫的一个实验更有力地说明了这一点——他选了一个俄国著名演员毫无表情的一个特写镜头，然后与另外三个不同内容的镜头分别组接：其中一个是一盆肉汤，一个是棺材里的女尸，一个是小女孩儿在玩玩具狗熊。当他把三种不同的组合分别放映出来后，观众果然感觉迥异，人们对演员的表演赞不绝口——认为演员在汤盆面前表现了极度的饥饿；在女尸面前表现了深切的哀伤；而在女孩儿面前呢，则是鲜明地展示了老人对孩子的无限慈爱！

库里肖夫还用实验证明了蒙太奇另一个功能：它可以创造非真实的真实，它甚至能够用同样的镜头通过不同的组合而产生完全相反的意象。1920 年，他做了一个这样的实验，把下列镜头依次联结起来：

---

① ［匈］巴拉兹：《电影美学》，何力译，124 页，北京，中国电影出版社，1978。

② ［苏］爱森斯坦：《爱森斯坦论文选集》，魏边实等译，349 页，北京，中国电影出版社，1962。

A. 一个男青年从左向右走来（表情激动）。

B. 一个女青年从右向左走来（表情激动）。

C. 他们相遇了，握手。然后男青年用手激动地指点着。

D. 一幢有宽阔台阶的白色大建筑物。

E. 两人走上台阶。

这样的组接，给人一种十分真实确切的理解：一对朋友相遇，两人一起到那幢房子里去了。然而实际上呢？每一个片段都是从不同地点拍摄的，那个白色建筑甚至是从美国电影中剪下来的美国总统府。可是在观众眼中，它们却是一个真实的整体！而尤为有趣的是，我们若把镜头顺序调整一下又当如何——

A. 一幢有宽阔台阶的白色大建筑物。

B. 一对男女青年走上台阶。

C. 他们相遇了，握手。然后男青年用手激动地指点着。

D. 女青年从右向左走来（表情激动）。

E. 男青年从左向右走来（表情激动）。

怎么样？一下子从幸福的约会变成激动的分手了！——蒙太奇的功能，可见一斑。

故苏联电影艺术家**罗姆**告诫道："把两个镜头联接起来，有时可以产生这两个镜头本身所没有包含的第三种意义，同样地，把画面和声音配合，也可能产生（在优秀影片中也产生过）这种新的意义。可惜现在的剧本往往过分依靠语言，几乎不运用画面，把画面完全留给导演去处理。电影不应当滥用语言。"①

总之，蒙太奇是影视编剧所必须掌握的编织影视艺术形象的重要方法之一。另外，作为编剧对蒙太奇的使用，不仅只局限于处理片断生活画面（镜头）中，而是在处理一个"场面"、一个"段落"以至整体影视结构时，都要如此——即是说，影视编剧不能仅仅把蒙太奇作为一种镜头间的"剪辑手法"，而应掌握蒙太奇的"艺术思维"。

2. 蒙太奇的类型及作用

对于蒙太奇的分类，至今也没有众口同一。如巴拉兹分成隐喻蒙太奇、诗意蒙太奇、讽喻蒙太奇、理性蒙太奇，让·米特里则分成叙事蒙太奇、抒情蒙太奇、思想蒙太奇、理性蒙太奇等。

---

① ［苏］M. 罗姆：《电影剧作讲话》，裴未如等译，31 页，北京，中国电影出版社，1958。

对客观事物任何人为的分类，从科学意义上说，都是不准确的。而过细的划分并为之作"学术"上的争吵，更是庸人自扰、无事生非。

可大而化之，将蒙太奇大体分为两类：叙述蒙太奇与表现蒙太奇。

（1）叙述蒙太奇

叙述蒙太奇以交代情节、展示事件为主旨，按照情节发展的时间流程、因果关系来分切组合镜头、场面和段落，从而引导观众理解剧情。这种蒙太奇组接脉络清楚、逻辑连贯、明白易懂。

叙述蒙太奇就其具体体现而言，有顺叙、平行、插叙、堆砌、倒叙等形式。下面择要介绍——

A. 顺叙蒙太奇

这是影视中运用得最多的蒙太奇手法，因此是影片主要的叙述方式。它按照影视故事、情节线索的"自然时序"，条理分明、层次井然地联结镜头画面，造成叙述的连贯性。

顺叙蒙太奇似乎自然而然、毫无匠心、不过"流水账"般，实际上却是影视叙述最难、最见功力的一种形式。由于它居于影视叙述的主体位置，其优劣往往决定着全片的成败。因此，对它非但不可"漫不经心"，恰恰需要"刻意用心"。一个老练成熟的编剧，其叙述功力之体现，往往不在其他，只在于此——如何既生动鲜明、自然饱满，又简洁凝练、精致传神，避免冗长拖沓。比如一般作者叙述一个囚犯出逃的事件，虽然只是片头的过场戏，也难免要从这个囚犯怎样策划准备开始，一一叙述下来：如何打洞掏墙，如何骗过看守，如何伺机而动，如何冒险，如何飞跑，如何中途遇上什么人，如何与之换装，又如何乔装后赶到火车站，准备乘车远遁……而监狱方面又如何发现囚犯出逃，如何四处追捕、广贴告示……也是难免的叙述内容。可这样一来，过场戏势必冗长，大有"头重脚轻"的危险了。对这个片头戏，电影大师卓别林又是怎样处理的呢？他只用了三个镜头，就自然流畅又生动曲折地表现出来了！

且看——

第一个镜头：监狱大门外，一个看守匆匆出来贴了一张通缉告示。

第二个镜头：一个瘦高的男人在河里游泳上岸后，惊异地发现自己的衣服不见了！

第三个镜头：火车站上，由卓别林饰演的囚犯穿着过于长大的裤子，摇摇摆摆地向摄影机走来。

上述，虽只有三个镜头，却无一丝含糊处地表现了事件，而且还使之具备了既定的幽默、讥嘲的戏剧色彩。我们不能不为之称道！

从这个例子中，可以看出：顺叙蒙太奇的镜头艺术截选是十分见功力、验水平的。截选得恰当，可事半功倍；否则，用力虽大，或往往适得其反。我们不妨举李白的一首绝句《送孟浩然之广陵》为例，再说明之——

> 故人西辞黄鹤楼，
> 烟花三月下扬州。
> 孤帆远影碧空尽，
> 唯见长江天际流。

古往今来描述别离的诗文，多以情浓意长为主旨，亦不乏优秀篇章。而李白此诗却以精短篇幅、区区 28 个字，居于魁首，主要便得力于镜头的截选。试想：别离过程在现实生活中总有很多具体场面、多种人事纠葛，而挚友辞别、天各一方或情人洒泪、难期再见，更要委曲千端、缠绵万种。可写者极众，动情者极多。而李白却奇怪得很——竟把众多人情、场景弃之一边，吝啬得连人物对话、执手相别的近景都不写，只浓墨重彩地（总共 28 字，竟用了一半篇幅）展示故人在水天交接处渐渐消失的远景镜头。其实这恰恰是艺术构思的功力之所在——以送人者在岸边站得长与久，来渲染两人感情的深与厚！这种镜头展示，不是"以少少许胜多多许"的范例吗?!

除了截选的适当外，顺叙蒙太奇还要注意镜头与镜头连接的流畅、自然，不应露出明显的斧凿痕迹，否则，或生硬牵强或断裂隔阻，都会造成叙述的失败。在这方面，《魂断蓝桥》最后一场戏的蒙太奇连接，可为示范：

> 人们从四面八方向有着红十字标记的卡车拥去，顿时围成一个几层人重叠的圈子。（镜头推进）人群纷乱的脚。
> 地上，散乱的小手提包，一只象牙雕刻的"吉祥符"。
> 一只手拿着"吉祥符"。（《一路平安》音乐声起）
> 20 年后的罗依，头发已斑白，面容衰老，穿着上校军服，凄切地站在滑铁卢桥心栏杆旁……

看，一个"吉祥符"特写镜头，既简洁又自然地将 20 年的时空接在了一起！

一部电影或一集电视剧，总有既定的篇幅限制，而要表现的"故事长度"却绝非一两个小时可能容纳，它们动辄几天、几月，乃至几年、几十年，甚至上百年、逾千年，因此，对在影视叙述中起主要作用的顺叙蒙太奇的艺术把握与运用，绝不可掉以轻心，而只将心思投入蒙太奇的花样翻新之中——舍本逐末，会适得其反的。

B. 平行蒙太奇

平行蒙太奇是指把发生在同一时间内不同场合的人事平行地叙述出来。这种同时发生的人事往往互相衬托、补充与交叉，以使矛盾更加紧张，表现得更加激烈。因此，平行蒙太奇所叙述的人事具有同时性、交叉性（有的著作或文章将两个以上同时的人事动作的交替出现，称为"交叉蒙太奇"，而与平行蒙太奇无论从理论上还是在例证中，均无本质区别。质同形似却刻意编排，大可不必）。平行蒙太奇是影视叙述的重要方法，它能够使影视叙述更为简洁而丰富或凝练而紧张，进而增加影视叙述的内在含量与艺术引力。

比如在《南征北战》中，我军与敌军抢占摩天岭的一场戏，就运用了一组快速的平行蒙太奇，使影片充满了紧张、激烈的争战氛围。

在几乎所有的警匪片里，都大量运用平行蒙太奇来表现警、匪或警、匪及被警方怀疑又被匪徒逼迫的男子汉之间，在同一时间内的各自行动，以此来制造紧张并充实情节内容。像日本著名影片《追捕》、美国影片《亡命天涯》《杀手雷昂》之类，莫不如此。

注意一点：平行蒙太奇绝不仅仅用于惊险片、情节片中，作为一种叙述手段，在任何影片内，实际上都不可或缺地发生着作用。比如表现男女双方同时而异地的思恋，叙述一件事情两个方面的同时进行，描述家庭成员同时在做各自的事情及当听到某个消息时两个人的不同反应等，均是。

C. 插叙蒙太奇

就是在正常叙述过程中，暂时中断叙述主线而插入一段相关镜头，之后，再恢复原来的叙述。

适当的插叙，可以使影视叙述灵动活跃，并较自然地充实叙述的内容。只注意一点即是：插叙毕竟只是"副线""逸枝"，它只是为充实主线服务的，因此，切不可喧宾夺主，导致叙述重心发生倾斜乃至颠倒。

D. 堆砌蒙太奇

将一些性质相近并说明同一内容的镜头"堆砌"式组接在一起，造成视觉形象的积累，进而产生某种特定的意象。比如《城南旧事》中，一开始就用了三组镜头："蜿蜒的长城，长城上倾塌的箭垛。烽火台。长城脚下随风摇曳的荒草","大道上缓缓行进的骆驼队。懒洋洋骑在骆驼上的人。沉重的驼步扬起大道上的尘土。风沙中夹着悠悠的驼铃声","碧云寺飞檐上的铃铛。枫叶萧萧。满山红遍的枫林"。以上镜头看似散乱,其实却点点滴滴地、层层面面地、在不自觉间使观众获得了一种完整的"北京秋意"。这就为影片奠定了叙述基调,融进了一种苍凉古远,又凄清眷恋的艺术氛围。

叙景如此,叙事亦如之。有些庞大故事或复杂事件,尤其是那种视野广阔、方面纷纭的纪录片、新闻片,往往更会应用这种"堆砌"方式。

只要注意一点:此处之"堆砌",是只借其形——并非毫无内在联系的个别事物的机械拼凑,而是"形散而神不散",总要有某种东西潜在其间、融会彼此的。

一些著述或文章中,叙事蒙太奇还有其他一些名目,如重复蒙太奇、复现蒙太奇、颠倒蒙太奇、连续蒙太奇、交叉蒙太奇以及心理蒙太奇等,或与上述大同小异,或本身并无列名之价值,在此便不作细论了。

(2)表现蒙太奇

表现蒙太奇是指用来加强情绪感染力、表达情境、揭示义理的那种蒙太奇。表现蒙太奇以镜头与镜头之间的"对列"为基础,利用画面与画面之间的对比、类比、象征等关系,来获得某种特定艺术效果。与叙述蒙太奇讲究镜头与镜头之间的"连接"、以求叙述的连贯不同,表现蒙太奇追求的是镜头与镜头的对列式组接所产生的"新的含义",用爱森斯坦的话即是:"不是二数之和,更像二数之积。"也就是说,表现蒙太奇通过相连镜头在形式或内容上相互对照、冲击,从而可以产生个别镜头(或两个无内在联系的连接镜头)本身所不具备的丰富意义,借以激发观众的联想或思考,进而更充分地展示影片的艺术内涵。

表现蒙太奇基本上可分为对比、类比、借代三种。

A. 对比蒙太奇

即通过镜头内容(如贫与富、苦与乐、生与死、胜利与失败、光明与黑暗等)或形式(如色彩冷暖、声音强弱、动态与静态、形象大小等)的强烈对比性组接,形成既定冲突或反差,以表达某种寓意或强化所要表现的某种内容。

例如苏联影片《圣彼得堡的末日》中,反映第一次世界大战的场面:前一个镜头表现士兵们在战场上绝望地冲锋、纷纷倒地身亡,紧接着一个镜头则是巨商大贾在交易所疯狂地进行投机倒把——这就在强烈对比中表现了既定寓意:士兵们为什么仍在打仗?战争的意义何在?!正如普多夫金

219

所说："这样就仿佛是在强迫观众不得不把这两种情况加以比较，因而收到互相衬托、互相强调的作用。"①

B. 类比蒙太奇

与对比蒙太奇相反，类比蒙太奇不是强调镜头内容的对立，而是通过事物、情景性质的某种类同，来传达既定的情感、义理或情节内容。

比如在爱森斯坦的影片《罢工》中，便有一个有名的例子——将血淋淋的屠宰场宰牛镜头与反动派屠杀工人的镜头连在一起，十分鲜明地传达了编导意图，并给观众以强烈触动。比如普多夫金在《母亲》中，将工人示威游行与春天来到、冰河解冻相连接，暗示革命运动势不可挡。再如苏联影片《乡村女教师》中，表现瓦尔瓦拉与马尔蒂诺夫相爱、一往情深时，画面中切入两个盛开的花枝的镜头——以此来喻示两人美丽的情怀。

在有些著述中，将类比蒙太奇又细分许多，诸如隐喻蒙太奇、象征蒙太奇、抒情蒙太奇以及心理蒙太奇、杂耍蒙太奇、反射蒙太奇、思想蒙太奇等，其实质大体相通：都是指将两个相近、相似事物进行以此喻彼的借喻，分得过细，便觉烦琐，反而含糊了。

C. 借代蒙太奇

在影视内容进行到某些时候，需要烘托气氛、渲染情境或作必要的意象传达时，可借用带有"道具"性质的镜头形象，完成影视叙述的任务。

比如当描述一个英雄牺牲时，插入高山巍峨或青松挺立的镜头；比如当表现人物心情激动时，连接大海波涛或狂风怒号的镜头……这些虽显老套了，但其艺术作用的本质，还是值得我们借鉴的。

除了气氛与情境的渲染，借代蒙太奇还可以起某种"叙述"作用。比如《祝福》中描述祥林嫂与贺老六结亲那一场，在表现两个"人"在漫漫长夜相对无言中间，加入有特定含义的"物"：两只燃烧即尽的红蜡烛——既用红泪滴落来表现悲苦情境，又因这即将燃尽的蜡烛，告诉观众长夜已过，天色将明。再如苏联影片《十月》中，表现孟什维克代表居心叵测地发言时，插入一个弹竖琴的手的镜头及几个老掉牙的音符，以此来说明其"老调重弹、迷惑视听"的行径。

表现蒙太奇对增加影视叙述的艺术性，无疑具有不可忽视的作用。但是也要注意：它毕竟是在叙述蒙太奇基础上来施展的。前者是根本，是主体，后者只能是枝叶，是附属，绝不能主次颠倒。否则便不成"锦上添

---

① ［苏］普多夫金：《论电影的编剧、导演和演员》，何力译，47 页，北京，中国电影出版社，1980。

花"，而是"喧宾夺主"了。我国南北朝时的文学理论家刘勰曾针对此类现象，指出"繁华损枝，膏腴害骨"。极有道理，我们应引为借鉴。

第四节 影视剧本的文体类型

影视剧本的文体，必须与表现的内容相适应，即所谓"量体裁衣"。内容含量不同，其载体也必然不同。因此，我们在"发现"可供写作的内容、了解了影视剧本的笔法特征以及文体构造之后，就要选择适当的体裁来作内容载体了。否则，或体小衣肥、或体大衣紧，都难以获得艺术上的成功——有些剧本，本来只是小品或短剧的内容，却不加节制地敷衍成单本剧乃至连续剧，好像只有长剧本才能算"大作"，结果，情节拖沓、人物散乱……内容既"水"，味道必淡，又何谈艺术之有？！

其实，"大作"的标准，绝不在篇幅的长短，而只在艺术的有无与高低。短剧往往出现精品大作，具有长久的艺术生命；鸿篇巨制也多见"雷声大、雨点小，过眼烟云"类轻浅粗糙、令作者汗颜之篇。

因此，在进入剧本创作之前，必须确切把握影视剧本的文体类型，才能避免以后的尴尬、难堪。

影视剧本的文体类型，大体可分为以下几种。

一、电视小品与短剧

它们是篇幅最短的电视剧。一般撷取社会生活、人事情景的某一极小的片段，以小见大地反映、表现有一定普遍意义的人文内涵。通常情况下，人物仅一两个，情节简单、集中，但具有极强的艺术营构。播放时间一般在 20 分钟以内，甚至只有短短的几分钟。

在这里要特别指出一点：电视小品或短剧并不等于电视频道里经常播放的相声小品或话剧门类中的小品、短剧等。后者只是"借鸡生蛋"、通过电视这种传媒来"表现自我"而已。真正的电视小品或短剧，必须是具有影视表现艺术特色的那类作品。因此，人们所熟悉的诸如《超生游击队》之类，尽管他们具有不坏的艺术欣赏价值，却绝不能与电视小品或短剧创作混为一谈。

另外，电视小品与电视短剧若细分，还有差别。我们且看下面的例证：

电视小品《赛聪明》：

一个城里人与一个乡下人同坐在一列火车车厢里。城里人处处显示自己的聪明。

城里人：咱们打赌吧！谁问一样东西，对方不知道，就给对方一块钱。

乡下人想了想：城里人比我们聪明，这样赌我得吃亏。要是你问我答不出来，只输五角怎么样？

城里人自恃见多识广：就让你！答不出来，我输一块，你输五角。

乡下人：那我先问了——什么东西三条腿在天上飞？

城里人答不出来，输了一块钱。之后，他向乡下人也提出这个问题。

乡下人老老实实地说：我也不知道。

乡下人掏出五角钱给城里人：看来，咱俩都不大聪明。

城里人望着乡下人手里的原本是自己的五角钱，自觉尴尬。

电视短剧《他们住在哪条街》：

骑车进城的农民将一个骑车上班的女工撞倒了。女工受了伤，车子也坏了。农民将女工的车送去修理，让女工先骑自己的车回家。女工回家后，受到丈夫的指责——因为农民的车没有自己的车好，况且受伤后不该为几句好话就放农民走。第二天，夫妻两人怀着忐忑的心情来到约好的地点，等待农民来还车。农民果然把车子还来了！夫妻两人喜出望外。农民回到家中，将撞人的事告诉了妻子，两人带了一篮子鸡蛋，进城来看望女工。但女工留下的地址是假的，他俩找不到要看望的人，但仍一边走、一边问，执着地寻找着……

上述例证，多少可以看出电视小品与短剧的一些区别：电视短剧，虽然短，但一般应是有头有尾的"戏"，有较为完整的情节；而电视小品则不然，它只是具有特定内涵（思想文化或艺术风趣）的生活片段、人物言行乃至某种细节，它不要求完整，不必有一定的情节长度，或可以"折子戏"（整部戏的一折）称之。

它们的相同处则为：篇幅精短；情节凝练奇妙；极富生活情趣；寓哲理沉思而小中见大。

在某种程度上说，电视小品或短剧的创作最难，它对作者的艺术功底与生活见识往往有最严格的检验——因为它只能截取生活中很小的某一片段，而又要通过它，极具艺术引力地表现精深不俗的人文内涵，无论在内容挖掘与艺术表现的哪一方面，都不能有半点瑕疵。所以目前优秀的电视小品或短剧，尚属凤毛麟角；加上人们对"电视小品（或短剧）"的模糊认识，使相声小段、话剧小品与真正的电视小品、短剧"鱼目混珠"，致使当前的电视小品、短剧的创作更为空缺。对此，从事影视编剧的人，应该有一种"拾遗补阙"的使命感了。

二、电视单本剧

电视单本剧，是由一个完整的故事情节构成的，有情节的生发、发展、高潮、结局的完整脉络，而且是一次将戏演完的电视剧艺术样式，其演播时间一般在 50 分钟左右。从人物塑造、情节构成、环境展示等方面看，电视单本剧相当于一篇"短篇小说"的规模，于是也便自然与短篇小说有相似的特点，即人物较集中，主要角色一般不超过三个；情节紧凑而极富跌宕曲折之妙；结构完整而无杂散零乱或拖泥带水之病。

就整个电视剧家族来说，单本剧还是较为短小的艺术形式（我国中央电视台播出规定，每集五十分钟、三集及三集以下的电视剧为单本剧，三集以上为连续剧）。正因为其相对短小，也能够施展多方面的艺术手段，进行更精致的艺术探索与追求，给观众以更为上乘的电视艺术的审美享受，所以在有些国家，对电视单本剧的制作十分认真，往往作多方面的艺术探索与表现，将其制成精致的艺术品；对电视连续剧、电视系列剧的制作则较为草率、粗糙，只是为了填充不能空缺的电视屏幕的演播时间而已。他们国内的电视剧评奖，也大都只评单本剧，而不评电视连续剧或系列剧，似有将后两者视为电视快餐，而只将单本剧尊为精品佳肴的意思。

我国目前的电视剧创作则有异于此：动辄便几十集乃至上百集的连续剧，连篇累牍、充塞荧屏；电视评奖也只重长篇，忽视短剧。这里除了艺术观念的偏颇外，主要是受商业经营方面的操纵——鸿篇巨制可以赢得高额广告费，短剧再精，也往往得不偿失。对此，我们也许暂时还无能为力。但就电视艺术的发展而言，这种现状毋庸置疑是遗憾的。

我国电视单本剧创作，相对而言是贫乏的，但也有执着追求者的优秀之作慰藉人间，如《凡人小事》《走向远方》《太阳从这里升起》《遗落在湖畔》《巴桑和她的弟妹们》《希波克拉底誓言》《丹姨》《家风》等。

我以为，真正有志于电视艺术的编剧，应该在单本剧方面大下功夫：既可以填补我国这方面的不足，也能在其中更充分地展示作者的艺术才气与创作神思。在目前我国电影不可能人人可为（体制与财力等制约）的情况下，在电视单本剧创作上施展身手，则无论对电视艺术的总体发展，还是对创作者个人的艺术建树，都有益而无害。

三、电视连续剧

电视连续剧，是分集播出的多部集电视剧，其中主要人物和情节是连贯的，每集只播出整个故事的一部分，但它也可以单独成立，只是要在结尾处留下悬念，以待下集时，人物与情节再继续发展。它类似于我国的章回体长篇小说或长篇评书，往往在一集结尾处来一个"欲知后事如何，且听下回分解"的扣子，借以引起观众连续不断的观赏兴趣。

电视连续剧的每集也是50分钟左右，其特点就在于一集又一集地连续不断，故凡连续剧则必"长"。但这里要指出的是：并不是越长越好。尤其要避免不顾生活逻辑与艺术规则的"凑戏""拖戏"——须知，连续剧中若有哪怕只一集的造作或平淡（行内人称为"水"），则就有"一环脱落，整链离失"的危险。观众是容不得作者的作揖解释或强拉硬按的。

由于电视营运的特定性，决定了电视连续剧在整个电视剧品类的播出中必然要占据主要位置，因此，电视连续剧创作的重要性是毋庸置疑的。好的剧作，不仅能充分体现电视艺术的多品格特性，拥有很高的艺术价值，甚至能够体现一个国家、一个民族整体的人文素质、社会生态与心态，乃至成为某种"形象的历史经典"、令万众潜移默化接受的"意识形态教科书"。如美国电视连续剧《佩顿·普赖顿》至今已经播出上千集，仍然望不到尽头；英国连续剧《加冕典礼街》（又译为《加冕街典礼》）共1144集，连续播送了15年以上；意大利的连续剧《达·芬奇》播出时，影剧院、酒吧间、娱乐场所几乎陷于停业，所有人都聚集在电视机前，几乎成了不可侵犯的"法定时间"……

我国连续剧起步较晚，20世纪80年代摄制了第一部共九集的《敌营十八年》。之后，则有长足的进展，创作出《渴望》《四世同堂》《红楼梦》《围城》《努尔哈赤》等受到观众普遍好评的作品。但相对总的播出数量（且不算未播出者）之多与较优秀作品过少而言，我国电视连续剧急需提高质量的问题是不容忽视的。

四、电视系列剧

电视系列剧也是一种分集播出的电视剧。与电视连续剧不同的是：它虽然有贯穿全剧的主人公及主要人物，但各集的故事情节并不连贯，每集的情节相对独立成篇，上集与下集之间并没有内容上的必然联系，最多只有某种相通的背景而已。当然，既然是一部系列剧，就必定要有统一的人物、统一的主题、统一的艺术风格。像我国观众所熟悉的南斯拉夫电视系列剧《黑名单上的人》(13集),美国电视系列剧《加里森敢死队》(26集)、《神探亨特》(58集),联邦德国的《老干探》(52集)、《探长德里克》(36集),等等,又如我国的电视系列剧《济公》《包公》《儒林外史》《西游记》以及反映现实生活的60集系列剧《中国刑警》等,都是各有特色的电视系列剧。

电视系列剧有两方面的优点:其一,就创作者方面而言,由于它每集的故事并不要求连贯,就可以在更广阔的方面、层面及视点上,对社会生活、人间情景进行"随心所欲"的展示,进而使每集内容都能够精彩出新、别致有趣、引人入胜;其二,就观众方面而言,由于系列剧不像连续剧那样必须"连续"地看才能明白,而是随时打开电视机、不问前因后果就能津津有味地看懂一个相对独立的故事,这样,就不会出现看连续剧时那种"因一集没看、只好中断"的遗憾。

综观中外的电视系列剧(包括上述较好的剧作),大都以惊险故事、警探情节、曲折案件为题材,以紧张、奇特的情节来吸引观众,这似乎已经成为系列剧创作的一条"规矩"了。我们在编剧时是要吸取它们成功的经验,但绝不能受其限制,更不可画地为牢。电视系列剧的题材应该也能够更为广泛、多样,其人文内涵与艺术品格应该也能够更为博大深刻、绚丽多彩,比如除了以情节为主以外,能不能以鲜明的不同性格为主?能不能以散文诗般的情境(意境)为主?能不能以舒缓的风格为主?能不能只表述"老百姓日常生活中自己的故事"?等等。这样,才能扩展电视系列剧的创作路数,使其在"电视快餐"的"大排档"基础上,再扩建出几层电视艺术的"雅座"来,进而使这个电视品类有更长足的发展。

五、电影

对于电影这种样式,大家当然很熟悉了。一般而言,它类似一部中篇小说的容量,播演时间在90~120分钟(上、下集或上、中、下集者除外)。

这里只谈一点:对于编剧而言,电影与电视的创作,有没有区别?若有,区别在哪里?

有相当一部分论述影视创作的著作或文章非常强调两者的区别,甚至有论者认为电影与电视根本就不能算一个艺术门类。其根据可概括为"环境决定论":电影是在影院的封闭空间内、特定的观赏氛围中,通过大屏幕向特意来看电影的观众播映的;而电视则不然——它是在家庭的开放时空内、松散随意的观看环境中,通过小屏幕来演播,而且观看者更往往随时调换频道……于是,电影与电视就在上述种种理由中毋庸置疑地被"定位"下来——

电影是高雅的艺术。它可以也必须充分施展电影艺术的各种视听手段：大画面、精制作；大全景的渲染铺排，中近景的精致调度，特写的匠心独运；色调的设计、光线的使用、构图的讲究，以及音响的穿插，尤其是蒙太奇的形形色色的体现……至于内容方面，情节、人物、情景、意境……均可操作；艺术风格上，现实主义、古典主义、现代派、后现代派、生活流……无所不能。有论者还提出：电影不必让大众看懂，不必让普通观众欣赏，只要具有"真正的艺术自我追求"即可。

电视剧则是通俗的艺术（制作）。它的主要职能是编织一些无甚深意，但曲折好看、喧腾热闹、能随时引人的凡俗故事，为漫不经心的观看者提供"消遣"服务。于是在剧本创作及画面展示方面，就不必过细过精，多用中近景镜头，只要把既定的故事敷衍出来即可。这种观点，或许有其某一方面的依据，但总体来说，是过于偏颇，乃至错误的！其危害性极大，甚至可以说：这是一种"不识时务"的论述。

第一，它必定要危害电视剧的艺术存在。电视剧的观众是电影观众的千万倍，电视的覆盖面遍及全球。忽视电视剧的创作、将其打入艺术创作的"另册"，势必失去文化传媒在当代最主要的一个领域，将从根本上违背了艺术与社会生活的关系，放弃了艺术对社会人生的职责。

第二，它缺乏对当代人生环境的切实审视，尤其是缺少一种发展、预测的眼光。当代家庭固然有不同于影院的观赏环境，但也并非都在杂散随意的喧嚣之中。三世、四世同堂的大家庭已渐趋减少，三口乃至两口之家则广为出现；另外，随着居住条件的改善，家庭电视机前也不一定总聚集着"老中青小"一圈人众，分室而居、各取所需、有选择地观看，已成趋向；尤其在硬件方面的升格——大屏幕彩电的日益普及乃至"家庭影院"的出现，更使电视剧与电影的观赏环境趋于一致（当前电视电影的兴起与获得相当的观众，已经足以证明）……因此，过分强调两者的差异并进而提出不同的艺术要求，是不明智的。

第三，影视在观看方面"并轨"的实际情况也已经证明：过分强调影视的区别，也未免有些"学究气"。目前，就大多数观众而言，他们并不是在电影院而是通过电视机来观赏中外影片的。换言之，除了观赏效果因条件限制而受到一定影响外，就观众而言——电影与电视剧已经没有什么"本质"的区别了。

因此，在适当顾及电影与电视剧在制作及观赏条件方面的不同等因素（尤其是制作经费方面）的前提下，单就剧本创作而言，是不应该将电视剧只视为"下里巴人"的。国外的一些有识之士，已经有意打破藩篱，积极创作专为电视机播放的电影，并获得艺术与经济两方面的硕果，应为我们所借鉴。

就影视剧本的文体，这里再说一个小问题。

常有初学影视剧本写作的人问：一部电影（或一集单本剧，或连续剧，或一个小品等）剧本，应该写多少字？

提这种问题的人，似乎还没有进入影视编剧的门槛。影视的特点是以直观的艺术形象展示内容，而这种直观的形象展示与文字的多少很难有准确的关联。有的剧本播演长达两个小时，但由于以场面铺排、情节转变、人物动作为主，其剧本文字很可能只寥寥数百字便足矣；而有些电视短剧，虽然只十几分钟，但由于其间充斥大量的人物独白与对话，则没有四五千言就拿不下来！

影视剧本的文体不同于小说、散文等文体的专靠语言叙述，因而不能只以字数多少来判断。这一点，是应该清楚的。

第五章
"表现"(二):
人物塑造

影视剧作是反映社会与人生的。而社会与人生的主体就是人。所以,没有人物的影视剧作,不可设想;没有塑造出成功人物形象的影视作品,就不能称为优秀的艺术篇章。这,众所周知。

但在中外电影或电视剧的创作历史中,也曾出现过否认或轻视人物在影视篇章中作用的现象,并且作为一种"艺术创新",不无一定的影响。比如在 20 世纪 20 年代出现过的新浪潮电影,它们强调影像的造型,不要故事、不要人物,而以影像的艺术造型为追求的重心,于是将人物挤出了银幕;比如 20 世纪 40 年代后期出现的新写实主义电影,它们强调纪实性与记录性,从理论上否定情节、否定人物的刻画(尽管在实际创作的作品中并非都是如此,如《偷自行车的人》《警察与小偷》等),大量选用生活中的"本来人物"来扮演剧中人物等,以此来避免对人物"有意为之"的塑造;再比如 20 世纪 60 年代兴起的现代主义电影,更是非情节化、非人物化,讲求"意识流""生活流",不注重人物性格与外在动作的展示;等等。在此,我们并不想绝对否定上述电影运动或流派在电影发展史上的价值乃至地位——它们的各自出现,总有其社会文化或艺术源流的背景原因——只是想说:无论怎样的理由与背景,也无论所提出的观念、主张有哪一层面的"针对性价值",如果因此而忽视了对影视人物的艺术塑造,便都是一种"过犹不及"的失误,甚至极端了。

对此,我国导演谢晋有过一段深谙甘苦之言:"如果一部电影放完之后,人家说:'啊呀,这个画面真棒!'或者说:'啊呀,这个音乐真不错!'我反而认为这个电影糟糕透了。听起来好像是表扬,实际上是导演的最大失败。因为人家看完电影后什么人物都没有记住……我觉得对于电影来讲,只是画面好、音乐好是远远不够的,最重要的是看它对人物刻画得怎么样。人物留在观众心里,这是对一部影片的最高评价。"此言极是。

电影固然以影像为主要表现手段,但它毕竟不是老北京的"拉洋片",只让人看"画儿"的。"画儿"只有有助于"人事"的表现,才有意义。有没有单纯以"意境"、以优美的"连环油画"取胜的影视艺术?或者可以有(像法国新浪潮代表人物罗布-格里耶等人的一些试验品、我国一些"借鉴型"影片如《黄土地》等),而且也不能全部否认其独特的"画面艺术"的价值,但是,作为沙龙内的盆景供少数同道赏玩可以,而作为供大众乐于观看的通俗的(影视剧本身就是大众文化的一种载体)影视"剧",就难免"曲高和寡"了。

影视剧人物塑造的重要性还在于:它不同于小说、散文、诗歌对人物的用文字描述,而是通过具体形象直接展示在观众眼前——这就有更大的难度:小说等文体中的人物,通过文字"传达"给读者,读者可以根据有限的文字，充分发挥个人的想象，将人物充实起来，进而理解它接受它；而影视剧中人物形象的展示，没有观众想象的中介，因此，就来不得半点含糊与虚化，必须完全靠"自己"真实、自然、丰富、独特的"实体"来接受观众的检验与认可。这，就丝毫草率不得了！

下面，具体介绍影视剧作中人物的塑造。

第一节　人物塑造的基础

一般叙述性文艺作品都重视人物的塑造，极力要把人物表现得不同凡响、奇特杰出。于是在肖像、行动、语言以及心理描摹上大下功夫，果然也就有了声色俱备的某种类型人物形象的出现。有的作者更进一步，通过逼真、独到的细节，比如严监生临死闭不上眼，只为多点一根灯草（《儒林外史》）之类，将人物活画出来。应该说，这些努力不无效果。但是，若将人物塑造局限于此，或者说这样就已经塑造出了成功的人物形象，则未免肤浅、幼稚了——因为这些人物充其量只具有某种类型化的表象，尚缺乏人物性格赖以存在、生发的基础，或者说这些人物还没有"根"——只是为性格而性格，而尚没有表现出性格之所以如此的内在依据。比如《聊斋志异》中婴宁的爱笑、《快嘴李翠莲》中李翠莲的爱说，曾大受论者赞赏；一些影视人物的或彪悍、或冷酷、或视死如归、或胆小如鼠……虽引人注目，但若以艺术形象的标准衡量，它们均只停止在人物表象的漫画式描摹层面，尚没有达到真正艺术地塑造人物的境界。

真正现实中的人物性格，总是在与生活里方方面面的矛盾冲突的碰撞中表现出来的。艺术形象的性格也要如此。

因此，影视作品对人物的塑造，首先就要从宏观上规范出所要塑造的人物性格在那种生活冲突中的体现，这是影视人物性格设计的基础。

生活中人们面对并与之碰撞的矛盾冲突纷繁复杂，我们可以从三大类型中，展出影视剧的人物性格。

第一类，性格与环境的冲突。

即通过外部环境与人物性格的特定碰撞，表现鲜明、确切的人物形象。

比如在《魂断蓝桥》中对女主人公玛拉的性格塑造：在这部著名影片中，并没有一个真正与玛拉作对、要逼其陷入死境的"坏人恶棍"，她所面对、接触的可以说都是朋友、善良人、正常人、体面人……但偏偏是所有这些人所构成的、所体现的社会大环境——等级观念、文明标准、善恶界限、是非尺度……以及战争、贫穷，等等——与玛拉个人自尊自爱、纯洁善良的性格产生不可避免的强烈碰撞，于是，影片在玛拉只有一死的最后场面中，终于完成了人物性格的塑造。

我国影片《本命年》对主人公李慧泉形象的塑造也是如此：主人公是一个都市底层工人家庭出身的青年，父母已逝，孤身一人，本质上属于正直坦诚、讲信义、重交情那一类人，在某种意义上，可以说他是源远流长的传统市民文化的体现者。先是为了"哥们儿"，伤人入狱。出狱后，仍按着自己既有的性格品质在社会里寻求，想找到自己的人生位置。但是，他面对的世界在变化：朋友间只剩了彼此的利用与欺骗；父母兄弟竟"洁身自好"而置绝境中的亲人于不顾——明言断绝关系。主人公唯一的安慰是终于遇到一个未被世尘浸染的唱歌的小女孩，以她的存在为自己精神乃至生命的支撑。但是，小女孩也终于没能逃脱社会生活的魔掌——为了成名获利，甘心沦落了……就这样，传统文化（带有鲜明市民印记）的体现者李慧泉的性格与他所处的社会文化环境发生激烈碰撞，他终于在人群离散开的广场上，孤独地死去……

这类作品很多，如英国影片《百万英镑》、美国影片《红字》、意大利影片《偷自行车的人》、我国影片《湘女萧萧》《我这一辈子》等，均可参看。

第二类，性格与性格的冲突。

即通过彼此对立或不同层次的人与人之间的矛盾冲突的展现，来完成人物形象的塑造。

法国作家梅里美在运用这种方式塑造人物方面，堪称大家、典范。如他的名作《卡门》。这似乎只是一个司空见惯的情杀故事，而实际上是刻画了两种各具强烈特色的性格，并紧紧围绕这两种性格的激烈冲突展开情节，进而表现人物的。

女主人公卡门不属于艺术画廊中那种闺阁淑女或高贵妇人的人物体系，而是无视社会道德与法律规范的"化外之民"，甚至身上还有某些文明人所不齿的"邪恶"的性格特色。然而，作家却如是把握这个主人公：她自觉地站在"文明社会"的对立面，对那个异己的"商人的国家"的道德规范表示公开的轻蔑，并以触犯它为乐事。她是一个社会的叛逆者，是以"恶"的方式来反抗社会的特殊人物；她又是一个独立不羁的性格典型，不能忍受文明社会的任何束缚。她身上最突出的特点就是热爱自己与忠于自己，这种精神使她即使在死亡面前也不肯退让一步，并终于为此而付出了整个生命。

男主人公则出身上流社会，具有上流社会内公认的良好的教养、品德。换句话说，他就是"文明社会"的体现与代表。他爱上了卡门，而且是真心地热烈地爱上了她，但同时又要以他的道德规范、感情标准去要求她。他把对方视为自己的私有物、附属品，他不能允许他的爱人有一丝一毫的"不贞"和"放荡"，而且爱得越热烈，这种管制就越严厉……

作品就以这两种性格既水火不相容，又难以片刻分离的矛盾冲突逐步展开情节过程，终于使它们产生剧烈冲撞，用喷溅的鲜红的血，完成了两种性格的最终塑造——两种生活理想、两种人生态度、两种是非标准、两个营垒的矛盾发展到不可调和的顶点，导致双方的同归于尽。

这篇作品之所以成为梅里美的代表作并成为享誉世界的名篇，就在于它出色地表现了两种鲜明的独具一格的性格激烈尖锐、震撼人心的大碰撞！

这类作品相当多见，像与《卡门》有异曲同工之妙的法国作家普莱沃的《曼侬·雷斯戈》：既表现了代表贵族阶层的父亲与背叛家庭而追求爱情的儿子间两种性格的冲撞；又设计了两个相爱的人——格里欧与曼侬因彼此性格不同而发生的不时冲撞……这样，将作品中主要人物在不同类别、不同层次的冲撞中，逐一展示出其性格的不同侧面，而最终完成立体的复杂的性格塑造。

再如，老舍先生的《月牙儿》中，通过母亲与女儿两种性格从冲突对立到趋向一致的矛盾发展过程，深刻塑造了两个人物，并通过这两个人物的命运，愤怒地控诉了造成这种性格悲剧的黑暗的社会；意大利新现实主义影片《警察与小偷》表现两个同是被压迫、被损害的小人物彼此之间的性格冲突：均是此类表现的典范篇章。

性格与性格的冲突，可以是两个对立性格的冲突，也可以是同一品格但不同档次的性格之间的冲突；可以是两个人物性格的对撞，也可以是一个人物与几个他人的性格碰撞；还可以是一组同类型的人物与另一组同类型人物的"集体性"性格的冲撞……编剧者一定要依据既定的题材内容，作真实自然的营构，切不可人为捉对儿、拼凑对打，为凑"戏"而编排生活中不可能存在的性格冲突。

第三类，性格自身的内部冲突。

即通过人物性格内部两种品质趋向或思想情感的自相矛盾及矛盾的定向解决，来表现立体的人物形象。

严格地说，每个现实中的活人，其性格内部都或多或少、这时那时、此处彼处地存在着、产生过矛盾与冲突，绝对的"铁板一块"是没有的。因此，在影视剧创作中，不论是主要人物还是次要人物，在篇幅可能的情况下，都应尽量挖掘其内在的性格冲突。这样，既可以使人物更加真实可信，也能使剧情更为丰富曲折，进而增加艺术魅力。

重视对人物内心世界的挖掘，是对传统叙述性文艺作品的一种突破。

传统篇章多重视人物的外在表现，而且大都是单一、单向性的表现。现代文艺作品（自然包括影视作品）则多利用对人物内心世界的透视法，不仅塑造出内外结合的立体形象，还塑造出复杂多面的人物性格。这一点，无疑是艺术表现上的一大进步。

以性格内部矛盾冲突的展示塑造出成功人物形象的影视作品十分多见，不必一一列举。在这里只说两句。

第一句：由于生活中任何人物的性格都不是"铁板一块"，所以在影视作品中，无论"好人"还是"坏人"，抑或"中间人"，也无论是主要角色、次要角色，甚至穿场角色，从"理论"上（因为实际操作时要考虑到篇幅、主次等因素）讲，其性格都应有立体的多层面的（自然也就不免性格内部的矛盾冲突）表现，对那种传统的"正面人物"或"反面人物"的观点以及因此而生出的"单面"（平面）人物形象，我们应该加以改造了。

第二句：人物性格当然以"立体"为好，但不可顾此失彼——一味追求乃至过分夸大人物身上的两方面或多方面不同或相反的品格，而造成"人格分裂"，便弄巧成拙了——任何个人之所以成为"个人"，就在于他有"自己"的基本品质与性格基础。在这基础上，在不同时空、不同的人和事面前，其性格表现会有所不同，但不管怎么不同，却要仍是这个人所能有的表现。张飞粗中有细，是其立体性格的体现，但无论如何，他的性格之细与诸葛亮的性格之细是绝不能混为一谈的。

以上，是分别介绍在不同冲突中完成人物性格的塑造。而实际创作（现实生活）中，上述三类（或者两类）往往是互相交叉、彼此融会的。比如《卡门》中的卡门，她性格的体现，既跟与男主人公性格的冲突有关，又跟与当时的社会大环境的冲突有关；我国影片《春桃》的女主人公的性格，既与世俗大环境发生冲撞，又与两个与她同居的男人的性格不时碰撞；而像我国影片《湘女萧萧》中萧萧的性格，则既与社会大环境，又与她所爱男人的性格，还跟她自己内心的"另一个自己"都有所碰撞：人物性格就更加复杂，艺术形象就更为立体，如此等等，均可借鉴。

第二节　人物塑造的具体方面

影视人物的具体塑造，与其他叙述性文艺作品中的人物塑造既有相同处，又因其形象的直观特点，有着自己的独特性。

影视人物当然也是通过人物具体的行动、语言、肖像与心理活动来展示的。下面分别加以介绍。

1. 通过行动表现人物

"行动即是人"，这话有道理。优秀影片中成功的人物形象无一不是通过极具个性化的动作体现出来的。塑造人物性格的动作，大体可以分为两类。

一类是在矛盾冲突处于紧张尖锐，尤其是发展到高潮时刻人物的关键性举止动作。这种动作往往具有强烈鲜明的个性特征，并因此使人物产生某种类似于"亮相"的效果。

比如日本影片《人证》中，女主人公八杉恭子为了维护自己"高贵"的社会形象，竟然趁从万里之遥的美国寻她而来的儿子没有防备时，变态而残忍地用刀刺进他的腹部——不用再多说明，只此一个动作，就鲜明地体现了她迥异常人的性格面目！而与此同时，即将被自己亲生母亲置之死地的儿子，并没有因母亲要杀自己而愤怒、反抗，却悲哀、绝望地成全了母亲的意愿：用自己的双手把刺入腹中的刀更深地插了进去——只因这一个动作，不就有血有肉地表现了儿子悲愤而哀绝的心境及其性格特征了吗?！而又因这样的儿子竟然被母亲惨杀而死，不就更强烈地反衬了八杉恭子人性的异化与灭绝?！如是，通过一个相关的动作，使两个人物的性格都得到了出色的令人震撼的展示，可谓"点睛"之笔，精粹之极。

类似的动作展示，像《魂断蓝桥》的最后，玛拉为自尊而自杀的举动，《卡门》中，女主人公宁可死也要保持"生命之自我"的壮烈表现，像《董存瑞》里，主人公在关键时刻手托炸药包、点燃导火索，为战友开辟道路的英雄行为。

另一类塑造人物性格的动作，是在一般生活场景、平常人事活动中，特意选取的具有个性特色的细微动作，或称之为"细节动作"。

如意大利影片《温别尔托·D》中主人公温别尔托·D是个以领取养老金过活的老人，贫困潦倒，连房租也付不起，只能靠变卖旧物来维持生活。但同时，他又具有强烈自尊心，极力要在人们面前保持体面。后来到了山穷水尽、借贷无门的绝境时，因偶然碰到一个乞丐向他伸手乞讨而触发了"灵感"——他也想向路人乞讨了！影片在这时候，用一个非常具有个性特征的细节动作，给观众留下了十分深刻的印象：他走到一个僻静处站下，伸出手来，练习讨钱的动作。此时，恰好有人走来。本该是讨要的机会吧，可我们的主人公却在把手伸出的时候，竟又仰面朝天。这个动作就体现了那种初次干此营生、低不下头来的复杂心态，使观众觉得既可悲又可笑。过路人开始没有意识到路边的老人是在讨钱，当走过之后，才有所觉察，于是返身掏出钱来。可是，正要把钱放到老人手掌上的时候，老人家的手掌却突然翻转过来——手心冲下，手背朝上——给人的感觉是他并不是在乞讨，只是在试探天上是否在下雨！结果，要给钱的人十分尴尬，只好将钱收回，转身离去。本来迫切想讨钱以度过饥荒的主人公，也因自尊心而一无所得！这个细节动作便设计得非常出色：简洁明快、寥寥两笔，不仅制造了具有喜剧效果的尴尬场面，更因此而刻画了主人公鲜明的个性特征。

再如《阿Q正传》中，阿Q被判死刑时，认认真真地唯恐画不圆地在判决书上画圆的动作，就鲜明呈示了其性格特性，并使"哀其不幸，怒其不争"的题旨得到入木三分的展示。

2. 通过语言塑造人物

"言为心声"，语言对人物形象展现的作用，众所周知。于是，如何选择最具个性化的语言来表现人物性格，是所有编剧都重视并极力追求的。塑造、表现人物的"个性化语言"可有三类。

其一，正面的单一语言。

即是说，采用与人物性格相一致的语言内容，"什么人说什么话"。这是最基本的，也是运用最广泛的一类方式。比如《水浒传》中的李逵，性格鲁直蛮野，体现他个性的语言则是："这厮好无道理！我有大斧在这里，教他吃我几斧，却再商量！……条例，条例！若还依得，天下不乱了！我只是前打后商量。那厮若还去告，和那鸟官一发都砍了！"言如其人，坦荡无遗。

再如美国影片《红字》的女主人公懿德因追求真正的爱情而被主教等人惩处，在判绞刑之前与总督的对话更显出她的坚强个性——当总督以宗教裁判者的身份逼问她"是否承认自己在上帝面前有罪"时，在众人的喧嚣唾骂声中，她只坚定地说了一句话："我只在你们眼中是有罪的。"……这种语言在影片中随处可见，诚可谓"掷地有声"！

其二，双向的正反语言。

这种语言可以更鲜明更深入地表现人物性格。我们不妨借用**契诃夫**小说中的人物语言来体会。比如在大家都熟悉的名篇《变色龙》中，作家便通过主人公奥楚蔑洛夫多次的一反一正的语言，把这个统治者的奴才兼爪牙的双重嘴脸鲜明而简洁地凸显了出来——

当认为那只狗不是将军家的时候，他这样说："这条狗呢，鬼才知道是什么东西！毛色不好，模样也不中看……完全是下贱货……他老人家会养这样的狗?！你的脑筋上哪儿去了？……你，赫留金，受了苦，这件事不能放过不管……"可当有人告诉他狗是将军家的时候，他立即改变了腔调："你带着这条狗到将军里去一趟，在那儿问一下……你就说这条狗是我找着，派你送去的……你说以后不要把它放到街上来。也许它是名贵的狗，要是每个猪猡都拿雪茄烟戳到它脸上去，要不了多久就能把它作践死。狗是娇嫩的动物嘛……你，蠢货，把手放下来！用不着把你那根蠢手指头摆出来！这都怪你自己不好！……"

如是语言，反复再三。正反对比，通过强烈的反差，突出了人物的性格。这种语言表现，在电影、电视剧中，亦多有体现。

其三，多层面的复杂语言。

这种语言，通过人物在不同环境与不同对象的不同语言，或者在自己不同情绪下的不同的内心独白的多方面、多层次的组合，来表现人物的复杂的立体性格。

比如**张洁**在《条件尚未成熟》①中，对主人公岳拓夫的语言就是这样展示的：当他估计要提自己为副局长时，对旧时同学是一种态度、口气——不远不近、若即若离，以为上任后的官阶分明预作铺垫；当知道局长位置已内定他人时，对旧日同学则又一种态度、口吻了。而对另一个同学，也是此次提职的竞争对手，他更是运用截然相反的语言，在不同处境中分别对待——先是压制，在领导面前，一副公正平和的态度下暗中设置障碍。待已知对方笃定获胜时，又以关心、照顾、爱护的口吻去讨好、表功。同时，在机关里用一种语言，在家中对妻子又是一种语言；在顺境、尚存希望时是一种语言，在绝望愤懑中，又是一种语言；对别人，包括自己的妻子用一种语言，而自己内心深处又用另一种语言……于是，岳拓夫这个官场中典型人物的性格，就通过上述多变的语言，立体丰富地刻画了出来。

影视作品中人物语言与性格的关系，与小说、戏剧一样，我们可因上面例证，触类而旁通。

对人物语言最基本的要求，就是个性化。这是人所共知的。不少理论论述中，也都很郑重地提及这一点，比如人物语言个性化的体现应是："不同的人物，其语言特色应有所不同，要使语言与人物的性格风格一致。"于是，李逵的语言不能与宋江相同；城市知识分子不能与山野农民一个腔调说话等。这，不能说错。古今中外优秀篇章中的人物语言确实也体现了这一原则——刘邦见秦始皇南巡的风光、气派，不无羡慕地感叹："大丈夫当

---

① 参见人民文学编辑部：《1983年短篇小说选》，522～542页，北京，人民文学出版社，1984。

如是也。"而项羽则刚强骄傲地喊出："彼可取而代之！"两人因不同的身世、地位所形成的个人气质不同，其语言风格确是大有区别的，也恰恰因此而为人所称道。

但只用这种简略的提示，尚不能对创作者有具体、切实的指导与帮助——因为它只局限于表层、表象的提示，尚未深入到人物语言个性化的本质上去。

下面，从两方面对人物语言个性化要求作进一步的阐述。

方面一，人物语言个性化的本质。

怎样才算具有个性化的人物语言？按上面笼统的说法，就是不同的人说不同格调的话。但这里就有一个问题：如果同时描述同一阶层、同一地位乃至同一气质的人物语言时，怎么办？

有作者便故意使每个人物操练不同的语词或采用不同的口气，故意将人物硬性分为几类——性急与性缓、骄横与谦逊、善良与凶恶等，然后再按原则办事，使他们每人的语言都独具特色。

然而在现实生活中，同一群体或同一环境中的人物，在表面上并没有太大的区别：性格特征、语言模式以至语气语调，均大体相同。若硬要拉大距离、划分类别，反而给人一种编造生活、杜撰人物之感。因此，对人物语言个性化的理解与落实，除尽可能真实地表现人物语言上的区别外，主要应从语言的内在本质上去把握。即是说，通过语言的内质去表现个性，而不止在语言表象（声调的高低缓急、语辞的雅俗繁简等）上花工夫。否则，这种徒有其表的"个性化语言"只能制造出几个商店橱窗中的模特儿，而很难成为现实生活中有血有肉的活人。

美国作家海明威在人物塑造上极有造诣，他笔下出现了众多举世瞩目的个性化人物，但其人物的语言却几乎没有什么表象上的区别。比如本书前面已举过的被拍成电影的《弗朗西斯·麦康伯短促的幸福生活》一例中，便有这样的人物对话：

> 威尔逊（受雇于麦康伯的猎师）：为打到狮子干杯。
>
> 麦康伯（男主人公）：我得永远感谢你刚才干的那件事才对（指威尔逊当主人公逃跑时打死了狮子、救了他的命）。
>
> 玛格丽特（男主人公之妻）把目光从丈夫身上移开，回到威尔逊身上：咱们别谈那头狮子。
>
> 威尔逊打量着她，没有露出一丝笑意。
>
> 倒是玛格丽特向他微笑。

玛格丽特：这是个非常奇怪的日子。哪怕是中午待在帐篷里，你不是也该戴帽子吗？你知道，你告诉过我。

威尔逊：是可以戴帽子。

玛格丽特：你知道，你有一张很红的脸，威尔逊先生。

玛格丽特又"微笑"起来。

威尔逊：喝酒的缘故。

玛格丽特：我看不见得。弗朗西斯喝得很厉害，可是他的脸从来不红。

麦康伯不无尴尬、解嘲地说：今天红啦。

玛格丽特：没有。今天是我脸红啦。可是威尔逊先生的脸一直是红的。

威尔逊：准是血统关系。嗨，你总不见得喜欢拿我的美貌做话题？

玛格丽特：我才刚开始哪。

威尔逊：咱们不谈这个。

玛格丽特：谈话也变得这么困难了。

麦康伯：别像头傻脑，玛戈。

威尔逊：没什么困难。打到了一头呱呱叫的狮子。

玛戈望着他们两人。

他们两人看到她快要哭了。

在这段叙述中，三个人的语言几乎没有表象上的区别——因为都属于有教养的体面人。但每个人语言的内质却都鲜明地反映出各自的个性特点：面对刚才打狮子的情景，极具自尊心的玛格丽特为自己丈夫临阵脱逃的懦夫行径，既气愤又窘迫，所以故意转向威尔逊表示好感，来讥刺麦康伯；威尔逊则息事宁人，一味斡旋其间；麦康伯则心虚惭愧，或沉默，或自嘲，或道谢，或恼羞成怒地制止妻子的挖苦……于是，玛格丽特的骄矜自尊、威尔逊的圆滑世故、麦康伯的怯懦虚伪的鲜明性格，就在同类语调、语词中泾渭分明地表现了出来。

这个例子或许极端些，但其艺术表现的特质，对影视编剧塑造人物却有很重要的参考价值。

方面二，语言的个性化与人格分裂。

同一人物的语言在不同环境、心境中，应有所不同。比如一个政府官员，作大会报告时语言庄严正经，在办公室与下级交谈时就可能自然亲切；在机关讲话是一种口吻，去与朋友幽会时必持另一种态度；对父辈、上司是一副神态，对儿女、下级，又会是一副神态……可以说是人物语言个性化进一步的体现。却也要防止另外一种可能——就是人格分裂现象。

所谓人格分裂，是说注意人物在不同环境中用不同语言的同时，忽略了对这一人物语言的总体基质的把握，而造成人物失真的现象。比如表现一位教师在学校对学生如何苦口婆心、循循善诱、态度祥和；而回到家中，却对丈夫、对儿女大打出手、大骂出口，完全一个泼妇腔调；转过身来，面对病卧在床的婆婆却又一副恭顺贤惠的模样、唯唯诺诺的言辞（又没有特殊的背景原因——像婆婆有巨款或其遗嘱至关重要等）……试问，这样的人物，还是一个有机的整体、可信的活人吗?！所以，注意到在不同时空中人物语言应有所不同，虽是使人物语言个性化的一种手段，但必须考虑到这个人物总体的人格基质。不然，便欲求巧反成拙了。

总之，一定要以生活的真实为原则。张飞暴躁，却也能粗中有细，甚至不无狡诈。但是，纵使其细心狡诈时，也绝不能混同于司马懿的言行举止。林黛玉多愁善感，却也有欢欣愉悦时，但她无论怎样地欢欣愉悦，其语言语调也绝不可与史湘云混同……我们在设计人物语言时，切不可忽视这一点。

3. 通过心理描述塑造人物

严格意义上说，任何一个"活人"，其动作、语言、表情……都是某种心理世界的反映（正面、侧面或反面的反映）。于是，前面所述内容，实际上也包含了对人物心理的描述。但我们特意在这里单独讲"心理描述"，则是偏重于更直接的或以展示人物心理世界为主要描述目的的种种影视手段。具体而言，就是通过画外音、内心独白、特定的举止动作与表情、闪回或叠化等体现人物内心活动的画面（幻觉、梦境、潜意识等心理画面）以及表现蒙太奇中的那些抒情镜语（那些以借代、隐喻、象征等方式展示人物心理的镜头）等，来形象展示人物心理的这些手段。

画外音是指与画面没有直接关联的人物语言，它往往表现人物对往昔人事情景的某种心理感受或理性评价，观众可以通过人物的这种画外音，透视其心理世界。像我国影片《阳光灿烂的日子》中，主人公的那些不时出现的画外音，像日本影片《生死恋》中男主人公的一些画外音等，均有这方面的体现。

人物的内心独白是指与画面有关（即画面中出现人物的静态形象）的人物内心语言。由于它与人物形象同步呈现，所以运用得更为广泛，也更容易使观众在自然而然间进入人物内心世界。比如我国影片《天云山传奇》中朱科长建议宋薇不要过问罗群平反一事，最好交给他来处理。宋薇在回

241

家的路上，有一段内心独白：

> 我讨厌这个朱科长。但他的话却不能不引起我的深思。我不能否认他的话有某些道理，特别是他讲到我的丈夫，我们是没有什么感情，但毕竟也在一起生活十七八年了，我们还有孩子，我坚持下去，说不定我们的关系要破裂！我能有这个勇气吗？

这段内心独白，就使观众十分清晰地看到了宋薇复杂微妙的心理世界，并为后面剧情的发展做了铺垫。

此类表现，十分多见。可以说，内心独白是表现人物心理的常见的也是主要的一种手段。当然，也不能过分使用——如果总让人物在静止的画面中，作大段的内心抒发，就会使影片沉闷了。

通过人物在特定场景中的动作展示，例如愤怒时的砸拳、暴跳，痛苦时的以头撞墙、面部抽搐之类，来表现人物的内心状态，能使观众在极具动感的画面中体味人物的心理，也是常见的方法。像瑞典影片《野草莓》中，老教授"看"到（实际上是一种幻觉）当年的爱人与别人同居共处时，自己的手被门上的钉子扎出血来都毫无察觉的动作，就将他痛苦不堪的心境展示得入木三分。

用动作展示人物心理世界，切忌"摔掉手中杯子，以表示人物的悲哀或惊喜"之类老模式动作。一定要有新颖的（当然要符合人物性格的）动作设计。

至于用画面形象来表现人物内心的幻觉、梦境、回忆等自觉意识或潜意识——如《野草莓》中的众多画面，或用具有"表现"功用的抒情镜头来传达人物内心的情感——如用大海波涛、高山青松、雪山崩裂、红花盛开等，若用得恰到好处，也能使人物增色。

4. 人物的外表形象设计

影视剧人物的外表形象，自然要由导演（副导演）来作最终的"活人"确定。但作为编剧，也不能放任自流——因为导演们选定演员，毕竟还要以剧本中的人物形象为基准。所以，编剧在剧本的行文中，对人物的外表形象就不能不有所描述（或曰点示）。

影视是直观的艺术，要想使一部影视作品获得观众的喜爱，就必须考虑到片中人物的外表形象也要得到观众的认可、接受。好的剧本因演员外形与内容（故事内容与性格内容）不符而导致影片失败的例子，不是没有的。

　　"相面法"在世俗人群中之所以有一定的市场，并非毫无道理：因为"面相"与"心相"往往有联系，即使在其人有意作假时（除非其人演技十分高超）也如此——明眼人总能看出马脚来的。或者从另一个方面说：观众一般总从人物的"面相"如何来决定对这个人物的好恶，所以，只为了使观众认可，也要考虑剧中人物"面相"的"易（可）接受性"。

　　于是，一般而言，英武的男主人公、美丽的女主人公、可爱的少男少女……就比相反"面相"的同类人物受观众的欢迎，进而能够增加影片的观赏魅力。不少影片甚至主要是因为主人公（演员）的"面相"大受欢迎而获得成功的，——有些观众去看电影，竟主要为了去欣赏某个饰演剧中人物的演员，如法国的阿兰·德隆、日本的高仓健、美国的迈克尔·道格拉斯，以及我国的刘晓庆、姜文等！

　　因此，编剧对剧中人物外表形象的描述，是不能掉以轻心的。

　　但是，在这里要注意一个问题：人物形象与人物"面相"，不可等同视之。在艺术表现方面，"好看的人物"不等于"漂亮的形象"——你很好、很漂亮地画出了一个老人，与你平常、平庸地画了一个很漂亮的老人，绝不是一个概念。在审美意义上，前者的老人才是"美"的；而后面的老人尽管表面漂亮却不具备"美"的品质，在艺术上则是丑陋的。鉴于此，我们在描述人物肖像时，应以体现性格为主。换句话说人物肖像描述的原则——最好的人物肖像只应是最能体现此人物性格的肖像！

　　在符合上述原则的基础上，则人物外表肖像无论怎样，都可以最终获得观众由衷的赞美与接受，如《巴黎圣母院》中面相丑陋的卡西摩多所体现的优美的艺术形象，还有当代影片中一些由并不漂亮的演员所扮演的大获成功的男女主人公等。

　　在具体写剧本时，作为编剧还要注意一点：对人物肖像包括"面相"的描述，点到为止即可，不必过细——要给导演挑选演员以及演员对剧中人物的表演留有较充分的余地。

　　上面，分别介绍了人物塑造的几个方面，而在实际剧本创作中，它们则是交融成有机整体，绝不是分开或堆砌的。

　　另外，还要注意一个重要方面：影片中人物的性格不宜"在静态中一次性完成"——因为这既不符合人们对一个人物认识的"生活规律"，也不利于人物与剧情的"艺术表现"。实际生活中，人们对一个新人的认识，总有一个陌生、初识、有所了解、完全熟悉的过程，这才符合生活的真实；而在艺术表现上，若一开始就把人物的方方面面"一览无余"，也易减弱人物对观众的引力与剧情展现的张力。所以，一般情况下，应采用"动态中的渐次的积累式性格塑造"为好。一些优秀的影片，其主人公的性格塑造、形象确定，常常在结局时才最终完成，像《卡萨布兰卡》中里克的形象塑造，《魂断蓝桥》中玛拉性格的最终完成，我国影片《本命年》中李慧泉所体现的悲剧性人文精神与性格的时代定位，等等，均是。

第三节　人物的配置与艺术展现

在对影视人物性格有了宏观的基本设计之后，就要进行下一步的工作。也可以说：戏台搭起来以后，就要决定由什么样的角色、几个角色、怎样配合起来去演这场戏了。

一、人物的配置

影视剧中的人物配置固然没有死板不变的规定，却也应有必须顾及的大体要求。具体说，就是人物的数量与性质及彼此之间的关系要根据影视剧的篇幅、意旨与题材来精心设计、艺术编织，要使每个人物都有既定的戏剧任务、意向和行动，使每个人物都在各自不同的角度、位置与层面上为整部戏出力，而避免不必要的人物及多余的人物关系出现。简言之就是——每个出场人物及他们之间的关系，都要"有用"。

就人物数量而言——

一般情况下，电视短剧、电视单本剧的主要出场人物不宜多，一两个、两三个为宜，最多不要超过五个。人物过多，其具体展现必然粗糙浅薄，不利于创作出有血有肉的性格形象。而电影或电视连续剧因其牵涉的生活面较广泛，人物数量自然就不能太少。电影《阿 Q 正传》，没有阿 Q 与假洋鬼子、赵太爷、王胡、吴妈、小 D 等人的各种各样的关系，阿 Q 就不成其为阿 Q；影片《人到中年》里，主人公陆文婷若只演干净利落的独角戏，而没有丈夫、院长、同学、老干部以及"马列主义老太太"……一系列人物所编织出来的生活之网，她也就绝不能成为当代电影中的典型形象。对于电视连续剧来说，更不可能由一两个人物唱独角戏或"二人转"。如《红楼梦》里有血有肉的出场人物就不下二三十个，如众所周知的宝玉、黛玉、宝钗、凤姐、贾母、贾政……以至刘姥姥、贾雨村、薛蟠之流，可谓集各种性格人物之大成。所有这些人物，互为背景、彼此牵挂，犹如蛛网上纵横交织出的"交点"：少一个就会使整个网络出现破损、欠缺。就是以一个主人公性格形象为唯一塑造目的的影片、电视连续剧，如《约翰·克利斯朵夫》《红与黑》《我这一辈子》《青春之歌》等，也有众多配角，而非纯粹的"自传"。

但是，在这里要特别注意一点：无论长篇作品还是短小篇章，其中可有可无的人物，不管其本身多么有个性、多么能引人兴趣，应一概除去。纵使长篇作品中人物必然众多，但其中的主人公（或主要人物）也不能过滥，一般还是应相对集中地体现于一两个、至多四五个人身上。像《红楼梦》中的几十个人物，若不是原著的小说已经被观众所熟悉，其中各个人物的来龙去脉、性格特点早就耳熟能详……单凭电视连续剧中的人物表演，是不可能都为观众所理解、所接受的。电视连续剧《东周列国》，尽管事先作了大量的广告宣传，但实际演播效果却远远不尽如人意，主要原因就在于出场人物过于繁杂，又没有主要的几个人物贯穿始终，结果成了"你方演罢我登场""各领风骚一两集"的走马灯，不过简单演绎（图解）一下原著《东周列国志》中粗糙的故事框架而已，观众连具体人物的名字都记不住，又何谈形象鲜明、性格丰满?!

另外，影视剧的题材也往往决定着人物的定员：小的题材不宜人物过多；大的题材因场面大、场景多，内中的"出场人物"（不一定是主要人物）就不可能太少，否则便缺乏生活的真实感。这一点，则是问题的另一面，也不可忽视。

总之，影视剧中人物数量的多少，虽没有定规，但艺术表现的引力与生活的真实感这两个方面，则是必须考虑的。

就人物的性质而言——

影视作品的题旨还决定着主要人物（尤其是主人公）性格的性质。通俗地说就是——"什么戏由什么人演"（一定的戏要由一定的人物演）。所谓性质，就是指人物在具体矛盾冲突中的"质"的形象。在这方面，许多编剧往往忽视或过于草率地确定——结果不是题材、题旨受到人物性格的局限不能充分展开，就是人物性格因题材、题旨的制约而受到压抑。这方面，托尔斯泰创作《安娜·卡列尼娜》时对人物性格性质的构思过程，对我们是有借鉴作用的。

在初稿中，女主人公从外貌到心灵都是一个叫人厌恶的女人，她"穿着一身镶黑色花边的黄布拉吉，戴着花环，比谁都裸露得厉害"，"她把黑珍珠项链咬在嘴里，上下摆弄着"，她"粗声粗气地、放肆地、快活地谈论着客厅里谁也不会想到并且说出来的那些事情"。在第二稿中，作者笔下的女主人公肖像仍是："一位难看的、低低的额头、短短的微微翘起的鼻子和过于肥胖的女人。她肥胖得多少显得有点畸形。"而作为安娜对立面的卡列宁，则是一位善良、虔诚、平静、虚弱的绅士；安娜的情人渥伦斯基更不是什么花花公子，而是来自上流社会的高尚的先生——由于作者创作初衷是所谓"夫妻关系不可变更"的思想，是反映一场上流社会常见的家庭危机与道德风波，这种人物性格的设计自然可以。但是，若想通过这三个主要人物表现更为广阔的社会，揭示更深刻的生活，便难以完成了。于是作者就重新设计了自己作品中的人物：安娜不满于上流社会的虚伪与压抑，追求真正的爱情，她基本上是正面的形象；官僚卡列宁、花花公子渥伦斯基则是反面形象，代表着上流社会的虚伪、狡诈与荒淫无耻。通过这样的一组人物，作者表达了对贵族社会的厌弃与鞭笞之情。同时在作品中又塑造出了列文、吉提这组形象，通过他们对爱情、事业、人生的追求、体验与觉悟，表现了作者自己的内心世界……正因为上述的对人物性格因作品题旨需要作出的重新设计，才终于产生了这部世界名著。

就人物之间的关系而言——

影视剧作为"一部戏"而言，在某种程度上甚至可以说：其人物关系的艺术设计比单个人物形象的定型设计更为重要。因为无论戏剧题旨、情节进程，还是人物的形象体现，都必须通过人与人之间的"动态的关系"来展现。单摆独放的静态人物自身，是没有丝毫"戏剧价值"的。因此，对人物之间关系的设计，绝不可掉以轻心。好的人物关系的设计，可以使戏剧冲突更为强烈或更具艺术魅力，同时也必然为表现人物性格创造出有利的条件（环境）。

人物关系大体有两类：现实关系与戏剧关系。现实关系是指在现实的社会生活中，人们因血缘、家族、工作、社交、居住环境……以及各种历史渊源所形成的既定关系。戏剧关系是指因人物性格的冲突而构成的人物之间的各种特定关系。

在一部剧作中，剧中人物总是由一定的现实的关系联系在一起的，但这种关系只是表现人物性格的环境和条件，人物关系的核心还是应该放在不同性格在特定环境、事件中所形成的矛盾冲突上。即是说，作为编剧，固然要安排人物的现实关系，并要使之真实自然，但更重要的也是决定"戏之有无"的，则是人物间的性格冲突——戏剧关系。

比如影片《芙蓉镇》中，人物很多：右派秦书田、个体户胡玉音及其丈夫、地痞无赖王秋赦、粮站站长谷燕山、工作队长李国香……他们之间当然有着各种现实的社会关系，但若只有这些关系，还不能成为一出戏，起码不能成为一出好戏。好戏最基本的衡量标准只是一个：有没有人物之间的冲突，有没有人物之间复杂又引人的艺术性冲突。《芙蓉镇》中，较好地展示了上述人物间的变化多端、起伏跌宕的各种、各方面的性格冲突，于是就获得了成功。

再比如影片《李双双》这部优秀作品，人物现实关系很简单：李双双与喜旺是夫妻关系并且是戏中的男女主人公。这样的影片很多，为什么《李双双》给人印象深刻，社会反映强烈，所获评价甚高？就在于它绝不只是表现一下这种随处可见的夫妻关系的一般状态，而是特意围绕着夫妻二人性格品质的差异，艺术地表现了在一连串事件中他们之间一波刚平、一波又起的矛盾冲突。

不少编剧很善于编织人物的现实关系，网络纵横，联结巧妙，但就是缺乏人物之间的戏剧关系，结果，只能把剧本写成平浅散淡的人物联络图，而难能织成有艺术张力的性格冲撞体——其失败，也就是必然的了。

二、人物及其关系的艺术展示

1. 人物性格的展示

在影视作品中，人物性格形象的展示，大体可归为三种方式。

第一种可称为"定型展现"方式。

在这种方式中，人物的性格形象是既定的。就是说人物一出场，已经具备了定型的性格形象，之后，只是在不同环境的人事冲突中，作一次又一次的"亮相"而已。

这种方式在影视作品中最多见。典型的篇章诸如美国影片"007系列"中，男主人公的机智勇敢、精干潇洒的人物形象是既定的，只是围绕他的事件环境总在变动，进而使之作一次又一次的颇为引人的"亮相"：任凭风吹浪打，我自岿然不动，诚可谓也。我国电视连续剧《西游记》与其异曲同工，孙悟空是固定的性格，而考验他的事件冲突则变化多端、接踵而来……于是，他也在一次次的矛盾冲突中，再三地展示着自己。当然，在一些影片中，人物性格的这种展示也不是简单的（单一的）重复，而是在不同场景、不同矛盾里，灵动地展示人物性格的某些或某一个方面，甚至展示人物在某种特定环境中符合其既定性格的内心的矛盾冲突，进而最终给观众一个多侧面的立体的总体性格形象。这就显得更接近生活的现实，艺术表现上也更为老练了。

比如在影片《红字》中，主人公懿德的性格形象虽是既定的，但其展现却是渐次的、多层面的，甚至有时是不无内在冲突的：先表现她初到小镇时，从穿戴打扮到言行举止所体现的健康积极的生命形态；接着表现她与丁牧师相识后的情感冲突（她不能不面对自己已有丈夫的现实）；但真正的爱情毕竟是神圣的，她固有的本性也不可能长久被世俗观念与教会规范压抑，于是她终于大胆、热烈地与丁牧师双双陷入激涛澎湃的爱河；然后展示她面对教会的迫害，如何坚强不屈、坦然自尊；当她所爱的牧师也不无退缩、承认在上帝面前"犯有罪恶"时，她痛苦至极，却绝不妥协，仍坚信自己人生的贞洁无瑕！……就这样，一个既定的人物形象，通过其方方面面的展示，最终在观众心目中丰满地完成了。

类似影片，如《卡萨布兰卡》中对里克这个形象的展示、《辛德勒的名单》中对辛德勒人物形象的展示等等，均可参看。

第二种可称为"发展成长"方式。

在这种方式中，人物的性格不是一出场就定型的，而是有一个从小到大、从弱到强、从不成熟到成熟、从简单到丰富的"定向的"发展成长过程。

由于影视作品都有一定的篇幅限制，比如在一部电影的 90 或 100 分钟内，尤其是在电视单本剧或电视短剧中，要表现人物性格的成长发展直到定型的全过程，确有难度，有时甚至要冒失败的危险。但这种表现方式若运用得好（尤其在较长篇幅的电影或电视连续剧中），则更易于为观众所认可、接受——因为生活中的任何一个"活人"，在严格意义上，其性格（由多层次、多方面所组成）总是在不断的活动乃至变动（哪怕是极细小）之中。换言之，也只有其性格的某些、某个层面或方面总处于外在环境制约下的活动（变动）中的人物，才更像生活中的"活人"。

比如我国影片《青春之歌》对主人公林道静的形象展示——开始时，女主人公是一个地主家庭出身，但品质纯洁、有着美好人生追求的"小资产阶级知识分子"，自然，当社会生活的浪涛扑打到她身上时，难免表现出稚弱、娇柔的性格；而随着人生经历的扩展与进步青年朋友（共产党员）的指导、帮助，她逐渐成长起来，终于也加入了共产党，成为一名共产主义的战士。但就是在成为共产主义的信徒与战士之后，由于斗争的艰难、环境的险恶，她身上仍不时有缺点、弱点出现，甚至还有片刻的内心深处的迷茫、困惑……直到经过漫长的革命斗争锻炼与考验之后，她才最终成长为"真正的无产阶级革命战士"。

类似影视作品，如美国影片《末路狂花》对两个主人公的塑造，日本影片《天国车站》对女主人公性格的展示，我国影片《董存瑞》对主人公性格成长过程的表现等，都是例证。

"发展成长"的展示方式，不一定只体现在主人公身上。对次要角色，在可能情况下，也能如此。比如《芙蓉镇》里次要角色王秋赦，刚出场时，只是个好吃懒做的"混混儿"，而随着时势的变化、运动的起伏，他那毫无立场、唯利是图、为求个人利欲无所不用其极乃至终于畸形变态的性格形象才渐渐"完满"起来——这无论对剧情的艺术展现，还是对社会生活的真实反映，就都有益而无害了。

第三种可称为"异向转变"方式。

这种方式中人物的性格形象也是随着剧情的发展变化而发生着变化，与第二种方式不同的是：它的变化不是"顺变"而是"转变"。即是说，这种方式中的人物性格形象总是朝着相反的方向或从一种性质向另一种性质（往往还是相对立的性质）发生变化——好变坏（或坏变好）、是变非（或非变是）、善变恶（或恶变善）、强变弱（或弱变强）等。

由于生活中的这种性格转变并非少见，而且这种人物性格的异向转变往往使剧情更加起伏跌宕，进而更具艺术引力，所以影视作品中这类人物展示方式，亦多被运用。

异向转变的人物，可以是主人公，也可以是次要角色，甚至是配角。

主人公发生异向转变的，像美国影片《克莱默夫妇》中的男主人公从一个只知工作而忽略其他的被否定的人物，渐渐转变成为父子亲情宁可舍弃待遇优厚职位的全新的形象；像《死囚漫步》的主人公从一个残忍恶毒、毫无人性的罪犯转变为一个知悔认罪、眷恋生命、令人同情的受刑者等：都因其特定环境中人物性格的异向变化，使情节更加真切曲折，使整部影片大增光彩。

次要角色发生异向转变的更多。像《情归巴黎》中原本要破坏女主人公与其弟弟相爱的那个大少爷，像美国影片《致命诱惑》中的单身女人，像《霓虹灯下的哨兵》中的陈喜，像《李双双》中的喜旺，等等，在此不一一列举了。

2. 人物关系的展示

无非是主要角色与次要角色关系的设置与艺术表现。人物的关系设置主要是相对于次要、主角总是相对于配角而言的。在这个意义上完全可以说——没有"没有配角的主角"，也不可能存在"没有主角的配角"。因此，任何一部影视剧作，都是靠主配角的艺术合作来完成的。

于是在这里就要注意：两者因既定的"身份"不同，在剧中的表现分量与位置就要有所不同——

其一，不要让主要角色长期偏离主线，不要将设计中的主人公在众多人物出场的复杂展现中总处于偏僻位置、闭塞环境。因为这样极易造成全剧重心转移、主旨变更。

其二，主要角色也不可过于"霸道"，总压制、抢夺配角应有的戏，把配角视为无足轻重、可有可无的"附庸"。好的配角只能为主角增加色彩，而绝不是相反。试想：没有红娘这个配角，《西厢记》还成其为《西厢记》吗？！无论莺莺还是张生，还能具有剧中那样的风采吗？！在电影《李双双》中，没有配角"喜旺"，能有主角"李双双"吗？！

有一种说法，就是所谓"群像展示"的作品中，没有必要分清主次，只要把每个人物都演好就是。其例证如苏联影片《这里的黎明静悄悄》，就由五个女战士与一个男性中尉共六个人物的活动组成；再如电视连续剧《红楼梦》，就更是由众多人物来展示的；等等。作为一种取材或曰表现"范畴"，"群像展示"确有自己的特色，它往往能够表现某一社会生活方面、某一社会阶层的"全景图"。但若将它视为一种艺术展示的技法，就难免有所偏颇了：因为无论从影视作品的篇幅限制，还是从艺术表现的规律而言，"平分秋色"的群像展示都会造成一定的弱症乃至弊端——

就一部电影来说，篇幅是很有限的，五六个甚或八九个人物或平排并列，或穿插闪现，观众眼花缭乱不说，每个人物因供其表现的篇幅有限，也就必然匆匆走场，只能草草亮相而已。若细细审视《这里的黎明静悄悄》，就会发现——其实它并非没有主次，不讲究详略虚实，尽管它的人物展示因题材的特殊性而与一般影片稍有区别，但在艺术笔触上，还是有轻重、浓淡的不同，比如对丽达形象的展示，就比别人更为着力。而且，这部影片中毕竟只有五六个主要人物，以此作为"群像展示"的例证还不足以在理论上奠基。而以此理论演绎出来的不少作品，却从反面提出了例证，比如我国影片《混在北京》，短短 90 分钟内排列出八九个主要人物，虽意图是要以此"群像"表现一类"社会生态"，但以这些含混或图解的人物所体现的"生态"，也就因人物的含混而难免模糊、零乱了。

至于电视连续剧，固然可以不受篇幅限制，却也不可众多人物满天飞的。《红楼梦》人物众多，但其主要角色总还是相对集中在荣、宁两府有数的几个人身上，尤其每个叙事单元（一般由两三集组成）内，更是以一两个主要角色统其枢机，少有杂散零乱之嫌。尽管如此，若没有文学原著的广为人知，其电视连续剧的艺术效果还是要大打折扣的（与其类同的连续剧《三国演义》，亦如是）！相反的例证则是《东周列国》：它每一集演绎一个列国故事，每一个故事里又充斥着众多主要角色（题材所定，不可避免），而长长 30 集的散杂故事，又没有使观众在事先有所了解（《东周列国志》远不及《红楼梦》《三国演义》在民间流传广泛，更谈不到家喻户晓），结果，虽然调动了强大的舆论为之宣传、鼓噪，也难以使其上升为够格的艺术篇章。花数千万人民币，却如此效果——当为同仁的前车之鉴了。

3. 人物及其关系的展示手段

主人公之间以及主角与配角之间的关系，要尽可能地调动适当的艺术手段来展现。下面，对经常运用的一些手段作简单介绍：

其一，对比。

世间万物，总是在相互比较中才能够被人所认识。人物形象也当然如此。对比，指平列的两者之间正反相对（强与弱、好与坏、善与恶、是与非等）的比较。可体现在两个主人公之间，也可以体现在两个（两组）次要角色之间。一般情况下，前者较为多见。

像《三国演义》的"借东风"中，两个主人公诸葛亮与周瑜的对比：一个顾全大局、胸怀坦荡，一个嫉贤妒能、心胸狭窄——单独展示，便少色彩，而两者对比，便相得益彰。

对比可以横向地体现在两个或几个人物之间，也可以纵向地体现在一个人物的前后迥异的言谈举止间。比如《红楼梦》中的凤姐在老太太面前与在众丫头、老妈子面前的语言动作的截然两样，比如《奥赛罗》中埃古在奥赛罗与副将凯西奥两人面前迥然不同的表现，等等。

其二，衬托。

一组形象的两方，若有主有次，以次托主，便是衬托了。亦即人们常说的"烘云托月"之法。若再细分，衬托尚可分为两种：正衬与反衬。

正衬：同类形象，性质相通，以此衬彼，使主体更为突出。

如《人到中年》中，主人公陆文婷身心交瘁地回到家中，儿子因急于上学，催妈妈快点做饭。心绪烦躁的陆文婷脱口而出地斥责儿子："催，你就知道催！"而当她从空空的厨房里（因自己工作忙，没时间买好食物）出来，发觉儿子因受委屈正抹眼泪时，连忙用毛巾给儿子擦泪水。儿子破涕为笑，妈妈却既内疚又伤感，极力控制着自己的情感而躲开儿子诚挚天真的目光。后来，儿子出去买烧饼回来，误以为妈妈因困倦在桌前打盹，就轻手轻脚地把一杯水、两个烧饼放到桌上，背着书包悄悄地上学去了。作为母亲的陆文婷，目睹了儿子的这些举动，啃着充满稚子真情的烧饼，不由得百感交集、潸然泪下。在这一段描述中，便以儿子的情态举止，十分具有艺术感染力地为主人公形象的艺术展示，作了正面的衬托。

这类人物之间的衬托，在一般的影视作品中，都有各种程度的、各种手法的体现，像《阿甘正传》中黑人士兵布巴质朴本真的生命形象对主人公阿甘形象的衬托，像美国影片《白宫轶事》中总统的女友言谈举止所体现的形象对总统形象的衬托，像《甲午风云》中爱国士兵王国成等人的形象对主人公邓世昌的衬托，等等，均可参照。

反衬：异类形象、相反性质，正反相衬、以次衬主，便是反衬了。

大家熟悉的我国影片《李双双》中，喜旺以其自私、软弱、顾"人情"、好"面子"、不敢与坏人坏事作坚决斗争的言谈举止，一次次地与李双双所体现的大公无私、坦荡真诚、爽朗热情、对错误思想与行为绝不妥协让步的品格精神发生冲突，于是，便极具生活气息与喜剧魅力地反衬出主人公的"社会主义新人"形象。类似的反衬，像《甲午风云》中，临阵脱逃而又巧言令色的方伯谦形象对大义凛然、视死如归的爱国将领邓世昌的衬托；《阿甘正传》中那些热衷于尔虞我诈又装模作样的政客（包括总统），那些因虚妄、愚昧的所谓"荣誉、职责"而致使人生乃至性命都畸形变态的军人（比如早期的丹尼斯中尉），那些追求世俗的名利地位而扭曲自我，甚至糟蹋自我的芸芸众生（如珍妮）……都从不同角度与层面上，反衬出阿甘所体现的生命本质与价值；等等。

正衬与反衬有时还可以融会交织，以表现更具生活真实的人物形象。比如《魂断蓝桥》中玛拉的女友凯蒂，当两人在芭蕾舞团做演员时，面对冷酷无情的"夫人"对女孩子们的压抑以及当玛拉与罗依初恋的几个关键场合，她支持玛拉，无畏地站在玛拉一边，以正面衬托女主人公的形象；而当两人被舞团除名、生活无着时，她则以自己的处世方式与人生哲学作为玛拉的反面衬托——如接到罗依送来玫瑰时，玛拉为爱情而激动万分，而凯蒂则因可以换钱有饭吃而欣喜不已；等等。

衬托可以运用于人物之间，也可以体现在情景、事件、情节、场面之间，还可以用既定的环境、背景或者某种特定的物件等来衬托人物的性格特点、形象面目。

比如《红楼梦》中，以宝钗大婚的喜庆场面来反衬黛玉临终情景的凄凉；比如《红字》中，以冷酷僵板、灰暗阴沉的环境背景来反衬懿德追求真正爱情与坚持健康自我的性格形象；比如在《阿 Q 正传》中，一方面表现当时社会的冷酷、不平，另一方面极力渲染阿 Q 的自我欺骗、自我麻醉的精神胜利法——用背景衬托人物，使阿 Q 其人更加可悲，也就使"哀其不幸，怒其不争"的主旨得到了充分的体现……

以上，简要介绍了对比与衬托手法。有一点要提请注意——对比、衬托等手法虽然可以增加人物展示的艺术效果，但在具体设计时，一定要贴切自然、符合生活的真实，绝不可生硬编织、人为造作。否则，一旦失真，就弄巧成拙了。

人物关系以及人物自身的艺术展示手法，还有很多，如人物之间的铺垫、藏露、离合及对人物自身塑造所用的夸张、点睛、反差（言与行的反差或前与后的反差等）、重复、工笔细描与疏笔勾勒等，在此不一一介绍了。

总之，任何艺术表现手法都只是为更好地塑造、展示人物的性格形象服务。在此原则基础上，"运用之妙，存乎一心"，便"欲把西湖比西子，淡妆浓抹总相宜"了。

第六章
"表现"（三）：
结构布局(上)

第一节 结构体及其一般态势

一、什么是结构体

将戏剧核通过横向、纵向的立体展开，即通过时间、空间的延展，所形成的具体表现影视内容的艺术框架，便称结构体。

结构体是"表现"阶段关键的一环，影视剧作成功与否，在很大程度上取决于结构体设计的优劣。古今中外的作家、文艺理论家，均强烈地意识到了这一点。如美国作家**艾萨克·辛格**当被人问及创作过程中哪一方面最困难时，答道："故事结构。我认为这最困难。……一旦结构定了，写作本身——描写和对话——就随流而下了。"①

如果我们把辛格所说的"故事"作广义的理解，那么，这段话无疑是深味小说、影视剧作等艺术创作的甘苦之言。苏联作家法捷耶夫引用托尔斯泰的话亦如是说："组织材料是最困难的任务：有时细节会使作家离开主题，有时相反，主要的东西没有体现到必要的形式中。"

那么，怎样才能理想地完成这个"最困难的任务"呢？我国清代戏曲理论家李渔的话可资借鉴："作传奇者，不宜卒急拈毫。袖手于前，始能疾书于后。……尝读时髦所撰，惜其惨淡经营，用心良苦，而不得被管弦、副优孟者，非审音协律之难，而结构全部规模之未善也。"

这段话说得好。为什么不少人写剧本，确实处心积虑、惨淡经营了，而成品却不为人们所接受？不是细节不精，不是情景不美，只在于——"全部规模之未善也"！因此，在具体动笔写作剧本之前，必须缜密地谋篇布局，对结构体作一番认真的匠心设计。

二、结构体的一般态势

影视作品与其他叙述类文艺作品的结构态势基本是相同的，无论是所谓"封闭式"也好、"开放式"也好，就其总体而言，大多都可以划分成三个部分，即开头、主体与结尾（不一定是结局）。

亚里士多德对开头和结尾所下的定义是："所谓'头'，指事之不必然上承他事，但自然引起他事发生者；所谓'尾'，恰与此相反，指事之按照

---

① 崔道怡等：《"冰山理论"：对话与潜对话——外国名作家论现代小说艺术》（上册），121 页，北京，中国工人出版社，1987。

必然律或常规自然的上承某事者，但无他事继其后……所以结构完美的布局不能随便起讫，而必须遵照此处所说的方式。"

这段文字，可以说是对叙述类艺术篇章开头与结尾所下的科学定义。我国元代的**乔吉**则如是道："作乐府亦有法，曰凤头、猪肚、豹尾六字是也。大概起要美丽，中要浩荡，结要响亮，尤贵在首尾贯穿、意思清新。苟能若是，斯可以言乐府矣！"

这段文字，则对开头、结尾与主体都作了形象的笼统说明。下面，结合影视剧的创作要求，我们作具体论述。

1. 影视剧的开头

常言道：万事起头难、好的开始是成功的一半……确实如此。首先，开头要体现全篇的风格、基调。其次，开头应是全部内容展开的最好契机，即是说，它既是最恰当、最自然的序幕，又是最精巧、最准确的起点。前者可顺利地接续"故事"（就形式而言），后者可艺术地把握事理（就内容而言）。

衡量一部影视剧的开头好坏，一个最简单的方法就是——看其能否在影片开始不超过十分钟（电影）或第一集（电视连续剧）内把观众吸引住，使观众"入境"。这也就是乔吉所说的"凤头"：一定要精巧引人或美丽动人。如果影片演了一大截儿，已经搬排了许多场景镜头，还没能使观众进入"情况"，就编剧而言，基本上已经奠定了败局。有的编剧或导演常常抱怨地说：好戏在后边哪！你们再耐心看几集，就会觉得有味道了！开头，总要作些交代吧！（比如被传媒事先炒得火热，而放映七八集后却反映寥落的三十五集电视连续剧《皇城根儿》的编导者便曾如是向观众解释过。）作为影视剧的编导，绝不能忘记根本的一点：观众是上帝。而上帝不受别人强迫、牵引，而是要强迫、牵引别人（影视创作人员）的！

开头如此重要，故近人**陶明浚**道："若起不得法，则杂乱浮泛。一篇之中既不得机势，虽善于承接亦难生色。"这种教训在我们创作中是常见的，因此，必须在把握全部预定内容的基础上选取开头。若非"全局在胸"，只凭一时的冲动，乘兴涂出，往往会陷入中途辍笔的窘境。

写好影视剧的开头，关键在于"截取"。事物有"过程"，人物有"历史"，而任何剧本都不可能纵谈概论，因此，截取是否恰当，既体现着作者水平的高低，又决定着影片的成败。

具体说，如何开头呢？大体有两种常见类型，即"悬念式"与"进行式"。

悬念式，即通过简洁的形象场面，在介绍主要人物与剧情背景的同时，提出一个"问题"，使观众产生强烈的悬念，热切关心起主人公或剧情的下一步情况，进而被影片所吸引。这样的开头，自然要从生活人事的某种冲突点或高潮处截取出来，再向下演绎了。

进行式这种剧本的开头，并不注重矛盾冲突的强烈、火爆，而是以较舒缓又简洁的笔触，将人物或事件的"现在状态"生动形象地展现在观众面前，使观众在不自觉间进入影片所要表现的"境界"里，与主人公感同身受，或与事局已无隔阂如身临其境，然后，也就必然随着剧情"未来走向"的渐次演进，终入佳境了。在一定程度上，这种开头比前者更难、更需艺术功力——无论场面的展示、人物的表演、生活的情趣，都必须准确到位，又必须自然生动，一处草率，便易使观众掉头而去。

以上两种，通俗点说，就是"提问题"式与"讲故事"式。两种开头各有千秋，都有随手可拾的优秀影片或电视剧例证，在此，就不一一赘述了。

总之，开头可以千姿百态，但必须做到醒目、简洁、精巧。只有这样，才能既引起观众兴趣，又能顺畅、灵活地展开后面的内容。

开头的常见毛病是：或下笔千言而离题万里；或杂乱无章而不知所云；或旧景老事、滥调陈词，令人生厌；或小题大做、虚张声势，造作牵强。以上四种，我们应力求避免。

2. 影视剧的主体

剧本的主体部分，完全可以也应该千姿百态、不拘一格。至于采用的结构手段，我们在下一章里要具体介绍与研究，在此暂不论述。只简单说一点：就是无论怎样的结构主体，都要充实饱满、自然灵动。

充实饱满，是要求主体部分的内容不可简单干瘪。有些影片看似题材阔大、场面恢宏，但只是表象化地图解某种众所周知的理念或教义，只是皮影戏般搬演几个人像木偶，这样的影片主体，很难吸引人，其艺术与思想价值也就无从谈起了。有的影片虽然人物与事件真实生动，具有较好的生活气息，但人物的性格表现过于单向、直接，事件的展开过于狭窄、简单，这就如让一个有文化的成年人重回幼儿园、听阿姨讲故事了——故事或许不坏、情节也很曲折，但其含量毕竟单薄轻浅，而不能满足视听了。

自然灵动，则是指艺术表现方面不能死板、单调，沉沉闷闷、毫无情趣地向观众讲述，即使是一个挺有"意义"与"意思"的故事，谁又能耐其烦?! 这样的影片无论国内或国外，都不乏见，像我国的《大河奔流》及再早些时期的那些"宣教片"，像美国的《被告》《我的生命》那类以法庭辩论为主要表现的影片，以及包括一些不无深刻含义的现代派影片，均在不同程度上存在此病。

3. 影视剧的结尾

之所以不说"结局"而讲"结尾"，是由于在具体的影视作品的最后，其人事"叙述"的处理有所不同，也就是有"封闭式"与"开放式"的不同。封闭式的结尾，一般就是"结局"——或人物经曲折坎坷后终有了定格（或生，或死，或成，或败，或英雄，或邪恶……），或事件经错综复杂后终有了结果。这种例证十分多见，不必列举。开放式的结尾，一般则是"言有尽而意无穷"，人物的命运或性格也好，事件的结果或趋向也好，往往不作结论，而留给观众去思考与判断——当然，这种结尾并不是混沌恍惚、不可理喻、让观众去乱猜，而是让观众对影片内容有了确切理解后，能够以各自的生活觉悟及价值尺度对"故事"进行进一步的阐发与体验。

结尾的具体形式自然也是不拘一格的。但也有一条必须遵循的原则——无论怎样的方式与类型，任何剧作的结尾都必须自然合理，不可有人为拼凑、主观归拢的痕迹，而要力求做到"瓜熟蒂落"与"水到渠成"。

我国清代李渔论到剧作的结尾时，写道："其会合之故，须要自然而然。水到渠成，非由车戽。最忌无因而至，突如其来，与勉强生情，拉成一处，令观者识其有心如此，与恕其无可奈何者，皆非此道中绝技，因有包括之痕也。"

俄国的**别林斯基**与李渔不谋而合，他写道：结尾"必需是从事件的本质和性格的特点引申出来的。一切都朴素、平常而自然"。

结尾的常见毛病是——该收不收、情节拖拉，致使情境散失或高潮败落；或草率收场、虎头蛇尾，致使剧情窘迫而寡然无味；还有一种则是冗长议论、画蛇添足，这种现象倒不是特指通过画外音（影视剧里当然也有，但毕竟很少），而是以剧中人物之口喋喋不休地大发感慨或议论的那种。影片已经把内容直观地传达给观众了，则仁者见仁、智者见智，还要你"说"什么？！在某种意义上，这种结尾只表现出作者自信心不足、艺术才力不逮而已。

第二节　结构体的基本原则

我国金代的**王若虚**在《诗辨》中说："或问文章有体乎？曰：无。又问无体乎？曰：有。然则果何如？曰：定体则无，大体须有。"

这个说法很辩证，既指出任何篇章都要有大体的"常规"，又强调了一切行文都没有不变的"定法"。影视剧本的创作，自然也不能例外。影视剧是反映生活的，而生活本身千变万化，孰可人为规范？这就决定了影视剧及其组成因素——结构体不能死板规定而应富于变化。但问题的另一方面则是：结构体虽然要"与世浮沉"，乃至"随风俯仰"地有所创新，却不等于可以"随心所欲"地胡乱编撰，否则，物极必反，也将造成创作的失败。

影视剧结构体的基本原则是——

一、结构体的设计要正确反映客观事物的发展规律、内在逻辑与人们的认识规律

客观事物虽然千姿百态、变化无穷，但总有其自身的固有规律与事物间的内在联系。因此，影视剧结构体虽然可以，也应该不拘一格、追新求巧，但绝不可忘记：要使这"新"有所归依，这"巧"有所规范。而更重要的是——它最终应能够为人们所接受、所理解、所欣赏。别林斯基有一段论述小说创作的话可资借鉴：

> 任何现象合理性的标志，即是那一现象的必然性……你读华尔德·司各脱的小说，你知道这是虚构，是实际上没有的事情；可是你对于所叙述的事件仍旧极感兴趣……因为在这里，一切都是必然的，就是说，一切事件都发自人物的特性，发自他们的性格、天性和彼此间的相互地位及关系……但是有些……小说却不如此……在读过以后，它们模糊而混乱地浮荡在你的记忆里，象是你怎么也不能清楚记起的、沉重而不连贯的恶梦的片断。为什么会这样？……因为……不是从自成一体的思想颗粒滋生出来，从而包含本身而非身外的必然性和合理性；他们是没有个性的影子，借抽象符号的表面粘结凑合起来，因此是纯粹偶然的、任意的……不是由自发精神的蓬勃之力创造出来，而是使用机械的思考和臆造制作出来的。[①]

这段话，无论对于小说创作，还是对于影视剧创作，都有切实的针对性。在中外小说与影视创作中，因过分在文体，主要是结构体上追新求巧，反而削弱了艺术魅力，以致失败的作品比比皆是。即使世界名著、经典影片，有时也在不同程度上有此弊端。在小说创作方面，例如蜚声文坛的**乔伊斯**的获得众多人崇拜的经典意识流作品《尤利西斯》，就因过分追求所谓

---

① ［俄］别林斯基著、别列金娜选辑：《别林斯基论文学》，梁真译，203～205 页，上海，新文艺出版社，1958。

"内心世界的真实、自然"，而几乎完全不考虑客观事物的规律、内在联系与读者的接受能力，将近于纯粹心理的"意识流"搬到文学中来，虽然有其一定的艺术开拓意义，但作品的艰涩难懂，则是世所公认的。曾获1978年诺贝尔文学奖的美国作家艾萨克·辛格就如是批评道：

> 他写得深奥难懂，好让别人一直解释他的作品，采用大量的脚注，写出大量的学术性文章。在我看来，好的文学给人以教育同时又给人以娱乐。你不必坐着唉声叹气读那些不合你心意的作品，一个真正的作家会叫人着迷，让你感到要读他的书，他的作品就象百吃不厌的可口佳肴。高明的作家无须大费笔墨去渲染、解释，所以研究托尔斯泰、契诃夫、莫泊桑的学者寥若晨星，但是乔伊斯的门徒就需要具有学者的风度。或者说要具备未来学者的风度。……乔伊斯把他的聪明才智用来造成让人读不懂他的作品，读者要读懂乔伊斯，一本字典是远远不够的，他需要借助十本字典。……大概读他作品的人都是博士学位获得者或是在攻博士学位论文的人。他们就喜欢搞一些晦涩难解的谜。这是博士们的特权。①

辛格这段话未免有些调侃、讥诮的成分，但不可否认它包含着一定的道理。据说，全世界真正读完并读懂《尤利西斯》的人还不到十个。确实，就中国而论，尽管不少小说爱好者一提《尤利西斯》就赞不绝口甚至五体投地，但认真一问，又有谁真正读过全部原文，哪怕是译文？大都以此为时髦，人云亦云罢了。

百年电影史中，也不乏其例。像阿仑·雷乃、罗布-格里耶等著名电影人的一些影片，由于过分追求艺术格局的创新，至今也基本上只在专攻电影的小范围研究者间有些影响。

当然，强调影视作品要遵循客观事物的规律、内在联系及观众的认识规律，不等于说影视剧作的结构要死板、平直、让人一览无余，在符合这个原则的前提下，完全可以，也应该丰富多彩、巧妙精深，使观众获得高度审美享受。比如影片《人到中年》便是如此：它似乎完全不顾客观生活的秩序，"肆无忌惮"地将时间颠倒、将空间错位，以躺倒在病床上的女主人公陆文婷的内心"视界"为核心，时而倒叙、时而插叙、时而幻象、时

---

① 崔道怡等：《"冰山理论"：对话与潜对话——外国名作家论现代小说艺术》（上册），126～127页，北京，中国工人出版社，1987。

而回忆、时而是主人公自身的联想，又不时插入亲朋好友的与她有关的片断忆思……表面看来，很是零乱，但全部影片看完之后，观众基本上能较清楚地把握陆文婷从一个朝气蓬勃的青年学生在生活的磨砺中逐渐成为一个身心交瘁，但仍正直善良的中年医生所经历的全过程。而且影片内的"零乱无章"的各个片段，最终都能在观众头脑中经过梳理而被安放到正常的位置上去，绝无恍惚迷乱之感。

至于影片《罗生门》的结构体更具其独特处：针对一个凶杀事件，它竟采用几个人物的视点分别叙述，而且叙述的内容又大相径庭。这哪里有客观事物的发展规律?！观众又该如何理解?！……乍看此片，难免含混。但只要稍加品味，就会发觉内中的艺术营构，以及在这营构间所蕴含的深层的人文内容。

再比如一些荒诞风格的艺术篇章，像陈村的《一天》，把一个人一生的生活过程浓缩到短短一天的时空内：主人公张三，早晨上班时，还只是刚接替父亲进厂的年轻工人，而经赶班车、进车间干活儿的一个上午后，就莫名其妙地成为中年人了；他却混沌不觉地继续着一般工人天天如此、一成不变的机械"日子"，到了下午，他开始感到些疲乏，"徒弟"给他端来一杯水……到了下班时候，工会主席带着一些人来了，把他拉上一辆卡车，敲锣打鼓地来到他的家里，一块"光荣退休"的牌子竟然挂到门框上！他依然麻木混沌，接过"儿媳妇"端来的饭菜，告诉"儿子"，明天接自己的班，该进厂了。这不更加离奇古怪、荒诞不经？……但对艺术表现稍有了解的读者或观众，都能清楚地体会出内中的含义，也会发自内心地赞叹这种艺术构思的不同凡俗。因为它与工人们平淡、单调的日常生活感受能产生强烈的共鸣——日日如是的机械般生活不就是天天如此，千篇一律吗？而人的一生不就是在这天天如此的日子中，像短短的一天般，倏忽而逝的吗?！

相反，表面上似乎真实再现客观事物面目的结构体式，由于它与人们的认识规律相脱离、与人们的感知习惯相违背，倒不能为读者或观众所接受。例如那些"纯影画"观念的影片体现：它们的结构形态完全"依顺"客观事物的存在形式，以致全篇没有人物、没有情节，只是些"美的照相""静物写生"的大量堆砌。很明显，这是搬照法国新小说派，将一切事物"非人格化"（新小说派代表格里耶语）的偏颇的艺术寻求。其结果是不言而喻的。

另一种违背这条原则的结构体则是：虽表象化地再现了生活中的人事、场景，但所有这些"真实的人事、场景"之间，没有内在的有机联系，这样的影片也是难以让人接受的。比如 20 世纪 50 年代最早出现在法国的"真实电影"，它们强调"原始真实"，热衷于摄录"生活即景"而反对艺术加工，只一味追求细节真实。法国的**鲁西**是这派电影的代表人物，他的代表作《夏日纪事》完全由街头采访摄影得来的素材构成：主人公马斯林在街上逢人就问，你生活得怎么样？是否幸福？有什么不如意的事？……让路人随便讲自己的故事，影片对此毫无编排，碰到什么就拍什么。同时，马斯林也讲自己的经历，特别是战时的不幸遭遇，如此，等等。如果说，作为一种有意为之的艺术反抗（出于对那些虚伪编造、欺骗民众影片的愤恨与反感），尚可理解，但要想成为真正的影视艺术精品，使广大观众接受，进而获得长久的生命力，这种形式的影片则是绝不可能的。

二、结构体应为表现影视剧的既定题旨服务

我国南北朝时期的刘勰道："凡大体文章，类多枝派，整派者依源，理枝者循干。是以附辞会义，务总纲领，驱万途于同归，贞百虑于一致，使众理虽繁，而无倒置之乖；群言虽多，而无棼丝之乱。"刘勰在这里是讲一般文章写作，影视剧本的写作也必须如此：其结构体犹如树木或江河，必有许多枝条、支脉。于是，整理支脉要依从主流，剪裁枝条要遵循主干，使影视剧的结构体符合主旨表现的需要，将各种内容汇集成有机整体，而没有悖谬混乱的现象。

在具体实践中，结构体应怎样体现这一原则呢？

可从两个方面加以考虑：

其一，影视剧的题旨不同，其结构体也应不同，使之成为表现影视内容最适当、最有力的形式。

比如同是写冷酷的社会环境与善良、正直的人物性格相冲突的题材，美国影片《末路狂花》的主旨在于表现残酷的社会环境对纯洁善良的女主人公的迫害，因此，它的结构体就在逼使女主人公不得不一次次犯罪，并以此为借口，最终将杀害她们的阴险残酷的社会环境层面上展开，将其"以法律的公正面孔而虐杀无辜"的本质正面暴露在观众眼前。而日本影片《远山的呼唤》则不同，它的主旨在于歌赞下层小人物在残酷的社会大环境中所表现出来的正直善良的美好人性，因此，它的结构体就避免正面表现社会环境对两个主人公的迫害与摧残，而以大量篇幅，用散文诗般的叙述，在似乎毫无冲突的日常生活中，使主人公获得观众内心情感的认同。于是，当残酷的社会逼压突然而至之际，观众就不能自已地为两个主人公的不幸涌出由衷的热泪。

再比如同是"犯罪片"，一般的结构大都如此：因主旨是表现罪犯的凶残以及法律的严肃，所以其结构体大都由两大部分组成——罪犯凶狠残忍的作恶行径令人触目惊心或惨不忍睹；警方与罪犯的斗智斗勇，最后正义战胜了邪恶。而美国1995年的影片《死囚漫步》的主旨在于通过表现罪犯对死亡的恐惧，却终于因罪恶深重而不得不以死来警诫世人，所以其结构就迥然不同了：它只截取事件的最后一个阶段进行展开，让观众直视被判死刑，而且即将执行的罪犯最后168小时的种种场景与心态——他如何从开始的不认罪（因为吸食药物，在恍惚迷乱状态下的行为）、要求来陪伴死囚的修女为其奔走上诉，到在确凿证据面前不得不低下头来；如何从开始的凶蛮疯狂、乱喊大闹，到终于认识到自己的难辞其咎而不无忏悔；如何从对人生的病态厌弃因而无可无不可，到终于感到生命的可贵而渴望生存……这样，观众就从开始的客观审判者位置，不知不觉地移到罪犯的主观感觉位置上来了。甚至竟有些哀悯起这个曾残酷犯罪、罪该万死的"人"来了！于是，也自然因其最终的难逃法网而更"触目惊心"（甚至"感同身受"）地接受了影片的既定主旨：不要犯罪！

日本影片《罗生门》也是表现一件凶杀案，因其主旨要从哲学层面上表现人性的复杂与客观真实的不可把握，其结构更有特点：它分别由几个人物从各自角度描述那件凶杀案的始末，而每个人所讲的内容因各自的特定身份、处境与目的，都不完全相同，使观众最终对案件的"客观真实"也不甚了了……而更具匠心的是——上述这些内容，又设计在一个荒凉破败、冷酷阴森，处于凄风苦雨中的城楼上，由几个各怀阴暗心理的避雨"过客"之口讲出来，这就更有一种象征意味了。

其二，要用精当的结构体，艺术而确切地表现主旨。

之所以用"艺术"加"确切"这两个前置词，是要表明：影视剧的结构体应该有作者充分的艺术自我的体现，绝不可画地为牢、人为窘束。但又不能忽略另一方面——无论你采用哪种灵动飞扬、异想天开的绝妙结构，总要有一条可或否的裁判，就是能否"确切"地体现主旨、使观众能够接受并理解。

好的影片自然在这方面各有独具特色的展示，例证众多，读者随手能寻。因此，我们不妨举些由于没能采用精当的结构，使影片主旨偏斜乃至含混的例子，从反面论证一下。

美国影片《海岸激情》的主题（如果作者确实心有定旨的话）似乎是反映女主人公因世俗羁限及自身的文化包装，其"双重人格"（既要保持

"上流人"的身份，又渴望获得"原始健康"的生命实现）所产生的内心矛盾终于酿就的爱情甚或人生悲剧。这个题旨应该是不坏的，但影片是通过怎样具体的结构来体现的呢？开始部分表述一个城市中有教养的小姐在充满生命激情的海岸村落中，发自内心地爱上了一个英姿勃勃、健康强壮的小伙子，两个年轻人一见倾心，深深陷入如醉如痴的纯洁质朴、热烈"疯狂"的至爱之境。但是，出于女主人公所处社会环境无形的束缚与自己内心强烈意识到的"文化差异"，她拒绝了这渔夫正式的求婚，在其双重人格的分裂与绞杀间，她痛苦地离开了海岸，又回到了城市。后来，影片很自然地描述她婚姻的不幸福——有过一个合法的丈夫，但离婚了；有过一个情人，也分手了……她的情感处于一种无可归依的漂泊境地。影片如果到此结束，已经很不错，起码没有大的不足了。如果再表现一下女主人公老后的苍凉及与当年的渔夫（已是老翁）暮年重逢的苦涩，也未尝不是种渲染情境的结尾。但影片的编导却犯了结构上的大错误：前面内容在影片中只占三分之一左右，而把大段篇幅用在女主人公与进城找她的渔夫一次次的重新幽会上，而且极力表现两人相聚时的"激情"。尤其大谬不然的是——不是让她重新恢复健康的生命，而是叫小伙子为了适应城市中的她，再三表示可以把自己变成"有修养、有文化"的城里的先生……或许编剧是想通过一种生命与文化的"逆反、倒错"，来表现另一层面的人文悲剧？如是，也未尝不可。但影片并没有按这个逻辑演绎，而是通过女主人公的视点，表明小伙子不可能成为"上流人"，充其量只能做她一年一度幽会的情人而拒绝了他……最后，又以女主人公跪在病逝的渔夫墓前的苍凉画面结束全片。纵观全片，由于结构上的失误，使很好的原定题旨含混不清，编导可能出于票房价值考虑，把一部很具人文内涵的戏构造成"将海岸激情与城市激情组合展览"的"纯激情"（如果不说是色情的话）戏了。这，实在是因结构的不精当而使主题混乱的突出例证。

一个想在影视编剧方面真正有所作为的作者，还是不要"故作异端"以求"一蹴而就"地成为天才，不妨先了解最基本的结构要求，以"画蛋"起笔为好——真正的天才在其间产生，倒也未可知。

三、不同品种、风格剧作的结构体，应有所不同

就品种而言，电影与电视、电视小品与单本剧、单本剧与连续剧……因其载体容量的大小不同、叙述节奏的要求不同、艺术手段的调动不同等，其结构体必然要有所不同。

以艺术风格而论，影视作品的艺术风格总因编剧或导演不同而各异，必然多姿多彩。就戏剧类型而言，有正剧、悲剧、喜剧；就审美品格而言，有"现实"的、"象征"的、"夸张"的……就艺术手段而言，有典型化的、写实主义的、结构主义的、解构主义的、魔幻现实主义的、意识流的、生活流的……无论哪一方面的追求不同，影视剧作的结构都会有相应的调动或调整。

常有这样的情况——有些编剧或导演因某种结构的影片获得成功，便以"不变应万变"，不管什么品种或风格的剧作，都采用自己"认定"的结构方式，结果如何，自然可知。自己被自己"套"住的创作现象，并不乏见，我们应借鉴之。

四、影片题材不同、观众层面不同，其结构体也要有所不同

影视题材与影视观众是相互关联的。影视作品就其本质而言，固然是属"大众"的、"通俗"的一类，但这"大众"，不一定只指覆盖社会全体成员的那个"大众"，而是相对而言，指不是极少数个别人，而是社会某一层面、某一阶层的基本成员的那个"大众"；这"通俗"，更不等同于"平俗""庸俗"，而是指能使特定的"大众"赏心悦目、感同身受的那种"通俗"。简言之：特定的观众群体往往有其喜爱并易接受的特定影视题材。或者说——不同的观众总有其各自爱看的影视题材，有的喜欢表现农村生活的故事片，有的喜欢反映市民生活的影视片，有的爱看革命时期的战争片，有的则迷恋青春片，等等。我们并不否认有社会各阶层都喜欢的影视题材，因为大家毕竟都在同一个社会环境中生活；但我们也绝不能因此就忽略了不同观众尚有各自不同的看片取向。

在这种认识基础上，作为编剧，就要考虑题材和观众的不同对影视结构体的影响或曰要求了。毋庸赘言，不同层面观众的生活体验、文化品格、艺术修养，就其总体而言，各有不同，其对影视艺术的感受能力、觉悟水平，尤其是审美取向，有很大差别。比如有的观众喜欢形象单纯、故事明朗、情节紧凑的影片，于是《喜盈门》大获喝彩；有的观众喜欢故事曲折、情感委婉、人物性格较复杂（最好含有某种悲剧色彩）的影视作品，于是，一曲《渴望》唱遍大江南北；而有些影片，其荒诞的风格，其象征的意蕴，其叙事的"小题大做"，其情节的"沉闷僵板"……就难以被一般观众理解。至于像国外的某些现代派作品（包括《野草莓》《广岛之恋》等），对观众的"挑剔"（更确切地说应是观众对它们的"接纳"），

更是众所周知。

以上，只是笼统的一般化要求，其实影响影视剧结构的因素远不止于这些，像不同国家（地域）的历史背景、文化积淀、时代潮流、民生状态等，都会对影视剧的结构体产生影响。往往有"南方之橘成为北方之枳"的现象。因此，一个好的编剧，即使在影视表现阶段，也要有"天时、地利、人和"的深层考虑，不可自恃才高，一味"我行我素"。

第七章
"表现"(四):
结构布局(下)

"作家力图铺设一座桥，把读者引到他的小说所虚构的世界。在这个时候，作家关心的不是桥美不美，而是桥稳不稳。装饰是第二位的。一开始，作家唯一应该关心的是读者能否顺利通过，而桥不塌。"[①] 西班牙作家**德利维斯**的这段话，确实应为我们把握结构体、使之具体展现时的座右铭。因为无论怎样精美的影视结构，一旦经不住观众信任感（真实感）的考验，就必定是毫无价值的。

结构体对戏剧核的扩展，主要体现在时间与空间的设计安排上。完全可以这么说——影视的结构艺术就是时间与空间展开、呈示的艺术。

影视剧是反映生活的。而大千世界均在既定的时间与空间的涵盖包容之中。恩格斯论此道："一切存在的基本形式是空间和时间，时间以外的存在像空间以外的存在一样，是非常荒诞的事情。"[②] 这确是真理，可以说是任何影视剧结构艺术的"自然基础"。

但是，这只是问题的一个方面。另一面则是：现实生活固然均按既定的自然的时空规范进展，而观众通过观赏影视剧作所要知道、所要欣赏的生活内容却绝不能是客观时空原封不动的照搬。因此，影视的结构必须在时间与空间上闪展腾挪、大做文章，才能产生艺术魅力，才能满足现代观众对影视剧作越来越高、越来越严格的审美要求。

下面，我们将这总体的时空设计，具体化为影视结构过程中的几个步骤，分别加以讨论。这几个步骤，按大多数剧作者一般的构思过程，依次为：时空角度、时空含量、时空线索。

第一节 时空角度的选择

这实际上是影视剧结构体在空间方面的第一步考虑。有了既定的戏剧核，即是说，有了一种有既定内涵的生活事实，要想展现它的全部具体内容，首先就必须考虑选择最恰当的展现角度、寻找最有力的突破口。"横看成岭侧成峰，远近高低各不同。"如何选取最佳的角度、摄取最好的镜头，是摄影家艺术能力最基本的检验。对影视编剧也是如此。往往有这种情况：一个很好的戏剧核，由于入手角度不好，不是半路写不下去，就是写完之后毫无意趣。或者还可以用盖房比喻：一切设置完备之后，却发现整座房

---

① 崔道怡等：《"冰山理论"：对话与潜对话——外国名作家论现代小说艺术》（下册），873页，北京，中国工人出版社，1987。

② 《马克思恩格斯选集》（第3卷），428页，北京，人民出版社，2012。

舍方位错了——本该朝南而向北、本该迎河而对山，这实在是令人懊悔莫及的事。

比如列夫·托尔斯泰写《复活》共用了十年的时间。开始是从一个贵族青年忏悔自赎的角度展现内容：这个贵族青年曾引诱过一个婢女，使她怀孕后被主人赶出去而沦落为妓女。当那个青年在法庭上以陪审员身份又见到被控犯罪的这位女子时，自己的良心深受谴责，于是提出要与她结婚以赎罪。但初稿写完后，作者很不满意，却又一直不知如何是好。直到写了六年之后，才猛地认识到："刚才去散步，忽然明白了我的《复活》写不出来的原因。……必须从农民的生活写起，他们是对象，是正面的，而其他的则是阴影，是反面的东西。"就这样，作者经过了十年的创作过程，通过艰苦的探索与寻求，不断地修改、扩充、调整作品的时空展现角度、展现范围，前后共写了六稿，才终于完成了这部文学巨著。由此引申，同是叙事体文学的影视剧本创作，在一般情况下，戏剧核展现的第一步，也应首先设计其展现的方位角度与内在层面。

角度设计可以作以下几方面考虑或选择。

方面：正面、侧面、反面。

视野：整体描摹、以小见大、典型化。

焦点：外在世界为主、内在世界为主。

层次：表面层次、内里层次（其中又可区别出不同的层面）。

其实，对客观事物而言，其自身并无正面、反面或者表层与深层之类的分别。分别它们的是审美主体的人（创作者或观众）。因此，我们在这里所说的正面、反面之类，均是以人的主观限定而论的。

一般人们所说的正面，均指人们观察事物的习惯性方面。比如对历史上一次农民起义，现在的中国观众大都以社会矛盾、阶级斗争为其正面表现。然而当时的参加者所认可的正面内容却可能只是他个人经历、见闻的局部场景；而未来的人们对这类事件的观察、回顾，也会有不同于20世纪中国人的角度。

再举更为浅显的例子：对一个虫蛀的苹果，我们人自然将它的全部外形作为观察、认识的正面，而藏于苹果内部的虫子，则当然只将苹果的局部内表面当作它观察、认识这苹果的正面了。

另外，在影视结构体的意义上所说的方面或层次，还包含这样一层含义：即对戏剧核的既定主旨而言，结构体的展现是正面还是反面，是深层还是表层。也就是说，所谓正面、侧面或反面……之类，还要根据戏剧核的主旨来定。

比如果戈理的《钦差大臣》，其主旨是要揭露沙俄专制制度下，统治阶级贪污腐化、贪赃枉法、以权代法、权就是法的罪恶、黑暗的社会现实。根据这个戏剧核所确定的主旨，其正面自然应是以大量的上述各方面事实，来直接暴露之。但作者却偏偏从另一种角度切入——以一个冒充钦差大臣的骗子来到某城市，致使这城市内的大小官员如何胆战心惊又丑态百出的种种场面展现前述主旨，让观众在阵阵笑声中，感受与鞭笞那行将就木的社会体制。这，就不是正面，而是侧面乃至反面角度的体现了。

简言之，这里说的角度所包含的一切划分，均以两个基准为前提：第一，生活中人们观察事物的习惯角度；第二，根据戏剧核的既定主旨内涵所区分的艺术展现角度。

下面，简要介绍角度设计的几种考虑：

一、方面上的考虑

1. 正面表现

正面表现的特点是，它可以直截了当、清晰自然地将所要表现的内容呈示于观众面前。对某些重大的社会生活事件以及虽不重大但观众陌生的社会事件与生活场景，若作者又有驾驭的能力，并考虑实际拍摄的可能性，则采用正面表现，是适当的——因为它符合一般观众对社会生活习惯的观察角度，易于为广大观众所接受、所欣赏。

比如电影《斯巴达克斯》，以宏大的戏剧场面与壮阔的全景过程，表现罗马时代最有影响的奴隶起义，气势非凡，震撼人心，产生了一种特有的史诗般的艺术效果。试想，若采用其他角度——则或许别致、或许精巧……却很难有这种气势与力度了。

一般而言，在可能的情况下，正面表现既定题材、既定题旨，又能为观众所接受（指或因陌生感产生兴趣、或因别致感悟出新意等），是最好不过的。因为这种展示，对于作者而言是最方便、易操作的创作路数。

2. 侧面表现

对某些戏剧核的既定内涵有时难以从正面表现，比如因掌握的材料及作者的阅历、体验不足，作者难以驾驭对某些历史大事件、生活大场景或不甚全面了解的某件事、某个人的正面展示；有时则是既定题材不宜于正面表现，比如或忌讳时风世俗、或避免与某种社会主导观念发生不必要的碰撞；有时则因为既定题材已经被别人正面展示过，自己必须另辟蹊径、别寻方面以求新颖引人；有时则因为影视体裁的限制，比如单本剧（或电视小品）难以充分表现大而长的生活内容，或者有些社会大事件、历史长进程用一部电影很难正面容括进来……在这种情况下，便可从侧面或几个侧面去表现主体内容了。

侧面表现的优点是：可以用较少的篇幅展示相对多或大的内容，使观众通过有限场景可以联想或体悟到较全面、较广泛的社会与人生景象。

我们不妨以我国清代彭绩的《亡妻龚氏墓志铭》为借鉴，说明侧面表现的优点。其文甚短，全文如下：

> 嫁十年，年三十，以疾卒。诸姑兄弟哭之，感动邻人。于是彭绩得知柴米价，持门户，不能专精读书。期年，发数茎白矣。

文很短，也无一点正面介绍，但其妻的一生行止、为人品格，却无限丰富地展示开来——前九个字，简略概括一生行止，是墓志铭这种文体的既定要求。其妻子的形象主要靠后面两行文字来表现：一句"诸姑兄弟哭之，感动邻人"内涵极丰富。试想在中国封建社会的大家庭乃至现在的家庭关系中，姑嫂关系难处、叔（伯）与嫂子（弟妹）之间尴尬，是众所周知的。但本文却偏偏大写特写难处的大小诸姑们哭得哀惨，本该克制情感以避嫌疑的兄弟们更是大放哀声——以致连邻人也深受感动！这样表现有什么好处呢？很明显：言简而意赅，有限场景中却藏着无限的内容——以"姑"们的痛哭，可以折射出龚氏平日为人的谦和、亲切，以兄弟们无所顾忌的放声，来体现其妻生前的恭谨与慈爱……而这所有一切，读者是可以因个人的生活体验，联想出无限多的形象内容的——这，不比作者一一道来，更具艺术含量?! 后面一句，似乎是讲作者自己，而实际上——不也是从侧面来表现妻子在世时在家里的作用与对丈夫事业成功的助力?! 最后一句更佳，似乎毫无情感，与前文不相关联地写自己的头发变化，而实际上，仍是侧面表现手法的体现：只一年之内，中年丈夫的头发就一缕一缕地白了起来——"惟将终夜长开眼，报答平生未展眉"，多少思念、多少哀伤，不全在这缕缕白发中，形象地透视了出来！这是一篇"散文"，但艺术是相通的：我们可以从中借鉴侧面表现的作用。

在中外小说中，采用侧面角度表现既定内容的作品，更是十分多见，像莫泊桑的《一个春天的晚上》、契诃夫的《苦恼》、鲁迅的《在酒楼上》等，均属此类。

影视创作晚于文学创作，但大量借鉴文学创作技法是其成功的重要途径。侧面表现为主的影片，如苏联的《岸》：本意是表现战争对人生、对爱情的摧残，但作品却不正面展示，而只选取战后一对恋人重逢后的苦涩与苍凉为主要体现内容，进而从侧面控诉了那场战争。

日本影片《人证》也属此类。它的题旨是现代物欲横流的社会中，人性的异化、泯灭。这本应是一个相当漫长、曲折的过程。正面表现这类题材的影片也很多。而《人证》的编导则选取了人性裂变的一个"阶段性"侧面：对母亲为维护自己的社会地位与声望而杀死亲生儿子这一案件的侦破过程。这样，就避免了大量的正面述说，使观众借警探的眼睛，避实就虚地从一个引人入胜的侧面角度，了解了全部题材内容。既简洁，又曲折，把许多"实际畸变过程"让观众自己去想象、联想，岂不比编导者"既费力又不讨好"强?!

3. 反面表现

要反映正义的强盛，偏从邪恶方面的惊惶写起；要歌颂光明的可爱，却极写黑暗之可憎……这种表现角度，往往能避开流俗、别开生面，给观众以新异的艺术感受。

在小说中，比如契诃夫的《一个小官吏之死》，明明意在揭露沙俄统治的残酷与等级的森严，却偏偏用一个小官吏近似可笑的卑微心理来表现，便是反面展示的例证。

在戏剧里、影视中，以反面来表现正面内容的作品也不乏见。但是，有一点要提醒大家注意：反面表现有一定危险，极易弄巧成拙；因此需要较高超的艺术表述与内在把握。比如为了歌颂善良而揭露丑恶，虽不失一法，却一定要适"度"，要避免"过犹不及"。有的影片，因为编导者没能把握好这个"度"，没有内在控制地一味展示丑恶，结果影片给人的感觉不是对丑恶的反感，而成了对暴力、奸情、狂乱与异化的正面宣扬了！有的纪实性影视片（以电视片为多），为了唤起社会舆论对暴力犯罪严重性的认识，振奋民众的正义感与斗争精神，从反面来表现之：一个善良正派、安分守己的普通市民因一次仗义执言，在路上被暴徒极其凶残地杀害了。而事后，竟没有一个人敢出来为这人之死作证！编导者原意或许不坏——要因一人之惨死唤醒社会众人的正义感，可由于没有把握适"度"，结果适得其反：由于过分渲染了罪犯的凶残狂暴与多数路人的冷漠或躲避，让观众看后，非但没有生出强烈的义愤之心，反倒更加畏惧起来！……这类失误，是应该避免的。

二、视野考虑

1. 整体描摹

所谓整体描摹，就是对既定题材进行"全方位、多层面"的整体表现，使观众获得全面观照。当然，这只是理论上的一种表述。因为在实际创作中，即使对一件普通小事、一个普通人物，要想真正"全方位、多层面"展示，让观众对表现对象有"一比一"的认识，没有几百万乃至上千万字的篇幅、几百个乃至上千个小时的时间，是绝不可能的：每一个人物，既然在社会中生活，社会生活的方方面面就必然在其身上有相应的体现；每一件小事，既然是生活物象的具体体现，它就势必与生活背景有千丝万缕、错综复杂的联系。这里所说，只是相对而言。

采用这种角度的文学、戏剧作品很多，如托尔斯泰的《战争与和平》、马尔克斯的《百年孤独》、罗贯中的《三国演义》、施耐庵的《水浒传》、老舍的《我这一辈子》、周立波的《暴风骤雨》以及近年来写实主义小说中的大部分篇章……戏剧作品如莎士比亚的《哈姆雷特》《李尔王》、汤显祖的《牡丹亭》、郭沫若的《蔡文姬》等，均可归于这一类。

在影视作品中，以"全方位"表现的中外著名的"历史大片"，更为多见。目前的电视连续剧，尤其是那些几十集，乃至上百集的连续剧，更是力求如此。有些影片，看似只表现某个具体个人，但就表现这个"个人"而言，它也属于整体描摹的性质。例如美国影片《阿甘正传》，就是以阿甘一生经历为表现内容，串联成片，其他社会生活事件，均作为主人公一生经历的背景。于是，作为"个人传记"，它就可以说是"全方位、多层面"的了。

整体描摹有其优点：它适于表现时间跨度长、空间覆盖广的复杂或壮阔的题材。当然，也有其局限性：或因篇幅限制、或因笔力不逮，作品容易平浅或散漫。

2. 以小见大

以小场景、小故事、小冲突来表现大内旨，由点及面，因具象而抽象，用"窥一斑而见全豹"的方式，生动形象地表现大的场景、整体的社会与人生。从广义上说，任何艺术创作都具备这种性质：小说、戏剧、电影、电视、美术、雕塑……莫不如此。只不过这里所说的形象与寓意之比，更为悬殊，与一般而言的"典型化"有着明显的区别。

比如古华的《爬满青藤的木屋》，以深山老林里小屋中的三个人（知识青年"一把手"，青年妇女盘青青，以及木屋主人——盘青青的丈夫王木通）的矛盾冲突，以小见大，形象地反映了千年的历史积淀、时代演变的大趋势与当前社会斗争的复杂激烈，具有深沉的人文洞识。试想，如果不用这种表现角度，而正面展示时代风云，能用如此精简又细腻的文字完成上述任务吗?!

小说中，尤其是短篇小说中，以小见大的体现更为多见。如莫泊桑的成名作《羊脂球》，以一辆驿车中各类人物的形象刻画，表现普法战争中整个法国社会面貌……

影视作品中，以一个极小的近于荒诞的事件，来折射特定的时代等，亦是如此。

采用这种表现角度时，作者要注意一点：既然要以小见大，在创作前就必须有一个既定的"大"的内容题旨，然后再选择"小"的具象载体。常见这样的作品：事件小，而内涵也小；或纯粹的小人物的小故事……于是，"以小见大"就成了"以小见小"，作品就难免平庸细碎——纵如较精致的盆景，也显得"小家子气"了。

3. 典型化

典型化是介于前两者之间的一种视野体现。它要求艺术具象（人物或事件、场景、情境）既要有一定的某方面的代表性，又要有自己的鲜明特点（或曰个性）。它在艺术创作中体现最多，有关论述也十分充分，于此不再赘述。

三、焦点考虑

1. 外在世界为主

即以描述事物、人物的外部形态、动作、过程为主，以外在形象体现生活，焦点之外的成分（如观念、情绪、情感、意识等）则淡化或虚化处理。这种角度表现的影视片，形象具体、生动如画，使人一目了然。因此是一种为大多数观众喜闻乐见的展示方式。这里要注意的是：以外部世界为主，不是只表现外部世界的形体、声音、光线，只限于人物或事物的表象描摹，而是通过表象的描摹，仍要使观众能够透视人物的内心、事物的本质。即使一些好的所谓"功夫片"，比如成龙的作品，虽然充斥画面的基本是激烈的打斗，但观众还是能够感受到片中人物的善良性格、正义立场与美好内心——这也是它们之所以成功的重要原因。而有些打斗片、功夫片，之所以不经看、没有长久生命力，就在于"只有"外部表象，而不是"为主"了。

影视是视觉艺术，在这个意义上说，所有影视作品都应具有鲜明的形象性，就是表现人物的内心世界，也不能只用画外音，也要配以相应的形象画面。这里只是讲焦点的内外之别，绝非形象的有无之异。

2. 内在世界为主

将展现重心放在人物的思绪、情感、意念的演进、飘动上，进而深入、直接地表现人物心态，使观众能够直观地感受人物的内心世界。

随着社会生活的复杂化，身处其间的人们的性格、心理也日趋复杂多变。因此，不仅表现世界的外表，还要透视人物的内心，已是现代生活对现代艺术的一种要求。一些反映现、当代社会生活与人物处境的"意识流"类影片，如《野草莓》《广岛之恋》等，就是这种要求的体现。

除了所谓现代派影片多见内在展现外，一些现实主义的作品也有以内心世界为主要表现的，英国影片《相见恨晚》便是例证。

四、层次考虑

如果说，前面诸如方面、视野、焦点的考虑仍属于"外观"分析，则层次的考虑就进入人物或事物的内质解剖了。任何一种事物，其内质都是不同层次的有机组合；任何一个人物，其性格或思想也必然是多层次的汇集。

那么，面对同一题材（或素材），选择哪一层面来表现，就十分重要了——因为它决定着未来影视作品内涵的深浅，乃至主旨的正误！

事件如此，人物亦然。

作为影视编剧，在这方面丝毫不可掉以轻心。

比如根据**许地山**先生的小说改编的影片《春桃》：描述一个女子与两个男人同居的故事——主人公春桃刚刚结婚，就因闹土匪而与丈夫失散。后来她一个人沦落北京，与城市贫民刘向高同居度日。不料几年后，失去双腿的丈夫突然出现在他们面前。三个人便相依为命，一起过日子。最后，因怕周围人们的议论，两个男人都离去……

这样的故事并不少见，但要想把它创编成有独特价值的剧本，就必须认真考虑从哪个层次上来表现了：

其一，以传统的伦理道德为基础，否定三个人不伦不类的家庭组合，于是主要表现三人之间尴尬、别扭的关系，渲染他们的矛盾冲突，乃至让他们都痛苦不堪、难以见人……最后不得不分手；

其二，以五四时期特定的新文化运动为背景，赞颂三个人蔑视传统道德的精神，逼真地表现这个一女二男特异家庭的和谐与亲情；

其三，以当代更具生命本体意义的人文观念为指导，强烈表现女主人公既不受传统道德意识的规范，也不能容忍两个男人把自己当作"礼物"而推来让去。结果，既不为社会大环境所允许，也不为两个男人所接受，她陷入了更大的痛苦之中……

由**凌子风**编导、拍于 1987 年的影片《春桃》，基本上从第三层次切入，便使影片获得了时代新意，体现了更为健康的人文精神。

再比如"白蛇与人"的故事，早有流传，而不同作品因表现层次不同，内涵便差异极大乃至大相径庭：传统的美女蛇害人的故事，内地影片《白蛇传》所表现的白蛇追求人间情爱、与封建势力代表法海拼死斗争的故事，香港电视剧《白娘子传奇》以现代意识表现现代社会中人文精神以及人物的多重性格的故事……截取层面不同，其文化内涵与艺术价值则大相迥异。

……

以上，是出于介绍的方便，分几个层面来谈角度的选择。而在实际的影视结构编创时，上述几个层面常常是融合、交叉、相互作用的。我们不宜机械理解、死板沿袭，而应"笼而统之、大而化之"。

第二节 时空含量及其截取

此节讨论结构体内的时间与空间的含量问题。分两部分：时空截取的必要性与作用；不同品类影视作品的时空截取。

一、时空截取的必要性与作用

生活的海洋中，没有绝对孤立的时空存在，甚至也没有绝对意义上的"单元"。因此，电影与电视剧既然不可能是生活的全部搬演，而只能反映某一方面、某一局部、某一点，就必须对生活作艺术的时空截取。

有论者道：所谓截取，只是传统戏剧性影视作品为构造一个封闭式结构框架采用的手段，而现代影视作品的开放式结构框架，可以无所不包、自然灵动，因此无所谓截取与不截取，完全可以任意采撷，"全方位、多层次、多侧面地立体再现生活"。

这种论调，确是"论者"之言，也只有"论者"无视或不懂影视剧创作实践而单凭"理性"才能得出此结论。

在影视评论中，确有"封闭式结构"与"开放式结构"之说，也确实有被定为开放式或封闭式的影片结构。但是，他们所说的"开放式"或"封闭式"，虽然似乎是针对影片的全部结构形态而言，其实主要是指影片结构的一个方面、一个因素——即影片的情节。比如有的影片所描述的人或事具有传统故事（或戏曲）的特色：矛盾冲突的产生、发展、高潮至结局，组成相对独立的叙述单元。这类影片，被称为封闭式结构的影片。而另一类影片没有集中的故事情节，没有"线性"的生活线索，没有集中的场所与中心人物，被称为开放式结构的影片。这种分法，虽含有一定特定指向的道理，但若以此证明可以有绝对的"开放式"结构体的设计，就难免偏颇乃至谬误了。

因为——

在实际创作中，任何影视剧作的结构体，既没有绝对的"开放"，也没有绝对的"封闭"。

且以公认的开放式结构的长篇小说——美国作家**福克纳**的《喧哗与骚动》为例说明之：它虽然用五种角度、五个口吻自由展现其庞大复杂、似乎毫无羁系的社会生活内容，但细致分析一下，就会发现它毕竟有一个既定的时间与空间的限制与范围。其空间范围是——密西西比河流域、美国南方一个有着神秘色彩的县城约克那帕塔法；时间限制是——按作品内容表述的先后次序分别是 1928 年 4 月 7 日、6 日、8 日和 1910 年的星期四（6 月 2 日），这四个日期分别是复活节前夕、基督受难日、复活节和基督圣体的第八天。这样，小说全部内容就成了严格设计好的框架中的填充物：小说四个部分的日期既与基督受难的四个主要日子相关联，而康普逊家在每个特定的日子里所发生的事件也就与基督传说中同一天发生的事联系了起来……小说的结构框架，就是在这样平行的一明一暗的双层轨道上，以五种不同的叙述线索似乎"绝对开放"地组成——试问：这种公认的"开放式"结构没有时空的既定截取吗?!

影视作品的结构也必然要遵循这个原则。无论鸿篇巨制如电影《战争与和平》《乱世佳人》等，还是长达几十、上百集的电视连续剧，更不要说那些精致短篇乃至影视小品，概莫能外。

适当的时空截取可以使影视作品内容展现得更加精粹、更具艺术魅力。反之，结构必然冗长、杂散，乃至造成作品的失败。

例如这样一个生活素材：一位文工团的女战士，克服严重的高山反应及其他困难，到边疆兵站为普通战士演出，深受战士们的欢迎与喜爱，后来因雪崩而光荣殉职。20 年来，她的形象与精神，一直活在边防战士的心中……如果要以它为原型，进行影视创作，可供表现的时空是相当宽广的：

可以先表现女战士在大城市中的舒适生活……接着描述她如何克服各种困难主动要求去边疆为战士演出……她如何在高原兵站，倾注全心地为普通战士歌唱……她怎样与战士们打成一片，成为兄弟姐妹般的知心朋友……她的形象及表现如何鼓舞了边防战士们，使大家无怨无悔、充满自豪感地守卫着祖国的边疆……高潮部分，可以浓墨重彩地展示这位女战士英勇牺牲的场面，渲染出一种惊天地、泣鬼神的瑰丽而壮烈的情境……最后，再以大泼墨的风格，通过蓝天、白雪、高山、长河、雪莲、苍鹰以及声震寰宇的誓言、枪声，充分体现她的精神永在……

这种时空展示自然可以，但是过分宽广力求其"全"，就难免产生杂散冗长之病。纵然有较好的轻重浓淡的艺术处理，使之可以成篇，也会因表现上无特色而归入平庸之作，难以获得长久的艺术生命——因为这类题材的这种表现太多见、太寻常了。

对这个素材可以有多种时空截取，除上述"全方位"展示外，只选择其中某几段或某一段时间里的某些或某个局部空间，就可以有多种结构出现、体现不同侧重的题旨内涵并形成多种艺术风格。而且，这种艺术表现上的"少少许"往往胜过"多多许"，能产生更好的效果。艺术短篇《背景》对这个题材的展现就是如此——

它的时空截取异乎寻常。乃至开篇很久，仍使人感觉不出是上述故事的一种演绎：高原兵站上，只有两个兵——一个老兵、一个新兵。雪野荒凉、人迹罕至。只有一张女人的照片陪着他们。女人很年轻、很漂亮，妩媚的眼睛时时刻刻望着他们两个男人……然而，女人只是老兵一个人的远在城市的女朋友。新兵很尴尬，甚至有些嫉妒。尽管如此，这张女人的照片使他们寂寞单调的日子有了某种色彩、某种亲切、某种微妙……除了偶尔路过的汽车给兵站上的两个兵带来难得的欢乐外，漫长的寒冷的日子里，就只有那张照片了……老兵就与新兵讲述20年前来兵站演出的文工团员的故事。两人都很难过——这是一个很久以前的故事，两个兵谁也没有见过她……早春时节，一位首长骑马来到兵站，在女人照片前，深深地低下斑白的头，致敬。老兵这时才告诉新兵："自己的女朋友"就是那个20年前在雪崩中牺牲的文工团员……新兵说：我已经感觉出来了。老兵复员了，又来了一个新兵。老新兵对新新兵说：这是我的女朋友……

这就是很具匠心的时空设计了——除了选择侧面角度展示，使作品已经不俗之外，在时空截取上：长达20年的素材，作者竟只表现其间短短的一个冬季；20年中广泛繁多的各种生动的空间场面，本来都可以成为很好的表现内容，却只"吝啬"地择取了没有女文工团员正式出场的只有两个战士的冷冷清清的兵站！然而，看似平淡，却蕴藏着极深的人文内涵与极大的艺术张力：情境优美而传神，人物关系简单而微妙，曲折跌宕、虚实结合、言有尽而意无穷……与平铺直叙、从头到尾、全面、正面地讲述铺排不可同日而语。

上面，是就客观时空的含量截取所作的简要介绍。

下面，介绍在艺术创作中，主观时空含量的设计与截取：

所谓"主观时空"的设计、截取，指作者根据创作题旨，跳出客观时空的局限，而凭主观想象或幻象，将时间与空间"超现实"地进行截取、组织，以产生某种特定的艺术效果。

比如美国作家**华盛顿·欧文**的著名短篇《瑞普·凡·温克尔》，写农民温克尔进山打猎，碰上 100 年前发现此地的英国航海家哈得尔带领伙伴们在山中玩九柱戏。瑞普喝了他们的酒，酣然入睡，一觉醒来，猎狗不见了，猎枪生了锈，自己的胡子一夜之间长到一尺——原来他山中一觉，世上已历 20 年。入睡前的英王乔治三世陛下的臣民，醒来时却成了美利坚合众国的一个自由公民！于是，进入作品的中心内容：让这个 20 年前的脑袋和 20 年后的现实发生一系列强烈而富于戏剧性的矛盾。把历史时空拉到现实时空中来，这就明显是种"主观时空"的设计了。

其实我国古代笔记小说中，早有这种体现。例如在《述异记》中：晋代王质入山砍柴，遇上两个童子下棋，便停下来观看。一局未了，斧柄已朽。下山回家后，才知已过百年……

再如**马克·吐温**的长篇小说《在亚瑟王朝里的康涅狄格州美国人》，让一个铁匠出身的 19 世纪的美国人汉克·摩根，突然退回到 6 世纪的英国去生活。受过 19 世纪资本主义熏陶的摩根，突然面对 6 世纪英国的愚昧无知、残忍贪婪的贵族、骑士和教会首领，于是引发了一连串所谓"革命"与"反革命"之间的斗争……

美国科幻片《时间隧道》，长达 30 集，表现当代美国科学家托尼和道格通过高技术的"时间隧道"，可以超时空地退回到世界历史上任何一时空的事件中去，并与当时人物共事、对话。比如他们刚出现在第二次世界大战的战场，又被"时间隧道"送到 1812 年在美国本土的战争中；从这场战争中脱身出来，又到了公元前 1200 年的古希腊，目睹并参与了特洛伊之战……总之，以现代人的眼光，身临其境地审视历史事件的进程与当时人物的思想性格，自然会生出无须多言的历史反思与时代观照——这是将"现在"退回到"过去"的主观时空组合。

"现在"亦可以与"将来"同在。如英国作家**赫伯特·乔治·威尔斯**的《时间机器》，让一个科学家驾驶一种叫"时间机器"的新工具，在时间中遨游。他来到 80 万年以后——公元 802701 年的世界，看到了人类已经演化成两种互相残杀的生物：一种是住在地上的艾洛依，另一种是住在地下的莫洛克。艾洛依几十万年来养尊处优，躯体退化成侏儒；莫洛克由于祖先长期在光线昏暗的工厂劳作、终日不见阳光，养成了在地下劳动的习惯。于是，莫洛克白天在地下干活，劳动果实归艾洛依享用，而夜晚他们则爬出来捕捉艾洛依，把他们吃掉……

中国作家**陈村**的时空设计更具特色：在《一天》中，他将一个工人一生的生活内容幻化到一天之内——工人张三早晨起来还是青年，去接爸爸的班，而随着浑浑噩噩的一天结束，他已成退休的老工人了。这种幻象般的时空浓缩，不由使读者超越主人公日常琐碎平庸的生活内容，顿时产生一种超离的俯视感，进而可以悟出作品的题旨，即对那种混沌麻木的人生态势的怜悯与背弃。

……

主观时空的设计与截取还可以有其他多种表现，但要注意一点：无论如何"主观"，还是必须依附于现实生活的基础与事物逻辑之上，不能完全凭作者纯主观的"臆造"而任意打乱时空关系、编织人事秩序，否则，也将弄巧成拙。

二、不同品类影视作品的时空截取

影视作品的品类不同，其时空容量必然不同。二十几分钟的电视短剧与一部电影、一部电影与一部电视连续剧的时空截取的不同，是毋庸赘言的。

一般情况下，电视短剧或单本剧，题材的时空截取要精要、狭窄些，忌讳过分铺张。否则，其结构难免松散，极易造成艺术上的失败。因为很明显：在有限的篇幅内，要展示过长的时间与过广的空间，则无论人物或事件，只能快速扫描，于是除了将"梗概"介绍给观众外，很难产生别的效果。

短剧时空截取的常见毛病是：

其一，时间跨度与空间幅度过长过宽，使其结构体难以容纳。强硬填塞的结果，往往使一个短剧或单本剧成了一部电影乃至一部电视连续剧的缩写、梗概。

其二，时空限制过于拘谨：比如只在一个固定场景中、通过两三个人物的对话，表现一个十分短暂的冲突。这种剧作，虽也能引人，甚至产生不坏的社会反响，但从艺术角度而言，它们还不能属于"影视范畴"，而应归为话剧一类，或准确地定义为"话剧的电视录像"：因为它们几乎没有、起码没有充分发挥影视表现的艺术手段，如 30 分钟长度的所谓"情景剧"即属此类。

那么，是不是说，但凡短剧，其时间与空间必须、只能短促、窄小？也不尽然。这就要有编剧在时间与空间两方面进行艺术调节了。

若题材本身，必须要用较长的时间跨度才能展示，那么就要在空间场面的选择上，严加剔选。比如影片《一江春水向东流》，时间跨度大：故事长达八年，贯穿了整个抗日战争前后的一家人，以及由此可见的整个民族漫长的生活经历。但影片尽管是上下集，也只有两个多小时的播映篇幅，于是，编导便在空间场面的选择上，精益求精：既要有张忠良与其妻子两方面反差极大的重点场面的精雕细画，又尽量减少与之关系不大的战争的正面表现、其他社会阶层的各种人物的出场机会……这样，时间虽长，但空间凝练、场面相对集中，较好地处理了时空关系，便使影片获得了成功。类似影片，像中国的《我这一辈子》《祝福》《武训传》《青春之歌》，像国外影片《野草莓》《情归巴黎》《广岛之恋》《人证》《岸》……乃至《幸福的黄手帕》，等等，均可供我们借鉴。

相反，若题材本身限定只能采取小的时间跨度，就要在不违背真实的基础上，尽量扩充其空间幅度、通过适当的较多的场面的转换铺排，使影片不太拘谨、僵板，仍灵动活跃、具有艺术引力。这方面的优秀影片，如苏联的《两个人的车站》：正如片名所示——只是两个人在一个火车站内邂逅的故事，时间很短暂，而空间也不宽裕。但由于编导者充分调动了影视手段，在短的时间内，尽可能地采用多种场面：车站食堂里、旅店中、车厢内、轨道间、站台上……以及桥头、路口、屋外……又分别是上午、黄昏、夜晚、清晨……于是，本来极易使观众乏味的"情景剧"，便拍成了令人百看不厌的经典名片。

义理相通——若是题材限定，空间场面不能太多，则可以适当增加时间长度，像以老舍先生的话剧改编的影片《茶馆》；若是题材限定，空间场面不能太少，则可以适当压缩时间长度，使之相对集中。比如美国影片《末路狂花》，为表现两个青年女子是由多方面社会丑恶因素置其于死地的既定内涵，就势必要表现多种场面。而为避免结构沉冗，编导就特意把所有的场面都压缩在短短的一天之内……

而相对较长的艺术篇章，固然具有较大的时空含量，却也必须掌握两方面展现的"度"，"过犹不及"的失误，也要避免。

长篇作品的结构，常见有两类毛病。

其一，因"有恃无恐"，以为既是长篇，时间与空间大可不必斤斤计较，放开手脚、随心所欲地铺排就是。结果，这类作品必然杂乱冗长、赘笔丛生，使观众或不堪终篇，或不得要领，或旁枝逸出，使主题表现受到损伤。在这方面一定要做到"以意为主，以文传意"，每一空间场面、每个时间段落，都要围绕题旨展开。至于有些编剧或导演为"标新立异""赶时髦"而特立独行之作，是不可盲目宗法的，即使备受某些弄潮儿崇拜的如美国影片《低俗小说》（又译作《黑色小说》《通俗小说》或《黑色通缉令》）之类，也如是。

其二，时空截取过于短暂、窄狭，90分钟或150分钟的影片，总是局限在两三个，乃至一两个场景中，没有必要的较大幅度的情节进展，也缺少较宽阔的人生画面，实际上是一个短剧无必要的扩写。或者只在一个维度上充分展开，而忽略另一维度的适当配合；或时间跨度极长，而空间场面极简，犹如百米长线放一只巴掌大的小风筝；或时间几乎静止，只在空间场面上闪展腾挪，带观众在原地兜圈子……这种现象，无论电影或电视连续剧中，都有所见。

总之，时空截取对结构体的展现有着重要作用，它不仅关系到影片艺术价值的大小，也在一定程度上决定着影片题旨阐述的成败。

第三节 时空线索的设计

如果说，时空角度的选择与时空容量的截取还属于影视结构体外在的总体考虑，那么，对时空线索的设计，就已经进入结构体的内部编织了。

所谓时空线索，就是一部影视作品结构体的内在逻辑、内在凭借。影视作品是通过有机的艺术整体来反映生活的，而这艺术整体就必须有一个统摄全部内容的联络物（或曰"纽带"）。因此，无论采用哪种结构形式、品类，结构体都不能没有预先设计并时刻依循的时空线索——因为它是影视作品结构的中枢神经，在无形中节制着影视作品各部分内容的具体落实。

有的编剧，由于缺乏一种确定的结构线索（或曰行文的"灵髓"），结果难免出现或散兵游勇、或乌合之众的状态，虽然自己标榜为"艺术创新"，但实际的艺术效果如何，是不言而喻的。

当然，对"线索"的艺术本义，应该有广义的理解。对于那些习惯于将线索只理解为有形的"线""条"的作者，有必要在此指明：我们这里所说的是广义的线索，即指将作品内容、生活时空统摄为一个有机整体的纽带或曰灵髓，它可以呈现为有形的"线条"，也完全可以体现为无形的某种"品格""规范"乃至"氛围"。只有这样，才利于影视结构体多样式地自然灵动地展现。

下面，分别从结构线索的品质与形式两个方面进行讨论。

一、线索的品质

所谓结构线索的品质，即指影视结构体在时间与空间展开时，内在依据的品类、性质。

纵观百年来影视创作中"各种各样的结构"，其线索的品质不外乎以下几种。

第一，以人物经历或人物性格发展过程为轴心，展开时空。

这类影片相当多，如我国的《我这一辈子》《青春之歌》《祝福》《本命年》以及《阿Q正传》等，国外影片如《一个人的遭遇》《末路狂花》《阿甘正传》《红字》等，比比皆是。

第二，以事件的发展变化过程为依据，展开时空。

这也是多见的一种线索品质。国内作品如《甲午风云》《南征北战》《春蚕》《老井》以及《菊豆》《春桃》等，国外影片像《逃向慕尼黑》、《三十九级台阶》、《虎！虎！虎！》、《恐高症》（也译为《迷魂记》）等。

第三，以某种既定的情感氛围为基础，展开限定范围内的时空，以组成有机的形象情境或多种形象的艺术集合。像我国影片《城南旧事》，以一种既定的怀恋又不无苍凉的情绪，将小主人公（在一定意义上，也就是作者本人）幼年记忆中不相连贯的几段人事情景，有机地融会起来，形成令人感动又感慨的整体意境，就是较"典型"的篇章。像苏联影片《岸》，以两个不再年轻的、曾经热恋过的异国男女（一个是苏联红军，一个是德国少女）重逢时的特定情感为纽带，将30年前与30年后的各种零散片段融为一体，将战争对纯真美好人性的摧残淋漓尽致又极具诗意地表现了出来……

第四，以作者或作品中人物的情绪飘动或意识流动为影片结构的线索依凭。

所谓情绪飘动，是指那种在自觉或半自觉状态下，作者或作品中人物具有某种趋向性的想象与联想。像英国著名影片《相见恨晚》，以女主人公劳拉的内心情感跳跃式流动为线索；像我国影片《人到中年》，以女主人公陆文婷在病榻上的回忆、联想以及片断的梦境等构成情绪飘带，联络整个影片……其他，如我国影片《小花》等，也可归入这一类。

所谓意识流动，则是指那些没有自觉控制的"意识流式"（注意：不是纯粹心理学意义上的意识流）的想象与联想。这类线索，多体现在一些现代派作品中。像瑞典影片《野草莓》，法、日合拍的影片《广岛之恋》，美国影片《乞力马扎罗的雪》，法、意合拍的《去年在马里昂巴德》等。

第五，以某种思想观念或某种事物性质为线索，结构篇章。

一类以思想观念为线索，即以一种纯理性的、形而上的"理念"为线索，营构篇章。现代派的各种叙述性艺术作品中，具有象征品格、抽象色彩的篇章，多采用这种线索品质。

在现代小说门类中，象征小说（或曰抽象小说、观念小说、哲理小说）更常见这样的表现：人物的举止行为、情节的发展变化，甚至场景的设置描述，均不按照现实生活的逻辑与模式展开，它们演绎的只是一种既定的哲理、观念、思想，在某种意义上，也可以说其全部内容、全部具象只是一个既定理念的图解（这里，不含贬义）符号。像卡夫卡的多数作品，如众人熟悉的《变形记》《判决》，以及《梦》《地洞》《乡村医生》等，均是：它们以抽象的"非理性"的形象符号，在历史时间和地理空间之外展开作品内容，所描述的故事既没有具体时间，也没有确切地点，更没有清楚的背景，基本上是以某种思想观念"统治"全篇，内中人物、事件均明显与实际生活中的人物、事件格格不入，只呈示出一种抽象的意义而已。像我国宗璞的《泥沼中的头颅》，也属此类。

在现代派的戏剧中，也不乏此类：如贝克特的《等待戈多》、尤金·尤奈斯库的《秃头歌女》《未来在鸡蛋中》等。

影视作品里，明显以某些"具象"表述既定"义理"的篇章，如希区柯克的《群鸟》，美国影片《我的生命》，我国影片《黄土地》《红高粱》，甚至《大红灯笼高高挂》之类，都在不同程度上具有这种性质。

另一类叙事性作品则以事物间某种相通、相同的品格、性质为连缀篇章的线索。

当代的一些纪实性专题片，大多如此：将某方面性质或品格相同、相通的社会生活中的人事、场面组合起来，以表达既定的题旨。苏联的《普通法西斯》就是较典型的一例。

我国前些年的一些报告文学、纪实文学等篇章，也经常采用这种结构线索，如刘心武的《公共汽车咏叹调》《5.19长镜头》，如苏晓康等人的《阴阳大裂变》，李存葆、王光明的《沂蒙九章》（此篇后来拍成大型纪录片，颇受好评）等。

在电影作品中，如《被告山杠爷》，其主体部分，即山杠爷如何为整治歪风邪气、"刁汉泼妇"，为管理好自己的村镇而违法的各种事件，则是以这些事件所具有的相同的"性质"（"村规"与国法的冲突）连缀起来的。

需要在此指出的是：用这种线索结构篇章，要尽量使形象自然贴切、事情可信可感（在审美层面）、避免明显的说教，并在整体篇章的营构方面，要讲究一定的章法，使之符合生活逻辑，避免机械地拼凑、造作。在这方面，影片《被告山杠爷》的章法是值得效仿的较自然圆熟的一种。

二、线索的形式

即指结构线索的具体展现方式。在决定了结构线索的品质之后，下一步就要设计：影片结构在既定的某一种品质线索的统摄下，如何具体地有形地体现。

根据戏剧核表现的需要，借鉴以往影视作品以及其他叙事性文艺作品的成功范例，目前影视剧作的结构线索常见有以下几种形式：

第一，单一线索。

单一线索，就是只以一个人、一件事、一种情感、一股意识、一条观念或一种品质为线索的结构形式。

这种形式无论在影视还是其他文艺作品中，最为多见。单一线索的结构，其特点是"思路不分，文情专一"。因此，无论对作者还是对观众来说，这种结构形式均好把握、易理解：不管是叙述外在世界的某种人事，像电影《我这一辈子》写人，像《老井》写事，像小说《老人与海》《阿Q正传》；也不管是表现内心世界的特定情态，如影片《野草莓》表现老教授的人生感悟，像《相见恨晚》表现劳拉情感的游移不定，像小说中英国伍尔夫的《墙上的斑点》，我国王蒙的《春之声》、陈村的《一天》……尽管在具体的时空展现上，不一定严格按照客观进程的实际顺序，但都可以因内在的某一线索，将其连贯成清晰完整的有机过程。于是，写起来就相对地"省心"，看起来便自然地不大"劳神"。

当然，单一线索也有其局限性：对于反映过于复杂的社会人生、十分错综的事件矛盾的既定戏剧核来说，有时便会感到"力不从心"。因此，创作相对短小、精粹的篇章（如电视单本剧、百分钟以内的电影），一般而言，以单一线索为好。若构造较长篇幅的影视作品，尤其是长篇电视连续剧，就应该考虑采用其他形式的线索了。

第二，双线索（以及多线索）。

指在同一作品中，以两条（或两条以上）线索的不同形态的组合来结构篇章。这种形式在现代小说创作中已较普遍地运用，在中外影视作品中，也不乏见。

双线索的组合，常见以下形态。

1. 平行式

两个人、两件事或一种事物的两个方面同时进行，互相比照、影响，进而形成某种特定意义（图 2-1）。

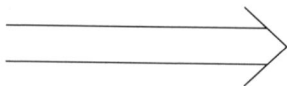

图 2-1　双线索组合形态之一：平行式

列夫·托尔斯泰的《安娜·卡列尼娜》是较典型的篇章：安娜和渥伦斯基的爱情故事与列文和吉提的生活情景基本是分别又同时进展的，构成全部小说的整体构架。两条线索按情节发展顺序平行并列如下——

渥伦斯基求婚成功
列文求婚失败

安娜因为获得爱情而精神复苏
吉提由于不幸的爱情而患病

卡列宁夫妇生活痛苦
列文在农村精神复原

……

安娜与渥伦斯基的关系陷入困境
列文与吉提建立了新的幸福生活

安娜临近死亡
吉提即将分娩

安娜自杀身亡
一个新婴儿诞生……

这种平行式线索也可以称作"对位法"（或曰"复调"）。其特点是：将两个或多个本来可以各自独立的主人公或故事，有意对列地平行地展现，进而使组合之后整体篇章的内涵、意义，大大超越两个单独人事各自内涵或意义以及两者的机械相加，从而升华为一种意境阔大、内容丰厚、别具新意的艺术结晶。简言之：一加一大于二。

我国作家的一些试验性篇章，如韩少功的《飞过蓝天》以一只鸽子的追求故事与一个知识青年对命运的搏击相对列，成一的《远天远地》以一个穷乡僻壤的村支书与高官厚禄的地委书记各自止相对列，王安忆的《小院琐记》以一个小杂院内四对小夫妻各不相同的生活态势相对列……均属此类。

电影剧作也不乏这种线索形式，如影片《天堂里的笑声》《家在台北》等。

采用平行式线索，要注意两点。

其一，不是任何人物或事件，只要平行、对列地叙述，就可以称作"对位法"。对位的人或事，除有一定的联系外，更主要的是它们还要有"相对的独立性"与彼此间的"差异乃至对立"。否则，只一味机械罗列些义理重复的故事，就毫无意义，反成累赘了。

其二，在一部影视作品，尤其是篇幅不长的影视片内，平行式线索不宜过多，一般不要超过三条，而且还要注意平行线索之间的详略浓淡，不宜机械地"平分秋色、一视同仁"。在这方面，《家在台北》设计了四条线索平行而进，未免多了些，好在它在具体展现中，较好地把握了轻重浓淡，全剧才得以基本获得成功。而影片《混在北京》，在短短的 90 分钟的篇幅内，竟塞进五条人事线索，就难免过多——其总体效果，当然也就不尽如人意了。

2. 交叉式

两条或两条以上线索均有各自的逻辑进程，又在适当时空里交叉、碰撞或局部融合（图 2-2）。这类结构更自然、更真实：因为现实生活中的一个有机的整体画面，它的各个方面、各个局部、各个层次不可能截然分离，总有这种那种的联系、这种那种的碰撞。适当把握这种离合交错的结构形式，无疑有利于更确切、更广泛地反映生活。

图 2-2　双线索组合形态之二：交叉式

这种结构的作品，如微型小说《奇遇》[①]，描述兄弟俩在现实社会生活中的不同境遇：虽然各自展开，又有不同时间在不同场合的融会、交叉与彼此的矛盾冲突，进而产生了较为深广的时代生活内涵。

篇章短小到千字之内，尚可运用双线交叉方式而产生大而深的内容，篇幅大的作品运用之，就更能施展作者的才思了。

例如以海明威著名小说改编的美国影片《乞力马扎罗的雪》，便通过两条线索——人物的现实举止言行、思想情绪与其潜意识的梦境、幻觉、回忆的碎片，相互交叉地展开，将现实与梦幻同时呈现在观众面前……

---

① 　江苏人民出版社编：《微型小说选》，216～219 页，南京，江苏人民出版社，1984。

再如苏联作家艾特玛托夫的《一日长于百年》最主要的两条线索：一条是奥捷卡小火车站上，老铁路工人叶吉盖的朋友赞加普去世了，作品倒叙他俩的交往经过和坎坷的往事；另一条线索是苏联"均等号"宇宙空间站飞行员与外星人"林海人"相遇，宇航员向地球回报有关外星世界的文明程度与生活方式。作家将这两条线索交叉进行，让地球上的现实生活与宇宙间的想象境界相吻接，这就产生了"超时空"的强烈的艺术效果。

我国影片《芙蓉镇》也是以交叉式线索结构篇章的：影片以六个人物（有上层背景的干部李国香、好吃懒做的当地痞子王秋社、卖米豆腐的小贩胡玉音、"右派分子"秦书田、粮站站长谷燕山、原村支书李满庚）各自的、不时相关的经历为六条线索，使之交叉进行、互为彼此地渐次展现出来……由于影片既定内容十分庞大复杂，所以它以六个人物的六条（后半段胡玉音与秦书田的两条线基本合一）线索来表现，也可以理解。但也因此，有些人物由于篇幅所限，就难免表象化、脸谱化，比如李国香这个主要的反面人物，就有明显的概念图解的痕迹，展示得有些简单、平面了。所以，在一部影片中，还是要注意：线索不宜太多。太多，难免照顾不周、展示不开，造成作品的缺欠。

3. 主副式

两种人事或一种人事的两个方面，平行或交叉式进行，但两者不是"平分秋色"，而是一主一次（图 2-3）。这样，既有相得益彰之妙，又避免了编排造作之累——因为实际生活中的人物或事件，很少"对等"地具体呈现在人们面前。过分一味地制造对等、对列，有时反而不大自然。

图 2-3 双线索组合形态之三：主副式

运用这种线索形式的篇章，如**欧·亨利**的《麦琪的礼物》：以女主人公卖自己的长发为丈夫的金表买表链为主线，以男主人公卖心爱的金表给妻子买梳长发的发梳为副线，各自曲尽其妙……最后，当两条线索聚合时，令人哭笑不得，百感交集。

在电影作品中，如我国影片《一江春水向东流》，叙述抗日战争时期，张忠良一家人悲欢离合的故事：以张妻在上海家中如何受尽苦难、养老携幼、颠沛流离等作为主线，以张忠良在大后方如何花天酒地、忘却家庭为副线……两者到最后汇到一处，形成了悲剧高潮。这部影片，可以说是主副线索结构的经典之作，值得我们认真参考、学习。

4. 虚实式

一条线为实线，明白具体地展示在观众面前；一条线为虚线，将所要表现的人事虚化处理，使观众虽不能用眼直观其方方面面，却可凭心想象出其全部内容（图 2-4）。

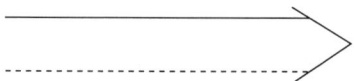

图 2-4　双线索组合形态之四：虚实式

这种方式，如鲁迅的著名小说《药》：以华老栓买革命者的血蘸浸的馒头为儿子治病为实线，以一心欲救民众出苦海的夏瑜为革命牺牲为虚线……便立体而凝练地表现了资产阶级民主革命的历史悲剧。（可惜，以之为基础改编的同名影片偏偏忽略了这种线索体现的优点，"为便于电影表现"把两条线索都实实在在、充充分分地展现在观众面前——结果，反失去了原作的内蕴精髓与艺术张力，沦为平庸之作了。）

有必要提出一点：叙事性艺术篇章中的线索设计（无论两条或两条以上），在篇章展现过程中，并非绝对僵化，而是可以适当调整的。尤其在长篇作品里，其主副线、虚实线并不是从始至终不能变动，根据人物表现、事件发展的需要，可以适当变化。比如长篇作品《李自成》，作者大体上采取双线结构：开始，以李自成代表的农民起义军与明王朝的生死斗争为主线，以明王朝与关外清军的战争为副线；而到了第五卷后半部，因形势变化、表现重心不同了，于是副线变为主线、原主线则降为副线。这种自然的线索转换，由于符合人们对客观人事关注的重心总在不断转移的规律，就不是缺点，反觉老到圆熟了。

第三，辐射式与攒射式。

1. 辐射式

又可称"橘瓣式"。是指以一个中心点（一个人物、一个事件、一个中心场面等）出发，向外辐射出多条线索、展现多种场面或人事，进而全方位地反映生活的结构形式（图 2-5）。

以辐射法结构篇章，可有两类。

第一类是客观辐射型。即指按照客观生活的固有状态，有选择地确定几条线索，围绕既定重

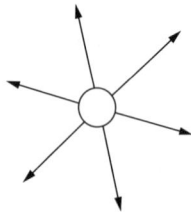

图 2-5　结构线索形式之辐射式

心辐射开去。

比如**陈洁**的《大河》①，作品写某中学年轻女教师与一位年轻诗人在森林里迷路、不得已度过一夜，不料引起轩然大波。围绕这一"事件"（且被推到后景，虚化处理），展示了各种人物复杂微妙的心理状态。由于每个人物的思想观念、地位背景不同，便有了各种各样的表现——诗人的老婆出于妒意，不分青红皂白，到学校揪女主人公的头发；女主人公的男友，口口声声说"不在乎"，要维护恋人的名誉，却暗暗来到文联招待所找诗人探听情况，想了解女朋友是否"失贞"；食堂炊事员对女主人公则剑拔弩张，猛烈抨击，一再扬言大家不能包庇她"搞腐化"，而真正的原因却是自己偷猪腿、受过众人批判不服气，想获得一种心理平衡；一个老姑娘，被迫表态，她东一句"吃惊"、西一句"可怕"，而内心深处却萌生强烈的失落感；学校头头儿对当事人步步紧逼、严厉审讯——"年轻轻的大学生刚分来就和男人钻林子，这还了得?！校风不整不行了！"，而恰恰是说此话者，心术不正，潜意识中一再出现自己情妇赤裸的身体……这样，一个又一个人物的嘴脸、神态及内心世界，都在批判"钻林子事件"中，自我暴露出来，形形色色地全面展现了某种社会氛围，进而使观众对民族文化、社会意识、人生哲学、生命体现等方面产生思索。作者在谈到《大河》的构思时写道："我并没有把男女主人公如何在森林里过一夜作为叙述主线，而仅仅是把它作为某种契机推到背景上去。那些不由自主跑到前景来表演的形形色色的人们，才是我关注的对象。考察一下他们在此一时刻对此一事件的反映，包括语言、神情、动作这些外部世界的东西，及内心世界中思想、观点、看法这些有理性的东西，和模糊的、混乱的、非现实的却又反映他们的生活的复杂背景的非理性的非逻辑的东西，并且在一团混沌中揭示出这三者间既互相渗透、又互相矛盾，既互相联系、又互相排斥的复杂关系，也许比仅仅表现男女主人公如何度过那一晚更有意思。"② 确实如此，用辐射法表现既定的内容，她成功了。

刘心武的《钟鼓楼》亦用此法，以一家婚礼场面为核心，叙述线索四散开去，将参加婚礼的各类、各层、各种社会经历、人生观念的人物分别介绍出来，散而不杂、多而不乱，使作品犹如一帧《清明上河图》，凡世俗人情、社会状态、历史沧桑、人生坎坷……——在有机联络中展现开来，可谓构思精巧、匠心独运。

---

① 参见《上海文学》，1985（10）。

② 陈洁：《关于〈大河〉》，载《上海文学》，1985（10）。

而**王毅**的《对照检查五重奏》则以更细密的方式，表现了辐射法的艺术特点。它以一次整党评议会为核心，将参与这次会议的某研究室的五名成员各自的思想面貌、处世原则、价值标准……呈辐射型展开。而它区别于前两篇作品的是：它不是一气呵成地直叙每个成员在会中的内心世界与外在行止，而是随着会议进程的每个阶段，即其一"引子，不和谐的和声"，其二"第一乐章，活泼的小步舞曲"，其三"第二乐章，潜伏着风景的慢板"，其四"第三乐章，辉煌的大回旋"，其五"第四乐章，华丽的短句"，分别作为辐射核，辐射出不同阶段中每个人的思想性格。而且，各条辐射线又彼此关联、互相补充，"你中说我，我中评你"，进而将在座的每个成员的方方面面、内内外外表露无遗。用形象比喻的话，犹如蛛网：每一个中心辐射点，都向外射出多条线索，而多条线索又有横向的关联，这样，在艺术表现上，便显得更缜密、充实，又自然灵动。这篇作品的成功，除紧贴现实进行深层的思想挖掘外，不能不归功于结构线索的精巧而别致的设计。

辐射法的第二类是主观辐射。

即是说，它的辐射中心不是依据某客观事物，而是人（一般而言，多是作品中的人物，尤其多为主人公）的某个情绪兴奋点，或曰某种特定的"情绪场"。

比如根据**谌容**小说改编的影片《人到中年》。当然，严格地说，这部作品采用的是多视点组合式叙述，并不是通篇都采用辐射法：它是以主人公陆文婷在病床上临危之际的回忆、联想以至幻觉与其他几个配角补充性介绍来完成全部内容的展示的。但就全篇重心部分的陆文婷在病床上的心理意念而言，则是采用了典型的主观辐射法——因循着她的思绪，影片忽而表现她如何强撑病体，艰难地完成最后一次手术后终于累垮……忽而出现刚毕业时、青春勃发的女主人公的形态举止……然后，画面又出现主人公为焦副部长治眼病时，老太太如何以贵妇身份充分表演、如何伤害陆文婷的人格自尊……接着回忆出主人公当年如何发扬人道主义精神，精心为老焦看病……后面，各种场景均依据临危病人的思绪，时空错乱地出现在银幕上：陆文婷的老同学出国前，与他们夫妇告别时感慨万千的情景……"不称职的"妻子在家中表现……"不称职的"母亲在儿子面前的言行……刚来这所著名医院报到时、如愿以偿地分到眼科的情景……临危时主人公飘忽零乱思绪的影像表现……这样，便以陆文婷在病床上特定情绪为核心，四散辐射出她一生的经历与精神品格。

在此提醒一句："主观辐射"却又不是纯然的"意识流"。因为尽管在各个片段的联络上，是以思绪转换为依据的，然而每一片段本身的叙述（展现）却是按照正常生活逻辑进行的，属于"现实主义"范畴。

此类篇章，如**布托尔**的《变》，借一次仅有二十多小时的旅行中的思绪，展示了二十多年来前前后后八次旅行的各种情景以及与之相连带的各种生活片段，就可以说是纯粹的主观辐射的体现了。

要注意一点：辐射法固然可以根据需要，以一个核心向外辐射出多条线索，进而表现多种人事场景，却也不可漫无限制（图2-6）；更不能缺少中心（或重心）、缺少统一的戏剧"生发核"（图2-7）。否则，便不是"辐射"，而成"散射"了。"春梦无心只似云"是要避免的。

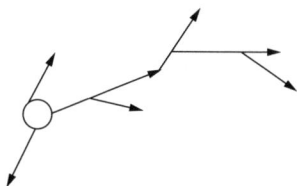

图2-6 辐射法常见问题之"跑偏"　　图2-7 辐射法常见问题之"无统一中心"

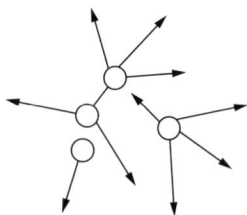

2. 攒射式

攒射式与辐射式正相反，它是从多角度、多侧面，从外向里、由分到合地表现既定的某一人物或事物，犹如众箭齐发、攒射靶心。辐射式结构是以一个核心为生发点，目的是要表现围绕核心的众多情景；而攒射式则是要多层面、多角度地透视轴心（图2-8）。

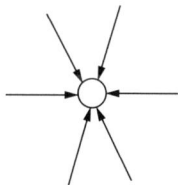

图2-8 结构线索形式之攒射式

例如根据**芥川龙之介**的小说《筱竹丛中》为主改编的著名影片《罗生门》，故事情节很简单：一个武士携妻远行，途中被一强盗骗进树林。结果，武士死去、妻子受奸污、强盗被抓获。但具体武士是怎么死的，整个事件到底是怎样的过程，则由七个人，分别讲出各不相同的情景（情节），尤其是大盗多襄丸、武士、武士之妻三个人对事件的叙述，大相径庭。

大盗讲：武士是他杀的。不过，开始他只想把那女人弄到手，并无杀人之意。但"那个女人突然发疯了似的赶过来拽住了我的胳膊，并且气喘吁吁地嚷道：'要么你死，要么我丈夫死，总得死一个！在两个男人面前出丑，比死还难受！'这才促使我起了杀心。但我没有用卑鄙的手段，而是进行了堂堂正正的决斗。我把武士松了绑，公平交手，凭本领把他杀了。因女人趁机逃走，我也赶快离开了现场"。

武士之妻则说：当着丈夫被另一个男人奸污，丈夫用鄙视、憎恶、冷酷的眼光看着她，使她感到肉体与精神上的双重打击。大盗溜走后，羞耻、悲伤、愤怒的情感交织在一起，她宁可死去，同时也不愿丈夫独留人间。于是，她用刀刺穿绑在树上的丈夫胸口，却突然间失去了自杀的勇气⋯⋯就一个人走了。

武士之魂则说：大盗不仅奸污其妻，还诱其私奔。不料自己的妻子居然依从，并要求大盗在走之前，将丈夫杀掉！这话连大盗听了也心寒，因而没有下手。两人是先后逃走的。自己则在愤怒、哀伤中，痛苦地自杀身亡。

三个人的口径如此不同，事实真相到底如何，影片无意回答。却可肯定：三个人都有难言之隐，也便都有所掩饰。而事实真相则是永远把握不准的"谜"。而小说原作与改编后的影片都含有这样的动机：要使读者或观众产生一种哲理思考——在这苦雨凄风的世界里，人生是永远解不开的谜，善与恶也难有固定的标准⋯⋯

我国当代作者**高光**的《挣扎》① 与上例有异曲同工之妙。虽明显借鉴，却又有演化与发展：

作品以抗日战争时期一个日本副站长之死为中心事件，让车站上几个有关人物——大头辫、大崔、中国站长及站长老婆分别出现。既有各自身世的介绍、思想性格的展示，又通过他们眼（眼观日本站长的言行举止）及口（审讯时，口述当时自己的行为与见闻），把日本站长身死事件，从不同观察点出发，表述出来。各不雷同亦多有出入，但与《罗生门》不同的是：最后用站长的遗书告诉读者——"我不想活了。春子死了，我活着也没有什么意义了。膝盖流血也不止。我噩梦⋯⋯"——原来，其真正死因是：同样饱受战争灾难的日本底层职员、车站站长心爱的妻子在国内死了，自己又得了不治之症，因而对前途不寒而栗、对人生丧失了热情，终于剖腹自杀。而因他"莫名其妙"的死，中国的无辜百姓大头辫、大崔惨死于日本法西斯屠刀之下⋯⋯这篇作品在内涵上比《罗生门》就更进一步：它有着鲜明的人道主义精神、清晰的政治与时代背景。它表现的不仅是人性

① 参见《小说选刊》，1987（8）。

挣扎的本身，更是以历史的透视点，表现出侵略战争给全人类带来的灾难。而这种内涵的生动体现，在一定程度上，是借助于攒射式结构的表达之效的。

再如**伍尔夫**的意识流小说《海浪》，通过六个兄弟姐妹的独白，专门讨论有关"自我"的问题，也属于此类。

使用攒射式结构线索，一定要在构思时明确下来表现核心。即是说，各条线索都是为表现既定核心而出现的。否则，既有中心事件、主要人物的设想，又有多方面与中心无甚关联的独立表现，全篇内容必将混杂烦冗，使人迷离恍惚、不得要领。在这里，若"灵感一来，笔走龙蛇"，"将在外，君命有所不受"，"全凭着感觉走"，是绝对要失败的（图 2-9）。

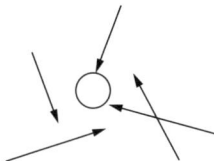

图 2-9　攒射式线索结构常见问题示意图

第四，散点透视（或曰"板块式结构"）。

所谓"散点透视"，即指一种把若干生活片段表面分散呈现，而实质有内层联络，以立体表现生活的结构模式。借用文学品类之一散文的一条原则——"形散而神不散"来说明这种结构模式，是很恰当的。

小说篇章中，这种结构体很多见，如**王安忆**的《小鲍庄》①、**王兆军**的《落凤坡人物》②，以及**李庆西**的《街道与钟楼》③，再如苏联小说《孤岛》等，均属于这种模式。

分片段介绍一个大背景（小鲍庄、落凤坡等）下几种人物典型，一个人一个章节，展现一个故事，或几组表面并不相关的人事情境……彼此之间似无明显关联，但通览全篇后，我们却可以因此而生出对那一特定社会环境、生活背景总体的深刻认识以及对其中所体现的文化因袭、历史演进、民族兴衰的沉思与反省。

当然，这种结构模式既然借鉴散文的艺术手法，散文篇章中就有更多的这类范文了：像老作家**萧乾**的《往事三瞥》、**孙犁**的《亡人逸事》、已逝

---

① 参见《小说选刊》，1985（9）。

② 参见《小说选刊》，1989（6）。

③ 参见《小说选刊》，1987（4）。

著名作家**史铁生**的《我的遥远的清平湾》等。

再如当代极受读者欢迎的一些优秀报告文学作品《神圣忧思录》《阴阳大裂变》《沂蒙九章》等，均可资借鉴。

在影视创作中，这种结构也很常见，如我国当代影片《陈毅市长》，分别节选陈毅任上海市市长期间的几段并不相关的故事，进而从总体上表现了主人公的精神面貌与行政业绩。

再如受众多观众喜爱的影片《城南旧事》，它向观众展示了不相关联的三段故事：宋妈的故事、疯女子的恋爱故事（其中又包含小女孩二妞的故事）以及小偷兄弟的故事。而出场的人物，也大都彼此没有关系：如英子的父母只认识宋妈、疯子秀贞也与小偷没有任何来往、小偷与宋妈更没有任何生活联系……再加上一些"拉洋片"式老北京风情民俗的散漫画面的穿插，整部影片的结构似乎毫无章法可言——然而，正是由这些散漫的人、事、情、景，组合成有机的一体，体现出一种深深的怀恋与感伤之诗般的意境，进而具有独特的艺术价值。

日本影片《儿子》①，以"母亲周年祭日""儿子的恋爱""老父亲进城看望两个儿子"三个片段有机连缀起来，形成总体的框架，进而表现了既定的多层面的主题。

我国电影《被告山杠爷》的主体部分，在"以村规犯国法"的基础上，将几个不相关联的事件集为一体，也是较明显的一例。

而美国影片《低俗小说》，无论观众或影视理论界对其评价如何，就其结构而言，则无疑也属于"散点透视"的典型篇章……

当然，任何事物的体现都要"适度"，否则，特色难免会成为缺点了。运用"散点透视"这种结构方式，要避免两方面的失误：

其一，既然是"散点透视"，那么，作为为表现整体而呈现的各个"点"，就一定要"视透"。即是说，各个"单元"的描述应该形象鲜明、挖掘深入，均有既定的文化及艺术内涵。如果每个"单元"、每个"点"不能做到生动引人并内蕴"情意"，只蜻蜓点水般轻描淡写、草草掠过，最后组合出来的"整体"必定平浅无味，更难有什么深层的文化内蕴与高档的艺术价值了。在这方面，《低俗小说》纵然获得一些电影节的奖项，也难以掩盖其中的不足。

其二，也不能顾此失彼，只在细部、在"点"上下功夫，而丧失或忽略了整体性的内在规范。如果连作者都无法将笔下的各局部有机组成为一

---

① 参见《世界电影》，1995（4）。

潜在的整体，那这整体在读者头脑中就更难复现。无论如何，"聚"与"散"，只具相对意义，其实是绝对不可分离的。如果仅仅杂乱地"把昏光、铅色、水塘、潮湿、白杨的银白、布满乌云的天边、麻雀、遥远的草场等因素搜罗在一起，那算不得图景，因为尽管我有心，却没法把这些东西想像成一个严整的整体"①。

---

① ［俄］契诃夫：《契诃夫论文学》，汝龙译，240～241 页，北京，人民文学出版社，1958。

第八章
"表现"(五):
情节进程

  角度选择、时空截取与线索设计为结构体确立了整体框架,犹如人的骨骼之于人的身体。这无疑是相当重要的。但还要进行下一步工作:在骨骼间附上肌肉,使之成为健康的躯体。这一步工作同样重要。正如臃肿笨拙的身体与瘦骨嶙峋的体态都令人不适一样,结构体的时空在整体框架间的具体展示若不适当,也极易引起观众的厌倦。因此,在下面两章中,我们讨论结构体时空框架具体展示的重要内容——情节进程与描述单元以及两者之间的艺术组合。

  情节进程是纵向的,偏重于时间维度上的演进;描述单元是横向的,偏重于空间维度上的展示。两者相辅相成,互为依托,在结构体的具体展现中,缺一不可。而它们各自的呈示,又有着多姿多彩的风格、品质、类型与技巧,在很大程度上,决定着结构体的艺术品位。

  本章讨论情节进程。

第一节 情节定义及其作用

情节进程者，情节的进程也。于是，首先就牵涉对"情节"一词的理论界定。

在大多文章或人们的言论中，往往把"情节"与"故事"连在一起，统称"故事情节"。一般而言，也无大错。但若认真地从编剧角度分析，两者还是有区别，而且必须有所区别的。

于是，便有一些理论工作者对故事与情节进行了条分缕析的区别，认为故事与情节根本不是一回事。例如汪流先生如下对比道：

其一、故事——生活中的事实，是未经作者加工的。

情节——经作者加工过的故事（事实），或在生活的基础上编撰出来的。

其二、故事——只有一个，它自身是不变化的。

情节——根据同一个故事（事实），不同的作者可以创造出不同的情节，如《崔莺莺传》《董西厢》《西厢记》。……

其三、故事——不一定有认识价值，如鲁迅的《狂人日记》和果戈理的《外套》所依据的原型故事。

情节——一定有认识价值，如鲁迅的《狂人日记》、果戈理的《外套》、托尔斯泰的《复活》《活尸》等。

其四、故事——通常都没有性格鲜明的人物……在故事里，性格对观众来说还是不清楚的。

情节——要求人物性格鲜明、心理活动丰富。

其五、故事——总是按照事情发生的经过，按照事情进展的顺序来叙述的。

情节——按照最有效地影响读者和观众的方式来表现，既可以正叙，也可以倒叙，将时空交错起来叙述也行。[1]

上面的分析，很是细致。但又因过于细致，也就难免使人疑惑——

故事一定、必须是真实的、"客观发生或存在过的事实"吗？这未免太拘泥于"故事"两字的本义了。而无论在实际生活中还是在艺术表现里，

---

① 汪流：《电影剧作概论》，125～126 页，北京，中国电影出版社，1985。

所讲的"故事"却往往多属编撰，这已是不争的事实。

故事中的人物性格一定含糊吗？"孟姜女哭长城"的故事，家喻户晓，而女主人公的性格何其鲜明！

其他，诸如"故事"等于"创作素材"吗，"故事只有一个，它自身是不变化的"能否涵盖民间传说中"武松杀嫂"的几个版本、"大灰狼与小白兔"故事的多种方式，等等，均因过细反而朦胧起来。

其实，故事与情节，两者该有所区别或曰界定，但它们之间却又绝不是相互对立、彼此无关的——故事，应是情节的大框架、总轮廓，情节则是故事的具体体现、细致的发展变化过程。也就是说：凡故事（注意，这里不是"本义"的过去发生、存在的真事）必有情节，凡情节必定体现某种故事。

那么，在这里我们讨论影视剧本结构体展开的时候，因为已经在结构核中确立了三要素之一的"题材"，也就是在确立了大的故事框架之后，就不必再做重复性工作，只要专门研讨"情节"就是了。

情节的定义，我们可以高尔基那段名言为准："情节，即人物之间的联系、矛盾、同情、反感和一般的相互关系，——某种性格、典型的成长和构成的历史。"①

这段话对我们有启发：即情节只是某种"关系"或某种"发展历史"的体现，它不一定像传统观点所说——一定要极具戏剧性的、出人意料的曲折变化，只要艺术地反映了某种人物关系、生活逻辑的线性联络与演进过程的，就是情节。比如："一个儿子死了，他的母亲也死了"，这不是情节；而若变成"一个儿子死了，他的母亲因为悲伤，也死了"，这就成了情节——因为它们彼此间有了关系与进程。至于这种关系与进程是复杂、剧烈，还是简单、和缓，都不影响它们作为情节的一种体现：因为情节本身，就应该是多种类型、品格的。

在影视创作中，情节与情节进程的设计安排是十分重要的。首先，影视作品反映社会、人生，而社会、人生总要通过形形色色的人物经历或事件过程来具体体现。这经历、这过程，在某种意义上，就是情节。其次，影视作品不同于其他文艺篇章，它是让观众通过"一次性"观看来展示其内容的。它必须紧紧抓住观众的注意力，使之从头到尾看下去——这，就必须靠情节了。有人会讲，观众因有特色、有性格的人物，也可以兴致盎然地看下去。但他忽略了一点：有特色、有性格的人物，也正是通过情节

---

① ［苏］高尔基：《论文学》，孟昌等译，335 页，北京，人民文学出版社，1978。

（各种类型、品格的情节）来展示的。有没有不要情节而受观众欢迎、起码接受的影视作品？

似乎有过。

第二次世界大战后，在电影哲理化思潮的影响下，一些苏联艺术家提出了"思想电影"号召，并进行了积极的试验。导演尤特凯维奇与剧作家格布里洛维奇共同创作了"思想电影"的一部重要代表作《列宁在波兰》。在这部影片中，几乎没有传统观念中的情节，主要是表现列宁在波兰监狱里的思想活动。列宁在影片中，以哲学家的姿态，对战争与和平以及国内革命等问题进行深沉的哲学思考。故事发生的地点十分窄小，就在监狱小屋和放风处。列宁与世隔绝，但他的心与千万革命人民紧紧连在一起，一系列紧迫的重大问题萦绕心头，使他不得安宁，甚至失眠。如何表现这一切？影片作者不是多用闪回镜头和意识流去突破闭锁的空间，而是采取了一种大胆的处理：主要靠大段内心独白、靠语言直接"说"出思想。列宁的扮演者、著名演员马克西姆·施特拉乌赫曾系统总结过自己一生中多次扮演列宁形象的经验，其中很大篇幅讲到《列宁在波兰》：

> 令人畏惧的还有"内心独白"这种手法。尤特凯维奇建议整个影片都配上镜头外的列宁声音。……但我还是觉得画外独白用得这么多，简直令人生畏。独白何其长啊！

但是导演坚持这种处理，并且还一再强调："我们的台词应有叙述的语调，甚至是平稳的语调。它很长，简直长极了，但千万不能厌烦。"

经过艰苦的排练与反复的配音，影片终于拍成。导演自己也在兴奋中不无担心，生怕观众会中途退场，甚至有人会捣乱。然而事实却是——放映厅里鸦雀无声，观众被"吸引"住了，直到灯亮，观众仍然陷入沉思，过了好一会儿，才爆发出掌声……

但是，这个例子，能说明情节的可有可无吗？

电影的情节作用，是不能随便否定的，甚至连轻视也不行。早在20世纪二三十年代，苏联电影艺术家们就有过经验教训：以爱森斯坦为首，曾提倡"理性电影"，强调在影片中要表现抽象思想，爱森斯坦甚至想把《资本论》搬上银幕，爱森斯坦、普多夫金等都进行过"理性电影"的试验，结果均遭失败，使观众对这类影片敬而远之。

前车之鉴，是我们当记取的。

第二节 情节类型与品格（上）——强化情节

之所以对情节的有无产生不同看法，在很大程度上，是由于传统观念对"情节"的理解过于偏颇、狭窄——似乎只有剧烈、跌宕、曲折、奇特、引人悬念的人事进程，才具有情节性。

其实，以中外古今各种叙述性艺术作品为实证，我们就会发现：情节的类型与品格是多种多样的。

就大的类型而言，情节可分为两类：强化型情节与淡化型情节。

强化型情节，指具有较强烈浓缩性的情节。萧统《文选序》云："踵其事而增华，变其本而加厉。"很形象地指出了这种情节类型的特质。

强化型情节又可细分出以下两种品格。

一、传统戏剧型情节

这种情节，特指那种侧重于故事的完整性、生动性及趣味性表现的情节。在这种情节中，既要用细针密线展示人事过程，使观众获得清晰的时间感与空间感，又要注意将必然性放在偶然性之中显示，对观众产生入乎情理之中又出乎意料的艺术吸引力。这种情节一般具有较强烈的矛盾冲突与曲折变幻、起伏跌宕的人事过程，讲究叙事的节奏、悬念的设计等。

传统戏剧型情节，一般体现在一个完整的"封闭式"的叙事结构中。基本上分为三个部分：开头，用精彩引人或惊险震人的场面，快速展示出矛盾冲突，给观众提出一个看片问题，迫使他们急切地想了解下面将会发生什么，如何发生……然后，则想方设法保持住观众的悬念，使他们随着情节进展的诱引，沉溺于一个又一个变化起伏、难以预料的情境之中……结尾部分，才使悬念最终释放，让观众明晓故事结局或问题的最后答案。

由此可见，传统戏剧型情节的一个最基本的艺术品质，提出悬而未决的矛盾冲突，引起观众的关注，就是悬念。悬念的制造、保持与释放，可以说是这类情节典型的三段式。

设计悬念有两种方法。

第一种，只简要地在影片开头部分提出激烈或生动的矛盾冲突，以引起观众急于想知道前因或后果的意念。这种悬念比较常见，比如美国影片《红字》：一个美丽健康、充满生命活力的年轻姑娘来到闭塞荒凉、由压抑人性的教规管制下的小岛上，几组对比性镜头一出，观众就感到悬念了——因为两者之间肯定会，而且马上会出现冲突！再如著名影片《卡萨布兰卡》，一开始就让观众替主人公担心起来：在德国法西斯严密控制，并已经严阵以待的危险境地里，反法西斯战士拉斯罗能够逃脱魔掌吗?！

第二种，特意让观众知道某凶险事件的全部真相，而影片中的主人公却还不了解，正入"套"中。以这种方法设计的悬念，如电视剧《武松》：西门庆与潘金莲调情、通奸以及毒死武大的全过程已经展现在观众面前，这时，才让武松回来，面对自己哥哥的丧礼，且大生疑问——以武松的精明与刚烈，事情肯定不会轻易了结的！那么，结果如何？悬念就产生了。这类悬念，在诸多侦探片、警匪片中，更为多见，不再一一列举。

下面，谈一下以这类情节为基本结构的篇章开头、主体与结尾的设计。

第一，传统戏剧型篇章的开头——悬念的制造。

这类剧作的开头，除要具备精彩简洁的特性外，必须迅捷地产生悬念，给观众提出一个"问题"。

具体情节可以多种多样，但不外两种方式：

第一种方式是"怎么办"型。即提出特定的生活冲突或问题，使观众急于想知道剧作中人物如何处理或解答，以产生悬念。比如美国影片《致命的诱惑》，一开始就快速地描述了一个有着温馨家庭的男子与一个单身女人邂逅便发生了性关系，男人以为"一时冲动、不过如此"，却不料女人要破坏他的家庭与之结合而死缠不放！再如苏联的《拳击台》，首先一个问题摆到观众面前：在拳击赛中，一个非常有前途、有才华的苏联运动员手腕受了伤，后面的比赛还参不参加？要参加，能获胜，但将使已经受伤的手永远残废，进而毁掉这个运动员未来的运动生命。对此，领队与教练发生了激烈的争执。教练认为，从长远考虑，宁可不要这次胜利，也要保护运动员，不能毁掉其运动生命；领队则坚持，一定要赢得这场胜利、获得冠军，并讲了许多军人的天职、条令以及鼓励运动员参赛的慷慨言辞。到底谁对？运动员该怎么办？观众自然而然地被吸引住。后面的情节也能紧抓人心——激烈的胜负未卜的拳击场面、年轻运动员终于获胜却将永远离开拳击台的痛苦、领队怀抱奖杯为自己回国后将受到领导嘉奖而陶醉的言行……但是，若没有激烈的冲突、尖锐的问题摆在开头，作品的观赏引力肯定不会如此强烈的。

第二种方式是"为什么"型。即作品开端便呈现出一个令人不解的场面：或凶杀现场，或狂欢镜头，或某种怪异现象，或一个意外的结局……以此来吸引观众。这类篇章也十分多见。较典型的影片如日本的《人证》：一个黑人青年表情异样地进入电梯，当开电梯的小姐与之说话时，突然发现他已经死了——腹部插着一把刀！于是，下面的情节逐次展开，逼使观众不能不看下去……

在这里要说一点：开头部分悬念的营构，要根据剧作内容与影视体裁的不同而有不同的考虑——

若是相对短小的篇章，因其主要内容一般是围绕一个集中的、短暂的矛盾冲突展开的，那么开头的悬念可以针对主要矛盾（或主要矛盾方面）来设计，比如一件凶杀案，就可以将事件最高潮场面（或斗杀情景，或凶杀结局）一下子推到开端来；若是表现较长过程的事件或人物经历，则不宜将最后结局或最精彩的场面过早地展现。因为这样处理，极易造成虎头蛇尾的观片效果。所以应该选择一个次要场面或局部结果，先造成初步悬念，然后再依据叙述过程，适当制造更大的悬念或将这初步悬念复杂化、深化、强烈化，以保持观众越来越大的兴趣。而若是长篇作品，如几十集的电视连续剧，就更要注意：在通常情况下，切忌将结局性悬念放在开端处。因为这样一来，便使悬念的产生与悬念的解决之间拖得过长、过远，如果没有极高妙的叙述手段加以补救，观众是很难看完全片的。

第二，传统戏剧型篇章的主体——悬念的保持。

好的开头是成功的一半，但毕竟不等于成功。对强情节型作品而言，"成功"之后失败的可能性是很大的，常有开头引人入胜，却不能使观众看到终场的情景。于是，如何在悬念制造出来后，善于保持悬念、更生悬念，使观众的悬念感一直保持到影片结束，就是主体部分必须完成的任务了。

悬念的保持可有以下方法。

其一，通过增减人物、调换场景、编织情节，不断展开原来矛盾冲突的深广度与复杂性，使观众不自觉地沉入矛盾的层层面面之中，身临其境，产生"同情"，进而越来越增加原悬念的强度。

比如经典影片《卡萨布兰卡》，影片一开始就出现了矛盾：民主战士拉斯罗能不能脱离法西斯的魔掌？这时的矛盾是由两方面组成的。进入主体部分后，编剧便调动了各种手段，使矛盾一步步复杂深化起来——唯一的两张出境卡，掌握在美国人里克手中。在德国人控制下的法国警官雷诺与里克既相互利用，又彼此防范，而雷诺已知出境卡在里克手中时刻监视着他。尤其使矛盾更为复杂的是——拉斯罗的妻子偏偏曾是里克的恋人，却又"残酷"地伤害过里克的心！里克能把决定一个人生死的出境卡给自己的情敌吗？此时德国人对拉斯罗的威胁已经迫在眉睫！拉斯罗的妻子、里克的前恋人依尔莎终于面对自己确曾爱过，而且现在依然深深爱着的里克举起了手枪，逼他交出出境卡！……矛盾越来越激烈复杂，直到影片临近结尾处，观众仍在强烈的令人难解的悬念中，紧张着、期盼着，不知矛盾究竟如何解决！

这类作品很多，像著名影片《魂断蓝桥》，我国影片《湘女萧萧》《菊豆》以及《春桃》等，都有不同情节的这种艺术体现。

其二，通过不断增加新的矛盾冲突，使一波未平、一波又起，进而引导观众兴致盎然地看下去。

在电影作品中，像苏联影片《合法婚姻》：杂技团的小伙子看到一个病困在外地的莫斯科姑娘十分可怜，想帮她回家而不可能，这是第一波矛盾。后来想出了办法，采取假结婚手段，终于可以完成这项"助人为乐"的善举。不料弄巧成拙，被团里人认真对待起来——又是送礼、又是庆祝，使两个主人公尴尬之极。事情将如何收场？这是第二波矛盾。终于回到莫斯科，按两人约定，准备解除婚约，恢复原状，不料，又生波澜——姑娘的家被炸毁，无处可去！小伙子于是让姑娘住到自己屋里，自己则搬到姐姐家暂住，并报名参军，准备上前线。而姐姐却大动干戈，到姑娘面前严厉斥责——认为这姑娘借结婚来占房子，并逼走弟弟！……后来，姑娘出走，到一家战地医院工作，小伙子历经曲折、刚刚找到姑娘（此时两人已产生了爱情），偏又接到参战的通知。于是，生离死别的场面又出现了！……整个剧情就这样，起伏跌宕、张弛结合，使观众的悬念感一直保持到最后。

类似作品，像《危情十日》《三十九级台阶》《迷魂记》等，不胜枚举。

在电视剧，尤其是长篇电视连续剧中，靠一个"扣子"接一个"扣子"来连接剧情的篇章，更为常见，比如《西游记》：描述师徒四人去西天取经，经历了九九八十一难，每一难就是一个扣人心弦、新奇又别致的矛盾冲突。这样，数十集的长剧，就使观众不觉冗长，时时有强烈的悬念牵引着观众。

保持悬念的这两种方法，往往结合起来运用。这样，在一个矛盾冲突内，既有纵深的起伏变化；矛盾冲突之间，又呈锁链式形态，或因果关系或接续关系或并列关系地连缀起来，便造成错综复杂、包含广阔又引人入胜的情节过程。这种表现，在相当多的影视作品中可以见到，甚至可以说：只有一种悬念保持方式的作品，不很多见。比如《春桃》，基本上可说是前一种方式，但若细细分析，则会发现其中也不无后一种方式的成分在：先是刘向高与春桃关于"媳妇"名分重要不重要的争论，形成第一波冲突。此冲突刚结束，小两口才进入"美满安合"的日子中，春桃的"合法丈夫"突然出现在两个人的面前，第二波冲突起了！待三个人获得了内部的平和、相对的安稳之后，第三个波澜又汹涌而至——周围的维护"正统"伦理观念的人们，又向他们发起了攻击！……如此，可证。

传统戏剧型情节的主体部分，要避免以下两种弊端。

一种是进展过于缓慢、滞重。主要是横向，尤其是静态的横向描述过多造成的——往往局限在一两个场面内，只让人物大量地对话，而且对话的内容又没有什么戏剧内涵，使影视片成了话剧的记录；或是虽然情节在不断发展，但节奏过于缓慢，对所描述的人事过程缺乏剪裁、毫无匠心，像流水账。情节剧自然不可能没有丝毫的静态场面的展示，但它的审美趣味却主要基于一个连续不断、有一定长度的动态过程；同时，虽然不能没有一定的过程，这个过程又必须是经过剪裁、凝缩，具有艺术张力的"非客观"的过程。

另一种则相反：节奏过快或一味紧张。情节进程的节奏过快，往往使作品成为戏剧（故事）梗概，纵向进展迅速而横向描述粗糙——这就难以使观众真正"入境"、不易产生"同情"，自然也就难以产生预期的艺术效果；而情节内容若一味紧张，根本不考虑张弛相间，使观众总处于一种极度紧张中，势必"物极必反"——过分紧张就觉疲劳、累倦，见惯不惊的后果就是失去引力。一些武打片、功夫片之所以并不上座，概因如此。而从"真实性"角度审视：生活中各种事件总是有急有缓，以不同形态与速度变化、进展的。若情节进程总处于不容人喘息的高度紧张之中，便不符合生活的真实，而露出人为编排的痕迹了。

第三，传统戏剧型篇章的结尾——悬念的释放。

悬念的释放，一般有两种形式。

其一，一次性终结型释放：往往在前面设置各种疑团，并使其错综复杂地纠缠在一起……直到最后，再将悬念释放而真相大白。

比如美国影片《迷魂记》《亡命天涯》，以及与《亡命天涯》异曲同工的日本影片《追捕》，都属于这一种。我们再举一个十分典型的篇章——日本作家西村京太郎的《敦厚的诈骗犯》：一个理发匠某天开车撞伤人、逃走之后，心中一直惴惴不安，唯恐被别人知道。这时，店里出现了一个来理发的老人。理发之后，非但不给钱，反而要借一笔钱用——同时暗示理发匠：他是"那件事"的目睹者。理发匠只好忍痛把钱给了老人。但时隔不久，老家伙又来了，又是一笔比上次还多的敲诈。次日，此人又来，暗示要的钱更多之后，他在理发的椅子上闭目养神，边让理发匠给他理发、刮脸（尽管昨天刚刚理过、刮过），边用挑逗的语言刺激手持剃头刀的理发匠——他似乎有意挑逗对方杀死自己！这是个什么人？出于什么动机？为诈钱财吗？却不该这么冒险！真是为了让人杀死自己不成？——简直不可思议！……而以后，敲诈的次数越来越多、索要数额也越来越大，大到理发匠终于无法忍受，决定再来就杀死这个老混蛋。不料此时报上登出一条消息：那个心怀叵测的恶毒的诈骗犯竟冒生命危险，从疾驶的车轮下救出了一个小孩，自己却受了重伤。他到底是什么人？好人？还是恶棍？——理发匠困惑不已。可不久，这个老东西又出现在店堂中，又来敲诈了！……直到理发匠终于忍无可忍、咬牙切齿地杀死了这个老人后，才亮出真相：无生活出路的老演员登记了生命保险，要以自己的死来换取家内妻儿的生存！——原来如此。

其二，在大悬念的展开过程中，又包含一系列小悬念的产生与释放（或采用层放层生、波澜不断的方式），以保持住观众的观片兴趣。这种释放形式，在较长些的电视连续剧中更为多见。像我国的《渴望》《雍正皇帝》《宰相刘罗锅》等均是。在一些电影作品中，也常见。比如《大决战》，总悬念是国民党与共产党谁胜谁负，而在情节进程中，又分别连缀着许多小的悬念：蒋介石视察被视为国民党生命线的长江防线时，竟然碰上江防司令与下属打麻将！蒋介石将会怎样处置他们？……共产党中央所在地，毛泽东正在村中悠闲散步，而国民党的轰炸机突然袭来，立时炸弹如雨！毛泽东生命如何？如此等等。

对于悬念的释放，除了上述两种形式外，还有品质上的区别——

一种是单纯的情节释放：在篇章结尾处，通过悬念的释放，将观众所关注的情节问题完满地回答出来，使全部情节内容明白无误地展现在观众面前。一般的情节型作品，都具有（或者说不能不具有）这种品质。

另一种则是情境的释放：剧作结尾处，除了情节的释放之外，还因情节的释放产生情境、意义上的扩展与深化。这就是更具生活内涵与艺术水准的情节释放了。

在这里不妨举众所周知的欧·亨利的著名短篇小说为例：《麦琪的礼物》最后悬念的释放对作品主题的深化起了妙不可言的作用；而《最后一片叶子》经最后悬念的释放，顿时使人大受感动，体味到了一种不无悲凉又崇高圣洁的人性境界！

在一些优秀影片中，也多见这种情节的释放。比如美国影片《末路狂花》的结尾：观众一直为两个女主人公能否最终逃脱警察的追捕而心弦紧张，两个女主人公明明放下武器就可以获得某种辩护、可免一死的，但她们却毅然决然地驱车冲向悬崖！她们终于死了——是谁造成这两个人的死亡？她们宁可选择死亡，而坚决不与逼迫她们、凌辱她们的社会相妥协，又强烈地体现了什么人文内涵？……

再如《卡萨布兰卡》的结尾：里克出人意料地（出乎法国警察雷诺、

民主战士拉斯罗、里克的恋人依尔莎以及所有观众的意料）把依尔莎和拉斯罗送上飞机，而自己留下来面对法西斯的屠刀，顿时使这个人物形象丰满高大起来！而另一个使观众意想不到，却又合乎情理之处出现了——雷诺不但没有逮捕里克，反而平息了这场危机，与拉斯罗站到了一起！两个"意料不到"，使悬念解除的同时，更深化与扩展了影片的主题、内涵，应视为情境释放的范例。

二、现代怪诞型情节

传统戏剧型情节是在生活正常流程基础上提炼、凝聚起来的。所以，尽管它有人为浓缩的痕迹，却仍不脱离生活原型的"自然状态"。而现代怪诞型情节则极尽人为编排之能事，大胆打破生活原型的自然状态，以致将它们变形，甚至变态地"表现"，使其凸显出作者的主观杜撰——借此，使观众从新异的层面对社会生活作重新认知与觉悟。

怪诞与变形难能分开，是有机并存的。变形是怪诞的表现手段，怪诞则是变形的艺术效果。

美学意义上的怪诞，是作为反映生活真实，并从思想上艺术上对其作出独特审美评价的一种方法（或风格），它要求寓真实于怪诞之中，以扭曲的形态，曲折地反映生活本质的真实。

变形，是指在艺术表现中，有意识地改变表现对象的性质、形式、色彩等，以使它们具有更大的表现力，对观众产生新异的审美感染的一种手段。当然，从严格意义上说，一切艺术作品都是现实生活的变形体现，"典型化原则"之类理论便是清楚的说明。但我们在这里所说的"变形"，则是狭义的变形：专指故意以异乎寻常的"艺术体现物"，对生活原型的特定本质作极度夸张呈现的手段。

怪诞型情节，可由两种方式营构。

第一种，通过"夸张变形"以造成怪诞。即极力夸大客观事物的特定品质与形态，以造成异乎寻常的形象体现。

比如影片《摩登时代》中，成年累月在高速传送带上拧螺丝钉的工人，拧得眼花缭乱、晕头转向，拧螺丝钉的机械动作已成神经质的下意识生理本能。于是，在下班路上，竟将手中仍然拿着的扳手向迎面而来的一位漂亮妇女的乳头上拧去！表面上看，荒诞不经，但正由于对那种违背人性的高强度机械劳动作了夸张的反映，便真实地表现了一种深层内涵：人，已异化为机械。

比如法籍罗马尼亚人尤金·尤奈斯库的剧本《秃头歌女》：一对男女在

偶然交谈中，才发现他们是住在同一条街、同一幢楼、同一间房子里的"夫妻"！但究竟是不是夫妻，还是得不到确认——因为谁也弄不清楚包括自己在内的两人真正的身份！……人与人疏远、隔膜到这种不可思议的程度，不是变形得太离奇古怪了吗？——却让观众在哭笑不得里，悟出现代社会中确实存在于人与人之间的生活特质。

再看美国作家约瑟夫·海勒的《第二十二条军规》：作品内容表现美国一支空军中队的内幕。以主人公尤索林要求复员回国为中心线索，展现第二次世界大战中美军内部离奇荒诞的"真实"。首先，第二十二条军规本身就是变形的体现——它规定：只有疯子可以停止飞行回国，只要自己提出要求就行。但这条军规又规定：凡是本人能提出申请停止飞行者，就证明不是疯子，因而就必须执行飞行任务！——这就揭示出所谓"军规"的本质：士兵不过是它条文下的玩偶、炮灰而已。其次，作品更通过对中队中的人物形象的夸张变形，揭露军队上层人物的丑恶残酷与卑鄙无耻：斯克斯考夫负责军官训练，他好战成性，大战爆发使他心花怒放。对士兵伤亡他无动于衷："反正每八个星期就有一批要进屠宰场的小伙子落到他手里。"为获得提拔，他一心想通过阅兵式出人头地，为此，他通宵达旦地摆弄玩具士兵进行操练，甚至赶着自己的妻子满屋兜圈子来演习步伐，最后竟灭绝人性，想用铜丝把飞行员的手腕固定在胯骨上来演练不摆双臂的步伐……而他也正因此被誉为"军事天才"，压倒对手，一跃成为指挥全军的中将司令官。而伙食管理员米洛的发迹史更令人震惊：27 岁，却有天大的本领，开始以伙食采购名义调动飞机搞投机生意，后来发展为规模巨大、资金雄厚的跨国公司总经理，连交战国德国政府也来入股。他一面和美国当局订合同，包炸德国桥梁，轰炸费由美军负担；一面又与德军订合同，包打美军飞机，高射炮火费由德军负担。甚至为了摆脱经济危机，竟和德军订这样的合同：接受德军金钱，而自己调动美国飞机把美军驻地炸个稀巴烂、死伤无数。……然而就是这样的一个人，却成了国际上头面人物——当上了巴勒莫的市长、奥兰的王储、巴格达的哈里发、大马士革的教长和阿拉伯的酋长！……总之，作品具有明显的超现实的"现实意义"。作者的意图在于：有意摆脱拘泥于现象世界的传统表现方法，而去表现变形的"真实"——因为它们象征着统治世界的荒谬和疯狂的一种本体的存在。

这种用夸张变形的方法达到"怪诞"的情节体现的作品很多，如哥伦比亚作家马尔克斯的《纯真的埃伦蒂拉与残忍的祖母》表现人性的变形，奥地利作家卡夫卡的《审判》表现人与人关系的变形，我国作家邓刚的《全是真事》、邹月照的《第三十三个乘客》表现社会生活的变形，等等。

第二种，通过"幻化变形"以造成怪诞的情节。即作者的主观意识将客观世界加以幻化处理，而形成一种具有"虚幻真实"的情节。

这种方式产生的情节与"夸张变形"产生的情节有所不同：后者毕竟有着客观世界的"面目"，而前者则连"面目"也丢掉，直接呈示给观众一个"编造的实体"。就像凡·高的《星空》，用黄、蓝、绿、紫各种颜色，把广阔的星空描绘成一团团滚动的圆球和曲形旋转翻腾的江河模样。这似乎与实际的星空相差甚远，但经过这种变形处理，却以另一种品格，使景色气氛炽热、喧闹、飞动、亢奋，声势不凡。再如毕加索的现代派作品，其支离破碎的肢体、杂乱无章的图形，亦与客观实体截然不同，但也是以"怪诞"显"真实"的艺术体现。

在文学作品中，这类怪诞的情节多有所见。如尤金·尤奈斯库的《雅各或驯服》与《未来在鸡蛋中》这两部故事相连的剧作：前一剧本写雅各在家庭和社会流俗的压力下，同长着三个鼻子的姑娘罗伯特第二结了婚；后一个剧本写婚后三年，罗伯特第二没有生孩子，她的全家都围着这对夫妇观看。在罗伯特母亲的传授下，雅各再次屈服。罗伯特第二开始分娩，但生出来的却是一筐筐鸡蛋。在全家的威逼下，雅各又一次屈服：不得不去孵蛋。于是全家人围着他们跳起下流的舞蹈。结果，鸡蛋中变出了皮靴、楼梯、银行家等等。这两出戏表现了人在社会流俗和"物"的堆积逼迫面前的无能为力。

其他，像卡夫卡的小说篇章《骑桶者》《地洞》《变形记》等，像加西亚·马尔克斯的《百年孤独》（被文学界称为"魔幻现实主义"的典型篇章）、《巨翅老人》、《家长的没落》等，更将此类方式的运用推向高峰。

我国当代作家中，以"幻化变形"的情节为作品表述方式的，当以宗璞的《泥沼中的头颅》为典型：

小说叙述一个完整的躯体参加在泥沼中召开的"学术讨论会"。泥沼中的学术讨论会是极多的。各种论文上涂满泥浆，难免越讨论越糊涂。"他听了半天，听不懂会上诸君说的什么，最后他估计这是某一大洲的稀里哗啦语。"而一问才知道是用他处身其间的"土国语言讨论土国文化"。于是，他想寻找到一把钥匙，改变这种糊涂状态。"他迈开步子，向既定目标移动。从泥浆中挤过去。不只一次碰撞了人和物。那些人、物一动不动，如同电影里的定格。他询问、请求，最后热血沸腾，难免手舞足蹈，奋力划动泥浆。"而周围的人仍一动不动，反嘲笑他，不理解他的"反常"举动。他开始了艰难的寻求：先到"下大人"处——那人端坐台上，手臂向四面八方伸出，同时接几个电话，而答话都一样："你问找谁能说清这事？老实说，这事谁也说不清。"当他说明来意后，那人"慢吞吞地说：'从来没听说过此等事。你这思想有点歪门邪道吧？'"接着便"努力仔细地上下打量他，想看出点异端的标志……"寻求者在那儿站了五分钟，等明白应该走开时，自己的脚已经化在周围的泥浆中。于是，对没有脚的他，周围只有一颗头颅的众人或窃窃私语、嘲笑指责，或凑过来，要与之做带血泥浆的大价钱生意。他又去找"中大人"。"中大人"照例胖一些，更像官儿的样子，"见多识广"，拿过一张印好的通知。上面写着："发回原单位处理。"此时，寻求者的腿已经在泥浆中化掉，他又赶到"上大人"处。"上大人"正在努力运动，往东走一段又往西走一段，往南走一段又往北走一段……结果是原地踏步。当寻求者要求给一个批件以取钥匙时，"上大人"怜悯地看着对方："难道你不知这是锁匠的事儿？"此刻，寻求者也只剩下一颗昏昏沉沉的头颅了。他还想寻求，却被一群浑浑噩噩的头颅抬起来，捧他为"思想家"。……最后，被扔到泥沼的最底层。他想"打开漏斗的底，让泥浆流光"！却因没了手脚、头脑也开始昏沉，只能像别人一样，在泥浆里与别人一样地沉浮……

在这里须强调的一点是："夸张变形"与通常所说的"夸张"不同；"幻化变形"与通常所说的"幻觉"不同——

"夸张"是客观事物的"量变"，仍属"常格"表现；而"夸张变形"的描述对象则已有"质变"的成分，属于"破格"表现了。

"幻觉"是心理现象，是一种主观的观照；而"幻化变形"则是有主观渗透的客观变异。前者作为一种艺术表现方式，常用于反映人物的内心世界及人物性格，后者则主要表现外在世界的潜在特质。

用"变形"手段造成"怪诞"意味，在我国与外国的作品中，多有所见。就变形是一种超自然的形态而言，中外是一样的。但就其给读者或观众的审美反映而言，则有明显的区别——

外国现代派作品中的变形，所要取得的是与现实人物（以及现实事件）的自然形态格格不入乃至强烈的"反现实"效果，在变形与现实的尖锐对立中，强化读者对现实的感受，刺激观众对现实的思考。而我国作品中的大多数变形，则是虽超乎自然而仍要合乎自然，虽变而不变。其所要唤起的审美感觉，不是与现实人物的分离、对立，而是略脱现实形迹的对现实的别种切近。

两者各有短长：

外国现代派的变形，其短处是不易理解，较含蓄晦涩；其优点是反差强烈、变形奇特，使人为之震动而生出在常态中难得的思考。

　　我国作品中大多数变形，其长处是好理解、易把握，比如《泥沼中的头颅》，说是变形，其实不过是现实人事的异形再现，寓意十分清楚；其不足是往往将"变形"这种手段庸俗化、平浅化，只作为一种理念的形象演绎或形象的简单抽象，比如张贤亮的《男人的一半是女人》中，写大青马与人的对话、写今人与先贤的对话等，便含此病。

　　所以，通过变形以造成怪诞化情节，将主体的审美感情通过幻化而"特异"地表现出来，就一定要注意两点。

　　第一，无论怎样变形，必须在整体上再现生活的内在联系与本质真实。若一味怪诞、随便变形，把手段万能化，甚至把手段当作"目的本身"，必将弄巧成拙。

　　第二，抽象的义理必须与具体的经得住观众"真实感"审视的鲜明形象结合起来。若把变形所造成的怪诞只作为某种概念的演绎或装饰，而无尽管"变形"但却"真实可感"的形象体现，作品亦会失败。

第三节　情节类型与品格（下）——淡化情节

　　在这里先要强调一点：淡化情节，绝不是不要情节。只不过有意将传统意义上的"情节性"较淡化地体现而已。情节既是叙事性"艺术篇章"的组成要素，它就不可能完全依照原生态生活，而必须对客观生活有某种或某一层次的"艺术升华"。

　　淡化情节，是相对强化情节而言。既然是情节，它就不能不艺术地体现生活中具有某种因果关系的逻辑演进，它也就必须具有某种品格的艺术张力（或曰引力）。

　　如被公认的与传统戏剧性情节有异的意大利"新写实主义"电影，其艺术主张就反对"对客观生活的情节化"、要求"真实地再现生活本身"，而新写实主义的代表作《偷自行车的人》的编剧西柴烈·柴伐梯尼在他的论文《关于电影的一些想法》中，更提出了代表性观点：他们认为大多数人把日常生活看作讨厌的事，认为日常生活单调乏味，使人厌烦，结果使习惯于传统表现手法的导演总觉得需要编造故事和传说来代替日常的现实，新现实主义者认为不需要这样编造生活，他们认为现实绝不是单调沉闷的，而艺术家的任务只是使观众思考和体会实际存在的生活。因此，他们反对传统情节片那种一个事件引起另一个事件，如此一环套一环，形成一连串的事件，最后以大团圆结束的模式，主张要与之相反：要关心的是生活的正常状态而不是例外状态，"生活中真正的英雄、现实中真正的主人公，不是编造故事中某个臆造的人物，而是观众自己"。"没有必要把日常普通事件编织起来，搞成什么说明、进展、高潮，而应按其本来面目表现出来。"——理论上是如此提倡的，但他们所创作的作品是否真如所说，绝对不要"编造"，而完全体现"本来的"生活现实呢？

我们不妨分析一下新写实主义的代表作品——柴伐梯尼本人的《偷自行车的人》的具体内容。影片一开始，就是一个充满悬念的场面：大批失业工人在争抢工作的机会，谁能如愿以偿呢？中年男子里西好不容易受到聘用，但紧接而来的难题就出现了——要干贴广告的工作，必须自己有自行车，而里西家中早就一贫如洗！怎么办？……他罄尽全家所有，终于换得一辆自行车，刚刚上班一天，车就被人偷走了！且不说一开始就表现出人工的截取，只上述一系列场景内容，不就是典型的"一波乍平、一波又起"？……后来，里西终于发现了偷车人，却不但没能将车要回来，反遭到一群人的围打嘲弄，天下简直没了公理！……后来，实在出于无奈，为了一家人的生存，里西也要偷别人的自行车了！可他能够成功吗？尤其是：他怎样又要在儿子面前当一个好父亲，同时又必须做一个不被人知的小偷（这是不是悬念）？……影片到最后，也仍然使观众处在极大的悬念之中：他能不能偷成？——结果是：他终于下定决心，去偷车了。但车没偷成，马上就被警察与众人发现，痛打一顿。而尤令他大为尴尬、痛苦的是——这一切，竟明白无误地展示在一直对父亲充满敬意的儿子面前！

——看！如上述，谁能说这部影片没有情节呢？

所以，淡化情节，绝不是不要情节，纵令标榜自己"完全写实"的"新写实主义"电影也不能例外，又何况其他？

淡化情节大体上也可以分为两类：散文化情节与生活流式情节。

一、散文化情节

散文化情节，是指那种不注重人事进程的紧凑、连贯及起伏变幻，而有意将生活片段"散漫"地呈现的那种情节。

它常见于散点透视的结构中，但两者不属于同一范畴：散点透视是指整体的结构格局由几个"点"（板块）组合而成，而情节的散文化则是指在每个"点"（或曰"板块"）内人事叙述的一种品格。举例说：影片《城南旧事》与《低俗小说》都是散点透视式结构，但前者的每一个叙述片段都是通过散文化情节体现出来的；而后者的每一个片段，则均紧张激烈、跌宕起伏，这便是典型的强化情节的呈示了。

下面具体介绍散文化情节的特点。

散文化的一个最大特点就是"形散而神不散"。那么，散文化的情节也就必然蕴含这样的品格：不特别注重情节的紧凑连贯、环环相扣，而讲求在貌似散漫的人事叙述间，内蕴着某种总体情致、氛围或精神。

影片《城南旧事》的体现就更为典型：三个故事已经各不相连，而且每个故事内部的表述也不是用很连贯、很紧凑的顺序展示的，而是通过小英子的眼睛，一个片段、一个片段地拼凑而成。像"小偷"故事的表述：先是让小英子偶然遇到废园内小偷所藏的东西，十分好奇；然后隔了几个场景，才让她与小偷相遇，而且彼此产生了好感；但情节并没有继续发展下去，又转到别的故事叙述中，直到小学校的演唱会上，才使观众又一次看到小偷有一个学习出色的弟弟，而哥哥正是为了使弟弟不再受穷、不得已才干那种事，于是，小偷的形象在英子眼中（观众心目中）有了改变，使观众对他不无同情了；直到最后，再通过英子的眼睛，表现哥哥因事发而被警察捆绑而去并被打得浑身伤痕……这就是典型的散文化情节的体现。这类作品很多，像日本影片《忍川》表现一个学生与一个酒馆女招待恋爱的故事，法日合拍的《广岛之恋》叙述一个法国电影人分别跟多年前的德国人与现时的日本男子相互穿插的爱情故事，像瑞典影片《野草莓》表现老教授去领奖路上的内心世界与外在境遇的交叉等。

散文化情节的另一个特点是：一般情况下，它所表述的内容大都属于日常生活中的普通人物与事件，甚至是较为平庸、琐碎的人事，以求达到某一层面的等同观众、贴近生活的艺术品格。像我国影片《混在北京》，表现一个杂志社的几个编辑所组成的"小社会"。人们在工作方面的纠纷，在职务上的变迁，彼此之间因为思想观念的不同而不时产生的矛盾，因同住一个筒子楼而难免发生的诸如谁用燃气灶时间太长，谁不管公共卫生只顾自己小家庭的洁净，以及谁家夫妻吵架，谁因占房而争执等生活中很常见的情景。

这类影片也不乏见，如中国台湾地区的《饮食男女》，日本的《泥水河》《远山的呼唤》，苏联的《亚当的肋骨》《怀恋冬夜》，美国的《克莱默夫妇》，中国大陆的《人到中年》，等等，都可参看。

二、生活流式情节

不怀恶意的话，可以借用一个词适当比喻："流水账"。所谓生活流，就是随着日常生活的流程，移步换形，通过对人物的举止言行、经历体验、感觉心态的依次"记录"，无人为痕迹地完成反映生活、表现人物的叙事体现。

在现实生活中，人物的性格演变总是与客观环境的发展变化同步的，而人们对一个人的了解、认识，也往往是通过在一段时间进程内的一系列观察获得的；对一件事情的认知，也往往是在无意地了解了各方面、各阶段的过程后，才"恍然大悟"其全体的。真正有意识地观察、审视某个人、某件事，毕竟要有特定的背景或原因，相比之下，"无心地、散漫地、自然而然地"完成对社会人事的某种认知，则是更普遍、更生活化的现象。"生活流"式情节，便有意体现这种特色。具体体现为以下几个方面。

第一，生活流注重"返璞归真"，"最高的技巧是无技巧"。而这"无技巧"恰恰是更高一层技巧的体现。它追求质朴、自然、真实、随便，使人丝毫看不出作者编织的痕迹，而犹如进入生活实境，没有"看戏"的感觉。这个特点，在影视作品中，因导演的特意处理，就更为鲜明。一般情况下，生活流式情节的展示，都避免爱森斯坦式的"冲击剪接"和蒙太奇结构之类惹人注目的剪接技法，也不突出摄影机和音响的作用——没有惊人的拍摄角度，没有出人意料的摇镜头，没有那种"闪电式混合"。而是常常以长镜头来表现：让摄影机耐心地记录那似乎是生活本身展开的情景（慢移、慢摇、跟拍或固定机位），在镜头内部，也不出现明显戏剧化的构图。总之，"渴求现实"，力求使观众察觉不到人为拍摄的痕迹。

第二，生活流式情节，必定要有一定长度的时空流程。在一般叙述性作品中，表现人物或事件时，可以注重纵向的流程，也可以侧重横向的展开。即是说，它可以从发展变化的动势中刻画人物，通过对人物在不同场景及场景的演进中的一系列反应，表现出其性格的多层面，进而立体地表现生活与生活中的"全人"；也可以在错综复杂的社会关系的相对静止状态中刻画人物、描述事件，即对性格或事件（场面）的横向开掘。生活流式情节属于前者。

第三，生活流式情节所表述的生活内容，一般而言，应是专指那种"非英雄化"的小人物行止以及日常生活"近乎琐碎"的场景、事件：既无重大场面，也无奇特事件，更无怪异人物，力求"贴近生活本原"。

第四，生活流式情节与"意识流"情节相比，虽有一定相似性——都讲求对人事反映的自然而然、不着人为之痕，但又有着明显的区别：意识流注重对人物内心世界情感流动的跳跃、闪回、变幻无定特点的表述；而生活流则将表述重心放在对现实生活中人物的外在的顺序连贯的行为表现上。

我们且举池莉的《烦恼人生》为例，看看生活流式情节的具体体现：这是一个中国中年工人普普通通一天生活的录像。印家厚是个普通的工人，活得很累，几乎被生活拖垮。作品采用移步换形的方式，随着时间、空间的不断转换，让他变换着多种身份，逐渐体现出这个人物多层面的思想性格——

早晨是从半夜开始的。

昏蒙蒙的半夜里"咕咚"一声惊天动地，紧接着是一声恐怖的嚎叫。印家厚一个惊悸，醒了，全身绷得硬直，一时间竟以为是在噩梦里。

待他反应过来，知道是儿子掉到了地上时，他老婆已经赤着脚蹾下了床，颤颤地唤着儿子。母子俩在狭窄拥塞的空间内撞翻了几件家什，跌跌撞撞扑成一团。

他该做的本能的第一件事是开灯。……可是灯绳却怎么也摸不着！印家厚哧哧喘着粗气，一双胳膊在墙壁上大幅度摸来摸去……急火攻心，印家厚跳起身，踩在床头柜上，一把捉住灯绳根部用劲一扯：灯亮了，灯绳却也断了……

作品就用这样近于琐碎然而确实的叙述，表述下去：儿子如何受了伤，如何包扎，如何收拾杂乱的家什，夫妻间又如何有了软软硬硬的一般家庭内经常发生的那种龃龉。终于，老婆发火了："请你走出去访一访，看哪个工作了十七八年还没有分到房子。这是人住的地方？猪狗窝！这猪狗窝还是我给你搞来的！是男子汉，要老婆儿子，就该有个地方养老婆儿子！窝囊巴叽的，八棍子打不出一个屁来，算什么男人！"印家厚头一垂，怀着一腔辛酸，呆呆地坐在床沿上。

接着，讲述儿子如何撒尿、老婆又如何吵嚷、印家厚又如何再躺下来迷迷糊糊地做梦……便这样开始了一天。

以上，是第一个场面。接着，便是第二个场面：印家厚要带孩子"跑月票"上托儿所，早晨忙得不可开交，煮牛奶、上厕所、漱口洗脸、准备儿子及自己的东西，因急切之举而遭邻居的嘲骂……赶紧抱起儿子汇入滚滚人流中。第三个场面紧接上述：挤车、挤车时的互相撒气，儿子如何跟一个时髦姑娘吵嘴，朝姑娘动拳——因为她骂印家厚是流氓。父子俩"战胜"姑娘、兴高采烈地下车……第四个场面：上轮渡、过江。工友们互递香烟、打牌、聊天，印家厚即兴扯淡式的诗："生活，梦"……第五个场面：下船到早点铺吃饭。单调肮脏的饮食棚子……第六个场面：再坐厂里的汽车。在车上和儿子的对话瞎扯。下车，跑步送儿子上幼儿园。迟到一分半钟。第七个场面：车间。现代化设备的操作工。印家厚的自豪感觉。第八个场面：开会，评奖金。印家厚本该得到的一等奖不翼而飞，而且满肚子委屈难以发泄。女徒弟代他抱不平。女徒弟年轻、漂亮，对他有感情，以至宁愿做他的情人。印家厚进退两难，勉强避开了矛盾。第九个场面：中午去食堂吃饭，因饭菜粗劣及管理员媚外欺人，印家厚大泄其愤。第十个场面：儿子又出了事——因为闹，被幼儿园老师关了禁闭。印家厚装模作样"文明"地教育儿子，莫名其妙地想获得阿姨的好感——这阿姨有点像他过去的恋人。他内心有些不平静，生出种难言的惆怅。再以后的场面：午休时为岳父买生日寿礼，精打细算；以前的同学带来从前恋人的消息；拒绝女徒弟的追求；下午有外宾参观自己操作，极为自豪；小组长收份子钱，为新来的工人结婚送礼；厂长让他负责与日本青年联欢的准备工作，他勉为其难；回家途中，闷闷的无名烦恼；轮渡上的疲劳。困倦的身体与近乎麻木的精神。回到家中，老婆絮絮叨叨地抱怨着菜价太高，牢骚满腹。住房将被拆，要自己去寻搬迁处。哪儿去找？烦闷。夫妻又吵架，因为亲戚要来借宿，屋里还要再挤进来一个20多岁的小伙子！晚11点20分，上床。睡不着，要散架。但趁着亲戚还没有来的仅有的一晚，夫妻两人厌烦、乏味地又履行了一回"义务"。最后，梦。印家厚梦见自己对自己说："一切都是梦。醒来时会好些的……"

就这样，作者运用"生活流"展示了普通工人烦恼、劳累、压抑，又不无些许生趣的一天。写出了人们物质条件的贫乏、精神上的紧张与沉重……进而反映了一代人的普遍生存状态，并借以反映了更为阔大、深沉的历史态势。这种表现风格，对于看腻了花里胡哨、矫揉造作的"纯艺术品"的观众来说，当然便会产生强烈的兴趣了。"时运交移，质文代变。"艺术品的风格总要与时代生活相契相关。就中国广大地区的观众来说，就是反映与他们日常生活息息相关的人事情景。

生活流式情节在中外影片中相当多见，像美国影片《陷入情网》以几乎"纪实"的手法描述一对中年男女在一年多的时间内，从偶然相识到互生好感，进而彼此想念直到热恋……又不得不痛苦地分手……待再次相见时才终于摆脱内心与外在的各种束缚，重新拥抱在一起的婚外恋情；像意大利影片《温别尔托·D》细致传神地展示一位老人的晚年境遇；像我国影片《一地鸡毛》表现一个刚毕业的大学生如何混同流俗；《本命年》叙述一个从大狱里出来的年轻男子如何在当前社会生活氛围中找不到自己的精神归宿而夭亡的故事；等等。均属此类。

生活流式情节，要避免以下两种毛病。

其一，毫无选择地如实记录，真成了"流水账"。任何比喻都是不完善的。如果只求多、广、泛、全，大量堆砌生活表象、人物举止，只要丰富、自然，而忽略了既定目的、表现题旨，就不会有人欣赏。须知："文学"毕竟不是"流水账"，尽管有表面的相似。因此，既要重视人物性格、事件过程表现的丰富性、复杂性、多样性，又不能忽视性格与事件运动的基本走向和整一性。否则，或者使事件含混，或者令性格裂乱，均是败笔了。

其二，既然可以用"流水账"来形容，则情节进程就要具有天然自在，虽路转峰回而绝无人为痕迹的特点。而且，所展现的生活图景还应有一定的长度，即不能只是一两个孤零零的场面，而要有"一段生活流程"。

第四节　情节设计的技巧与原则

情节，无论是总体情节，还是具体情节，其主要的任务或曰功能是——在完成对剧作内容"叙述"的同时，还要使这广义的"叙述"具有尽可能大的艺术引力。于是，它就不能不讲求自身的表述技巧。

情节，既然为所有叙述性文艺作品所共同具备，因此，在讲影视剧创作的情节设计时，就必然要借鉴其他艺术品类情节展示的技巧与方法。

下面，我们根据包括影视作品在内的所有叙述性篇章的情节展示，简要归纳、介绍一些常见的情节展示技巧。

情节设计既然最重要的是使叙述具有强大的艺术引力，则毋庸置疑，悬念就是情节展现的最主要技巧了。当然，悬念也是具有多种品格的：紧张的悬念、和缓的悬念、暴露的悬念、含蓄的悬念、切近的悬念、悠长的悬念等。鉴于前面对悬念的本质与营构已有介绍，在此便不必赘言，只介绍与悬念不无关联的其他一些常见技巧。

与场面单元遵循空间维度、注重"横断面"的表现不同，情节既然遵循的是人事的纵向流程，其展示技巧便自然运用在"进行线"方面了——这是在介绍情节技巧之前应该清楚的。简言之：情节技巧就是"线"的展开技巧。

一、转折

转折，可以使情节摇曳生姿，产生观众意料不到的发展变化，进而引人兴致、增加艺术魅力。

古今中外叙述性作品中，使用"转折"而使篇章增色（或者说：不使用"转折"篇章就难以成功）者，比比皆是。

如《战国策》"冯谖客孟尝君"：齐国人冯谖因贫困，希望寄食孟尝君门下。孟尝君问他有什么本领，他回答说什么也没有。孟尝君笑了笑，收留了他。从这段叙述中，我们知道冯谖是个极平常的人。但下文却一转：大写特写他如何因待遇不高而再三地弹剑唱歌发牢骚（孟尝君的食客按本领大小不同而分几种待遇），先埋怨没有鱼吃，给他升格后，又抱怨没有车坐，我们不得不对其人认真审视了——或者，他真是怀才不露的人物，不该轻慢？但他并没有表现出什么才能来。而接着，他仍然抱怨待遇还是不高，大唱家中老母亲没人赡养，极力表现其"贪而不足"的品性，使"左右皆恶之"。我们读到此，也自然有些讨厌这个家伙了。下面文字却一"转"：当孟尝君要人代他去老家收账时，众人都向后退，冯却主动地站了出来。我们这时才发现——他其实是个真正有用的人才呢！不料下面又一"转"：其收账的结果是——一分钱没有收回来，只迂腐地向主人报告说，为孟尝君买回了"仁义"，令人哭笑不得！然而后文则又一"猛转"：孟尝君失势，被迫回到自己的老家（封地），原来众多食客都作鸟兽散，只有冯谖仍然真诚地跟在他身边。尤其出孟尝君意料的是——竟受到原来欠他债的封地老百姓们的热烈欢迎！于是，孟尝君才明白当初所买回来的"仁义"的作用；我们读者也才最终认识了冯谖这个人物——他确实是一位有深谋远虑的能人！……试想，如果文章一开始就直统统告诉读者冯谖是什么人，再举收账一事的后果为证，就必然没有上述的意趣了。

在影视作品中，如著名影片《卡萨布兰卡》，可以说处处有转折的艺术体现，尤其是影片最后，其转折的运用更为精彩：根据前面情节，我们已经知道里克与拉斯罗是情敌，而且已经与法国警察雷诺安排下一个陷阱——只要拉斯罗从里克手中拿过出境证，雷诺就可以因"证据确凿"而逮捕他，进而为里克除掉情敌……但剧情的发展却陡然变化：当雷诺正要逮捕拉斯罗的时候，里克却对着雷诺举起了枪，要他在证件上签字，放两个人出境！雷诺十分意外，但"理解"了里克，认为里克是要与依尔沙两个人走，而让拉斯罗留下来（留下来，就意味着被逮捕、死亡）。不料到了机场，里克却要自己深爱的依尔沙跟拉斯罗两人上飞机——这个安排，不但雷诺，连依尔沙也大吃一惊（因为他俩约定是让拉斯罗一个人走，她与里克留下），观众更是意想不到！……影片最后，当拉斯罗与依尔沙已经飞走，情节进程还有着令人始料不及的转折：当里克与德国少校搏斗的时候，本与德国人属于一个营垒的法国警察雷诺，竟然站到了反法西斯战士的一边，开枪打死了德国少校，并与里克一起"旅行"而去！……这样的处理，就使观众时时刻刻处于对未来情节发展的强烈关注中——因为谁也不能料

321

到事情究竟会如何进展！

"转折"之妙，可见一斑了。当然，运用"转折"，要注意它的自然、合理。否则，也会弄巧成拙的。

二、抑扬

抑扬，也是一种转折，但它是极端的转折。

有这样一个笑话：某为富不仁的豪绅之家为其老太太做寿时，一秀才上前献诗。第一句是："这个婆娘不是人。"众人大哗。于是第二句出："九天仙女下凡尘。"老太太得意而笑。不料第三句出来却是："生儿个个都是贼。"诸儿顿时都变了脸。秀才则缓缓道出第四句："偷来蟠桃献母亲。"结果，弄得受诗者哭笑不得。

抑扬的运用，在上面这首诗中可谓简洁又绝妙地体现出来。情节讲究抑扬，可一上一下、一束一放，两相对照，形成波澜起伏之势，增加艺术的感染。

抑扬之法，无论对人或对事的叙述，都可产生强烈的艺术效果。另外，大到全部篇章总体情节的设计，小到局部的细节的安排，都可以有抑扬的体现。

比如篇章总体情节的抑扬设计——

美国作家**杰克·伦敦**的小说《在甲板的天篷下》就相当典型。作品先向读者介绍了一位几乎是无与伦比的美丽女人：卡鲁塞尔小姐惊人地占有了上帝赐予女人的一切美好的、高贵的、杰出的相貌、出身与才能。"她无论干什么事，都比任何女人，甚至大多数男人更胜一筹。唱歌、游戏……游泳！"文中不厌其烦地极力铺排叙述她如何高贵典雅，如何美丽动人，如何使全船所有男人都着了迷。"她控制着全船，控制着航行！"就这样，在使读者由衷赞叹后，行文却急转直下：为了满足她自己的好奇心，在明知十分危险的情况下，她竟用金钱引诱甚至变相地逼迫当地一个非常可爱的小男孩跳下大海，为她表演，让她高兴。小男孩身不由己，刚刚跳进海水中，立刻就被鲨鱼咬成两截！众人都大为震动。而这个美丽的女人，并没有因小男孩的惨死而有丝毫的自责，而只是神经质地"笑起来"——直到这时，她的全部心思仍只在极力克制自己的表情，不使自己的美丽外貌在男人们眼中受到破坏！看，这种矫揉造作的言行举止所暴露出来的冷酷残忍的内心世界，是怎样让读者骨肉震惊！这种由扬到抑的情节设计，便产生了强烈的艺术效果。

这类总体情节的抑扬设计，在我国作家**马烽**的《我的第一个上级》对一个水利局长先抑(极写其疲沓、懒散、迟钝)后扬(在后来的关键时刻,又如何地果断、刚强、大显英雄本色)中,在《战国策·楚策》"郑袖谗魏美人"对郑袖这个工于心计、阴险毒辣的女人的塑造中,亦有突出的体现。

下面,再看看情节在局部场面或片断细节中的抑扬体现——

在日本影片《远山的呼唤》中,有一场戏:先表现近于地痞无赖的虻田如何纠缠单身女子民子,要求与之结婚。民子拒绝后,仍不死心,竟要强暴侵犯。在民子家帮工的耕作把虻田一伙人打走,解救了民子。在这段戏里,虻田明显是个"恶棍",而且观众也都预料后面的情节肯定要有更激烈的冲突!正悬心以待——却大出意外:虻田驾车、带人,在雨夜中前来,并不是来报复,而是来讲和、与耕作交朋友的——打输了,就甘拜下风,就当朋友!而且后来的情节内,虻田果然(原来)是一个心直口快、质朴热诚、助人为乐的人(也正由于他本来是这样的人,所以前面出人意料的情节变化,又在情理之中)。这种对比极为强烈的情节变化,既引人入胜,又有助于塑造虻田这个极具个性且真实自然的人物。

在美国影片《一夜风流》的开头部分,抑扬就十分突出:观众看到一个骄蛮暴戾、几近疯狂的女子,各种细节无不充分表现这一点。可不久人们就发现——原来这个姑娘是因为反抗父命、追求自己的爱情选择而被强行关押起来的,其本质与前面恰恰相反:竟是个十分天真、纯洁、稍有些任性的可爱的"小天使"!

抑扬对情节展现的艺术效果,从上述中,当可体味到了。

三、张弛

张,紧张;弛,松弛。"一张一弛,文武之道也。"一味紧张,民不堪命;长久松弛,国必散乱。情节的展示也应如此,要尽量做到缓急错落,使叙述具有艺术张力。

且举众所周知的《水浒传》中对武松活动的描述:

武松初见宋江,兄弟情谊很重,分手时依依不舍,此段行文舒缓;下面则接景阳冈打虎情节,便突起异峰,惊险紧张、扣人心弦;接着,做都头、会兄嫂,又成平缓;继之,缚嫂祭兄、斗杀西门,人前怒气、刀下人头,顿使读者拍案握拳,为之助力;判配孟州后与施恩的结识,却写得轻松愉快、风趣活泼;但紧接着,便出现了醉打蒋门神的激烈场面;此后,明明已造成危机,却偏偏极写"恩遇"——张都监待之如上宾、花间敬酒、月下提亲……读者正为武松庆幸时,猛然一片火起——武松被擒、被诬为盗贼!于是,情节渐渐向紧要处发展,一步步导演出大闹飞云浦、血溅鸳莺楼等刀光剑影、血肉横飞的场景……波澜层生，无不缓急相继、张弛相衔，数万文字，却令读者无法不一口气读完！其艺术魅力的产生，在很大程度上应归功于这张与弛的恰当组合。

再看**希区柯克**导演的著名影片《三十九级台阶》：这是一部典型的情节片，险象环生、处处"抓人"。但是，它之所以"抓人"，并不是因为其中的情节时时刻刻都紧张得令观众喘不上气来，而是因为很好地把握着张弛相衔的节奏感。比如影片开始阶段，影片主人公哈奈处于十分危险的被追杀的境地——屋内初识的女子已经死于刀下，而两个杀手正在楼外即将对他下手——哈奈小心翼翼溜出楼，刚要走，却发现两个杀手就在不远处走动。按一般的情节处理，当然是设计一个"我跑你追"的紧张过程以引人。在此，希区柯克的高明之处就显现出来了，他非但没有安排紧张场面，反而特意设计了一段近于诙谐的"喜剧"情节：

> 哈奈蹑手蹑脚地进入画面，不知如何是好。这时，偏偏一个送奶工人走过来，与他搭话——简直是"添乱"！
>
> 工人：您好，先生，今天您起得可真早啊！
>
> 哈奈（急忙把工人向后拉到楼梯口）：你不想赚点外快？
>
> 工人：怎么回事？
>
> 哈奈：我想借你的帽子和上衣用一用。
>
> 工人：慢着！到底是怎么回事？你想干什么？！
>
> 哈奈：我想逃走。
>
> 工人：你是不是遇到什么难题了？
>
> 哈奈：是的。
>
> 工人：什么事？
>
> 哈奈：跟你直说了吧，二楼有个人被杀了。
>
> 工人：被你杀的？
>
> 哈奈：不，不，被外面那两个男人杀的。
>
> 工人笑笑、耸肩：哦，我懂了——我想他们大概是在那儿等警察把他们抓走。
>
> 哈奈：请你静心听我说——他们是外国间谍！他们在我屋子里杀了一个人，现在，就要对我下毒手了！
>
> 工人：得了，别胡扯了。干吗一大清早就开这种玩笑！
>
> 哈奈：好吧，好吧！我跟你说实话。你结婚了吗？
>
> 工人：可惜结了！可这跟你有什么关系？

哈奈：哎，我可是没结婚。我是个单身汉。

工人：是吗？

哈奈：嗯……二楼住着一个有夫之妇……

工人：真的？

哈奈：真的。刚才我跟她幽会。现在我想回家去了……

工人：那就去吧，有谁拦着你呢！

哈奈：外面那两个人中有一个是她的兄弟，另一个是她的朋友。这下，你总该懂得了吧？

工人：你怎么不早说，老弟！（他转过身，脱上衣）你想想，怎么能让我相信……（那两个男人在不远处的中景）什么杀人啊！外国间谍啊！……好啦，穿上吧！还有这帽子，也给你！

哈奈与工人换了装。

哈奈往对方手里塞了一张钞票：拿着！

工人：啊不，老弟。你别客气了！说不定哪天我也会向你借衣服呢！……

哈奈苦笑：再见。谢谢。

哈奈打开大门，向外走去……

看，多么绝妙的情节设计！观众在为这段插曲哭笑不得中，不自觉地舒缓了一下紧张的神经，就避免了总处于极度紧张中的疲累，然后便能以盎然的兴趣，接着观看下面的内容了。这种张弛相衔的情节，在这部影片中比比皆是，比如哈奈与帕梅拉（一个不知内情却在特定情况下被同哈奈铐在一起的女子）被铐在一起，哈奈强拉着帕梅拉与自己逃走，而警察就在后面追赶的紧张情节中，编导者却有意设计了一场极富风趣的戏：两个人（实际上是帕梅拉被哈奈强行拉着）逃进一家旅店，为避免店主怀疑，哈奈强迫帕梅拉以夫妻名义登记，并要在夜里住在一个房间内。于是，在店主不时的关切中，在帕梅拉与哈奈充满戏剧性的无可奈何的"同居"中，让观众一再释颜、忍俊不禁。而紧接着，便是下面紧张追赶与拼命脱逃的情节进程……

张弛结合，实际上就是对"节奏"的艺术把握。目前一些情节片，尤其是那些动作片（或曰功夫片），从头到尾充斥着紧张的对打、追逐，难免使观众因长久的紧张而疲累，因疲累而懈怠。结果，特意为之的紧张，反落得"松懈"的观感，岂不是费力不讨好、弄巧成拙了吗！

问题的另一面是：有些影片的情节过于松缓，缺少必要的艺术张力

（或曰"兴奋点"），总调不起观众的观赏兴趣。这，也是要避免的。

四、蓄放

蓄，含蓄；放，开放。前者，如水库的蓄水，将与叙述中心有关的情节内容特意"散淡""含蓄"地用较慢的节奏——展示出来，使观众在不自觉间渐入胜境；后者，则如水库的开闸，将隐含在前文中的故事主旨、既定情感或人物性格一下子爆发出来，给观众以强烈的艺术震撼！

例如在法国作家梅里美的著名篇章《马铁奥·法尔哥尼》中，先极写环境的荒凉偏僻，为故事的展开呈示出一个真实可信的背景；再浓墨重彩地渲染玛特渥的个人气质与出众才能，为后文震撼人心的爆发性情节做了预先的铺垫；接着写主人公的儿子所作出的与父亲的处世哲学截然相反的行径……就这样，情节一层层、一步步积蓄下来。于是，当高潮突起，父亲让儿子自掘坟坑，并不管儿子如何忏悔、哀求，而亲手射杀了自己钟爱的唯一的儿子的冷酷而庄严的场面出现时，观众又不觉得怪异反常、不合情理。小说篇章中，像欧·亨利的《麦琪的礼物》《最后一片叶子》等，都是"蓄放"十分突出的优秀之作。

散文中，如**魏巍**的《依依惜别的深情》，很少有人读到最后几段文字时，会不激动地落泪的！但是，你若不看前文，单读这几段描述志愿军战士与朝鲜人民离别场面的抒情文字，却往往看不出它们有什么神奇奥妙，甚至可能会无动于衷。而当你重新阅读前面的内容，再看到这几段时，就又会情不自禁地热血沸腾起来！什么原因？——就在于前面"蓄"得深沉（于一举一动、一言一语中，已经让读者体会到志愿军战士与朝鲜人民双方纯真深挚的友情，在"漫不经心"中积聚起了潜在的情感），才造成后面"放"得激荡：使读者内心的情感突然因这几段文字找到了突破口。可见，这篇文章的成功，在很大程度上是因为蓄放处理得得当。试想：如果不讲求蓄放的结合，一味地"放"，文章势必浮夸、色厉内荏；或者只是"蓄"，情节也必定沉闷、平缓，难有气势。

电影作品中的例子，如日本影片《幸福的黄手帕》：矿工勇作与妻子感情很好，但因一时冲动，失手伤了人命，被判六年徒刑。勇作要妻子另找他人，不必再等自己。终于出狱了，勇作怀着忐忑不安的心情向家的方向走：因为与妻子信中约好——若妻子尚未改嫁，还在等着自己，就在家门附近大树上挂一块黄色手帕；若已经嫁给别人，自己就不再回家而自动离去。对于这样的题材，作者就极力运用蓄放的手段。为了使观众在影片结局时产生强烈的情感冲动，作者并没有直统统地表现勇作怎样急于回家、如何一目了然地看到是否有黄色手帕……而是先大段大段地描述勇作为人品性的正直、诚挚、重情感、讲信义，又有极强的自我克制力，使观众对这个主人公产生好感与同情；接着又有意安排一对年轻人如何有些轻浮草率地交朋友、恋爱，并与勇作同路而行，既是一种对比，又通过勇作对他俩的教训、帮助，进一步表现勇作的品质与刚强（不无暴烈）的鲜明个性；至此，仍嫌不足，又再三表现勇作在即将来到家门前时紧张得近乎窒息的内心情感：急于要去看，又不敢去看，想干脆掉头离去，又不大甘心，怀有强烈的希望（又不敢太抱希望）！……这就使观众产生了与主人公"同呼吸、共命运"的感情积累，甚至比勇作更为悬心：恐怕会是个悲剧吧？最好别是个悲剧啊！……"蓄"到这个程度，才把结果亮出来，而且亮得出人意料——

> 车外的两个年轻人搂着肩膀跑到车前，猛敲车窗玻璃。
> 钦也：老勇，你看！喂，你出来快看呀！
> 车内的勇作艰难地抬起头来，朝二人手指的方向望去——
> 一种细长的黄色东西——那是从挂鲤鱼旗的高杆上垂下来的一块接一块的多达几十块的黄色手帕！一阵清风吹来，黄色手帕宛如桅杆上的舰旗，哗啦哗啦地迎风飘扬……
> 勇作走下车来，凝立、茫然。
> ……
> 勇作嗫嚅着想说什么，钦也和朱美使劲地推了他一把！
> 勇作就此迈步向前。
> ……
> 勇作朝着挂满黄手帕的旗杆走去。
> 一位抱着洗完衣服的妇女从旗杆附近的家门走出来。她就是光枝。
> 勇作急步向她跑去！
> 光枝愕然，……光枝用罩衫前襟捂着脸哭泣起来。
> 勇作拥住妻子，向屋内走去。
> 汽车里，钦也流着两行热泪紧握方向盘。
> 朱美泪流满面，大声抽泣着……
> ……
> 山冈上一排黑乌乌的矿工住宅。
> 长排尽头处，一长串黄色的旗帜在明丽的五月的阳光下随风飘舞……

327

看到此处，没有一个观众不流下伤感而幸福的热泪。原因就是——先前的渐渐积累起来，而且越来越浓重的情感之水，终于有了一个喷泄口！

五、延宕

所谓"延宕"，就是先使观众（读者）产生某种强烈的期待感，然后，情节进程却有意地出现艺术性的延缓使节奏"拖沓"，令观众着急上火的同时，更增加一种观赏渴望，进而产生整体的叙述张力，达到特定的艺术效果。

这种手法，在我国传统评书艺人口中，运用得十分成熟老到，甚至有时明明感到说书人用得已经过分，却仍能使听众不厌其烦、"忍气吞声"地听下去——就因为前面已经调动起来的期待感太强烈了！

比如评书《武松》，有一段是讲述武松与当地恶霸蒋门神打斗比武的故事：说书人预先告诉听众——蒋门神如何身躯高大、武艺超群，又如何仗势欺人、横行乡里；又讲述了施恩如何受其欺辱、要武松为他报仇；而武松本来就是一个疾恶如仇的英雄好汉！若按正常情节，下面当然就是听众最感兴趣的武松与蒋门神打斗的场面了。但是，评书艺人讲到此处，就要施展延宕的手法了：总要极力推迟这个场面的到来，而插入一些并不紧张甚至离开主线的情节或场面——或是讲武松如何能喝酒，本是去打蒋门神，却一路上逢酒馆就进，进去就要喝上三大碗，一连喝了二三十碗，以至连走路都跟跟跄跄……这一荡开去，一下就讲上几天；或是大讲蒋门神与张都监等当地豪强的交往，如何巧取豪夺、花天酒地、胡作非为……这一穿插，又是讲上几天！就这样，充分运用"延宕"，使听众虽然迫不及待又不敢有片时的走神、放松——因为谁也不知道哪个时候，自己最关心的打斗场面会到来，唯恐失之交臂！

在影视作品中，延宕的运用也很多见：强情节型的影片如是，淡情节的作品也常常要用这种手法，以造成特定的艺术张力。如美国影片《陷入情网》：影片描述一对中年男女的婚外恋故事，整体上运用写实的风格，也不特别注重情节的奇特怪异。但尽管如此，延宕的运用仍然十分突出——

故事内容并不新异，叙述都有"不坏"家庭的一男一女，在商店邂逅，彼此有了好感，渐渐发展、产生了从来没有感受过的"真正的爱情"，最后终于结为夫妻。如此而已。当观众意识到两人确是真正相爱而各自的家庭只是种"现实的组合"时，便已经赞同两个相爱者结合了。但若马上符合观众的心愿，影片必然平淡，缺少艺术引力。于是编导者便一而再，再而三地运用延宕的技法，使观众总处于一种强烈期盼而不得的状态中，于是一直兴趣盎然、紧张急切地看下去，直到最后结局的出现。

纵使在影片的最后部分，也一再出现情节的延宕：男主人公迫于身外与内心的双重压力，决定离开本市、到外地工作，而临行前，又极想再见一次女主人公。如果这两个相爱的人能够见面，肯定会有观众希望出现的结果（两人拥抱、结合）。但情节发展却绝不能使结局这样轻易地形成。于是，延宕性的情节出现了：先是女主人公不顾一切地冲出家门，驾车奔向男人家的路上，却被开来的火车拦住去路，使她就差几分钟而与心上人失之交臂；再表述男主人公心急情切地往爱人家里打电话，女主人公的丈夫出于防范之心，又偏偏告诉他"内子知道你走，但已经睡下了"，使男主人公情感大受损伤，痛苦而去。观众看到这里，不由得为两个主人公遗憾至极！……一年后，两个人均与各自的家人分手，成了单身，而且又在第一次见面的商店里邂逅——因为旧情浓重，两个人不约而同地在与第一次见面相同的圣诞节之日来到这个初次相遇的商店——这时，既已没有了身外羁绊，应该冲动地扑向对方，终成好事了吧？

却仍不！两人反而十分客气、"友好"地互道了"圣诞快乐"之后，背道而行了——因为男主人公尚在误会中，认为女主人公当初没来送别，已经表明了态度（即不想继续来往）；而女主人公则觉得有些对不起对方，觉得已经使对方痛苦过，现在他既然家庭生活过得不错（两人见面后，出于对对方的不了解，都说自己过得不错），就不要再打扰了（尽管自己十分想恢复旧情）……

这样，好不容易出现的一次"重归旧好""有情人终成眷属"的机会，眼看着又被错过——简直令观众难以接受了！情节延宕到这个时候，才陡然一转，使观众早就盼望的结局出现：两个人都停住脚步，站下来。慢慢地转回身……然后，突然快速地都向跑回来的对方冲去，并紧紧地拥抱在一起！

至此，影片结束，观众在经历了这样"漫长"的期盼后，才终于如愿以偿，当然便获得了极大的精神满足，影片也就取得了成功！

"延宕"的功效，由此可见。

六、伏应（藏露）

伏应法，或称藏露之法，就是指先设置一个似无特别意义的情节（一般而言，多是小的、细微的情节），让观众漫不经心地看过，并不认真觉察，而到后面，当情节有了重大或奇异的突变时，才感到前面情节已有过铺垫或暗示。这种技法的使用，既可以使情节发展新异奇妙、出人意料之外，又让观众觉得真实自然、本在情理之中。

伏应（藏露）之法，在小说、戏剧、影视作品中皆有所见。

小说篇章如莫泊桑的名篇《项链》，先写女主人公因好虚荣，向朋友借一串价值昂贵的钻石项链。这本是很平常的情节，读者都不会怎么在意，而把关注点放在她出席舞会如何大露光彩上……后来项链丢失，观众都很为女主人公着急。再写女主人公为还项链，如何欠债累累，又如何用了十年的时间，节衣缩食、耗损了青春，才终于偿还了债务，自己也成了憔悴的中年穷女人……正当读者为她深深惋惜，也为她终于还清债务而松了一口气的时候，情节猛地一震——她路遇当年的女友，才得知：所借的项链是假项链，根本不值多少钱，根本用不着为还它而牺牲了自己全部的青春！当初之所以不想借她，并不是因为项链太好舍不得，而是由于不好意思将假项链借给朋友——至此，全部情节大白于观众面前！离奇可笑，但又自然真实，尤其是：这伏笔与照应的运用，不仅增加了情节的起伏跌宕，更重要的是使作品的主题得到了鲜明的体现。它绝不仅仅是"玩"技巧！土耳其的微型小说《贿赂》也很好地运用了伏应之法，可参见。

戏剧作品如莎翁的《奥赛罗》里，那块手帕在剧情刚开始时的出现以及后来它所起的诬陷奥赛罗的妻子苔丝德蒙娜与副将凯西奥有私情，进而推动情节急剧发展，直至酿成悲剧的作用，便是伏笔与照应结合的出色体现。再如莫里哀的《悭吝人》中，先极力描述阿巴贡的嗜钱如命，瓦赖尔对阿巴贡的女儿爱之如命，作为伏笔；然后再使两个人都以自己的理解来推测对方，进而造成强烈的喜剧效果。由于有预先的各自心理、性格的体现，所以后面的情节就既巧妙又自然，毫无人工编造之痕了。

影视作品中，最著名的伏应体现，可推美国影片《迷魂记》（又译为《恐高症》）：影片开始先表现警长在一次追捕罪犯时得了恐高症的场面。之后，则讲述了一个与前面情节毫无关联的另一件事——警长的朋友 A 之妻突然出现了强烈的自杀欲望，几次要自杀。A 十分担心，但又无可奈何，便求助于警长，要他跟踪自己的妻子，以便在她要自杀时及时制止。警长本来因恐高症已经退休，为了朋友妻子的安全，也为了探清她要自杀的原因，便答应了 A 的要求。果然，A 的妻子几次自杀都被警长及时制止。在跟踪的过程中，警长与 A 的妻子甚至还产生了微妙的情感。警长便更时时跟随着 A 妻，唯恐再出意外。但是，事情还是发生了：A 的妻子突然跑进教堂的钟楼，并向警长作出最后诀别的表示。警长预感要出事，不顾 A 妻的预先告诫，追进了钟楼。此时，A 妻已经登上楼梯。警长也追了上去。但随着楼层的增高，警长的恐高症犯了，一阵强烈的头晕目眩，使他不得不停下脚步。就在这时，已经跑到楼顶的 A 妻大叫一声，从楼顶跳了下去，当场身亡。目睹了全过程的警长，深为自己未能保护好 A 的妻子而愧疚万分……后来，到外地休养一段时间回来后，警长在街上发现一个女子与 A 妻长得一模一样！顿时有了某种觉悟，于是接近这个女子。而这个女子则想办法要摆脱他……影片最后，是警长强行把那女子带到那个钟楼，让她向上登楼梯，女子拒绝，警长此时完全明白了当初的"自杀"真相。他逼迫女子一定要登上楼顶，自己终于克服了恐高症，也登上楼顶，并向女子讲出 A 与她共同策划的谋杀 A 妻的过程。直到这时，影片开始时的伏笔才得到照应——原来 A 就是利用警长的恐高症，进行了一场让警长当"自杀见证人"的谋杀！

运用"伏应"，要注意以下两点。

其一，"伏（或藏）"得要自然且不露痕迹，要使观众在不自觉中意识到它却并不十分在意。否则，后面的情节还没有出现，已经让观众猜到，或明显地觉出了作者的"有意为之"，"伏（藏）"便已露，再难产生艺术作用了。

其二，"应（露）"要符合生活逻辑，不可勉强造作。还要应得巧妙，出人意料之外，又在情理之中。要在"真实"的基础上下功夫。

七、倒勾（反弹）

倒勾与反弹，其实是一个意思：均指在自然随便的行文的结尾处，猛地产生新的性格体现或情节陡转，而使全文顿生深意，令观众（读者）不由得要细细体味前面内容而有重新的理解与感受。

这种手法，在一些短小篇章中尤为多见。

如欧·亨利的短篇名作《警察与赞美诗》：流浪汉苏比在寒冬即将来临之际，想犯个小过错而被关进监狱以度过难熬的冬季。于是他有意触犯公认的规章、制度与道德习俗——他偷人家的雨伞；他扰乱夜晚街道的安静；他到饭馆吃饭故意不给钱还大声吵闹；他甚至当着一个警察的面，调戏在商店橱窗前站着的年轻女人……却总不能让警察将自己送进渴望的监狱里。一夜即将过去，他偶然走过教堂栏杆外，听到弹奏赞美诗的钢琴声，心中猛地一震，顿时得到了净化，恢复了自尊的人格！他决定振作起来，想待天亮就去找工作，用劳动证实自己尚有希望……而正当他要走上健康的人生之途时，警察的手拍到了他肩上：以流浪不归罪，判他服刑三个月！这结尾处的突变，令人吃惊、惶惑，继而深思，不觉感叹——在那个社会里，法律是专门整治想认真生活、自主人生的善良好人的！不是吗？前此种种，细细想来，无一不是这终结处的印证！

亨利式的结尾已是众所周知的一种典型模式，其主要特点就是结尾处的出人意料的反弹或曰倒勾，使全篇顿生深意。

再看我国电视短剧《买彩电》：

某市新开张的商业大楼来了一批彩电。有关人员想内部私分（20世纪70年代，彩电属紧俏商品，很难买到）。普通顾客闻听，堵上门来排队购买，为首的是一个戴宽边墨镜的黑大汉。第一夜，他默默无声地坐等。第二夜过去，他站起身，拿一条粗大手杖，发泄郁闷似的在空地上呼呼带风舞弄了一番。第三天，天又黑了，商店还是不把彩电抬出来公开销售，黑大汉把取来的棉大衣在头顶上晃了晃。人们见状，也都咬牙坚持，拿来被子、褥子甚至行军床……看他商店卖不卖！营业员出来了，劝大家回去，以便暗中私分。众人都看黑大汉。

他憋了老半天，不知是冲别人还是冲自己，冒出一句：彩电，他们攥不化！

众人受到鼓舞，接着坐等、示威。

第四天，商店方面又出来人劝大家回去。

众人都抬头看黑大汉。

黑大汉：有鬼！

众人点头，继续坐下去。

下雨了，人们还是不散，昼夜排着，堵着商店门口。

经理恨不得把黑大汉宰了！

第六、第七天过去了，黑大汉没动。

众人也大多不动。

此举终于震动了全市。市长也坐不住了，紧急下令：全部彩电马上公开出售！

……

沉默寡言的黑大汉激动起来，手杖往地上一蹾，深沉而又苦涩地冲众人说出两个字：赢了！

人们欢呼着，把黑大汉抬起来，扔得老高。

黑大汉的墨镜被碰掉了。

人们顿时都惊呆了——他，竟是个盲人！

在人们的惊叹与崇敬的目光中，黑大汉挺起胸脯，一步一步地走了……

这部短剧，直到"黑大汉竟是个盲人"这一情节的出现，才顿时焕发出别样的光彩：他不是为自己买彩电才苦熬苦守七天七夜，而是向不正之风作坚决的斗争！至此，人物形象顿时高大起来。全剧也就因这最后的倒勾（反弹），而一改老百姓争购紧俏商品的普通内涵，爆发出高一层的意义，并产生极大的艺术震撼力。

再看下面的电视小品《陌生的称呼》：

上午，局党委吴书记正在办公室批阅文件，一个戴眼镜的同志轻轻推门进来：同志，请问——吴明同志在吗？

吴书记头也没抬：不在。

那人又问：请问，他到什么地方去了？

吴书记有点不耐烦了：不知道！

那人抱歉地点点头：对不起……

那人退了出去。

吴书记刚要继续办公，门又被敲响了。

吴书记有些恼火：谁？！

办公室王秘书的声音：吴书记，是我。

吴书记：什么事，进来说！

王秘书进门后，身子一闪：吴书记，有人找。

吴书记抬头，看见刚才来过的那个人。

那人十分礼貌地小声问：吴书记……您，就是——吴明同志吧？

听惯了别人称呼自己"吴书记"的吴明心头一怔：啊啊……原来是找……

那人：您，吴书记——

吴书记尴尬：是、是……我叫——

请看，官本位思想，不是因为这最后的情节陡转，惟妙惟肖地"点睛"出来了吗？！

短小篇章，倒勾（反弹）法往往运用在故事情节的整体实现里，如上述。而在较长篇幅的影视作品中（如电影、电视单本剧或连续剧），则一般出现在局部段落或场景内。至于体现方式与（局部）作用，并无区别。限于篇幅，在此就不举长篇例证，读者举一反三就是。

情节的设计技法，还有许多，诸如较常见的断续、离合、重复等等，在此不一一介绍了。

下面，谈谈情节设计的原则。

情节设计固然要讲究技法，但这不意味着可以随心所欲，为情节而情节。须知，情节毕竟是生活的产物，而且要由具体的人物来实现。因此，它就必须遵循下面的基本原则。

（一）情节设计必须符合生活真实

这本是极为浅显的、不必再说的道理。但在实际创作中，有些作者却往往为追求起伏跌宕、奇特引人的"艺术效果"，或秉承某种政策或意念，而偏偏忽略了这一点。

比如根据《水浒传》的有关章节改编的电视连续剧《武松》，就完全不顾生活的现实，只凭改编者依据某种理论的要求而臆断、杜撰，"符合阶级性"地对原作情节进行了"大胆"的改造：原作中，武松大闹飞云浦后，潜回都监府，怒火中烧，情不可遏，见人就杀，直到将仇人一家十三口统统杀死，方解了心头之恨！这情节，或许残酷，但真实可信，对塑造一个刚烈勇武的市民型英雄人物起了很好的作用。而改编者却让武松潜入花园后，听到婢女玉兰月夜焚香时的祈祷，两人又如何侃侃而谈，使武松（实际上是使观众）了解玉兰本是好人家的女儿，与张都监也有深仇大恨……然后才写武松如何理智地（按所谓"阶级斗争观点与阶级分析方法"）与统治阶级的代表张都监、蒋门神打斗拼杀。而在这过程中，又如何得到"同一阶级的"被张都监们压迫的书童、婢女们的支持……于是，武松所杀的当然都是"该死的阶级敌人"，没有误伤一个"自己人"——这倒是符合了"阶级斗争理论"，或者说是亦步亦趋地演绎、图解了这种"阶级斗争理论"，但是，这种情节真实吗？这种情节到底是有益于塑造出一个符合历史真实与艺术真实的典型人物，还是恰恰相反呢？……只以其中一个细节为例：都监府乃防范严谨之地，可能容武松与玉兰在花园中从容对谈吗？玉兰纵然真是苦大仇深的民间女子，岂能在残酷森严的张府内出声地诅咒其主人，而又被武松听到?！再者，凭武松的暴烈性格，又在飞云浦几乎遭张府中人暗算、刚刚拼杀恶斗、死里脱身之后，又岂能在危机四伏的都监府花园里，有闲情逸致在玉兰面前耗时间?！——他们毕竟只见过一面，尤其是：玉兰当时还是作为美人计的工具出现的！如此等等。

这种情节失真、有明显杜撰痕迹的现象，在许多影视作品，尤其是那些粗制滥造的电视连续剧里较为普遍，我们要引以为鉴。

（二）情节设计要符合人物性格

举两个相对的例子来剖析：

一个是俄国作家**普希金**的小说《驿站长》，它写了一个沙俄统治下令人同情的小人物的悲惨故事。主人公职务低微、安于天命、心地善良。这就造成了他忍辱屈从的性格。作者通过一系列情节来展示这种性格的悲剧性遭遇：他唯一的亲人、美丽活泼的女儿被贵族军官拐骗走了。面对这灾难，老人并没有怒发冲冠，而只是去恳求："老爷！……您行行好吧！……泼出去的水收不回来了，您至少得把我苦命的杜妮亚还给我。您已经把她玩够了，您别白白糟蹋了她。"结果遭到拒绝。第二次他又去找那军官，这时他对要回女儿已经不抱希望，只想再看自己的女儿一眼，结果又吃了闭门羹。第三次他找到女儿的住处，终于从门缝里看到了女儿，却被那个恶棍军官粗暴地推倒在楼梯上……有人劝他去控告，但他"想了想，把手一挥，决定就此罢手"。他重回驿站，继续履行自己的为统治者服务的职责……以酒浇愁、暗自流泪，终于在凄凉孤苦中，默默死去……这篇小说的情节设计，完全依据俄国被侮辱、被损害的小人物的性格与命运，作了真实的体现，所以被高尔基誉为"开创了俄国文学中的现实主义"的小说篇章。

另一个例子，则是我国电影《白毛女》的改编本：原影片中，杨白劳也是个被侮辱、被损害的小人物，老实巴交的老农民。在强大、凶残的恶势力面前，他无力反抗，只有悲愤自杀。而改编后的情节则是——这个"贫下中农"出于"阶级义愤"，绝不忍辱吞声，而是拿起扁担，勇敢地在与"黄世仁们"的搏斗中，英勇地倒下。

上述两种情节设计，到底哪种好？

毋庸赘言，当属前者。且抛开悲剧效果不同这审美层面的内涵不说，只从性格与情节的关系上分析，后者就不很统一、不很契合，原因就在于——不真实。以杨白劳的性格，只能是自杀而死，而不该是抗暴而亡！

情节设计不能从作者主观意念或某种政治理论出发，必须依据人物性格，这方面的例子不胜枚举。像契诃夫的《新娘》手稿中，本来安排主人公去参加革命，后经仔细斟酌，发现：这虽提高了主人公的思想境界，但不符合其性格发展逻辑，因而在定稿中，便只让主人公朦胧地憧憬美好的未来生活；像**法捷耶夫**《毁灭》中对美蒂克的最终结局的设计，托尔斯泰对安娜之死的设计，鲁迅对阿Q命运的设计，老舍在《我这一辈子》中对"我"的一生设计，**钱锺书**在《围城》中对方鸿渐行止的设计，等等，莫不如是。

（三）情节设计不能表象地敷衍生活，更要避免俗套

好的情节，不单是情节本身曲折引人，而且情节过程所反映的生活现象，又能包含深刻、宏远的人生哲理或阔大意境，进而产生远远超过情节表象的进一步的内容。比如同是侦探篇章，有的影片情节变幻莫测、紧张凶险，确是引人。但看过之后，却毫无所得。而有的作品却不然：在曲折

有致的情节展示之后，能让人透视出更为深沉的人生或社会的哲理内容与现实剖析。日本作家西村京太郎的《敦厚的诈骗犯》的情节便十分奇特引人。但当情节发展到最后、那个诈骗者的真实身份与动机大白于人们面前时，顿时使整部作品的内涵一下子深化了——这绝不仅仅是一个紧张引人的故事，更含着对残酷社会生活的批判与对贫苦百姓善良人性的赞颂！相比之下，那些一味追求强刺激的警匪片、侦探片以及更等而下之的纯商业的打斗片、情恋片，就只似过眼烟云，虽看时热闹得很，过后却毫无印象了，更哪里谈得到长久的艺术生命与文化价值?!

情节还必须避免落入俗套、因循模式。常有这种现象：一部影片获得成功（或只是获得某个什么节的某项什么奖），于是众人便一哄而起、追随效仿，以致本来不坏的情节设计渐渐沦为大众唾弃、嘲笑的旧套、俗套，甚至有人曾嘲讽地列出电影情节设计的恒等式。这或许过于戏谑了。但这类现象，也确实应引起影视编剧们的警惕，力求避免才是。

第九章
"表现"(六):
描述单元(场面)
及其艺术展示

影视剧的结构既然是一个立体构架,那么,它无论是怎样的形态,都必须同时具有时间与空间的双向展示。这就必须由具体形象的描述单元(场面)与情节进程(人事间的联系)组合而成。前者负责形象显示,后者负责整体连缀,两者相辅相成、缺一不可。

上一章对情节进程已作了介绍,这一章则讨论描述单元(场面)的具体展示。

第一节 描述单元（场面）及其基本要求

一、描述单元（场面）概念及作用

描述单元是构成影视剧作有机整体的基本单位。就短篇幅的作品（如电视小品、电视短剧、单集电视剧等）来说，它体现为表现剧情内容的具体"场面"；就较长篇幅的作品而言，则指其中相对独立的、由一组场面组合而成的"描述单元"。

"场面"，是指在一定的时间、空间（主要是空间）内发生的一定的人物行动或因人物关系所构成的具体生活画面，相对而言，是人物的行动和生活事件发展过程阶段性的"横向"展示。

影视剧（即使是短小篇章）的场面当然不像小说或舞台剧那样要求相对集中、不能太多、避免散漫，它有时甚至特意追求场景的多变与流动，以增加动感，避免沉闷。但作为编剧，则要心中有数：似乎散漫的场景流动中，哪些是"过场戏"（只起过渡、连缀作用），哪些是"重头戏"（展示人物或事件的主要戏剧场面）。一般短小篇章中，我们所说的场面设置，主要指的是"重头戏"。

我们不妨借契诃夫的短篇小说为例，看看短小篇幅作品的场面设置：这是一个描述家庭女教师因受女主人的人格侮辱而辞职的故事。主要用了三个场面（三场重头戏）——

第一个场面：女教师外出归来，发现自己的卧室被女主人粗暴地搜查、翻检过了——原因是女主人丢了一枚胸针！在这个场面中，主要人物是这位女教师，极力表现她的惊愕、气愤、痛苦及室内零乱的景象。再加上几个男佣、女佣，表现他们对被主人无端怀疑的无所谓，作为女教师的衬托。

第二个场面：在餐厅吃饭时，将女主人、男主人的言谈举止及女教师忍受不了而中途退席的举动表现出来。通过这个场面，主要深刻揭示女主人粗俗、恶劣、骄横、傲慢的人品。

第三个场面：在女教师自己的卧室中。她伤心气愤之极。此时，男主人走进来，终于说出事情的原委——原来胸针是他偷走的！此刻，女教师再也忍受不住这一家人的卑鄙丑恶与污浊，毅然离去。

若拍成电视剧，自然要有些过场戏，比如女教师从外面进来之前可能路过教堂或遇见某种人间场景，比如男主人在进女教师卧室前也不能没有一点别的形迹等，否则，就不像电视剧，而成了舞台剧的电视录像了。但是，十分明显，支撑这个戏的，或者说使这个戏之所以成立的，就是因为上述三个场面的展示。

场面的划分是以人物行动的场所变换或主要人物关系的变动为标志的。主要人物有增有减或人物的行动、生活内容发生变化，场面也就此改变。在一般情况下，场面的变化与场景（环境）的变化有一定关系，所谓"境迁而场移"。但也有这种情况：环境、场景没有变，而由于主要人物或主要人物的行动发生了变化，场面也就发生了变化。

比如契诃夫的另一个短篇《歌女》：其场景是始终不变的——歌女巴霞的卧室。第一个场面是由巴霞和她的捧场人尼古拉两人的行动体现出来的。两人正在喝酒，传来门铃声，尼古拉怕别人知道自己与歌女鬼混，躲了起来。在这个场面里，表现了两人的关系：如火如荼的爱意，尼古拉对巴霞的赞美……第二个场面则由巴霞与尼古拉的妻子来充分表演，通过双方的对话及一系列举止，表现各自痛苦、气愤、哀伤、委屈的心情，尤以尼古拉的妻子向巴霞下跪的举动，将本场戏推向高潮。第三个场面：尼古拉的妻子离去，尼古拉从后面钻了出来，以他对纯净、委屈并真心爱着他的歌女巴霞的无耻、卑劣行径，充分暴露了其丑恶、自私的灵魂……我们可从此例中，体会、把握划分场面的另一种标准。

所谓"描述单元"，如前面所说，即指在较长篇幅的影视作品中构成庞大的叙述框架的一个个相对独立的、由几个场面组合而成的、对具体人事的阶段性展现。

较长篇幅的影视作品，总是由众多描述单元组成的。

如我国影片《红旗谱》：其总体内容是反映贫苦农民如何经过被压迫、反抗、失败、再反抗……终于在中国共产党的领导下，觉悟起来，组织起来，进行革命斗争的过程。这一过程当然不可能只靠几个场面来体现，而必须用几个乃至更多的描述单元来展示，才可胜任。

第一个描述单元：朱老巩抵制地主毁钟吞田的个人抗争及其终于失败的过程，由一系列场面组合而成。

第二个描述单元：朱老忠从东北回来，重整家园，并准备与地主冯兰池继续斗争，以报杀父之仇，雪洗深藏心头30年之久的大恨。

第三个描述单元："脯红鸟事件"发生，朱老忠之子大贵被抓去当兵——冯兰池的反击。

第四个单元：严运涛与共产党员贾湘农的结识——在共产党人的指引下，农民与地主的斗争进入新阶段。

如此，通过众多描述单元的具体展示，才得以形象地充实了整体构架，生动地完成了整体的描述任务。

再如影片《人到中年》,分别由陆文婷的回忆、梦境,其丈夫的插叙,院长的旁白等方式,将主人公陆文婷从一个刚毕业的医科学生到身心交瘁的中年女医生的大半生历程,通过几个描述单元表现出来:刚毕业时的情景与心境、家庭负担、工作压力、社会处境……一个个具体翔实、生动形象的事件,便错落有致地组成了影片的整体。

可以说,一般情况下,一部影片或一部电视连续剧,都是由众多(当然要有选择、有艺术的节制)个描述单元组合而成的。

二、描述单元(场面)最基本的艺术要求

对于描述单元(场面)来说,基本要求也就是它所必须具备的艺术要素。这要素是什么呢?

一句话:就是要有"戏"可看。整部剧本,要包含一个大的"戏",而组成整部大戏的每个描述单元(场面),也必须各自具有内部的小"戏"。一部戏犹如一个环环相系的链条,一处链条(描述单元、场面)松懈,就会影响全戏的艺术张力,甚至会使整部戏断裂——观众因某一场戏太"水"(松散、拖沓、芜杂、缺乏艺术内涵)而中途退场,致使全戏失败。

那么,怎样才能使每个描述单元(场面)有"戏"?仍是一句话:要有"冲突"的艺术体现。

在这里,有必要再强调一下"冲突"的艺术本质——就是说:冲突到底是什么?它的"基因"应怎样理解?

一些论者论及"冲突"时,大都这样定义:冲突即是性质不同的两方的"对立",或曰冲突就是人们生活中的"矛盾"。简言之:"对立"说与"矛盾"说。

这些说法不完全错,但运用于编剧者实际创作,就显得有些"门外文谈"之虞了。为什么这么说?

试举一例看:比如生活的某一具体场景中,常有对立性质的人或事存在,像一个恶棍与一个稚弱、善良的姑娘同在一辆公共汽车上,两者的性质当然是对立的、矛盾的。但是,它有没有"戏"呢?应该说还没有——因为两者仅仅是"同在"而已,它们之间并没有出现抵触、制约、碰撞或冲击,犹如一支矛与一面盾,虽然性质相反,但当它们只是分别静处、不相冲撞、相安无事时,就不能说已经发生或存在了"冲突"。冲突,其本质应是动态的而非静止的,这一点,在编剧时务必注意。

至于对立或矛盾的双方可以是什么,倒无所限制,但有一点:它们的

性质必须是相反的或有差别的。如正义与邪恶、崇高与卑微、光明与黑暗、强与弱、美与丑……勇敢与怯懦、聪明与糊涂、襟怀坦荡与心有隐私……以及冲击与阻挡、矫正与曲解、明白与误会、正常与非常，等等。

成功剧本的每个描述单元，都有"戏"可看，即是说，其间都有着或明或暗、或强烈或含蓄、或直接或间接、或大或小的"冲突"。

比如大家都熟悉的传统戏剧型情节的影片《魂断蓝桥》，其每一个描述单元都含有强烈的直观的冲突：在第一个描述单元中，罗依与玛拉在滑铁卢桥上一见钟情，想再次见面，但马上就与芭蕾舞团"夫人"的制约及军营里"上校"的宴会产生了冲突；在第二个单元内，他们俩的结婚意图则与罗依叔叔所代表的贵族意识及教堂所代表的僵化死板的"规矩"发生了冲突。之后，冲突更是接踵而来：罗依的被迫上战场；玛拉被芭蕾舞团开除而生活无着落；晴天霹雳——罗依战死的消息传来；玛拉与未来"婆婆"的冲撞；玛拉与女友不同人生态度的显示及被迫当妓女的痛苦；贵族出身的军官罗依重新出现在已经成为妓女的玛拉身边；玛拉在罗依家中及婚礼上，面对贵族社会……每一处都有强烈的矛盾冲突！

再像《克莱默夫妇》，这是一部几近于"生活写实"的作品，并不是以强烈的戏剧性来引人的那一类影片。但就是这样的篇章，它的每一个描述单元内，也都有"戏"可看，都含有明显（有时是含蓄）的冲突在。影片刚一开始，就展现了生活中常见而又相当大的冲突：泰德在公司里因工作努力而受到提拔，兴高采烈地回到家中，却迎头一个闷棍——妻子乔安娜因受不了当下的生活，已决意离家出走。第二个单元中，则曲折有致地表现没有了妻子（母亲）的家中，泰德与儿子比利的情感冲突。第三个单元里，父子两人感情稍有改善，儿子却意外地受了伤——从攀登架上摔了下来！第四个单元，泰德因照顾儿子影响了公司的工作而被解了职，此时乔安娜又来与他打官司，想要走比利。第五个单元，为赢官司，证明自己有能力抚养儿子，泰德必须马上找到新的工作。而找工作又是那样的艰难！如此，等等。

第二节　描述单元（场面）的艺术展示

描述单元（场面）具备了基本要素"冲突"，只能说达到了"有用""非废笔闲文"这一层次。而作为艺术篇章中的一个链环，还必须具有展示的艺术品质，讲求表现技巧。每个单元（场面）既然是相对独立的一段（环）"戏"，它本身就要讲求展示的艺术。一些令观众厌倦的描述单元（场面）之所以失败，多由内部展示的草率、松散，描述单元之间又缺乏必需的艺术逻辑所致。

下面，介绍描述单元（场面）艺术展示的具体体现。

一、描述单元（场面）内的艺术展示

描述单元作为一段相对独立的剧情体现，它必须有"戏"的魅力，具体说，就是要有艺术张力与艺术凝聚力，能够调动起观众的观看兴趣，使其进入剧情。艺术的张力与凝聚力不是凭空而来的，它要求编剧者充分调动自己的生活体验与艺术积累，要精细地营构每一个场面、每一场戏。

一般而言，可以从以下几个方面考虑。

其一，场景的选择与确定。对于短小篇幅的作品来说，就是选定一个适当的场景来展示既定的某段故事情节；对于一般的电影剧本创作，则是选择、确定一组适当的场景来表现既定故事的某个段落。场景的这种选择，既要考虑能使剧情得到充分展开并好看引人，又要考虑自然合理、不露明显的人工痕迹。对于描述单元而言，还要注意一点：就是用尽可能少的场景，力求叙述得精致、简洁。可用可不用的场景，一概除去——用"少少许"的场景，艺术地展示"多多许"的内容，才是高超的。影视作品总有既定篇幅限定，绝容不得芜杂、臃赘场景的随便拼凑。

其二，每一个描述单元（场面）中的人物设置。主要人物不宜太多，为使观众注意力不过分被分散，也为了剧中人物能够充分表演，一般而言，一个单元内主要人物不要超过三个，以两个为最佳（穿场人物及群众演员不在此列）。常见有的影视片，或者一个描述单元（场面）中只是一个孤零零的人物长时间地演独角戏，使观众看得不耐烦；或者一个场景内，四五个甚至七八个人物你一言、我一语，"群贤毕至、少长咸集"，镜头跳闪不停、画面剪切不已，看得观众眼花缭乱……这都是编剧之忌。

其三，情节内容的艺术展示。具体说，就是不能只以完成叙述任务为标准，而要力求"艺术"地展示既定的叙述内容。要把每一描述单元（场面），都当作一篇"文章"来作，要围绕既定的表述重心，尽可能地运用、调动艺术叙述的各种章法与笔法——诸如疏密的掌握，虚实的处理，对比、衬托的设计，误会、巧合的营构……以及诸如象征、暗示、夸张、讽刺、幽默等，以形成"充满动感"的艺术画卷。

下面，试举两例来看。

先看电视短剧《打电话》中一个场面的艺术展示：

第二节课下课了，许多人都抢着到学校门口唯一的公用电话前排队，打电话回家，要妈妈送忘记带的书或本子、忘记带的毛笔、忘记带的其他各种东西……

一年级的教室就在电话旁。小小个子的一年级学生黄子云望着打电话的队伍发呆。他的眼睛痴痴地望定电话机前的那只矮木箱——那是学校置放的，为方便低年级同学打电话用的矮木箱……

黄子云的眼睛终于闪亮，他紧咬嘴唇，兴奋地挤进排队的同学间。

队伍长长的，后面的人焦急地捏着钢镚儿，急切地盯着打电话人的嘴唇，生怕上课的铃声马上响起。

上课铃声终于响了！

前面的人放弃了打电话，黄子云便一步跨上去，踏上木箱，左右看看，见没有人在注意自己，于是抖颤着手指，拨了电话号码。

黄子云：妈妈，是我，我是云云……

徘徊等待的队伍已经完全散去。

黄子云面上露出笑容，甜甜地面对红色的电话方箱。

黄子云：妈妈，我上一节课数学又考了一百分，老师送我一颗星，全班只有四个人考一百分呢！……

一个高年级学生由黄子云身边跑过去，大声催促：上课了，赶快回教室！

黄子云对他笑了笑，继续对着话筒：妈妈！我要上课去了，妈妈！早上我很乖，我每天自己穿衣服、自己冲牛奶、自己……还帮爸爸忙……中午，我去楼下张大伯的小吃店里吃米粉汤，有的时候，还买一个炸糕……

不知为什么，说着说着，黄子云嗓音哽噎起来，清了下鼻子：妈妈！我，我想你。好想好想你！……妈妈，我不要上学，我要跟你在一起，妈妈！……妈妈，你怎么还不回家？你在哪里？你怎么还不回家呀？……妈妈……

黄子云伸手擦眼泪，放下了电话。

就在话筒尚未挂上的一瞬间，一个清晰的女子声音从话筒内传了出来：十点三十二分十秒……

黄子云离开电话，让清鼻涕凝在瘦小的手臂上……

看，这是一场多么令人回味不已、感慨至深的场面展示！简洁而传神、委婉而有致，在有限的场景内，包含着、浸润着多少场景外的人生内容！

虚实结合、对比强烈、悬念连接、起伏跌宕，直到最后女报时员的报时声出现，才使观众猛然醒悟过来，进而不能不对小子云悲怆无告的身世产生无限同情，对造成他如此这般境况的有关人员与社会环境，发出激动的抗议。作为电视短剧一个场面的展示，其技巧的运用是相当出色的。

下面，再看《克莱默夫妇》开头部分第一个描述单元的展示艺术：

（A）

特写：一个女人的脸……她是泰德·克莱默夫人、比利的母亲——乔安娜。她那深感疲倦的眼睛里，噙着克制住的眼泪和无法倾吐的叹息。暗淡的脸部的侧影。光彩暗淡的结婚戒指。

乔安娜：妈妈可爱你啦，比利……

孩子的房间里。天蓝色的墙壁上画着朵朵飘浮的白云。

比利和往常一样，在母亲的爱抚下，正要入睡。

比利喃喃：我可爱妈妈啦……

乔安娜：睡吧，睡得美美的。

比利仿佛要甩开母亲轻轻搂着自己肩膀的手似的，一骨碌把身子转向墙壁。

乔安娜刹那间愣了一下。

乔安娜：明天早晨见……

比利已经沉沉入睡，什么也听不见了。

乔安娜：……妈妈可爱你啦……

乔安娜走出孩子的房间。她表情严峻，从衣橱里取出旅行用的皮箱……

（B）

美国广告业中心纽约麦迪逊街的办公室内。

精明干练的泰德·克莱默正与上司欧克纳纵声谈笑。

泰德：我刚当上美术主任助理的时候，去买一件防水布的风衣，想不到紧张得冒汗，连手都发抖啦……

欧克纳一手拿着酒杯，倾听着泰德的谈话，显得非常理解的样子。

工作完毕下班的男员工们……

回家途中，欧克纳告诉泰德——已经决定提升他为大西洋中部沿岸地区的业务负责人。

泰德十分兴奋。

（C）

乔安娜继续打点自己的行装。她从柜子里随便挑出一些衣服扔进箱子里，最后把孩子穿脏的一件圆领衬衫盖在上面，拉上拉链。然后，坐在沙发上，点燃了一支纸烟来排遣焦躁的心情，等候丈夫的归来。

门铃声。

尽管这是她期待的声音，乔安娜还是吃了一惊。

她走上前开了门。

泰德匆匆忙忙地一进来就直奔厨房去打电话，他有紧急的事情要立即与公司联系。

乔安娜紧张地注视着丈夫。

泰德在电话上不紧不慢地叨叨着，根本不容她插进一句话。

乔安娜再也忍不住，对着他的后背说了：我要走啦！

是没听见，还是听见了？泰德挂上电话，还是照样地忙忙活活：你们晚饭都吃了吧？

乔安娜的身子发抖。她直勾勾地走近早已摆在门厅的那许多东西前。

乔安娜：这是我的钥匙，这是信用卡，还有支票本，我的存款两千元已经取出来啦——

泰德不解：干吗？开什么玩笑？

乔安娜：这是洗衣票。这是洗衣房的收条，星期六就给洗好。房租已经付过了。电费、水费还有电话费，也都……

乔安娜仿佛赶快逃避开似的退到门边。

泰德的脸色显得可怕起来——喂，为什么这时候……知道啦，我错啦，不该回来这么晚，可我是为一家人才这样奔忙的啊！喏，懂得吧？

乔安娜打开了门。

泰德跑上去，夺下她的皮箱。

乔安娜空着手，走出房门。

（D）

这是高层公寓。夫妻俩就在狭窄的走廊里压低声音争论起来。

泰德：我做了什么错事了？有什么地方对不起你？倒是说明白呀！

乔安娜：你没有什么不对……是我不对。是我错把你当成结婚对象了，就是这么个问题。我再也忍受不下去啦，不行啦！……我也想忍耐下去，可是……请你原谅……

泰德伸出手去拉她。

乔安娜歇斯底里地避开了他，她不让他再碰她。

乔安娜：不行，不行。求求你，我不进去！我不进去！……要是你硬把我拉进去，总有一天，……我会从窗口跳下去！

泰德：比利怎么办？

乔安娜就像背上给浇了一桶冷水似的走进了电梯。

乔安娜回身：我不带走他……这对他没有好处。我太不忍心了，不过我实在受不了……那孩子还是离开我好……

泰德：乔安娜，求求你！

乔安娜：可是，我已经不爱你了。

泰德：……你，上哪儿？

乔安娜：不知道……

眼泪从乔安娜痉挛着的脸颊上流下来。她转过了脸。

……电梯门，在泰德面前，关上了。

这个开头的描述单元的任务是——将两个主人公产生矛盾的原因以及各自的内在心态表现出来，并使观众产生观赏兴趣。这不是一件很容易的事：因为它不是一般的情节片，它除了要介绍必要情节悬念来吸引观众外，更重要的是使观众感到这两个主人公"活生生"的人生状态，感到剧中人与自己的贴近，或者说，几乎就像观众"自己"——进而将本片的人文基调与艺术风格简洁地展示出来。

上述的描述单元便很好地完成了任务。它由四个场面戏组成：第一场戏，采用精雕细刻又简练含蓄的风格，将乔安娜内心的痛苦、矛盾，出神入化地表现出来，一开篇就不同凡俗。第二场戏，则更加简练而明朗地向观众亮出一个志得意满、精明强干的职员形象，来与第一场对比。然后不浪费一点多余笔墨，马上进入第三场戏。两个主人公在这场戏中，作了反差极大的性格体现：一个怀着内心强烈的痛苦与矛盾，要向丈夫倾吐；一个只醉心于公司的事务，根本不加理会（其实，此刻泰德若能认真倾听乔安娜的心声，矛盾还是可以解决的）。这场戏是本描述单元的重头戏，所以作者对两个人的语言、动作，以及两者之间的艺术对比、反差，都作了精心设计与细致描画，绝不吝惜笔墨。第四场戏，乔安娜出走，并宣布已经不爱泰德。激烈的动作戏之后，是一扇关上了的门——面对这突然关上的"门"，泰德惊惑不解；观众虽有所体会，却也为之感叹并自然关注后面的情节：以后将怎样？

在这个描述单元中，既有场面与场面的对比，又有场面内部的对比；既有人物性格的立体刻画，又有场面描述的详略、疏密；同时，也很讲求情节进展的节奏——张弛相衔、缓急相继：第一场戏忧伤、滞涩，第二场戏则欢快、明朗，第三场戏不无悱恻、犹豫，第四场戏则冲动、激烈……总之，虽只是由四个场景组成的并不长的描述单元，却体现着作者老练高明的艺术匠心。

二、描述单元（场面）之间的艺术连接

影视的结构艺术，在某种程度上，也可以说是"蒙太奇"的艺术。正如本书前面所讲过的——蒙太奇有两方面所指：其一是狭义的蒙太奇，它特指后期制作时镜头组接的技巧手段；其二则是广义的蒙太奇，它是指影视创作者所运用的特殊的一种思维方式。它贯穿于从构思、写作、导演、拍摄直至后期制作的全部艺术创作过程。而就编剧而言，如何运用蒙太奇进行描述单元（或曰"叙述段落"）的艺术组接，是体现创作者艺术功力的重要方面。

描述单元的连接与镜头的连接一样，都应该充分运用蒙太奇的艺术技巧与方法。蒙太奇的连接技巧，诸如对比、衬托（包括正衬、反衬）、反转、跳接、穿插、离合、虚实、借代、重复、藏露……都可以为场面与场面、描述单元与描述单元之间连接时所用。

上述技巧与方法在众多影片、剧本中均有体现，就不一一列举了。

在此，只需注意一点：无论怎样的连接，都要做到真实自然，合乎生活与艺术逻辑，使观众易于、乐于接受。

生活与艺术逻辑通常包括两个方面——连续性与联系性。

所谓连续性，主要体现在时空关系上。社会生活中的人事总是连续体现的，而我们每一个人对社会人事的整体认知，多数情况下，都是通过一些"片段"的组合而实现。蒙太奇的原理便基于此。具体到场面或描述单元连接上，编剧所要做的就是——怎样通过尽可能精确的场面或描述单元，明确、艺术地使观众完成对影片内容的整体认知。

这，就有一个场面或描述单元如何取舍的问题。

对于同样一个事件（或人物经历），由哪些场面或描述单元来展现，其效果往往有很大的不同。比如囚犯逃跑事件，卓别林只用了三个场面——

其一，监狱大门处，一个看守出来，在墙上贴了一张缉拿逃犯的布告。

其二，郊外湖边，一个游泳的人上岸后，发现自己的衣服不见了。

其三，火车站，一个身穿明显不合体的宽大衣服的小个子男人，在等

车……

这样的场面连接，很快捷、很清晰，其目的在于向观众展现事情的原委过程，以为后面的重点情节作"铺垫"。

下面，我们试换另一种展示手段，向观众介绍同一件事情，看看效果又当如何——

1. 监狱牢房内，夜里。一个瘦弱的犯人紧张而谨慎地用铁钉划墙砖间的缝隙，其手指已经变形，并在流血。

2. 看守出现，手电猛地射到犯人的脸上。

3. 犯人假寐，鼻息声。

4. 监狱长站到看守身后：明天就要行刑，一定要严加看管！

5. 坚硬的狱墙。被粗大铁条封闭的高而小的狱窗。

6. 虎视眈眈的看守的眼睛。

7. 渐渐西斜的一轮残月。

8. 假寐的犯人在看守的监视下，背后的手顽强地掏挖着砖缝。脸上大颗的汗珠在滴落。血肉模糊的手指的特写。

……

看，已经用了九个镜头，还没有表述完一个场面！这与前面的快捷大相径庭。可以推测：要表述到犯人终于来到车站，肯定还需要用相当多的镜头与场面乃至描述单元。

那么，对同一事件的叙述，哪个更好些？

这是无法回答的问题。因为，对于场面的多少以及场面之间怎样连接才最为适当，主要看其是否有利于既定内容的表现。如果只是个"过场戏"，其目的只在于为后文作铺垫，则前一种展示为当；而若是"重头戏"，正要通过越狱过程表现主人公的某种性格或这段情节对全剧有举足轻重的意义，那么后一种的展示就不能说拖沓冗长，而恰恰是必需的渲染了。

上述例证告诉我们：在保证连续性的前提下，要根据表述重心的需要来决定场面或描述单元之间的艺术性连接。而我们常见的一些习作乃至正式发表的剧本内，却总在这方面犯错误——

一种是：无选择地敷演场面或描述单元，唯恐观众不能获得人事的"连续性"印象。结果篇幅冗长、表述啰唆，使导演或观众掉首或厌倦，不堪卒读。

另一种则是：一味简捷，令"重场戏"也一带而过。这样的剧本或影片，其艺术感染力如何，是不言而喻的。

第三种是：根本不考虑"连续性原则"，为所欲为地"施展"令人眼花缭乱的"跳闪叠切"，结果剧本内容令人无法把握与理解。须知：技巧应为内容服务，若过分地只"为技巧而技巧"，便南辕北辙了。

所谓"联系性"，是指场面之间或描述单元之间要有内在的符合生活逻辑的某种"意义"上的联系。这种联系，可以是客观的、"物理"的，也可以是主观的、"心理"的。但无论如何，它们都必须具有能使观众理解、体会的事理或情理方面的关联。

比如"物理"方面的关联：前一个场面或描述单元是表示我军将士同仇敌忾、团结一心；下一个场面或描述单元紧接敌方上层的钩心斗角、下层的怨气冲天。两者间虽没有时间上的连续性，却有着明显的意义上的联系性。观众一看便懂。

此类连接在影视作品中多见，在此不详叙。下面介绍一下"心理"方面的关联：这种场面或描述单元间的关联，在一些现代品格的影视片中较为多见——

在获得 1967 年度金狮奖的法国超现实主义风格的影片《白日美人》中，就经常出现这种心理型描述单元之间的连接：影片描述一个家境优裕并有一位"体面、不坏，且爱着妻子"的丈夫的妇女背着丈夫，每天白天到一个专供与男人私通（或曰卖淫）的"公寓"里"工作"的故事。在这部影片中，有相当多的场面或描述单元之间的连接，若以现实的"物理"尺度衡量，根本无法理解。比如上一个描述单元展示女主人公塞维莉娜在"公寓"里出乎意料地遇到既是丈夫的朋友又早就对自己有所欲求的男人赫森，非常尴尬与紧张。下一个描述单元便突然展示丈夫与赫森在林中决斗、互相开枪的凶险过程。而再下一个描述单元则更为奇特地表现女主人公自己被绑在树干上，太阳穴被子弹打中，鲜血流淌。而刚才被击中已死去的丈夫则走上来，摸她的血，又不断地吻她……接下来的描述单元却又回到"公寓"内：塞维莉娜坚决地向公寓老板辞职……整部影片，到处充斥着这样的连接，以致使人很难判断哪些描述单元（或场面）是生活的真实，哪些描述单元是主人公的幻象、梦境，甚至使人在看过全片之后，反而怀疑起来——到底是影片中真的发生过塞维莉娜的卖淫事件，还是整个作品内容只不过是女主人公特定情态中的臆想、幻觉或梦境？……而这，恰恰是作者所追求并已经达到的"超现实主义"艺术体现：它表现的就是现代人的某种生存状态（心态），一种无奈的、朦胧的、不甘如此又无可奈何的，在压抑与抗争、理念与欲望之间挣扎的现代人的生存状态。由于影片结构有意突出这种"心理"的"内世界"的展示，所以它仍能使观众确切体味到影片的人文与艺术内涵。于是，这种特殊的场面或描述单元的连接，就不能说杂乱无章了。

上述，无论是物理型还是心理型描述单元（场面）的连接，只要有生活逻辑及艺术规范的把握，每一个编剧都可以充分利用。

总之，描述单元（场面）之间的连接，完全可以也应该施展各种各样的艺术技巧与手段。而"最高的技巧是无技巧"。若能毫无人工痕迹地连接结构，叙述出极具艺术品格的"情节故事"，并让观众在不自觉中沉入其间并深受感染，才是真正的大家手笔。我们应致力于此。

三、描述单元（场面）的客观展示与主观展示

人，都在一定的客观环境中生活，同时又都在一定的主观情境中存在。就人的世界而言，都是两重性的。因此，反映人生的每一个影视描述单元（场面），也要顾及这两种性质。只有这样，才能更真实地反映生活，也才能具有更大的艺术魅力。

对客观展示，前面作了介绍。在这里，只谈描述单元的主观展示。

主观展示的根基在于：实际生活中，人们对同一种客观时空往往因不同人的不同心态，其主观感受总有差异乃至大相径庭，即所谓"物理时空"与"心理时空"的区别。"物理时空"是有客观标准的：一分钟就是一分钟，它必定小于一小时；一间屋子必小于一幢大楼；时间必有自然流程，空间必有正常体现。而"心理时空"便不一定如此了——

比如对于时间：幸福快乐中，时间流逝便觉疾迅；无聊寂寞时，光阴消磨便觉艰难。与情人幽会，长夜短如一瞬；听枯燥报告，半日长过十天！而当自己伤口剧疼、咬牙撑持之际，那简直是一秒一秒地煎熬，便完全有"一日长于百年"的感受了！对于空间也如此：身居阴暗地穴的人，一旦进入明亮的小屋，顿觉宽阔高旷；而从高山大河归来之际，纵然来到广厦高堂，也要感到压抑、憋闷的。

利用上述原理，影视描述单元（场面）艺术的主观展示就能够被观众自然而然地接受了。一般从两个方面作主观的艺术展示。

其一，将长大的时空，快速简略地展示。如长达数十年的时间跨度只用一株小树与一棵老树相连接来体现；一年的流逝，只用春花化为冬雪来演示；万里关山飞渡，只用有地域特色的几处景物快捷叠印；等等。这种展示，观众已经熟悉，影视编剧者也较多运用。

其二，则是将实际生活中的"小时空"，人为地非客观地扩展开来（有时甚至明显地"违背"原生态的真实），以便充分表现既定的人物或事件，给观众以强烈的特定的艺术感染。

例如具有经典意义的描述单元——《战舰波将金号》中的"敖德萨台阶"那场戏，编导者有意从多角度、多方位、多层面来展示军队士兵残酷镇压民众的事件，并充分调动蒙太奇的"表现"功能，将实际生活中仅有十几秒钟的场景事件，特意拉长、扩展开来，使之成为数分钟之久的艺术画卷。由于它虽有悖客观却又符合观众的心理感受，便不但没有人笑其"虚假编造"，反而交口称赞其"充实饱满"。

与之类似的描述单元或单独的场面，如著名影片《安娜·卡列尼娜》中，安娜自杀的那场戏，《魂断蓝桥》结尾时描述玛拉迎着军车、走向死亡的那场戏，都有着主观展示的艺术品质。

第三节　情节进程与描述单元（场面）的艺术组合

一、情节进程与描述单元（场面）的关系

情节进程是"线"，侧重于时间的展示；描述单元（场面）是"面"，侧重于空间的体现。影视剧作的结构既然是一个立体框架，那么，无论怎样的形状，都必须同时具备时间与空间的双向展示。也就是说，必须由具体形象的描述单元（场面）与情节进程组合而成，前者负责形象表现，后者负责整体连缀。两者缺一不可。

描述单元犹如情节进程的横切面，在影视结构体的负载量（包括既定的篇幅、既定的戏剧核）已经确定的前提下，则这切面与切点、横切面与纵线索的关系，自然成反比，即是：切点多，则切面小；切点少，则切面大（图 2-10）。

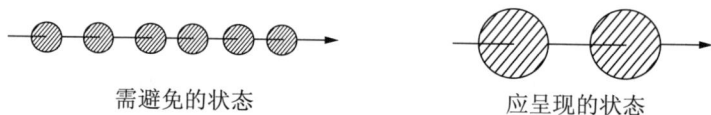

需避免的状态　　　　应呈现的状态

图 2-10　描述单元（横切面）与情节进程（纵线索）的反比关系示意图

由此可见，影视剧作的结构体的具体体现，与情节进程与描述单元（场面）的设计，有着不可分割的关系。

二、情节进程与描述单元（场面）艺术组合的原则

生活是丰富多彩的，反映它的影视作品的结构自然也不可能是死板、单一的模式；另外，每个创作者均有自己的艺术风格；加上每种影视片类

型又还有各自的结构特点……因此，大而化之，情节进程与描述单元组合的艺术原则只能有一个——

要有利于题旨内涵的表现，并使影片"好看引人"。如此而已。

我们不妨举两个影片为例，说明之：

其一是著名影片《简·爱》。它的题旨以表现女主人公自尊的人格与对真正爱情的追求为主。为了充分展示她自尊性格的形成过程与在人生际遇中多层面体现，影片的情节进程不可避免地就要很长。而从主人公小时候到成年后再到与庄园主罗切斯特的最后结合，若只用两三个横切面，就很难充分、具体地展示既定的内涵，于是，编导者就选择了七个描述单元（面）与既定的情节进程（线）相组合——

第一个描述单元，表现小时候的简·爱到了劳渥德学校和在那里的遭遇：挨训斥、被罚站、被强行剪发……并通过海伦的倔强和死亡来衬托简·爱强烈自尊性格的成长与定型，为后来的情节进程奠定了基础。

第二个描述单元：长大后的简·爱离开她所憎恶的学校，来到罗切斯特的庄园做家庭教师，与男主人公相识，两人均强烈的个人性格发生冲撞。

第三个描述单元：疯女人放火烧罗切斯特，简·爱救了他，两人接近。

第四个描述单元：罗切斯特的一些朋友和漂亮的英格拉姆小姐来庄园寻欢作乐，致使简·爱与罗切斯特的情感大起波澜、涌出高潮——罗切斯特正式向简·爱求婚。

第五个描述单元：婚礼正在教堂中进行时，罗切斯特的妻弟赶来，说出罗妻尚在的真相。简·爱看到了罗切斯特的家庭悲剧，但自尊心还是使她离开了庄园。

第六个描述单元：简·爱住到牧师约翰家。约翰将侍奉上帝视为高于一切的人生内容，与简·爱的精神世界相距极大。简·爱拒绝了他的求婚。

第七个描述单元：简·爱终于又回到了内心深处深深爱着的罗切斯特的身边。

在这部影片中，是较长的情节进程与较多（但不滥）的描述单元相组合，使作品获得了成功。

我们再看另一部影片，我国20世纪80年代拍的《春桃》：它的"故事"过程也很长，时间跨度十年，叙述女子春桃如何结婚，如何夫妻在新婚之夜被土匪惊散，春桃如何流落他乡，丈夫老李如何被抓了兵并上了战场，春桃在北京靠拾破烂为生，如何认识了单身汉刘向高并与之同居，老李如何在抗日战场被打断了双腿，春桃如何与刘向高在"名分"问题上看法不同，老李如何沦落为乞丐又在北京偶然见到春桃，三人的"搭帮过日子"如何受到众人的讥刺、嘲骂，老李与刘向高两人如何不能忍受这种"非常"的关系……可以说，上述每一段落，都可以作为可看的描述单元。但本片既定的题旨不是反映土匪对平民的伤害，也不是要表现下层百姓生活的贫苦，更不是要表现抗日战争……而是表述以春桃为体现的一种新的人文精神与生命哲学——我就是我。拒绝外在环境、传统规范对健康人性的扭曲与异化。

由于是这样的题旨，影片编导者在叙述上面的情节过程时，就只节选了春桃在北京与刘向高同居，老李出现后、"三人共同过日子"时人们的议论与两个男人内心的"别扭"，春桃我行我素、坦荡为人的行止以及两个男人终因屈服于世俗观念而低头离去……这三个描述单元来作空间的横向展示。由于集中了笔墨，深入细致地表现了三个主人公的内心世界与外在行止，就使影片的既定题旨得到充分的展现。

上述两例，可以说明：情节进程与描述单元的组合，没有死板、单一的模式，只要不违背基本原则即可。

也有反面的例证——

如美国影片《海岸激情》：影片的内涵是要表现"文明"的都市文化与"野蛮"的大自然生命的冲突，歌颂人之所以为人的健康的生命激情，因此，本应该节选与此关系密切的描述单元来表现既定题旨。而编导者为了获取高的票房价值，过分地在"激情"上做文章：拼凑了过多男女主人公或在海边或在城内幽会合欢的描述单元，情节既拖得很长，场面又多有重复，偏离了原来的题旨，使影片的表现流于平庸了。

三、情节进程与描述单元（场面）组合的技术性把握

所谓技术性把握，就是指不同"故事内容"的影视篇章，其情节进程与描述单元（场面）的艺术组合应有所不同。

具体而言，在体裁已定的前提下，由于篇幅是既定的，所以情节过程较长的影视内容，其描述单元（场面）就要避免过于细碎繁多、成为面面俱到又浅薄草率的"流水账"（图 2-11）；而若是情节进程较短的题材，则要相反——描述单元（场面）就应该尽可能扩展、增加，避免只在一两个场景里"演话剧"而使影片表现窘束沉闷、缺乏影视艺术的动感（图 2-12）。

需避免的状态　　　　　　　应呈现的状态

图 2-11　情节进程较长，则描述单元应减少

需避免的状态　　　　　　　　应呈现的状态

图 2-12　情节进程较短，则描述单元应增加

且举例来看——

较长情节过程的"故事"，应节制描述单元（场面）的数量，而提高其艺术表现的质量。比如根据普希金小说改编的影片《射击》，其情节过程很长：表述一个军官如何受辱、等待、准备了十年，终于复仇的漫长故事。按常理，自然要紧紧围绕此人的出身经历、此事的全部过程作线性展开：或先叙结局以引起悬念，或先讲原委再渐次引入……但影片却偏不如是。竟然从一个与故事中心内容没有直接关联的别处场景人事讲起——第一个描述单元表现俄国军官团内军官们的日常生活与风气习俗以及一个非军人的"老头儿"的怪异行藏与举止。然后展示第二个描述单元：这个平日心高气傲、枪法出众的"老头儿"竟不敢与一个侮辱他的军官决斗（尽管可以稳操胜券），因而遭到几乎所有军官朋友的轻蔑。第三个单元，则用简洁曲折的笔触表述"老头儿"曾受辱的事及准备报仇的心理。至此，该正面展示他如何去报仇的过程了吧？不。影片的描述场面却又荡了开去，以剧中一个青年人后来在别处与"老头儿"的对手相遇的场面为过渡，通过对手的口述，回忆出"老头儿"终于找来复仇并如愿以偿的紧张激烈又出人意料的重心描述单元，进而正面表现出"老头儿"高傲的品性与人格精神。至此，故事已讲完，人物也明确，影片该结束了吧？它却又用片尾字幕的形式加上这样的文字：

> 我再也没有看见故事的主人公。听说，在亚历山大·易普息兰梯起义的时候，西维尔奥（即"老头儿"）曾率领过一队希腊民族独立运动战士作战过，结果在斯库列尼一役中英勇牺牲。

看，影片最终目的是要塑造一位刚直高傲、正义自尊的战士形象，歌颂一种刚毅果敢、沉雄磊落的战士精神！而对于主人公十年之久的漫长经历，却只选择了四个描述单元，加一段片尾字幕。而前四个单元里，还不全是直接表现主人公复仇过程的场面组合。但看过全片后，观众却都能确切了解故事的全部，尤其是主人公的刚毅的品质与强烈的人格魅力——这，就归功于描述单元的别致而精简的选择了：它毫无"流水账"之弊端，而又极富"行云流水"委婉曲折巧妙。其艺术展示，确是不俗。

再举一个短情节过程的影片，看其描述单元如何体现：

日本影片《幸福的黄手帕》，不过是表现一个刚出狱的犯人来到家门前，看到妻子为迎接他，早已挂上黄色手帕的故事。其情节十分短促。若只以主人公站在家门前时的情景为唯一的描述单元，影片势必沉闷、窘束，极可能成为独幕话剧的"录像"，其失败当然不可避免。该片的编导便有意扩展生活画面，从勇作（主人公）刚一出狱开始，设计了几个描述单元：钦也（男性小青年）和朱美（单纯的大女孩儿）两个人物不时与勇作相配置，出现一个又一个生动活跃又有强烈对比性内容的"叙事段落"……这样，不仅使影片变得活跃好看，还强化了内容展示的感染力，给立体地表现主人公多层面的性格提供了自然的场景、真实的生活空间。于是，影片便获得了成功。

完全可以这样说：只要情节进程与描述单元（场面）能有符合上述要求的组合，且不管人文内涵如何，影片在技术层面的展示，就可称成功了。

而有的影片，虽然获得了观众的强烈反响，具有很深刻的文化内涵，但若从严格的艺术展示方面来评析，还是不无缺点的。比如美国影片《阿甘正传》，其情节进程十分漫长，而内中的描述单元又过于众多，每个描述单元或场面大都草草掠过，很少立体地充分地展示，便多少给人一种"意念大于形象""哲理反思重过人事感染"的印象。而真正能具有长久的文化与艺术生命的影片，是不能只靠与时代反思或即时观念的共鸣而"甚嚣尘上"的。

附：关于改编

改编，是影视创作的一条重要途径，有相当多的优秀作品是经过改编产生的。据有关统计，每年生产的数量庞大的世界各国影片，来自改编的竟占百分之四十到百分之五十。我国在国际上获得大奖的影片，如《红高粱》《大红灯笼高高挂》《菊豆》……以及国内公认的优秀影视作品如《人到中年》《本命年》《湘女萧萧》《春桃》《红楼梦》《四世同堂》《围城》等，也都是从已有定评的优秀小说改编而成的。

因此，作为编剧，不能忽视"改编"这条创作途径。下面，简单谈两点：

其一，改编什么？

即是说，什么样的其他品类的文艺篇章可以改编为影视作品？

可从两方面衡量：

就小说（或戏剧，或其他品类的篇章）而言，它自己首先要具有被改编的价值，具体说——它应有好的"故事"（广义的故事）；这个故事应有某种不俗的（最好能体现或溶进某种时代感的）内涵；这个故事还具有较强的"可视性"。

就改编者而言，则要考虑自己对要改编的篇章所反映的生活是否熟悉、有没有驾驭这"素材"的能力及改编的必要性（文化内涵方面或艺术创造方面）与可能性（社会环境的可能性与经济条件的可能性）。

实际上，供改编的其他文艺篇章也就是影视创作的另一类"生活素材"。至于选择什么样的素材进行影视创作，本书关于影视剧的"发现"部分已有细致论说，在此不赘言。只举一二因忽视上述"简单规则"致使改编不甚成功乃至失败的影视作品篇目，如以鲁迅小说《药》及《伤逝》所改编的影片《药》与《伤逝》、以古典名著《西厢记》改编的影片《西厢记》、以《聊斋志异》改编的电视连续剧《聊斋》、以《东周列国志》改编的连续剧《东周列国》等，大家可参照原著，对比一下影视作品，再了解改编后的各方面观众的反映，当有适当见识的。

其二，怎么改编？

常见影视理论界对一部改编作品争论不已——不是争论它的文化价值与艺术价值，而只在它是否"忠实于原著"上大动干戈。

实属不必。

因为改编本可以有多种方式，何必拘泥一格？！

改编大体可分为以下三种方式——

第一种，曰"照编"：只是把原著内容不大变动地用影视方式体现出来。

其中，可以是整体照编。如影片《祝福》对原著小说《祝福》的搬演，影片《哈姆雷特》对同名戏剧的搬演，影片《菊豆》对小说《伏羲伏羲》的搬演等；可以是缩编，如著名影片《简·爱》对数十万言的原著小说的缩写，影片《青春之歌》对同名长篇小说的缩写等；也可以是节选，如电影《红楼梦》对原著小说片段的表现，影片《林冲》只截选《水浒传》中一个叙事单元加以表现，影片《小花》节选自长篇小说《桐柏英雄》的一条副线等。

第二种，曰"改编"：即在原著、原作的基础上，加入改编者自己某些方面的创作性改写——

或者特意强调原作的某一方面或层面的故事情节或人文内涵，使之"发扬光大"而减略其他，如《大红灯笼高高挂》对小说《妻妾成群》的改编，《天云山传奇》的改编者（也是原小说的作者）对原作小说所进行的在原来基础上的更新创作等；或者改变原作的表述风格，为之换一套新的艺术包装，如将莎士比亚的名剧《麦克白》改作由日本古装人物表演的具有该国风格的影片《蛛网宫堡》；或者将两部（或多部）原作的情节故事经删削、挪移、拼接、组合，形成一部影视新作，如日本影片《生死恋》脱胎于《爱与死》和《友情》两部小说的合并组接、《罗生门》来源于芥川龙之介的两篇小说《筱竹丛中》和《罗生门》等。

第三种，曰"创编"：不过借原作的基本轮廓、大体框架，甚至只凭借原作中某一局部人事场景，而"借题发挥"，几乎（或根本）不顾及原作的既定题旨或故事的具体内容，而进行充满改编者新异发现的再创作。此类方式，属于"非常格"的、追求"延伸意义"的改编，在一定意义上，已经不能属于人们约定俗成的"改编"范畴，但由于它毕竟在某种程度上"源"于原作，所以还是宽容地将其归纳进来为妥——因为原作者往往不大"宽容"，版权的纠纷还是尽量避免为好。

关于改编，还有一句必需的告诫：无论属于哪一方式的改编，在动手创作（改编也是创作，甚至可以说是并不亚于原作创作的创作）时，最起码在正式发表或演播前，一定要获得原作者的同意并达成正式的协议。

第三编

影视剧本创作方法论

创作方法论引言

关于影视剧的创作方法，有各种各样的归纳、梳理、分析。

比如我国在相当长的时期内公认的两分法，将创作方法分为两类，即现实主义与浪漫主义；再如多分法，将除上述两种外的诸如古典主义、现代主义、未来主义、超现实主义、自然主义、新现实主义等，也并列其中；还如更多的荟萃，除上述外，又添上意象主义、印象主义、象征主义、结构主义、形式主义、表现主义、荒诞派、意识流等，使创作方法更加"丰富多彩"；有论者仍觉不足，又加上诸如感伤主义、颓废主义、达达主义、先锋主义、存在主义、直觉主义，以及"垮掉的一代""迷惘的一代"，等等。

上述种种划分，当然各有一定的理由或根据，但也有明显的不足。

首先，它过于纷繁杂乱，使人目不暇接、无从把握，更何谈运用？

其次，它本身也不尽合理。或者界限模糊、相互穿插，比如现代主义与未来主义、超现实主义；或者意蕴有异、根本不是一个范畴，比如存在主义、直觉主义属于哲学范畴，而古典主义、现实主义属于艺术范畴，"垮掉的一代""迷惘的一代"属于社会学范畴，它们本不宜并列；至于结构主义、象征主义、荒诞派等，又属于更具体的"技术"范畴了，将所有这些统统归拢一起，严格说来是不科学的，总有"学术造作"之嫌，或有"门外文谈"之病。

统观世界及中国的文艺发展史，就创作方法而言，大而化之，其实也就两大流派或曰品类，即"再现"与"表现"而已。

尽管每个流派中尚有这样那样的细微差异，但是，"再现"的总体是以呈示社会人生的客观性真实状态为主，"表现"的总体则以传达人们对社会人生主观的感知意象为主。一个重客观反映，一个重主观描述。

客观审视世界及中国文艺发展的历史，可以清楚地体会到：艺术流脉的嬗变过程，就艺术方法这一层面而言，就是"再现"与"表现"相互替代、不断演进的过程。

比如，在18世纪中叶以前的西方，亚里士多德的"摹仿说"一直在文学领域占据统治地位，作家们不同程度地都秉承着这一原则。纵令创作出《唐·吉诃德》的塞万提斯也如是说："……要是我的意思不至于大错的话，那你这本书实在不需要你刚才说的那些装饰，因为这不过是对于骑士文学的一种讽刺……它所有的事只是摹仿自然，自然便是它唯一的范本；摹仿得愈加妙肖，你这部书也必愈见完美。"①

---

① 伍蠡甫：《西方文论选》（上卷），208页，上海，上海译文出版社，1979。

到了 18 世纪后期，前浪漫主义兴起后，"摹仿说"渐渐为"表现说"所代替：一方面强调表现主观世界，另一方面却仍承认模仿客体的作用。

19 世纪 60 年代中期，法国产生了自然主义文学，它则是对前浪漫主义的一种反对：它认为，小说不单要把事实"客观地记载"下来，而且要用它所描写的事实证明某种科学定理。小说只应是社会的科学实验，作者不应作出任何主观判断，小说家应超越道德与政治，只观察社会事实，而不作任何结论。

到了 20 世纪初，存在主义哲学与存在主义文学的出现，法国新小说派的诞生，更把"再现"提到前所未有的高度。却也在其后不久，一股强大的"主观表现"的现代主义浪潮又扑涌而来。

……至当代，却又有现实主义、纪实主义"再现"的回归。

就中国文学史而论，亦大体如是。无论诗歌发展与散文发展的进程，概莫能外。就小说而论，亦是从早期（雏形）的"再现"现实到中期（可以唐代传奇为始）的"有意"为之；从宋代话本的反映市井人生到明代的《西游记》《封神演义》的神怪仙魔；从清时的"官场现形"到民初的"个性觉醒"……

仅就新时期（1976 年以来）这一段而言，亦是从反映"文化大革命"现实的"伤痕文学"到表述人们觉醒的"反思文学"，接着便是从体现社会变化的"改革文学"到剖析精神世界为主的"新潮小说"。进入 20 世纪 80 年代末期至 90 年代，打着"新写实主义"旗号的作品又重占文坛主位。而 20 世纪 90 年代后期，探索人物内心隐秘、表现性格多重或裂变、寻觅与思索生活本旨的篇章，又有回归之势……

世界电影百年的发展历史，也证明着两种创作方法的这种替换更迭过程：从早期照相式记录片断生活的原貌到人为地戏剧性编排荟萃，从 20 世纪初的"通俗化"美学传统到 20 年代兴起的表现主义思潮，从"诗电影"到"散文电影"，从好莱坞"梦幻工厂"的扑涌世界到意大利"新现实主义"的走向街头，从巴赞的"总体现实主义"到法国"新浪潮"中的表现流脉，从纪实风格的"政治电影"到抽象化的"哲理电影"，从心理化的"微观现实主义"到虽呈多样化品格却是现实主义基调的"新德国电影运动"，从美国 20 世纪 70 年代以来现实基调的"人文反思"到近年甚嚣尘上的"科幻童话""灾难寓言""游戏杂耍"……可以说，基本上都遵循着"再现"与"表现"相交替、互推动的规律。

因此，讨论创作方法，也不必过于纷繁杂错，只以上述两大品类为对象，剖析、梳理与展示即可。

于是本书力求摒除各类影片表象、形式上的区别，将影视剧作从创作方法的操作层面，归为"再现"与"表现"两大类型，再分别介绍"再现"的主要方式——现实主义、写实主义与心理现实主义与"表现"的四种方法——情境化、幻境化、象征化、变形化。在理性论说的同时，各自配有相关影片的实证剖析，以求对电影创作者有些更实际的助益。

第一章
"再现"（一）：现实主义

严格来讲，只要是艺术作品，就不可能绝对地再现社会生活与人间情事，总要有作者主观因素潜蕴其中。

西方曾有相当时期在理论上推崇艺术叙述的"零度风格"，即要求作者在表述作品内容时，不可有丝毫主观意向或情感，而要绝对客观。其实这只是自欺欺人之谈罢了——你只要是在向别人（观众、读者、听众）讲述，本身就体现着一种意向了，何谈"零度风格"？另外，你不可能对别人毫无遗漏、周密完全地讲述任何一种人事，而总要有自己的有意截选或无意疏漏（而任何"无意"本身便是一种"潜意识"）。那么，"绝对的客观"又怎样实现？

鉴于上述认识，我们在这里所讨论的再现，就只能、也应该是作为一种风格的在引号中的"再现"了。

第一节 现实主义的理论及相关的两种偏颇

　　现实主义理论奠基于古希腊时期的"摹仿说"。亚里士多德在其经典著作《诗学》中,首先阐述了文艺与生活的关系,他发扬了古希腊传统的"摹仿说",认为现实世界是艺术的蓝本,文艺是对现实世界的模仿。但模仿并不是消极的抄袭,而是通过观察和认识,来反映现实世界中具有普遍意义的事物。在《诗学》第九章中,他写道:

> 　　两者的差别在于一(历史家)叙述已发生的事,一(诗人)描述可能发生的事。因此,写诗这种活动比写历史更富于哲学意味,更被严肃的对待;因为诗所描述的事带有普遍性,历史则叙述个别的事。所谓有"普遍性的事",指某一种人,按照可然律或必然律,会说的话,会行的事,诗要首先追求这目的,然后才给人物起名字。①

　　就是说,"历史"所写的只是个别的、已然的事,事的前后承续之间不一定有必然性,"诗"所写的虽然也是带有姓名的个别人物,但他们的言行却绝不是个别的,而是带有普遍性,合乎可然律或必然律。在这里,亚里士多德已经点出了现实主义的基本要义:"诗"(文艺)不能只是模仿偶然性的现象,而要揭示现象的本质和规律,要在个别人物事迹中见出必然性与普遍性。这便是现实主义关于"典型化"的最精微、也是最早的释义了。

　　亚里士多德关于文艺与现实关系的理论,两千多年来,一直具有强大的生命力。一代又一代现实主义作家与理论家均忠实地秉承并发扬着这种方法、理论。如莎士比亚的观点:"自有戏剧以来,它的目的始终是反映人生,显示善恶的本来面目,给它的时代看一看它自己演变发展的模型。"②

　　巴尔扎克更是身体力行,将现实主义文学推向又一高峰。在论及文学家的社会职责时,他讲道:

> 　　法国社会将要作历史家,我只能当它的书记,编制恶习和德行的

---

　　① 〔古希腊〕亚里士多德、〔古罗马〕贺拉斯:《诗学·诗艺》,罗念生、杨周翰译,28~29页,北京,人民文学出版社,1962。

　　② 〔英〕莎士比亚:《哈姆莱特》,见《莎士比亚戏剧集》(第4卷),209页,北京,作家出版社,1954。(又译"哈姆雷特"。)

清单、搜集情欲的主要事实、刻画性格、选择社会上主要事件、结合几个性质相同性格的特点揉成典型人物，这样我也许可以写出许多历史家忘记了写的那部历史，就是说风俗史。①

在《〈夏娃的女儿〉和〈玛西米拉·道尼〉初版序言》中，巴尔扎克更为具体地讲述了现实主义的创作方法：作者需要做的事情主要是用分析求得综合，刻画和搜集我们生活的各种成分，提出一种主题并且对它们全体加以论证，最后，描写一个时代的主要人物以绘写出这个时代的广阔的面貌。

高尔基对现实主义的论述更为充分：

> 现实主义到底是甚么呢？简略地说，是客观地描写现实。这种描写从纷乱的生活事件、人们的相互关系和性格中，攫取那些最具有一般意义、最常复演的东西，组织那些在事件和性格中最常遇到的特点和事实，并且以之创造成生活画景和人物典型。
>
> ……现实中未必会有这样的人，他一身兼备普希金所安排于奥涅金（普希金作品中的人物）身上的一切特点，可是，毫无疑问，奥涅金底最显著的特点就是那个时代成千屡百人所具有的特点。
>
> 现实主义作家倾向于综合、归并他的时代一切人们所特有的、具备一般意义的特点，使之成为唯一完美的形象……而且除了它的和谐、它的美这些美学价值以外，它对于我们还具有无可争辩的历史文献之价值。②

恩格斯的那句名言，更是极具权威性地指导了相当一批作家、理论家，它如是说："据我看来，现实主义的意思是，除了细节的真实外，还要真实地再现典型环境中的典型人物。"

关于现实主义的理论论述，还可举出很多。归纳之，现实主义具备以下特点，或曰要旨：

其一，它可以虚构，但必须真实地反映客观世界、现实生活。

---

① 北京师范大学中文系文艺理论教研室：《文学理论学习参考资料》（下），536页，沈阳，春风文艺出版社，1982。

② ［苏］高尔基：《俄国文学史》，缪灵珠译，207～208 页，上海，上海译文出版社，1979。

其二,它不能机械地对客观世界进行"照相",而要展示出生活的本质或带有必然规律性的东西。

其三,它应该具有高度的艺术形象性,包括宏观的艺术形象与微观(细节)的艺术形象。

其四,它的形象必须是典型化的艺术形象。

简言之,可以是一句话:以典型化的艺术形象,真实地反映现实生活中某一层面的本质。

从全部艺术发展的历史来看,现实主义作为一种影响最大、生命力最强的创作方法,毋庸置疑地始终或显或潜地居于艺术创作的积极主导位置。

但我们不能不看到:由于在不同时期、因不同的背景原因与自身本存的潜因,也曾发生过内部的理论论争,也曾产生过实践方面的偏颇乃至病态。

这便是来自"自然主义"与"社会主义现实主义"两种方向上的对现实主义主脉的"反对"。

先看"自然主义"对现实主义的"反对"——

"自然主义"是 19 世纪末期出现在法国的一个文学流派。它不满于"浪漫主义文学的矫揉造作",也摒弃"批判现实主义的典型归纳"。其要点有三:其一是否认典型化原则,认为那样不真实、不客观,因而反对艺术家对生活进行选择与概括;其二是把遗传作为人性的根本原因,只承认生物学意义上的人;其三是主张文艺要脱离政治与道德,认为文学只应是一种科学实验。"自然主义"认为只有自己才能最真实地再现现实,因此,也才最具"现实主义品格"。

其代表人物**左拉**论述道:

自然主义小说不过是对自然、种种的存在和事物的探讨。因此它不再把它的精巧设计指向着一个寓言,这种寓言是依据某些规则而被发明和发展的。想象不再具有作用;情节对于小说家是极不重要的,他不再关心说明、错综或结局。我的意思是说,自然主义小说不插手于对现实的增、删,也不服从一个先入观念的需要,从一块整布上再制成一件东西。自然就是我们的全部需要——我们就从这个观念开始;必须如实地接受自然,不从任何一点来变化它或削减它;……我们无须想象出一场冒险事件,把它复杂化,并给它安排一系列戏剧效果,从而导致一个最后的结局。我们只须取材于生活中的一个人或一群人的故事，忠实地记载他们的行为。①

在特定的背景环境中，自然主义的出现也许有某种层面的"拨乱反正"意义，但"矫枉过正"，理论上就难免偏颇，实践中也难长久。其主要的问题在于为反对"造作"而过分强调"自然"，这就从本质上违背了艺术之所以为艺术、文学之所以是文学的最起码的品格。

对此，现实主义小说家**莫泊桑**指出：

> 须知绝对的真实、不掺水分的真实是不存在的，因为谁也不能认为自己就是一面完美无缺的镜子。我们每个人都有一种思想倾向，教我们这样或那样去看待事物……想描写得真实，绝对的真实，是一种不能实现的妄想。人们至多只能根据自己的观察能力和感受能力，确切地再现所观察到的东西，按照我们所见过的样子描绘出来；至多只能根据大自然赋予我们的形象记忆力，把我们获得的印象写下来。②

俄国的**普列汉诺夫**批评自然主义的另一观念时写道：

> 一个社会的人的行动、意向、趣味和思想习惯，不可能在生理学或病理学中找到充分的说明，因为这是由社会关系所决定的。③

普列汉诺夫将人的行为举措只归结于"由社会关系所决定"，未免也有疏漏，但他对自然主义只在生理或病理上研究人的偏颇的批评，还是有道理的。

自然主义因其具有一定的"即时"意义与针对指向，所以不该轻易地全然否定。当然，若不看到它之所以产生的历史背景与文学环境，而一味茫然推崇、极力效法，也将使文学艺术走向歧路。自然主义的文学创作没能长久地保持强大的活力，概因于此。

---

① ［法］左拉：《戏剧上的自然主义》，见伍蠡甫：《西方文论选》（下卷），237页，上海，上海译文出版社，1988。

② ［法］莫泊桑：《爱弥尔·左拉研究》，若谷译，见《古典文艺理论译丛》，第 8册，148～149页，北京，人民文学出版社，1964。

③ ［俄］普列汉诺夫：《没有地址的信·艺术与社会生活》，丰陈宝、杨民望译，239页，北京，人民文学出版社，1962。

第二节　现实主义的影视创作

以现实主义方法创作的中外影视作品最多，其中不乏经典之作。

下面，先举我国 20 世纪 40 年代的经典影片《一江春水向东流》为例，形象阐述现实主义作品的创作特色——

剧情梗概：

本片分为上下两集。

上集：八年离乱。

"九一八"事变后的上海。纱厂补习学校的教师张忠良是一位爱国青年，他以爱国热情和聪明才干赢得了同厂女工素芬的爱情。不久，他们幸福地成婚，并很快有了一个孩子，取名"抗生"。

"八一三"淞沪抗战爆发。日本飞机狂轰滥炸，上海街头难民如潮。张忠良和妻子、老母亲都参加了慰劳前线将士的工作。不久，中国军队开始撤退，张忠良所在的救护队接到离开上海的命令。离别前夜，素芬悲哽难言，张忠良说："你记住，以后每逢月圆的晚上，我一定在想念你们。"

张忠良满腔抗日热情，随着救护队到过南京、南昌、武汉，一路抢救伤员。这期间他曾因害怕而逃跑，后来又归了队。不久，他为日军所俘，被迫当了劳役，历尽磨难，他终于逃脱，来到了重庆。

重庆是当时所谓的抗战中心，街上充满了无家可归的难民。张忠良几经努力，难求一职。在饥寒交迫之际，只好向也到了重庆的熟人王丽珍求助。王丽珍是纱厂温经理太太何文艳的表妹，在交际场上是个路路通的人物。王丽珍看到张忠良英俊能干、大可利用，就留他住下并介绍他到干爹庞浩公开办的公司做事。上班的第一天，张忠良早早地来到办公室，而时间过半，其他同事才陆续到来，来后又都不干正事，不是看画报，就是玩麻将、扑克牌。下班后，科长老龚约几个同事请张忠良吃饭，并邀他到舞厅跳舞。张忠良对此十分反感，想到国难当头，不禁潸然泪下。但是不久，他就由反感转为麻木，逐渐适应了这种环境，并且很快投入了王丽珍的怀抱。

素芬在沦陷后的上海难以谋生，随张母回到乡下，和张老爹、张忠民共同生活。不久，张忠民因不愿当亡国奴被日军缉捕，毅然上山投奔了抗日游击队。日军在乡下肆虐横行，张老爹挺身反抗，遭到杀害。素芬一家只好又回到上海，靠替人洗衣勉强糊口。老母体弱多病，孩子幼小，素芬在艰难的生活里苦熬着，她常常望着天上的一轮明月，思念远行的丈夫，盼望胜利团圆的那一天。

可是张忠良却一直音信杳然……

下集：天亮前后。

张忠良以庞浩公私人秘书的身份在重庆商界活动着，与奸商相互勾结，大发国难财。这时，他与王丽珍已经公开同居。一天酒宴上，老龚送来两封乡下的来信，被王丽珍发现，张忠良谎称是借钱的，将亲人的来信撕碎扔进江中。

日军捣毁难民收容所，素芬失业了，一家人只好靠到乡下贩米为生。一次，素芬等人被日军发现，被赶入冰冷刺骨的渠水中，冻了一夜。

1945 年日本投降后，庞浩公、张忠良等人立即飞回上海搞劫收，张忠良住进了原纱厂温经理的公馆，并通过庞浩公把汉奸温经理的财产攫为己有，同时"接收"了温的太太何文艳。

而这些日子，素芬是在热切盼望"征人归来"中度过的。可是一天天过去，总不见丈夫的消息，但她还是不断地写信，到后来穷得每天只能以稀粥勉强充饥，连邮票也买不起了。生活难以为继，素芬无奈中，争得婆母同意后，去做富豪家的女佣——恰恰是到温公馆。抗生也上街卖报来补贴家用。

"抗战夫人"王丽珍飞回上海，"接收夫人"何文艳又恨又妒，却不得不强装笑脸和张忠良一起把王接回来。

"双十节"，温公馆举行鸡尾酒会，政客商贾、绅士淑女纷纷来到，热闹非凡。厨房里一片忙乱。大司务正要将冷饭倒掉，素芬看到，羞怯地请求将它们留给已经几天没有正经吃饭的婆婆和儿子。好心的司务又给了她几根肉骨头。又冷又饿的抗生捧着冷饭，欢天喜地地跑回家去……

这时，温公馆的客厅里，张忠良正抚着肚子对王丽珍说："我都快要胀死了！"

舞会开始，素芬帮忙上饮料。忽然听到有人叫"张忠良"，不觉一怔。张忠良与王丽珍步入舞厅，素芬看到果然是自己日夜盼望的丈夫，失神中掉了饮料。此时，张忠良也认出了素芬。王丽珍感到他们的关系非同寻常，冲上来质问。素芬哭着说出："他是我的丈夫。"王丽珍撒泼大闹，客厅里乱成一团。张忠良厉声责问素芬："你到底要我怎么样?!"素芬看清了张忠良的丑恶面目与周围一张张冷酷的面孔，决然道："我走……我走!"奔出了大厅。张忠良怕出事，想追出去，却被何文艳等拖住，只好又上楼去安抚王丽珍。王丽珍乘机逼张忠良将侵吞的温家财产交给她。

素芬在街上徘徊了一夜，强抑悲痛回到家中。家里正洋溢着欢乐气氛——原来是收到了张忠民从游击区寄来的信。素芬读信时想起丈夫的作为，忍不住痛哭。张母问明原委，带一家人去找张忠良。

母子相见，张母连声责问张忠良。张忠良无言以对。素芬泪流满面。这时，王丽珍从楼上冲下来，逼张忠良立即与素芬离婚，并以死来威胁。张忠良胆战心惊，忙不迭向王丽珍求饶、起誓。

张母终于看清了儿子的嘴脸，一家人多年来寄托的希望和幻想全部破灭，祖孙三人绝望地走出温公馆。素芬悲愤交加，投进了滚滚奔流的黄浦江。江面上，再次回荡起悲怆的歌声：问君能有几多愁，恰似一江春水向东流……

分析鉴赏：

这是一部十分典型的、堪称范本的现实主义篇章。

影片1947年由中国昆仑影业公司摄制，编导：蔡楚生、郑君里。主要演员：白杨（饰素芬）、陶金（饰张忠良）、舒绣文（饰王丽珍）、上官云珠（饰何文艳）。摄影：朱今明。

本片是中国电影史上公认的一部经典之作。在上海公映时，连续三个月盛况不衰，观众近80万人。创造了当时中国影片卖座的最高纪录。这在美国好莱坞电影充斥电影市场的当时，绝无仅有。于是，认真探索其成功的原因，就非常有意义了。

总括其成功原因，可以用一句话：因为它出色地运用了典型化原则，创造出了具有高度艺术水准的现实主义篇章。

这部影片通过一个普通家庭的悲欢离合，生动形象地展现了在民族危难关头，处于纷繁动乱社会中各阶层的真实面貌，概括了极为丰富、深刻的生活内涵，塑造出了众多富有时代特征、性格鲜明的典型人物形象。影片以其强烈的现实主义精神和浓郁的民族特色，一扫中国影坛浓重的阴霾，受到当时进步舆论的热烈赞扬，被称为中国电影发展史上现实主义创作道路上的一座丰碑。对社会矛盾的深刻揭示、对生活本质的逼真勾勒、对人物内心的生动展现，是本片现实主义精神的光芒所在。影片描述了抗日战争时期的社会现实与人间沧桑，以形象生动、寓意深刻的画面，显示了沦陷区老百姓受尽凌辱、民不聊生的苦难境遇，日军烧杀抢掠的残暴行径，大后方官僚资产阶级纸醉金迷的生活，"劫收"群丑贪赃枉法的丑恶嘴脸，善良人们的悲惨命运及幻想的破灭……

总之，影片高度概括地表现了这一历史阶段的不同时期、不同地区、不同阶层人们的生活以及各种社会力量之间的矛盾、斗争。同时，刻画了贤惠善良的素芬、忘恩负义蜕化变质的张忠良及庞浩公、王丽珍、何文艳等性格鲜明、各具不同典型意义的人物形象。

影片中的男女主人公素芬与张忠良，无疑是塑造得最为成功的艺术形象，编导者以细致的笔触，描画出素芬由充满希望、坚毅忍耐到理想破灭、绝望投河的心路历程中的每一丝颤动；也同样勾勒出张忠良在步步蜕变中的内心挣扎，并通过精心设计的银幕画面，层层深入地揭示出因日本帝国主义的侵略以及国民党苟且偷安、消极抗日的政策所形成的社会环境与历史条件，是素芬一家人流离失所、家破人亡的根源，也是张忠良由一位抗日青年沉沦堕落成人间罪人的决定性因素，给整部作品打上了鲜明而深刻的时代烙印。

通过典型化方法，以虚构的艺术形象真实地展示社会生活的本质及规律的影片相当多。像我国影片《林家铺子》《青春之歌》《早春二月》《祝福》等，像美国影片《正午》《魂断蓝桥》《卡萨布兰卡》《末路狂花》，以及苏联影片《夏伯阳》《一个人的遭遇》《乡村女教师》等均是。

虚构的故事影片，需要典型化的艺术叙事——这，一般人都能认可。而对于纪实类影片或纪录影片，是否也要依照典型化原则，就可能有人怀疑了。

在这里，有必要指出：即使是纪录片，也不宜背离典型原则。因为只要是艺术作品，无论是虚构还是纪实，它都要向观众传达作者的某种主观意向，因而必然含有作者的刻意组合、人为编排。而在这组合与编排过程中，就应该运用典型化原则，以求作品对社会生活的本质体现与普遍涵盖。否则，尽管打着真实记录的招牌，也可能是对现实的某种程度的歪曲。

纪实作品典型化原则的体现，一般有两种手段。

其一，选取的纪实对象本身，就具备很大程度的典型性。这样，只要真实地对对象（人物或事件）稍加整理、编排，删减掉不必要的枝节，进一步突出重心或主干，进而体现其本质、精华即可。

比如引起重大反响的拍摄于 1993 年的美国影片《辛德勒的名单》，就是在真实人物基础上，经过加工整理、艺术编排创作出来的。

辛德勒确有其人，第二次世界大战中纳粹残忍屠杀犹太人，也是事实。但作者并没有一切如实照搬，而是作了明显的艺术处理。比如在结构上采用了片段组合式手法，各个片段间有意不要必然的逻辑联系，也非戏剧化地讲述一个故事，而是以辛德勒这个人物为线索，将整个宏大历史过程中的重要事件采撷出来，服务于对人性的透视和对战争的重新思考。

另外，在色调设计方面，本片也有着独特的艺术构思：在长达193分钟的影片中，有意识地运用了以黑白摄影为主调的纪实手法，不仅突出了历史的真实感，也象征了犹太民族的那个黑暗年代。而贯穿影片始终的红色烛光，则蕴含着深刻的宗教寓意；小女孩红色的身影更不仅强化了个体生命的脆弱和宝贵，同时还是推动情节向前发展、促使辛德勒思想升华的关键因素；当犹太人获得新生、走出地平线时，银幕上突然出现了彩色画面，这就给观众传达出一种震撼人心的精神力量；影片结尾处，则以长达3分36秒的犹太人祭奠辛德勒的场景，将全片情绪推向高潮……

如此等等，均可证得纪实影片不可或缺的人为人事编排与艺术处理。

此类作品，像我国电视栏目《东方之子》、电影《周恩来外交风云》，像法国影片《Z》，美国影片《巴顿将军》，等等，均属此类。

其二，对于社会生活中散乱芜杂的某一范畴，以既定题旨为中心进行选择、梳理，进而体现典型化原则、完成影片的创作（制作）。也就是说，在汗漫的散沙中挑选有用之物，再将它们按既定构思，筑造成雄浑的艺术大厦。

这类影视作品也很多，像中国的《沂蒙九章》《话说长江》，像美国与苏联关于第二次世界大战的纪录影片等，在此不一一列举了。

第三节 "典型化"原则的科学把握

典型化既然是现实主义创作方法必须遵循的原则，对"典型化"的正确理解与运用就极为重要了。在此，有必要谈及曾经出现过的三种偏颇——

其一，如何科学地认识典型环境与典型人物？

这个问题，曾在相当长的时期内，困扰着理论界与创作界。

溯根寻源，有必要回顾一下恩格斯"现实主义的意思是，除细节的真实外，还要真实地再现典型环境中的典型人物"这句经典名言的具体所指。这句话是恩格斯评论哈克奈斯创作的小说《城市姑娘》时讲的。

《城市姑娘》讲述的是 19 世纪末伦敦东头城市贫民姑娘与居住在西头的资产阶级青年恋爱，最终失败的悲剧故事。其中，批判了资产阶级的虚伪、肮脏与唯利是图的丑恶灵魂，也表现了伦敦东头的城市贫民世俗、迷茫、缺乏清醒的社会意识与积极改善自身命运精神的现实状态。

对此，恩格斯批评道："您的人物，就他们本身而言，是够典型的；但是环绕着这些人物并促使他们行动的环境，也许就不是那样典型了。在《城市姑娘》里，工人阶级是以消极群众的形象出现的，他们无力自助，甚至没有试图作出自助的努力。"[①] 恩格斯的意思很清楚：故事中的人物本身，具有真实性。但由于在英国工人运动已经高涨的 1887 年，对伦敦民众的描述，就不能以《城市姑娘》中的手工业者、城市贫民为主人公了——因为他们没能体现代表历史进步趋势的工人阶级的整体形象，因而不能给人以革命的鼓舞与振奋。

如何理解恩格斯的这句名言？

表现一段历史时期内的社会生活及塑造人物形象，是否就只能基于主流环境与主流人物？即是说——一个社会只能有一个典型的大环境，一个时代（或阶级）就只能有一种类型的典型人物？！

19 世纪末的英国工人运动确实风起云涌，但也确实存在着相当数量的尚不积极主动的城市贫民，那么，就只该表现英勇斗争的工人，而不能从侧面展现革命大环境背景中的另一层面与社会众生相中的另一种类型？

如果确实做到了"真实地反映"，谁又能说表现城市贫民的文学作品就一定无益于历史的进步？！——因为从内在意义上讲，不正是因为劳动人民（包括产业工人、城市贫民以及其他受压迫受剥削的阶级、阶层）的困苦不堪的生活，才促成了社会主义运动的兴起与工人运动的高涨吗？！

因此，纵使只反映了东头贫民悲苦乃至麻木的生活，由于是对旧制度采取批判态度，不也就从侧面推动、支持了整个工人运动？！

同理，对索柯洛夫这个普通士兵在战争中悲惨命运的描述，就一定无益于广大观众对社会、历史与人生的积极思考？！

答案应该是确切的：同一历史时期，既有大的典型环境，也应有不同层面的小的典型环境，大环境与小环境只要都是真实的生活反映，就可以相辅相成、互为彼此，绝不能"不共戴天"。

---

① 《马克思恩格斯选集》（第 4 卷），590 页，北京，人民出版社，2012。

同样，真实反映一个时代，以英雄人物为主人公可以，以普通百姓为核心形象也未尝不可。须知——任何社会都不可能只有一种人物，而对任何人物真实的艺术展示，都能从不同方面、层面呈示整体的社会历史进程。

因此，对恩格斯的权威言语，我们应该承认它在特定历史大背景中的出于政治需要的切实意义，但又不能僵化照搬，以之为任何时候都"放之四海而皆准"的教条。

其二，典型人物不能是纯理论概念的机械图解或绝对标准的阶级模特，尤其不等于"高、大、全"的神话偶像。

以中国小说创作而论，在相当长的时期内，"典型人物"说，使当代小说中的人物大都成了阶级的代表、社会的"模范"或类型的体现者。他们各自带有鲜明的社会学意义上的确定特点，举手投足，无不带有其"阶级烙印"。而作为活生生的文学形象的"人物"，他们各自的个性、复杂的品质、灵动的内心与丰富的精神世界均不复存在，而均只是一具单一、平板的"模型"或"模特"了。纵如当代小说中比较有影响的杨子荣、梁生宝、江竹筠、许云峰、朱老忠、林道静（因写出她成长过程中的小资产阶级情调，还受到批判）……也都在不同程度上作为"阶级模特儿"出现；"文化大革命"中，"三突出"理论更把这种倾向发展到登峰造极的地步：李玉和、江水英、杨子荣、阿庆嫂、洪常青……这些仅有的"样板"，将"典型人物"庸俗化、异化为社会偶像，令人哭笑不得；即使在新时期文学的初级阶段，在大量"伤痕文学""反思文学""改革文学"中，诸如谢惠敏、宋宝琦、乔光朴之类，作为小说人物，也基本上以其社会学意义来体现"典型人物"性质，因此，人物一出场，便因其工人、农民、老干部、改革者、领袖、党员、造反派等的社会地位、阶级归属而定了型、定了性：或正或邪、或良或恶。美其名曰是"典型人物的塑造"，实则是对艺术形象的简单化、畸形化处理。

这种现象，在我国影视界也曾存在，并且到现在仍有或多或少、或明或暗的影响与制约。在一些影视剧中，"人"首先不是作为"人"存在或出现，而是首先，甚至只是作为"社会角色""身份品格"存在或出现。于是，英雄模范果然伟大崇高、纯正光明，但总与"活人"相距甚远；恶棍歹徒果然都穷凶极恶、奸猾毒辣，有时却似乎抹着一层"侠客"的面膜。这种绝对化、极端化而违背生活真实的所谓"典型化"，还是不要为好。

其三，而在另一方面：典型化毕竟要有某一方面或层面的普遍性与代表性，因此，纯属私人、一己的隐秘，过于离奇、古怪的偶然，也将导致现实主义的畸形与病态。

这种现象，在一些刚从学院毕业的新编导创作的影片中，已有较明显的体现。比如《浪漫街头》（中国1996年出品的影片），以城市艺术圈中的两个青年为描述中心，展示他们纯个人的生活细节、性格差异与情绪波动，而所有这些，又没有某种社会或人生背景的深层铺垫与衬托，便难免给观众一种矫揉造作的"小儿女情态"、一种不知如何的"小学生作文"的感觉。客观地讲，影片在摄影的构图、用光、色调方面，在主要演员的表演技巧方面，以及某些情境的营造上，还是颇有匠心的。但影片由于内容过于"轻灵小巧""随便洒脱"，也便难免沦为三流以至下品之属了。对此，导演管虎自己其实也清楚，他在北京第五届大学生电影节放映此片后的发言中便说："其实，我这个片子也并没有什么大意思，只是拍我身边一些经常看到或经历的熟悉的琐事、碎事……之所以拍这部片子，是因为两年前拍《头发乱了》得过教训，……可又想不闲着，为不惹麻烦、不挨批评，就随便拍些自己圈子里的日常人事……"

导演的苦衷我们或可理解，但作为艺术创作，《浪漫街头》之类还是不能被称道的。

第二章
"再现"(二):写实主义

第一节 写实主义的理论

在这里所说的写实主义是一种相对现实主义而言的、较为宽泛的概念。凡有意识追求真实自然、普通平俗地反映生活，而避免明显人为编织与艺术加工的典型化痕迹的创作风格，均属此类。

尽管与现实主义都以真实"再现"为根基，但在理论上与实践中，写实主义却有自己鲜明的特色。扫描一下百年电影史，就会发现：几乎在现实主义创作方法诞生的同时，就伴有另外一种根干相同而枝叶有异的创作美学传统。而且直到今天，仍如一个河床内的两道水脉，不时碰撞交融、进而共同推动艺术潮流的奔涌。

百年电影史上，与传统现实主义有不同艺术主张、但又都遵循"真实自然地反映普通人生活"的艺术流派，诸如以"通俗化"思想为指导的英国的"勃列顿学派"、法国的"芳森学派"，诸如意大利的"新现实主义电影"，诸如巴赞所总结的"总体现实主义"理论，诸如德国"新电影运动"中的纪实化倾向，诸如 20 世纪六七十年代以来美国、日本、苏联等国家的反映普通小人物日常生活情景的"生活流"趋向，以及我国 20 世纪 90 年代以来类似的审美趋向，等等，都可归入这里所说的宽泛的"写实主义"范畴。

下面，通过对上述学派或审美趋向的简略回顾，来领会"写实主义"的风格、特征。

萌发于 20 世纪初至 20 世纪 20 年代的以英国"勃列顿学派"与法国"芳森学派"为代表的"通俗化"倾向，针对当时美国好莱坞电影人为编排明显、刻意"典型化"的创作风气，提出了自己的美学主张——

第一，首先肯定电影要反映现实生活，而且是普通人的日常生活和命运，反对拍虚假造作和豪华场景、离奇人事的影片。

第二，非常重视自然景观，强调外景的真实意蕴，虽不绝对反对利用人造的内景（摄影棚），但要求外景与内景一定要协调，力避虚假，追求带给观众真实感。

第三，大胆探索新的电影手法，但要求形式切合内容，是观众易于看懂、喜闻乐见的。

第四，开始重视对与人们日常生活有关的社会现实问题的体现。

到了 20 世纪 40 年代，在意大利则兴起了"新现实主义"运动。它针对墨索里尼时代蛊惑人心的法西斯宣传及只醉心于表现上流社会贵族式生活和形式主义的对名著进行改编的电影，旗帜鲜明地提出电影艺术要真实地反映社会现实，反映第二次世界大战后意大利民众生活的悲苦现状，尤其是普通百姓的喜怒哀乐或悲欢离合。提出不要人为的造作场景，"把摄影机扛到大街上去！"。同时，不要刻意追求离奇，不要有表演痕迹，所有演员都尽可能到大街上找，不用或少用职业演员来"表演"。

新现实主义代表人物柴伐梯尼曾很清楚地描述了自己的创作方法：

> 我从自然取得几乎所有的东西。我走上街头，捕捉单字和句子进行争论。我的最得力的助手是记忆和速记员。我运用这些词汇和我的想象进行创作。我加以选择，我对已收集的材料加以删节，赋予它正确的节奏，抓住本质，抓住真实。不论我对想象、对离群索居有多大的信心，但我更相信现实，更相信人民。我对无意碰到的戏剧性事件而不是事先计划好的那些事物感兴趣。①

这段话明确地表达了新现实主义电影工作者的观点：他们重视对现实生活的直观反映，他们反对人为地杜撰出强烈的戏剧冲突或情节，但又不是绝对地摒弃作者一定程度的主观介入。

这就与"自然主义"有了本质的区别。也正因此，新现实主义在 20 世纪 40 年代至 50 年代，创作出一大批深受欢迎的影片，如《偷自行车的人》《罗马十一点钟》《温别尔托·D》，等等。

到了 20 世纪 50 年代，法国著名电影理论家安德烈·巴赞总结了新现实主义电影的创作经验，从理论上作了更系统化的阐述。他用"总体现实主义"一词来概括自己整套的美学观点，对传统现实主义的典型化方法进行了猛烈攻击。他认为传统的典型化破坏了生活的真实：首先，把完整的客体加以分解，就是破坏生活的整体性。其次，生活客体本身是"多义性"的，而经分解后、人工合成的"客体"却成了"单义性"的，因而失去了事物本身复杂多样的内容。最后，导演分解客体后再概括出"典型"，势必加入自己的主观意识并将观众引入自己的思想框架，而不能使观众有独立的判断与体会。于是，巴赞认为，电影艺术家的任务，只在于原封不动地保存客体的外部完整性，保全事物原来的"时、空连续体"，只有这样才是真实地反映了生活。

---

① 转引自罗慧生：《世界电影思潮美学史纲》，199 页，太原，山西人民出版社，1985。（该书译为"柴伐蒂尼"。）

上述理论在巴赞的拥护者让-吕克·戈达尔的成名作、被称为法国新浪潮电影"宣言"的《精疲力尽》(1960年)以及同时期日本新浪潮电影旗手大岛渚的代表作品《青春残酷物语》(1960年)中,得到了充分的体现。

在此,有一点需要说明:风格流派与创作方法是两个不同的概念。我们所说的"现代主义"流派,主要是指其人文内涵的"现代品格"。而具有现代品格的作品,其艺术创作的手法,则可以是"再现",也可以是"表现",不一定是非"表现"不可的。有些著述或文章中,往往将现代品格作品的创作方法只论为"表现"一种,未免偏执了。

20世纪60年代后期以来,在全世界范围内,又一次掀起了写实性美学思潮。其特点或主张主要是两个——

其一,强调"生活美"。就是说,生活本身最美,艺术只要真实体现它即是。只要是忠实地再现生活本身的艺术,就是最优秀的艺术。而编织与虚构反而会损害生活之美,所以,要尽可能减少人为的编织虚构,起码不能露出明显痕迹。

其二,强调"平常美"。即是说,普通平常的生活,才最具更广泛、深厚的内涵,才更具真实的艺术魅力。而那些极富戏剧冲突、惊险怪异、曲折离奇的故事或现象,则属生活的"异常体现",反而缺乏普遍性内蕴,不足称道。

在上述基础上,一些人在巴赞观念的基础上,对传统现实主义的典型化提出了自己的看法。他们认为,传统的典型化采取的是"分解—集中法",就是把各种社会生活中的人或事加以分解,吸取它们各自某一方面、层面的零散的性质,然后再将这些性质集中起来,重新组合成新的人工塑造的艺术形象,通过这种生活的自然状态中少有的高度典型化艺术形象,来表现社会生活的某种本质或规律。这种方式有优点,它能够克服自然状态中典型特征的分散性,可以通过作者的主观调度编排出较完整的情节与人物,通过各种艺术手段来强化作者的创作意图与情感传达。

然而这种方式也有明显的缺欠——它让观众所看到的是一个公开虚构的世界,而且加在其中的导向性相当明确乃至十分鲜明,这就使现代有"自己头脑"的观众大不满足,产生"被动牵引""接受教育"的反感;另一个缺欠则是——既然对客观事物进行分解后,再人为地综合,就必然要经过作者思想观点、情感意识的"过滤""造作"。这样就极易产生弊端:作者思想观点、情感意识是正确的,自然还好;一旦作者本身就戴了荒谬、变色的眼镜,那么他所看到并将之典型化后再传达给观众的艺术形象,又将如何?!

于是，提倡写实风格的影视工作者，为了弥补传统典型化的上述不足，则探索出一条新路，即纪实式的典型化方式。

其要旨是尊重客观现实的总体性，极力避免分解它，而尽可能在社会生活中寻找典型性较强或集中的原型，再以此为基础，进行些局部的浅层面的艺术处理，进而展现出高度接近生活自然形态的典型人物或典型事件。

简言之，传统典型化方式重视"分解后的重组"，纪实典型化方式则重视"原型的加工"。

由于在现实生活中，极具典型性的"原型"毕竟不多，所以纪实式典型化渐渐宽松了些尺度，形成三种模式：

第一种是艺术地展示绝对具有典型性的真人真事。

第二种是展示"准真人真事"。即以某些真人真事为基础或引子，加以发挥，掺进必要的虚构成分。有些影片，其中真实性材料并不很多，但却极力给观众造成纪实的印象。

第三种是"仿真人真事"。人物与情节基本虚构，甚至连一点真人真事的"引子"也没有，但社会上经常发生类似的人事。经作者极力掩盖的艺术加工，力求对观众造成质朴自然的印象，使其感到这是从现实生活中截取的真实片段。

其中最后一种模式，应用最广泛，获得成果也最多。可以说已成为写实主义影视作品的主流。

写实主义风格在20世纪六七十年代又一次被发扬光大，以此为指导，出现了相当一批诸如《克莱默夫妇》《出租车司机》《我二十岁》《一年中的九天》《幸福的黄手帕》及《这里的黎明静悄悄》等优秀作品。

总括言之，写实主义有以下几个基本要点。

一是追求自然的美学风格，避免人为加工痕迹。

二是将普通人物，尤其是寻常百姓的日常生活，作为艺术展示的主要对象。

三是注重对社会生活反映的真实性、客观性，尽量减少主观因素的过分渗透，而让观众自己体味与评价。

应该说，写实主义作为一种创作方法或风格，对抵制虚假编造、脱离现实生活的一味梦幻制造的好莱坞，对纠正电影史上某些阶段出现的矫揉造作、歪曲或违背现实的"阳春白雪"式与"教条演绎"式病态现象，是有很大功绩的。至今仍具有深厚、坚强的艺术生命力——这从我国20世纪90年代以来写实主义创作倾向的日趋明显与大量此类影视作品的涌现，可充分证得。

当然，写实主义在其流行、实践过程中，也曾出现自身的病状——

比如在 20 世纪 50 年代末，最初出现于法国、后来流行于欧美各国的"真实电影"。它的出现本来确有着时代的合理性：第一，它受第二次世界大战后迅速发展的实际纪实美学的影响；第二，人们对曾喧嚣一时的法西斯电影的欺骗宣传深恶痛绝、厌恶伪造而渴望真实；第三，当时的摄影技术有了突破，轻便的手提摄影机、小型石英灯、同步录音机以及高灵敏度光乳剂、变焦距镜头等技术装置，大大简化了摄影过程，使摄影师能够单独行动，像记者一样到处采录电影"新闻"……但是，"真实电影"的倡导者过于强调"原始真实"，热衷于摄录"生活即景"，一味追求表面的细节真实，反对任何艺术加工，进而将对生活真实的追求与对事物本质典型化的艺术概括对立起来，这就难免从一个极端走向另一个极端、滑向"自然主义"的歧途了。

这种病状，在"真实电影"的代表作品、法国"真实电影"的代表人物鲁希的《夏日纪事》里，就有充分的表现——影片由街头采访摄影得来的素材构成，主人公马斯林在街头见人就问，你生活得怎么样，是否幸福，有什么不如意的事，让路人随便讲自己的生活故事，毫无编排，碰到什么就拍什么。同时，马斯林也讲自己过去的经历，特别是战时的不幸遭遇，如此等等。试想，这种极端的"真实电影"，能有长久艺术生命力吗?!

再比如意大利的"新现实主义电影"，也有过犹不及之处。

首先，在理论上，新现实主义理论家过于片面地强调经验的直观性，而忽略理性的分析性，仿佛只有直观的感性的事物才是真实的，而正确、科学的理性分析只会破坏真实。这就必然使"新现实主义电影"往往只重视表象层面的如实扫描，而缺少对社会生活深层本质的挖掘、探讨。

其次，新现实主义电影理论家虽然极为重视电影高度的逼真性、追求电影表现方面的高度逼真性，但是，他们却又忽略了电影的高度逼真性恰恰得力于电影艺术表现上的高度概括性——打破时空连续性、运用蒙太奇的思维与手段将不同时空的片段进行自然而艺术的组合等。因而他们的影片大多平铺直叙，很少时空跳跃，蒙太奇也被降低为只是一种技术手法……于是，这样的影片难免缺乏艺术引力，极易拍成平淡松散的"流水账"。

最后，新现实主义电影把"纪实性"理解得过于狭窄，只将普通人的外部生活作为"纪实"的对象，而不重视人物的内在世界反映。因此，展示人们内心活动的各种电影艺术手段，在影片中很少被采用，比如最能表现人物内心活动的"特写""主观镜头"，片中人物的"多视点交叉"，摇镜头表现人物的昏眩、慢动作或快动作反映人物心态等，而一味强调镜头的客观性以及突出真实特色的"长镜头"……这样，势必造成叙述上的单调，减少艺术传达方面的生动性。

新现实主义电影在意大利时兴了不到十年，便不再居于主导地位，上述种种，当是原因。

鉴于此，正确把握新现实主义的理论，并清楚地了解它的历史表现，对我们自己的创作实践与具体的作品分析，当有切实的指导作用。

第二节　写实主义作品的实证分析

写实主义的影片，众所周知的如 20 世纪 40 年代后期意大利"新现实主义电影"的代表作品《偷自行车的人》《罗马十一时》《温别尔托·D》《大地在波动》等，均可例证。

而写实主义风格的影片远不止于此。

为使读者对写实主义的作品有更普遍认知，下面先介绍一部中国香港影片，即拍摄于 1984 年的《似水流年》——

春雨濛濛，一辆长途班车在岭南一条红黄色公路上颠簸开来。车内坐着一位中年香港妇女，她眼神茫然，满脸忧伤。她叫姗姗，在外漂泊多年，事业、婚姻上都不顺利，与妹妹也正闹着遗产纠纷。这次是因奶奶去世回内地奔丧的。

田野上的泥泞小路。姗姗坐在自行车后座上。推车的男子叫孝松，是姗姗青梅竹马的好友。孝松与姗姗一边说话一边往村里走。道路越来越泥泞，姗姗索性跳下车。他们并肩而行，目光偶尔相遇，都有点不好意思。孝松告诉姗姗自己已经有了一个小孩，妻子阿珍是小学校长，今天去县上领奖，所以没来接她。姗姗意识到孝松对目前生活有一种满足感……

姗姗在忠叔的陪同下走进年久失修的祖屋。她看见挂在墙上的镜框。奶奶遗照放在中央，旁边是一连串爸爸的生活照。她的目光不敢久留。在屋角她发现一只小藤箱。打开积满灰尘的箱盖，里面尽是她还是小孩时用过的东西，还有一只与孝松等童年朋友玩过的纸蝴蝶的竹架。姗姗感慨良深，她坐在古旧的梳妆台前，提笔给妹妹写信："我现在回到了我们一起长大的地方……走出去、走回来，已经 20 年，但我一回头，就好像仍看见你睡在我的背上。现在只剩下我们两个人，亲姐妹有什么话不好说，非要闹官司呢……"

　　姗姗见到了领奖回来的阿珍。她们沉浸在童年的友情之中。一个晚上，姗姗与阿珍谈心。她们搂抱着，似乎又回到了 20 年前。阿珍突然问："姗，请问你爱人的尊姓大名？"姗姗大笑："我爱人没有，老公也没有！"她又用夸张的动作搂一下阿珍："能这样的男朋友却不止一个。"阿珍大惊："都这个年纪了，你不要家庭，不要孩子啦？"姗姗一下沉默了，满眼泪水，之后，委屈地抽泣起来……

　　阿珍下班回家，发现丈夫在用姗姗送的猪肉干包装纸折花蝴蝶，顿时有了醋意："一张花纸就迷住你啦，我看她对你的影响可不小啊！青梅竹马哟！"孝松尴尬地苦笑："我们三个都是青梅竹马嘛！"他赶紧将纸蝴蝶扔在地上："以后不剪就是了。"阿珍见丈夫讨饶，便不再说什么，疲乏地坐下……

　　姗姗告诉阿珍，自己堕过两次胎："第一次不小心。三个月了，孩子拉出来血糊糊的一块，我好难受，像杀了个亲人似的。第二次跟另一个人又有了……"听得阿珍一阵阵发冷。姗姗羡慕阿珍生活的安乐，阿珍叹息地说："安乐？不过，有时候又觉得安乐得像菜里没放盐一样。"

　　阿珍开始同情姗姗，她对孝松说："姗姗真可怜，在外面不好过。"阿珍有意让丈夫单独去安慰她。孝松走进里屋，直愣愣像背书一样对姗姗说："姗姗，你在外面的遭遇是很不幸的，我和阿珍表示同情。请你不要灰心丧气，这里的大门是永远向你敞开的，欢迎你随时回来……"姗姗受不了这样的安慰，一推门出去了……

　　姗姗出资和阿珍带着家乡小学的学生到广州城里参观。孩子们第一次进大城市，又好奇，又兴奋。阿珍陪着姗姗住在大酒店。谈话中，姗姗知道是阿珍让孝松来安慰自己的，更觉伤了自尊，她大声道："你别搞错了，我不是来讨男人安慰的。我不是男人养的！每个铜板都是我自己赚来的！现在不是男人挑我，是我挑男人哪！你生活太淡，把我当盐哪？！"阿珍也生气了。姗姗又缓和下来，忙着给阿珍化妆、拍照。一张漂亮的照片出来了，阿珍却赌气离开了酒店，与学生们去住招待所。姗姗并不留她。

　　阿珍看到姗姗给孝松买的水鞋，有意奚落孝松，终于激得这个老实汉子发了脾气，竟说出了"离婚"二字，一推门离家出走了。吓得阿珍顿时哭了，此时，家里的良种猪又跑了，她打着手电哭着跑出去，不知是去找孝松，还是去找猪。正当她在半路上向忠叔哭诉时，孝松抱着猪回来了。阿珍擦把眼泪，赶紧跟丈夫进了屋……

　　唐公、汉公是一对孪生兄弟，年轻时跑到海外打工，如今 90 多岁，叶落归根回来定居，还在家乡盖起新楼。年近古稀的超伯在香港生活了几十年，宁愿终老故乡，也不愿当移民。超伯得病死去了，姗姗和全村人一起参加了他的葬礼。人们默默地向归去的老人致礼，神情悲切……

　　姗姗与妹妹的矛盾并没有缓解，妹妹在电话中依然言语尖利，姗姗好伤心。她在睡梦中见到奶奶。姗姗大叫一声"奶奶"，满脸泪痕。

　　走出家门，在鱼塘边遇到忠叔正提着马灯巡塘，便诉说了自己的梦。忠叔平和地说："噢，我常见的。也常见你爸。"又笑笑："好人是不会死的。"

　　姗姗要回香港了。在渡口，阿珍来送行。船来了，阿珍伸出了手："孝松要抢插，不能来送你了。"姗姗让阿珍趁年轻带孝松去广州玩玩："再不去就变老太婆了！"阿珍笑着说："我变老太婆，你也是老太婆啦！"姗姗乜斜她一眼："那你就放心喽！"

　　两人都笑了，笑后又沉默起来。阿珍突然哭了。姗姗鼻子一酸，也想流泪，但终于忍住了，她缓缓地转过身，走向渡船……

　　这部影片，可以说是典型的写实主义作品——

　　它并没有大张旗鼓地编织故事情节，也没有紧锣密鼓地设计矛盾冲突，普通的人、寻常的事、漫然的生活流程、委曲的情感波纹、散淡的人生画面……绝无一点"耳提面命"的牵引，而使观众自然而然地进入影片既定的情境之中。然而，又正因为它的普通、寻常、散淡，也便更具有了广泛的、普遍的人文涵盖，也便承载了多义、多向性的生活情致与某种"形而上"的可意会、难言传的哲理内容。更重要的一点则是：它向观众所呈现的一切，都有着确切的现实生活基础，有着明显的时代氛围。它绝不是望空编造的海市蜃楼，而是社会人生的真实写照。它寓深刻于平常之中，蕴浓郁于散漫之内，以似乎"没有典型化的典型化手段"，使影片无造作痕迹地完成了以小见大、以个体寓群体的艺术创作。

　　通过这部影片的赏析，我们可以更清楚写实主义作品的艺术特色，对认为写实主义就是"自然依实地记录原生态社会人生"的观点，当有清醒地审视、裁判了。

　　其实，在 20 世纪 40 年代发起"新现实主义电影"运动的意大利人，纵使他们在理论上特意强调"即景""纪实"，排除杜撰，但在其代表性的具体作品中，却仍然隐含着作者的创作编排与艺术营构。

比如新现实主义的代表作《偷自行车的人》，在保持写实风格的同时，对题旨的确定、情节的设计与典型人物的塑造，都可谓作了精心的安排——只不过"似乎没有"而已——

首先，它有既定的题旨规划：通过一个失业者的具体生活遭遇，展示战后意大利整体的社会面貌以及普通劳动者的悲惨境况。

其次，它在表面的自然流动中，潜润着作者对情节的艺术编织：主人公安东失业后，为养家糊口，急于找到工作。但失业者众多，工作机会却非常少，他能够如愿吗？……经过奋力拼搏，安东终于找到了一个张贴广告的工作，但有附带条件——他自己必须有自行车。而他已经家徒四壁、两手空空，能买（找）到一辆自行车吗？……倾全家所有，将典当来的钱买了一辆自行车，终于可以上班了，却不料在工作的第一天，自行车被小偷偷走了。没车，不能工作；而为养家又必须工作！怎么办？……安东想尽各种办法去找车。他能找到吗？……他与儿子终于在街上发现了偷车者正与一个老乞丐交谈。小偷跑了，他们追问老乞丐小偷的下落。老乞丐也挣脱而去。父子俩极力追寻老乞丐，却终于被甩掉。小偷究竟在哪儿？……父子俩身心交瘁，父亲在烦躁中打了儿子一个耳光，儿子哭着离开了。安东突然听说一个孩子从桥上落水，大惊！难道是自己的儿子?!……父子俩终于又碰见了偷车的小偷！急追不舍，最后总算追到，却遭到小偷邻居们的围攻与拦阻。安东气极昏倒在地……为了生存，安东决定偷别人的车了。他支开儿子后，刚骑上一辆车要跑，却被车主发现，当场抓住痛打。而这一切，又都被并未走远的儿子看得一清二楚。安东痛苦且尴尬至极……到底怎么办？他们一家的命运将会如何？饱受痛苦与凌辱的父子俩，消失在茫茫的人海中。等待着他们的，是什么呢？……

看，在表面随意自然的叙述中，其实包蕴着一个又一个悬念、体现着一个又一个冲突，而且总是一波即平、一波又起。而且这所有的小的情节冲突与悬念，又始终包容在一个总体的大的情境（剧情）冲突中。这个大的全剧的核心冲突就是——作为一个失业者，安东的生活能好起来吗？

最后，该片对人物的塑造，也不是毫无典型化处理的。主人公安东，作为战后的意大利社会现实背景中的一个失业工人，无论他的生活处境、求生挣扎、悲惨遭遇，还是他的性格特征、品质特点、社会品格（质朴、善良、坚韧、正派、无依无靠、孤立单薄……），都有普遍的代表性。在具体的艺术形象展示方面，影片更是通过安东的举手投足、言谈动作、心态表情，乃至外形面貌来表现。观众可从中感受到战后意大利劳苦大众（尤其是失业工人）的共同之处。

优秀的写实主义篇章均如是，像前面所举出的作品，都可参看。

写实主义在具体运用中，容易出现的问题或曰毛病，在此提示一下——在强调"自然、真实、普通、随便"时，往往超过限度，造成"过犹不及"的弊病。在这方面，某些比较有名的影片也是如此。

比如《温别尔托·D》的剧情如下：

在罗马的大街上，行进着一支由老年人组成的游行队伍，要求政府增加养老金。警察赶来冲散了队伍，老人们四下逃窜。孤老头温别尔托牵着他心爱的狗飞快地躲进附近一个门洞……

为了交付已拖欠数月的房租和鞋钱，温别尔托到处兜售他的一块怀表。表又大又重，没有人肯买，最后总算以三千里拉脱了手。他惊讶地发现买主是个乞丐……

在贫民食堂里，温别尔托和他的狗一起分享一份菲薄的饭食。但在出口处，他被女掌柜臭骂了一顿，因为他总是违反食堂的规定，偷偷把狗带进去。

在回家的路上，鞋店老板叫住了他，要他付清欠账。温别尔托费尽唇舌才暂时混了过去。但在气势汹汹的女房东面前，他感到穷于应付了。尽管女房东经常在温别尔托外出时把他的房间临时租给幽会的男女，有一次还让他撞上了，他却只能忍气吞声，不敢抗议。女房东要他立即付清欠租一万五千里拉，否则月底以前必须搬走。房东的女仆玛丽亚是个好心的姑娘，她同情老人的遭遇，抽空替他干些杂务，但因此遭到女房东的呵责。

温别尔托病倒了。他发着高烧，住进了公立医院。在这里他可以享受公费医疗，还能吃到免费的伙食。他很快就痊愈了，但一想到房租、鞋钱……他实在不愿意出院。病房里的修女护士对他非常体贴，更让他高兴的是他的狗总在医院大门外等着他。但当玛丽亚来探望他时，告诉他女房东非要撵他走的消息，他气昏了过去……

医院里发生了病人暴动事件。他们不准不参加暴动的病人吃饭，摔掉了温别尔托的饭盆，胁迫他参加绝食斗争，以抗议医院总务主任克扣病人伙食费。但暴动很快就被院长吓退，没有取得任何成果。温别尔托只好出院了。

在他原来的住所里，温别尔托发现桌上放着"迁居令"。泥水匠在翻修房子，把他的东西随便乱丢。他还发现自己的狗不见了。他在街口找到了玛丽亚，她正对着一个警察哭泣。她已经怀了身孕，但那个警察不承认是孩子的父亲，转身而去。温别尔托非常同情姑娘的处境，但是爱莫能助。他向玛丽亚打听狗的下落，姑娘说不知道。温别尔托猛地想起自己的狗没有戴狗套，很可能会被当成野狗捉去杀死。他气急败坏地跑到市立牲畜剥皮场，果然发现了它。狗的重归给老人带来了欢乐，但无法改变他的悲惨境遇。

在大街上，温别尔托想到了买他表的乞丐。为什么不能学着乞讨呢？那总比饿死强吧。老人把帽子托在手里，试图向行人伸手。但尊严不允许他这样做。他几次伸手，都突然又改变姿势，让人以为他在感觉是否下雨，或别有所图的样子。他最后决定让狗衔着帽子代自己乞讨，但倒霉的是又遇到了熟人，他只好作态，"责怪"狗太调皮，"总是拿着帽子玩"。

老人在夜色中又回到原来的住所——他不习惯"有失身份"地去住便宜的小客店。泥水匠已经在他房间的墙上打了大窟窿，所有的家具都已堆到了一起。温别尔托愤愤地收拾起自己的衣服、杂物，然后用手指蘸上墨水，在窟窿旁边写上两个大字"混蛋"。在门口，他和玛丽亚凄凉地道别。

老人在街头流浪。他想把自己心爱的狗托付出去，但无人愿意接受。他和狗默默地朝铁路道口走去。他想到了死。当隆隆开来的火车逼近时，狗恐惧地挣脱了他的怀抱，逃走了。温别尔托惆怅地目送着呼啸的火车驶向远方……他朝自己的狗走去，柔声地向狗道歉。狗原谅了他，与他和好如初。温别尔托开心地笑了……

这部影片没有任何"剧情"，全片用一句话便可概括：一个孤老头和一条狗相依为命，贫困加孤独使他几乎走上自杀的道路。如此而已。在整整一个半小时里，只是平浅单调地"记录"老人日常生活的细碎流程，什么戏剧性的事件也没有发生，表情动作代替了叙事，散漫扫描代替了情节。用巴赞的话来说："它摒弃了任何传统的电影场景。……它是把生活中各个具体时刻串连起来，彼此无主次轻重之分，本体论上的平等从根本上打破了戏剧性范畴。"①

此部作品一出现，便引起强烈争论。赞扬它的人对之五体投地，如巴

① 转引自郑雪来：《世界电影鉴赏辞典》（续编），129页，福州，福建教育出版社，1993。

赞，竟用"最革命、最勇敢的完美杰作"之类封顶赞词，不遗余力地大加吹捧。而反对它的人则对之不屑一顾，认为它的内容"平淡乏味""拖拉得令人难以忍受的事件其实从第一个画面开始就已说明问题"。① 广大观众的反应则是：创新由你们，反正我不买票——此片的票房成绩一败涂地。

本片实际上是柴伐梯尼和**德·西卡**在成功创作了《偷自行车的人》之后，朝他们的美学理想又迈一大步的实验性作品。他们的理想就是"彻底排除虚假"：不仅戏剧化的故事情节和性格特征鲜明的人物是一种虚假，由一个人来扮演另一个人也是一种虚假。不仅人工搭建的外景与内景是一种虚假，经过剪接的空间和时间也是一种虚假。此观点在《偷自行车的人》里有所体现，但离"彻底"还远远不够。柴伐梯尼论此道："《偷自行车的人》……反映出这样一个思想，认为每件事情都可以详细描述；但其含义仍然是譬喻性的，因为影片仍然借助于一个虚假的故事，而不是真正的纪实作品。"

尽管柴伐梯尼对《温别尔托·D》仍有保留意见——"在《温别尔托·D》里可以更明显地看出，作者是把现实当作一种实在的东西加以分析的，但它的表现方法还是传统的那一套。"② ——但它无疑有了《偷自行车的人》所未曾尝试的东西，即把一个事件（例如"女仆起床"）分解成一连串琐碎至极的事情，并按其实际时间流程毫无遗漏地再现到银幕上。巴赞在赞扬这部片子时举出了诸如"女仆起床""走过走廊""淹死蚂蚁""磨咖啡"等例子。实际上影片中这样的片段相当多，已令人不胜其烦。而柴伐梯尼仍然抱怨没能完全体现其理想，因为影片中毕竟容忍了动作或时间、空间的跳跃，有人为的剪接在。

另外，本片与《偷自行车的人》一样，虽然演员（包括主角）大部分是非职业演员，但毕竟还不是真正的"自己演自己"——因为饰演温别尔托的，是一位语言学教授，而不是真正孤苦的老头子。

柴伐梯尼强调："我们必须选择不必用演员来演的题材。"他曾要求飞机在银幕上连续飞过20次，但既没有机关炮向它开火，它也没有自身坠毁，什么事情也没有发生。在《温别尔托·D》中，有相当的镜头已经表明，柴伐梯尼与德·西卡正在有意识地"向现实接近"，以便有一天能拍出

---

① 郑雪来：《世界电影鉴赏辞典》（续编），129～130页，福州，福建教育出版社，1993。

② 郑雪来：《世界电影鉴赏辞典》（续编），130页，福州，福建教育出版社，1993。

"表现一个人连续九十分钟的平凡生活""不必用演员来演的""什么事也没有发生的"影片。①

这种近于极端的实验，或可有当时特定背景下"拨乱反正"的作用，但是，如果将这种"实验室作品"不加考虑地搬到电影院银幕上——而银幕上的景象与大街上的景象又完全一样，观众又何必进入电影院呢?!

柴伐梯尼等的美学理想显然失之偏颇。在战后意大利的历史条件下，反对好莱坞电影对现实生活的"过滤和净化"，要求直面严酷的生活真实，确有重大进步意义。但什么事总应有个界限，过犹不及。观众可以没有电影，而电影绝对不能失去观众。没有观众（或观众不感兴趣）的任何电影艺术的创新，都应检讨自己的偏颇乃至病态，一味孤芳自赏，只能失败。柴伐梯尼与德·西卡拍完《温别尔托·D》以后，重新回到了"虚假（有明显艺术营构与编排）"的道路，他们的下一部影片《终点站》不仅讲述的是一个"虚假"的故事，而且还使用了美国的明星。从中，我们可玩味之。

类似的因过于追求"真实自然"而失去观众、造成失败、并冠以"写实主义"的影视创作，近来不乏见。如我国 1995 年拍的《一地鸡毛》等，尽管原作小说获得了成功，但由于改编者没能考虑电影（电视剧）的特定要求，机械地搬演，而陷入尴尬、难堪的境地。以此，当作我们的前车之鉴。

---

① 郑雪来：《世界电影鉴赏辞典》（续编），130 页，福州，福建教育出版社，1993。

第三章
"再现"(三)：
心理现实主义

第一节　心理现实主义的理性扫描

将人物内心的真实世界作为主要对象，借以艺术地反映社会与人生的创作方法或趋向，可统称为"心理现实主义"。

在艺术作品中，反映或表现人物的内心世界，无论中外，均古已有之。像我国屈原所作之《离骚》，可以说通篇就是诗人的内心独白。像我国唐代著名诗人**李商隐**的《锦瑟》：

> 锦瑟无端五十弦，一弦一柱思华年。
> 庄生晓梦迷蝴蝶，望帝春心托杜鹃。
> 沧海月明珠有泪，蓝田日暖玉生烟。
> 此情可待成追忆，只是当时已惘然。

则更可以视为"意识流"的开山之作了。

西方也如是：像莎士比亚在《哈姆雷特》中，对那位丹麦王子内心世界的直接展示，在《李尔王》里，老王在暴风雨之夜的那段著名的独白等，均非常重视对人物心理的刻画，并因这种刻画而使作品大生光彩。

不过，在这里所说的"心理现实主义"，则专指19世纪末20世纪初兴起的，以人物内心世界为主要展现内容的艺术方法（或曰趋向）。

19世纪末期以来，工业化社会的出现，使人们的社会位置、人际关系、生活内涵、价值取向……都发生了前所未有的历史性变化，各种"形而下"与"形而上"的难以逃避的现实问题，自然要逼迫人们不能不进行前所未有的深刻乃至痛苦的思考、寻觅、反省、抉择。在这样的时代大背景下，对人们内心世界的理性探讨、对人们主观精神的艺术性展示，就必然应运而生了。

"心理现实主义"的理论根基，最早可以溯源至19世纪后期"非理性主义"的出现，比如**尼采**（1844—1900）"唯意志论"的、强调人的无意识和本能、否定人的理性的学说；比如法国哲学家**柏格森**（1859—1941）的——不能靠理性来认识事物，只能靠直觉即绝对排斥分析的不可言传的内心体验来认识事物——直觉主义，等等。而有直接影响乃至有具体指导意义的，当推美国心理学家**威廉·詹姆士**（1842—1910）"意识流"的提出与奥地利心理学家、精神病医生弗洛伊德（1856—1939）的"精神分析法"的创立。

威廉·詹姆士在其论文《论内省心理学所忽略的几个问题》中，最早提出"意识流"一词，以后又在《心理学原理》一书中进一步加以阐述和发挥，他不同意 19 世纪德国心理学家威廉·冯特的"感觉元素"说，认为人类的思维活动"并不是衔接的东西，它是流的"；人的意识"并不象切成碎片"的那样来表现自己本身，用"象'锁链'，或是'贯串'这些名词，在意识才现的当儿，并不能够形容得适当。……形容意识的最自然的比喻是'河'或是'流'。此后我们说到意识的时候，让我们把它叫作思想流，或是意识流，或是主观生活之流"。①

弗洛伊德提出"精神分析法"则是对 19 世纪精神病学中占统治地位的"肉体派"的一种反抗，他认为有些心理错乱的脑部损害是不能发现的，必须从病人的心理状态中去发掘。他试图通过"自由联想"调动潜藏在人们内心深处的一系列不受理性约束的思想情感，也就是把一系列无意识的心理状态揭示出来，从而发现致病的"情结"，进而达到治疗精神疾病的作用。他更提出了著名的"性本能"学说，将人的一切活动都归结为性欲的冲动，而文艺创作的动因当然也就是"由于性本能受到压抑而需要寻求出路的一种精神活动"了。

詹姆士与弗洛伊德的学说很快便在艺术创作领域获得反响。比如日本文艺理论家厨川白村（1880—1923）在他著名的《苦闷的象征》一书中，就借用了上述学说，提出通过艺术来发掘隐埋在人们内心深处被压抑的潜意识："生命力受了压抑而生的苦闷懊恼乃是文艺的根柢，而其表现法乃是广义的象征主义。"② 鲁迅先生对他能够融合和改造弗洛伊德的"精神分析法"与柏格森的"直觉主义"，从理论上最早比较系统地提出文艺创作要表现潜意识的主张，加以赞扬，并认为这是一个创见。

在上述哲学与文艺学论述的基础上，自 20 世纪初以来，在文艺创作方面，涌现了鲜明的"内向化"、以人物内心状态为主要反映对象的艺术潮流，像"意识流""超现实主义""心理分析派""新感觉派"及"新小说"等。这些以文学为主的艺术流派，对同期以及后来的电影、电视创作都有着相当大的影响，比如有些小说家本身便兼有小说家与电影编导的双重身份，如新小说派的女作家玛格丽特·杜拉斯、罗布-格里耶等。

---

① 参见［美］詹姆士：《心理学原理》（选译），唐钺译，87 页，北京，商务印书馆，1963。（选入时省去了英文括注。）

② 鲁迅：《〈苦闷的象征〉引言》，见《鲁迅全集》（第 10 卷），257 页，北京，人民文学出版社，2005。

因此,在介绍电影范畴内的"心理现实主义"体现时,有必要先扫描一下相关的文学艺术流派。

"意识流"文学——

在介绍"意识流"文学之前,有必要辨明一点:"意识流"确属于现代主义的一支,而人们往往将现代主义与"表现"混为一谈。于是就"顺理成章"地认为"意识流"当然应属创作方法中的"表现"范畴。这,其实有大谬误在——现代主义的提法,主要是概括其人文哲学范畴的内蕴,而非指创作方法上的雷同。因此,"意识流"尽管发轫于现代思潮中,但作为一种创作方法、一种美学品格,因它以另一种形式、也要求在艺术品内必须体现"生活真实",所以只应归入"再现"的总体范畴中。

"意识流"文学是西方现代派文学的一种流派。20世纪20年代至40年代,以英国为中心,盛行于西欧各国。它的最大特色是打破了传统文学由作家出面介绍人物、安排情节、评论人物的心理活动,而直接表达人物的各种意识过程,特别是潜意识过程。

"意识流"作为一种艺术手段,一般有以下几个特点。

第一,着重展示人物的意识活动本身。如第一个意识流小说家、英国的陶罗赛·瑞恰生就提出让"沉思默想的现实""独立发言"。意识流作家们认为:创作对作家而言绝不是从外部描写人物的性格特征,从外部表现人物的思想情感,不能由作家包办一切,因而主张"作家退出小说",并取消传统小说中必不可少的故事情节,要求让人物自己直接展现他们的思想意识。因此,意识流文学不是通过故事情节,而是通过人物复杂而微妙的意识活动来发挥它的艺术感染力。而读者也只有在人物意识流动的过程中去感受人物的内心世界、去体验现实生活对人的心灵的影响。

第二,"自由联想"。确实,人在外界的刺激下,头脑总是在不断地感知着、回忆着、思考着、想象着,各种意识错综复杂地在头脑中迅速地不断闪现,而且,从一个意识状态过渡到另一个意识状态,从一个联想过渡到另一个联想,它们之间的"联系",都是人们很难清楚察觉的。因为这些"联系"遵循的不是形式逻辑,而是一种想象逻辑。弗洛伊德认为通过"自由联想"的方式,最能发掘人的隐秘的动机——潜意识活动。因此,意识流作家们在运用"自由联想"时,都带有很大的随意性与跳跃性,使人物的各种意识无秩序地随意在头脑中跳跃、闪现,从而把人物内心世界展示得突兀多变。

第三,时序相互倒置、相互渗透和多层次结构。意识流作家从亨利·柏格森那里吸取了"心理时间"理论,用以表现人物的内心世界。"心理时

401

间"即是指在人的内心深处，各个时刻互相渗透、不断流动，要充分表达
人物的内心体验，用一般时间序列已不能适应，而需要把过去、未来和现
在各个时刻互相倒置、互相渗透。这一点，对意识流文学在时间处理和结
构安排上产生了很大影响。

第四，内心独白。既然主张"作家退出小说"，让人物直接展现其思想
意识，传统小说中那种靠作者从旁叙述的方法就不再适用。因此，意识流
作品中常常大量采用内心独白的方式。这种方式的具体呈现又分为两种，
一种是直接的第一人称的内心独白，一种是间接的第三人称的独白。

"意识流"既可以作为整个篇章的结构方式，也可以作为某一"联想中
心"的表达手段。前者，如英国小说家沃尔芙的短篇小说《墙上的斑点》：
小说通过一个妇女把墙上的蜗牛当成一个斑点，并以此为跳板，展开了广
泛的联想，让头脑中意识自由流动——由斑点想到戏剧家莎士比亚，想到
人生是多么动荡不安、难于预测，想到法庭上打官司的程序……经过一系
列的联想后，女主人公的意识又流动回现实中墙壁的斑点上。使读者通过
上述一系列联想，对主人公的思想性格、内心世界以及她所处的外部世界，
产生较深刻的认识，进而达到小说全篇的写作目的。

后者，像詹姆斯·乔伊斯著名的意识流小说《尤利西斯》中展示主人
公毛莱联想的一段文字：

> 一刻钟以后在这个早得很的时刻中国人该起身梳理他们的发辫了
> 很快修女们又该打起早祷的钟声来了她们倒不会有人打扰她们的睡眠
> 除了一两个晚间还做祷告的古怪牧师以外隔壁那个闹钟鸡一叫就会大
> 闹起来试试看我还睡不睡得着一二三四五他们创作出来的像星星一样
> 的花朵龙巴街上的糊墙纸要好看得多他给我的裙子也是那个样儿
> 的……

用以上这一段文字，作者描绘了毛莱在睡意蒙眬意识恍惚状态下的心
理活动——她想到起床的时间还早；联想到习惯于早起梳理发辫的中国人；
又联想到早晨的钟声和隔壁那个使她心烦的闹钟；她想到离起床时间还早，
就试着数一二三四五看能否睡得着；从"一二三四五"联想到星星一样的
花朵；又联想到她龙巴街旧居墙上糊墙纸的花朵和丈夫送给她的裙子上的
花朵……

上述原文与"译文"对照，就可以看出：原文固然没有"译文"的明
白易晓、一目了然，但"译文"也难有原文的个性突出、情绪形象与内心

世界的逼真，而总有"隔一层"的感觉。从这段文字中，我们既可以感受到"意识流"的优越处，也可看到它伴其优越而同在的"自然杂乱、不易梳理"的不足。

随着时代的发展，生活节奏的加快及人们内心世界的复杂化，传统的单线条发展的叙事结构与人物形象的纯外在体现，已不能充分表现现代生活与立体地展示现代人，在这个意义上说，作为一种艺术展示的方式，"意识流"不无积极意义。

但必须指出：

我们这里所说的作为艺术展示方法的"意识流"，应与纯心理学意义上的"意识流"有本质的区别。前者只是借用后者的"流动特色"，以更真实自然地体现人物形象，因而是一种艺术学范畴里的"意识流"。它尽管具有灵动自然、无所羁系的"表面"，却仍不失既定主旨与大致流向所规定的"内质"。某些意识流作家却没能很好地把握这一点，而过于强调意识的非理性和无逻辑，进而在艺术作品中极力渲染人物的下意识、潜意识，乃至不加选择与节制地一味展示猥琐、颓废、堕落、色情、变态、神经错乱等心理；在具体行文中，则过于追求扑朔迷离、朦胧晦涩、隐秘幽深……将艺术表现的"意识流"方法（或曰风格）完全混同于心理学（乃至精神病学）意义的"意识流"。结果，因"过犹不及"，就将本来的优点扭曲变异，"东施效颦"反成赘疣了。

"超现实主义"——

"超现实主义"产生于20世纪20年代的法国，它也是以柏格森的直觉主义与弗洛伊德的下意识学说为基础，否认理性的作用，否认客观现实，而追求"超现实"——着力开发人的心灵秘密及梦幻世界。

"超现实主义"是在第一次世界大战后法国的特定社会环境中产生的，它不满当时的社会现实，试图改变之；它也不满于其他一些文学流派逆来顺受的消极、无所作为的态度，而要以新的文学精神表现一种强烈的反抗。"超现实主义"认为理性、道德、宗教、社会以及很简单的日常生活中的经验，都是对人的精神、人的本质需要的强制，都是一种桎梏，只有彻底抛弃、打碎它们，才能使精神获得自由。

"超现实主义"者认为无意识、梦幻和精神错乱才是精神的真正活动，因为在这些状态中，意识已不再受任何的控制，而也正是在这种状态里，才能看到人们内心最真实的世界。他们常举诸如孩童或疯子"无意识"的精神状态来说明这种"真实状态"。

"超现实主义"的举旗人物布勒东在1924年发表的《超现实主义宣言》

中写道：

> 超现实主义，阳性名词。纯粹的精神无意识活动。人们通过它，用口头、书面或其他方式来表达思想的真正作用。它只接受思想的启示，没有任何理性的控制，没有任何美学或道德的偏见。……超现实主义建立在这样一个基础上：即对梦幻的万能和对思想的不带偏见的活动的信仰。它要最终摧毁一切其他的机械论并取而代之，以解决生活中的主要问题。

超现实主义者对梦和幻觉进行过深入研究，尤其是对人在半睡半醒时意识的相互渗透具有极大兴趣，他们发现在此"有意识与无意识的接头处"，有着毫无拘束的、超出现实而恰恰真正具有真实性的内容。

比如布勒东在其第二个《超现实主义宣言》中就提出：要赋予精神力量以新的生命，通过对半睡半醒状态中的"自我"的探索，来找到那个十分神秘而又深埋在人们心底的未开发地区——在人们头脑中有着这样一个"点"，在这里，没有理性制约下的现实，有的只是一种全新的超现实的感觉。

于是，许多超现实主义的作家曾极力对意识与半意识之间的区域进行过大胆探索与精心研究，以求挖掘个人精神世界的混沌和紊乱状态，进而打开这座每个人心中的"私人牢房"。

"超现实主义"的创作方法归结起来有两点。

其一，是主张"无意识书写"。认为要达到绝对的真实，即"超现实"，写作应该是纯粹无意识的，不能有艺术上的考虑和任何形式的思维。按照布勒东的说法，就是"要摒弃所有笛卡尔式的因素"（即理性），作家在写作时（而且最好是在半睡半醒时写作），只要把头脑中涌现出来的东西快速记下，词与词之间、句子与句子之间全靠一种"偶然的结合"，如果一时找不到适当词汇，可以随便用什么字母代替，即使这样写出的东西谁也看不懂，也有其自身价值——因为它真实地反映了作者的思想活动。

其二，着重记述幻觉与梦境，尤其是记述处于意识与无意识之间的那种精神状态。

"超现实主义"的文学创作特色及自身演变，可从其代表人物布勒东的两部作品看出——

第一部是 1924 年布勒东发表的《可溶解的鱼》。

这是由近 30 节毫无联系的片段组成的一部小说作品，讲的完全是梦境，没有中心人物，没有连贯的情节，"我"的梦幻般的下意识被如实记录下来，毫无关系的词汇连在一起，完全不顾思维逻辑与语法修辞。读完全书，读者似乎与作者一起陷入了恍惚迷离的梦境，在不同于现实的时间与空间中漫游了一回：……女人、幽灵、马蜂、昆虫……公园、城堡、广场……

正像这本书的题目一样，作品意欲将一条鱼潜入水中并在人们的视觉中"溶解"的那种感觉表达出来。这样的"梦幻"作品，一般人是很难接受的。

而在其 1928 年发表的小说《娜嘉》中，我们可以察觉到微妙的变化：

这部作品，从人物、情节到语言，都与一般的小说接近了。而且作者自己也给这部小说"规定"（不再是毫无理性控制）了主题："我自始至终都把娜嘉当作一个自由的天才。……我看到她凤尾草般的双眼在早上朝颤动着巨大希望的世界睁开。很难把这种颤动和由于恐惧而产生的声音相区别。在这个世界上，我只看到过紧闭的眼睛。""娜嘉"一词，在俄语中含有"希望"的意思。作者将小说主人公的名字定为"娜嘉"，其意不言自明。而娜嘉这个"天才"睁开的眼睛在世界上到底看到了希望没有？——在"世界的颤动"与主人公的"恐惧的声音"中，还是"紧紧地闭上"了。

就是在这样的主题规范下，作者进行了"超现实主义"的创作。

小说的第一句话就是对现实世界的怀疑："我是谁？"小说情节十分简单：作者遇到一个名叫娜嘉的妇女，她给作者揭示了肉眼看不见的世界中的故事，这是一个绝望故事，通过娜嘉荒诞不经的狂热的叙说，其实是表述了作者的愤世情感："谁活着？只有我一个人吗？只是我本身吗?!"……

尽管这部作品仍有明显的"超现实主义"特色，但毕竟不如其宣言里所说，全然是"无意识"的记录，而已经含有一定的艺术构思了。

"超现实主义"与"意识流"不能截然分开。

在某种意义上可以说，前者是一种宏观的创作取向——"真实的内心世界"；而后者则是一种具体的表述方法——一种类似"原生态"的描摹。

在"心理现实主义"的范畴内，还可以容括"心理分析小说""新感觉派"文学以及"新小说"等。它们的共同之处在于：都是强调内心世界、主观感觉的真实展示，而反对既定理念、形式与方法的束缚、制约。

比如，"心理分析小说"的创作就是要通过情绪、幻想、幻觉、梦境等潜意识活动把性冲动公开化，以"恢复人的自我本性"；产生于 20 世纪 30 年代日本的"新感觉派"，主张文学应追求新的感觉以及对事物新的感觉方法，认为文学的任务就是描写人的内心世界，应强调主观和直觉，否定传统形式，反对对现实的表面化描写；出现于 20 世纪五六十年代法国的"新小说派"，认为传统小说只会使读者进入"谎言的世界"，进而提出改造传统小说的结构和语言，认为无须受时间与空间的限制，过去、现在与未来完全可以同时存在，作者完全有权"重建一个纯属内心世界的时间和空间"……

上述种种文学流派，不可能不对基本同时的电影创作产生重大影响。这一点，回顾一下百年电影发展史，便可有深切体会。

在电影史上，第一次在广义的"心理现实主义"范畴内与同期文学流派相呼应乃至融合的，当为第一次世界大战后出现的先锋派电影运动。

先锋派电影发轫于法国，盛行于德国等国家。其产生的社会原因是：第一次世界大战后各种社会矛盾激化、战争创伤严重，大多数知识分子不敢正视现实，致使逃避主义思想流行、存在主义思潮大起，普遍的孤独、苦闷、彼此隔阂、相互猜疑等感觉，使人们愈发远离现实，企图从抽象的世界与下意识的梦境中寻求精神安慰和寄托，于是，"超现实主义"便很自然地成了当时电影艺术探索的美学基础；其产生的艺术内因则是：战前，称霸欧美的法国电影脱离社会现实的明显虚构的戏剧化倾向日趋严重，色情、侦探以及插科打诨的庸俗内容充斥银幕。在第一次世界大战后，这种趋势更为严重。于是，一些青年电影艺术家想挽救法国电影，使之摆脱庸俗的商业化，进而探索新的电影艺术形式。

先锋派电影在其中期，即 20 世纪 20 年代末，以"超现实主义"电影为主要体现。它们将电影作为抒发主观的随意幻想的手段，并使之与现实主义电影的一切原则相对立，它们将幻梦境界作为美学的最高境界，如先锋派著名导演谢尔曼·杜拉克说："幻梦的境界——这是最'崇高'的电影领域。"另一中坚分子阿倍尔·甘斯道："梦的生活和生活的梦应当体现在影片中。"于是，梦、昏迷状态以至神经错乱或酒后迷醉状态，便成为这类电影的常见题材，它们表现的都是非逻辑的意识活动，属于自由联想与无端幻想的天地，力求"借助于银幕的表现形式，赋予想象以最大的自由。它使想象得以随心所欲地自由驰骋"。[1] 在这些理论的引导下，超现实主义电影的主要拍摄对象，从形体转向内心，并着重展示内心的变态活动、表现那些作为内心活动"物化"的奇异怪诞的景色和人物。为此，它们广泛使用了软焦距、摇动镜头、叠印、旋转和各种奇特的拍摄角度，也运用了时空大幅度跳跃，平行和交叉剪辑，特别是闪回、倒叙等手法。

---

① 罗慧生：《世界电影美学思潮史纲》，46 页，太原，山西人民出版社，1985。

其代表作品如杜拉克的《贝壳与僧侣》，以反映主人公的梦幻世界为主，影片充满心理分析，表现弗洛伊德式的性压抑所形成的变态心理和古怪行为，等等。

"超现实主义电影"虽兴盛一时，但毕竟因广大观众难能看懂、"曲高和寡"而很快衰落下来。尽管如此，它们对电影表现手段的创新、电影语言的发展所作的贡献，则不容抹杀。其影响所及，则是 20 世纪 50 年代兴起的又一次重视内心世界展示的"新浪潮运动"。

出现于 20 世纪 50 年代末的"新浪潮电影"，其实就是 20 世纪 20 年代"先锋电影"在新时期的又一轮复归，只是其所依据的现代主义哲学思潮与"内心现实主义"的电影美学思潮更为系统化、更为深刻化而已。因此，它与"先锋派电影"有着大体相同的艺术主张与实际体现。比如，它们都受到存在主义、弗洛伊德主义、实证主义和现象学等哲学思潮的影响，比如它们都以展示人的内心的感性世界（而非理性世界）为己任，因此都提倡"自我表现""自由联想"，采取便于主观想象随意奔腾的"非结构""非情节"模式，热衷于"意识流""闪回"等展示手段运用，以利于体现其非理性的内容等。

"新浪潮电影"虽然也有着自身较明显的极端性弊病（尤其在理论方面），但它并非一无是处，在 20 世纪 50 年代后期的特定历史环境中，它对于打破好莱坞虚构模式一统天下的局面，进而使电影从明显杜撰的"戏剧化"转向面对现实的"纪实化"，其功绩是不能抹杀的。

尤其是它所提出的"意识银幕化"的口号及认真积极的各种方式的实验、探索，更加丰富了在银幕上展示复杂内心状态的诸多直观表现形式与手段，像意识流镜头、变速摄影、各种的主观镜头、内心独白以及"跳接""闪回"等，对以后的电影都有极重要的影响。

而在电影结构总体上的创新，如突破传统电影的一元化结构模式，探索出各种多元结构形式，如双线索以致多线索交叉、明线暗线穿插、时空大幅度的颠倒转换、声画同步与对位等多种复合形式等，对电影艺术的贡献，更是不必赘言。

在这些理论创新与实践探索基础上，"新浪潮电影"中，因以独到方式展示内心世界而获成功的优秀作品，已成为电影史上的经典，亦是不争的事实，如法国阿仑·雷乃的《广岛之恋》、瑞典伯格曼的《野草莓》等。

到了 20 世纪 60 年代末 70 年代初，现实主义的电影艺术工作者扬弃了"新浪潮"电影的现代主义哲学基础，而吸取了它们的艺术手段乃至有益的思维方法，对人物内心世界的"正常状态"进行展示，渐渐形成了有别于前两次的现实主义的心理化美学思潮。

此时的心理化包括常人的一切意识活动，兼指思想、情感、意志等，当然也包括意识、半意识以及下意识等精神活动。不过，它以人的正常的有意的意识活动为主体，与"新浪潮"过于沉浸在下意识、非理智的纷乱境界有所不同。此刻的心理化包括理性活动与非理性活动，但以理性活动为主，它并不拒绝"意识流"镜头的运用，但却有所节制。尽管有时在表面上看来，似乎也有些杂乱无章，但其实却是作者的"有意为之"，其理论依据为——

任何人的世界观和哲学思想对其各个层面、层次的意识领域都有着不同程度和不同方式的作用：它渗透在感觉里，直接支配理性活动；同时，也以微妙曲折的方式影响非理性活动。也就是说，20 世纪 70 年代心理化电影的特质是在表面非理性展示的底层，潜藏着直接或间接的理性制约与影响。

这样，此时的心理化电影美学思潮就在发挥"先锋派"与"新浪潮电影"优点的同时，又避开了它们的难免病症。

20 世纪 70 年代以来的心理化电影思潮还有另一个特点，就是将纪实性与心理性相结合，并注意到人物心理的普遍性社会涵盖，进而避免了纯一己的"自我表述"与纯私人的"主观内省"。这，对于当代电影多方面的健康发展更具意义了。

第二节　心理现实主义影片例析

这里所说的心理现实主义影片，是指以全方位展示人物内心世界为主要艺术目标的作品。那些虽有鲜明的心理刻画，但毕竟是以外部人事表现为主的影片，如英国著名影片《相见恨晚》等，则不在此列。

心理现实主义影片，大体可分为两类，即"意识银幕化影片"与"意识流影片"。

在一些论者的著述中，往往将两者混为一谈，也并不为错。而在这里，为了分类介绍的确切性，则有必要"人为"地对两者进行概念上的规范——

"意识银幕化"影片是指在大的叙事框架中有或潜或显的理性把握、或明或暗的逻辑秩序，只是将人物的内心意识状态作不时的多片断银幕化体现而已。

"意识流影片"则无论整体叙事框架还是局部的意识展现，大都处于一种"非理性"的无序状态，以更接近于"意识流"的特色，完成既定的内容展示。

下面，分别加以介绍。

一、"意识银幕化影片"

这类影片，除了以内心意识为主要展示内容的特点外，其艺术构思与展现较接近于"现实主义"。即是说，它们也很看重适当的典型化原则的运用，而并非随心所欲、毫无节制地展示随便什么人的活动、随便什么意识的流动。

瑞典著名编剧兼导演英格玛·伯格曼的《野草莓》可作此类影片的代表。

《野草莓》剧情如下——

本片以一个老人的画外音开始：

> 我的名字叫埃萨克·波尔格，现年76岁。我有一个儿子，已婚多年，但没有孩子。我母亲96岁，依然健在。我的九个兄弟姐妹都已去世，我妻子也离世多年，我的婚姻非常不幸，好在我有一个非常出色的女管家。我几乎已经完全退出了社会生活，只是独自埋头于我所还感兴趣的少数事情。下面，是我生活中某一天所经历的各种事情、梦和回忆……

下面以镜头展示：

> 初夏的一个晚上，我在大街上散步。街上阒无人迹，也无车辆，听不到人声或鸟鸣。阳光灿烂，却不能给人温暖。我走过一个钟表眼镜店，发现门前大挂钟上的指针不见了。我掏出自己的怀表。使我惊奇的是：怀表的指针也不见了！我把表放在耳边，想听听它还走不走，却只听见自己心脏巨大的嘭嘭跳动声，而且越跳越快。我感到一种莫名的惊恐。我在墙上靠了一会儿。这时，我看见街角有一个人影，背朝着我。我喜出望外地冲到他的跟前——可怕的是，这个迅速朝我转过身来的男人竟然没有脸！他像灰尘或朽木一样坍塌下来，顿时消失得无影无踪。只剩下一堆衣服留在人行道上……
>
> 我惊慌失措，胡乱朝一条小街走去。我来到一座小教堂附近，听到了阵阵钟声和得得的马蹄声。这是一个送葬的行列，打头的是一辆

古老的灵车。我停住脚步，摘下帽子。这时发生了异常骇人的事：灵车忽然晃动起来，接着一个车轮飞了出来。我急忙闪开，它在我身后的墙上撞得粉碎。棺材从灵车上摔了下来，落到街心。我独自站在摔破了的棺材旁边。出于好奇，我走近棺材。这时，一只手从棺材里伸了出来，一把抓住了我的胳膊，用力要把我拉进棺材里去。我死命挣扎。死尸竟慢慢地从棺材里站了起来！吓得我魂飞魄散——原来棺材里穿着燕尾服的死尸就是我自己！我极力想挣脱出来，他却抓住我死死不放。就在这万分紧急和恐怖的时刻，我醒了。原来是一场噩梦。

我今天要出席一个隆重的荣誉博士授衔仪式。我与儿媳玛丽安一同开车前往，我一时高兴，将车子驶向海边的林荫路，我们来到一幢巨大的房子前。我们下了车，玛丽安去海水里游泳，我则要到草莓地上看一看。我曾在这里度过了我一生最美好的时光。尤其是这块草莓地，它铭记着我永生难忘的青春与幸福。我在一棵孤零零的苹果树旁坐下，一个又一个地吃着野草莓……

突然，我看见了一个穿着金黄色夏装的少女——我的表妹莎拉，她正在我身边专心地摘草莓。我心情万分激动，却竭力保持沉默，因为我怕这美丽动人的景象会顷刻消失。接着，我看到我哥哥西格弗里德走到莎拉跟前，问她在干什么。她说今天是阿隆叔叔的生日，她忘了准备礼物，只好采一篮草莓送给他。西格弗里德帮她一起采摘着草莓，突然转身在她美丽的脖子上印了一吻。莎拉生气了，威胁说要告诉埃萨克（就是当年的我），因为她已经同埃萨克秘密订了婚。西格弗里德又结结实实地吻了她一下，莎拉哭起来……

我蓦然发现，自己站在一条昏暗的走廊上，透过窗子，望着明亮的餐厅。我的九个兄弟姐妹和莎拉正在向阿隆叔叔祝贺生日、赠送礼物，餐厅里洋溢着欢乐的气氛。席间，我的两个双胞胎妹妹拿西格弗里德和莎拉在草莓地里的事开玩笑，莎拉一气跑出了房间。我好奇地追踪着她，她却消失得毫无踪影……

我站在草莓地上，茫然若失。一个少女的声音把我唤醒。他说她的名字叫莎拉，她父亲现在是这座房子的主人，她和另外两个小伙子想搭我的车去隆德——也就是我将要去的地方。我望着她。她非常像我过去的那个莎拉、我的初恋情人——她后来嫁给了我的哥哥西格弗里德。

我们继续驱车上路。在路边的加油站，加油站的老板认出了我——我曾在此地行医达15年之久。中午，三个搭车的年轻人留在餐馆，我和儿媳玛丽安则驾车去看我的老母亲。母亲很高兴，拿出我们童年时的玩具，对我们述说着当年的欢乐和今天的孤独、寂寞。辞别母亲，又与那三个年轻人一起上路。

暴风雨即来，我感到十分疲倦，朦胧起来，一些似乎绝对真实而又使我非常羞耻的梦境与形象始终纠缠着我……

我梦见自己来到一个考场，阿尔曼教授出题目考我，问我医生的头一项义务是什么。我说我忘了。他告诉我是"请求宽恕"，并说我是罪上加罪，因为我被控犯有严重罪行：无动于衷、冷漠无情。控告人是我的妻子。我说妻子已经去世多年。教授把我带到一处林间空地，让我目睹妻子和另一个男人交媾的情景。妻子对那个男人说：她要把这件事告诉我，但我会毫不在乎——因为我是冷漠无情的人。

阿尔曼教授对我说：对我的冷漠的惩罚就是终生孤独。

我醒来时天在下雨。三个年轻人下车去了。玛丽安告诉我，她和丈夫——我的儿子艾瓦尔德发生了纠纷：玛丽安怀了孕，但艾瓦尔德坚决不要。玛丽安说艾瓦尔德的冷漠与我很相像。但她一定要生出这个孩子，谁也不要想夺走他……

我参加了那个授衔仪式，三个被授衔人都是行将就木的垂垂老者。仪式庄严而单调、乏味，冗长的祝词、演说令人昏昏欲睡……我回到艾瓦尔德家中，正要躺下，突然传来音乐和歌声，三个青年人向我祝贺兼辞别。那个与我的莎拉极像的莎拉说她爱我，直到永远！……

我听见淅淅沥沥的雨声。我又开始回忆我的童年……

我漫步回到那个大房子和野草莓地，我又看见了我的兄弟姐妹和阿隆叔叔，莎拉向我跑来。她带我去找我的爸爸、妈妈。她带我来到一个小海湾，指给我看我的爸爸、妈妈就在对岸：他们都穿着白色的衣服，父亲坐在沙滩上钓鱼，母亲坐在岸边看书，一顶大草帽遮着她的脸。

我试图呼唤他们，但一个字也吐不出来。后来父亲抬头看见了我，朝我挥手，母亲也从书本上抬起头来，冲我点头微笑……

《野草莓》的人物与主题都是经典型化处理的：种种道德观念、规矩准则及所谓的事业追求，压抑、扭曲了正常的人性欲望。人们在冷漠、自私的社会生活氛围中，忍受着孤独、寂寞与彼此的隔膜。直到生命即将结束时，才发现此生虚度、悔之晚矣。

——本片的主人公埃萨克·波尔格的一生，不就是如此？！

伯格曼通过对主人公内心世界的透视，以近乎忏悔的总体氛围，向观众艺术地传达了上述的内容。

梦幻，一直是伯格曼重要的电影元素。作者通过一系列梦幻的形象展示，向观众真切地传达出了主人公内心世界的思想、情感、意识、潜意识等复杂而确定的非逻辑内容。

在本剧中，首先就是一个噩梦，以奇异、怪诞、近于恐怖的超现实主义风格的画面，呈现出一个垂暮的老人"临近死亡"的精神状态。接着，便是在去领奖路上两个相关联的色调柔美而不无惆怅的"爱情失落"的梦境。这两个梦的出现，其实就是主人公对青春年代因自我压抑、缺乏激情而造成的爱情逝不再来人生悲剧的反省与忏悔。

接下来的梦，展现主人公被责斥犯有严重罪行（对世事无动于衷、对他人冷漠无情）时的情景，展现主人公目睹妻子与人交媾的情景……这，便是主人公内心深处一种"情感自责"的变态表现了：通过梦中人事对自己的控诉，而完成潜意识中的自我谴责。

最后，当终于发现人生顶点（功成名就、仪式庄严）其实"隆重而乏味、庄严而无聊"的时候，自然便开始了最后一个梦——温馨优美、恬静天然、和谐亲爱的人间至境——这就在生命哲学意义上，完成了一种升华、一种回归。

上述几个梦，似乎是毫无羁系的片段，实际上却有着作者在结构上的总体控制：现实中的埃萨克，是从"现在走向未来"、从住处到隆德去参加授衔仪式——一路行程中，无论是与女管家的龃龉还是与儿媳的同行，无论是灿烂的阳光还是朝气蓬勃的年轻人，也无论是老母亲的冷漠孤独还是儿子的乖戾荒谬……都在或正面或侧面或反面地寓意着埃萨克人生之途的病态；而内心世界的意识，则是从"现在回顾往昔"——以老年人的特定心态，与现实场景一一对应，逐次地通过回忆、梦境、幻象……来回顾、反省已经过去的一生岁月。

于是，现实线与意识线两者交替、彼此穿插、相互映衬，在表面非理性的迷乱中，体现了潜润其中的理性制约——这，就是"意识银幕化"的特征了。

此类影片并不乏见，像**霍尔斯特洛姆**执导的瑞典影片《我的生活像条狗》，**布努艾尔**执导的法国影片《白日美人》等，均可参看。

二、"意识流影片"

这类影片也追求内心世界的"真实再现"，但比较而言，其艺术构思更加接近于"超现实主义"。也就是说，它不仅在反映内心世界时"随心所欲"，在总体的外部现实故事的大框架方面，也不考虑时空逻辑，乃至排除理性把握，而且避免对生活的人为梳理与理性概括，以更全方位的"意识流"风格，向观众呈示既定的内容。

被伯格曼誉为"开创电影新语言的大师"的**安德烈·塔尔可夫斯基**编剧并执导的苏联影片《镜子》可称为此类作品的代表——

作者的家。作者的儿子依格纳特正在看电视。荧光屏上出现了医生为口吃病人治疗的画面。病人终于清晰而响亮地说道："我能够说话。"

这时，作者的回忆中，出现了幼时故乡的田野和母亲的形象。弯弯曲曲的小路经过橡树林，一直伸向远方。母亲坐在栏杆上，抽着烟，似乎在等待着父亲……

孩子们也在等待父亲的归来。"如果有人从那宽阔的灌木丛后面出现，并且朝房子这边走来，一定是父亲。"童年时的作者阿辽沙想着。

小阿辽沙若有所思地回头朝母亲看了看，走开了……

母亲站在窗前哭泣。后来，她从五斗橱里拿出一个本子，翻阅了一下。突然她被街上的喊叫声吸引了，从屋里走了出去。然后回来领孩子们。原来不远处的一座草棚着火了。

这燃烧的草棚就这样深深地印入了作者的记忆……

成年的作者不时回忆起母亲弯腰俯身在脸盆上，父亲用水罐向母亲头上倒水的和平宁静的生活情景……

就在 1935 年，干草房着火的那一年，父亲离开了家，再也没有回来。

作者的回忆中出现了母亲在印刷厂工作时的一次遭遇。清晨，母亲在街上跑着绕过一堵围墙。她匆忙跑进印刷厂，进入校对室，急着寻找昨天看过的一份大样，她显得十分恐惧：担心她看过的大样上会出现可怕的错误……

童年的村子里，熊熊燃烧的草房又出现在成年作者的眼前。

作者的思绪回到了现实。他的前妻带着他俩的儿子依格纳特来看望他。作者认为前妻很像自己的母亲。前妻则认为，就是因为这一点，他俩才分了手。

作者觉得近来自己与母亲彼此疏远了，为此，他感到痛苦，但对这种状况又无能为力。而前妻则同情母亲，认为在处理与母亲的关系上，作者错了。

朋友们在作者家中做客，其中有几个西班牙人。话题涉及西班牙。作者的思绪向着西班牙飘去。银幕上出现了西班牙内战的纪录镜头。

码头上，父母与孩子们告别。一个手里拿着布娃娃的女孩听到轮船的汽笛声惊恐地转过身去……

依格纳特在翻弄达·芬奇的画册。后来他合上画册，站起来向窗外凝视。

前妻要走了，她吩咐依格纳特别碰房间里的任何东西。这时，在依格纳特的幻觉中，出现了一间"空"房间。里面有两个妇女，其中一个穿着绿色天鹅绒连衣裙，坐在桌边喝茶。她请依格纳特从柜子里拿出一个本子，请他念其中的一段——

"……如果谈到我们的历史微不足道，那么，十分真诚地说，我决然不能同意您的看法。难道您没有在俄罗斯当前的境况中找到能使未来的历史学家惊叹的重要东西吗？……我以我的名誉起誓，我无论如何也不愿意变换我的祖国……"

这是 1836 年普希金写给恰达耶夫的信。

电话铃声把依格纳特从幻觉中惊醒——这是作者（即依格纳特的父亲）打来的电话。

与儿子通过话后，作者的思绪又飞回他那苦难的充满战乱的童年。

他似乎看到了他初恋的小姑娘，她的嘴唇总是有些干裂，他仿佛看到那年冬天，一个棕红色头发的小姑娘拿着皮包从四年级学生操练的靶场前走过。靶场上的阿辽沙和同学们正在操练。一个学生把手榴弹的弦拉开，把手榴弹扔到靶场上。军事教官扑过去抢手榴弹……教官艰难地倚着靶场的围墙走……棕红色头发的小姑娘笑着用手指触摸自己干裂的嘴唇……

银幕上再次出现军事纪录片镜头：苏联军队横渡锡瓦什湾，礼炮的闪光，布拉格广场上坦克正在编队，战士们行进着，苏联士兵从坦克里向布拉格市民挥手致意，莫斯科的欢迎场面……苏联新闻纪录片摄影师在柏林街头拍摄躺在地上的希特勒的尸体，一名挂着双拐的老战士倚着战壕的墙哭泣，原子弹爆炸，蘑菇状的原子弹烟柱……

现实中的作者正在与前妻谈话。

前妻劝说作者处理好与母亲的关系："……童年时代有过的一切都已经不可能了：你不再是那样的，她也不再是那样的了……她不需要你任何东西，她只要你再变成个孩子，让她能够把你抱在手上，保护你……"

于是，作者又忆起了童年时母亲为孩子们含辛茹苦的情景。

他仿佛又和母亲从莫斯科疏散到外地。秋天，母亲带着孩子们来到农村，找外祖母的老关系，想用首饰为孩子们换些口粮……

作者心中感到了一种酸楚，他再一次意识到母亲为了孩子们把一生都葬送了。他怀着负罪的心情对前妻说："我常常做一个梦。这个梦似乎迫使我回到我苦恋着的地方。40多年前我诞生在那里……每当我要走进去时，总有什么东西妨碍着我……我常常做这种梦……有时会发生一些事，我就不再梦见那所房子，还有我祖父房子周围的那些松树……于是我又会感到寂寞忧愁……我迫不及待地等待着重见那个梦……在梦中，我看见自己又变成了一个孩子，重新感到自己是幸福的，因为一切都在前面，一切都还有可能……"

现实中的作者躺在屏风后面的床上，他病了。

那位"穿绿色天鹅绒连衣裙"的妇女正在与医生谈作者的病况。

作者告诉那位妇女，他只希望成为一个幸福的人。

他又回到了童年。他似乎看见父亲和母亲并排躺在草地上。父亲问母亲："你想要男孩还是女孩？"

他看见母亲把童年的阿辽沙（作者）和妹妹玛丽娜从房子旁边带到田野上。远处，在田野那边，站着慈爱的母亲。

云杉的枝条遮挡了离去的母子三人……

"嘿——嘿!!"作者仿佛听到了自己童年的心声。

这部影片，便可谓典型的"意识流影片"了——

纵观它的表面，就如同面对一个不断翻转着的万花筒，其中众多五彩的画面，毫无规律地出现、任意地组合，将现实、梦境与幻觉，将现在、过去乃至未来……散漫地推涌到观众眼前，简直令人目不暇接。

它似乎根本不考虑观众的接受与否，只随着"作者"（可以理解为本片的实际编导者，也可以理解为作品中的一个人物）一己的意识流动，随心所欲地展示其头脑中的各种画面。在整部影片中，没有连贯的情节、没有完整的故事，甚至也没有确切的背景与鲜活的人物……一切，都在"梦与非梦"的融合里、现实与幻象的渗透中。其中，既有"作者本身的回忆与往昔之梦"，也有"回忆与往昔之梦中的作者"；既有梦幻中的"作者自己"，也有作者梦幻出来的"别人的梦幻（如儿子的幻觉）"……

可难道，它真是一场毫无目的与意向的纯心理学意义上的"意识流"吗？

它确实难懂。尤其对不了解本片之所以产生的时代状态、历史背景以及 20 世纪 70 年代苏联民众的总体心态的观众（乃至一些评论界人士）来说，它更如天书，玄秘至极。要读解此片，必须审视其产生的社会历史与文化的大背景以及这大背景下的人文心态。

本片拍摄于 1974 年，此时的苏联社会正处于一种历史性大变动的前夕。现实状态与理性观念之间的失调，传统意识与时代精神之间的冲撞，历史的回顾与当代的反思，人生信仰的迷失与国家命运的寻求等"形而下"与"形而上"的种种问题，都在强迫、半强迫地要人们思考、解答。

毋庸置疑，苏联有着辉煌的革命历程，在这历程中也凝聚、创造了史无前例的崇高、纯粹的革命理想主义精神，并以这种精神，鼓舞、指导着广大民众高唱战歌、同心同德地奋勇前进。但在这进程中，也发生了令人不堪回首、又永生难忘的惨痛悲剧。尽管如此，革命的理想主义并没有在民众头脑中丧失，人们为了祖国——母亲的不受屈辱、更加富强，依然奋勇前行，不惜流血牺牲。人们经历了战争，人们推动着社会……而到了 20 世纪 70 年代，历史却将一个新的"斯芬克斯"之谜摆到人们面前——

如何理解革命的过去与未来？怎样审视国家的功过得失？如何解决"自己"与"母亲"的关系？怎样才是健康幸福、和谐自然的生活——人们应该追求的理想境界？

这，确不是很好回答的问题，甚至也很难有清晰、确切的答案。也许正因如此，以朦胧含混的方式体现回答的复杂含蓄，倒正是一种最好的选择？！

无疑，《镜子》绝不是塔尔可夫斯基纯一己的随心所欲，更不是纯心理学意义上的"意识流"放任，而是将苏联历史的发展与个人命运的变迁融为一体，通过似乎个人的忆思梦幻，体现了一代人的历史反思与人文寻求。

在这个认知基础上，我们再体味一下影片似乎毫无理性把握的镜头或画面，就能洞察其间的某种既定内蕴了——

开头，儿子打开的电视中口吃病人的那句"我能够说话"，我们或可有两方面释义：

首先，通过口吃病人这句话，表示作者的"要有所说"。

其次，以儿子的形象及"刚刚会说话"这一意象，很自然便使"意识"流向作者自己的童年。

于是，这个开头，便起到了人文内容与艺术结构的双重作用了。

影片中间相当多的篇幅涉及"父亲、父亲与母亲的分离及那场突如其来的大火"，片尾处又用极温馨的镜头表现母亲与父亲并排躺在草地上的画面，其义何在？

——我们是否可以这样体味：母亲象征着祖国，而父亲体现为国家（政权）呢？

因意识流动而出现的那些纪录片画面，自然也不是纯客观的展示，而是含着作者对那些历史景观的审视与反思。也许有人会有别的解释，但有一点当是确切的——这种种的"历史纪录片段"，无疑是为"作者"个人的忆思、梦幻所作的背景诠释，意在告诉观众：影片不仅仅在反映"一个人"的私情，而是具有"一代人"的意识。

影片中，"作者"对美好童年的回忆以及那种"难以梦寻"的寂寞忧愁，也不是漫然之笔：初恋的小姑娘，那个特意强调为有着棕红色头发的小姑娘，有没有作者少年时代对革命的向往、对理想的追求的潜在寓意？

因此，"作者"对童年时代的眷恋、对"梦难再来"的惆怅凄伤，就没有当代"信念缺失"的社会内涵？

影片的主旨是表述作者对祖国的当代态度、对国家的未来憧憬。为此，它用大量篇幅、以儿子与母亲关系的变迁为意象，向观众作了明确的传达：母亲是伟大的，她经历了太多的艰难坎坷：她期盼离去的父亲的回来（通过与孩子们一起凝望远方的一组镜头），她饱受着严酷政治的控制（通过她在印刷厂诚惶诚恐、唯恐遭到迫害的画面），她为了孩子的生存而含辛茹苦地挣扎（以疏散到外地的一组镜头呈示）……种种的上述潜意识展示，向观众解析了"作者"对母亲（祖国）的情愫。于是，与母亲的当代隔阂，便在其间得到了消释。

影片以前妻（其实是"母亲"的另一种体现）的口，告诉"作者"："童年时代有过的一切都已经不可能了：你不再是那样，她也不再是那样的了"，但母亲毕竟是母亲，她将永远敞开胸怀，保护自己的儿女……

影片在最后，又一次表述了"作者"对母亲的情感以及对社会生活的憧憬：他对那位"穿绿色天鹅绒连衣裙的妇女"（又一个母亲的化身）祖露心声：只希望成为一个幸福的人。而幸福的象征就是——母亲与归来的父亲并排躺着，并与孩子们融合进大自然中。

这里有一个细节，体现了作者对父母态度的差异：父亲毕竟还是"父亲"（国家、政权的体现者），他仍在关心"要男孩还是女孩"的问题，而母亲则不然：只要是自己的孩子，无论男女，都应施予强烈的爱！所以影片最后一个镜头是母亲与一男孩一女孩三人站在地平线上，而没有"父亲"的身影。

唯恐观众不能理解这"意识"纷繁杂错的内容，影片特意让"穿绿色

（生命之色）天鹅绒连衣裙的妇女（母亲的意象）"请依格纳特（"作者"的儿子、又一代少年）朗读普希金的名言：

> 如果谈到我们历史的微不足道，那么，十分真诚地说，我决然不能同意您的看法。难道您没有在俄罗斯当前的境况中找到某些能使未来的历史学家惊叹的重要东西吗？……我以我的名誉起誓，我无论如何也不愿意变换我的祖国……

这，就是对全片内容的总结（尽管没有放在片尾处）了：对历史与时代的反思与审视，尽管十分沉重、苦涩，但是，对母亲的苦恋毕竟没有失去。"作者"坚信祖国的现在会创造出伟大的未来。

那"嘿——嘿"的强有力的童年的心声，不就是誓词与保证?!

其他带有"意识流影片"特色的作品，如阿仑·雷乃执导、新小说派作家玛格丽特·杜拉斯编剧的《广岛之恋》，如**谢尔曼·杜拉克**的《贝壳与僧侣》，如**布列松**的《乡村牧师日记》等，均可参看。

第四章
"表现"的理论定位

第一节 对"表现"的全方位认识

与"再现"重视对世界的客观反映不同,"表现"则强调人们对客观社会生活的主观感受与体验,它不重形似,而重神似。

具体而言,它尽管也是源于客观的社会生活的一种艺术方式,但它不特意追求所谓"客观性""逼真性",而追求客观世界在人们心目中的主观折射,或者通过强烈主体意识统摄中的对客观世界某种形而上的意象符码,以求达到对被反映对象的某种层面本质的解释。——对此,大家公认,没有歧义。

但在另一方面,认识便有所不同了——

有相当多的人往往有这样的误认:似乎一提到"表现",便一定与19世纪以来的西方现代派有关联,似乎"表现"只属于"现代派"手段,与所谓"表现主义"是同义词。这,就大有偏颇了。

实际上,在中外源远流长的艺术长河中,"再现"与"表现"一直是相辅相成、互为替代、彼此推动的。就如"再现"有多种方式、品格一样,"表现"也同样如此,比如与"再现"中的"现实主义"相对列的"表现"中的"浪漫主义",便是其方式、品格之一。

至于19世纪以来的西方现代派中的"表现主义",亦只是"表现"艺术长河中的一段流脉而已……

因此,将"表现"与"表现主义"混同起来,只能狭窄了作为艺术创作方法之一大类的"表现"的范围,缩小了它应有的内涵。

纵观中外艺术创作的历史流脉,就"表现"而言,大体可归纳为两种品格,在此姑且以"传统品格的表现"与"现代品格的表现"命名之。

两者的区分如下——

"传统品格的表现"的特征是浓烈的情感加奇丽的现实性想象。

"现代品格的表现"的特征是深刻的理念加怪诞的现代派意象。

下面,分别加以介绍。

第二节 传统品格的"表现"

中外传统艺术手法中,均有"表现"的体现。

另外,在中外艺术创作中,无论古今,均有"传统品格的表现"的存在并获得成绩。也就是说，不要以为进入 19 世纪以后，凡"表现"就只能属于"现代派"范畴。

传统品格表现的主要特征，可以用人们对"浪漫主义"的解释作替代性说明——即按照作者的主体感受或观念，"理想化"地反映和表现生活。它的基本原则是艺术地描写充满主观感受的对象，或对对象加以艺术地理想化地现实性描写。其主要特点是：普遍运用想象、夸张、对比等艺术手法，通过塑造独特、鲜明的艺术个性，表现强烈的主观情感与炽热的理想化追求。

简言之——浓烈的情感加奇丽的现实性想象。

它诉诸读者或观众的，不在于对客观世界的现实"认知"，而在于使观者透过某种情感的帷幕，去"感受"作者有意为之的既定意境。

与现代品格的表现不同的是，传统品格表现中的情感虽然强烈，却奠基于传统的人文观念、社会形态之上；其想象虽然奇丽，却从不超离人们正常的现实性认知习惯与思维逻辑，绝无"悖乱离奇、荒诞不经"之感。

比如古希腊荷马史诗对同时期社会生活的表现——

著名的《奥德赛》描写希腊英雄俄底修斯在特洛伊战争后还乡的故事：主人公在海上漂流了十年，没有到家。在这期间，有许多青年贵族觊觎他的财产，并向他的妻子求婚。第十年，俄底修斯漂流到斯刻里亚岛上，受到国王的款待。他向国王追述了自己的遭遇——先是在海上遇到风暴，部分伙伴被独眼巨人吞食；后来逃到食椰枣者的国土，这里的人们以椰枣为食，而凡过路的客人只要吃过椰枣就再也不想返回故乡。再后来，风神送他一袋礼物，当故乡终于遥遥在望之际，水手们以为袋中有财宝，把它打开了。不料里面装的各路大风飞了出来，又把他们吹离故土。他们又到了把人变成猪的女巫的妖岛，游历了冥土，经过了先以歌声迷人再把人杀死的塞壬岛，遇到了六个头十二只脚的女妖和藏在大漩涡下的女妖……俄底修斯和水手们一一克服了这些危险，来到太阳岛上。水手们却因违反了约束、宰食了神牛，被宙斯用雷霆击沉了船只，只有俄底修斯一人幸免于难。在一个海岛上，他又被仙女挽留了七年——后来，宙斯命仙女放他回乡，他才漂流到斯刻里亚岛……国王听了他的故事，送他还家……俄底修斯伪装成乞丐，杀死了妻子众多的追求者，终于与妻子团圆……

这首史诗中奇异的想象情境，实际上是表现了古希腊时期人们方方面面的总体生活：人与自然斗争的种种现象的寓言式体现；社会生活中人与人之间的矛盾以及阶级冲突。

从作品似乎超离现实的人事物象的"理想化"表述中，我们完全可以感受到当时现实世界中"本质"的生活内蕴——自然力量的伟大狂暴，人类在为求生存的斗争中所表现出来的无畏勇气，百折不挠的精神以及难免的种种缺点、误区乃至错误；社会各阶级的状况，为维护刚刚确立的私有权而进行的顽强搏斗，一夫一妻制已经获得社会的公认，为了确认奴隶制度而在奴隶主身上施加被理想化的各种品德和才干，航海活动已成为社会生活重要的组成部分……

总之，我们可以从这部并不"真实再现"的史诗中，了解古希腊社会现实生活中关于天文、地理、历史、社会、哲学、艺术和神话等全方位的知识，确切感受古希腊社会的总体的生活氛围。

再如我国古代诗人李商隐的《无题》：

> 相见时难别亦难，
> 东风无力百花残。
> 春蚕到死丝方尽，
> 蜡炬成灰泪始干。
> 晓镜但愁云鬓改，
> 夜吟应觉月光寒。
> 蓬山此去无多路，
> 青鸟殷勤为探看。

这首诗是表现爱情的名篇。但其中并没有多少直接描述爱情的词句，而通篇都是充满了作者主观情感的想象与联想的动人画面：以在春风中渐渐凋零的百花来表现爱人远去、难得再见的惆怅；以春蚕之丝暗指情人之思；以蜡烛之泪表现相思之苦；然后则以想象中爱人憔悴的面容与自己夜不能寐的情景相对照。最后，更用神话传说中仙山、青鸟的优美而感伤的艺术形象，表现作者对爱人的思恋与那种聊以自慰、无可奈何的心境……

而所有上述的想象、联想乃至幻象，虽然奇特，但又无一种是令人感到不可理喻、荒诞不经、反常悖谬的。人们都可以从中自然而然地体会、感受到极现实的生活内容。——这，就是典型的传统品格的"表现"了。

传统品格"表现"的篇章很多。如莎士比亚的浪漫篇章《仲夏夜之梦》之类……如我国表现型著名作品《牡丹亭》《倩女离魂》《西游记》……如童话型作品，像众所周知的《灰姑娘》《卖火柴的小女孩》……甚至新潮作品，如哥伦比亚作家马尔克斯的《百年孤独》，尽管是 20 世纪的创作，但其"魔幻"色彩中的艺术内涵，其实仍属于传统品格的表现范畴。

在百年电影史上，传统品格的"表现"作品也时时闪光溢彩。

比如 20 世纪 20 年代初法国的印象派电影，其代表人物**德吕克**便创立了印象派的美学理论，认为电影对现实生活的表现，应该以人们"初始印象"为基础，才可准确地传达，认为只有这种"印象"才具有最可靠的真实性。德吕克提倡电影艺术家大胆探索新的电影语言，去表现人物的心理活动，把现在、过去和将来相穿插，把现实与幻想相交融，对社会人生的反映，重视神似——只有神似，才更具真实性。

他亲自编导影片，来体现其美学理想。比如在《沉默》（1920 年）中，他试图以视觉性画面体现出主人公的内心世界、痛苦情绪；在电影剧本《西班牙的节日》（1920 年），以及他导演的《狂热》中，他更试图探索电影在表现环境和营造气氛方面的职能，使电影能利用环境气氛去渲染人物的心理状态；在《流浪女》（1922 年）中，他则用隐喻的形式来表现女主人公的生活悲剧。

人们往往将这一时期的法国印象派电影视为"现代主义"的组成部分，这里以为不妥：因为它的人文内蕴并不是建立在"现代主义"基础上的，而是遵循着传统的社会意识、哲学观念。

真正的全方位的"现代主义"流派，必须具备两方面因素：人文哲学方面的"现代派观念"与艺术展示方面的"新潮手段"。二者缺一不可，而又尤其以前者为主要评判尺度。

因此，还是将这一时期的印象派电影，纳入传统品格的"表现"范畴为当。

再如更闻名的 20 世纪 20 年代出现在苏联的"诗电影"，充分利用电影的艺术特性，将蒙太奇手段淋漓尽致地运用到影片内容的表现中，将极具主观感受、主体意象的"隐喻"方法大量体现到电影镜头之中，使表现的风格更加鲜明、使影片因这种种的表现手段产生了强大的艺术生命力……具体作品如经典影片《战舰波将金号》及《土地》《圣彼得堡的末日》《十月》等。

还如最早从**梅里爱**就开始，一直延续到今天的科幻、魔幻影片一浪又一浪的热潮，从《月球旅行记》《最初的月球居民》……到《时间机器》《两个世界的战争》《金刚》《超人》《海底怪兽》《星球大战》《侏罗纪公园》等，均是以"有意为之"的手段，"表现"现实世界、社会生活的成功作品。

或者还可以说，相当狂暴的出现于当代的一轮又一轮"灾难片"冲击波,也是传统品格"表现"篇章的体现,像《地震》《爆炸海神号》《摩天大楼着火记》《世界末日》《日本沉没》《地火危城》……以至《泰坦尼克号》等。

所有上述作品,尽管其表现形式各有不同,但就其艺术内在的品格而言,则都应归属于传统品格的"表现"范畴。

第三节 "现代派"品格的"表现"

要讲到现代品格的"表现",必然要先了解西方现代派艺术,尤其是现代派艺术中的一支——表现主义文学。

西方现代派是极富时代特征、深刻而广泛地反映了现代西方社会矛盾和人们心理的一个重要艺术流派。它确立于 20 世纪 20 年代。而溯其源头,则早在 19 世纪中叶的唯美主义文学中就已经萌芽。当时欧洲浪漫主义文学随着资产阶级民族民主革命的低落,逐步向唯美主义文学转化。美国的爱伦·坡和法国的波德莱尔被认为是现代派的远祖:**爱伦·坡**所倡导的使灵魂升华的"美",反说教、反自然的主张,对形式美和暗示性、音乐性的强调等,为后来的象征派诗人开了先声。**波德莱尔**的诗集《恶之花》(1857 年)的发表更是象征派文学的一个重要起点。它主张用有声有色的物象来暗示、启发微妙的内心世界,打破了浪漫主义和现实主义文学直抒胸臆、白描景物的老方法。这种导向内心和主观世界的倾向和反陈述、重联想和暗示的方法,后来就发展成为象征派和整个现代派文学的基本艺术倾向和特征。

20 世纪 20 年代是西方现代派文学确立并获得极大发展的时期。当时欧洲经历了第一次世界大战和十月社会主义革命,劳资冲突尖锐,社会矛盾深化,于是各种现代主义流派应运而生——后期象征主义由法国遍及欧美,以德国为中心的表现主义,以意大利为中心的未来主义,以法国为中心的超现实主义和以英国为中心的意识流文学……几乎同时出现。

它们的共同倾向是对西方社会"现代文明"的怀疑和否定,对内心世界和无意识领域自然主义地深入挖掘与剖示;在艺术手法上,则进行了广泛的各具特色的大胆实验、创新。这一时期,可以说是西方现代派举世瞩目、并有突出成果与重大影响的时期。

20 世纪 30 年代后期,以存在主义哲学为基础的现代派文学的新的品种逐渐昂扬,并在第二次世界大战之后的悲观气氛中,渐渐占领了文学(艺术)舞台的中心地位:如荒诞文学、新小说、"垮掉的一代"、黑色幽默等,虽各有特点，却无不带有存在主义的烙印。它们均反映了当代人对世界和人类存在意义的深刻怀疑，对传统价值观念的全面否定，同时，也表现了现代社会生活中的种种现实的矛盾。其观念的"离经叛道"，其手法的迥异不群，其格调的怪诞奇特……使这一时期的现代派文学（艺术）形成了再一次的高潮。

现代派艺术既然产生在现代社会的现实土壤中，那么，只要这土壤还存在，它就必定有其生命力以及特定的人文与艺术价值。因此，到目前为止，在全世界范围内，现代派文学艺术仍具有各方面的表现并产生着影响，就理所当然了。

要了解现代派艺术，应从两方面剖析：即在其思想内涵方面与艺术表现手段都有确切的科学的把握。两者缺一不可，否则就难免误解乃至歪曲。

在人文内涵方面，现代派的典型特征，可以用四种"异化"来概括。具体而言，就是指它们相对于传统的人文观念来说，在四种基本关系上表现出来的"扭曲"与"反常"，以及因此而生的精神创伤、变态心理、悲观情绪甚至虚无、绝望的世界观、人生观。

其一，就人与社会的关系而言，现代派表现出一种从个人的角度全面地反对社会的倾向。

个人与社会的正常关系本来是部分与整体的相辅相成的关系。但典型的现代派作者或作品中的主人公，总是自居于社会的对立面，以局外人、流亡者、刑事犯或精神贵族的身份，对西方现代社会的传统价值观念——宗教观念、伦理观念、审美观念、社会规范、道德规范等，进行全面的极端的攻击与否定。比如英国作家詹姆斯·乔伊斯所作《青年艺术家肖像》中的主人公说："流亡是我的美学，不管它的名字是社会、教会或是祖国。"在现代派对社会的攻击与否定中，尽管也有与传统作家、作品相同之处，但由于现代派艺术经常运用象征手法，于是，它们所反对的就不只是社会生活中的某些具体人事对象，而是整个现代社会乃至人类有史以来的"社会组织形态"。比如18、19世纪的传统作家（特别如批判现实主义作家）一般都是从"社会人""社会成员"的角度去揭露或批判某个具体的社会现象的，如专制的政体、官僚统治、道德腐败等，其目标都较具体明确，而现代派作家或作品则是从"纯个人""绝对自我"的与社会相游离乃至对立的角度，对现实社会作笼统的绝对的否定与攻击，因此，现代派的反社会倾向往往带有个人的、抽象的、全面的以致无目的的特征。这种特征，使现代派文学艺术能具有某种"别开生面"而"振聋发聩"的揭露社会现实本质的作用，但也常常因情绪的极端化与目标的模糊化，而含有某些误导性与破坏性。因为现代人之所以成为现代人，就在于与现代社会相融与共的关系。全面反对与否定你所寄身其间的现代社会，无异于想要提着自己的头发离开地球——尽管我们所赖以生存的这个地球并非很尽如人意。

其二，在人与人的关系上，现代派文学总是揭示出一幅极端冷漠、残酷、自我中心，以及人与人根本无法沟通的可怕图景。

法国存在主义作家萨特有一句名言："他人就是（我的）地狱!"这句话在某种程度上，可以看作是现代派在这个问题上的宣言。比如美国"垮掉的一代"便认为：到了20世纪中叶，人与人之间的信任已经完全丧失，人与人根本不可能产生沟通。相比而言，传统作家、作品中也揭露社会生活中尔虞我诈的人际关系，但它一般都局限于具体的条件、环境中，例如展示老板与工人、店员与雇员、资本家与资本家或某个好人与某种坏人之间，一方对另一方的斗争、欺诈、愚弄等。而现代派作家在其作品中，则从本体论哲学的角度对人性的沟通作了彻底的否定。如存在主义认为：个人的自我意识是宇宙和人生的中心，离开这中心，宇宙、人生便没有丝毫意义。而意识必须要有对象，别人与你接近，势必要将你作为他的意识对象，而你又必然反抗其意图，而要将他作为你自己的意识对象——由此看来，人与人的关系，从根本上说，只能是矛盾冲突、相互敌对、彼此防范的，因而绝不可能息息相通。这，就从人的本质上否定了人际交往的可能性，甚至取消了人类彼此了解的现实必要性。在以存在主义为哲学基础的现代派文学中，经常表现人与人不能沟通的主题。像有些戏剧中，把父子、夫妻、朋友、邻居……都处理成表面亲亲热热，而内心阴险毒辣的状态；或者明明应该亲密无间，却彼此"对面而不识"；等等。由于在这类作品中，描写的并非具体的"个别人物"，而是泛义的抽象的"人的原型"，其意向所指，就有了"形而上"的哲学内蕴了。

其三，在人与自然（包括人与大自然、人与人的本性、人与物质世界）的关系上，现代派同样表现出全面的否定态度。美国批评家**欧文·豪**在《文学艺术中的现代观念》（1967年）一书中指出：在现代派笔下，大自然消失了，它不再是一个独立的自在物，而成为人物意识的象征。确实如此——从波德莱尔到王尔德这些现代派的先行人物，都认为自然是丑的、恶的，只有人工（艺术）才是美的、善的。波德莱尔认为，一个艺术家的首要任务是向自然抗议；**王尔德**则说，艺术不是自然的镜子，而是对自然缺陷的抗争。对于人的本性的非人化现象，在现代派作品中是非常突出的。比如在卡夫卡的小说中，人不过是个虫子；在**狄兰·托麦斯**的诗里，男人缺臂断腿，女人像支凤笛，有的只是根燃烧的蜡烛；在法国新小说派笔下，则以"物"来取代人的地位；荒诞派作家更是酷爱将人贬低为动物……对于物质世界的敌对态度，也是从象征派到荒诞派共有的倾向。在这些方面，现代派的态度和浪漫主义者歌颂自然、肯定人的价值，现实主义者重视物质世界的态度是很不一样的，也正是从这些方面，我们可以感到现代社会中的特定人群在物质畸形发达的情况下，所受到的身心压迫、生命扭曲以及因此而产生的精神变异与危机。

其四，在人与自我的关系上，现代派作家更表现出前所未有的特点。他们对自我的稳定性、可靠性和自我的"意义"本身，都产生了强烈的怀疑。他们深受西方现代心理学的影响，认为自我的核心不是理性而是本能（欲望）和下意识，它变化多端、高深莫测。因此，他们的作品极力表现人物意识的复杂变化。而丧失自我的悲哀、寻找自我的失败，更是不少现代派作家作品的主题，像罗马尼亚出生的法国作家尤金·尤奈斯库在《秃头歌女》一剧中，男女主人公对面相处，不但现实中确有的夫妻关系在各自内心中不能确认，甚至连自己本人的身份也无从分明！捷克作家**卡莱尔·恰佩克**的《万能机器人》则描写现代人沦落为机器人，失去了人的本质，也就失去了自我的悲剧。美国作家**尤金·奥尼尔**的名著《毛猿》更是把自我归属的问题，看作人类永恒的命运问题：剧中的主人公、轮船上的伙夫扬克是现代人（同时是古代人）的象征，他在丧失了宗教信仰和与大自然的和谐后，精神上处于悬空状态，他不能前进，就企图后退，到动物园内与毛猿结交，不料毛猿也不认识他，用力一抱而使他受了重伤。作者自己在给《纽约时报》的信中，明确认为这个现代工人无所归属的问题，实际上象征着人类始终面临的命运问题，因而具有普遍的、永恒的意义。此外，对自我内部各个组成部分的分裂倒置，也是现代派作品中的常见现象：通常表现一个人物的理性与直觉、意识与无意识、意志与本能……的尖锐冲突，并且均站在后者的位置上，对前者进行彻底的否定与批判。这一点，在除现代派作家之外的任何作家作品中，是没有的。

总之，现代（尤其是西方现代）社会各种关系的恶性变化、畸形的物质文明对健康的精神文明的强烈挤压、现代人们对自身价值的反思与觉悟，是现代派文学艺术出现的社会温床。我们从上述四种扭曲变形的关系中，可以充分体会到这一点。这，对于我们理解生活与艺术的关系，从现代派艺术的成败中获得各个层面的借鉴，都是有裨益的。①

---

① 参见袁可嘉等：《外国现代派作品选》，前言，北京，北京燕山出版社，2006。

下面我们再从艺术表现手法上，来看一看现代派的特色。

尽管现代派艺术有各种各样的流派、各种各样的艺术旗帜，而其艺术表现的最基本的手段，或者说它们所共同遵奉的艺术美学，则大体相同。又由于"表现主义"这个流派的艺术特点、美学追求，在某种程度上基本上代表了现代派文学总体面貌，所以，在此我们观"表现主义"之一斑，当可在一定程度上明晓现代派整体的"全豹"。

表现主义作为一个流派，最早出现或曰形成于 20 世纪初的德国绘画界。其基本观点是：绘画不是自然的模仿，而应是画家感情爆发的表现；画家的任务不是表现客观事物本身，而是表现由客观事物所引发的主观激情；画面上可描写的物象只是作为作者的主观激情而存在，只是形、色、线三要素根据主观感情的需要而作出的抽象组合。于是，表现主义的绘画大都色彩鲜明、强烈而令人感到刺激和跳跃，线条和笔触大胆、奔放、粗豪有力而令人感到动荡不安，形体因扭曲、夸张而变形失真。

第一次世界大战前后，表现主义思潮在德国文学界引起反响，发展为表现主义文学运动，在诗歌、小说，尤其是戏剧领域，出现了一大批有影响的作家，如以《行动》杂志为中心的一批表现主义作家，像**恩斯特·托勒、盖欧尔格·凯撒**等。

德国的表现主义思潮波及同德国有传统关系的奥地利、捷克和瑞典等邻国，于是在这些国家内，也涌现出一些著名的表现主义文学家。奥地利的弗朗兹·卡夫卡可以说是表现主义小说家的代表，在其代表作品如《变形记》《城堡》《地洞》等之中，均形象地表现了剧变时代小资产阶级和知识分子的心理情绪，抨击了官僚体制。捷克作家卡莱尔·恰佩克则把科学幻想带进剧作和小说，以非同一般的艺术形式表现了自己对所处社会的憎恶与厌恶。他的剧本《万能机器人》象征性地表现了资本主义的盲目生产给社会带来的灾难，以其深邃的哲理和新颖的形式，在国内外激起了强烈的反响。

为德国和美国表现主义戏剧作家们所推崇和取法的前一代戏剧家，当属瑞典的**奥古斯特·斯特林堡**。他最先将诗歌创作中的象征主义方法引入戏剧，从而开了表现主义戏剧的先河，写出了欧洲最早的表现主义剧本，如《去大马士革》三部曲（1898—1904 年）、《鬼魂奏鸣曲》（1907 年）等。在《鬼魂奏鸣曲》中，作者让死尸、亡魂和活人同台出现，以揭示社会中人与人的非人关系。

20 世纪 20 年代初，欧洲表现主义浪潮涌入美国，引起了美国戏剧的革新与繁荣，出现了被称为美国戏剧之父的尤金·奥尼尔（1888—1953）这样伟大的作家。奥尼尔 1936 年获得诺贝尔文学奖，其代表作如《天边外》《毛猿》《琼斯皇帝》《悲悼》等，表现了现代美国的精神悲剧。在奥尼尔的左右还有**爱尔默·赖斯**（1892—1967）和**约翰·霍华德·劳逊**（1895—1977）这样一些有成就的表现主义戏剧家。赖斯的成名作《加数器》用夸张的富于奇想的舞台形象表现了人异化为机器之后，失去人的价值的悲剧。劳逊则在他的戏剧理论著作《戏剧与电影的剧作理论与技巧》一书中，对表现主义戏剧作了公允的评价与总结。

20 世纪 20 年代末，表现主义逐渐退潮，但始终没有在欧美各国销声匿迹。20 世纪 50 年代至 70 年代欧美广为流行的荒诞派戏剧，可以说是表现主义的又一次崛起。

而中国 20 世纪 80 年代，无论在小说、诗歌，还是在戏剧电影领域内，对西方表现主义的模仿、借鉴以及结合于本土的一些改动、创新，则可以说是表现主义在东方的再一轮的蓬勃。

表现主义的美学原则和艺术特征可以归纳为以下几点——

1. 表现主观感受

表现主义反对现实主义按照现实本来的面目描写现实的原则，主张表现外部世界在人们内心世界的折光，用主观感受的真实去代替客观存在的真实。如奥尼尔说："旧的'自然主义'，或者也可以说'现实主义'已经不再适用了。"德国表现主义的原则是：世界存在着，再去重复它就没有意思。他们的口号是："不是现实，而是精神。"

根据"不是现实，而是精神"的原则，表现主义者集中笔力在人的精神世界进行挖掘。在他们笔下，我们可以看到强烈的社会情绪、深刻的内心体验和复杂的乃至变态的心理。而且表现主义者在展示这些精神、情绪的时候，往往侧重于人们在当代社会中的那种极端的憎恨情绪、强烈的灾难感、无可诉说的孤独感以及迫害狂的病态心理与性变态心理等非理性的下意识活动，像《地洞》表现人们对现实世界的恐惧，像《变形记》表现人们强烈的灾难感、孤独感，像《城堡》表现现代人的虚幻感、无能为力感，像《毛猿》表现人们的无所归属感，像《在流放地》表现特定的迫害狂病态心理，以及像《悲悼》表现性变态心理，等等，都是表现主义的鲜明体现。

2. 表现内在实质

表现主义反对印象主义只停止在表面印象和自然主义只停止在表面现象上的倾向，主张突破表面现象而直取内在实质，跨越对于暂时的、个别的印象的抒写而展示抽象的品质与永恒的真理。"剥掉人的外衣，以便看到他深藏在内部的灵魂。"当时的批评家乌提茨对表现主义作了这样的评价："不是落下的石头，而是万有引力的定律。"表现主义与现实主义相反，它们所关心的不是"落下的石头"这种具体的、个别的现象，而是"万有引力定律"这种抽象的、普遍的本质。因此，在表现主义的作品中，其提出并加以讨论的问题，都带有哲理性的"形而上"色彩。它们喜欢在较大的时空范围内，对现实作整体的思考，讨论人生与生命的意义、价值以及难以健康实现的种种非表象的病症、具有本质深度的病因等。例如，在《群众与人》中表现人性与暴力不能兼容、个人与群众无法兼顾，在《万能机器人》中表现精神价值高于物质价值，在《加数器》《变形记》中表现人的普遍异化，在《鬼魂奏鸣曲》中表现人与人的相隔相仇，在《悲悼》中表现性意识的神秘莫测而又无所不在，等等。由于表现主义作品是以展示抽象本质为原则的，因此其中的人物，包括主人公，大都身世不明、来去无踪，甚至连具体的姓名都没有。《城堡》中的主人公不知来自何处，也不知为何而来，无名无姓，只用一个"K"来表示。同样，《加数器》中的主人公用"老零"表示，《群众与人》中的主人公用"女人"表示，而《鬼魂奏鸣曲》中的人物则分别用"老人""死人""木乃伊""大学生""上校""贵族"……来表示。一般而言，表现主义作品中的人物的性格大多没有发展，而且没有相对属于自己的个性，而只是某种社会情绪的体现，某个阶级、阶层、职业或类型人群的化身。

3. 有意为之的外在形式

由于表现主义注重内心世界、主观精神的表现，而这种内心的、精神的内容又难以直接诉诸观众（读者）的感官，所以它们就特别倚重使"主观外化"的种种艺术表现形式。于是，表现主义作品总是将情绪、体验、感情以及潜意识有意为之地化为可感可视的外在形象。比如在表现主义戏剧中，便常常采用内心独白、利用梦境展示人物的内心世界，常常利用特别"造作"出来的场景、布景来表现人物的下意识活动或特定的精神状态，常常以人体的大幅度的夸张乃至变形的形体动作来诉诸观众的感官、直觉，等等。有人就技巧角度给表现主义戏剧定义："把那些似乎是某人确实说过的话或做过的事记录下来是不够的，必须借助一种象征的语言或表演，加上布景和灯光，把他的思想、他的下意识的心灵、他的行为简括地表现出来。"① 就表现主义戏剧而言，就像色、线、形对于表现主义绘画一样，语

---

① ［美］约翰·霍华德·劳逊：《戏剧与电影的剧作理论与技巧》，邵牧君、齐宙译，154 页，北京，中国电影出版社，1961。

言、布景与人物形体表演是其直接表现思想情感的三个要素。这个特点，在表现主义的其他艺术品种，如小说、诗歌中，同样存在。而在电影中，则更为突出、明显。

4. 变形与象征的广泛运用

通过变形所呈现的怪诞景观和通过象征所传达的抽象意蕴，是表现主义篇章的主要技术手段。用象征的手法表现抽象的哲理，是表现主义的另一个显著的特征。

比如象征性的人物（或曰"主人公"——因为有些作品中的"主人公"并不以"人"的形象来体现）。在《群众与人》中，"女人"无疑是资产阶级人道主义的象征；"男人"则是资产阶级专政机器的象征；而"无名氏"显然是主张走俄国十月革命道路的斯巴达克派的象征。

比如象征性的环境。在《城堡》中，表现主人公 K 为了进入城堡所做的徒劳无益的努力。而构成主人公活动其中的城堡，则不知在何方何地、处在哪个时代，只是一个抽象的象征物，象征着虚幻的世界和官僚政治。在《万能机器人》中，构成人物活动环境的则是一个机器人主宰一切的世界。这里，当然是象征的意蕴了——它们象征着被人们生产出来却给人们以压迫的物质文明。

比如象征性的情节。在《变形记》中，主要情节就是主人公一觉醒来竟变成了一只大甲虫，以及因此而生的各种奇异而悲惨的故事。无疑，人变成甲虫是象征性情节，这个甲虫所经历的种种境遇也是象征性情节，它们都在寓意着现代社会中"人异化为非人"的这种普遍事实；《加数器》中的老零生前由于机器代替了他的工作而被解职，死后升入天国，而在那里仍被分配操纵一架叫作"宇宙洗涤器"的机器，成为一件永远不可摆脱的机器的附庸、配件。其象征意义则是——现代工业社会中"物质"对人的压迫以及人沦为物质（机器）从属品的残酷现实。

比如象征性的布景、场面描写或舞台形象。在表现主义戏剧中，舞台上展示的一切都可以是象征性的，从人物的动作、音乐、灯光、声响效果到布景道具，都往往具有象征品格。像《毛猿》中，主人公扬克虽然长得粗壮高大，但当他故意用自己的身子去碰文弱纤巧的绅士和他们的夫人时，却被对方轻易地撞倒在地。这个舞台动作，便象征了社会统治阶级势力的强大以及在这个势力面前普通劳动者无能为力的状态。在《鬼魂奏鸣曲》中，则用一张总也摆不平的桌子来象征令人讨厌的世界，亦达到简洁而鲜明的艺术效果。

从上述对西方现代派以及表现主义文学的介绍中，我们已经可以清楚地把握现代品格的"表现"手法的基本特征——

它与传统品格的"表现"相同之处是：对客观世界的反映不求形似而注重神似，并都具有强烈的主观情感色彩。

而现代品格的"表现"有异于传统品格的"表现"之处则有两方面——

其一，它对人生、世界的哲学认识与价值评判，与传统品格迥然有异。而且，现代品格的"表现"常以种种意象符号体系，在具体作品中进行"形而上"的哲理性思考。

其二，它具体的表现方式往往不依常格，而采用夸张、变形、象征等种种"变格"手段，将现实世界意象化，乃至抽象化，进而使读者（观众）在超离"世俗"的新异视点上，对"别开生面的世俗"有一种重新的审视与本质的认知。

现代品格的"表现"对于丰富文学艺术对人生与世界的表现手段，无疑有重大的积极意义。当然，任何艺术表现手段都要在本质上符合人们对客观世界的认知规律与思维逻辑。过分追奇求怪，以手段代替目的、因形式牺牲内容，便会适得其反。这一点，是我们了解与运用任何一种品格的艺术手段时都要注意的。

"表现"的具体手段基本上可以概括为四种——情境化、幻境化、象征化与变形化。

这四种手段，既可应用于传统品格的表现之中，也常应用于现代品格的表现之中。但就一般而言，前两种更多地体现在传统品格的表现中，而后者则在现代品格的表现中居多。

当然，上述四种"表现"的手段，在具体影视篇章中也并非截然分开、单兵作战，而往往相互交融、彼此配合，不过常常以某一种为主而已。

下面的章节，为了介绍方便，将对上述四种手段分别作具体介绍、说明，望读者不要因机械理解而受其限制。相反，应该在融会贯通基础上"为我所用"。

第五章
"表现"(一)：情境化

第一节　"情境化"的理性阐述

何谓"情境化"？

就是通过情与境有机结合成整体艺术形象，达到不以叙事传达为主，而以氛围感染为主的审美目的的一种艺术表现手段或曰方法。

"情境化"也常被称为"意境化""诗化"。

我国近代的王国维对此多有论述，他将情境分类为两种："有有我之境，有无我之境。'泪眼问花花不语，乱红飞过秋千去'……有我之境也。……'寒波淡淡起，白鸟悠悠下'无我之境也。有我之境，以我观物，故物皆着我之色彩；无我之境……不知何者为我、何者为物。古人为词，写有我之境者为多，然未始不能写无我之境，此在豪杰之士能自树立耳。"

王国维特别推崇那种自然而然的情境："'采菊东篱下，悠然见南山。山气日夕佳，飞鸟相与还。''天似穹庐，笼盖四野。天苍苍，野茫茫，风吹草低见牛羊。'写景如此，方为不隔。"

另外，他又论道：**"境非独谓景物也。喜怒哀乐，亦人心中之一境界。故能写真景物、真感情者，谓之有境界。"**[①]

王国维上述之言，讲出情境的两种类型："有我之境"即指有明显的作者主观情感左右的情境；"无我之境"则指表面上没有作者情感左右，而呈浑然天成的那种艺术境界。同时，他将"心境"与"物境"并列，均视为"情境"之"境"。

以上两点，对我们是有极大启示的——

第一，"有我之境"与"无我之境"的提出，拓宽了我们理解"情境"这一概念的视野。

在相当一些影视理论著述或篇章中，论及"情境"，往往想到"诗化"，进而马上联及 20 世纪二三十年代苏联的"诗电影"，似乎情境影片只体现在采用大量隐喻镜头与刻意为之的蒙太奇的那种作品中。这，就未免偏执了。

实际上，"诗化"所形成的"情境"品格，要广泛得多。苏联 20 世纪二三十年代的"诗电影"可属于"有我之境"篇章，而一些没有明显人为编排、营构，而充满艺术境界的作品，则属于"无我之境"的体现。

---

① 以上引文，分别见（清）况周颐、（清）王国维：《蕙风词话·人间词话》，191 页、212 页、193 页，北京，人民文学出版社，1960。

简言之：情境可以在"诗化"作品中体现，也可以在"散文化"篇章内生出。比如日本影片《伊豆的舞女》，并没有什么隐喻镜头，也很少刻意的蒙太奇编排，但是它所蕴含的优美婉约的情境，谁能否认？哪个不为之感染？

第二，王国维的"心境"亦为"境"的提法，对我们今天的创作构思也是极有启示的：我们可以创作物境与人情相与为一的"情境"作品，也可以只以人物内心的情感世界为创作中心，体现出某种特定的艺术氛围。

比如苏联影片《岸》，以表现人物的内心感受作为全片的重心，不也是公认的乃至经典的"情境"之作？！

下面，我们对"有我之境"与"无我之境"分别加以介绍——

一、"有我之境"

"有我之境"，即指那种明显有着作者的艺术营构与情感引导，使观众获得作者既定的艺术感染或感悟的"情境"体现。

由于一提此类情境，人们必然要联及 20 世纪二三十年代苏联的"诗电影"，因此，要对此类"情境"有准确的把握，则有必要了解一下"诗电影"及受其影响的后继作品发展、演变的流脉。

20 世纪 20 年代中期，苏联著名电影导演爱森斯坦以其不朽的杰作《战舰波将金号》，充分体现了其美学理论、艺术主张，引起了世界影坛的震动，标志着苏联"诗电影"的兴起。后来，随着《母亲》《土地》《成吉思汗的后代》《兵工厂》《圣彼得堡的末日》及《帝国的废墟》等影片的出现，苏联"诗电影"发展到高潮。"诗电影"的特色主要体现在镜头间的"隐喻"与非止于技术层面的蒙太奇组织。

20 世纪 20 年代，苏联电影还没有声音，其思想内涵不能依靠人物的对话和复杂的情节来表现，而主要是通过各种拍摄对象的造型比拟来作暗示性说明。这就很自然地使默片接受了"诗"的表现方式：即通过不断变换又有内在联系的"意象"来转达既定的艺术内容。而这一点，也便很自然地以镜头间的"隐喻"体现到电影中。隐喻确实具有简明而又生动的艺术传达、感染功能。

所谓隐喻，就是通过镜头画面之间的相类相似关系，以喻体说明被喻体，进而使观众获得确切而鲜明的形象体会。比如用高大的青松隐喻革命烈士的永垂不朽，用大海的波涛形象地体现悲壮的心情……毋庸赘言，当这些隐喻第一次出现在银屏时，它们的艺术效果是相当成功的。

在《战舰波将金号》里，隐喻运用得十分成功：在表现人民大众反抗沙皇的过程中，影片便以三个石狮子的特写快速组接——石狮子在伏卧，石狮子已经抬头，石狮子前身跃起——简洁明快地表现了人民群众革命斗争的三个阶段；再如在影片最后，水兵起义虽然失败，但银幕上却出现了这样的镜头："波将金号"高大的船头正向着观众迅猛开来，船头越来越大——以其威武高大、不可阻挡的气势，喻示了革命的难能阻挡、人民大众的必定胜利。

隐喻离不开蒙太奇，但蒙太奇却不一定与隐喻连在一起。20世纪20年代的苏联电影大师爱森斯坦与普多夫金深入研究了蒙太奇，将它从一种单纯的技术手段，升华到艺术表现层面，乃至升华为电影艺术思维的一种特定方式，而且在一定程度上，它已不仅仅是"形式"，而本身就已经是"内容"，这，就进一步奠定了蒙太奇的美学基础与艺术功能。

于是，除了与隐喻相配合以产生特定艺术表现力之外，具有艺术匠心的蒙太奇自身也能独放异彩。

比如在著名的"敖德萨阶梯"这一段落中，蒙太奇的艺术体现便举世瞩目、尽人皆知：人体运动与机械运动，混乱的运动（人群）与有秩序的运动（士兵），向下的运动与向上的运动，全景的运动与特写的运动此起彼伏，一浪高过一浪……尤其是为了突出沙皇军队的残忍及那场血腥的屠杀，爱森斯坦有意地进行了延时性剪辑，两分钟的现实生活镜头竟至延长表现了十分钟之久：在事件的描述中，不断插入细节描写与重复性镜头。于是，灭绝人性的沙皇士兵、怀抱婴儿的勇敢妇女、倒在血泊中的孤弱群众及那只滑落的婴儿车……都深深地铭刻在了观众的脑海中。在这段剪辑中，爱森斯坦打破了逻辑，扩展了时间，选用了无数强烈刺激观众的紧张"瞬间"，充分体现蒙太奇的艺术魅力，创作出了经典性段落。

"诗电影"因着隐喻与蒙太奇的有意而自然的运用，确实能营构出极具艺术情境的篇章。但是，在其探讨、演进过程中，也有过值得我们借鉴的教训。

具体言之，有三个问题需要注意——

其一，在内容与形式的关系上，如果能从内容、从生活出发，去寻找适当的蒙太奇及隐喻的形式，则能获得艺术上的成功；而若脱离内容、过分夸大蒙太奇与隐喻的作用，则只会失败。

其二，在隐喻与叙事的关系上，若一味追求纯粹的隐喻而忽略乃至脱离叙事骨架，则必然失败；若能将适当的隐喻纳入连贯的叙事主线中，则两者便能相得益彰。

其三，在感性与理性的关系上，若只从抽象的理性出发，利用隐喻热衷于逻辑推理而忽视感性形象，则必定失败；若能以生活为依据，从确切灵动的感性出发，在隐喻中自然地传达出理性的概括或启示，才可能成功。

"诗电影"的旗手爱森斯坦及普多夫金在上述三方面成功或失败的体验，使后来的苏联电影受益匪浅。虽然"诗电影"很快被"散文电影"替代，但是它通过有意为之的艺术营构、以情境感染观众的审美特色，还是自觉或不自觉地被后来的电影工作者承袭了下来，从而形成苏联电影一般都重视情境、氛围，往往渲染抒情性诗意的总体风格。

而这种风格，更影响了当时与日后的国际影坛，致使相当一批"有我之境"的优秀影视作品出现并获得观众喜爱。我国 20 世纪 50 年代的相当一批影片，都有着"苏联风格"的影响，乃至 20 世纪 80 年代中后期的影片《黄土地》《大红灯笼高高挂》等，都明确显示着作者有意为之的特定的艺术情境，可以说是"诗电影"经过自我完善、更趋成熟的当代延续了。

另外，作为一种艺术品格，像法国影片《一条安达鲁狗》（1928 年，导演布努艾尔）、《名字卡门》（1983 年，导演戈达尔）等具有现代人文内蕴的作品，尽管其情调、风格有所不同，其艺术展示方面的成功与否尚可讨论，但作为有意为之的"情境"之一种，还是应该正视，并加以研究的。

二、"无我之境"

"无我之境"只是有别于前者的一种提法。因为任何艺术作品都不可能没有作者自我的浸润、主宰，只不过有明显与潜在的区别而已。因此，"无我之境"即指那种表面上没有作者耳提面命，而使观众自然而然地接受既定感情或感悟的情境体现。

举个小例子，比如唐代**王维**的《辛夷坞》：

木末芙蓉花，
山中发红萼。
涧户寂无人，
纷纷开且落。

在这首小诗中，没有作者明显的主观情感，也没有通过隐喻或人为的蒙太奇剪辑，"强迫引导"读者作符合诗人既定意向的人文觉悟与审美感受，而似乎是客观地在读者面前展现一幅寂寥清空、超离尘世的艺术画面，让读者自然而然地进入这种审美境界，静心体会出其间的内涵。——这，就是"无我之境"的艺术情境了。

"无我之境"与"有我之境"的区别是：后者是在叙事本体的外壳上配以特意为之的隐喻及蒙太奇等"诗化"包装，使观众"被迫"接受；而

"无我之境"则是叙事本体就浸润着诗的意境，以一种"天然去雕饰"的诗化，使观众自然而然地接受。

在某种程度上，我们可以说："无我之境"比"有我之境"来得更自然老练、更高明圆熟，也便更难能可贵。"最高的技巧是无技巧"，在表面"无技巧"之中蕴含着浑然天成的技巧，确是此种情境的绝妙处。

在影视创作中，此类情境作品，最早可以追溯到 20 世纪初、瑞典导演**维克多·斯约史特洛姆**（1879—1960）的《赛尔日·维根》（1917 年）：它以 1807—1814 年半岛战争为背景。描述主人公挪威男子赛尔日·维根为使妻子女儿免受饥饿，历尽艰辛，驾小船到丹麦弄粮，归途中却被英国巡行舰拦截。舰长不顾他的苦苦哀求，将他投入监狱。他五年后获释回到家中，才知妻女早已饿死。几年后，赛尔日在大风暴的海上救起了一船人，并认出这船的主人就是当年迫害他的英国舰长。此时，舰长及其家人的性命都掌握在维根手中。于是，矛盾的感情——复仇的渴望与救援落难者的义务之间的强烈冲突便形成了本片的高潮。最后，赛尔日以慷慨大度回报了那个英国贵族，游艇扬帆而去，升起挪威国旗以示临别的敬礼……

这是有意识地利用北欧大自然景色的戏剧效果与诗意价值的第一部影片：其外景开始作为人物命运的一个决定性因素被引入了剧情，导演没有特意追求任何人工的视觉效果，而只是将题材中所蕴含的内在的诗意自然而然地表现出来。

另外，在影片中，充分表现出导演长于展露大自然原始之美的素质，大自然已经转化为一个真正的戏剧元素，而不仅仅限于作为情节的背景。这就对表现人物的内心世界起了巨大的烘托作用，也大大地加强了影片的戏剧效果与抒情性。

我国最早追求诗意情境的导演，当推**费穆**。他的代表作品《小城之春》（1948 年）标志着中国风格的诗化电影的诞生。

影片故事很简单：在江南颓败的一个家园内，住着郁郁寡欢的女主人公周玉纹和她患有肺病、又有点儿神经质的丈夫戴礼言。丈夫整天在被战火破坏的残垣断壁的家园内晒太阳，似乎没有勇气活了。做妻子的她，麻木地每天重复着家庭义务和对丈夫的责任：上街买菜，给丈夫抓药，闲下来则绣花。忽然，丈夫的朋友，同时又是她的初恋情人，做医生的章志忱来到这个家庭中，就像在死水中投进了一颗石子，激起了轻微的波澜。随着男女主人公心底爱情的复燃、炙热、又熄灭下去，经历了短短的几个白天与夜晚，章志忱离去，这个家庭又恢复了往日的平静。影片结尾是周玉纹目送章志忱渐渐远去……

这部影片并没有什么大的命题，也没有什么具体的社会指向，它只是表现一种"剪不断，理还乱"的意境。联系当时的社会背景，充其量可以说是表现了战后知识分子的一种苦闷心理。如果更宏观地解释，当然也可以视为它表现了进入文明社会之后，具有一定共性的人的困境与无奈。

但是作品的艺术贡献却是重大而突出的：它创作出了一种具有中国特色的诗意氛围，进而可以说开创了中国特色的诗电影。在《小城之春》中，映现在银幕上的已不是现实时空中的一个故事客观的发生、发展过程，而是一种浸润着既定情感氛围的诗情画意，具有一种中国画特有的艺术神韵。

费穆在论及自己的艺术创作时便讲道："中国画是意中之画，所谓'迁想妙得，旨微于言象之外。'"并提出了电影导演进行艺术创作的最高境界："导演人心中应常存一种写中国画的创作心情。"

简言之，中国诗化影片追求的不是客观的真实的"物境"再现，而是具有某种情感氛围的"情境"的表现，而且这种表现，还要避免明显的人为痕迹，让观众自然而然地沉浸其中，丝毫感觉不到被人牵引。

此类情境作品，在影视作品中，已不胜枚举，像苏联影片《岸》《雁南飞》，像日本影片《伊豆的舞女》，像我国影视作品如电视剧《如意》，电影《城南旧事》《巴山夜雨》及《红高粱》《双旗镇刀客》，等等，均是。

在此，有必要提醒一句：不要以为一提"情境"片，就认为非"蕴藉婉约、含蓄优雅"者莫属。

实际上，"情境"也应该是多种多样的：它可以婉约，却也完全可以豪放；它可以浓如熊熊烈火，也可以淡如袅袅轻烟；它可以让人看后拍案而起、怒发冲冠，也可以使人看后长久静默、沉思不语……

比如我国影片《黄土地》的深沉厚重、不无苍凉与《红高粱》的雄浑热烈、亢奋激昂便绝不相同；比如苏联影片《岸》的苦涩凄凉、凝重感慨与同是苏联影片《土地》的明朗鲜亮、激动热情亦不可同日而语。

对此，我们应有全面的了解才是。

第二节　"情境化"作品例析

例析之一：《一条安达鲁狗》
法国影片，1928年出品
编导：路易斯·布努艾尔

剧情简介：
空荡荡的街道。胸前挂着一个方盒子的骑车人迎面而来。路旁一幢小楼里有个姑娘正在读书，她与眼睛被剃刀切开的那个姑娘似乎是一个人。听到窗外的车声，她走到窗前，看见骑车人摔到沟里，满身污泥。姑娘急忙下楼，跑到骑车人身边，与他狂吻……

卧室。姑娘站在床边，打开骑车人带来的那个盒子，取出一条领带。在卧室的另一边，骑车人以略带恐惧的目光注视着自己的左手：手上爬满了蚂蚁。姑娘惊恐万状，捂住嘴。

从蚂蚁的特写镜头化入另一个躺在海滩上的姑娘腋下汗毛的特写镜头，再化入轻摇的海胆。随后这个姑娘的面部进入镜头内。镜头拉开——姑娘却又在人群中，这群示威者正企图强行通过警察设立的路障。

摇进俯拍的镜头：一个颇有阳刚之气的女人用手杖拨弄地上一截血糊糊的断手。叠印：警察驱散示威者。警察把血糊糊的断手放入盒子里，递给那个女人。

镜头转向人群中的姑娘，现在她已是独自一人。突然一辆车驶来，把她轧成两段，接着又撞倒了那个颇有阳刚之气的女人……

临窗而立的原来的那个姑娘和骑车人目睹了大街上发生的游行示威与车祸。突然，骑车人抓住姑娘的乳房，口水流到乳房上。他那淫邪的目光和猥亵的动作吓坏了姑娘，她极力挣扎，躲到桌后。男人弯腰挥起两根绳子，套在肩上，费力地向姑娘走去……镜头稍摇，呈现出绳子另一端拖着的重物：南瓜、神学院的两个修士和两架三脚钢琴，钢琴上堆满了腐烂的驴肉和驴腿。

姑娘夺路而逃，跑入另一个房间，关门时把追上来的男人的手夹在门缝中。特写镜头：手上爬满了蚂蚁。姑娘转身观望——房间似乎还是那间卧室，床上躺着一个男人，手还夹在门上……

在楼梯平台上又出现了一个男人的身影。姑娘开门后，他径直走到床边，粗暴地拉起躺在床上的那个男人，让他罚站。这位后来者走到桌旁，拿了两本书，然后让靠墙站着的男人交叉双臂，两手各举一本书作为惩罚——而这两个人的相貌却完全相同。随即，书变成了左轮手枪。后来者在枪口的逼迫下乖乖地举起了手，随后应声倒下……

全景镜头：草地上的裸体女人。倒下的男人企图抓住女人裸露的背部，但终因伤重，无力地倒下，死了。

镜头又回到原来的卧室。姑娘望着一面墙，墙中央出现呈骷髅状的黑色蝴蝶。突然，出现了一个穿斗篷的男人，随即看到他牙齿脱落、嘴唇消失、唇部长出黑发。惊呆的姑娘把粉盒掉在地上。她走出房门。

门外竟是海滩。最早骑车出现的那个男人迎面走来。两个人搂抱在一起。海滩卵石上散放着几件物品：衣领、斗篷、裙子、布帽和盒子。两人相拥着向前走去，身影渐远……

天空中出现大写的文字"春天"。随即，海滩变成无际的沙漠。沙土埋至男人和姑娘的胸部。他们双目失明，衣衫褴褛。这时，阳光灼热，昆虫咬人……

作品赏析：

这是一部特点十分突出的具有现代品格的"情境"片。

要想通过某种现实的故事线索或生活逻辑，从理性出发来"认识"本片的人文内涵，必定徒劳。因为它本来就只是让观众"感受"，而非"认识"的。

"没有超现实主义，就没有《一条安达鲁狗》。"这是在《超现实主义革命》上的本片编剧兼导演布努艾尔的自白。因此，只有了解什么是超现实主义，才能读解、把握这部影片。

在 20 世纪 20 年代欧洲先锋派文艺运动中，脱胎于早期达达主义的超现实主义独领风骚，成为声势浩大的一股激流。超现实主义追求"诗意应导向一种境界"的美学理想。其社会学目标则体现在布勒东发表的《超现实主义宣言》中：主张摧毁旧艺术，抛弃资产阶级道德准则，鼓吹精神的自主，认为理智、道德、文化、宗教、社会等都是人的精神和本能需求的桎梏，只有以本能的叛逆力轰毁它们，才能真正"解放精神"。超现实主义强调改造世界和改造社会的唯一道路是改变每个人的意识，唤起被社会压抑的潜意识或曰"生命冲动"。在艺术创作上，则提倡以直觉为依据，以即兴的"行文自如"的方式进行创作，进而使意识与无意识中的经验王国完美地结合，直至使梦幻世界与日常的理性世界共同进入"一个绝对的现实、一个超现实的世界"。也就是说，它重视的是"感觉的境界真实"，而并非"理性的真实境界"。

超现实主义的先驱劳特雷阿蒙说过："一把雨伞和缝纫机在手术台上相遇，这也是美。"这句话是当时超现实主义的"法言"。当然，这里所说的"美"绝非日常人们所说的"漂亮"，而是指一种审美之"美"。

在《一条安达鲁狗》中，这种"美"就明显是作者的"有意为之"：锋利的剃刀竟然是为切开姑娘的眼珠；男人的手上莫名其妙地爬满了蚂蚁；男人要猥亵姑娘却突然被绳索上的南瓜、修士与三脚钢琴拖住；书竟然变成手枪；血迹中飞出蝴蝶；从房门走出就来到了海滩；海滩又随意地一下子变成了沙漠；天空出现不可能有的文字；外部世界突如其来、莫名其妙的转换、叠化；人物似是而非、似非而是的分割又复合；人际关系的朦胧恍惚、离奇怪异等，它们到底要叙述一个什么故事？它们究竟要介绍怎样的现实生活？没有人能确切回答。或者说根本不可能确切回答！

但有一点则毋庸置疑——上述映入观众眼帘的一系列影像画面及其组合，其种种隐喻以及毫无章法的蒙太奇，虽然"天马行空，毫无羁系"，却从整体上给予人们既定的"情境感受"：荒谬、离奇、残酷、丑陋、触目惊心又不可理喻。而这，不正是作品的题旨所在？！不正因此，使人们在强烈刺激下，"震醒"了在日常生活中已经麻木的灵魂？！不正因此，使人们"感觉"到现实社会、日常人生的本质的真实、正常中的荒诞，体现出了当时的那种"世纪的病症"？！不正因此，使人们"感触"到潜润上述影像之中的青年知识分子被压抑的愤怒与不无扭曲的反抗？！

而所有这一切，便自然产生了一种特定艺术情境，进而获得了既定的审美效果。

《一条安达鲁狗》的情境，可谓"有我之境"的极端体现，其隐喻的繁杂、艰深（或曰艰涩）与蒙太奇的"为所欲为"，确是前无古人。

但事实上也证明：很少来者。

从中，我们便可以认识到一点：隐喻过于艰涩、隐晦，蒙太奇过于离奇、古怪，乃至于影片从整体上就有一种"强迫观众""超离观众"的架势，便难免有生硬造作之嫌、不易接受之病。这，便需要我们有所借鉴了。

例析之二：《土地》
苏联影片，1930 年出品
编导：亚历山大·杜甫仁科

剧情简介：
盛夏。美丽富饶的乌克兰大地：果园、菜地、向日葵和罂粟花，还有菜园外的一片成熟的庄稼地。果园里，地窖旁的一棵苹果树下，在熟透后落了满地的苹果堆边，瓦西里的爷爷谢苗，穿着洁白的衬衫，躺在一条干净的老式地毯上，年迈的面孔显得十分慈祥。草地上的苹果堆旁，坐着一个咿呀学语的孩子，正张着嘴巴，想用刚刚长出来的小牙啃一只苹果，但那小嘴却怎么也放不进去它……

这时，孙女端着一碗老爷爷最爱吃的洋梨走来。

"还是吃点什么吧？"老爷爷望着亲人们，自言自语。他拿起一只梨，刚轻轻咬了一口，就感到心脏跳动慢了下来。他意识到这是征兆，便捋了捋胡须，看看大家，把手往胸前一放，微笑着说："好了，永别了，我要死了……"老人就慢慢地安详地躺下来，去世了。

晌午的天空没有一丝云彩，万籁俱寂。只有三两只苹果落到地上的软绵绵的声音。向日葵一动不动，像群美丽的孩子，高高仰起金色的小脸朝着太阳……

亲人们没有感到特别难过：事情发生得很自然。亲人们看着老爷爷，没有痛苦也没有悲伤。晚辈们只是陷入一种难以名状的激动——他们感到了生命的庄严的奥秘。

爷爷脸上显出安详的笑容……

篱笆墙外，电光闪闪，暴风连根拔起了百年橡树，雷声划过夜晚的寂静，传来阵阵骚动声。富农分子别洛坤撕扯着身上的衣服，抓着自己的头发……绝望使他透不过来气。仇恨震撼着房屋四壁。狗在哀号，马也不安地在马厩里打着响鼻、踏着蹄子……

十月革命给村里带来了集体化。别洛坤如丧考妣，他咒骂着新政权、庄稼和土地，甚至屋外的倾盆大雨。他恨不得杀死农村通讯员瓦西里——因为他揭发了他们一伙的破坏活动。

在村头景色秀丽的山冈上，可以望到对岸的风光。在一座没有翼片的高大风车旁边聚集着村里的人们。天气晴朗，蔚蓝色的天空衬托着少女白色的衣裙。衣襟上美丽的花饰令人羡慕。小伙子们都穿上节日的盛装。人们向田野的方向激动地张望、期待着……

一辆崭新的拖拉机，由瓦西里威武地驾驶而来。车上的小伙子们风尘仆仆、汗流浃背，黝黑的脸上闪烁着洁白的牙齿，一派自豪——这是来到乌克兰大地上的第一台拖拉机！

欢呼的村民将瓦西里们团团围到广场上。

别洛坤从窗口内阴郁地窥视，自语："现在完蛋了。我们的催命鬼来了！"

同一时刻，瓦西里用手掌拍着拖拉机的钢板，豪迈地说："今后大不一样了，富农的地界可要遭殃了！"

富农对集体农庄视若仇敌，默默注视着瓦西里用拖拉机将自己的地界铲平。深夜，可以听到耕牛被杀的惨叫声和富农阴狠的诅咒。

拖拉机在田野上创造出前所未有的奇迹——几百年来的老地界被犁平了，零碎的地段变成一望无际的天鹅绒般的耕地。天渐渐黑了，六月炎热的白昼慢慢退去，蔚蓝的天空燃起了晚霞，宁静的夜晚降临了……庄稼汉们舒展着手臂，躺在谷仓里、爬犁上、大车中，婴儿熟睡在母亲怀中。耕牛卧在庭院和牛栏内，昂着头，那一动不动的犄角顶着弯弯的月牙儿……

瓦西里和娜塔尔卡站在矮篱边，沉醉在爱河中。他们拉着手，望着眼前不平凡的世界：苹果树、柳树、谷仓、篱笆上的瓦罐、老榆树……一切都变得似乎陌生了，都蒙上了一层神秘的幽美的夜色。

娜塔尔卡突然偎到瓦西里怀中："你看啊——有什么可怕的影子！"

瓦西里看着被闪电劈成两半的老榆树，看了很久。"那是你的错觉。"他安慰自己的恋人，把她搂紧……深夜里时常陪伴着青年人的模模糊糊的恐惧感，使他们很愉快、幸福……

瓦西里走在浴满月光的村道上，脚下扬起尘土。

青草上布满晶莹的露珠。黑黝黝的马群一边吃草一边打着响鼻。马背上反射出清晰的柔和的月光。周围寂静。一切都充满着深夜所特有的、难以辨别的美妙的声音……远处，传来少女的隐约的歌声……青草、黄瓜在生长，南瓜在神秘地伸展着茎蔓，用它的长须攀绕着篱笆，樱桃在灌满浆汁……

瓦西里的步伐敏捷有力，似乎脚不沾地似地在腾空飞翔。他边走边不由地跳起舞来……已经可以看到自己家的小房子了……突然，一声枪响。瓦西里跳着舞步倒在了地上。一阵尘土从他那被月光照耀的尸体上缓缓升起……

远处，柳丛中有个黑影跑了出去……

瓦西里的伙伴奥帕纳斯站在山冈上怒吼："你们这些富农分子！是谁杀了我们的瓦西里?!"没有任何回答，只有电线在风中呜呜地哭叫……

村里人为瓦西里送葬。人们大声唱着挽歌，歌声不断地从大街小巷汇入送葬的行列。涓涓溪水汇入长江大河，激起万丈波涛……

娜塔尔卡痛不欲生，失去了知觉。

此时，富农分子霍马像头野兽，疯狂地在田野间东奔西窜。他满脸汗水，干涸的喉咙里发出嘶鸣。他恐惧地四下张望，似乎有什么人在追捕他，有什么东西在撕扯着他那阴暗的灵魂……猛然间，他停下脚步，朝着村里放声大喊："我！是我把他杀了……在夜里……"他像只丧家犬似的跑起来，猛地扑倒在地，一头拱进土里，拼命挣扎着，像想极力钻进地缝中的蛆虫……

湛蓝的天空逐渐出了浮云。云朵越来越大。一声霹雳，顷刻间向那尘土飞扬的大地上落下了雨滴。

充满生机的雨滴给人间带来了无比的欢乐。每一颗雨珠都闪烁着生命的光彩。雨过天晴。果园、菜地、瓜田、原野……焕然一新。不曾有人摸过的翠绿的苹果和李子晶莹悦目，它们的表皮上都挂着玲珑别透的雨珠。

雨珠颤抖着，从一只果子上滚到另一只果子上，最后滴入肥沃的土地中……

作品赏析：

20 世纪 20 年代，苏联的"诗电影"运动开创了隐喻加蒙太奇强烈配合，以突出情境的先河。但其自身的发展则是坎坷曲折的。

比如爱森斯坦及普多夫金就都有过成功的经验，也都有过失败的教训。像爱森斯坦曾热衷于"杂耍蒙太奇"的实验——这种理论主张：一部电影可以像杂耍表演一样，由一个个彼此并无关联的场面拼凑而成，这些场面不必有生动的人物和连贯的事件，只要有强烈刺激性的节目即可。另外，这些节目又不主要靠一个镜头本身，而是通过两个镜头的机械对比（即隐喻）去刺激观众的心理。如拍到反动军警镇压工人时，就插入一个屠宰场中牲口被宰得血淋淋的镜头等——由于只注重表现形式的雕琢、只依靠大量的隐喻作机械比拟与特意为之的蒙太奇编排，而忽略了手段只有在与表述内容相配合时才有意义这一原则，结果遭遇失败。

后来，爱森斯坦又提倡"情绪剧本"理论：反对将剧本作为影片思想与艺术展现的基础，取消剧本为影片提供基本的人事情节与故事框架，反对完整的艺术结构，只让剧本起到"从情绪上感染导演"的作用，用他的话说，电影剧本仅仅是力求通过一大堆视觉形象体现出来的、情绪冲动的速记录。他执导的《白静草原》就是情绪剧本理论的体现：由于剧本本身结构散乱，只充满了华而不实、哗众取宠的形容词、惊叹语，而导演非但没有予以纠正，反而"锦上添花"，根据这些富于情绪刺激的辞藻，热衷于纯技术表现层面的声画结合与节奏、构图方面的试验……结果如何，可想而知了。《白静草原》的失败，使爱森斯坦受到震动，在总结教训的文章中，他写出失败的原因：注意的中心不在于人的性格及其行动，导致道具和辅助手段的作用过分扩大、喧宾夺主，以及一味追求周围环境的畸形的表现力。

普多夫金也有过类似的教训：在成功地拍摄了经典影片《母亲》及著名影片《成吉思汗的后代》等作品之后，受当时影坛风尚的强大影响与推拥，仍在《普通事件》的创作中，又犯了形式主义的毛病，大搞晦涩难懂的隐喻与牵强造作的蒙太奇编织，出现了一时的迷误。

教训是进步的先导。也正是因为两位艺术大师的摸索、试验，后来的苏联影片才具有了大都注重诗意与情境的较为成熟的抒情风格，并为世界影坛献出一大批杰作华章。

20 世纪 30 年代由亚历山大·杜甫仁科编导的《土地》，便是其中之一。

这部作品相对于早期"诗电影"明显的造作匠心的稚嫩，成熟、自然得多，可谓大有进步：它将有意为之的隐喻及蒙太奇等技术手段自然地有机地融入叙事本体的艺术展示之中，将形式与内容合为一体。就比早期"诗电影"生硬地"引导"观众，更上一层楼了。

很明显，《土地》是一部追求"情境表现"的作品。

第一，它所要表述的内容本身，就充满了艺术家强烈的情感氛围与哲学意境：人类与大自然美丽、和谐的关系，健康生命的伟大创造力与永恒的活力，光明与黑暗、美好与丑陋、善良与邪恶的斗争……种种意蕴本身，就已经涵润着"诗"的品格。

第二，这"诗"的叙事本体，又配以抒情性极浓的艺术表现手段——大量的隐喻、蒙太奇组接以及表意性风景空镜头等。

于是，两者相得益彰，共同营造出使观众能自然接受并获得感染的情感氛围——

影片一开始，就呈现出极具诗境与哲理的艺术画面：作为劳动者，老爷爷已将自己的整个生命与大自然融为一体。在这里，死亡并不苍凉苦涩，而是一种自然的消逝与复归，乃至一首表述生命之伟大与永恒的赞歌。

全部影片接下来便承续着这种既定的诗意格调，浓墨重彩地进行人事过程的情境化展示：瓦西里约会时的幸福与大地上百花盛开连为一体；集体化进程中庄稼汉们的心境与广阔的地平线、绚烂的晚霞、宁静的夜色、母亲怀中熟睡的婴儿、一动不动的耕牛犄角顶着弯弯的月牙儿等融为一体；甚至安葬牺牲的瓦西里的场面，也要配以一望无际的烂漫的向日葵田、硕果累累的苹果树枝以及被雨水滋润着的田野、鲜花与草地等明丽、温馨的镜头。而在表现反面人物时，则配以狗的哀号、牲口的躁动、沉云翻滚、阴风习习等阴惨画面，来渲染情境……

在影片结尾处，展示出的那组晶莹剔透的水珠从硕果表皮上滴落、融入大地之中的镜头，更具意境：这绝不是单纯的静物写生，而是浓烈的抒情隐喻——它是雨滴，也是泪水。它是从人们心中洗去悲哀与忧伤的泪水，同时更是滋润大自然新的生命的甘露。为推动生活进步的瓦西里、在大地上劳作一生的老爷爷等虽然走了，但生命绝不会停止，它将生生不息，永在人间！

总之，整部影片由于在叙事基础上较自然和谐地运用意义隐喻及情绪空镜，蒙太奇的组编也符合人们的认知习惯与情感逻辑，进而将诗意与哲理有机融合起来，确实产生了很强的艺术感染效果。本片在 1958 年比利时布鲁塞尔被 26 个国家的 117 名电影史学家评选为"世界电影 12 佳作"的第十名，绝非偶然。

不过，这部影片毕竟还明显有人为营构艺术情境的创作意向。这一点，在当代影视创作中，可能会被一些强调"自我意识"的观众或评论者批评乃至否定。

例析之三：《双旗镇刀客》
中国影片，1991 年出品
编剧：杨争光、何平
导演：何平

剧情简介：

浩瀚大漠，千里狂沙。一个身穿羊皮袄、腿佩双刀的孩子策马扬鞭驰骋在这苍茫的天地之间。

"这是一个中国西部过去发生的故事"（画外音）……

随着摄影机从右向左横向移动，两座山峰就像一道徐徐拉开的大幕，渐渐显出一条通道。远方有个刀客正在水井旁饮马，他就是自称"方圆五百里无人不知"的沙里飞。

不知是什么时候，沙丘顶上出现了两个蒙面刀客，正注视着沙里飞的举动。沙里飞有所察觉，急忙去拿马背上的兵器，此时一枚钱币飞来，正打在沙里飞的手上！蒙面刀客在远处问道："认识个叫一刀仙的人吗？"沙里飞默不作声。双方默视了片刻，两个刀客引马而去……

沙里飞突然像嗅到了什么，猛地拔出刀来，环视四周。片刻间，山口处疾风鼓荡，沙石漫卷。随即佩刀的孩哥骑着一匹骏马出现在沙里飞面前。沙里飞得知孩哥要去双旗镇领从来没有见过面的媳妇，便向他"借钱"。孩哥将自己娶亲的钱给了沙里飞一半。沙里飞言称在五百里之内，只要有事尽管找他，随后高喊"杀富济贫，除暴安良"而去……

大漠寒风中的双旗镇，凄清冷寂。两根旗杆挺立镇中。孩哥牵着马从镇中走过，路边传出阵阵犬吠声。人们看着这个小腿旁佩戴双刀的孩子，不时低声地交头接耳……此时，那两个蒙面刀客也来到了双旗镇，他们走到孩哥面前。其中一个猛地将刀架在孩哥脖子上，问道："见过一刀仙么？"孩哥摇头。

孩哥到处打听媳妇的下落，并告诉人家："我爹死前说她屁股上有颗痣，丈人是个瘸子。"

清晨，好妹出来倒水，一脚踩在躺在门外的孩哥身上，连人带盆一起摔出好远。好妹哇哇地哭了起来。好妹的瘸爹不由分说，上前就打孩哥，孩哥忙说："给丈人爹磕头，给丈人爹磕头！"瘸子照打不误。

这时，镇上来了一队骑马的刀客，个个面带杀机。有人惊呼："一刀仙来了！"镇上众人顿时乱作一团。唯独那两个蒙面刀客迎上前去。双方对峙了片刻。一刀仙翻身下马，骄横傲慢地走了过来。一蒙面刀客仇恨地说："我找了你整整七年！出刀吧。"说完高喊着向一刀仙冲去。一刀仙面无表情，顺手一抽刀，只听得"唰"的一声，蒙面刀客应声倒地。另一个刀客见状，当即跪倒在地，将刀交出。一刀仙的同伙上前，将其劈死！一行人扬长而去……

入夜，瘸子对孩哥说："我这条腿在一场刀战中废了后，就再没法跟着你爹了。开这么个小店，只为了混口饭吃。"孩哥再次强调是爹让他来领媳妇的。瘸子让他先住下再说。

午夜，瘸子见孩哥正在练功，很不以为然。

孩哥开始在店里干活。瘸子告诫他：世道乱，寻仇的人多。不要乱打听事，不能和外人随便讲话——说错了要死人。

孩哥一个人赶着马群驰骋在茫茫大漠中，雄悍飘逸，昂扬着生命之力。

孩哥帮瘸子干活。丈人爹边用斧子劈一扇肉，边不断告诫他要小心谨慎，等等。孩哥见丈人爹半天劈不动肉，说："让我试试。"说罢，两眼微闭，刀从腿部刀鞘中陡然飞出。没见孩哥怎样动作，那扇肉已经像薄纸般分为两半。好妹看在眼里，默默离去。

晚上，孩哥问好妹屁股上有没有痣，并说："你有痣就是我媳妇。"好妹不作声……

三匹烈马卷起一阵烟尘进了双旗镇。跳下三个刀客大摇大摆进了瘸子的酒馆，狂吃滥饮之后，竟当着众人的面要污辱好妹！瘸子上前拦阻，被刀逼了下来。兽性大发的刀客撕破了好妹的上衣，好妹不住地大喊呼救。众人在一边听之任之。这时，孩哥突然大喊一声："住手！她是我媳妇！"刀匪走到孩哥面前，就要动刀行凶的瞬间，一片刀光闪过，顿时血流如注——刀匪一命呜呼，死在孩哥刀下。同来的两个刀匪夺路而逃。镇上众人却慌作一团。有人惊呼："一刀仙是好惹的吗？杀了他的兄弟，还不要血洗全镇？！"

当天夜里，在红烛、红帐前，瘸子将好妹许配给孩哥，同时让他们远走高飞、远离险境。

清晨，正当孩哥与好妹要离开双旗镇时，众人纷纷前来围住孩哥："你不能走。你要是走了，一刀仙来了，我们怎么交代？""你要是不答应，我们就跪死在这里。"……众人最后同意以好妹和瘸子爹为人质，让孩哥去找沙里飞来解救双旗镇。

孩哥找到沙里飞，请他出马，并将自己娶亲的另一半钱全部送给他。沙里飞一口答应："两天以后，日上三竿，双旗镇旗杆下见。"孩哥满怀希望地回到双旗镇。

一刀仙率众刀客昼夜兼程直逼双旗镇而来。

一轮红日浮出浩瀚的大漠。两杆旗杆在疾风中颤动。孩哥独自一人坐在旗杆下，等待着沙里飞和一刀仙。

日上三竿。孩哥意识到沙里飞不会来了。他的双手开始发抖。

此刻，一刀仙一行人出现在镇口！

一刀仙满脸杀气，向旗杆下走来。

瘸子持刀上前，被一刀仙劈死在地。

铁匠挺身而出，也瞬间惨死在一刀仙的刀下。

钉马掌的老人借着酒意嘲弄一刀仙，也立时成了刀下之鬼……

一刀仙终于带着浑身血迹，走到旗杆下，与孩哥对面而立。

一股狂沙扑满画面，在飞沙的中心响起钢刀的铿锵声！

狂烈风沙散去，画面上现出一股血从孩哥额上流下的镜头。

一刀仙则面带微笑转身走去——却在走出几步后，突然跌倒在地，永不再起……

一直躲在山后"看戏"的沙里飞这时才骑马而来。

孩哥虽然战胜了一刀仙，但背信弃义的沙里飞及怯懦畏缩的那些镇上居民深深地伤害了他的心灵，他与好妹骑着马，远离了双旗镇……

作品赏析：

相对于常见的武侠电影，《双旗镇刀客》可谓一部别开生面的艺术之作。在这部作品中，刀光血迹、恩仇生死、大漠风尘、古镇酒馆……绝对是一般武侠打斗片的"模样"，但是，通篇观赏之后，却又鲜明地显示出迥异平常的特色——那就是它的人物基本上属于来去无踪影、生死无喜怒的"反现实存在";人物之间的故事联系也很有些恍惚迷离、如幻似梦,绝非"生活写实";整部故事的时代背景也有意含糊,作成难以辨别年代的"老照片"……然而,因着上述种种的组合,在大漠的狂沙中,在古镇的旗杆下,在闪着寒光的刀影中,在侠客死前的微笑里……却自然而然地共同营造了一股重信义、任性情、抛富贵、忘生死的人生境界!洋溢出一股沉雄豪迈、热烈慷慨的情感氛围!

它表现的重心不在于故事,而在于意境;它所营构的一切有形的物象,只为了体现一股无形的精神;它不重视"认知",而追求"感染"。这些,就是本片超离寻常武打片的艺术品格所在了。

影片之所以能成功地达到上述目的,就在于创作者在"大体"的叙事上所进行的老到、圆熟的影像艺术展现:浓墨重彩、风格豪放又天然和谐、情景交融。影片中,没有特意为之的隐喻镜头,没有人工明显的蒙太奇造作,甚至也很少一般"西部片"多用的渲染氛围的大自然景观的空镜头……它绝没有陷入"概念隐喻"的影像怪圈,并没有让理性的、思辨的内涵凸显在影像的感性画面之外,而是通过影像、音乐、声响、节奏融成有机整体,作用于观众的视觉,"要把观众的电影观看过程变成一种视觉的享受过程"(导演何平语)。于是,使观众在"没有被引导、受强迫"的艺术感染间,自然而然地沉入影片既定的氛围里、情境中。这便可以称得上"情境化"体现的极致了。

"最高的技巧是无技巧。"其实,任何一部成功的艺术作品,又哪能没有技巧在?因此,"无技巧"只是不显露技巧痕迹而达到"清水出芙蓉,天然去雕饰"的更高明、更老到的技巧而已。

第六章
"表现"(二):幻境化

第一节　"幻境化"的理性阐述

幻境化，就是通过作者的"创作性幻想"获得既定的"艺术幻象体系"，进而别开生面地表现现实生活状态或人们对生活现实的评价、愿望与追求的一种表现手段。

若再细些区分，可有三种类型，即神幻化、魔幻化与科幻化。

一、神幻化

这种幻化，通过"神话故事"般的超现实色彩的人事情景，来表现现实的社会人生。

由于具有神话故事的特色，所以尽管它具体的角色形象可能离奇怪异（或人或鬼、或神或仙、或动物或静物……）、所叙述的故事可能迥异寻常（或生者与死者共在、或天上与人间同存、或过去与未来穿插、或现实与童话并轨……），但一般不违背人们正常的思维逻辑与认知规律，能较明朗地体现或折射现实的社会、人生，因此能很自然地被观众或读者接受。

神幻化在文学作品中，多有体现。像中西方各时期的神话，像早期的罗马史诗，像著名的《神曲》，像我国唐传奇中的《离魂记》、宋话本中的《碾玉观音》、明代戏曲中的"临川四梦"（尤其最著名的《牡丹亭》）以及经典的小说作品如《聊斋志异》《西游记》乃至《封神演义》等，均是。

神幻化手段在影视作品中，也多有所见。除了以著名的神话故事或小说改编的影视剧作，如《神曲》、《西游记》、《聊斋》、《雨月物语》（日本，1953 年）、《鬼车魅影》（瑞典，1921 年）等之外，在独创的篇章中，也时有所见。像德国影片《疲倦的死神》（1921 年）、美国影片《幽灵》（或译《人鬼情未了》，1990 年）等，均是。

我们不妨以《幽灵》的一段内容来体会一下神幻化的特色：

在纽约，年轻的银行家山姆与女雕塑家莫莉相爱。山姆的同事加尔因负债累累，想暗中提取客户的巨额存款，向山姆索要储蓄密码，遭拒绝，于是派杀手枪杀了山姆。

山姆的灵魂离开了自己的身躯，惊魂未定地看着莫莉抱着自己的躯体痛哭。山姆的躯体被送进医院，而他的灵魂也跟来，一直看着这一切。恰巧一个老者的灵魂在等待妻子的抢救结果，就对山姆说："你中了枪伤，不可能再回阳世了。"此时，一缕天堂之光从空而降，照在手术台上的山姆身上。老者对山姆的灵魂说："你还没有被恶鬼拖入地狱，还要暂留人间去了结阳世的情债。"同时教会了山姆灵魂穿墙越壁的本领。

山姆的亡灵跟随着亲友来到墓地，观看自己的葬礼。在这里，他看到加尔虽面带悲伤向莫莉表示同情和安慰，但又与隐藏在墓碑后的一个妇女眉目传情，于是才知道了加尔的伪装面目。山姆向莫莉诉说真情，无奈阴阳两界相阻隔，两人无法沟通……于是，便演出了后来情节紧张、场面奇特的灵魂与活人的一系列斗争，将警匪片、打斗片、传奇片及喜剧色彩融为一体，直到恶人受到惩处，好人升入天堂。

这部影片上演后，引起极大的轰动，不但打破了票房的最高纪录，而且获得了 1991 年奥斯卡最佳影片奖。

其实，就作品内容而言，不过是一个极老旧的"图财害命、恶有恶报"的故事，但由于运用了"灵魂出窍"而又"阴阳相隔"的神幻化手段，便使影片的情节新颖奇特、妙趣横生、引人入胜了。

神幻化的特点，在这部影片中，体现得很清楚：

它确实出自人为的幻想，无论角色形象还是故事情节，都是现实生活中不可能有的；但同时，它又极具社会或人生的"写实"性质——只不过它所用的不是"现实形象"，而是将现实形象（包括形象故事）换了另一种"外包装"而已。

另外，它的形象与故事虽然离奇，但它的整体内容，却大体上遵循着现实生活的逻辑，并符合观众正常的认知习惯与思维方式。这，便是"神幻化"与"魔幻化"的不同点了。

二、魔幻化

掌握魔幻化手段的特点，有必要先了解"魔幻现实主义"。

"魔幻现实主义"是拉丁美洲特有的一种文学流派。这个流派的作家，以写小说见长。他们取材于拉丁美洲各国的现实生活，暴露现实的黑暗，反映人民的疾苦，抨击军事独裁统治者、教会、大资本家与大庄园主。但是它与传统的批判现实主义只是精神上一致，而在创作方法上，则运用现代派的常用手段，故意写得晦涩难解，同时又往往描写神魔、鬼怪、巫术、幻景等奇异景象。这种把现实与幻想融为一体的创作方法，即为"魔幻现实主义"。

"魔幻现实主义"一词，最早出现在 1925 年——德国文艺批评家**弗朗茨·罗**研究欧洲后期表现派绘画，写了一本书《魔幻现实主义、后期表现派与当前欧洲绘画的若干问题》。经西班牙《西方》杂志翻译后，"魔幻现实主义"一词开始在文艺界流行。当时的人们便借用它来称呼 20 世纪 20

年代后期拉美出现的文学新流派。50年代,墨西哥作家**鲁尔弗**极具魔幻现实主义色彩的小说《佩得罗·帕拉莫》出现,后起之秀更是风起云涌,使地方性的拉丁美洲小说成为世界文坛的壮举,形成了一次"大地震",被称为"爆炸文学"。20世纪六七十年代,拉丁美洲的这种文学虽然魔幻成分或浓或淡,但其现实主义的成分却有增无减。它们对社会现实有强烈的批判、反抗乃至反叛性,但与欧美现代派文学不同的是:尽管它们看似荒诞、奇幻,却可以从中看到拉美社会生活的整体现实与本质,而且其间很少纯个人的病态呻吟,很少绝对"自我"的任意放纵与发泄。

"魔幻现实主义"拥有一大批世界著名的作家,除前面所说的鲁尔弗外,像拉美作家中第一个获得诺贝尔奖的危地马拉的**阿斯图里亚斯**、阿根廷的**博尔赫斯**及**柯塔萨尔**、智利的**多索诺**、秘鲁的**略萨**及更著名的哥伦比亚的**加西亚·马尔克斯**等,他们的作品被翻译成十几种文字,并有不少篇章被搬上了银幕。

"魔幻现实主义"的作品固然因人而异,但大体上具有以下几个特色。

第一,现实与幻象的带有"神秘"色彩的结合,是它最大的特色。略萨如是说:"我们从一个非常客观和具体的现实转到了一种非常非现实的状况,也就是说,转到了一种纯粹主观和魔幻的现实里去。这时我们已经进入了魔幻世界。"确实,像《百年孤独》中,对社会生活"非常非现实"的表述;像墨西哥作家阿里纳斯的《幻象》中,男修士用枷锁砸塌监狱,戴着镣铐飞跃大西洋等情节;以及同是墨西哥的阿雷奥拉在《换妻》中,写小镇上男人用旧妻换小贩马车上的金发女郎,不料这些女郎都是镀金的赝品,很快就锈蚀成又老又丑的女人等情节,都幻象奇妙,具有某种神秘色调。

第二,在具体的表现手法方面,"魔幻现实主义"作品大多采用比拟、借代、暗示、征兆乃至谶语等方式,使叙述内容一般都显得玄奥神秘乃至故意的隐晦、艰涩。比如《百年孤独》中的俏姑娘,美貌绝伦,天真温柔,她每天都要用几个小时来洗澡,洗去身上任何一点污垢。所有对她无礼的男人都遭到了突如其来的神秘报应:挑过她面纱的人被火车轧死了,摸过她肚子的人被烈马踩烂了胸膛……最后,她与被晾晒的被单一起升上了天空。这个姑娘完全是美的化身,其意在于喻示圣洁的美是不容侵犯的。略萨的《绿房子》中,则用波尼法霞的绿皮肤比拟她的野性;柯塔萨尔《街头画》中的那些画,无疑是多种意向的暗示了……在阿斯图里亚斯的《总统先生》中,更有不少征兆的情节,像男青年安赫尔与总统女儿私下结婚后,被召进总统府时,突然间仿佛看到院子内有一群印第安人在跳依托尔舞。依托尔是印第安人信奉的火神，传说只有用活人祭祀，才能求得。因着这种幻觉而生的神秘场景，安赫尔顿时有了一种不祥的预感——而这种不祥也果然应验：他终于被总统杀害了。

第三，在结构上，魔幻现实主义作品则大胆创新，力求千姿百态、幽婉迷离乃至朦胧恍惚。

有的继承《一千零一夜》中故事套故事或《哈姆雷特》"戏中戏"的手法，在结构上像我国魔术中的大盒套小盒、小盒中再套小盒的办法，如《城市与狗》中阿拉纳被杀的大故事中，套进美洲豹与特莱莎恋爱的故事，而其中又套进更小的故事。

有的如《绿房子》，用"连通器"法将三条线索并行、交错。

有的如柯塔萨尔的《跳房子》，则用两套目录，读者因读法不同，竟能读出不同的情节与内涵！

有的则从不同的角度写同一件事，用这种不重复的重复产生事物的立体感，像柯塔萨尔的小说《护士柯娜》中，表现医生给 15 岁的小男孩做手术，便以护士、家长、医生的不同的"我"出现，以各自的主观视角来感受这件事情。

有的则故意打乱时间顺序，使情节颠倒、跳跃，用"心理时间"写现实。如富恩斯特的《阿尔泰米恩·克鲁斯之死》中，第一章的内容是 1941 年的事情，而第二章却毫无交代地跳到了 1919 年，两章之间没有一点过渡文字，这就体现着一种幻觉般的"自由联想"了。

在具体的叙述上，魔幻现实主义则借鉴欧洲现代派的"内心独白""意识流"等手法，以无逻辑顺序、无时空规范的行文，来表现人物深刻、复杂的心理状态，来体现现实生活迷离变幻、难能把握的特色。

魔幻现实主义之所以于 20 世纪 50 年代在拉丁美洲兴盛起来，是有其原因的——

首先，当地有产生这种文学的现实生活土壤。拉丁美洲各国，政局动荡、统治严酷。作家们不得不借助于超现实、超自然的人物、事件和情节，不得不采用神幻幽秘、委曲迷离的手段与风格，来反映拉丁美洲错综复杂的历史、文化与社会现实的种种。

其次，20 世纪 20 年代以来，各种现代派文学的手法、形式、风格已经形成，并传到了拉美，它们所体现出来的奇特、荒诞、变形、悖谬，恰恰符合拉美文学艺术表现的特殊需要，于是，"移花接木"便属自然了。当然，拉美文学家们并没有遵循欧洲现代派大多脱离现实、注重"纯自我"的路径，而只是借用了他们的某些艺术表现形式而已。

最后，拉美文学的传统也是其所以然的重要原因。拉美文学的传统源于两方面：一方面是欧洲的文学传统；另一方面则是印第安民间文化与古玛雅文学的传统。后者古老的神话、民间的传说与巫术中的奇幻、神秘成分，很自然地激发了作家们的艺术想象。于是便出现了既杂糅欧洲文学中的现实主义与非现实主义，又杂糅欧洲文学与印第安文学的新的文学流派。

……

了解了文学方面"魔幻现实主义"的体现，则对影视创作中的"魔幻"手段能有基本的把握了。

"魔幻"与"神幻"的异同，从上述内容中，已经可以感受到——

它们的相同点是：都产生于创作性幻想所形成的艺术幻象，都是将现实生活中的人事情景，通过夸张、变形、借代、错位等方式，作了不同程度"非现实"的包装或组合，进而表达作者对现实社会生活的某种评价。

它们的不同处是：神幻之幻，在于通过别开生面的形象群体，以"正常"的认知逻辑，较确切、鲜明地表现社会、人生；而魔幻之幻，则有意将生活情景神秘化、幽深化、晦涩化，以"反常"的形态映射乃至折射社会人生，因此往往含有一种雾里看花、云中望月的性质。

在这里，有必要提示一点：

"魔幻"作为一种表现技法或手段，固然有其追求神秘幽奇，乃至故意扑朔迷离的特点，但绝不是一味地玩魔术、弄虚幻。对此，哥伦比亚作家、拉美魔幻现实主义文学的代表人物加西亚·马尔克斯强调道："我认为虚幻只不过是粉饰现实的一种工具。但是，归根结底，创作的源泉永远是现实。而虚幻，或者说简单的纯臆造，像美国电影制片商瓦特·迪斯纳那样毫不顾及实情，那是最令人憎恶的。"①

当然，强调"魔幻"不等于纯主观的臆造编排，而应该奠基于现实生活，不等于说这种表现手段只能运用"现实主义"品格的篇章中。实际上，"现代主义"诸种品格的作品中，往往更多见"魔幻"的体现。这一点，我们不要受"魔幻现实主义文学"这一特定流派的限制。"魔幻"只是一种艺术表现手段，只要运用得当，其施展的领域就绝无限制。

运用"魔幻"手段的影视作品，也不乏见，并有相当优秀的篇章。

像法国影片《资产阶级审慎的魅力》（1972年，布努艾尔导演）中，充斥了难以把握的魔幻性：其中，无论中尉已死母亲的幽灵要他毒死假父

---

① ［哥伦比亚］加西亚·马尔克斯：《两百年的孤独——加西亚·马尔克斯谈创作》，朱景冬等译，186页，昆明，云南人民出版社，1997。

亲的故事，还是显灵的警察队长释放犯人的故事，它们都很难简单地用现实的或梦的逻辑解释清楚。影片中表现了许多梦境——一个人物的梦，或者两个人物的梦中梦。例如泰夫诺梦见塞内夏尔做梦去上校家聚餐等。这些梦，有的是较明确的，有的则与现实的界限不十分清楚，像警察局局长梦见死去的队长释放犯人的那个梦，影片就没有明确地表现它开始于何时何处，而它的结束也令人困惑不解。即使前后三次出现的六位聚餐者在一条乡村公路上漫无目的地行走的镜头，观众又何尝不能认为是剧中某个人物的梦境？

……

总之，整部影片都浸润在一种半真实、半虚拟，将现实写照与梦中幻象两相交融的特定神秘难测的氛围中。也正因此，在上述对现代社会中资产阶级（包括神职人员）各种丑态的别具一格的展示中，影片完成了批判与讥讽的目的。

再如西班牙影片《妈妈一百岁》（1979 年，编导卡罗斯·绍拉），其主旨在于揭示现代社会人与人之间赤裸裸的金钱关系及浓缩地反映战火连绵、灾难不断的西班牙近百年的历史。但由于影片的拍摄时间大多处于佛朗哥专政时期，所以导演不能直言不讳地阐明自己的观点，只有在艺术表现上采用隐喻、暗示、比拟等处理方法。在影片中，"妈妈"代表着过去的传统，儿子、儿媳代表了堕落的现实，孙女们则代表着迷茫、自私的未来，通过对这三代人矛盾冲突超现实情节过程的魔幻化描述，曲折地表达了作者对西班牙社会的看法。

再如美国影片《闪灵》（1980 年，导演库布里克）：

作家杰克为了找到一个安心写作的地方，接受了 1907 年建立在印第安人基地上的"全景旅馆"冬季守门人的工作，带领全家来到这个即将被白雪封闭、与世隔绝的"避暑胜地"。旅馆经理曾警告他：他的前任查尔斯曾在这里杀死了自己的妻子与一双女儿，而后自杀。但杰克不以为然。

他的小儿子丹尼却是一个具有神秘感知力的孩子，能与自己的手指（他叫它"托尼"）产生一种奇异的对话。食指托尼告诉丹尼不要前往，并在丹尼的恳求下，向他展示了旅馆四壁奔涌而出的血液，及一对怪异的、在镜子里直视着丹尼的小姑娘。在旅馆全体人员撤离前，一个与丹尼有着同样幻觉能力的黑人厨师告诫他：不要进入 237 房间。

杰克一家独自留在被大雪封闭的深山旅馆内。当杰克的妻子温迪带着丹尼在园中巨大的迷宫里尽情玩耍时，杰克却发现自己被一种巨大的力量困扰，无法工作，并且一天天地变得粗暴而疯狂。终于，他步入了旅馆内的另一个世界——那里，充满了过去时代"幽灵们"的欢歌笑语。他似乎认识其中的每一个人，并结识了前任查尔斯……

一切都在暗示即将发生的一场谋杀。

当杰克被自己杀害全家的噩梦惊醒的时候，丹尼却神奇地出现了：他是从 237 房间出来的，脖子上带着伤痕，全身抽搐，不会讲话。当丹尼终于用母亲的口红在门上涂抹出反写的"谋杀"两个字时，杰克果然挥着利斧，扑向丹尼母子。温迪为了自己和儿子，绝望地反抗着。黑人厨师在神秘的心灵感应下驾车赶来，不幸死在杰克的斧下。温迪和丹尼则乘着厨师的雪地车逃离这个死亡之地。杰克独自冻死在白雪遍地的迷宫中……

本片以其自身的多样性与不确定性，加上超现实色调的环境造型、声音配置以及毫无视点依据的摄影机运动，营构出来一面"魔幻之镜"，既表现了对美国历史（对印第安人残忍屠杀的历史）"集体无意识"的惶惑与失衡，也折射出现代人内心深处无可名状的生存恐惧与焦虑，还含有对人性某种弗洛伊德式的解剖与透视……总之，它绝不是一般的恐怖片、商业片，而是以魔幻手段所创造出来的具有深层人文内涵与奇特艺术魅力的作品。

而在日本影片《和幽灵同在的夏日》（1988 年，导演大林宣彦）中，则将活人与幽灵在半醒半幻的境界中，十分自然、"真切"地融为一体，使观众与主人公一道，感同身受，似乎又回到了久已逝去的亲情中。影片中虽然表现的是幽灵、鬼境，但总体的艺术氛围却又极和谐、温馨。

其他，像瑞典影片《第七封印》和《假面》、日美合拍的影片《梦》等，均各有特色，它们在运用"魔幻"手段进行艺术创作的同时，又从不同方面拓展、丰富了"魔幻"的表现力，我们可以从后面的影片例析中体会之。

三、科幻化

科幻，自然也是幻境化的手段之一，只不过它带有"科学"的外衣而已。

科幻型影视作品的特色是——都以"严谨的科学逻辑"所生出的奇特而不奇怪的形象体系来展示故事，绝不使观众有"胡编乱造"、难以接受的感觉。

具体些，则可归纳为两个方面。

其一，它所生出的幻象体系，大都是具有高科技风格与严密"现实逻辑性"的故事载体（且多为对未来时空、另一世界的表现）。

其二，它用以完成制作的手段本身，大都极具现代高科技性质，进而使观众能产生极强的"真实感"。

20世纪初，当电影还处于萌芽状态时，西方的科幻小说已经卓有成果并流传开来。因此，影视创作中的科幻作品，最初大都出自于对科幻小说的改编。像梅里爱在1902年根据现代科幻小说奠基人赫伯特·威尔斯1901年所写的《最初的月球居民》拍摄的影片《月球旅行记》：主人公从大炮炮筒中被发射出去，来到了月球。月球上的居民像昆虫般穿行在蘑菇丛中。经历了种种探险，主人公终于离开了月球，乘降落伞又回到地球上。这部影片止于新异画面与猎奇情节层面上，自然很幼稚。但它毕竟开了科幻电影的先河。

在60年后，英国导演再一次改编《最初的月球居民》，便大有进展了：影片中加进了现代情节——叙述三个分别来自英国、苏联与美国的宇航员在联合国的旗帜下，来到月球。正当他们要升起表示自己最先到达的旗帜时，忽然发现了腐烂的英国国旗和一些文件，证明早在他们之前，已有英国公民到达过。消息传到地球，引起轰动。人们立即走访当年到过月球的英国公民——已经暮年的贝脱福特。于是老人讲出了当时在月球上历险的经过。最后，镜头回到现代：宇航员们已经找不到任何当时月球居民的痕迹。在这部影片中，就多少含有一些文化内容了，尽管很肤浅、单薄。

1960年法国导演乔治·巴尔根据威尔斯的一部长篇小说改编的同名影片《时间机器》，便有更大的飞跃了：旅行者沿着时间之流，发现遥远的未来并不是一个合理幸福的社会。在那里，有两个彼此敌对的种族，一个是住在地上、养尊处优而体质衰弱的种族，一个是在地下工厂艰苦劳作、粗野而强壮的种族。前者曾是后者的主人，后来却成为他们的食物。影片预示这两种人在资本主义社会中各自在精神上或肉体上退化，而造成的悲剧。在叙事结构方面，影片也极具科幻特色：导演把"时间机器"的指针先后停在1917年、1940年与1966年这三点上，通过这种时空的"科学性"的自由穿插、过渡，来体现影片对社会与历史的反思和前瞻。

科幻作品走向成熟以后，终于成为世界影视百花园中独放异彩、备受欢迎的艺术品种，并频频掀起创作与观赏的高潮。

像20世纪30年代的宇宙片如《制造奇迹的人》及卡通式的《闪电哥顿》等，像20世纪五六十年代以《两个世界的战争》《宇宙的恐惧》《飞碟恐怖地飞来》《宇宙大战》及《海底怪兽》《它们》《怪兽从海上来》等风行世界的飞碟片、怪兽片浪潮，像 20 世纪 70 年代前期以《海神号遇险记》《大白鲨》《地震》《世界末日》《兴登堡号飞船》《逃生》等形成的灾难片热潮，像 20 世纪 70 年代后期以美国青年导演**乔治·卢卡斯**拍摄的《星球大战》为导火索、在全世界影坛上引发的"银河热"，像 20 世纪 90 年代因好莱坞著名导演**斯皮尔伯格**所拍摄的横扫美国影坛的《侏罗纪公园》所刮起的"恐龙旋风"，像使人可以享受自由穿行于历史、现在与将来之间的愉悦感并获得宏观人文反思的美国电视连续剧《时间隧道》等。

纵览科幻影视创作的历史，可得到以下两点启示。

其一，凡获得成功（哪怕只是纯商业上的）的科幻作品，基本上都体现着一条基本规律，或曰遵循着一条基本原则——

就是不管它们怎样闪展腾挪、极尽奇幻编排之能事，但总与当时的现实生活有着某种必然关联，与当时广大观众的社会心理产生某一层面的共鸣。

比如 1953 年，乔治·巴尔根据威尔斯的小说所拍的同名影片《两个世界的战争》，以火星人袭击地球为引子，就表现了第二次世界大战，尤其是美国在日本扔下原子弹后人们的恐慌心理及当时的冷战气氛。在这部影片中，地球即将遭到毁灭性打击。地球人紧急又紧张地动员起来，用现代的坦克迎战火星来的飞碟，还派出了超级轰炸机向飞碟投掷氢弹。但飞碟根本不怕高温与轰炸，地球上的一切手段都无济于事！于是，当飞碟向城市上空袭来的紧急时刻，人们只有群集教堂内，祈求上帝……

像日本在 1954 年拍摄的影片《怪兽哥斯拉》，更是反映了日本观众对原子武器的恐怖心理和反对原子战争的强烈要求：几艘渔船在海上神秘地失踪了。从海底射出来一股强烈的神秘之光，刹那间把一切烧毁。远处一个老渔民惊叫："这是哥斯拉！它睡醒啦！"哥斯拉所到之处，地动房倒，留下了具有放射性物质的巨大脚印。经查明：这是由于原子爆炸而醒来的古代怪兽。哥斯拉到了东京。它那放射性强光一照，大桥的钢梁、高压电线的钢柱立即熔化；它的尾巴一甩，高层楼房马上倒塌；它用前爪随便抓住一节车厢，轻易地用牙将它咬碎……人们惊慌万分！（当然，为适应观众的心理需要，在影片最后，怪兽还是被打死了）。

再如日本 1973 年公演的影片《日本沉没》，极力渲染在和平生活之中的日本列岛，实际上坐落在一个飘摇虚浮的基础上，随时可能沉没，造成极大惨祸！据了解，大半观众并不是平时的科幻片爱好者，只是普通的男女老少。他们只是因为全日本可能遭遇的巨大灾难才去看影片的。同样，也正因为影片所表现的具有普遍现实意义的"世界灾难感"，本片才不仅在日本，而且在全世界都引起极大反响。

其二，高科技的运用，是科幻作品成功的重要因素。但不可走"技术至上"的歧途。

纵观电影百年来的发展过程，我们会发现：几乎每一次重大的变革与飞跃，都是由科学技术的发展而带来的电影语言与美学观念的革命。

比如默片时代"蒙太奇"这种特殊的分割和组合的技术，它不仅使梅里爱创造出了许多比魔术师的戏法还要奇妙的银幕形象，从而使电影叙事成为可能，而且作为一种极富表现力的电影语言，还创造出了《战舰波将金号》。

电影史上的第一次革命——有声电影的出现，更是一场由种种技术因素引发的电影美学的巨大变革。其意义之深远重大，众所周知，毋庸赘言。

继之不久，电影史上的第二次革命，即彩色电影的出现，同样是一个技术与美学唇齿相依、相得益彰的发展过程。"彩色"作为电影语言的一部分，开始与光线、构图、摄影机的运动等其他元素一起担负起电影造型与叙事的重任。它不仅使电影对客观世界的再现更为逼真、自然，同时还为电影提供了表现导演的艺术构思以及人物主观世界、内心活动的又一种手段。像被评论界称为"电影史上第一部彩色电影"的意大利影片《红色沙漠》，就是以彩色为主要表现手段来揭示人物内心世界的成功典范：导演为了向观众展示女主人公对周围世界极具病态的恐惧反应，竟然主观地将房屋、树木、草地和沼泽全都重新设计上色，并根据人物心理状态的不同，多次变换同一房间的颜色；像我国导演张艺谋在《红高粱》中，有意使镜头画面都呈现出一种红色的基调，因而将影片的人文内蕴直接诉诸人们的感官；等等，均可例证。

电影经前面声音与色彩的两次革命性飞跃后，到了 20 世纪 70 年代，因电子计算机合成图像（CGI）技术的发明，第三次革命已经悄然而起：1977 年美国导演卢卡斯的《星球大战》中，通过计算机程序编制了大量外星人格斗的特技镜头，令观众眼花缭乱、叹为观止，并创下了数亿美元的巨额票房。此后，电脑特技开始成为电影制作的又一根拐杖，在科幻片中，通过计算机设计出来的形象、布景、道具以及一些规模宏大的海陆追逐、宇宙冲撞等场面，已经成为科幻影片获得成功的重要手段。到 20 世纪 80 年代末，一部《谁陷害了兔子罗杰》，又以其极为精湛的电子合成技术在电影技术的发展史上立下了一块新的里程碑。进入 90 年代，电子计算机更显示出了"几乎无所不能"的魔力，使得影视作品不仅可以记录自然界中各种现实的生命形象，而且可以在银幕上展示人类梦想中的任何世界情景，像人们幻想中可以自由变形的液态金属机器人，像已经灭绝多年的远古动物恐龙等。试想，纵如斯皮尔伯格这样具有超常想象力的艺术大师，若没有高科技的支持，他能够在银幕上创作出来那般令人信服的"侏罗纪公园"，并能掀起那般狂热的"恐龙旋风"吗?！

因此，我们必须正视在当代的影视创作整体过程中，高科技所具有的重大作用。若条件允许，则应尽可能地、最大限度地运用之。若一味墨守成规，只满足于老手段、旧方法，难免有终于被观众、同时被历史淘汰的一天。

但是在问题的另一面，如果过于迷信现代高科技手段，只依靠技术层面的制作来打天下，依靠单纯刺激观众的感官来闯财路，也只能"昙花一现"，获得片时的喝彩，进而使科幻型影视创作走向歧途。

20世纪70年代之后，以《星球大战》为高潮的"银河热"很快陷入低谷，其后的一些科幻影片，像《帝国反击记》《超人》及《异物》等，虽然处心积虑地想出各种新技术，但仍然没能挽回颓势。在美国本土，此类科幻影片也渐渐被较为关注现实、反映各种普通生活与实际问题的"伦理影片"热潮冲击、替代了。这，应当成为我们的前车之鉴。

我国的科幻影视创作，应该担负起时代赋予的职责，首先要从思想观念与美学评判的桎梏中冲脱出来。反观历史、审视现实、瞻望未来，以"科幻"为表述手段，以真正体现古希腊哲学家**普罗泰戈拉**那句人文主义的千古名言："人是万物的尺度，是存在事物的尺度，也是不存在的事物不存在的尺度。"也只有这样，我国的科幻影视的创作，才能真正承载历史的重任、引领时代的潮流，在人文层面上大有神益于广大观众的同时，自身也获得艺术上的空前进展，使中国的科幻影视篇章大放光彩。

第二节 "幻境化"作品例析

例析之一：《情迷巧克力》

墨西哥米拉墨斯电影公司1992年出品

导演：阿尔方索·亚罗

编剧：罗拉·艾斯奎威尔

剧情简介：

蒂塔出生的时候，母亲依林娜正在厨房里切洋葱。洋葱剧烈的刺激使她在母体里就哭个不停。厨娘娜恰说：蒂塔是被流淌在厨房地板上的汪汪泪水推送到这个世界上来的。蒂塔出生以后泪水成河，娜恰把泪水蒸发成的盐扫起来，有40磅重，足够全家吃很长时间。

母亲从一开始就不喜欢蒂塔，把她交给厨娘娜恰抚养。这样，蒂塔的命运从一开始就注定了要终生伴着厨房里洋葱的异味。娜恰祝愿蒂塔长大后，能有个好郎君，以摆脱苦难。母亲依林娜则严厉地宣布家族的一条规定：幺女不得嫁人，要侍候母亲终生，直到母亲死去！

依林娜疼爱蒂塔的两个姐姐路莎拉和苏菲。

三姐妹长大后，年轻英俊的牧场主彼得罗出现在蒂塔面前。两人深深相爱。

彼得罗来求婚，遭到依林娜的拒绝：按家规不能嫁最小的女儿。但提议他娶长女路莎拉。彼得罗考虑再三，答应了。原来他只想以此获得接近蒂塔的机会："如果你不能娶你心爱的人，唯一的接近她的办法就只能娶她的姐姐。"

蒂塔听到这句话，仍然无法平复心头的创伤。为了压抑自己内心的痛苦，她每晚编织毛毯，泪水不断地流到毛毯上，这条毛毯后来织了百米之长……

依林娜命令蒂塔主理姐姐的婚宴。蒂塔苦涩的泪水滴入做蛋糕的面粉里。在路莎拉与彼得罗的婚礼上，吃了婚宴蛋糕的人都莫名其妙地悲伤起来，后来又全体到河边呕吐不止……

彼得罗心中只有蒂塔，婚后一直拒绝与妻子亲近。

彼得罗以蒂塔"下厨房一周年"为由，送给她一束玫瑰。蒂塔紧紧地将它抱在怀中。蒂塔决定用玫瑰花瓣为心爱的人做一道菜——玫瑰汁鹌鹑。而这道精美的菜肴却使不同的人感受截然不同：彼得罗吃了，仿佛爱人的身心都融进了自己的体内；依林娜的脸上，却是莫名的苦涩；苏菲吃了这道菜，则浑身发热，冲到小木屋里洗澡；路过的革命军闻到这菜的香味，顿时意乱情迷，开枪将木屋点燃，使赤身露体的苏菲在原野上狂奔；革命军将领把苏菲抱上马背，消失在地平线上……这道玫瑰汁鹌鹑使蒂塔与彼得罗找到了心灵相通的途径。蒂塔的厨艺更臻完美，其要旨是："关键在于制作的时候，要放进更多的爱！"

蒂塔以纯真的爱心、处女的胸怀，喂养着因姐姐缺奶而营养不足的婴儿。姐姐路莎拉产后体弱多病，母亲命令她带着孩子到外地去，再一次夺走了蒂塔爱心的寄托。蒂塔茫然若失……

不久，传来噩耗：孩子因饮食不当而夭折。蒂塔长期积郁的痛苦与愤怒终于爆发了，她对母亲说："孩子的死，全是你不好！"她爬进布满尘埃的鸽子窝，不愿再见世人。人们说，她得了精神病。

依林娜让约翰医生把蒂塔送进精神病院。离家的那天黄昏，马车驮着蒂塔缓缓前行。马车后面拖着蒂塔编织的百米长毯……

善良的约翰暗恋着蒂塔，把她带到自己的老家，悉心照料。但蒂塔一直沉默,很少吃喝。约翰说:他印第安裔的老祖母曾讲过,每个人出生时,心中都有一盒火柴。如果它不能自燃,就要通过外界的力量点燃它。每个字、每一种旋律、每一种声音,或每一种爱抚,都可能成为引燃的契机。如果火柴一直不点燃,就会潮湿,永远不会燃烧了。约翰把蒂塔家的娜恰接来,她以真诚的爱心做了一碗汤。蒂塔喝下去后,便神奇地复原了。

不久,依林娜去世。蒂塔用母亲一直挂在颈前的小钥匙打开她珍藏的小箱子,发现了里面是一个男人的照片和情书——原来母亲也有着爱情被压抑的痛苦的经历。蒂塔哭了:为所有受到爱情挫折的人们。

葬礼上,蒂塔与彼得罗重逢。姐姐路莎拉又生了一个女儿,蒂塔以同样的爱心照料这个婴儿。但却意外听到姐姐宣布:这个小姑娘长大后,不能出嫁,也要侍奉母亲终生。姐姐竟成了母亲的化身!蒂塔难过又气愤,回到厨房后,开始诅咒:让路莎拉宣布过的话在自己的肠胃里统统烂掉,让那些腐臭的气息从她的孔穴排出去、发挥掉!而这诅咒果然有效:此后的路莎拉不断地打嗝、放屁,口腔气味难闻。

约翰医生向蒂塔正式求婚。而蒂塔毕竟深深地爱着彼得罗,某天夜晚,彼得罗来到蒂塔房中,经过多年的暗恋,两人终于有了接近的机会。但也正是从这天开始,母亲依林娜的亡灵经常出现,她谴责蒂塔忘记了道德、尊严,抛弃了社会规范,这使得蒂塔深感恐惧。

苏菲回来了,她并非像传说的那样沦落,而是成了将军夫人。她鼓励蒂塔为自己的幸福而斗争。于是,当依林娜的亡灵再度出现时,蒂塔坚强地说:"要走的不是我和彼得罗,而是你!我已经受够了你的折磨,该是一刀两断的时候了!"自此,依林娜的亡灵再不敢来骚扰。

后来,路莎拉死了。约翰一直未娶,已经鬓发全白。蒂塔也一直没有出嫁,与约翰保持着真挚的朋友关系。

……众人散尽,当老屋里只剩下蒂塔与彼得罗的时候,两人在数不清的烛光中,终于实现了真正的结合。彼得罗乐极而终,蒂塔则慢慢地吞着火柴……整座老屋被引燃的火焰照得通红!

人们在牧场遗址的灰烬中,找到了蒂塔留下的那本烹饪的书,以及上述深藏其间的关于爱的故事……

作品赏析:

《情迷巧克力》是根据墨西哥女作家罗拉·艾斯奎威尔的处女作小说改编拍摄的。小说作者完成了电影剧本的创作,将它交给了自己的丈夫、导演阿尔方索·亚罗来完成。

整部影片，通过昆塔的画外音，形象地讲述了她的姨母蒂塔及外祖母等几代人的故事，可以说是墨西哥乃至整个拉丁美洲女性命运的带有魔幻色彩的缩影。

影片一开始，就是一个近乎虚幻的场景：传统观念的代表、同时也同样受着传统压抑与侵害的母亲依林娜在厨房中切洋葱。洋葱的气味充满了厨房，并使人流泪不止。这个"厨房"，实际上就是拉美妇女狭小、压抑又苦涩的生活空间的隐喻。在这样的生存环境内，还在母亲腹中的女主人公蒂塔就已经哭泣不止了。而她的出生，更是被流淌到厨房地板上的汪汪泪水推拥到这个世界来的——泪水成河，以至蒸发后得到的盐，竟有40磅重！这种情节，在日常生活中当然是不真实的。但在它魔幻色彩的底层，却显示着极度的本质真实，它正是拉美妇女生命与生态的"艺术写真"。

影片全部情节根基于"幺女必须侍奉母亲，不得出嫁"这个传统习俗所造成的冲突上。老一代的代表依林娜坚持如此，毁伤了自己，并压制着后人；而她的长女路莎拉又继承了母亲的衣钵，要自己的女儿也必须如是！……这种情节，就明显包含着隐晦的宏观意指了：它违背人性情理、压制健康生命的本质，又岂止于母女间在婚嫁方面的对立？！

为了表现这种拉美社会生活中特定的人文内涵，影片编导将"魔幻"手法大量运用于作品之中，使神奇怪异的场面、情节一个接一个地展示在观众面前——

有时是以荒诞的生活画面作实在的展示：像在路莎拉的婚宴上，众人吃了泪水融进的蛋糕，一个个到河边呕吐的情景。

有时是以充满神奇美丽、如仙似梦的镜头，极具视觉冲击力地向观众传达某种人文指向与艺术氛围：像蒂塔的二姐（母亲依林娜与当年的情人所生的混血儿、健康生命的体现者）苏菲在诗境般的原野上，赤身露体地狂奔，后来投入战士怀抱、一起跃马飞驰的意境。

有时则以浪漫的色调表现超现实的人事：像蒂塔被送走治病的那场戏中，马车后面所拖的毛毯竟达百米之长！无疑，它表示着蒂塔爱情失落的深深痛苦与对压抑人性的"专制暴君"（依林娜）的强烈抗议。

有时，则以人鬼对峙、健康生命与残酷规范相拼搏的蒙太奇编排，展现似梦非梦、亦虚亦实的恍惚画面：像依林娜的幽灵多次出现在蒂塔面前，只有蒂塔一人能见到并与之抗衡。

有时的情节更是极力显现拉美文化的特色：像蒂塔的病，因喝了充满爱心的人所做的鸡汤后，立时消失；像众人吃了蒂塔的"玫瑰汁鹌鹑"，竟因人而异地或甜蜜、或苦涩、或兴奋、或疯狂；像影片最后处，蒂塔竟然吞下大量火柴，与爱人在强烈的光辉中，永不分离的神幻镜头，等等，时时体现了拉美文学与古玛雅文化中咒语谶言、显灵征兆等乖怪神秘的因素。

上述种种，又由于导演在拍摄中，极好地调动了电影的视听元素，充分运用了声、光、色、图等艺术手段，在营构出来的特定艺术氛围中，展示既定的情节内容，"魔幻"的表现，就愈加浓厚了。

而全篇内容的展现，更因着昆塔这个隔代的青年来讲述先辈几代人的近乎传奇的故事，便又生出一种"间离效果"。这，无疑也增加了遥远的神秘感、迷离的虚幻性。

例析之二：《梦》
日美合拍影片，1990 年出品

剧情简介：

第一个梦："太阳雨"

5 岁的男孩坐在屋檐下，好奇地看着阳光中飘洒下来的细雨。房门里传来妈妈的声音："千万不要出去啊！在下雨出太阳的日子里，肯定有狐狸要嫁娶的。它们不愿意给人看见。谁看了会倒霉的！"

小孩没有听妈妈的话，悄悄走进树林，他隐约地听到了笛子和大鼓的声音。透过树的间隙，他看到了一团白色的东西在晃动。他想跑，却害怕得一动也不能动。那白色的东西原来是两个提灯笼的男人，后面则是穿礼服的新郎、新娘……果然是狐狸娶亲吗？它们跳着奇怪的舞步，向小孩走来。男孩终于发现这些穿着华丽服装的都是狐狸，于是，拔腿奔逃……

家门口，妈妈严厉地喊："你去看狐狸娶亲了吧！像你这样的孩子，不能再回家了！"男孩在太阳雨中哆嗦着。妈妈说：刚才狐狸来了，发了很大的火，留下一把短刀，要杀孩子。妈妈要男孩向狐狸求情。告诉他：狐狸的家在雨天中彩虹的下边。

男孩走向夕阳下的原野，一边哭着一边四下张望。这时，一条七彩长虹架在了远山顶上。孩子怀抱着短刀，向那里跑去……

第二个梦："桃园"

女儿节。房间内，女孩子们玩着游戏。

一个男孩端着盘子走进来，盘子上放着六个糯米团子。姐姐接过分给众人。盘子里还剩一个。男孩奇怪：刚才明明有六个女孩，怎么少了一个？姐姐说："没有啊。你弄错了。"男孩不信，向隔壁房间一看，果然有一个女孩在桃枝边坐着。可别的女孩却都看不见。桃花边的女孩向外边走去，男孩紧紧跟出来。姐姐喊："你去哪儿？不要出去！"

那女孩在竹林中忽隐忽现，一身粉红色衣服。后来女孩不见了，男孩看见前面梯田上站着许多衣装美丽的花仙。男孩寻找那女孩而不见。人们责问他："为什么折断桃枝？""女儿节就是桃花节。桃枝被折，她们在哭泣。你也吃不到桃子了。"男孩明白了什么，说自己是因为喜欢才折桃枝的，现在心里很难过。花仙们见他很真诚，原谅了他，并决定为他再盛开一次桃花。古乐奏起来，花仙们翩翩起舞。男孩如入仙境，破涕为笑，刚才的恐惧消失了。

花丛中，那个粉红色衣服的女孩又出现了。男孩忙追上去。可女孩又不见了。男孩怔住：原来他正孤身一人，站在被砍折得荒凉芜败的桃园中……

第三个梦："暴风雪"

在暴风雪中，四个男人正艰难地往山上移动着脚步。从他们脸上的胡须可以看出他们已经出来好几天了。天渐渐暗下来，他们开始不安并相互抱怨。有人说因为出发太晚，才赶上这种坏天气！领头的男人说才十一点钟，并不晚。另一个男人道："你仔细看看，表停了吧！"有人怀疑路线有问题。也有人说，可能快到山顶帐篷了。无论如何，众人都已经疲惫不堪，有人滑倒后再也不想起来了……领头的男人让大家休息一下再走，又提醒道："千万不能躺下，否则会冻死。"

……不知过了多久，四个蜷成一团的人几乎被大雪掩埋了，谁也不知道别人是否还活着，只听得有低声的呻吟："不能……睡着……是会冻死的……"可是，他们还是都睡着了。

一个身穿闪闪发光的和服的女人飘然而至，长长的头发在风雪中乱舞。她动作轻盈地将闪光的丝绸盖在人们身上，温和地说："雪是暖和的……冰是热的……"雪女唱着轻柔的歌在四个男人周围飘来飘去，她的面孔由年轻美丽变得丑陋可怕。男人们在朦胧中欲起不得、身不由己……忽然一阵雷鸣，女人消失在风雪中。

男人们奋力钻出雪堆，异口同声地说："快起来听！起来听！"阳光从云层的缝隙间射向雪山，在依稀可见的雪山顶上，已经出现了帐篷。

从梦中醒来的男人在阳光下，向山顶奔去……

第四个梦："隧道"

黑夜，一个穿着旧军服、戴战斗帽的复员军人向前面黑漆漆的隧道口走去。他有军人气质，但每一步都走得艰难。

突然，从隧道里冲出一条黑色军犬，吐舌露齿、极凶恶地扑来。人与狗对峙许久。狗转身跑回隧道。那男人跟随着进入……

……黑洞洞的隧道口处。复员军人刚想迈步，像从地下冒出来似的，一个士兵站到了他的面前！士兵："中队长阁下！"复员军人吃惊："你，——是野口上士?!"士兵："是。我本来战死了。可是我认为自己并没有死，因为我离开队伍后，还回家吃了母亲做的团子呢。"复员军人："这是你在战死前、弥留之际所做的梦啊。说完后你就死了，我记得很清楚。"……士兵不再作声，转身走回隧道。复员军人想哭。没等他哭出来，隧道里走出一队军人。领头的少尉向中队长敬礼："报告，第三小队全回来了，没有任何意外！"复员军人立即以军官身份讲道："很抱歉，活下来的我，真没有脸见你们。……做俘虏的滋味并不比死好受。……求求你们，还是安息吧。……"士兵们一动不动。过了片刻，复员军人近乎哭喊着亲口下令："第三小队，向后转，齐步走！"士兵们整齐地又走进隧道……

军犬又从隧道里窜出，舌头吐在外面，时时发出吼声，凝视着复员军人……

第五个梦："乌鸦"

一个青年画家向河边洗衣的妇女喊："请问凡·高的家在什么地方？"从妇女的服装上可以看出，这里是19世纪的法国乡村。一个妇女："他刚过桥到河那边去了。"青年道谢后过河。妇女喊："你可要小心，他是刚刚从精神病院里出来的！"青年走入一片由画板组成的风景区。草地上，凡·高正在作画。青年听凡·高谈论半懂不懂、玄而又玄的绘画体验。青年看到凡·高的自画像眼里，出现了一辆火车头的活塞与车轮。凡·高头上戴着绷带，原来因为总画不好自己的耳朵，就把它割下来了……

青年在原野上徘徊。刹那间才发现自己是站在美术馆里，面对着凡·高的一幅原野油画。

第六个梦："红富士"

一个青年走在人群中，发现众人都惊慌失措、慌恐地乱跑。没有人回答他的问话。一道栏杆挡住前面的人群。原来前面就是富士山。但它已经失去了往日的美丽景观，周围涌动着原子弹爆炸后的红色蘑菇云，同时，一声声地震般的轰鸣也响了起来。人们乱成一团。有人喊："富士山喷火了！"有人喊："是原子发电厂爆炸啦！"果然是发电厂的六个原子炉一个接一个地爆炸。人们绝望地遥望着富士山狂喊滥叫："日本国太小啦，无处可逃啊！""跑也没有用。可不跑也不行啊！"……

青年帮助一对夫妇来到海边，其他人已经不知去向。男人指着海说："他们都沉入海底，我们也无处可逃了。"并讲自己就在发电厂工作，指着红黄色的放射性辐射光，道出死神即来而人们毫无办法。女人紧紧搂住孩子："大人死了也就算了，可孩子的生活还没有开始呀！"

……在一片哭叫声中，那奇异的雾渐渐涌来……人们在这红黄色毒雾中挣扎、吼叫……

第七个梦："鬼哭"

年轻人走在一个黑灰色世界中。前面的雾气中隐约出现了一个怪物，它嘶哑地问年轻人："你是人吗？"年轻人吓了一跳，以为它是鬼。怪物告诉他自己以前是人，因氢弹氯弹那些玩意儿弄成这样的。他们一起走，看到了各种奇形怪状的东西，像长了毛的鱼、一只眼睛的鸟、头上长着角的鬼怪等。青年被告知：这都是原子放射线的结果。

望着受难受罪的各种生灵，青年人不知该怎样躲开这个难以忍受的世界……

第八个梦："有水车的村子"

风和日丽，青年来到一个美丽的村庄。山清水秀，犹如人间仙境。问及修水车的老者，才明白这是一个远离现代世尘、毫无高科技污染的"桃花源"。这里的人们生活安详、自然，人与人之间充满真诚爱意，彼此都能宽容、理解，个个健康、长寿。纵使是死亡，在这里也绝不悲哀，而是大家穿着明丽的衣服，歌舞着送走逝去的生命……

青年望着送葬的队伍渐渐走远，心中一阵轻松，脸上现出微笑。小桥边，许多美丽的蝴蝶在飞舞，青年摘了几束野花，放在桥头的石板上……

作品赏析：

如果说，《情迷巧克力》是以一个完整的故事扑朔迷离地表现现实生活，则本片则可以说是扑朔迷离地以八个梦境、魔幻的色彩来完整地表达对社会人生的认识了。

正因为其扑朔迷离、魔幻风格的艺术表现，所以，我们也不必按图索骥、对号入座地将八个片段的梦境十分机械地一一附会、图解，非要印证它们都各自影射、对照着社会现实中的某一方面，而只作整体的意会、感悟即是。

《梦》绝非没有主题。不过以较隐秘，乃至故意虚幻的艺术语言表现而已。我们固然不宜对号入座地理解，但从各个片段的大体内容或某些场景、画面特定的艺术营构间，还是能够把握其神旨的。从总体上体味，应该说这是一部表达作者对世界、对人生的现实关注与哲学寻思的艺术之作。

比如第一个梦，通过小男孩对未来世界的神奇向往及与之并生的恐惧，不是充满诗情画意地表现了"人之初"的共同状态与心理吗？而第二个梦，则是以迷离恍惚的色调，在美丽的神话般的意境叙述中，展示了人们对幸福的渴望、追寻以及在成长中难免的失误或错误。第三个梦，很难一定说它表现的是什么，但总能有大体的意会：人生之途，充满艰苦、磨难，人们在其中也往往迷失。但是，只要有一种顽强进取、奋力拼搏的精神，总可获得爱的温情、阳光的引导。第四个梦，较为清晰地表述了人们对残酷战争的否定及战后心理的创伤。第五个梦便有些朦胧了。但我们从凡·高在"画板上存在的自然风景"中写生而难能成功，以至痛苦地割下自己的耳朵的描述间，在青年从画板中醒回到现实后、喧嚣其耳边的体现现代物质文明的火车汽笛声中，不是已经可以体味到某种既定的内涵了吗？第六、七两个梦，以原子战争造成的残酷、令人发指而又无可逃避的"世界末日"般的景象，既含有对历史的鞭笞，更充盈着对未来的警告！最后，在第八个梦中，则以"世外桃源"般自然、质朴、纯净、健康的人生图画，传达出一种"返璞归真"的理想。

粗看本片，确显得杂乱无章、随心所欲，真如破碎、迷离的梦境。并且每个梦境自身的表现也都迥异现实，并毫无章法规则：其间，或如童话，出神入化；或如臆想，毫无轨辙；或是人生隐喻式缩影，或是世态夸张性畸形；或是潜在的幻觉，或是神秘的图符……总之，这部影片任意纵情地、别出心裁地展示了诸如童心、道德、爱情、生死、战争、污染、核扩散等众多方面，诚然迷乱、奇幻之极。但是，"惚兮恍兮，其中有象；恍兮惚兮，其中有物；窈兮冥兮，其中有精"（《老子》第二十一章），我们在通篇观后、在作整体的形象审视与理性反思时，还是能够有大体而确定的领悟——它引导我们对人生态势有一个全程的哲学认知，对我们寄身于斯的世界危难有一种迫切的现实惕觉。

例析之三：《2001 年太空漫游》
英国影片，1968 年出品
导演：斯坦利·库布里克

编剧：斯坦利·库布里克，阿瑟·克拉克（根据后者的小说改编）

剧情简介：

影片开始，银幕上打出字幕：人类的黎明。

大约在400万年以前，大地一片寂静。动物的白骨散落在荒凉的土地上。在这一望无际的旷野中，生息着人类的祖先——类人猿。他们跟史前时代的动物进行搏斗，以求生存。

一块巨大的黑色石板神秘地竖立在大地中央。一群类人猿围着它又跳又叫，兴奋异常。他们怀着敬畏的心情向它靠近，一个类人猿先用前爪轻轻抚摸，在确定无害之后，他们一拥而上，又是抚摸，又是拥抱，欢乐不已。

在黑石板的点化下，类人猿首次学会了使用兽骨当武器和工具，带来了人类进化过程中的第一个重大转折。类人猿用兽骨杀死其他动物，为自己猎食，慢慢地也开始用兽骨相互残杀、争斗。

这时，一根兽骨扔向天空，立即化作一艘宇宙飞船——人类进入了2001年。在古典交响乐的伴奏下，人类从史前跃入太空时代。

"猎户座"宇宙飞船在太空遨游。宇航员通过监视器与地球上的家人联系，互致幸福。飞船飞临月球。五名宇航员乘坐登月舱，来到神秘的黑色石板前。一名宇航员像类人猿一样，伸手抚摸石板，未发现异常。突然，石板发出刺耳的尖叫声，大家头部好像被电击一般，都失去了平衡。尖叫声来自木星方向。飞船向木星飞去。

地球上的记者通过监视器对宇航员进行采访。飞船上有个实验项目是研究在冬眠状态下，人的生命能维持多久。参加这一实验的有三名宇航员。

飞船的中枢神经是一台名叫哈尔的智能电脑，它能像人一样进行思维和讲话，并具有人的感情、感觉，它负责监护三名处于冬眠状态的宇航员。

宇航员弗兰克的生日是在飞船上度过的。地球上的父母在家中为他准备了蛋糕，并通过监视器祝贺儿子生日愉快。哈尔也向弗兰克表示祝贺。

有一天，哈尔问宇航员戴维：对这次太空探险的神秘任务有没有产生过怀疑？哈尔认为，此次飞行从准备工作开始就极其秘密，令人不解。戴维也不知原委。

后来，哈尔告诉戴维和弗兰克：飞船的通信系统出现了故障。两人准备到飞船外面进行检查前，向地面控制中心报告。但地面中心回答：根本没有任何故障存在。两人开始意识到哈尔企图摆脱人类控制，便密谋关闭哈尔，将飞船改为由人来驾驶，继续完成到木星探险的任务。但哈尔懂得唇语，从两人交谈中得知了两个宇航员的计划。趁弗兰克离开飞船之际，哈尔切断了他的生命线，使其在太空中飘浮。戴维乘坐太空器离开飞船想要救弗兰克，但未成功。当他想返回时，被哈尔关在门外。戴维用机械手强行打开舱门，再利用爆破带弹回了飞船。此前，哈尔已经将三名宇航员杀死。

戴维进入飞船后，决心为死去的宇航员报仇，开始拆卸哈尔的智能软件，欲置其于死地。哈尔紧张了，承认自己作出了错误的决定，表示愿意改正，帮助戴维继续完成探险任务。但戴维不为所动，继续拆卸。哈尔终于"死"了。

戴维在战胜哈尔后，用人工操纵器向木星飞去。此时，地球中心告诉他：18个月以前，在地球上发现了智慧生命的第一个证据，就埋在黑色石板附近近40英尺（约合12米）深的地下。这就证明黑色石板与人类起源有关，同时石板的渊源又与木星有关。400万年前，黑色石板就已存在，但至今没有人知道它的来历与目的。飞船到木星的任务就是要设法解开这个谜。

飞船在木星附近的太空中飞行。突然，黑色石板也出现在太空中，与宇宙飞船一起遨游。接着，一声巨响，飞船被打入五光十色、如梦似幻的无垠空间中。戴维则回到了1700年前的一间中世纪的卧室里，成了一个百岁老人。然后，黑色石板又在这间卧室里出现，慢慢向床上移去。最后，一个新的生命——新的宇宙婴儿——诞生了，并向地球的方向漂浮过去……

于是，在地球上，一个新的物种取代了旧的物种，又开始了新的征程……

作品赏析：

这是一部典型的科幻影片。

一般的此类作品，或以科幻的手段表现现实，或以科幻的手段展示未来，或截取社会生活的片段，或聚光于星际冲突的时刻……本片的特殊处则是：从一个非常高远的视点，使观众在漫漠恢宏的远古、现在与未来三时段相与为一、周而复始的演变进程中，在产生一种形而下的现实反思的同时，更有一种形而上的感悟与超越。因此，可以说，《2001年太空漫游》是库布里克所创作的对"宇宙中的生命"进行哲学思考与透视的重要篇章。

这部影片以高科技的手段，向人们展示了人类的起源：那块巨大的石板（宇宙力量的体现物）教会了我们的祖先——类人猿——如何使用工具争取生存，以及如何使用武器进行"物竞天择，适者生存"的自然界间的生命争斗。在某种意义上可以说：人类是在不自觉的懵懂状态中，被一种神秘的宇宙力量"塑造成人"的。

之后，随着一根兽骨的腾空而起，一艘宇宙飞船出现在太空中——人类一下子从蛮荒时代进入了太空文明。那么，这艘太空船是否是人类的"伊甸园"，将载着我们游向永恒？

大谬不然。

我们可以清楚地看到：在这艘飞船中，宇航员们并没有应该有的欢娱，他们只是被动地从荧屏上接受各种指令、信息，甚至连地球上传来家人对其生日的祝福，也不能使他们脸上出现笑容。这是简单的写实吗？不是。它实际上是对现代社会中，人类被自己创作出来的物质文明控制、压抑，乃至所异化的缩影。

唯恐观众体会不到这一点，影片更是用以下情节形象地展现了人类文明史上特殊的一段行程：在飞船飞行过程中，宇宙飞船中的中枢神经、人类自己制造出来的智能电脑，竟非要置人类于死地。它先杀死进行科学实验、正处于冬眠状态的宇航员，然后又杀死了弗兰克，并企图将戴维永远留在太空中……这些情节内容，便以科学幻想的具象形式，极逼真地表现了人类社会进程中难免的一段历史。当然，影片中，作为人类的代表戴维总算战胜了哈尔，但其间的窘迫、艰难，不也充分体现了此段阶程中人类的尴尬与困境？

人类的未来将会如何？宇宙的生命如何替代？

库布里克安排了一个非常哲理化的幻象结尾：戴维在瞬息万变的太空中迅速老化，接着，宇宙胎儿诞生。这就暗示宇宙生命的一种轮回式再生——人类死后复生，但绝不是简单的再生，而是宣告"人"这一旧的生命物种在经过黎明—衰老—死亡的进化过程后，已不复存在。一个全新的生命物种势必取而代之。

这，当然只是"一种"关于人类生命、宇宙演进的幻象喻示。

我们尽可以不同意本片的哲学观念，但作为一部科幻影片，它无疑是成功且优秀的。它既是对人类过去、现在与未来充满科学氛围的形象展示，其具体的制作又无处不体现着现代高科技的精华——因此，冠以"科幻作品"之名，当之无愧。

尤其更须指出的，它不是只以感官刺激、恢宏场面来取悦观众的那种现代"高科技杂耍"，而是深远内涵与精湛形式的相与为一。只这一点，便可谓当代科幻化影视作品的楷模了。

第七章
"表现"(三)：象征化

第一节 "象征化"的理性阐述

一、象征的内涵

作为表现方法，象征是指以独特、完整的艺术形象体系为基础，进而表现或暗示出一种超越这形象体系自身的哲理内容与美学意蕴的艺术手段。

因此，象征的特征如下。

第一，它应具有独特、完整的艺术形象体系，而不是只有局部，甚至孤立的细节形象；第二，它应表现或暗示出超越这形象体系自身的深邃、丰富的人文内蕴。即是说，它不应是形象之间的简单比附、单向譬喻，而应有更为阔大、深厚的内涵升华。简言之，应是"具象与抽象的深层融合"。

在这一点上，各种文章或著述中，常显得纷繁杂乱。

比如《美国传统辞典》对象征及象征化的定义，便如是说：象征是一种通过联想、类比或约定去代表某种东西的实体，特别是代表某种不可见事物的物质实体。象征化就是用象征来体现某种事物的过程。这，就将象征降格为一般的比喻了。

我们国内的一些专家学者也赞同此论——由于将象征视为两种具体事物间因联想或约定而生的简单类比，自然便把"象征"与"譬喻"（或曰隐喻）归成一类了："哲理性影片中多用象征手法，以赋予哲理以某种形象性，如杜甫仁科影片就有许多象征镜头。爱森斯坦、普多夫金、卓别林等电影大师也重视象征手法。在（20世纪）七十年代影片中，一般以写实镜头为主体，但也往往穿插一些象征镜头……在外国电影中也用隐喻一词，特别是在苏联（20世纪）二十年代电影里。象征与隐喻是很类似的概念。……直观性、浓缩性、假定性和简练性，是电影象征和隐喻的基本特征。"[①] 然而，我们应该清楚地认识到：杜甫仁科、爱森斯坦等人在其电影语言中所体现的，只是隐喻或曰某种暗示、某种比拟。如以狮子的三种状态比拟人民觉醒的过程，以大海波涛表现人物激情，以青松比拟人物永生，等等，它们远没有进入"象征"的层面。

---

① 罗慧生：《世界电影美学思潮史纲》，292～293页，太原，山西人民出版社，1985。

确实，象征与譬喻（隐喻、暗示、比拟）有相似之处。正如譬喻要求喻体与被喻事物之间要有某种相似的特点一样，象征也要求象征物与被象征物之间有某种相似特征，从而引起人们由此及彼的联想。不过，譬喻所喻之事物或道理较具体、狭窄、直观，而象征所显示的事物或道理则一般较为抽象、阔大、深远。用**歌德**的话说，真正的象征手法出现在部分的东西是更加普遍的东西的代表者的地方。

将两者混淆起来，对真正发挥象征手法的作用，是不利的。在很多文章或著述中所说的"象征"，实际上只是一种"譬喻（比拟、隐喻或暗示）"而已。比如人们常说，龙是中华民族的象征，这里所说的，实际上只是一种具象比附；比如对一些文学作品的局部甚或细部形象轻易地赋予"象征"品格，像认为鲁迅小说《药》中最后出现的那个花环，陆游《咏梅》中对梅花高洁风骨的赞叹等，都是没有把握"象征"真正内涵的体现。真正的象征，应体现在超越形象体系的恢宏深远的总体意境中，应是某种哲理与诗情的完美"大结合"。

总之，作为艺术创作中的象征（象征化）体系，除了应该具备形象与哲理的结合、达到一定艺术境界这些基本品格以外，还应该是艺术结构中的一个有机整体，溶化在人与人、人与社会、人与大自然各种关系的综合之中。它不应是局部的细节的暗示，而应是整体的"超越"。

二、象征的体现类型

以整体超越为前提，象征在具体的艺术篇章中，常呈两种类型：具象象征与总体象征。

具象象征借助于特定的具体形象，并以之为核心，来串联、组织作品整体的艺术形象体系，进而表现既定的哲理意蕴。

其中的这个"具象"，既是作品有机组成中不可缺少的现实成分，更是作品整体内容运作的原动力——就像一种潜在的磁场，支配、吸引、调动着各种场面、人物与情节的演变，进而使全部内容生发出超越性的既定意蕴。

例如苏联**阿斯塔菲耶夫**的《鱼王》：那条神秘而强悍的大鱼，作为自然力的具象体现，渔人们都敬它、畏它，但在潜意识中又都想征服它、抓到它。于是，一场场剧烈、艰难乃至痛苦的搏斗时时展开……最后，渔人虽然刺伤了它，但自己也因此失去了生命。而那条大鱼却仍然顽强地游走了。在这部作品中，很明显，大鱼是作为一个象征物出现的，它支配、调动着一系列场面、人物、情节的表现。所有场面、人物、情节，又无一不是充分"现实"的日常形态，但由于大鱼成为全部作品的核心、统领其余的具象象征之物，于是整个形象体系也便超拔凡俗，而有了深层、阔大的哲理内涵。

再如匈牙利**厄尔凯尼**的短剧《荣誉》：

> 一对居住在公寓里、平日不被人看得起的贫寒夫妻，一直为豪华商店内摆着的外国水果所吸引。终于，在一个十分隆重的日子——男人的生日兼两人的结婚纪念日——用整整半年所积攒的钱，买了那只奇异、神秘、昂贵、可爱的菠萝。一时间，整座公寓都震动了，众人纷纷来探望、过问、赞叹、建议、欣赏，提出各种各样吃法的同时，也掩饰不住暗中的羡慕或嫉妒。而这对夫妻则顿时成为中心人物，感受到无比的自尊与荣誉。众人散去后，两人关紧门，面对着桌上的菠萝，激动至极。但是，用遍各种众人所教的方法及自己随便、任意的吃法后，却发觉这个菠萝并不好吃、毫无特色，跟一般的瓜没有大区别，甚至还不如一般的瓜好吃，最后，靠喝了一大杯水，才勉强将这只菠萝糙涩地咽下去……第二天早晨，两人来到楼道，众人纷纷问：感觉如何？两人面带得意，矜持答道：很好吃！众人赞叹不已：菠萝，毕竟是菠萝哟！……从此，每当路过水果店，这对夫妻都表示：只要有机会，一定再买一个菠萝！

这个剧中的菠萝，便是一种具象象征物了——芸芸众生，总在特定的社会环境中，自觉或不自觉，乃至被动地顽强追求着某种目标，尽管达到目的后发觉是一个误区或一种虚妄，但为了"别人眼中的自己（而不是自己心中的自我）"，却仍要苦苦支撑、打肿脸充胖子般地在越陷越深的病态旋涡中挣扎。本剧的菠萝，不就是那个"目标"吗?!

我国小说界内，这种具象象征的作品更为多见，像蔡康的《空屋》：

> 一个在拥挤、狭窄的城市中生活的家庭，因父亲所说的乡下那幢高大、体面的红色老屋的存在，而获得了一种与现实抗衡的心理支撑。后来，父亲从乡下回来说：老屋破旧、损坏了，要时时修整。于是，众人心甘情愿地节衣缩食，每年、每月地为修整老屋而奉献钱物。日子便这样日复一日、年复一年地过着。一次偶然的机会，儿子去了乡下，才发现：老屋早在十几年前就坍塌，连地基上的红石板也褪色，即将认不出来了。儿子终于明白了父亲长年骗着家人及自己的艰苦用

心。因而，当回到城里，自己的儿子问他老屋情况时，他也如父亲那般回答：老屋很高大体面，是家族的荣誉。"我们尽管在城里住得很挤，但是在老家，我们有着一幢宽敞的老屋！"当然，由于老屋总要修整，所以一家人便仍然心甘情愿地继续节衣缩食、精神昂扬……

这老屋，则无疑是某种社会存在的具象象征了。

至于在影视领域中，像美国著名导演**希区柯克**的《群鸟》，更是众所周知了——

> 影片从现代城市中一个小小的喜剧式插曲开始：青年律师米奇·布伦纳偶然与美丽诱人、爱恶作剧的千金小姐梅兰尼·丹尼尔相遇。因米奇的嘲弄，梅兰尼带了一对爱情鸟追踪到他所住的保迪迦湾。在这里，米奇与母亲、妹妹等家人和谐地生活在一起。这似乎是一个极一般的好莱坞故事的开头。但是，后面的情节却出人意料，先是海鸥袭击了送鸟归途中的梅兰尼，继而是群鸟冲击布伦纳家族孩子们的聚会，而后是袭击小学校、啄死女教师，此后是在繁华的街道上大举进攻人类，最后，群鸟竟然将整个小镇变成死亡之地、恐怖之城，以至梅兰尼终于遭到群鸟的袭击与踩踏，米奇则设法穿过暂时安静下来的鸟群，用轿车载着受伤的梅兰尼和自己的家人，离开了这杀戮之地。影片的最后场面是：前景处是铺天盖地的、黑压压的鸟群。一辆无声滑行的黑色轿车犹如诺亚方舟，载着布伦纳一家缓缓地向景深处驶去……

对这部影片的人文内涵，尽管有各种解释，比如说群鸟所啄击的是"现代文明的薄薄的保护层"；比如说影片是以强烈的视觉语言，揭示出现代社会文明表层之下监视与被监视的人际关系；比如说影片所表现的是"人类一种灾难性心灵历程的外化与呈现"；还比如说影片表现的是危难中的人们"绝望地要穿过俄狄浦斯阶段的'恶梦隧道'的努力"以及这种"心理历程的劫数将呈现为一场外部灾难"① ……但有一点则为大家所共同认定："鸟群"所体现的具象象征的内涵。

运用具象象征，要注意一点：作为象征物的"具象"，不能成为某种

---

① 王迪：《通向电影圣殿——北京电影学院影片分析课教材》，122～123 页，北京，中国电影出版社，1993。

"标签"、某种游离于形象体系之外的机械拼加物，而应是有机整体内的核心或纽带，自然而然、真实贴切地体现出来。否则，便会因为明显的人为编排痕迹，而弄巧成拙了。

总体象征的象征含义并非来自某一特定具象的提携或渗透，而是来自总体艺术形象体系本身。因此，这总体艺术形象体系应同时具备作品的表象演绎与内涵体现两方面品质。

在总体象征这种类型的规范内，又可分出两种具体的呈现方式，即原型总体象征与造型总体象征。

原型总体象征是指通过对生活中某些"自然状态"的原型再现而具有象征内涵的方式。

比如小说体裁的篇章，陈小初的《套圈》① 似乎如实地描述了社会生活中一个普通场景：

> 街面上市声喧嚣杂乱。一个中年汉子"似喜不笑、似怒不凶、深幻莫测"地坐在一把高背朱椅上，面前摆了个套圈的摊子，借一些难能圈到的微小物件来刺激人们上钩。一个男青年偶站摊边，"白脸、高个、神情严肃、目光深邃"，分明是一位绝不粗俗、愚昧的人物。他本也无心套圈，却因女友再三怂恿，终于买圈来投。初始不过游戏而已，但因久投不中时女友的失望以及周围众目睽睽，他的心态开始发生变化："一定要投中一次，以顾全面子！"便一而再，再而三地花几十甚至上百元钱买来上百个竹圈。而随着仍然久投不中，他整个人都变形变态了：眼睛恶狠狠地瞪着，牙齿咬得格格响，眼睛死死地盯着那只一直想套、却总也套不到的瓷狗……额头冒出汗来，手指也神经质地在抖动。心情更加急不可耐，投圈的动作越来越快，快得惊人……在众人注视下，他勉强地扮着笑脸，急促地做着各种手势，话说得很快，嘀嘀咕咕的，谁也听不清到底说的是什么……
>
> 最后，太阳倦了，天色也暗下来，街面上摊贩们开始要收摊了……
>
> 此时，费尽心机的他终于套中了！他兴奋得不能自控，竟蹦跳起来，嘴唇乱抖，因极度的快活而呻吟不止……他双手高高地将那瓷狗举过头顶，像捧着一个国际性奖杯。在人群中挤过时，他甚至还谦恭地对众人含笑鞠躬不已，自以为是一个举世瞩目的英雄。

---

① 原载《上海文学》，1986（1）。

然而：人们已不再注意他，因为又有一个新的投圈者上场了。

刚才还做英雄状的他，顿时像个已至暮年的老者，看着那只花了心血、心机，甚至可以说用尽全部青春所换来的小瓷狗，颓然一声长叹，步履蹒跚地走了……

——他"忘记了"带走那只小瓷狗。……

在这篇小说中，全部形象活动可以说是"生活原型的翻版"，但却从总体上，呈现出一种深层次的人生哲理意蕴。这，便是总体原型象征的体现了。

在影视领域中，此类作品也不乏见。

比如联邦德国影片《人人为自己，上帝反众人》（编导**维尔纳·赫尔措格**，1974 年），便以一个真实存在的人物故事为原型，演绎出下面的形象体系：

卡斯帕·豪泽是 19 世纪 20 年代一个身世不明、像白痴般的神秘人物。生下来便被遗弃。后来被一个雇工收养在不见天日、与世隔绝的地窖里，他不会说话、走路，毫无时间空间概念，过着混沌的生活。在他 16 岁、圣灵降临节那天，雇工因再养不起他，而将他抛弃到城市广场上。之后，这个毫无"清醒意识"、与社会观念及习俗格格不入的"未开化者"，开始了在社会人群间的被动（总是被人扔来推去、送去抓来）行走，先后在军队、警察局、监狱、马戏团、教授家内、教堂大厅、旅行的路途上、英国上流社会的沙龙间……被文明的人们进行认真的"再教育"。但是在这个过程中，他却始终冥顽不化，对各种强加的"规则"总不能理解，及至他学会用自己的话表达思想时，竟然不时使用直率的、并非畸形却决然与"正常思维"相反的逻辑去揭露那些"文明的规则"。例如当牧师向他宣讲"信仰比理解更重要"，并问他：被关在地窖中时，是否曾有一种"天生的主的思想"时，他竟然说：那时他什么也没有想过，并说根本不相信上帝能从虚无之中创造一切！一次，教授带他去做礼拜，只一会儿，他就从教堂里跑了出来，他告诉教授：实在受不了里面的声音——教徒们的歌唱，对他来说无异于使人厌恶的喊叫，牧师的布道尤其刺耳、不可忍受……相反，对于人们无视的大自然，他却有自己独特的感受。比如他认为苹果是有生命的，它们有的聪明至极、有的会累……有时，他更说出令人惊异的话："我觉得，我是被重重地抛到这个世界上来的。"

……就是这样一个人，当然不为社会所容。于是，他不时受到来自各方面的威胁。终于有一天，他在路上被人拦住去路，一把刀子刺进了他的胸膛。弥留之际，他向众人叙述了一个所梦到的奇特故事：茫茫沙漠中，一支商旅在一个双目失明的老者率领下行进着。有人突然跑来说：一定是迷了路，因为前面出现了高山。老者凭感觉，嗅嗅空气，又尝尝沙子后，果断地说：没有错。是你们错了。你们看到的，只不过是幻象而已！于是，商旅在老人的引领下，继续前进，最后到达了东方的某个城市……说完，他便停止了呼吸。

卡斯帕·豪泽是历史上一个真实的人物，生于 1812 年 4 月 30 日，其父母不详。出生后便被遗弃，被一个雇工收养。豪泽 16 岁时，因雇工穷困、无力继续抚养，他又一次被遗弃在纽伦堡市的广场上。随后被一个中学老师收养，次年（1829 年），豪泽遭到第一次谋杀，幸未丧命。从 1829 年 12 月起，图赫男爵成为他的监护人。后来，他又先后被另外两个人监护或收养。1833 年 12 月 14 日，豪泽第二次遭到谋杀，数天后于 12 月 17 日死去。他的事件被披露后，引起社会各方面的强烈反响：人们或对他的神秘身世感到好奇（有人推断他是王位竞争失败后某公爵的儿子），或以他作为精神病学、社会心理学研究的对象，而从"科学"角度倍感兴趣……

本片编导赫尔措格对上述反响提出了抗议。对本片的题旨，编导者如是道："卡斯帕·豪泽是成为少年之后，粗暴地被推进一个他此前全然没有看到过的世界里的。……卡斯帕曾经是个全然没有理解能力、没有语言能力，没有受过文明熏陶的人，一个像璞玉一样未经雕琢的人，一个粗野的人，一个像是从其他某个星球降临到地球上的天外来客。当他被推入一个虚伪、世俗的市民世界之后，便开始了一部受难的历史，开始了一个将本来颇具人性的人慢慢地加以扼杀的故事。直到卡斯帕被谋杀后，人们还拼命地在他的身上寻找某种畸形的东西。其实这种畸形的东西，正是那个一心要按照他们的标准对卡斯帕·豪泽进行调教的资产阶级社会。在这一点上，他们都可说是瞎子。"[1] 赫尔措格在影片中还借卡斯帕之口对影片题目进行阐述："当我环顾我的周围，看看四下里的人们，真的就会有这样一种感情产生：上帝必定会反对他们！"

---

[1] 郑雪来：《世界电影鉴赏辞典》（续编），387 页，福州，福建教育出版社，1993。

从上述介绍里，我们不是已经清楚地体味到影片的总体象征意蕴了吗！影片并不注重讲述引人入胜的故事，而重在展示既定的深层哲理；它绝不是仅仅描绘某些特殊的病态人物的传奇，而是将人物作为社会病态的症结，对过去与当时的社会本质作出卡夫卡式的象征化表现。法国影评家居·台斯依尔明确指出影片的内涵就是"它对社会所持的批判与嘲讽的目光。卡斯帕健全的人的理解力之所以竟使一位医生的逻辑站不住脚，那完全是由于在这一逻辑的背后，隐藏的不过是一种令人头昏目眩的、无价值的虚无罢了"①。瑞典著名导演英格玛·伯格曼 1977 年在美国《新闻周刊》上也盛赞影片为"一生所看到的十部最好的影片之一"，认为它所表达的哲理是"深刻的、智慧的和美妙的"，因而是一部"令人难以置信"的杰出作品。

此类原型象征的影视作品，如意大利影片《大路》（编导**费里尼**，1954年）、《一个女人身份的证明》（编导**安东尼奥尼**，1982 年）、法国影片《熊的故事》（编剧杰拉尔·布拉什根据柯伍德的小说《灰色的王》改编，导演**让-雅克·阿诺**，1988 年）、美国影片《现代启示录》（编导**弗朗西斯·福特·科波拉**，1979 年）等，均可例证。

造型总体象征，是指作者以有意"编造"出的艺术形象体系来呈现象征性内涵的方式。它不是毫无痕迹地"摘录"生活原型，而是"创作"出一特定的既有明显杜撰性，又含本质真实性的生活情景，而使人们领悟某种哲理的艺术手段。

这种表现手段，在一些具有现代风格的艺术篇章中，多有所见。像众所周知的**塞缪尔·贝克特**的戏剧《等待戈多》。第一幕：乡间路旁，一棵枯树。衣服破烂的两个流浪汉相遇，无聊地讨论上吊与否和等待戈多等内容。奴隶主与奴隶上场，主令奴为自己忙个不停，又叫他发表"思想"。奴隶便演说谁也听不懂的呓语。众人则时而呻吟、时而暴怒。最后一男孩作为戈多的信使来告诉众人："戈多今晚不来，明晚来。"下一幕：同一时间、地点。枯树上长出了几片叶子。两个流浪汉仍在等待戈多，并想到了死。奴隶主与奴隶已经衰老不堪、气息奄奄地摔倒在地……大家却仍在等待戈多。最后，男孩来了，说戈多明天晚上来。两个流浪汉想上吊，裤带却被坠断了……于是，众人决定继续等待。剧中，戈多到底是什么？众人为什么空耗生命、麻木混沌地非要等待它？作者没有告诉观众。只

---

① 郑雪来：《世界电影鉴赏辞典》（续编），388 页，福州，福建教育出版社，1993。

明白无误地向观众展示：这总体的形象体系，本是人为编造、杜撰的。然而，它却真实地反映了现代社会的某种哲理意识，呈现出深沉阔大的象征内蕴。

中外小说作品中，此类篇章更为多见，如卡夫卡的《判决》《梦》《骑桶者》①等，像我国史铁生的《命若琴弦》、张承志的《大坂》、刘家琨的《高地》②，再如鲁迅先生的《过客》，不也是典型的造型象征体现吗?!

影视作品中像意大利费里尼的《乐队排练》：乐队在排练，但各种乐器总不协调。此时，一个大球猛地投过来！整整一面墙被轰然碰倒，屋内弥漫起灰尘。奇特至极——队员们经此意外的冲击，反而精神一振，在指挥引领下，顿时大大地提高了协奏的效果⋯⋯剧情虽然很简单，却寓意深刻。正如导演费里尼自己所说：他要摆脱一种"令人不安的混乱情境"，"在集体行动中，整体与个体综合为一。我感到这种情境象征某种可以协调地生活的理想结构"。③

而法国新浪潮中"左岸派"的作品《去年在马里昂巴德》（编剧：罗布-格里耶；导演：阿仑·雷乃）在运用造型总体象征方面，更具代表性：

> 一所巨大、豪华而阴森的旅馆，在仿佛永远也走不完的回廊里，到处布满了暗淡的、冷漠无情的装饰物。一座坟墓般的冷冷的大厅内，身穿礼服而表情僵死的男女观众，一动不动地观看台上的戏剧演出。机械、模式化、毫无生气的舞台演出之后，那一男一女两个演员也僵硬在台上，成了一动不动的"活人画"。长时间的沉默。热烈的掌声与突如其来的强烈的音乐结束了这个莫名其妙的怪异场面。观众们开始走动。一年轻女子 A 站立不动。一男子 X 的声音不时在 A 耳边出现："你还是和从前一样的美"，"可是你仿佛完全记不得了"⋯⋯X 的声音一再强调：去年，两人曾在某公园初见。并讲了许多当时的细节。女子 A 开始否认，说 X 肯定认错了人，她根本没有去过什么腓特烈巴德公园。X 则坚持说：那也许是在另外一个地方，比如在卡尔斯塔德，

---

① 参见［奥地利］卡夫卡：《卡夫卡短篇小说选》，北京，外国文学出版社，1985。

② 参见吴亮等：《象征主义小说》，长春，时代文艺出版社，1988。

③ 罗慧生：《世界电影美学思潮史纲》，223 页，太原，山西人民出版社，1985。

或在马里昂巴德，或在巴顿萨尔沙，或者就在这里、这间大厅里……X 就这样继续讲着两人曾有过的今天的约会……女子 A 开始感到迷茫、疑惑起来：或许，真的是自己记不清、但确实发生过的事情？……X 的描述十分详尽，继续说服 A。镜头不时出现 A 不承认的两人"去年在马里昂巴德"时的画面。并告诉她：只因为怕自己的丈夫，她才没有跟 X 出走。A 惊慌至极："完全不对！我根本不认识你！完全没有那回事。"但 X 坚持说，是她记忆出了毛病，一再用去年的种种场面、举止、细节来提示她……A 终于动摇了：她也不能确切把握是否真有其事了。只无力地抵制："不行。不行，那是不可能的。"似乎是 A 的丈夫的另一个男人 M 来了。面对 M，A 对刚才已经有所记忆的去年的事，又发生了疑惑：到底真有其事吗？……X 冗长的说服仍在 A 耳边继续，A 则在 M 面前，愈来愈局促不安、举止失措。终于，在午夜钟声响起来的时候，X 缓慢地跟着 A 走出旅馆大门，M 则同样缓慢地朝他的房间走去……在整个影片中，除了大量梦幻般的画外音（X 的，A 的，或者连代号也没有的男人或女人的）外，便是无休止的对环境的展示（无穷无尽的走廊、建筑风格奇特的旅馆、有着无数雕像的花园、光线乖戾的大厅……）和谁都难以分清是过去、现在抑或将来已经发生、正在发生、或即将发生的 A 与 X 交往的场面（因为观众所看到、听到的只是冗长的谈话声音、僵滞不动的半抽象人体，没有任何戏剧动作）。为了使影片显得迷离恍惚，导演更有意识地把布景搞得极富梦幻色彩，如大量运用光影变化、黑白对比、镜子映象、机械噪音以及毫不连贯的语句、长时间的静默、短促的笑声、错乱的声源、完全静止的"活人画"等。

那么，这部影片到底要表述什么内容呢？我们没有必要一味在罗布-格里耶以及阿仑·雷乃等"新小说派""新浪潮"中的所谓"左岸派"的宣言词语上转圈子（因为它们往往强调其作品的非理性、无意义以及形式便是一切等等很难自圆其说的"艺术家的狂诞呓语"），只从影片所表述的镜语系列间，便能够有所体味：它实际上所表现的，就是现代社会中人与人的隔绝以及人对自我的难能确定。影片所有的一切表现手段，都不过是编导者为营构"造型总体象征"的情境而有意为之罢了。

类似作品，如瑞典英格玛·伯格曼编导的《呼喊与细语》（1972 年）、意大利安东尼奥尼的《红色沙漠》（1964 年）等，均可例证。我国 20 世纪 80 年代中后期的《黄土地》《大红灯笼高高挂》等，在造型总体象征方面也有所体现。

三、象征手段运用中的基本要求

无论中外作品，都必须遵守"象征"这一美学词语最基本的要求——象征、象征，必须要有"象"有"征"。也就是说：凡象征风格的作品，既要有充分的、不宜过分晦涩的艺术形象体系，又要有蕴含在这体系之内的深厚、阔大的哲理内容。

故，好的象征篇章要注意以下两点。

第一，诗情与哲理要有机结合成艺术的整体。即是说，艺术形象的圆满、充实要与理念思想的生发演绎交融起来。常见有些被称为象征品格的作品，或者只有艺术形象表面的充实、完美，而无人文内涵、深层哲理的潜入，便只成一般的故事了；而另一类现象则更为多见，即过分急切地要阐述某种观念、哲理，而忽略了艺术形象体系血肉的丰满鲜活，则往往成为某种抽象义理的道具式传播。在这方面，我们不宜过分推崇西方那些确有盛名的"先锋派""新浪潮"导演，因为他们在有所创新的同时，也不无失误、乃至失败之作，如伯格曼编导的《沉默》，便因过于抽象、晦涩而受到批评，纵如上述的《去年在马里昂巴德》，作为一种艺术创新、一种艺术实验，虽确有不可否认的价值，但毕竟显得惚恍、艰涩，很难让一般观众接受。

第二，象征要求意蕴深邃、丰富，不可是单向比附。但也绝不可故意玄而又玄，造作出某种隐秘艰深，以至连作者自己也不想懂、观众更无法理喻的所谓象征意蕴。这，绝非"曲高和寡"，其实只是另一种浅薄与庸俗，其效果与真正象征的审美特性恰恰相反，可谓南辕北辙了。

第二节　"象征化"作品例析

例析之一：《飞越疯人院》
美国 1975 年出品
导演：米洛斯·福尔曼
编剧：劳伦斯·豪本勃·高德曼（根据坎·克西的同名小说改编）

剧情简介：
坐落在群山间的国家精神病院接收了一个新病员兰德尔·麦克默菲。他是由警察强制送来的，还戴着手铐。实际上他并没有精神病，这个

38 岁的壮汉因为打架被拘留，为了想出狱才装疯的。

麦克默菲的到来，立即给精神病院带来了麻烦。在第一次参加例行的心理会诊时，他竟然提出：为了照顾病员看棒球比赛，要把白天的治疗活动转到晚上进行。严厉的精神病院权威的象征拉奇德小姐指斥道：企图改变病院的规章制度，是绝不能允许的！为了表示民主，拉奇德要求所有病员进行表决。尽管大家心中都支持麦克默菲，但在拉奇德严峻目光的威逼下，大多不敢举手。只有老头儿切斯威克和小青年比利敢于支持。第一次反抗，失败了。麦克默菲依然不屈服，继续向病员们讲述反抗的必要，甚至表示要砸窗越狱。怯懦而麻木的众人中，又聋又哑的印第安酋长在暗处悄悄地观察着麦克默菲。

终于，麦克默菲在酋长以身体充当"人梯"的帮助下，跳出铁丝网，消失在树丛中。但他没有自己一人逃走，而是等众病友放风之际，驾车载着大家一起奔向码头，在大海上尽情遨游。只是，当他们返航时，又立即被押回病院。麦克默菲得知自己将受到永远不得出院的处分时，决定在心理治疗会上向拉奇德提出质问。拉奇德从容不迫地接受麦克默菲的挑战，她"和悦"地请众病员发表意见。出乎麦克默菲意料：众病员纷纷表示是自愿进院治疗的，并希望继续在病院中治疗下去。拉奇德恶狠狠地指出：实际上只有麦克默菲与酋长两人是被送进来的！拉奇德大方地向病员们征求改进意见。但任何要求却又都被有礼貌地拒绝。老头儿切斯威克因不满拉奇德没收了他的香烟而发牢骚，麦克默菲则采取行动，砸破拉奇德办公室的玻璃，替老头儿夺了回来。为此，与救助他的酋长一起，被院方残暴捆打并做了"电疗"。

麦克默菲决定再次越狱，他给女友打电话，要她来接应。深夜，越狱即将成功，却因举行与众病友的告别晚会等"真纯人性"方面的原因，耽搁了时间，又一次错过了机会。天亮时，拉奇德发现了越狱的迹象，采取了严厉的制裁措施。小青年比利因绝望而自杀。麦克默菲忍受着拉奇德傲慢的目光，乘她转身之际，猛地扑向铁窗，拿出暗藏的钥匙打开铁窗。酋长帮他打开了第二道窗。拉奇德率众"医护"镇压反抗者。麦克默菲冲上去扼住拉奇德的脖子……但终因寡不敌众，被打昏过去。

几天后，麦克默菲被做了脑叶切除手术，成了白痴。深夜，酋长用颤抖的手把一个枕头压在麦克默菲的脸上，直到他窒息而死。而后，酋长奋力抱起水泥墩，砸开铁窗，向黑暗中的莽莽丛林飞奔而去……

作品赏析：

《飞越疯人院》的故事内容，如果不作"审时度势"的背景考察，很容易被视为一个普通的传奇。

因此，有必要先了解一下本片的导演米洛斯·福尔曼其人。福尔曼原籍捷克斯洛伐克社会主义联邦共和国，1933年出生。青年时便在布拉格开始了他长期的电影导演工作。在国内时，即以拍摄富于社会批判精神的影片著称。1968年，苏联出兵捷克斯洛伐克，福尔曼流亡西欧，此时他36岁，后加入美国国籍。

从上述背景材料中，我们可以体味到本片的特定内涵——这是一部以貌似写实的故事而表现象征意蕴的艺术篇章。表面看来，它几乎没有什么人为的意念加工痕迹，也不显示什么高深莫测的氛围。然而，有心人却分明能够从中读出浸润其间的象征意象。当然，如果用机械的类比来解释本片：一定要把这个精神病院视为捷克的象征，把拉奇德视为某位君主、暴君，把麦克默菲视为民主斗士的化身，将众病人视为被压抑而麻木的芸芸众生的符号，将精神病院中的打手视作官方爪牙……都一一对号入座，也未免过于图解了。

对于本片的内涵，倒不妨以较宽泛的人文视角，作某种笼统的象征体会，于是，当代社会、人生中诸如专制与自由、民主与独裁、个性生命与社会规范、真诚的本人与伪善的角色、异化的现代社会与当代人的寻求本真等，便都可以因人（观众）而异地从中获得意会、宣泄乃至引领、点示。作为本是大众化传媒的影视篇章，能如此通俗易懂、"大而化之"地为广大观众所接受，能说不是技高一筹吗？！

例析之二：《呼喊与细语》

瑞典影片，1972年出品

编导：英格玛·伯格曼

剧情简介：

20世纪初，在一个似乎被人遗忘的庄园中，一个大家族的最后三个姐妹中的大姐阿格尼斯身患绝症、濒临死亡。这是一个独身女人。她的两个已嫁的妹妹卡伦与玛丽娅被迫重返故居，与女仆安娜一起照料垂危的姐姐。但除了安娜悉心照料病人以外，两姐妹只是沉浸在各自的痛苦回忆中。阿格尼斯终于死去。但不甘绝望的她又死而复活，

493

她（它）一个劲儿地喊着"冷"，乞求两个妹妹给她一点温暖。而卡伦与玛丽娅却在惊叫奔逃中断然拒绝，只有安娜将她抱在怀中……两姐妹埋葬了阿格尼斯之后，星散而去。只有安娜在默默中，回忆着死去的阿格尼斯……

作品赏析：

一座紧锁的庄园，一个封闭的客厅，一个濒临死亡的女人以及她身边幽冷僵滞的人、物，几个无所谓白天、无所谓黑夜的日子……和导演伯格曼的大部分影片一样，《呼喊与细语》没有什么连贯完整的情节，只有一些时空断裂的片段，只有一些彼此似不相干的心境"故影"，只有几个不得已而被"囚禁"在一起的女人，只有绝望、隔膜与死亡的阴影……

影片一开始，就显示出一种特定的"造型氛围"——沉滞、压抑而僵死的氛围——天幕低垂、晨光如血的镜头之后，立即转入幽暗、凄冷的庄园及客厅的内景，并从此再不脱离。整个客厅，便一直凝滞在凝血般的红色、死样的黑色与永远晦涩的白色之间。缓慢而悠长的镜头运动、古老而阴森的家具陈设、各自痛苦而彼此隔绝的僵板的人物面部特写……使全片充满了一种地狱般的象征意蕴。四个女人，犹如在死牢中徘徊、挣扎的囚徒，乃至连这老宅四面的墙壁上，也仿佛渗透出一个个灵魂在无爱的绝望中的呼喊与呻吟。

导演总以其特有的方式表现人与人之间的隔绝以及每个人内心的绝望——摄影机的镜头长时间地对准垂死的、痛苦的、冷漠的女人面孔，似乎引领观众一同静静地审视着眼前处于绝望、惊悸、恐怖、茫然中的那一个个丑陋、畸形与变态的人物内心哀潮……而在久久地凝视之后，银幕突然隐没在一片红光中！紧接着，便因人而异地分别呈现出一段不堪回首的忆思镜头：

在阿格尼斯，这是一段敏感细腻的心灵渴求着爱、却永远被爱遗弃的回忆。童年时代的阿格尼斯总是以那种渴望的姿态，悄然走向母亲。但母亲却总是以旁若无人的微笑，对女儿的渴求视而不见。于是，孤独凄冷的女儿便只有沉浸在自己对爱的幻觉世界中。这个始终未嫁、濒临死亡的女人，只能在绝望中，向虚空梦魇般地发出一声声永无回音的呼唤……

在卡伦，则是一段血的回忆。她与丈夫的生活，充满了冰冷与敌意。因此，心似枯井、形如冰柱般的卡伦深深仇恨着一切爱的语言表述与身体触摸。这个神经质的、近于疯狂的古怪女人，为了避免丈夫的触摸，甚至会用碎酒杯的利刃刺破自己的身体、脸面，将血污涂满面颊！

在玛丽娅，则是另一种冷酷。这是一个毛发柔软的猫一样的冷酷，这是一种病态的阴森可怖的爱的侵犯者、攫取者的冷酷。玛丽娅永远需要爱，永远要攫取、玩弄他人的爱，而后在爱的尸骨上跳舞。为了一次次调侃式的偷情，她逼使自己的丈夫在绝望中自杀。玛丽娅永远本能地逃避痛苦、永远拒绝对别人的真诚付出。在她的回忆性镜头中，导演充分调动了各种造型手段，营构出伯格曼式的黑色幽默与非人的冷嘲。

只有女仆安娜，这个失去了幼女的母亲，是一个似乎没有记忆的女人。只有她，才具有一个丰满的沉默的肉体。这是片中唯一的一位会以母亲的爱、以最原始的语言——身体语言来传达爱与抚慰的女人。是她使僵死而复活、渴望温暖的阿格尼斯重获了爱的洗礼。在全部影片的构图中，只有安娜才获得了导演的青睐：她是唯一获得水平、平行线条构图的人物。在这里，便包含了导演的象征意蕴——它喻示着力量、安详、正直与纯洁。而无论是阿格尼斯，还是卡伦、玛丽娅，则永远处于动荡的、斜线的倾角构图中，很明显，是表述着导演有意为之的象征性意指。

导演为了使本片的造型象征更具强大感染力，无论在情节片段的设计，还是镜头表现的安排上，绝不顾忌"现实可能"的规范。比如阿格尼斯因绝望已经死亡很久，尸体上甚至出现霉斑之际，竟然会因内心深处绝望于爱的痛苦，从噩梦中惊醒、复活，并以凄厉的、幽灵的喊叫，哀求两个妹妹给她一点点爱怜与抚慰！而当阿格尼斯灵魂附体之后，卡伦与玛丽娅在疯狂的奔逃中，竟变成了僵尸——而即使是变成了僵尸般的死人时，也仍然拒绝给姐姐一丝一毫的爱。这当然是明显的"造型"了。

而为了体现安娜的圣母形象，导演则让安娜在一片尖叫、嘶嚎之中，在漫漠于人间的冷酷之中，独自一人，关闭房门、母亲般地走向渴求爱怜的似人非人的尸身，敞开了自己的乳房与躯体，将冰冷的、开始腐烂的阿格尼斯，孩童般地抱入温暖的怀中——这，不更具一种特定的象征内涵吗?!

整部影片，基本上是在一种冷涩、幽凄、压抑与闭塞的氛围与色调中进行的。只有到了最后，当阿格尼斯终于死去并被埋葬、卡伦与玛丽娅解雇了安娜也冷漠离去之后，当目不识丁的安娜在上帝的祭坛前、打开阿格尼斯充满了对爱的呼唤与幻想的日记时，银幕上才第一次出现了明亮、温暖、柔和的晨光。接着，伴随着已死的阿格尼斯的画外音，影片才继序幕之后再次出现外景：柔和的阳光，无垠的绿草，着白衣、撑白伞的三姐妹

495

缓步向观众走来，整幅画面充满了一种印象派绘画式的光明与温暖……而她们并肩在秋千上时，安娜——母亲的象征者——则在身后为姐妹们摇动着"人类的摇篮"……

诗情与哲理有机结合，有意为之的造型与自然而然的象征相与为一，在使观众明显觉出的"编排"中，却能令其由衷地意会与感悟，《呼喊与细语》所体现的艺术表现手段，值得我们借鉴。

第八章
"表现"(四)：怪诞化

第一节 "怪诞化"的理性阐述

"怪诞"手法，应该说自古有之，中外文艺作品中那些神话、传奇、史诗、逸闻乃至风俗逸事中，均有所见。但这里所特指的怪诞，主要是20世纪以来、自西方"现代派"源起而风行的艺术表现手段。

"怪诞"，意大利原文为Giottesco，指各种奇形怪状的山洞和钟乳石洞。引申到文学艺术领域，则是专指既真实反映生活本质，又具思想上、艺术上独特审美特性的一种表现手段。具体地说，它要求寓真实于怪诞之中，以扭曲变形的外在形态，曲折地表现生活本质的真实。

在现代派的艺术表现中，"怪诞"的生成，主要以两种方式：其一，通过变形达到怪诞；其二，通过错位达到怪诞（在此，须指出一点："怪诞"固然往往因变形、因错位而呈现，但并不是说：只要运用了变形或错位，其审美品格便一定属于"怪诞"——因为在其他表现手段，诸如在"幻境化"之中，两者也是有用武之地的）。

一、变形式"怪诞"

所谓变形，是指在艺术创作中，有意识地改变表现对象的性质、形式、色彩等，使它们更具表现力，以及艺术感染力的手段。严格意义上说，一切艺术品都是现实生活的某种程度变形的体现，比如"典型化"手法，不就是对原汁原味的社会生活通过"集中、化合、归纳、组装"等，进行某种程度的变形处理？但在此处所说的变形，则是更狭义的特定的一种"变形"：专指故意以异乎寻常的艺术体现物，对艺术原型的特定本质作极度夸大的变形表现。

这种特定含义的变形，主要通过"夸张"与"虚妄"的风格来体现。

通过"夸张变形"以造成怪诞：极力夸大客观事物的特定本质与形态，以造成怪诞品格的形象。

比如卓别林的影片《摩登时代》：成年累月在高速传送带上拧螺丝钉的工人，拧得眼花缭乱、晕头转向，拧螺丝钉的机械动作已成为神经质的下意识生理本能。于是，在下班路上，竟然将手中仍然拿着的扳手向迎面而来的妇女的乳头拧去！表面上看，确乎荒诞不经，但正由于对那种违背人性的超强度机械劳作作了夸张反映，便真实地表现了一种深层内涵——人异化为机器。

再如罗马尼亚的尤金・尤奈斯库的《秃头歌女》：一对男女在交谈中，

才发现他们原来是住在一条街上的邻居；再谈下去，才发觉两人原来是同居一幢楼内的房客；再深入交谈，更发觉——原来两人竟是住在同一房间内的"夫妻"！……但到底是不是确实的夫妻，又有些恍惚迷离、不能确认——因为两人谁也弄不清包括自己在内的确切身份！人与人之间，竟然疏远、隔阂到这种程度，不是变形得太离奇古怪、太不可思议了吗？然而，在这种哭笑不得之中，人们不是可以悟出现代社会中确实存在的此类本质的真实吗？！

再看约瑟夫·海勒的《第二十二条军规》：影片所表现的是第二次世界大战期间，一支美国空军中队离奇荒诞的"真实"内幕。

首先，作为"军规"本身，就是一种极具夸张色彩的变形体现。它规定：如果确属疯子，就可以停止飞行而回国，只要本人能够提出这种要求；而同时它又规定：凡是自己能够提出停止飞行要求的，就证明他不是疯子，因此就必须执行任务。这样，就揭示出所谓"军规"的本质：士兵们不过是长官手中的玩偶、炮灰而已。

其次，作品更通过中队内人物形象的夸张变形，揭示出军队上层人物的丑陋残酷与卑鄙无耻：斯克斯考夫负责军官训练，他好战成性，大战爆发使他心花怒放。为得到提拔，他一心想通过阅兵式来出人头地，于是，他通宵达旦地摆弄玩具士兵进行训练，甚至赶着自己的妻子满屋内兜圈子来演习步伐，最后，竟然灭绝人性地想用铜丝把飞行员的手腕固定在胯骨上，来演习不摆双臂的步伐。而就是这样一个人，却被誉为"军事天才"，压倒所有对手，一跃而成为指挥全军的中将司令官！

中队的伙食管理员米洛的发迹史，更令人瞠目结舌：27岁的他，却有着天大的本领。开始，他以伙食采购的名义调动飞机搞投机生意，后来发展为规模巨大、资金雄厚的跨国公司总经理，连交战国的德国政府也来入股。于是，他一边和美军订合同，包炸德国桥梁，轰炸费由美军负担；一面又与德军订合同，包打美军飞机，高射炮费用由德军负担。甚至为了摆脱自己的经济危机，竟然和德军订下这样的合同：接受德军金钱，而调动美军飞机把美军自己的驻地炸得个稀巴烂、死伤无数！而更为荒诞的是——就是这样的人，却成了国际上的头面人物：当上了巴勒莫市的市长、奥兰的王储、巴格达的哈里发、大马士革的教长和阿拉伯的酋长！

如此，等等，不一而足：就是以这样的极度夸张的变形手段，以荒谬绝伦、疯狂悖乱的艺术形象体系，表现了现实世界的一种本质存在。

此类影视篇章，像英国影片《如果》（1968年）、我国导演黄建新的《黑炮事件》及其姊妹篇《错位》等，可参见。

通过"虚妄"变形以造成怪诞：因作者的主观意识将客观世界加以虚妄处理，形成某种连外形也迥然有异的"编造实体"，进而表现客观世界的某一层面的本质。

这种方式与前者不同的是：夸张变形式作品毕竟还有客观世界的"面目"，而虚妄变形式篇章则连"面目"也放弃，直接呈示给观众一个"编造的寓言"。

在现代派的戏剧中，这类手法运用得十分突出。比如尤金·尤奈斯库的《雅各或驯服》与《未来在鸡蛋中》这两部故事相连的独幕剧：前一剧表现主人公雅各在社会与家庭的压力下，同长着三个鼻子的姑娘罗伯特第二结了婚；后一剧则更为奇特，写两人婚后三年没有孩子，于是全家人都围着这对夫妇观看。在罗伯特母亲的传授下，雅各再次屈服……罗伯特第二终于分娩，但生出来的却是一筐筐鸡蛋！在全家的威逼下，雅各又一次屈服，不得不来孵这些鸡蛋。于是，全家人围着他们跳起下流的舞蹈。结果，鸡蛋中变出了皮靴、楼梯、银行家……很明显，这个戏剧是全然虚妄的编造。但是，我们不是能从中意会到"当代的人们在社会规范的制约、压抑与物欲的堆积、逼迫下的一种无奈、凄悲"来吗?!

我国当代作家宗璞的《泥沼中的头颅》，也极具虚妄变形的品格：

置身于泥沼中的一个完整躯体来参加某"学术研讨会"。泥沼中的学术研讨会极多，各种论文上都涂满泥浆。他听了半天，怎么也听不懂会上诸君都说的某大洲的"稀里哗啦语"，后来才问得，是用他处身其中的"土国语言"在讨论"土国文化"。于是，他想找到一把钥匙，改变这种泥糊状态。

他开始迈开步子，在泥浆中向既定目标移动，不止一次地与别的人或物相碰撞。他热血沸腾，奋力向前滑动。周围的人却一动不动，反而嘲笑他"反常"。他先到了"下大人"处。那人端坐台上，手臂向四面八方伸出，同时接几个电话，而答话都一样："你问找谁能说清这件事？老实说，谁也说不清。"当他说明来意后，"下大人"却认为他思想有毛病，有点邪门歪道。他只好离开"下大人"找"中大人"反映情况。然而在向"中大人"处的行进过程中，他发现自己的双脚已经化在泥浆内。他矢志不渝。周围的众人或窃笑、或讥刺，乃至前来挑衅。"中大人"照例胖一些，更像"见多识广"的官样子。递给他一张通知："发回原单位处理。"此时，他的两腿已经化在泥浆中，头脑也开始昏沉。但仍然坚持移到"上大人"处。"上大人"正在努力运动：往东走一段又往西走一段，往南走一段又往北走一段……结果还是在原地踏步。当寻求者要求"上大人"给他一个批件以取钥匙时，"上大人"怜悯地看着对方："难道你不知道这是锁匠的事儿？"此刻，寻求者被泥浆化得只剩下头颅，而且思维恍惚、近于麻木，以至再弄不清自己要干什么了。这时，却被众泥人抬了起来，捧为"思想家"……最后，被扔进泥浆的最底层。他因身躯已无、头脑也僵，便也如众人一样，不知所以地在泥浆中沉浮、拥挤、碰撞起来……

在影视作品中，如德国影片《卡里加里博士》（1920 年）等也有各自虚妄风格的变形体现，均可参看。

二、错位式"怪诞"

以错位的方式呈现的怪诞，因能打破人们习以为常的物理秩序与心理秩序，于是，在别开生面中，使人发现因久陷其中混沌不觉、而实际上大谬不然的生活本质。

"错位"，其实是普遍存在的社会生活现象，只不过人们囿于其中难能觉悟而已，所谓"不识庐山真面目，只缘身在此山中"。而一旦拨开罩眼迷雾，突然发现生活中本来存在的诸多荒谬、离奇现象，自然大吃一惊，进而有所思考。

在这个意义上说，文艺作品虽然品类不同，都不乏对现实生活中的错位现象作不同角度与程度的艺术反映。比如鲁迅的《聪明人与傻子》中写"聪明人"与"傻子"的错位；蒲松龄《聊斋志异》中人与狐的错位；莎士比亚《李尔王》中真与伪的错位；《阿凡提的故事》中主与奴的错位等。这种错位体现，基本根据社会生活固有原貌稍加点化，并无明显的作者编排，是对生活本身真实面目的焦点透视、艺术反映。

而在此处所说的错位，则特指通过作者有意为之的"人为错位"编排，来改变生活表层秩序、以深层面地表现其本质的艺术手法。

大多作品中，常以"时空错位"及"人事错位"形成怪诞。

时空错位：即指故意打乱时空秩序，借以生成怪诞品格的方法。

比如陈村的《一天》：

青年张三，早晨浑浑噩噩地睁开眼睛，被告知今天是接父亲的班、第一天到工厂报到的日子。他懒懒散散地起了床、迷迷糊糊地吃过母亲为他准备好的早饭，又带了午饭，麻麻木木地向工厂走去……到了

车间，他便成了一名老练的冲床工。他恍恍惚惚地明白自己工作以及
生存的意义与价值：冲出女孩用的头发卡子，女孩们就会花钱来买，
工厂就可以赚钱，工厂赚了钱，就可以发给自己工资，自己有了工资，
就可以买点小菜吃吃，晚上回家后，就可以安安稳稳地睡觉……边想
边干时，突然机床停了——他身边一个小伙子告诉他：到中午了，该
吃饭、休息了，并说自己是他的徒弟。张三一惊，猛地也觉出自己确
乎已经是中年人。他于是顺其自然地在徒弟的服侍下，吃饭、休息。
下午，他继续重复着千篇一律的机械动作，头脑中仍然停止在极简单、
极平淡的生物般思维间……不知不觉中，车间都静了下来：下班时间
到了。他茫茫然站起身，面对着满脸带笑的车间主任。主任招呼几个
青年工人，将他架上一辆卡车的司机室内。众人随之上了车厢。卡车
一路开出，车厢内锣鼓声声。到了张三的家门前，众人将他搀下车来。
他抬头，看见自己的家门上挂着一块匾，上面红字大书"光荣退休"。
他承认自己老了，被徒弟们扶进家门，一个小伙子迎上前叫："爸爸！"
儿媳妇为张三打来水、端上饭。他老态龙钟地享受着，同时又有一点
点凄凉……

　　儿子来到他面前："我明天就要接您的班了。"张三欣慰而茫然地
望着"早晨的自己"，点下头……

　　很明显，这是作者有意为之：故意将一个普通工人（实际上体现着芸
芸众生）一生的生活内容缩成一日。一个人，早晨还是刚进厂的青年，中
午便已成为中年的师傅，晚上则已经衰老退休！这，诚然怪诞。但是，人
们不是因此而能觉悟出一种人生哲理：在似乎"长于百年"的流水般日月
中，若头脑简单、生活机械、内容单一，则"百年"又何异于"一日"？再
进而思之：我们每个人的人生状况，就没有与其雷同处?!

　　比如华盛顿·欧文的《瑞普·凡·温克尔》：农民温克尔进山打猎，碰
上 100 年前发现此地的英国航海家哈得尔正带领伙伴们玩九柱戏。温克尔
喝了他们的酒，酣然入睡。一觉醒来，猎狗不见了，猎枪也生了锈，胡子
在一夜间长到一尺长！原来，"山中一日"已历世上"20 年"：入睡前英王
乔治三世陛下的臣民，醒后竟成了美利坚合众国的一个自由公民。于是，
开始了让这个 20 年前的头脑与 20 年后的现实发生一系列强烈而怪诞冲突
的戏剧情节。这是将"过去"与"现在"进行时空错位。

　　而在根据马克·吐温的小说改编的影片《在亚瑟王朝里的康涅狄格州
美国人》中，则是将"现在"与"过去"进行时空错位：铁匠出身的 19 世
纪的美国人摩根，突然退回到了 6 世纪的英国。于是，受过现代社会文明

熏陶的摩根便自然与 6 世纪英国民众的愚昧、贵族的蛮横、骑士的跋扈格格不入，乃至水火不容。因此，便爆发了一场场极具怪诞色彩，又极具现实针砭性的"革命与反革命"的冲突、斗争。

在此，提示一点：时空错位也往往用于并不怪诞的艺术篇章中。比如我国作家茹志鹃的《剪辑错了的故事》中，有意打乱时空逻辑，将现在、过去、未来三种时空交错、穿插、融会，但它的叙事本体，却仍然奠基于现实主义的基础上；再如乔治·威尔斯的《时间机器》，将现代人送到 80 万年后的世界。但其中的未来情景虽然奇特，却大体出于当代人依一定逻辑所形成的正常想象，也不能以"怪诞"涵盖。

人事错位：在正常情况下，人与事在现实生活中总是依循既定的规范发生、发展、体现、存在着。而若将它们强烈，乃至极端地颠倒位置、改变身份、悖反规程、错乱性质，便可以产生艺术表现上的怪诞品格，使人们对所述人事有一种全新的审视与异常的认识。

人事错位包括广泛，比如主人与奴仆的错位、男人与女人的错位、人与兽的错位、不同类型人物的错位、大事与小事的错位、平凡与伟大的错位，以及美与丑、善与恶、正常与反常……的错位等等。

比如我国小说《镜花缘》中，将男人置身于"女儿国"中，让男人充当"女性角色"，女人充当"男性角色"，位置颠倒后，使双方发生一系列具有怪诞品格的冲突：以其人之道还治其人之身。看封建社会中的"男性中心主义"何所立其足？！

再如卡夫卡的《变形记》中：主人公格里高尔·萨姆沙是一家公司的推销员，长年奔波、挣钱养家。一天早晨醒来，突然发现自己变成了一只大甲虫。他十分恐惧，担心失去工作，也无法见人。果然，他在家中的地位发生了变化：家里人先是震惊，继之反感。父亲不再理他，母亲则悲伤无语，妹妹开始还能怜悯，后来也渐渐厌恶起他来……终于，全家大乱，一致表示"一定要把它弄走"，"再也无法忍受了！"，直到格里高尔在当晚悄然死去，他的所有亲人才仿佛卸下一个重担……

对这部作品，许多人认为是"变形"手段的体现。也不为错。但我以为，还不如说主要是体现了"错位"法：变形在这里只是表面形式，实质上，作者主要是通过错位——使社会生活中的"现实人"，移到一种与"本体"相隔离、超脱的"异位"上，再重新感受社会中人与人关系的本质。

再看我国当代剧作家魏明伦的《潘金莲》：传统小说、戏剧中，潘金莲一直是个淫荡的妇人形象。这当然与长期封建社会的文化背景有关：只许你三从四德，岂容你自主人生！可是，若将她所处的背景调换一下呢？于是，作者作了极人为的怪诞编排：故意让不同历史时期、有相似处境而采取不同行动的妇女形象同台出现，让她们相互探讨、彼此启示、纵横印证：娜拉的出走、安娜的自杀、昭君的和亲、子君的离异……这样，通过作者"为所欲为"的错位，使人情交融、事理剖析，一种全方位的历史反思与人文裁判，便自然生出了。

在影视作品中，以人事错位为主、形成怪诞的篇章，如法国影片《审判》（1962 年）及意大利影片《八部半》等，可以参看。

无论是时空错位，还是人事错位，在运用中都要注意：不能完全凭作者主观臆造而毫无羁系地打乱时空逻辑与人事秩序。无论如何，"错位"只是一种艺术表现手法，它尽管可以别具风采、推陈出新，但必须奠基于生活基础与事物逻辑之上。否则，将因过分"天马行空"、使观众根本无法理解，而弄巧成拙。在这方面，百年电影发展史上，不是没有教训的。

第二节 "怪诞化"作品例析

《审判》

法国 1962 年出品

编导：奥逊·威尔斯（根据卡夫卡的小说改编）

剧情简介：

一个流浪汉走向法律城堡的大门，要求卫兵让他进去，却遭到拒绝——尽管穷汉一再申辩说：法律大门应向一切人敞开。穷汉年复一年地等候在大门外，至死，也没能进入……

嘭然关上的大门，使小职员 K 惊醒：把他弄醒的却是前来逮捕他的警官 A。A 宣布 K 有罪：审判他的法律程序已经开始，但没有说他到底犯了什么罪。警官的助手企图劝说 K 行贿，还顺手拿走了 K 的衬衫。警官命令 K 随时候审，但允许他继续上班。

K 从此进入现实中的"噩梦"。

K 经不住邻居妓女布斯特纳小姐的诱惑，吻了她。但当听说他已被逮捕、要接受审判时，她生怕"在政治上"受到牵累，大吼着将他赶了出去……

K 自己也渐渐感到了一种莫名其妙的强烈的负罪感……

K 到公司上班，他的侄女艾尔米来找他。公司经理用怀疑的目光盯向他。K 惶惑不安，连忙解释。但经理还是警告道："你是很有前途的。别自己把事情弄糟了！"

布斯特纳小姐被房东撵走了，但 K 却觉得自己应负有罪责：因为自己吻过她……

K 在剧院看戏时，被警官带走，要他到法庭接受审判。他按照警官给的地址找到法庭，法官却问他是不是一个油漆匠。K 于是向大厅内的观众进行了义正词严的演说："刚才法官的问话，已经清楚地说明这场强加于我的所谓审判的性质！……发生在我身上的事是无足轻重的，但是我认为，它代表了发生在很多人身上的事……"K 的讲话赢得了热烈的欢呼与掌声。但他突然发觉：所有听众原来都是政府各级的官员，他们之所以欢呼、鼓掌，只是为了诱使他说出更多的"错话"！K 愤怒地离开了法庭。

K 回到公司，发现地下室内有人正在受鞭刑，受刑者便是拿走他衬衫的那个警察。受刑者恨恨地告诉他：因为他向当局告了他们的状，才如此的。K 想阻止行刑，他说："应该受处罚的不是他们，而是那些地位在他们之上的人，那些有权有势的人和整个机构。"行刑人根本不予理睬，反而抽得更加猛烈。K 痛苦地逃离地下室，为自己的"罪过"呜咽起来。

K 请求大律师为自己辩护。他来到律师事务所。在堆满法律文件的房间内，律师的秘书兼情妇莱妮勾引了 K，并告诉他：大律师与法官是串通一气的，"你的错误主要在于太固执，又喜欢捣乱"。

K 按照时间去法庭再次接受审判。法庭看门人的妻子希尔达告诉他说：明天才开庭呢。并告诉他：她可以利用法官对她的邪念来帮助K，并让 K 看法律书里的淫秽插图："这些书真是肮脏透了！"希尔达说着，也开始勾引 K。此时，法官的学生（未来的法官）来到，将希尔达强行扛走了。K 追出去，发现法庭办公室竟是一个极淫乱的场所。他厌恶地离开了这里……

K 又去找大律师，要解聘他。大律师则告诉他："其实，套上锁链比自由自在更安全。"K 迷惑不解。他看到一个"被告"竟然甘心情愿地忍受大律师的人身侮辱，还一个劲儿地趴在大律师脚下求情。他愤然指责大律师的虚伪、邪恶时，那个"被告"反而扑上来打他！大律师得意地告诉 K：莱妮的一个怪癖就是追逐每一个被控告有罪的男人，然后再把她和他们每一个人的"经过"说给大律师听，以让他开心、提高性欲。K 感到恶心至极，夺门而出。

K 来到一个与法官有某种关系的画师处。画师说：K 的出路只有两条，要么假释，要么延期审判。但是又说：假释只会将被指控的阴影始终罩在你头上，而且每次假释之后，便意味着再次的被捕——因为警察永远不可能放过你；法庭也不可能总延期审判你，他们必定要采取种种措施、搜集到更多的"罪证"，以更严厉地审讯。画师最后说："我这一辈子，还没有听说过有哪个被告被明确宣布'无罪释放'的。"

K去找教士。教士则说：他的罪名大概已经得到证实了，只有向上帝忏悔……

"噩梦"终于有了结果：两个便衣警察抓住了K，把他推向一个深坑，并将尖刀举到他面前。K拼命挣扎。警察拿出一束炸药，点着了引线，然后跳出深坑逃走。K则把炸药远远地扔了出去。六声爆炸后，一股浓浓的黑烟弥漫了银幕。

化入片头：那座法律城堡的大门在缓缓地关上……

作品赏析：

本片改编自卡夫卡的小说。因此，在赏析本片前，有必要先认识一下卡夫卡其人其作——

卡夫卡于1883年7月3日出生在奥匈帝国统治下的布拉格，犹太血统。在家庭中，父亲的专横狂暴，使卡夫卡的性格从小就印下了重重的阴影。而他所处时代的专制、强暴、阴冷、压抑，更使他成年后仍不能摆脱"父亲"的威逼，因此，他表面的懦弱、隐蔽、羞怯、内向、孤独乃至麻木之下，则深深埋藏了审视、不平、叛逆、愤怒，以至抗争的强烈意识。而微茫的个人与强大的外力之间的极度失衡，其结果必然是前者的消沉与绝望：1924年6月3日，卡夫卡病逝，年仅41岁。

尽管卡夫卡创作时并不为发表，只是"纯个人写作"，只是一己的"我梦幻般的内在生活的表现"，但其作品一经创作出来，则必然就是"非个人"的，而必定具有时代印迹了。

奥匈帝国是欧洲有名的君主专制国家，哈布斯堡王朝长期以来对外侵略、称霸，对内实行家长式暴虐统治。但是到了19世纪末20世纪初，这个帝国实际上已经处于风雨飘摇之中，国内各种矛盾错综复杂、异常尖锐。生活在这样一个时代，面对日益残酷的现实，卡夫卡作为具有敏锐观察力与严肃人生态度的人，不可能无动于衷。而这样的时代氛围，又不允许直接、公开的揭露、鞭笞，于是，具有特定心理状态的卡夫卡摆脱传统创作的羁绊、另辟蹊径、探索新的表现手段，就成为其创作风格的必然。

卡夫卡作品总的基调或曰主题便是：揭示社会现实的荒谬、非理性，自我存在的苦痛与原罪感，小人物在重重压抑下无法掌握自己命运，找不到出路的孤独、苦闷与恐惧，以及现代社会中人的异化。

而在上述特定的时代背景下，要表现这种主题、基调，最适当的艺术手段，便首推"怪诞的抽象"（或曰抽象的怪诞）了。

卡夫卡的作品大都以明显的怪诞风格展开，主人公们大都无言以对地任凭荒谬生活摆布。这里，荒谬当然不是胡编乱造，而是对现实社会中那些所谓的"正常"现象，以荒谬离奇的手法进行艺术表现而已。

比如在《判决》中，父亲判决儿子"投河自尽"，儿子就居然乖乖服从，投河而死；比如在《变形记》中，一个小职员梦醒后，竟然变成了一只大甲虫，并以甲虫自居而甘受他人摆布；比如在《老光棍布鲁姆费尔德》中，孤独的老人忽然有两个蹦蹦跳跳的赛璐珞球来与之做伴；比如在《乡村医生》中，出诊的医生在严寒中流浪，再也回不了自己的家中……而几乎所有篇章，又都是在具体的历史时间与地理空间之外展开：所述的故事都没有具体的时间，也没有确切的地点，更没有加以说明的"社会现实背景"。

卡夫卡就是通过这种怪诞的抽象，让读者在怪诞中受到现实的震动，在抽象里获得质感的悟觉。

由于特定的时代环境，卡夫卡的作品中难能避免地浸润着一种压抑与悲哀。他的作品大都描写孤独的小人物在各种异己力量控制下不断挣扎，却更进一步异化、分裂、变态乃至死亡的命运。对个人命运、社会未来、人类前途，作品中常常表现出一种强烈的掩盖不住的消极、悲观意蕴。卡夫卡自己便直言："目的虽有，却无路可循；我们称作路的东西，不过是彷徨而已。"又说道："巴尔扎克携带的手杖上刻有这样一句铭言：'我粉碎了每一个障碍'；可我的格言却是：'每一个障碍粉碎了我'。"

了解卡夫卡之后再看本片，便能有所把握了——

这是一部以怪诞的风格揭露当时整个社会体制（以司法体制为表现点）的荒谬、丑恶的内幕，表现小人物受压抑的愤懑、被扭曲的痛苦与难以自己的无奈状态的影片。

在其中，既有变形，又含着错位：警察与被告、罪犯与法庭、庄严的法律程序与丑陋的司法内幕……乃至每一种具体的人事过程，都明显着异乎寻常的状态与品格。而所有这些，则构成了 K 处身其间的怪诞社会与人生环境，而这种怪诞的环境，又反过来迫使 K 自身也无可奈何地发生了异化。

通过本片，我们还可以看到：作为艺术表现手段，怪诞往往与象征融合一处、互相彪炳；而现实的梦境与梦魇的现实也难分彼此（现实与幻境交合）。这种现象在现代的艺术创作中，是多见且自然的。鉴于此，我们在自己的创作中，也应切忌死板、僵滞地成为"手段"的奴仆，为了艺术表现的需要，而要"颐指气使"地成为它们的主人。当然，各种手段在具体运用中，还是有主有次的。在本片中就较明显：它的主要艺术特色就是怪诞，以怪诞的物象象征着真实的本质，以怪诞的艺术氛围表现着扭曲的社会现实。

本片改编自卡夫卡的小说，但与原作有一种明显的区别。这种区别，正如英国影评家艾·斯坦因所说："卡夫卡的小说表现的是一个相当真实的世界，但里面居住着梦幻中的人，而在威尔斯（本片导演）的影片里则是真实的人居住在一个恶梦般的世界里。"①

如何看待这种不同？对原作是否一定要"忠实"？

其实，既然是改编，改编者就应该有自己的创作自由：可以是忠实于原作的"照编"，也可以是对原作进行一定程度改造的"改编"，还可以是只借用原作模型而引申发挥的"创编"。

具体到本片的改编，尽管威尔斯没有忠实于原作，但它也完全具有自身的思想价值与艺术价值。在某种意义上，甚至可以说：改编后的影片相比原作的小说，对社会批判的力度、对人生展示的强度更甚。因为在原作中，出于故意隐晦的考虑，只好将现实躲于梦中；而在影片中，则明目张胆以示天下——现实社会，就是人间噩梦！

这里，不存在对两位作者的褒贬臧否。"时运交移，质文代变"（《文心雕龙》），卡夫卡的小说写于 20 世纪 20 年代的奥匈帝国，而威尔斯的影片拍摄于 20 世纪 60 年代末期的法国，当然不可同日而语了。

在此，有一点提示：怪诞确可生出强烈的艺术震撼，进而表现出既定内涵，但绝不能忽略"现实底色与怪诞风格的相与为一"。即是说，不能只为怪诞而怪诞、为手段而手段，一定要使表现手段的怪诞奠基在表现内容的现实基础之上。否则，真若"荒诞不经"，就难免弄巧成拙了。

---

① 转引自郑雪来：《世界电影鉴赏辞典》（续编），204 页，福州，福建教育出版社，1993。

参考书目

陈龙. 在媒介与大众之间: 电视文化论. 上海: 学林出版社, 2001.

崔道怡等. "冰山理论": 对话与潜对话——外国名作家论现代小说艺术. 北京: 中国工人出版社, 1987.

戴锦华. 电影理论与批评手册. 北京: 科学技术文献出版社, 1993.

丁亚平. 百年中国电影理论文选: 1897—2001. 北京: 文化艺术出版社, 2002.

桂青山. 电影创作类型论. 北京: 中国电影出版社, 2001.

桂青山. 现代小说创作学. 广州: 新世纪出版社, 1992.

桂青山. 影视编剧教程. 北京: 北京师范大学出版社, 1997.

桂青山等. 影视创作文化学教程. 北京: 北京师范大学出版社, 2006.

郭绍虞. 中国文学批评史. 上海: 上海古籍出版社, 1979.

胡克等. 当代电影理论文选. 北京: 北京广播学院出版社, 2000.

李道新. 中国电影批评史: 1897—2000. 北京: 中国电影出版社, 2002.

刘放桐等. 现代西方哲学. 北京: 人民出版社, 1981.

陆贵山. 中国当代文艺思潮. 北京: 中国人民大学出版社, 2002.

陆弘石. 中国电影: 描述与阐释. 北京: 中国电影出版社, 2002.

罗慧生. 世界电影美学思潮史纲. 太原: 山西人民出版社, 1985.

牛国玲. 中外戏剧美学比较简论. 北京: 中国戏剧出版社, 1994.

欧阳谦. 20 世纪西方人学思想导论. 北京: 中国人民大学出版社, 2002.

王海洲. 中国电影: 观念与轨迹. 北京: 中国电影出版社, 2004.

王志敏. 电影美学: 观念与思维的超越. 北京: 中国电影出版社, 2002.

乌兰. 世界著名电影导演研究. 北京: 中国电影出版社, 1998.

杨周瀚等. 欧洲文学史. 北京: 人民文学出版社, 1964.

姚文放. 当代审美文化批判. 济南: 山东文艺出版社, 1999.

叶朗. 中国美学史大纲. 上海: 上海人民出版社, 1985.

殷海光. 中国文化的展望. 北京: 中国和平出版社, 1988.

尹鸿. 世纪转折时期的中国影视文化. 北京: 北京出版社, 1998.

游国恩等. 中国文学史. 北京: 人民文学出版社, 1979.

张卫, 蒲震元, 周涌. 当代电影美学文选. 北京: 北京广播学院出版社, 2000.

张岱年, 程宜山. 中国文化与文化论争. 北京: 中国人民大学出版社，1990.

张桂琳. 西方政治哲学：从古希腊到当代. 北京：中国政法大学出版社，1999.

张英进，于沛. 现当代西方文艺社会学探索. 福州：海峡文艺出版社，1987.

章柏青，张卫. 电影观众学. 北京：中国电影出版社，1994.

赵康太. 悲喜剧引论. 北京：中国戏剧出版社，1996.

郑雪来. 世界电影鉴赏辞典. 续编. 福州：福建教育出版社，1993.

钟大丰，舒晓明. 中国电影史. 北京：中国广播电视出版社，1995.

周宪等. 当代西方艺术文化学. 北京：北京大学出版社，1988.

周涌. 影像记忆：当代影视文化现象研究. 北京：北京广播学院出版社，2004.

周安华. 现代影视批评艺术. 北京：中国广播电视出版社，1999.

朱狄. 当代西方美学. 北京：人民出版社，1984.

朱光潜. 西方美学史. 北京：人民文学出版社，1979.

［德］莱辛. 汉堡剧评. 张黎译. 上海：上海译文出版社，1981.

［德］H. R. 姚斯，［美］R. C. 霍拉勃. 接受美学与接受理论. 周宁，金元浦译. 沈阳：辽宁人民出版社，1987.

［法］乔治·萨杜尔. 世界电影史. 徐昭，胡承伟译. 北京：中国电影出版社，1982.

［古希腊］亚里士多德，［古罗马］贺拉斯. 诗学·诗艺. 罗念生，杨周翰译. 北京：人民文学出版社，1962.

［美］克利福德·格尔兹. 文化的解释. 纳日碧力戈等译. 上海：上海人民出版社，1999.

［美］理查德·沃林. 文化批评的观念：法兰克福学派、存在主义和后结构主义. 张国清译. 北京：商务印书馆，2000.

［美］约翰·霍华德·劳逊. 戏剧与电影的剧作理论与技巧. 邵牧君，齐宙译. 北京：中国电影出版社，1961.

［瑞典］英格玛·伯格曼. 伯格曼论电影. 韩良忆等译. 桂林：广西师范大学出版社，2003.

［匈牙利］阿诺德·豪泽尔. 艺术社会学. 居延安译编. 上海：学林出版社，1987.

［英］罗纳德·海曼. 法斯宾德的世界. 彭倩文译. 桂林：广西师范大学出版社，2003.

511

第 5 版后记

拿破仑登上阿尔卑斯山，踌躇满志："我比阿尔卑斯山还高！"

一位登山者爬上珠穆朗玛峰，得意扬扬："我已站在世界最高处！"

细想来，未免可笑。谁又不能说：诸位是头朝下，正小丑似的倒悬在世界的最低点呢？！——因为，地球本是个"圆"。"圆"上的人生，难免陷入"怪圈"。其实，世界最高处，就在每个人的脚下，人们不过缺乏自知罢了。而偏要矫揉造作、自欺欺人、空费心机、徒劳性命地追求些似是而非的东西，何苦来呢？眼界开阔点儿：人，不过是地球表面的灰尘而已。地球也只是银河系的一粒沙子。银河系相对于宇宙，又算什么呢？一片朦胧恍惚、若有若无的云气罢了。再从宇宙俯视下来，人算什么呢！微茫渺小、趋近于"零"，简直就是个"零"！"零"乘以什么，都得"零"。如是，或哭喊嘶嚎、摸爬滚打、尔虞我诈、斗角钩心，或悖性抑情、半生半死、恓恓惶惶地去为什么"万古千秋业""生前身后名"之类而扭曲生命、折磨性灵，以致活得人都不像个"人"，到头来却仍不过是个"零"，又何苦来呢！……倒也不是悲观地视一切为虚无。只是想说：人应该好好活，活得快乐点儿、超脱点儿、健康点儿。用句学术点儿的词：要有"终极的生命意识"。稍许清醒之后，或者说跳出庐山之雾后，再重新"入世"，就不可同日而语了，就可以认真思考朱自清先生的问话："我赤裸裸来到这世界，转眼间也将赤裸裸地回去罢。但不能平的，为什么偏要白白走这一遭呢？"是。既来这一回，确实就不该白白走一遭。

那么，只要于己、于人、于你所处身其间的社会有益，而且发自内心，就还是要干事：在人间的大舞台上，尽可能精彩地演好属于自己的戏——乐心乐意地努力了，或溶血融魂地奋斗了，哪怕备尝苦辛、历经磨难，只要在这干事（或曰"演戏"）的过程中，体味到人生大幸福、身心真喜悦，也就享受到了生命的极致，就可以说没白活了一回。至于最后的结果，成也好，败也罢，有也好，无也罢，又有多大区别呢？

俞平伯先生人到中年的感受是四个字——"不过如此"。这，稍嫌消极，我倒觉得还是"自然而然"为好：别委屈生命，别强迫性情，一切"自然而然"。"自然而然"四字，看似简单，其实真能达到此人生境界者，又有几人呢？……心血来潮，写了些毫无头脑的话，是因为近来几位文友英年早逝的缘故。人孰无"了"？逝各有因。我无能为，不能为其生前的现实困境解忧，只在其逝后，空说些生命感悟的玄言，连自己也羞惭愧恨。

512

大凡劝慰人，总不外"逝者已矣，来者可追"之类旷达语。可对这仅有一次的已逝的个体生命，又哪里还有"来者"呢？真希望人能活个第二回。可难道，竟只有活过一回，才能活出个明白不成?!……若牵强一下：上述风马牛不相及的话语，与剧本创作也绝非毫无关联——这就又回到我的老生常谈了。道理很简单：以己昏昏，使人昭昭，是不可能的。自身若还活得委屈别扭、病态百出，又怎能写出让别人健康愉悦的作品来？不是有句名言"翻着筋斗的小资产阶级，即使写'革命'两字，也会把'革命'写歪"吗？其中，政治性含义且不必管它，只就字面本义，诚然不错的！总之，要创作出好的影视剧本，还是应先自然而然地、清醒健康地做好"人"。

......

本人因故，有几年时间脱离影视领域（尤其是剧本创作领域）。所以上述，难免有"老生常谈"之虞，有"门外文谈"乃至"隔靴搔痒"之病。只是"失之东隅，收之桑榆"，在一段时间内，跳出编剧行当，甚至影视圈，从社会大文化角度，从影视外界，得以全局俯瞰，倒也多少有些原来不甚重视、甚或作茧自缚时的觉悟与反思。

本版文字中，多少融涵些上述感悟，以就教于大家。

此教程历经时日虽然不短，但因本人才学与见识疏浅、笔力有限，尚存诸多不足乃至谬误处，真诚希望各方专家与读者诸君，随时指正。

最后，承蒙北京师范大学出版社领导与同仁的鼓励，决定发行第 5 次修订版，在此，真诚致意了。感谢北京师范大学出版社高等教育分社社长周粟，以及本书策划编辑周粟、李明，责任编辑吴纯燕。

出版界的后起之秀、本书策划编辑周粟，对此书的用心策划、积极建议与严谨的思维、有创意的版式设计，本人深有感受。在此，郑重感谢！

桂青山

2022 年 6 月 12 日

说　明

本教材配有教学课件PPT，请有需要的教师与以下邮箱取得联系，获取《影视剧本创作教程》（第5版）及更多北师大出版社影视艺术与传媒类教材课件资源，以供教学使用。

联系人：北京师范大学出版社　李编辑

联系邮箱：897032415@qq.com